国家社科基金
GUOJIA SHEKE JIJIN HOUQI ZIZHU XIANGMU
后期资助项目

唐代律赋在日本的传播与影响研究

冯芒 著

南京大学出版社

国家社科基金后期资助项目
出版说明

后期资助项目是国家社科基金设立的一类重要项目，旨在鼓励广大社科研究者潜心治学，支持基础研究多出优秀成果。它是经过严格评审，从接近完成的科研成果中遴选立项的。为扩大后期资助项目的影响，更好地推动学术发展，促进成果转化，全国哲学社会科学工作办公室按照"统一设计、统一标识、统一版式、形成系列"的总体要求，组织出版国家社科基金后期资助项目成果。

全国哲学社会科学工作办公室

目　录

绪　论

　　赋者,古诗之流也。始草创于荀宋,渐恢张于贾马。冰生乎水,初变本于典坟;青出于蓝,复增华于风雅。而后谐四声,祛八病,信斯文之美者。

　　我国家恐文道寖衰,颂声凌迟。乃举多士,命有司。酌遗风于三代,详变雅于一时。全取其名,则号之为赋;杂用其体,亦不出乎诗。四始尽在,六义无遗。是谓艺文之微策,述作之元龟。

　　观夫义类错综,词采舒布。文谐宫律,言合章句。华而不艳,美而有度。雅音浏亮,必先体物以成章;逸思飘飘,不独登高而能赋。其工者,究笔精,穷指趣,何惭《两京》于班固;其妙者,抽秘思,骋妍词,岂谢《三都》于左思?掩黄绢之丽藻,吐白凤之奇姿。振金声于寰海,增纸价于京师。则《长杨》《羽猎》之徒,胡可比也;《景福》《灵光》之作,未足多之。

　　所谓立意为先,能文为主。炳如缋素,铿若钟鼓。郁郁哉,溢目之黼黻;洋洋乎,盈耳之《韶》《武》。信可以凌轹《风》《骚》,超轶今古者也。

　　今吾君网罗六艺,淘汰九流。微才无忽,片善是求。况赋者,雅之列,颂之俦。可以润色鸿业,可以发挥皇猷,客有自谓握灵蛇之珠者,岂弃之而不收。[1]

　　说到律赋,从古至今,恐怕难以找出第二篇如唐人白居易《赋赋》那般精炼、准确、优美的文字了。白氏以律赋之体写律赋之事,言辞之间虽有夸大之嫌,但短短三百五十字,几乎穷尽律赋之要。无论是体制、特征、作法、功

---

① 谢思炜校注:《白居易文集校注》第一册,北京:中华书局,2011年,第73—74页。

用，还是起源、演变、入试、选人，莫不见乎其中。这一诞生于唐代，迅速成长为"时文"的赋体，至清代仍然被书写、品评，展示了其经久不衰的生命力，成为我国古代文学研究的一个重要对象。原乎其始，方能解其要、述其质，才能在历史长河中准确把握、深刻认识这一文体的荣枯盛衰。唐代律赋可以说是律赋研究的重中之重、百事之先。

律赋从六朝诗文中脱胎而来，最为明显的特征便是限制押韵、讲求声律、隔句作对。在南朝好文之主的宫廷中，文人墨客的筵席上，分韵赋诗、同韵共作已现端倪，至初唐蔚然成风，为辞赋限韵的最终形成奠定了基础。魏晋之后，四声八病始兴，诗歌创作追求"若前有浮声，则后须切响。一简之内，音韵尽殊；两句之中，轻重悉异"，至初唐沈宋，律体大行，为辞赋的律化铺平了道路。而隔句作对，更是一仍骈文句法，"骈四俪六，锦心绣口"，使辞赋的文字美感倍增，读之铿锵顿挫。当这些特征在唐人赋中俱已齐备之时，律赋也应运而生。

律赋在唐代形成后，因科举课试而在士子中迅速普及，加上长期的写作实践，很多人开始有了赋体自觉的意识，常将其与之前的赋体作以区分，只是称谓并未统一。较通俗易懂的名称是"新赋"，让人一眼便知是与"古赋"相对而言。使用这一说法的最有代表性的文献是唐佚名撰《赋谱》，中云："故曰新赋之体项者，古赋之头也。（中略）是新赋先近瑞雪了，项叙物类也。"①我们后面所使用的日本文献也表明，"新赋"之称在当时很有代表性。还有一种名称叫作"甲赋"，常为中唐人所用，如权德舆《答柳福州书》云："两汉设科，本于射策，故公孙弘、董仲舒之伦，痛言理道。近者祖习绮靡，过于雕虫，俗谓之甲赋、律诗，俪偶对属"②；皇甫湜《答李生第二书》云："生以一诗一赋为非文章，抑不知一之少便非文章耶，直诗赋不是文章耶？（中略）既为甲赋矣，不得称不作声病文也"③；舒元舆《论贡士书》云："及睹今之甲赋、律诗，皆是偷拆经诰，侮圣人之言者，乃知非圣人之徒也。（中略）试甲赋、律诗，是待之以雕虫微艺，非所以观人文化成之道也。"④显而易见，"甲赋"之说源自科场试赋。与之类似的还有"八韵赋"，如韦庄《送福州王先辈南归》云："八韵赋吟梁苑雪，六铢衣惹杏园风"⑤，是晚唐对科场常课的四平四仄

---

① 詹杭伦：《唐宋赋学研究》第三章"《赋谱》校注"，北京：中国社会科学出版社、华龄出版社，2004年，第84页。

② ［宋］李昉等：《文苑英华》卷六八九，北京：中华书局，1966年，第3548页。

③ ［宋］姚铉编，［清］许增校：《唐文粹》卷八五，杭州：浙江人民出版社，1986年影光绪十六年杭州许氏榆园校刻本。

④ ［宋］姚铉编，［清］许增校：《唐文粹》卷二六。

⑤ ［清］彭定求等编：《全唐诗》卷六九八，北京：中华书局，1960年，第8030页。

八韵律赋之称。而"律赋"这一称谓在唐代却极为少见,管见所及,仅见于《唐故朝请大夫慈州刺史柱国赐绯鱼袋谢观墓志铭并序》。该墓志为谢观(793—865)自撰,中云:"生世七岁,好学就傅,能文。及长,著述凡四十卷,尤工律赋,似得楷模,前辈作者,往往见许。"①这种称谓混乱的局面,随唐朝灭亡而得以改变,盖因"新"是相对而言,"甲赋""八韵赋"之说又以偏概全,与律诗相对称的"律赋"之说在五代以降渐为人接受,于宋时已成定称,直到今天。

现存史上最早的律赋,是唐太宗第七子蒋王李恽(?—674)的《五色卿云赋》(《文苑英华》卷一二),邝健行先生推测此赋作于永徽元年(650)或稍后②。从作者身份及作品内容来看,此赋作于宫廷宴会的可能性较大,与科举并无关系。但自律赋被纳入科举以来,激发了出世举子们的学习热情,即便是与文字有"宿习之缘"的聪颖之人白居易,为考取功名也不得不在习赋上花大时间、下狠功夫。在唐人对律赋写作蔚然成风的环境下,涌现了众多优秀的赋家,至少有近千篇作品传世,占现存唐代辞赋总量六成以上③。律赋作为唐赋主流,堪称第一赋体恐是无可争辩的事实。随意翻检唐人别集,尤其是中晚唐文集,总会不经意地发现律赋的身影;而《文苑英华》《全唐文》等诗文总集中所收律赋更是蔚为大观。如何研究这一唐代宝贵的文学遗产,是古人留给我们的重要课题。

一　唐代律赋与东亚世界

早在宋代,唐代律赋就已进入文人士大夫的视野,屡屡见诸宋人笔记之中。在清代,伴随着各类赋话、赋论的问世,唐代律赋更是成为清人谈资,俨然成为文论家们"学术探讨"的对象。不止于此,古人对前代诗文的编纂整理,也使得大量唐代律赋作品传存至今,为后人打开了唐代文学宝库中的又一扇秘境之门,让我们仿佛看到那个律赋隆盛、人人竞作的时代。转入近代,尤其是进入二十一世纪后,唐代律赋的研究取得了长足的发展。

回顾近百年来的唐代律赋研究史,可以以世纪之交作两段观。二十世纪的研究有两个显著特点。一是从赋史的角度去把握唐代律赋的论著较

① 周绍良主编:《唐代墓志汇编》,上海:上海古籍出版社,1992年,第2428页。
② 邝健行:《初唐题下限韵律赋形式的观察及引论》,收入中国唐代文学学会等主编《唐代文学研究》第8辑,桂林:广西师范大学出版社,2000年,第237—238页。
③ 据彭红卫《唐代律赋考》统计。彭红卫:《唐代律赋考》,北京:社会科学文献出版社,2009年,第1页。

多,如陈去病《辞赋学纲要》①可谓其嚆矢,而铃木虎雄《赋史大要》②则论述
更为全面、影响更为深远,还有马积高《赋史》③,李曰刚《辞赋流变史》④,郭
维森、许结《中国辞赋发展史》⑤等也很有代表性。二是其他时代的辞赋研
究明显压过唐代,这与研究者受到了复古派"唐无赋"等偏见的影响不无关
系。然而伴随着学术思想的进一步解放,研究视野的逐步扩大,唐代律赋不
受重视的情况在世纪更迭之际为之一变,可从三个层面上得以窥见。一是
时代上专论唐赋的著作有所增加,如韩晖《隋及初盛唐赋风研究》⑥、赵俊波
《中晚唐赋分体研究》⑦、赵成林《唐赋分体叙论》⑧等,文献汇编上则有简宗
梧、李时铭主编的《全唐赋》⑨,万光治、李生龙负责的《历代辞赋总汇·唐代
卷》⑩。二是赋体上专论律赋的著作亦有问世,如尹占华《律赋论稿》⑪等,文
献选注上则可见詹杭伦、沈时蓉等《历代律赋校注》⑫。三是专以唐代的律
赋为探讨对象的研究日益增多,如彭红卫《唐代律赋考》⑬、王士祥《唐代试
赋研究》⑭、詹杭伦《唐代科举与试赋》⑮。除上述列举的专著、文献汇编外,
还有大量学术论文屡屡见诸刊物。从一度被轻视到逐渐受重视,伴随着研
究的不断深入和细化,唐代律赋研究已然成为二十一世纪的学术增长点
之一。

　　对唐代律赋的持续关注使很多问题渐次明朗,其整体面貌也日趋清晰。
唐代律赋与科举的关系历来是研究者们讨论的重点,如邝健行《唐代律赋对
科举考试的粘附与偏离》一文历时地阐明了二者之间的关系⑯,再如王士祥
《唐代试赋研究》《唐代应试诗赋论稿》二书涉及试赋制度、赋题典据、限韵方

---

① 　陈去病:《辞赋学纲要》,上海:国光书局,1927 年;后收入《陈去病全集》,上海:上海古籍出
　　版社,2009 年。
② 　〔日〕铃木虎雄:《赋史大要》,東京:冨山房,1936 年。
③ 　马积高:《赋史》,上海:上海古籍出版社,1987 年。
④ 　李曰刚:《辞赋流变史》,台北:文津出版社,1987 年。
⑤ 　郭维森、许结:《中国辞赋发展史》,南京:江苏教育出版社,1996 年。
⑥ 　韩晖:《隋及初盛唐赋风研究》,桂林:广西师范大学出版社,2002 年。
⑦ 　赵俊波:《中晚唐赋分体研究》,北京:中国社会科学出版社、华龄出版社,2004 年。
⑧ 　赵成林:《唐赋分体叙论》,长沙:湖南大学出版社,2009 年。
⑨ 　简宗梧、李时铭主编:《全唐赋》,台北:里仁书局,2011 年。
⑩ 　马积高主编:《历代辞赋总汇》,长沙:湖南文艺出版社,2014 年。
⑪ 　尹占华:《律赋论稿》,成都:巴蜀书社,2001 年。
⑫ 　詹杭伦、沈时蓉等:《历代律赋校注》,武汉:武汉大学出版社,2009 年。
⑬ 　彭红卫:《唐代律赋考》,北京:社会科学文献出版社,2009 年。
⑭ 　王士祥:《唐代试赋研究》,上海:上海古籍出版社,2012 年。
⑮ 　詹杭伦:《唐代科举与试赋》,武汉:武汉大学出版社,2015 年。
⑯ 　邝健行:《唐代律赋对科举考试的粘附与偏离》,《中国文学研究》1993 年第 1 期。

式等多个方面①。音韵声律亦是唐代律赋研究中不可回避的问题，如王兆鹏《唐代科举考试诗赋用韵研究》一书究明了唐代所课律赋的用韵实情②；邝健行《唐代律赋与律》等文指出唐人作律赋需要避免病犯③。作为目前仅见的唐代赋格，在日本发现的《赋谱》也受到学界重视，先后有小西甚一、中泽希男、张伯伟、詹杭伦等中外学者展开了深入的研究④。此外，很多唐代赋家所作律赋的艺术特征与创作风格也被广泛讨论，唐代律赋的题材、审美、批评等也常常成为研究选题，不再一一详述。

　　如上所示，似乎古今贤达已为我们呈现出了一幅完整的唐代律赋的画卷，有赋作、有赋家、赋论，还有诸多优秀的研究成果讲述了唐代律赋的方方面面，这些研究似乎已是面面俱到。然而，如果我们肯将目光投向与我国休戚相关的东亚诸国，会发现一门之外，别有洞天。

　　回到千年以前，自高句丽为唐所灭，至契丹强势崛起的二百余年，东亚时局相对稳定，迎来了中华文化对外传播的又一次高峰。朝鲜半岛的地理位置得天独厚，很早就接受了中国文明的洗礼。而相对朝鲜半岛来说，"封国偏远，作藩于外"的日本则并不便利，很长一段时期是取道百济来发展自身。公元663年，白村江之战爆发，试图借百济复国之机而插手半岛争端的日本惨败于唐军，这严重刺激了偏居一隅的日本，眼界得以开阔的上层之士迅速达成共识，之后数百年取法于大陆国家，努力建构一套仿唐的国家制度。东亚新的国际秩序也正是于此役后不久，形成并稳固下来。探讨其时东亚任何一个国家的文学，都无法回避七世纪东亚世界风云变幻所带来的深远影响，更不能忽略客观上已经形成的国与国之间的文学联系。这不仅仅是针对朝鲜半岛、日本列岛的文学而言，也包括我国古代文学。三千世界，不惟有我中华，我们应该走入与我们有着紧密联系、更加宏大的东亚世界里，去观照我国古代文学。

　　千年以前的东亚世界，流布着上至先秦，下至隋唐的各类文学典籍。其中，唐代文学作为最时兴的"汉字文学"，有如"月映万川"照进东亚，出现了

---

① 王士祥：《唐代试赋研究》，上海：上海古籍出版社，2012年；《唐代应试诗赋论稿》，北京：商务印书馆，2016年。
② 王兆鹏：《唐代科举考试诗赋用韵研究》，济南：齐鲁书社，2004年。
③ 邝健行：《唐代律赋与律》，收入中国唐代文学学会等主编《唐代文学研究》第7辑，桂林：广西师范大学出版社，1998年；又《初唐题下限韵律赋形式的观察及引论》，收入《唐代文学研究》第8辑，桂林：广西师范大学出版社，2000年。
④ 〔日〕小西甚一：《文鏡秘府論考》研究篇下，東京：大日本雄辯會講談社，1951年；〔日〕中澤希男：《賦譜校箋》，《群馬大學教育學部紀要（人文·社會科學編）》第17號，1967年3月；张伯伟：《全唐五代诗格汇考》，南京：凤凰出版社，2002年等。

各国知识阶层共享唐代文学的景观。如张鷟(660? —740),"新罗、日本使至,必出金宝购其文";又如白居易(772—846),"鸡林贾人求市颇切"。唐代文学正是乘着东亚时局稳定、各国景仰大唐的东风,为古代朝鲜、日本的知识阶层所追捧,一时间香满东亚。毋庸置疑,唐代文学在东亚的传播与影响理应成为我国古代文学研究的应有之义。就唐代文学与日本这一部分工作而言,多是由从事中日比较文学的学者在做,我国如严绍璗、王晓平①,日本如小岛宪之、川口久雄②,尽管前辈学者成绩斐然,但仍有许多遗留课题。

日本与大唐交往最为密切的时期恰是唐代律赋急剧发展、枝繁叶茂的阶段,唐代律赋有没有传播至日本,是否给日本文坛以影响,是唐代律赋研究必然要追问的一个问题。然我国学界之中对此关注较少,仅能看到詹杭伦《日本平安朝学者都良香律赋初探》③等寥寥数篇研究成果,是一个近乎沉默的课题。相对而言,出于对本国文学的天然关心,日本研究者在讨论自家辞赋时反而数次触及唐代律赋。

二 日本汉文学中的律赋

日本学者西嶋定生早在二十世纪六十年代就以"册封体制"论来概括以中国为中心的古代东亚国际关系,并指出其中四大要素:以汉字为传意媒介,以儒教为思想伦理基础,以律令为法政体制,以汉传佛教为宗教信仰。尽管近年来西嶋的学说受到部分学者的批判,但其不局限于日本自身而将日本置于东亚世界的视野值得肯定,具有里程碑意义。若对西嶋提出的四大要素进行补充的话,以汉字为表意手段的"汉文学"可以说是东亚世界的另一构成要素④。每个东亚国家都为今人留存了丰富的汉文学遗产,等待我们挖掘研究。

日本辞赋是日本汉文学的重要组成部分,早在成书于日本天长四年(827)的敕撰汉诗文集《经国集》中,就可见十七篇辞赋。除了前面提到的小岛宪之外,松浦友久、吹野安、佐藤信一等日本学者均就其中源自我国文学

① 严绍璗、王晓平:《中国文学在日本》,广州:花城出版社,1990年。
② 〔日〕小岛宪之:《國風暗黑時代の文學》,東京:塙書房,1968—2002年;〔日〕川口久雄:《平安朝日本漢文學史の研究》,東京:明治書院,1975—1988年三訂版。
③ 詹杭伦:《日本平安朝学者都良香律赋初探》,收入徐中玉、郭豫适主编:《中国文论的古与今》(《古代文学理论研究》第32辑),上海:华东师范大学出版社,2011年。
④ 东亚世界的构成要素是多元化的,除儒教、佛教、律令、汉文学外还可举出医学、算学、历学等等,而共同表现在于以汉字为文明的载体。与西嶋定生、堀敏一、费正清等学者侧重"册封""羁縻""朝贡"的政治、外交、经贸角度不同,本书的着眼点在于文化。

的影响进行了研究①，近年来，该部分辞赋也引起了我国学者的关注，如郭建勋、邱燕就曾撰文予以探讨②。不过这些都是日本律赋发生之前的作品，体式都是骈赋，主要还是受《文选》、类书的影响。划时代的变化出现在九世纪中叶，自都良香(834—879)首开律赋写作的先河后，日本辞赋又增加了一种新的赋体。

松浦友久早在 1963 年就注意到日本赋体的演变问题，认为是《白氏文集》的传入导致日本人开始写作律赋③。尽管这一说法失之片面，但在日本学界产生了深远的影响，如 2015 年海村惟一虽再论日本辞赋，却没有超越松浦之说④。加之日本学者存在重文本、偏考据的研究倾向，导致不少研究成果虽关涉日本律赋，却不免有低效、重复、同质化之嫌；对遣词用句的出典考证虽丰富，却迟迟没有综合起来进行宏观研究。仅就律赋作品的校注整理而言，前前后后就不下数次。如柿村重松早于 1922 年就出版了《本朝文粹注释》⑤，其中涉及多篇律赋，后来小岛宪之、大曾根章介、后藤昭雄等先生又施以校注考察⑥，尽管成果不少，但其后仍能看到烧山广志⑦、文草之会⑧等研究者和学术

① 〔日〕松浦友久：《藤原宇合〈枣赋〉と素材源としての類書の利用について》，早稻田大學國文學會《國文學研究》第 27 號，1963 年 3 月；〔日〕吹野安《経國集の〈賦秋可哀〉について》，國學院大學國文學會《日本文學論究》第 27 號，1968 年 3 月；〔日〕佐藤信一：《〈経國集〉〈賦秋可哀〉の表現について》，《中古文学》第 52 號，1993 年 11 月。
② 郭建勋、邱燕：《日本平安初期汉文〈重阳节神泉苑赋秋可哀〉九首初探》，《国际汉学》2018 年第 4 期。
③ 〔日〕松浦友久：《上代日本漢文學における賦の系列—〈経國集〉〈本朝文粹〉を中心に—》，東京大學國語國文學會《國語と國文學》1963 年第 10 號；后收于《日本上代漢詩文論考》，東京：研文出版，2004 年。
④ 〔日〕海村惟一：《日本早期赋学研究：〈経国集〉〈本朝文萃〉I——以平安时代菅原道真兼明亲王的赋为例》，《中国韵文学刊》2015 年第 1 期。
⑤ 〔日〕柿村重松：《本朝文粹註釋》，京都：内外出版，1922 年。
⑥ 〔日〕小岛憲之：《懷風藻・文華秀麗集・本朝文粹》(日本古典文學大系 69)，東京：岩波書店，1964 年；〔日〕大曽根章介等：《本朝文粹》(新日本古典文學大系 27)，東京：岩波書店，1992 年；〔日〕後藤昭雄：《本朝文粋抄》第一册，東京：勉誠出版，2006 年。
⑦ 〔日〕烧山廣志：《菅原道真の賦について—音韻・構造上の一考察—》，熊本大學文學部國語國文學會《國語國文學研究》第 30 號，1994 年 12 月；又《菅原道真作品研究—〈未旦求衣賦〉注釈—》，《有明工業高等專門學校紀要》第 32 號，1996 年 1 月；又《菅原道真作品研究—〈清風戒寒賦一首〉注释—》，《有明工業高等專門學校紀要》第 33 號，1997 年 1 月；又《菅原道真作品研究—〈秋湖賦〉注释—》，熊本大學文學部國語國文學會《國語國文學研究》第 33 號，1997 年 12 月；又《紀長谷雄の賦について—音韻・構造上の一考察—》，《有明工業高等專門學校紀要》第 34 號，1998 年 1 月；又《紀長谷雄作品研究—〈柳化為松賦〉注释—》，《九州大谷國文》第 27 號，1998 年 7 月；又《紀長谷雄作品研究—〈春雪賦〉注释—》，熊本大學文學部國語國文學會《國語國文學研究》第 34 號，1999 年 3 月；又《紀長谷雄の賦・出典考—〈春雪賦〉をめぐって—》，收入小久保崇明編《國語國文學論考》，東京：笠間書院，2000 年。
⑧ 〔日〕文草の会：《菅家文草注释》文章篇，東京：勉誠出版，2014 年。

团体的努力。得益于日本前辈学者所做出的优秀成果,我们对日本律赋有了许多直观的认识,但这种研究现状显然无法帮助我们更深入地了解日本律赋。

日本律赋研究不得深入的原因之一,恐怕在于研究视野的局限。可喜的是,我国部分学者已开始尝试着将东亚汉文学作为一个整体进行研究。如 2004 年张哲俊《东亚比较文学导论》将中日韩三国文学作为"东亚文化圈"的一个重要文化存在进行考察,其中有部分内容涉及汉文学①。2009 年王晓平《亚洲汉文学》涵盖了朝鲜半岛、日本、越南、琉球的汉文学,是学界中较早将汉文学单列研究的著作之一,并有一章专论辞赋②。2010 年高文汉、韩梅《东亚汉文学关系研究》则运用比较文学的研究方法来探讨中国文学对日韩汉文学的影响、日韩汉文学在接受过程中的变异以及它们之间的内在联系③。2017 年张伯伟《东亚汉文学研究的方法与实践》进一步上升到方法论的高度,对当前占据主流的"西方式"的或曰"外来"的学术方法、理论框架、提问方式进行反思,提出"作为方法的汉文化圈",并将其应用于东亚汉文学的一些个案研究④。诸先生高屋建瓴、视野宽阔,但毕竟不能穷尽东亚汉文学研究的方方面面。就日本辞赋,尤其是律赋而言,仍处于一个泛论较多、研究视点缺乏聚焦的状态。从数量上讲,相关研究也为数不多,仍有很多问题悬而未决。

可以说,如果不对唐代律赋在日本的传播与影响展开系统的研究,包括律赋在内的很多日本汉文学作品都难以得到合理的解释,这项工作是我们深入探讨日本汉文学的必经之路,无法回避。

三 研究的思路、方法及意义

本书以唐代律赋和日本古代汉文学为考察对象,拟通过三步五章来展开唐代律赋在日本的传播与影响这一课题,并附设一章试作域外返观。

第一步:传播考论。即第一章"唐代律赋传播论",分作三节来论述唐代律赋如何东传日本,又如何在日本国内流播,涉及传播的主体、客体、手段、途径、范围、特点等诸多问题。第一节"唐代文学的东传与日本文献载录的唐人辞赋"就唐代文学东传的背景、传播特征等展开初步论究。通过调查《日本国见在书目录》、"入唐八家"求法目录、《通宪入道藏书目录》,及《和汉朗咏集》《赋谱》《江谈抄》等文献来辑录传入日本的唐代律赋。第二节"辑佚

① 张哲俊:《东亚比较文学导论》,北京:北京大学出版社,2004 年。
② 王晓平:《亚洲汉文学》,天津:天津人民出版社,2009 年。
③ 高文汉、韩梅:《东亚汉文学关系研究》,北京:中国社会科学出版社,2010 年。
④ 张伯伟:《东亚汉文学研究的方法与实践》,北京:中华书局,2017 年。

之外——日本典籍中的'新赋''典丽赋'考述"试图超越传统研究中止于利用日本文献进行辑佚的局限。通过中日两国文献的对读互见,指出《新赋》与《典丽赋》是收录唐人律赋的重要赋集,均传入日本成为平安文人接受唐赋、校勘唐赋的重要文本依据。并历时地梳理了唐人律赋的编选流传及对日传播情况,勾勒出其在中日两国流播的轨迹。第三节"菅原道真接触唐代律赋的一个侧面"将研究视角从传统的目录文献中解放出来,利用日本平安文人写作的汉诗去考索唐代律赋的在日传播,以提供一个唐代律赋在平安朝上层人士间流布的鲜活案例。

第二步:影响考论。分三章从不同侧面详论唐代律赋的在日影响。第二章以律赋的"程限"为中心展开考论。第一节"唐代科场课赋的分期、特征及演变"在整理前人研究成果的基础上,制作"唐代科场现存律赋押韵一览表"。通过对表中数据的定量分析,来历时地把握唐代科场课赋的特征。第二节"文体的东传还是制度的东传——日本律赋发端考"以日本律赋写作第一人都良香的律赋为考察对象,聚焦于程限的设定,从唐代科举东渐的角度探讨其与唐代律赋的关系。第三节"平安朝律赋之程限由来考"将现存日本平安朝律赋全部纳入考察范围,从写本学的角度研究其程限的内容、表述方式、顺序及书写与唐代律赋有何关系。第三章以白行简律赋的对日影响为中心展开考论。第一节"白行简与其《望夫化为石赋》"首先就白行简的辞赋展开定量分析,究明其律赋写作的特征,然后分析日本文献所称颂的《望夫化为石赋》,从典范性的角度加以论述。第二节"纪长谷雄《柳化为松赋》与唐代律赋关系考论"针对平安文人纪长谷雄的《柳化为松赋》展开研究,论证其限韵方式、赋头及赋尾均与唐代律赋有密不可分的关系,尤其是在写作上受到了白行简《望夫化为石赋》的直接影响。第三节"再考白行简的赋与大江朝纲的《男女婚姻赋》"针对另一平安文人大江朝纲的《男女婚姻赋》展开考察,旨在论证其受到了白行简《望夫化为石赋》及《天地阴阳交欢大乐赋》的双重影响,兼论日本人对律赋的认识。第四章"律赋体式与平安朝汉文学的发展"以唐代律赋对日本汉诗等文体的影响为中心进行考论。第一节"春澄善绳应试诗《挑灯杖》的押韵考述"将平安初期诗人春澄善绳的应试诗《挑灯杖》与日本早期汉诗进行押韵方面的比较考察,认为该年课诗受到了唐代律赋限韵方式的影响。第二节"菅原道真汉诗诗体论"对菅原道真《山家晚秋》一诗的格律展开分析,指明其"变体汉诗"的特质。第三节"似是而非的域外汉诗"针对日本出现的限韵诗歌展开考论,阐论律赋体式在平安朝汉文学发展中的作用。

第三步:追考与补论。即第五章"日人眼中的律赋之格与律赋之美",一是考察传播至日本的唐代赋格及其影响,二是讨论古代日人对唐人律赋的审美判断和接受情况。第一节"《赋谱》拾零"针对在日本发现的现存唯一的唐代赋格《赋谱》,就其作者立场、抄卷脱文、术语理解等方面进行补充讨论。第二节"唐代赋格在日本的传播及嗣响"通过对纪长谷雄《柳化为松赋》的进一步考察,指出传播至日本的唐代赋格不止《赋谱》,但通过日本的汉文格法著述又可知《赋谱》是对日本影响极为深远的赋格。第三节"被过滤了的美文与秀句"则通过分析《和汉朗咏集》《新撰朗咏集》所收的唐人赋句,指出唐人律赋在传入日本后经历了一个筛选去取的过程,终以一种符合日人审美的形式融进岛国文艺之中。

此外,日本存有我们可资利用的部分文献是唐代文学对日传播与影响的结果,故于最后附加一章"唐代律赋研究的新材料",尝试利用域外汉籍来研究唐代律赋。第一节"域外汉籍钞本与唐代辞赋文献整理"利用日本的《白氏文集》钞本,指出前人校勘上的一些问题,论述日本钞本中校合注、校改符号、训读等信息的重要性。第二节"唐代律赋中的'以题为韵'补议"再次考察唐代律赋中现存的"以题为韵",利用《赋谱》《白氏文集》等日本传存汉籍,重新定义了"以题为韵"的"程式之意"。

本书主要使用两类方法。一是偏重考据的文献学方法,如走访日本国立国会图书馆、大学图书馆、文库、寺庙等各类藏书机构,利用写本、目录、校勘、注释、辑佚、音韵等多种手段整理各类文献,并详加考证。二是比较文学的研究方法,如借鉴法国学派及我国清代乾嘉学派而形成的"和汉比较文学研究"中的"出典论",通过多个细化至程限、作法、表现、题材、押韵等层面的个案分析,来追究唐代律赋对日本古代汉文学的影响。同时,兼用社会历史批评等古代文学的传统研究方法,不再详述。

本书的学术价值是多方面的。具体而言,将揭示部分前人不曾论及的重要问题,更新一些陈年旧说。其一,考证出中晚唐律赋传播到日本的速度快、赋家多、形式各样,发前人所未发。其二,将律赋纳入唐日科举视野下,推翻了日本学界半个多世纪以来以《白氏文集》为日本律赋发生之契机的片面观点。其三,破除中日两国学界谈唐日文学多佐以白居易的陈说,证实日本古人所言"赋,行简胜"之说不诬。其四,指出日本变体汉诗的存在,丰富了我们对中国古代文学在日流变衍生的认知。其五,从跨文化审美的角度揭橥平安朝日人的辞赋观及其对唐赋的接受方式。其六,借助域外文献为唐代律赋研究带来了一丝新鲜空气。

宏观而论,可以进一步改善唐代文学在海外传播与影响研究不够充分的现状,推动相对薄弱的辞赋领域向纵深拓展,也使域外汉文学的研究更加全面化、系统化。本书横跨中日两国古代文学,既带给中国辞赋研究一双"异域之眼",一种"从周边看中国"的独特视角;也有助于我国研究者认识了解域外辞赋。研究结论不仅可以帮助我们进一步总结唐代文学在日本传播与演变的规律,也可以深化我们对中日两国文学关系的认识。

2019 年末,新冠疫情蔓延迅速,各地口罩、防护服等医用物资紧缺。2020 年初,国际社会知悉我国疫情,很多国家向我们伸出了援手,其中来自日本社会各界的捐助格外引人注目。如京都府舞鹤市寄赠给友好城市大连市的物资上写有"青山一道同云雨,明月何曾是两乡"(出唐王昌龄《送柴侍御》);日本道观捐赠给中国道教协会的物资上有"四海皆兄弟,谁为行路人"(出《文选·苏武诗四首其一》),"相知无远近,万里尚为邻"(出唐张九龄《送韦城李少府》),均典出我国古诗。而日本汉语水平考试 HSK 事务局援助湖北高校的物质上则写有"山川异域,风月同天"(出日长屋王赠袈裟所绣偈语),是典型的域外汉诗;富山县捐赠给友好省份辽宁的物资上更是新作"辽河雪融,富山花开。同气连枝,共盼春来。"这些无一不是在提醒我们中日两国历史上曾同文共语,汉文学早已嵌入日本的基因。

未几,在我国疫情得到有效控制的时候,日本却病毒汹汹,陷入了物资紧缺的窘境,中国人民投桃报李,迅速向邻国发起支援。回赠物资同样附有寓意深长的诗句,如重庆市向友好城市水户市和广岛市寄语"木瓜琼琚,永以为好"(典出《诗经·卫风·木瓜》),慈溪市赠岩手县泷泽市"愿岁并谢,与长友兮"(出《楚辞·九章·橘颂》),浙江省赠静冈县"天台立本情无隔,一树花开两地芳"(出巨赞《赠日本莲宗立本寺细井友晋贯主》)。尤值一提的是,辽宁省赠北海道"鲸波万里,一苇可航。出入相友,守望相助"(后句出《孟子·滕文公上》)是以汉文训读的方式①展示,更符合日人接受我国古典的习惯。而大连市赠福冈县北九州市等地的物资上则配了一首日本近代文豪夏目漱石(1867—1916)的俳句"春雨や 身をすり寄せて 一つ傘",并附汉译"潇潇春雨下,相约一把伞",引发日本媒体争相报道②。我国驻名古屋总领事馆给名古屋市立东部医疗中心捐赠口罩时更是以和汉短诗相映成趣的方式寄语,诗云"雾尽风暖,樱花将灿",是我国外交部时任发言人华春莹女士于社交媒体所发,歌云"花の陰 あかの他人は なかりけり"(试译:春樱下,

① 鲸波万里なるも,一苇航るべし。出入相友とし,守望相助く。
② 如东京首都电视台 2020 年 4 月 3 日节目,《每日新闻》2020 年 4 月 18 日版等。

你我赏花者,皆有缘),是江户时代著名俳人小林一茶(1763—1827)之句。①

　　在这场突如其来的疫情中,中日两国诗歌互动,俨然是古人赠答酬唱的再现,为全世界展现了一道共克时艰、携手前行的诗化景观。之所以出现这种你唱我和的和谐画面,与东亚世界曾经共享汉文学、形成了牢不可破的汉文化圈密不可分。而互动中的"和"风异色,则是我们对多元文明发展趋势的回应,是推动东亚文明交流互鉴而表现的诚意。在这个地区冲突与战争仍时有发生的世界,中日如何相处是考验两国人民智慧的一大难题。尊重历史,才能理解当下、放眼未来。希望这一课题研究可以从文学的角度发人省思,实现充当历史镜鉴的当代意义,是为绪论。

---

① 这一和汉并赏的方式可以追溯至《新撰万叶集》(893 年成书,913 年增补)和《句题和歌》(894 年成书)出现的平安前期,并在《和汉朗咏集》(1012—1021 年间成书)等摘句集问世的平安中后期达到顶峰。

第一章　唐代律赋传播论

我们在讨论唐代律赋是否对日本产生影响之前，首先需要解决的便是唐代律赋有没有传播到日本，有多少赋家及他们的作品传播到了日本，又是以什么样的方式在传播，传播的主体是谁，以及传入日本后在日本国内是如何进一步流布传承的等等一系列问题。要解决这些问题，最好先对我国古代文学东传日本的缘起与研究现状作一概观，并简介唐代文学的东传状况，然后再深入到日本现存目录及各种史料中去探寻唐代律赋传播的踪迹。

需要追加说明的是，本章虽专论唐代律赋之在日传播，却并非将每一条与传播相关的研究结论尽述于此。本章主要是以文献学的方法就唐代律赋的在日传播进行了初步考察。应当说，文献学的方法是我们研究这一课题的基础方法，也是最为直接有效的方法。然而这不意味着它可以解决一切问题，文献学式的考察与生俱来的局限在于其对"文献"的依赖。以左牢《密雨散如丝赋》、张读《闲赋》、谢观《白赋》等赋篇为例，若不是《和汉朗咏集》等日本文献摘录且有古人作注，今人断难知晓这些作品是唐人律赋且曾经传入日本。一旦关键文献湮没于历史，甚至出现失传灭迹的情况，文献学的方法就难以奏效，可谓"英雄无用武之地"。因此我们必须充分认识到传播研究中单纯文献学式的考察存在不足，有必要解放思想、打开思路，借鉴其他研究方法与文献学的方法进行融合。在传统文献学研究难以奏效的时候，影响研究等比较文学的方法则会帮助我们另辟蹊径，带给我们一些有益的启示。本章之后的"唐代律赋影响论"中就有几处结论，既是影响研究的产物，也客观上反映了传播的史实，可补本章之不足。

第一节　唐代文学的东传与日本文献载录的唐人辞赋

说到文学传播，首先想到的便是传播的重要载体之一——书籍。那么我国典籍最早是如何东传日本的呢？常见的说法有三个。一是见载于《古事记》和《日本书纪》的"百济贡来"说。《古事记》卷中《应神纪》云:"又科赐百济国,若有贤人者贡上。故,受命以贡上人,名和迩吉师。即《论语》十卷、《千字文》一卷并十一卷,付是人即贡进。此和迩吉师者,文首等祖。"①这里的"和迩吉师"就是《日本书纪》所载的"王仁",百济人王仁携汉籍赴日,是中日两国学界最常引用的说法,静永健先生据《三国史记》推论传入时间为公元 405 年春二月②。二是"新罗掠取"说,《日本书纪》卷九神功皇后摄政前纪仲哀天皇九年十月辛丑条云:"欲诛新罗王。(中略)乃解其缚为饲部,遂入其国中,封重宝府库,收图籍文书。"③在新罗收取的"图籍文书"自然包括大量由我国传入的汉籍,只是神功皇后征服新罗疑为古代日人对东亚秩序的"政治想象",难以确定是否为史实,莫若看作"百济贡来"的"新罗版"演绎更为合适。三是"徐福传来"说,源自徐福东渡日本的传说。这个传说拥有广泛的受众基础,连宋人都曾赋诗感叹:"徐福行时书未焚,逸书百篇今尚存。令严不许传中国,举世无人识古文。先王大典藏夷貊,苍波浩荡无通津。令人感激坐流涕,锈涩短刀何足云。"④不过传说终非信史,"徐福传来"说还是看作日本留存我国佚书的"文学想象"为宜。

　　除上述三说以外,从我国文献中也可一窥典籍东传的端倪。《三国志·魏书》第三十《倭人传》载:"正始元年(240),太守弓遵遣建中校尉梯俊等奉诏书印绶诣倭国,拜假倭王,并赍诏赐金、帛、锦罽、刀、镜、采物,倭王因使上表答谢恩诏。"⑤《倭人传》详细记载了以卑弥呼为王的"女王国"与曹魏之间的数次交往,记载之详可证当时语言交流并无太大障碍⑥。这次的上表答谢恩诏无疑是汉文,没有一定的汉语修养断难完成,卑弥呼的身边很可能有精通汉语之人来担此重任。不过这类精通汉语的人士恐非倭人,而是来到日本的大陆移民。无论这些移民是来自我国,还是朝鲜半岛南部的三韩,他们很可能携有我国典籍。也就是说,早在曹魏时期,我国典籍就很可能已传

① 〔日〕倉野憲司、武田祐吉校注:《古事記》(日本古典文學大系第 1 卷),東京:岩波書店,1958 年,第 248 頁。

② 〔日〕静永健:《汉籍初传日本与马之渊源关系考》,《中山大学学报(社会科学版)》2010 年第 5 期。

③ 〔日〕坂本太郎、家永三郎等校注:《日本書紀》上(日本古典文學大系第 67 卷),東京:岩波書店,1967 年,第 339 頁。

④ 此诗旧题欧阳修作,经日下宽、杨守敬等人考辨,知实为司马光作,可参金程宇:《〈日本刀歌〉考辨史事钩沉》,《中华文史论丛》2013 年第 2 期。"先王大典藏夷貊,苍波浩荡无通津"两句在《司马光集》中作"嗟予乘桴欲往学,沧波浩荡无通津。"

⑤ 〔晋〕陈寿撰,裴松之注:《三国志》,北京:中华书局,1971 年,第 857 页。

⑥ 《倭人传》开篇即云"倭人在带方东南大海之中,依山岛为国邑。旧百余国,汉时有朝见者,今使译所通三十国。"

播至日本。

以上种种，当以有文献记载的说法更为可靠。汉译佛经最初的传播途径也是百济，《隋书》卷八一《东夷传·倭国》明言："无文字，唯刻木结绳。敬佛法，于百济求得佛经，始有文字。"①可见早期我国典籍的日本之旅，主要是假道朝鲜半岛。伴随着典籍的东渡，我国古代文学也开始了向东传播的旅程。

一　我国古代文学的东传

然而，文学的传播却未必与典籍的传播同步。尽管曹魏时期我国典籍就有传至日本的可能，但当时的日本并未开化，根本不具备接受汉籍的条件。汉籍于倭人而言不过是写满各种符号的"物品"而已，对社会发展、文明进步来说几无实质意义。到了王仁渡日，所携《论语》及《千字文》则有了蒙学意义，可看作我国古代文学东传日本的肇端。不过由于受众特殊，汉籍的早期传播只会是一种小规模的不完全传播，这必然会对文学传播产生不小的影响。通过《日本书纪》的记载，我们约略可以窥知当时的受众。

> 十六年春二月，王仁来之。则太子菟道稚郎子师之，习诸典籍于王仁，莫不通达。所谓王仁者，是书首等之始祖也。②

王仁的任务是将我国典籍传授给以太子为代表的皇族，受众显然局限于统治阶级的核心层。其后从百济派遣来的五经博士段杨尔、汉高安茂、王柳贵、固德马丁安等人也应是以皇族贵族为授经对象。③ 首先，受众的狭小决定了汉籍传播尚难有规模性、系统性与普遍性可言，遑论文学传播。其次，受众的学习目的显然是取法于先进国家，以更好地治国理政，他们势必会对汉籍有所选择、有所侧重。从《日本书纪》的记载来看，蒙学与经学更为突出，这自然会挤压文学的传播空间。可以想见，这一时期我国文学的传播只会是一种支离破碎的、时断时续的传播。

到了日本推古十五年（607），圣德太子遣使小野妹子入隋，递交了"日出处天子，致书日没处天子，无恙"的著名国书。学界多引日本佚书《经籍后传记》的记载来说明小野妹子入隋的使命之一是"买求书籍"，如王勇先生《遣

---

① 〔唐〕魏征等撰：《隋书》，北京：中华书局，1973 年，第 1827 页。
② 见《日本书纪》卷十应神天皇十五年八月，〔日〕坂本太郎、家永三郎等校注：《日本書紀》上，第 373 頁。
③ 见《日本书纪》卷十七继体天皇七年六月、卷十七继体天皇十年九月、卷十九钦明天皇十五年二月。

唐使时代的"书籍之路"》一文①。但这一记载不无疑义，需要审慎对待。"买求书籍"的记载见于转引《经籍后传记》的《善邻国宝记》卷上，《善邻国宝记》是室町中期临济僧人瑞溪周凤(1392—1473)编著的一部外交史书，成书于1470年，是后出文献，只有全引其中记载方能避免可能出现的偏差。

> 同(推古)十五年。二月，百济昙惠、道深二比丘同来。《日本书记》二十二卷曰……《圣德太子传》曰……《通鉴纲目集览》曰……按，却后四十代鸟羽院朝，宋国附商客孙俊明、郑清等寄来之书曰："矧尔东夷之长，实惟日本之邦……"云云，命相诸家考旧例，各奏所记。就中，元永元年四月二十五日，中原朝臣师安、同氏广忠、清原真人信俊、中原朝臣师远、同氏广宗五人，同引《日本书纪》内《推古记》，又引《经籍后传记》曰："以小治田朝(今按推古天皇)十二年，岁次甲子，正月朔，始用历日。是时国家书籍未多，爰遣小野臣因高，于隋国买求书籍，兼聘隋天子，其书曰：'日出处天皇，致书日没处天子。'隋炀帝览之不悦，犹怪其意气高远，遣裴世清等十三人，送因高来观国风，其书曰：'皇帝问倭王'，圣德太子甚恶其黜天子之号为倭王，而不赏其使，仍报书曰：'东天皇白西皇帝'"云云。又《推古记》《太子传》所记，妹子入隋，乃推古十五年丁卯也。然《书籍后传记》曰"十二年甲子"，又"倭皇"作"倭王"，孰是？当以《推古记》《太子传》为是欤……②

据《百练抄》《师守记》以及《善邻国宝记》可知，元永元年(1118)三月十五日，渡日的宋商带来了宋朝的牒状，日本朝廷不知如何回复，鸟羽天皇便命多位学者翻检旧例，五位学者于四月二十五日奏引了《日本书纪·推古纪》《经籍后传记》的记载。但瑞溪周凤在全引《日本书纪·推古纪》《圣德太子传》的相关记载后已发现《经籍后传记》所记与《推古纪》《太子传》所记有两处龃龉。其中，《经籍后传记》所记遣隋时间(604)显误，说明该逸文不可尽信，所谓"买求书籍"不排除是后人附会的可能。但王勇先生文中对圣德太子搜求佛经的观点是稳妥的。如果遣隋使果真有"买求书籍"的使命，那么很可能不是大范围求书，而是以"佛经"为主要目标。受到佛经的挤压，这

---

① 王勇：《遣唐使时代的"书籍之路"》，《甘肃社会科学》2008年第1期。
② 〔日〕瑞溪周鳳：《善鄰國寶記》卷上推古十五年条(《史籍集覧》第21册)，東京：近藤活版所，1901年，第9—11頁。

一时期的文学传播仍然是之前零散断续的传播形态。

笔者认为这种传播形态真正发生转变的契机是"乙巳之变"(645),一次与过往氏族社会所形成的大贵族垄断政体进行决裂的政变。政变的主将中大兄皇子实施大化改新,意图模仿唐朝建立中央集权体制。皇子即位后是为天智天皇,制定推行《近江令》,迈出了律令制国家建设最为坚实的一步。那么这段历史转变与我国文学的传播有何关联呢?我们需要先来了解这段历史转变与日本汉文学之间的关系,日本第一部汉诗集《怀风藻》(751年成书)的序文对此有翔实而精炼的描述,逐录如下:

> 邈听前修,退观载籍。袭山降跸之世,橿原建邦之时,天造草创,人文未作。至于神后征坎,品帝乘乾。百济入朝,启龙编于马厩;高丽上表,图乌册于鸟文。王仁始导蒙于轻岛,辰尔终敷教于译田。遂使俗渐洙泗之风,人趋齐鲁之学。
>
> 逮乎圣德太子,设爵分官,肇制礼义。然而专崇释教,未遑篇章。及至淡海先帝之受命也,恢开帝业,弘阐皇猷,道格乾坤,功光宇宙。
>
> 既而以为调风化俗,莫尚于文;润德光身,孰先于学。爰则建庠序,微茂才,定五礼,兴百度。宪章法则,规模弘远,夐古以来,未之有也。
>
> 于是三阶平焕,四海殷昌,旒纩无为,岩廊多暇。旋招文学之士,时开置醴之游。当此之际,宸瀚垂文,贤臣献颂。雕章丽笔,非唯百篇。但时经乱离,悉从煨烬。言念湮灭,轸悼伤怀。
>
> 自兹以降,词人间出。龙潜王子,翔云鹤于凤笔;凤裔天皇,泛月舟于雾渚。神纳言之悲白鬓,藤太政之咏玄造,腾茂实于前朝,飞英声于后代。①

序文对"淡海先帝"(即天智天皇)的功业极尽夸耀,道出了天智朝与文学(即汉文学)繁盛之间的逻辑联系。是天智天皇的种种举措推动了日本的制度建设,从而实现了社会发展、文明进步,出现了"三阶平焕,四海殷昌,旒纩无为,岩廊多暇"的局面。显而易见,天智朝为文学的发展不仅创造了必要的物质条件,也营造了一个和谐稳定的社会环境。此外,这一时期的上层统治者已

---

① 〔日〕小岛宪之校注:《懷風藻》(日本古典文學大系第69卷),東京:岩波書店,1964年,第58—61頁。

然认识到"文""学""篇章"的巨大功用,他们鼓励文学创作,直接刺激了文学发展。日本汉文学由此诞生并呈现出繁荣景象,虽因"壬申之乱"(672)导致作品"悉从煨烬",但汉文学登上历史舞台的趋势却已不可逆转。序文中尽管没有刻意强调,但日本汉文学的源头活水是我国文学则不言自明,其产生与繁荣意味着我国文学在前朝的传播虽然支离破碎、时断时续,却也日积月累到了一定程度,满足了日本汉文学诞生的基本条件。而天智天皇的举措无疑又对这种传播起到了推波助澜的作用。以其中的"建庠序"为例,过往的汉文学教育只局限于皇族贵族等少数人群,聘请的"外国"博士不过是类似于"家庭教师"的角色,而学校的建立则意味着受众狭小的局面将由此得以改变,必然促使文学的传播规模发生变化。虽然《近江令》已佚,但在702年颁布的《大宝律令》,以及十余年后修订的《养老律令》中,已然可以通过《学令》来确认日本学校教育的形式、内容及规模。源起于天智朝的学校教育,不仅促进了汉文学在岛内的大规模传播,也对我国文学的东传提出了速度与数量上的要求。再如"旋招文学之士,时开置醴之游",更是直接刺激了贵族百官的汉诗文写作,加剧了他们对我国文学东传的渴望。以天智朝为分水岭,我国文学的东传由过往的零散断续渐改为规模巨大、持续不断的传播。

自天智朝以后,我国文学的东传仿佛开闸泄洪一般,海量作品源源不断地涌入日本。无论是在奈良平安时代回国的遣唐使船上,还是在江户时代的长崎码头上,都可以看到我国文学典籍的身影。探讨我国文学的对日传播是个庞大而复杂的课题,在二十世纪,总括概论式的研究较为常见,如严绍璗、王晓平二位先生的《中国文学在日本》①可谓其中代表;进入本世纪后,具体到某种文体、某个文人、某部作品甚至一首诗的传播研究开始增多,呈现出细化的倾向。尽管对日传播研究已取得不少成果,但仍有不足亟待弥补。第一,缺乏断代的视角。第二,对辞赋的传播鲜有关注。

唐代是我国古代文学对日传播的黄金时期,但这一时期的传播内容上至先秦,下至隋唐,一千多年来积累的文学作品几乎是不分先后、同时涌入日本。但先唐文学在我国已经经典化或正在经典化的作品不在少数,而唐代文学的经典化尚未开始,如不加区分笼统论之,则很容易忽视唐代文学对日传播的一些特质。包括同之后的宋元明清,亦需有区分的意识。唐代仍处于写本的时代,而宋后则是刻本的时代,这必然会改变文学的传播方式,为作品打上时代的烙印。鉴于此,下面首先以唐代文学为对象,尝试探索断代文学的对日传播研究。

---

① 严绍璗、王晓平:《中国文学在日本》,广州:花城出版社,1990年。

二　唐代文学东传的背景：东亚书籍之路①

前文已及，我国典籍的对日传播早期主要是假道朝鲜半岛，尤其是百济这个紧邻日本的国家，常常将我国传至百济的典籍转传与日本，可谓漫漫传播路上重要的中转驿站。然而随着唐帝国的建立和日益强大，东亚国际形势渐变。攻灭东突厥，远征高句丽，强势崛起的大唐加强了对朝鲜半岛的影响。公元660年，百济为大唐与新罗联军所灭，之后663年的白村江之战，不仅百济复国未果，作为援军的日本也遭遇惨败，我国典籍的对日传播由此而发生了历史性的变化。一是假道百济的方式彻底消失；二是惨败的日本致力于仿效大唐以建立中央集权国家，对汉籍的需求急剧增加。百济亡国后未几，尽管新罗代替百济成为书籍之路的新驿站，但因东北亚局势的复杂多变②，以及中日两国南路航线③的开辟，我国典籍的对日传播变得途径多样化、体量巨大化。大量的唐代书籍，就是在这样的时代背景下装载上船、扬帆远航，越过大海抵达日本。

在形形色色的传播者中，有官方派遣的使节，如吉备真备（695—775）；有入唐求学的僧人，如空海（774—835）；还有一些鲜为人知的商人、归化人等，他们无疑是东亚书籍之路的主角，起到了至关重要的作用。传播的典籍也是包罗万象，除常见的经史著述、汉译佛经、律令典章外，还有医家、农家、兵家、天文、五行等等，可谓三教九流、无所不有。

（一）遣唐使团

说到书籍之路中最为耀眼的角色，恐怕非遣唐使莫属。一是他们作为日本官方使节的重要身份，二是他们冒着惊涛骇浪、舍命渡海的可贵精神。

---

① "书籍之路"为王勇先生仿"丝绸之路"提出并倡导的概念，可参王勇：《"丝绸之路"与"书籍之路"——试论东亚文化交流的独特模式》，《浙江大学学报（人文社会科学版）》2003年第5期；王勇等：《中日书籍之路研究》，北京：北京图书馆出版社，2003年；王勇主编：《书籍之路与文化交流》，上海：上海辞书出版社，2009年；王勇主编：《东亚坐标中的书籍之路研究》，北京：中国书籍出版社，2012年等相关著述。

② 日本与新罗的关系一直较为紧张，如《续日本纪》卷十九天平胜宝六年正月丙寅条载，副使大伴宿祢古麻吕自唐国至，古麻吕奏曰："大唐天宝十二载，岁在癸巳，正月朔癸卯，百官诸蕃朝贺，天子于蓬莱宫含元殿受朝。是日，以我次西畔第二，吐蕃下，以新罗使次东畔第一大食国上。古麻吕论曰：'自古至今，新罗之朝贡大日本国久矣，而今列东畔，我反在其下，义不合得。'时将军吴怀实见知古麻吕不肯色，即引新罗使次西畔第二吐蕃下，以日本使次东畔第一大食国上。"

③ "南线"是指从日本筑紫国的大津之浦，即博多港（现福冈市）启航，一是沿筑紫西海岸南下，绕经种子岛、屋久岛、奄美大岛，横渡中国东海，到达扬子江口；二是经过五岛列岛和平户岛，横渡东海在苏州、明州一带登陆。

遣唐使由大使、副使、判官、录事组成,但实际上同船西渡的还有通事翻译、船师水手、杂役士兵,以及留学生和学问僧等大量随行人员。他们组成了一个庞大的遣唐使团,在八世纪时人数常达四五百人之众,常分乘四艘船前往我国。而赴唐的重要目的之一便是求书、购书。

吉备真备曾两次渡唐,第一次作为遣唐留学生,第二次作为遣唐副使。《续日本纪》记载其第一次入唐学习十七年后归国,向朝廷献书、物:"入唐留学生从八位下下道朝臣真备献《唐礼》一百三十卷、《太衍历经》一卷、《太衍历立成》十二卷、测影铁尺一枚、铜律管一部、铁如方响写律管声十二条、《乐书要录》十卷、弦缠漆角弓一张、马上饮水漆角弓一张、露面漆四节角弓一张、射甲箭二十只、平射箭十只。"①这是留学生携归书籍的例子。

玄昉(? —746)是与吉备真备同时赴唐的学问僧,《续日本纪》载其"灵龟二年(716)入唐学问,唐天子尊昉,准三品令着紫袈裟。天平七年(735)随大使多治比真人广成还归,赍经论五千余卷及诸佛像来,皇朝亦施紫袈裟着之,尊为僧正。"②这是学问僧携归书籍的例子。

我国史籍也记载颇详。《旧唐书·日本传》云:"日本国者,倭国之别种也。……长安三年,其大臣朝臣真人(粟田真人)来贡方物。……真人好读经史,解属文,容止温雅。则天宴之于麟德殿,授司膳卿,放还本国。开元初,又遣使来朝,因请儒士授经。诏四门助教赵玄默就鸿胪寺教之,乃遗玄默阔幅布以为束脩之礼,题云'白龟元年调布'。人亦疑其伪。所得锡赍,尽市文籍,泛海而还。其偏使朝臣仲满(阿倍仲麻吕),慕中国之风,因留不去,改姓名为朝衡,仕历左补阙、仪王友。衡留京师五十年,好书籍,放归乡,逗留不去。天宝十二年,又遣使贡。上元中,擢衡为左散骑常侍、镇南都护。贞元二十年,遣使来朝,留学生橘逸势、学问僧空海。元和元年,日本国使判官高阶真人上言:'前件学生,艺业稍成,愿归本国,便请与臣同归。'从之。开成四年,又遣使朝贡。"③"好读经史,解属文"的粟田真人(? —719)是于 702 年出发 703 年抵达长安的遣唐使团的持节大使。开元初的遣唐使(多治比县守等人)则在归国前"所得锡赍,尽市文籍"④,"好书籍"的阿倍仲麻吕更是淹留大唐,留下一段中日交流的佳话。再之后的橘逸势、空海同样也是访

---

① 〔日〕青木和夫、稻冈耕二等校注《续日本纪》(新日本古典文學大系第 14 卷)卷十二天平七年(735)四月二十六日辛亥条,东京:岩波書店,1992 年。

② 〔日〕青木和夫、稻冈耕二等校注《续日本纪》卷十六天平十八年(746)六月已亥条,第 28—30 页。

③ [五代]刘昫等:《旧唐书》卷一九九上列传第一四九上,北京:中华书局,1975 年,第 5340、5341 页。

④ 《新唐书》卷二二〇列传第一四五亦云"悉赏物贸书以归"。

求、抄写、购买我国书籍的遣唐随行人员。

从现存文献记载来看,遣唐使团中携归我国书籍的主要是遣唐使节、留学生和学问僧,尤其是在八世纪的唐日两国之间,他们无疑是书籍之路上的"主力军"。学界有关遣唐使的研究成果已十分丰富三①,参而即知,这里不再赘述。

(二)求法巡礼僧

自平安佛教的两大开山祖师空海、最澄(767—822)入唐学成归国以后,在日本僧侣中掀起了一股入唐求法巡礼的风潮。与八世纪的遣唐学问僧不同,九世纪的入唐僧多半搭乘贸易船只往返于日中两国,而此时的航海技术已较之前发达许多,贸易船只往来频繁,这为僧人们赴唐求书、返航携书带来了便利。不过与八世纪的遣唐学问僧相同的是,九世纪的入唐僧所求书籍依然是以佛教典籍为主,但也时常夹带一些文学典籍,兹举二例。

圆仁(793—864)于838年赴唐,847年回国,携归我国典籍近千卷。其中自然多是佛典,却在《入唐新求圣教目录》中也可见如下书籍:"《国忌表叹文》一卷、《副(一作嗣)安集》一卷、《两京新记》三卷、《丹凤楼赋》一卷、《曹溪禅师证道歌》一卷(真觉述)、《会昌皇帝降诞日内道场论衡》一卷、《诗赋格》一卷、《碎金》一卷、《京兆府百姓素索征(一作隐微)上表论释教利害》一卷、《杭越唱和诗》一卷、《王建集》一卷、《进士章巘集》一卷、《仆郡集》一卷、《庄翱集》一卷、《李张集》一卷、《杜员外集》二卷、《台(一作素)山集》一卷、《杂诗》一卷、《白家诗集》六卷、《大唐新修定公卿士庶内族吉凶书仪》三十卷(郑余庆重修定)、《开元诗格》一卷、《祇对义》一卷、《判一百条》一卷(骆宾王撰)、《祝元膺诗集》一卷、《杭越寄和诗集》一卷、《诗集》五卷、《法华经二十八品七言诗》一卷",此外还有与文学创作密切相关的小学类书籍,如"《九弄十(疑反)纽图》一张、《如五百字千字文》一卷"。② 这些书籍均是圆仁在我国求法巡礼的途中所得,有长安,也有扬州。③

惠萼(生卒年不详),也有文献作"慧萼""慧(惠)锷""慧(惠)谔"等。他一生多次渡唐,可以确认具体时间的至少有三次:第一次841年入唐,于翌年返日;第二次844年入唐,于847年归国;第三次862年入唐,于翌年返

---

① 〔日〕森克己:《遣唐使》,東京:至文堂,1966年;〔日〕古瀬奈津子:《遣唐使の見た中國》,東京:吉川弘文館,2003年;〔日〕東野治之:《遣唐使》,東京:岩波書店,2007年;〔日〕河内春人:《東アジア交流史のなかの遣唐使》,東京:汲古書院,2013年等。

② 〔日〕高楠順次郎等編:《大正新脩大藏經》No.2167《入唐新求圣教目录》,東京:大藏出版株式会社,1988年,第1084、1807頁。

③ 有关圆仁行迹可参〔日〕小野勝年:《入唐求法巡礼行記の研究》,京都:法藏館,1989年。

日。① 其携归书籍具体数目不详,但其中却有给予日本极大影响的《白氏文集》。惠萼第二次渡唐恰遭会昌灭佛的高潮,"裹头"栖身于苏州南禅院,而南禅院恰藏有白居易于唐开成四年(839)敬献的六十七卷本《白氏文集》②。由是,惠萼得于唐会昌四年(844)三月至五月间在南禅院僧的帮助下抄写白集,并带回日本,现存金泽文库本、天理图书馆藏本等白集的部分卷子的祖本即惠萼转抄本。学界已有关于惠萼的翔实研究和资料整理,可以参看。③

来到大唐的日本僧人可谓以求法巡礼为主业,以传播书籍为副业,是书籍之路上不可忽视的又一支重要传播力量。

(三) 商人

进入公元九世纪,日本派遣遣唐使的次数大为减少,并于894年据菅原道真(845—903)的建议④而废止遣唐使,因此838年任命藤原常嗣、小野篁为使节的遣唐使事实上是最后一次成行的使团。停派遣唐使的书面理由是大唐凋敝,但实际上与九世纪迅速发展的东亚海上贸易有密切关系。

九世纪最初几十年是新罗商人活跃的时期,可于日本史籍中略窥一斑。如814年10月13日"新罗商人三十一人漂着于长门国丰浦郡"(《日本后纪》弘仁五年十月丙辰条),818年1月13日"新罗人张春等十四人来献驴四"(《日本纪略》前篇弘仁九年春正月丁酉条),819年6月16日"大唐越州人周光翰、言升则等乘新罗人船来"(《日本纪略》前篇弘仁十年六月壬戌条)。之后愈加频繁,以至于引起了日本的警觉,对新罗商人严加防备。⑤

---

① 据圆仁《入唐求法巡礼行记》会昌二年五月二十五日条、会昌五年七月五日条,《日本文德天皇实录》嘉祥三年五月壬午条,《续日本后纪》承和十四年七月辛未条、《真如亲王入唐略记》等。

② 白居易在开成四年二月二日所作的《苏州南禅院白氏文集记》中明记:"有文集七帙,合六十七卷,凡三千四百八十七首。"

③ 陈翀:《慧萼东传〈白氏文集〉及普陀洛迦开山考》,《浙江大学学报(人文社会科学版)》2010年第5期;〔日〕田中史生:《入唐僧惠萼と東アジア 附 惠萼関連史料集》,東京:勉誠出版,2014年。

④ 《菅家文草》卷九载道真《请令诸公卿议定遣唐使进止状》云:"右臣某,谨案在唐僧中瓘,去年三月附商客王讷等所到之录记,大唐凋弊,载之具矣。更告不朝之间,终停入唐之人。中瓘虽区区之旅僧,为圣朝尽其诚。代马越鸟,岂非习性? 臣等伏捡旧记。度度使等,或有渡海不堪命者;或有遭贼遂亡身者。唯未见至唐有难阻饥寒之悲。如中瓘所申报,未然之事,推而可知。臣等伏愿,以中瓘录记之状,遍下公卿博士,详被定其可否。国之大事,不独为身。且陈欸诚,伏请处分。谨言。"

⑤ 《续日本后纪》卷四承和二年(835)三月己未条云:"大宰府言:'壹伎岛遥居海中,地势隘狭,人数寡少,难支机急。顷年新罗商人来窥不绝,非置防人,何备非常? 请令岛徭人三百三十人,带兵仗,成十四处要害之埼。'许之。"又《类聚三代格》卷五承和五年(838)七月二十五日太政官符《应废史生一员置弩师事》引"太宰府解"云:"壹岐岛解称:'此岛所设器仗之中有弩百脚,而无人机调,难备非常。今新罗商人往来不绝,警固之事,不可以暂忘。望请废史生一员,将置弩师。'"

此外,从日本政府后来不得不对贸易施加管控来看,也可知当时有大量的外国商品涌入,以致扰乱了市场。①

但自东亚海上贸易的代表人物张保皋(?—841)②卷入新罗国内纷争且横死之后,新罗商人渐渐于海上销声匿迹,取而代之的是唐朝商人。唐商虽然早就散见于九世纪初的记载③,但频繁登场还是要等到九世纪中叶。在惠运、圆仁、圆珍、真如亲王(出家前称高岳亲王)等入唐僧的相关文献中可以看到不少唐商的名字:李处人、李邻德、徐公佑、张友(支)信、元净、江长、钦良晖④、王超、李(季)延孝⑤、陈太(泰)信、詹景全、刘仕献、李达、蔡辅、高奉、金文习、仁仲元。九世纪的日本僧人得以频频入唐,主要是得益于这些活跃于东亚海上的唐商。在九世纪下半叶,仍能看到有关唐商的多次记载,如866年9月1日"大唐商人张言等四十一人,驾船一艘,来着大宰府"(《日本三代实录》贞观八年十月三日甲戌条),874年6月3日"大唐商人崔岌等三十六人,驾船一艘,六月三日着肥前国松浦郡岸"(同前书贞观十六年七月十八日甲辰条),876年7月14日"大唐商人杨清等三十一人,驾一只船,着荒津岸"(同前书贞观十八年八月三日丁未条),877年7月25日"大唐商人崔铎等六十三人驾一只船,来着管筑前国,问其来由。崔铎言:'从大唐台州,载贵国使多安江等,颇赍货物,六月一日解缆,今日得投圣岸。'"(同前书元庆元年八月二十二日庚寅条),之后又有"张蒙""柏志贞""王讷""周汾""梨怀(李环)"等唐商出现于文献之中。这种频繁的贸易给日本带来了一股"唐物"热,而"唐物"热又反过来刺激了唐商愈加频繁地来航,903年8月1日日本颁布的太政官符可以为证。

---

① 831年9月7日太政官符云:"愚暗人民,倾覆柜遽,踊贵竞买。物是非可,韬椟弊则,家资殆罄。耽外土之声闻,蔑境内之贵物。是实不加捉搦所致之弊。宜下知太宰府严施禁制,勿令辄市。商人来着,船上杂物一色以上,简定适用之物,附驿进上;不适之色,府官捡察,遍令交易。其直贵贱,一依估价。若有违犯者,殊处重科,莫从宽典。"(《类聚三代格》卷一八《应捡领新罗人交关物事》)

② 张保皋在朝鲜半岛文献中多作"弓福""弓巴",在日本文献中则常作"张宝高",曹中屏推测其生于790年(曹中屏:《张保皋与山东半岛》,收入陈尚胜主编:《登州港与中韩交流》,济南:山东大学出版社,2005年),卒年亦有846年一说。

③ 除前引《日本纪略》前篇弘仁十年六月壬戌条中"周光翰""言升则"外,另可在《入唐求法巡礼行记》开成四年正月八日条中看到有关"张觉济"兄弟二人的记载。

④ 圆珍奏状中作"大唐国商人",但圆仁《入唐求法巡礼行记》则作"新罗人",或为大唐在住或归化大唐之新罗人。

⑤ 《日本三代实录》作"大唐商人",圆珍牒文中时作"大唐商客",时作"渤海国商主",或为大唐在住或归化大唐之渤海国人。

应禁遏诸使越关私买唐物事

右,左大臣(藤时平)宣。顷年如闻,唐人商船来着之时,诸院、诸宫、诸王臣家等,官使未到之前遣使争买。又郭内富豪之辈心爱远物,踊直贸易,因兹货物价直定准不平。是则关司不愆勘过,府吏简略捡察之所致也。律曰:"官司未交易之前私共蕃人交易者准盗论,罪止徒三年。"令云:"官司未交易之前不得私共诸蕃交易,为人纠获者,二分其物,一分赏纠人,一分没官。若官司于所部捉获者,皆没官者。"府司须因准法条慎其捡挍,而宽纵不行,令人狎侮。宜更下知公家未交易之间,严加禁遏,勿复乖违。若犹犯制者,没物科罪,曾不宽宥。①

日本律令早有对外贸易要以官府优先的严格规定,但仍然无法平抑王公贵族竞相购买"唐物"的狂热,且富豪之辈的竞价更是把日本变成了一个不仅"需求量大"而且"购买价高"的优质海外市场,定然会吸引更多的唐商。显而易见,没有九世纪发达的东亚海上贸易,断不会产生上述禁止私买唐物的官符。

现存文献已充分表明,商人无疑才是九世纪东亚书籍之路上的绝对主力,求法巡礼僧也多是赖商人之力才得以往返唐日两国。学界对此已有所发明②,这里予以再次强调。

(四)其他

除上述遣唐使团、求法巡礼僧、商人这三大群体之外,还有其他一些渡日人士也为我国典籍的东传做出了贡献。最为著名的非鉴真(688—763)莫属,他受日本之邀,前后六次渡海,历尽千辛万苦,终于 754 年抵日。鉴真一行除了舍利、佛像等重要佛具,王羲之、王献之等真迹字帖外,还携带了《大方广佛华严经》八十卷、《大佛名经》十六卷、金字《大品经》一部等大量佛经,以及玄奘法师《西域记》一本十二卷等高僧撰著。③ 鉴真为中日两国交流所做贡献可谓尽人皆知,不再重复。此外,有一些归化日本的唐人也不可忽视,如《日本三代实录》元庆元年(877)六月九日戊寅条载:

---

① 《類聚三代格》卷一九《應禁遏諸使越關私買唐物事》(《國史大系》第 12 卷),東京:経済雑誌社,1900 年,第 1014 頁。
② 可参〔日〕木宫泰彦著:《日中文化交流史》,胡锡年译,北京:商务印书馆,1980 年;吴玲:《九世纪唐日贸易中的东亚商人群》,《西北工业大学学报(社会科学版)》2004 年第 3 期;〔日〕榎本涉:《僧侣と海商たちの東シナ海》,東京:講談社,2010 年等。
③ 详见〔日〕真人元开著:《唐大和上东征传》,汪向荣校注,北京:中华书局,1979 年,第 87、88 页。

雷而不雨。先是贞观十三年（871）八月十三日，太政官处分，令唐人崔胜寄住右京五条一坊庶人伴中庸宅地三十二分之八。至是崔胜言："归化之后，二十八年于兹矣。未有立锥之地，曾无处身之便。平生之日，无复所愁；身亡之后，妻孥何赖？请永给此宅，以为私居。"诏赐之。①

由此逆推，可知唐人崔胜于 843 年来到日本，其时的唐日交通已十分发达，崔胜必定是乘坐商船，并很可能携有书籍渡日。不过这类归化到日本的唐人鲜见于文献，并未有携带书籍的明确记载，仅作推测。

以上是我们按照传播者的分类大致叙述了唐代的东亚书籍之路。自九世纪东亚海商成为书籍传播的主要角色后，僧商结合、以商为主，便是唐亡后很长一段时间内我国典籍东传日本的主要模式。907 年后先是吴越商人时现于两国文献，入宋后又是宋商多次被载入日本的公卿日记之中，奝然（938—1016）等入宋僧也沿袭了前辈入唐的方式，以搭乘宋商之船为主。再发展到后来，出现朝贡与贸易相结合的"勘合贸易"，以及民间走私贸易等多种贸易形式，使得我国典籍的东传如履平地，为唐代文学输入日本提供了一条繁荣的、持续的"书籍之路"。

三　唐代文学东传的特征

在我国文学的对日传播研究中，因过往鲜有立足于断代角度的讨论，致使唐代文学东传的特征一直没有凸现出来，如此则极易给我们造成唐代文学东传无异于其他时代的假象，有必要予以廓清。下面试从传播的内容、形态、方式等方面谈一下笔者粗浅的认识。

（一）传播内容

就传播内容而言，唐代文学东传日本具有作品驳杂、众体兼备、不避世俗、注重实用等特征。要了解有哪些唐代文学作品传入日本，最为直接的手段便是翻看《日本国见在书目录》。《日本国见在书目录》（以下简称《见在目》）是日本现存最早的敕编汉籍目录，由藤原佐世（847—898）于日本宽平三年（891）最终编纂完成并奏进给宇多天皇。② 该目录以著录我国传入的

---

① 《日本三代實錄》卷三一（《國史大系》第 4 卷），東京：经济雜誌社，1897 年，第 464 頁。

② 关于《见在目》的作者、成书、收书及性质等一系列问题，可参孙猛：《日本国见在书目录详考》下"研究篇"，上海：上海古籍出版社，2015 年。本节对《见在目》的利用多赖孙猛先生此皇皇巨著，后文在对书目条析时不再一一加注。

汉籍为主,夹杂了少量非我国人编撰的图书,据孙猛先生统计,室生寺本《见在目》实际著录我国书籍一千五百五十四部,一万六千三百零八卷。① 这个庞大的数字相当于《隋书·经籍志》《旧唐书·经籍志》的二分之一。且十分可贵的是《见在目》多载《隋志》、两《唐志》未收书籍,文献价值自不待言。此外,如前所述,日本的入唐僧也在唐代文学的东传中扮演了很重要的角色,他们求书、访书并不囿于佛教内典,也常将一些外典书籍携带归国。被称作"入唐八家"的最澄、空海、常晓、圆行、圆仁、惠运、圆珍、宗睿活跃于公元九世纪的中日两国,在唐求得大量汉籍带回日本。《大正藏》中收有他们的求法目录,可资我们查阅②。目录有最澄《传教大师将来台州录》《传教大师将来越州录》,空海《御请来目录》,常晓《常晓和尚请来目录》,圆行《灵岩寺和尚请来法门道具等目录》,圆仁《日本国承和五年入唐求法目录》《慈觉大师在唐送进录》《入唐新求圣教目录》,惠运《惠运禅师将来教法目录》《惠运律师书目录》,圆珍《开元寺求得经疏记等目录》《福州温州台州求得经律论疏记外书等目录》《青龙寺求法目录》《日本比丘圆珍入唐求法目录》《智证大师请来目录》,宗睿《新书写请来法门等目录》《禅林寺宗睿僧正目录》。

入唐僧的求法目录最能体现出唐代文学东传中作品驳杂、众体兼备的特点。目录中可见书仪如郑余庆重修定《大唐新修定公卿士庶内族吉凶书仪》(圆仁目录)、《削繁加要书仪》(宗睿目录),传记如《韦之晋传》(最澄目录)、《允躬录南中李太尉事》(圆珍目录),诗格如徐隐秦撰《开元诗格》(圆仁目录),地志如韦述《两京新记》(圆仁目录)等。文体除最常见的诗歌外,还可见斋文如《湖州皎然和上斋文》(最澄目录),判词如骆宾王撰《判一百条》(圆仁目录),公文如《新置天下伽蓝敕文牒集》(圆珍目录),碑铭如《大唐左街重建寺碑铭》(圆珍目录)等。

《见在目》"别集家"著录有张鷟的《游仙窟》最能说明唐代文学东传中不避世俗的特点。张鷟(660—740),字文成,以文辞著称于时,两《唐书》均附传于其孙《张荐传》中。虽有"早惠绝伦""天下无双""皆登甲科""青钱学士"等诸多誉词,但也有如下评价:

> 鷟属文下笔辄成,浮艳少理致,其论著率诋诮芜猥,然大行一
> 时,晚进莫不传记。③

---

① 孙猛:《日本国见在书目录详考》下《室生寺本著录图书的部数与卷数》。
② 〔日〕高楠順次郎等编:《大正新脩大藏经》,東京:大藏出版株式会社,1988年。
③ [宋]欧阳修、宋祁:《新唐书》卷一六一列传第八六《张荐传》,北京:中华书局,1975年,第4979、4980页。

《游仙窟》正是一部芜猥的传奇小说,不只是狎妓的题材过于轻佻,文辞也不免浮艳鄙俗。而如此世俗的作品却受到了邻国日本的追捧,有关张鷟的历史文献几乎均有言及。"新罗、日本东夷诸蕃,尤重其文,每遣使入朝,必重出金贝以购其文,其才名远播如此"(《旧唐书·张荐传》);"后遐罗、日本使入朝,咸使人就写文章而去,其才远播如此"(刘肃《大唐新语·文章》);"又新罗、日本国前后遣使入贡,多求文成文集归本国,其为声名远播如此"(莫休符《桂林风土记》)等等。不唯张鷟,"其体轻薄、文章浮艳"的张昌龄①,语言浅近通俗的白话诗僧王梵志②,也均见于《见在目》"别集家"(《张昌龄集》十卷、《王梵志集》二卷③)。

　　王梵志诗在后世流传中散佚较多,却幸在敦煌文献中有不少遗存。徐俊先生曾指出敦煌诗歌写本有"区别于'经典文献'的,以'民间文本'为主的特征",并敏锐地意识到这类民间文本状况与日僧入唐求法目录有相似之处。④ 就唐代文学的传播来看,西边的敦煌与东边的日本同样有许多相似之处。王梵志诗同现于敦煌和日本,便是"不避世俗"的"民间性"使作品易于传播的实例。此外,文学作品的"实用性"同样会带来"易传播性"。在一西一东这两大唐代文学宝库中不乏"实用性"文学作品遍传的例子。如前文例举的见于最澄目录的《湖州皎然和上斋文》,虽佚失无法得见,但显是著名诗僧皎然(约720—798)创作的斋文;而敦煌文献则保存了大量的斋文,是我们研究唐代斋文的主要文本来源。斋文是在宗教信徒举办的斋会上宣读的文章,多以骈体文写就。佛教在唐代民间普及已久,各类斋会频频举办,斋文由此成为一种实用文体,在民间有着普遍而迫切的需求。再如前文例举的见于圆仁目录的《大唐新修定公卿士庶内族吉凶书仪》,是"谙练典章"的郑余庆(745—820)对"朝廷仪制、吉凶五礼,咸有损益"的成果。⑤ 敦煌遗书则有大量书仪,其中可见此吉凶书仪之残卷。还有现存日本正仓院由光明皇后手抄的《杜家立成杂书要略》,与敦煌《朋友书仪》同为一类。书仪作为古人交际往来的重要媒介,在传统礼制社会中的"实用性"不言而喻。笔

①　贞观二十年,王师旦为员外郎,冀州进士张昌龄、王公瑾并文辞俊除,声振京邑。师旦考其文策为下等,举朝不知所以。及奏等第,太宗怪无昌龄等名,问师旦。师旦曰:"此辈诚有辞华;然其体轻薄,文章浮艳,必不成令器。臣擢之,恐斤生仿效,有变陛下风俗。"上深然之。后昌龄为长安尉,坐赃罪解官;而王公瑾亦无所成。见[唐]封演撰,赵贞信校注:《封氏闻见记校注》卷三,北京:中华书局,2005年,第15页。

②　这里的"王梵志"宜看作一种符号,代表其时白话诗人的符号,现存王梵志作品未必都是王梵志所作。参项楚校注:《王梵志诗校注》前言,上海:上海古籍出版社,2010年增订本。

③　《见在目》另著录《王梵志诗》二卷,或是同书。

④　徐俊纂辑:《敦煌诗集残卷辑考》前言,北京:中华书局,2000年。

⑤　[五代]刘昫等:《旧唐书》卷一五八列传第一〇八《郑余庆传》,第4165页。

者臆测,《国忌表叹文》(圆仁目录)①、《叹德文》(圆仁目录)、《启贺文》(圆珍目录)等目前不详的作品也都是因实用性较强而被携归日本。

(二)传播形态

唐代文学东传日本还有传播形态多样的特征。总集与别集,全集与小集,有注与无注,全文与秀句,单行本、草稿本、手定本、碑帖等等,几乎可以囊括文学作品传播的常见形态。检《见在目》"总集家",可以确知东传的唐代文学总集至少有三十余种;"别集家"中唐人别集至少有七十余种,还有近二十种虽不能确定但可能性较大的集子。《见在目》"别集家"著录有《王勃集》三十卷,与《旧唐书·经籍志》《新唐书·艺文志》《崇文总目》等我国著录相合,当是王勃的全集,是身后定本。而《见在目》同时还著录了《新注王勃集》十四卷,虽佚失不存,也未见于我国公私目录,但无疑是王勃的一种小集,且是罕有所闻的有注本。正仓院还藏有《王勃诗序》一卷,有文四十一篇,也是一种小集。无论总集还是别集,全集还是小集,所收唐人诗文多是全文,但也有摘句的情形。如空海携归的《古今诗人秀句》二卷②,后著录于《见在目》"总集家",是元兢"自古诗为始,至上官仪为终"集古今诗人秀句而成③。《见在目》另著录有《秀句集》一卷,很可能也是唐人诗文选句的一种④。圆仁目录中可见《揽乐天书》一帖,未详,盖是类似于元稹《得乐天书》那样的诗,或是元稹《叙诗寄乐天书》那样的文。此书显然出自白居易友人之手,不管是赠答酬唱还是书信往来,都是以单篇的形式传播,且很可能是未编入文集时的草稿,与定本的题目有异。

徐俊先生在谈敦煌诗歌写本时,还指出了"区别于'刻本时代'的、典型'写本时代'文献的特征",进一步解释道:"在写本时代,因为受客观条件的限制,除了部分诗文集定本外,流传更多更广的是规模相对短小、从形式到内容均无定式的传钞本……一般读者也总是以部分作品甚至单篇作品为单

---

① 国忌是纪念先帝、先后逝世的重要活动,在中晚唐被赋予法定地位,多设斋行香。敦煌遗书可见部分"国忌行香文",疑此"表叹文"即"行香文"。

② 空海《敕赐屏风书了即献表》云:"去六月二十七日,主殿助布势海将五彩吴绫锦缘五尺、屏风四帖到山房来,奉宣圣旨,令空海书两卷《古今诗人秀句》者。忽奉天命,惊悚难喻……谨所书屏风及《秀句》本,随表奉进,轻黩圣览,伏增流汗……"〔日〕空海撰,渡边照宏、宫坂有胜校注:《性灵集》(日本古典文学大系第 71 卷),东京:岩波书店,1965 年,第 211、213 页。

③ 学界考定空海《文镜秘府论》南卷"集论"中辑录了元兢《古今诗人秀句序》,可知编纂始末。〔日〕遍照金刚撰,卢盛江校考:《文镜秘府论汇校汇考》,北京:中华书局,2006 年,第 1555 页。

④ 孙猛先生怀疑为王起《文场秀句》。

位来接触作家的创作,而不可能像刻本时代的读者那样,可以通过'别集'、'全集'的形式去了解作家作品。"①这一写本时代的特征虽然不能完全套用到唐代文学的东传上,但东传作品中有大量的单行本、小集、丛钞、编选则是确凿无疑的事实,这与之后刻本时代的文学东传大有不同。下面以"童子解吟长恨曲,胡儿能唱琵琶篇"(唐宣宗李忱《吊白居易》)的流播性较强的白居易作品为例来说明。圆仁目录中著录有《任氏怨歌行》一帖,注明是白居易所撰②,显然是单篇流播的一例。圆珍目录中可见《传法堂碑》一卷,注白舍人撰,是白居易为兴善寺传法堂所撰碑文,收于《白氏长庆集》卷四一,是单篇流播的又一例。又,《见在目》"小说家"著录《续座右铭》一卷,注白居易撰,是续崔子玉《座右铭》而作,收于《白氏长庆集》卷三九。小集的例子有圆仁目录所录《白家诗集》六卷,今佚,应是白氏以外的人编缀而成。从日本平安朝文献中还可获知《新乐府》《策林》等小集也东传日本,其中《策林》还出现了有注本③。另外还有很多收录白居易与他人唱和的诗集,如最早见诸日本文献的《元白诗笔》:

> 散位从四位下藤原朝臣岳守卒……(承和)五年(838)为左少弁,辞以停耳不能听受,出为太宰少贰。因捡校大唐人货物,适得《元白诗笔》奏上,帝甚耽悦,授从五位上……④

这里的《元白诗笔》就是元稹《白氏长庆集序》中所谓"元和诗"⑤的一种流衍物,是好事者编辑二人唱和之作的产物。《见在目》"总集家"还可见刘禹锡、白居易的《刘白唱和集》二卷,元稹、白居易、李谅的《杭越寄诗》二卷⑥。不只是白居易的作品,从《见在目》"别集家"所录《李白歌行集》三卷、《令狐楚表奏集》十卷、《游仙窟》一卷等也可一窥单行本、小集的东传盛况。

---

① 徐俊纂辑:《敦煌诗集残卷辑考》前言,第10页。
② 虽然全诗今佚,但在日人大江维时(888—963)编纂的《千载佳句》中可见逸句"燕脂漠漠桃花浅,青黛微微柳叶新。白居易《任氏行》"(卷上人事部"美女"),及"玉爪苍鹰云际灭,素牙黄犬草头飞。《任氏行》"(卷下游牧部"游猎")。〔日〕大江维时编纂,宋红校订:《千载佳句》,上海:上海古籍出版社,2003年,第63、135页。
③ 《见在目》"总集家"著录《注策林》二十卷,只是未知是国人所注还是日人所注。
④ 《日本文德天皇实录》卷三仁寿元年九月乙未条。
⑤ 序云:"予始与乐天同校秘书之名,多以诗章相赠答。会予遣掾江陵,乐天犹在翰林,寄予百韵律诗及杂体,前后数十章。是后,各佐江、通,复相酬寄。巴蜀江楚间洎长安中少年,递相仿效,竞作新词,自谓为'元和诗'。"〔唐〕元稹著,冀勤点校:《元稹集》卷五一,北京:中华书局,2010年修订本,第641、642页。
⑥ 圆仁目录有《杭越寄和诗集并序》一卷,《杭越唱和诗》一卷。

（三）传播方式

传播方式上最为突出的特征自然是入宋前以写本传播为主，而入宋后以刻本传播为主。唐代仍处于写本时代，海内域外皆是如此。

> 白乐天一举及第……省试《性习相近远》赋，《玉水记方流》诗。携之谒李凉公逢吉。公时为校书郎，于时将他适。白遽造之，逢吉行携行看，初不以为意；及览赋头，曰："噫！下自人上，达由君成；德以慎立，而性由习分。"逢吉大奇之，遂写二十余本。其日，十七本都出。①

白居易省试《性习相近远赋》是其时手抄传播的典型例子。又如"何涓，湘南人也，业辞。尝为《潇湘赋》，天下传写"②；"仲舒文思温雅，制诰所出，人皆传写"③；等等，不胜枚举。域外如：

> 先长庆中，源寂使新罗国，见其国人传写讽念定所为《黑水碑》《画鹤记》。韦休符之使西番也，见其国人写定《商山记》于屏障。其文名驰于戎夷如此。④

冯定（785—846）作品流播于域外的方式同样是手抄。东传日本的唐人作品也不例外，如圆仁目录中郑余庆重修定《大唐新修定公卿士庶内族吉凶书仪》三十卷、徐隐秦撰《开元诗格》一卷、《祗对义》一卷、骆宾王撰《判一百条》一卷、《祝元膺诗集》一卷等书目下云："大唐开成三年八月初到扬州大都府，巡诸寺寻访抄写毕"。圆珍目录中也多在书目下注明是"写得""写取"。更为可贵的是，日本现今仍存有一些唐钞本的残卷，如张楚金（生卒年不详）撰《翰苑》卷第三十（太宰府天满宫藏），王勃（约 650—676）的《王勃集》卷第二九、三十（东京国立博物馆藏），均被认定为日本"国宝"。像藏于奈良正仓院的《王勃诗序》虽是日庆云四年（707）的转写本，但据其中的则天文字也可以推知是唐钞本的转抄。而入宋之后，唐人作品则改作刻本东传。如日本平安中期权臣藤原道长的日记《御堂关白记》中便可见相关记载，宽弘七年

---

① ［五代］王定保：《唐摭言》卷三"慈恩寺题名游赏赋咏杂纪"，北京：中华书局，1959 年，第 43 页。

② ［五代］王定保：《唐摭言》卷十"海叙不遇"，第 113 页。

③ ［五代］刘昫等：《旧唐书》卷一九〇下列传第一四〇下《王仲舒传》，第 5059 页。

④ ［五代］刘昫等：《旧唐书》卷一六八列传第一一八《冯定传》，第 4392 页。

(1010)十一月二八日条云:"癸卯,雨降,参内……次御送物,折本注《文选》、同《文集》,入莳绘筥一双,袋象眼包……"长和二年(1013)九月十四日条云:"癸卯,入唐寂昭弟子念救入京后初来,志折本《文集》并天台山图等……"所谓"折本"便是宋代的刻本,《文集》即指《白氏文集》。此类记载在平安朝的公卿日记中屡见不鲜。而宋前宋后传播方式的转变,正是唐代文学在东传中出现文本多歧的原因之一。如多以唐钞本(及唐钞本的转抄本)作底本的日本金泽文库本《白氏文集》中,就屡屡可见丰原奉重(生卒年不详)利用宋刊本所作的文字校异。

从传播途径上来看唐代文学的东传也是方式多样,有赐书、赠与、自抄、售卖等。《日本书纪》卷二五白雉五年(654)七月条云:"是月,褒美西海使等奉对唐国天子,多得文书宝物。授小山上大使吉士长丹以小华下,赐封二百户,赐姓为吴氏,授小乙上副使吉士驹以小山上。"所谓"西海使"就是遣唐使,大使吉士长丹与副使吉士驹因得到唐高宗的大量赏赐而受到晋封。赐物中有书籍当是因为七世纪前期的日本与我国在文化地位上极不对等,于是才有赍赏行为,这种传播方式应是七、八世纪所独有。在圆珍的求法目录中则常见赠与、自抄两种方式,如"已上婆罗门三藏阿娑阿哩耶曼苏悉坦罗于福府开元寺舍与","已上宗本和上舍与","已上宗元和上舍与","南山已上舍以和上舍与","一帖已上徐十三舍与","已上从福州向温州海中写取道家安栖□本","已上于台州峤岭屈宗古宅写取","已上台州黄岩县安宁寺清零和上舍与","已上于天台山国清寺写取","已上六卷从上都观座主将来八年八月二十日抄"。唐代书肆已十分发达,售卖是唐人作品东传的又一重要方式。前文曾述及日本遣使入朝必重出金贝以购张鷟之文,多治比县守等遣唐使还将唐皇的赏赐全部换购成书籍,日本太宰少贰藤原岳守于商船中所获《元白诗笔》也是唐人用以售卖之物,如此种种具如前述。有些文献还留有书籍价格的记载,如圆仁在《入唐求法巡礼行记》承和五年(838)十一月二日条中载:"买《维摩关中疏》四卷,价四百五十文"[1],元稹在《白氏长庆集序》中说白居易的作品"鸡林贾人求市颇切,自云:'本国宰相每以百金换一篇。其甚伪者,宰相辄能辨别之。'"[2]尽管新罗百金求市的说法不无夸张,但定是有利可图,才让书籍成为海外贸易中的一大物资。

(四)传播的起点及速度

最后来关注一下传播的起点及速度问题。从遣唐使的相关文献记载

---

① 〔日〕圆仁撰,顾承甫、何泉达点校:《入唐求法巡礼行记》卷一,上海:上海古籍出版社,1986年,第18页。

② 〔唐〕元稹著,冀勤点校:《元稹集》卷五一,第642页。

及日僧的入唐求法目录中可以明显看出,唐代文学东传日本的起点当是长安、洛阳、扬州、越州、杭州、苏州、明州、福州、温州、台州等地。它们要么是唐代都城,要么是商业、交通较为发达的长江下游及东南沿海地区。益州成都等地虽然也属文化发达地区,但那里贩卖的书籍流通到日本的比率较小①。长安、洛阳自不必说,不仅是唐代的政治中心,也是文化中心,尤其是在遣唐使频频派遣的七、八世纪,成为日人来华求书的重要地点。而扬、越、苏、杭等地则是典型的商业城市,伴随着书籍买卖的兴盛而成为唐人作品东传的中心地区。前文引述的日承和五年(838)太宰少贰藤原岳守从唐人货物中所获《元白诗笔》一事,便是吴越商圈的书籍东传日本的一个典型。元稹《白氏长庆集序》谈及元、白诗的流行时说:"至于缮写模勒,衒卖于市井,或持之以交酒茗者,处处皆是。"并注云:"扬、越间多作书模勒乐天及予杂诗,卖于市肆之中也。"②可见扬州、越州之间大量售卖元、白之诗。而九世纪活跃于中日海上贸易的唐商多是吴越商人,扬、越等地也多是唐商解缆发船前往日本的出发地。《元白诗笔》正是唐商于发船前易于购得的书籍之一,由此漂洋过海、东传日本。九世纪的日僧多从扬、越等地入唐或返日,他们携归的很多书籍也是从这些地方购买或抄写的。

唐代的印刷、流通等文学传播的客观条件虽然没有后世发达完备,但其文学作品的东传速度却并不是很慢。《元白诗笔》838 年传入日本,其时白居易依然在世,距离元稹撰写《白氏长庆集序》的长庆四年(824)也只是过了十四年而已。圆仁 838 年入唐求法时得《前进士施肩吾诗》③一卷,而施肩吾(780—861)也不过刚于元和十五年(820)及第④。惠萼在苏州南禅院抄写六十七卷本《白氏文集》的会昌四年(844),与白居易将六十七卷本白集保存于南禅院的开成四年(839)仅间隔五年而已。一旦书籍被装载上船,传至日本最快仅需数日,在日本入唐僧的传记中时常可以看到九世纪东亚海商往返中日两国的时间记载。如入唐五家之一惠运(798—869)的传记《安祥寺惠运传》载:

> 遂则承和九年(842),即大唐会昌二年……在太宰府博太津头始上船,到于肥前国松浦郡远值嘉岛那留浦。而船主李处人等弃

---

① 并非没有,如宗睿目录中可见"四川印子《唐韵》一部五卷、同印子《玉篇》一部三十卷"。

② 〔唐〕元稹著,冀勤点校:《元稹集》卷五一,第 642 页。

③ 圆仁目录误作"前进士弛肩吾诗"。

④ 〔清〕徐松撰,赵守俨点校:《登科记考》卷一八,北京:中华书局,1984 年,第 681、682 页。

唐来旧船，便采岛里楠木，更新织作船舶。三箇月日，其功已讫。秋八月二十四日午后，上帆过太阳海入唐。得正东风六箇日夜，法（流㲋）着大唐温州乐城县玉留镇府前头。经五箇年，巡礼求学。承和十四年(847)，即大唐大中二年(岁次丁卯)夏六月二十二日，乘唐张支信、元净等之船，从明州望海镇头上帆。得西南风三箇日夜，才归着远值嘉岛那留浦，才入浦口，风即止。举船叹云："奇快奇快。"旋归本朝……①

首先是其时频繁的东亚海上贸易，让书籍不必坐等多年，而是常有"便船"可乘。其次是造船技术渐臻成熟，三个月即可新造渡海船只。再次是得益于当时人们对季候风的把握，惠运842年入唐耗时六日夜，而847年归国时仅用了三日夜。这样的传播速度着实令人惊叹。

四　日本文献载录的唐人辞赋

王国维曾总结说："凡一代有一代之文学：楚之骚，汉之赋，六代之骈语，唐之诗，宋之词，元之曲，皆所谓一代之文学，而后世莫能继焉者也。"②此话深入人心，人们几乎是言唐必言唐诗，在唐代文学的对日传播研究中亦然。伴随着我国文学传播研究的日益细化，近年来渐有关注唐诗东传的论文，如徐臻《论唐诗在日本传播的历程及文化意义》、潘伟利《中日"海上丝路"与唐诗东传》。③但清人王芑孙早云："诗莫盛于唐，赋亦莫盛于唐。总魏、晋、宋、齐、梁、周、陈、隋八朝之众轨，启宋、元、明三代之支流，踵武姬汉，蔚然翔跃，百体争开，昌其盈矣。"④唐代其实是一个诗赋并称的时代，只因后世偏见，才导致唐人辞赋的传播问题少人问津。而在唐人辞赋中，又以律赋最为多见。唐代以诗赋取士，律赋由此成为唐赋的主体，现存唐人辞赋中律赋占比达六成之多⑤。据此推想，当有不少唐人律赋传至日本，但学界至今未做探索。下面就以唐代辞赋为考察对象，尤其关注其中是否存有律赋，试对过往的传播研究作进一步补充。

---

① 《統群書類従》第8辑《入唐五家傳》，東京：經济雜誌社，1904年，第98頁。
② 王国维：《宋元戏曲史》"自序"，北京：中华书局，2016年。
③ 徐臻：《论唐诗在日本传播的历程及文化意义》，《沈阳大学学报(社会科学版)》2012年第6期；潘伟利：《中日"海上丝路"与唐诗东传》，《海南大学学报(人文社会科学版)》2020年第1期。
④ ［清］王芑孙：《读赋卮言·审体》，《渊雅堂全集》清嘉庆二十五年王嘉祥续刻本。
⑤ 据彭红卫《唐代律赋考》统计。彭红卫：《唐代律赋考》，北京：社会科学文献出版社，2009年。

（一）书目著录中的唐人辞赋

1.《日本国见在书目录》

赋作为唐人时常撰写的一种文学体裁，其作品在编纂时自然当入诗文"别集"与"总集"，经笔者一一核检，证实《见在目》中有可能收录唐人辞赋者也确在"别集家"与"总集家"。不过由于《见在目》著录的很多书籍现已不存，残缺不全者亦为数不少，能够确认无误的著录书籍仅有两种，其他均是存疑待考。下面根据收录辞赋尤其是律赋的确定性及可能性作三类分述：

第一类：确定无疑。《王维集》二十卷、《白氏文集》七十卷，见于"别集家"。

王维（701—761），开元九年擢进士第，现存律赋一篇，名《白鹦鹉赋》（以"容日上海、孤飞色媚"为韵），见《文苑英华》（以下简称《英华》）卷一三五。《王维集》在我国书目著录中均为十卷，《见在目》则著录作"二十卷"，孙猛先生怀疑"二十"为"十"之误，《见在目》之《王维集》就是原本。现存宋刻本《王摩诘文集》十卷、《王右丞文集》十卷，诗文兼收，均可见《白鹦鹉赋》①。王维律赋传入日本当无异议。

白居易（772—846）生前多次编纂整理自己的诗文，有《前集》五十卷，《后集》二十卷，《续后集》五卷。《前集》五十卷的编纂情形由《白氏长庆集序》及《白氏长庆集后序》可知。元稹《白氏长庆集序》云："长庆四年，乐天自杭州刺史以右庶子诏还。予时刺会稽，因得尽征其文，手自排缵，成五十卷，凡二千一百九十一首。前辈多以前集、中集为名，予以为陛下明年当改元，长庆讫于是，因号曰《白氏长庆集》。"②白居易《白氏长庆集后序》亦可证："前三年，元微之为予编次文集而叙之。凡五帙，每帙十卷，讫长庆二年冬③，号《白氏长庆集》。"④这个《前集》也就是《白氏长庆集》，收录了白居易长庆三年（823）冬之前的作品，前二十卷为诗，后三十卷为文。现存日本的"那波本""金泽文库本"等依然保留着这种编次，其中卷二一收录了白氏之赋十三篇，其中律赋十篇。《见在目》著录的"《白氏文集》七十卷"便是《前集》五十卷与《后集》二十卷合成的一个本子，自然是包括白居易所作的律赋。关于《白氏文集》的在日传播中日学者多有论述，此不赘复。

---

① 与《英华》在题下刊刻有"以容日上海孤飞色媚为韵"不同，现存《王摩诘文集》等多漏刻限韵。

② ［唐］元稹著，冀勤点校《元稹集》卷五一，第642页。

③ "长庆二年"，日本东大寺与正仓院所藏的《白氏文集》之《要文抄》作"长庆三年"。

④ 谢思炜校注《白居易诗集校注》第四册，北京：中华书局，2006年，第1653页。

第二类：可能收载律赋的唐人文集。《王勃集》三十卷、《新注王勃集》十四卷、《王昌龄集》一卷、《李益集》一卷、《王涯集》一卷、《南充郡太守敬集》一卷、《元氏长庆集》二十五卷、《白氏长庆集》二十九卷，均见于"别集家"。

王勃（650？—676？）存赋十二篇，其中律赋一篇，名《寒梧栖凤赋》（以"孤清夜月"为韵），见《英华》卷一三五，当编入王勃文集之中。只是《王勃集》现已散佚，我们尚无十足把握断言《见在目》著录的《王勃集》一定收载其律赋。但《见在目》之"《王勃集》三十卷"与两《唐志》著录的"《王勃集》三十卷"相合，与《宋书·艺文志》著录的"《王勃文集》三十卷"亦合，很可能收载了《寒梧栖凤赋》。同样，《见在目》中的"《新注王勃集》十四卷"也存在收载律赋的可能。

王昌龄（698？—757？）存赋三篇，其中律赋两篇，分别是《公孙弘开东阁赋》（以"风势声理、畅休实久"为韵），见《英华》卷六九；《灞桥赋》（以"水云辉映、车骑繁杂"为韵），见《英华》卷四六。《灞桥赋》为王昌龄开元十五年（727）应进士试而作，《公孙弘开东阁赋》是其开元二十二年（734）应博学宏词试所作，两赋当入王昌龄文集。《王昌龄集》已佚，新《唐志》著录"《王昌龄集》五卷"，《宋志》则著录十卷，《见在目》之"《王昌龄集》一卷"是否含其两篇律赋在内，不得而知。另外，后面提及的入唐八家之一"空海"携带归国的《王昌龄集》也为一卷①，应该就是《见在目》所著录之书。

李益（746—829），大历四年（769）方弱冠就进士登第，现存律赋一篇，名《诗有六义赋》（以"风雅比兴、自家成国"为韵），见《英华》卷六三。《李益集》两《唐志》无载，《直斋书录解题》著录有二卷。现行本有诗无文，难以确定《见在目》之"《李益集》一卷"是否收载其律赋。

王涯（764？—835），贞元八年（792）擢进士，又举宏词，现存律赋一篇，名《瑶台月赋》（以"仙家帝室、皎洁清光"为韵），见《英华》卷七②。《瑶台月赋》是王涯贞元十八年（802）应博学宏词试所作，应为《王涯集》所收。只是新《唐志》著录"《王涯集》十卷"，现又散佚，未知《见在目》之"《王涯集》一卷"收载《瑶台月赋》与否。

徐彦伯（？—714）现存律赋一篇，名《汾水新船赋》（以"虚舟济物、利涉大川"为韵），见《英华》卷一二二，当入其文集。但两《唐志》著录徐彦伯有"《前集》十卷""《后集》十卷"，又皆不存，故《见在目》之"《徐彦伯集》二卷"难

---

① 空海《献杂文表》之杂文包括《王昌龄集》一卷，详见〔日〕渡边照宏、宫坂宥胜校注：《性灵集》（日本古典文學大系第71卷）卷四，東京：岩波書店，1965年，第235頁。
② 《英华》误刻作者名作"王淮"。

以确定是否收载《汾水新船赋》。

敬括(? —771),开元十三年(725)进士①,存赋十二篇,其中律赋五篇②,分别是《花萼楼赋》(以"花萼楼赋、一首并序"为韵)、《季秋朝宴观内人马伎赋》(以"文彩节奏、发扬蹈厉"为韵)、《嘉量赋》(以"金锡无耗、然后量之"为韵)、《玉斗赋》(以"他山之玉、琢成宝器"为韵)、《枯杨生稊赋》(以"青春光耀"为韵),各见《英华》卷四九、八一、一○四、一一六、一四五。其中,《花萼楼赋》是其开元十三年(725)应进士试所作。敬括未见有诗文集著录传世,孙猛先生考《见在目》之"《南充郡太守敬集》一卷"即"《南充郡太守敬括集》一卷","括"字避德宗讳,该集有可能收录敬括律赋。

元稹(779—831)现存辞赋均是律赋,可确认者五篇③,分别是《奉制试乐为御赋》(以"和乐行道之本"为韵)、《善歌如贯珠赋》(以"声气圆直、有如贯珠"为韵)、《镇圭赋》(以"王者端拱、四维镇宁"为韵)、《观兵部马射赋》(以"艺成而动、举必有功"为韵)、《郊天日五色祥云赋》(以题并赋字为韵),见于明弘治元年(1488)杨循吉据宋本传抄的《元氏长庆集》卷二七,又见于《英华》卷一一、六五、七四、七八、一一一。"元集"收律赋毋庸置疑,只是由《旧唐书·元稹传》、白居易《元稹墓志铭》等可知"元集"题《元氏长庆集》,本是百卷本,新《唐志》著录亦为"百卷",《见在目》之"《元氏长庆集》二十五卷"显然不是完本,难以确知收元氏律赋与否。

《见在目》又著录"《白氏长庆集》二十九卷",当是《白氏长庆集》五十卷本的一种,二十九卷本的编次是否改易,是否包含白氏律赋,都不甚明了,详见前述。

第三类:未详。这一类又包括几种情形。

一是从逻辑推演上讲存在一丝可能,但又无文献可证者。如"别集家"中的"《岑集》十卷"。岑参(718? —769?),天宝三载(744)进士,开元天宝年间省试课律赋几成定规,岑参应在科场上作过律赋,但现存文献未见。孙猛先生认为《见在目》著录的"《岑集》十卷"就是"《岑参集》十卷",脱"参"字而已,且与新《唐志》《宋志》著录相合,散佚的《岑参集》十卷中是否收有律赋亦

---

① 陈尚君:《〈登科记考〉正补》,收入《陈尚君自选集》,桂林:广西师范大学出版社,2000 年,第225 页。

② 《全唐文》将《神蓍赋》(以"天生神物、用配灵照"为韵)、《蒲卢赋》(以"教以他虫、变成时类"为韵)归入敬括名下,然《英华》中《神蓍赋》作"康子玉",《蒲卢赋》阙名,应是《全唐文》误收。

③ 明人马元调又辑《大合乐赋》(以"王者之政、备于乐声"为韵)、《箫韶九成赋》(以"曲终九成、百兽皆舞"为韵)、《闻韶赋》(以"宣父在齐、三月忘味"为韵)为元稹作,然此三赋在《英华》卷七四、七五中均作"失名",未知马氏所据。

未可知。

　　二是从书名臆测存在一丝可能，但无任何凭据者。如《天宝集》三卷、《天宝集》九卷、《朝士近代大才集》二十卷、《大唐新文章》十六卷、《杂文集》一卷、《开成集》三十卷等等，见诸"总集家"。《天宝集》《开成集》疑是天宝年间和开成年间的诗文分别结集而成。天宝、开成年间科举课律赋，文坛不乏律赋名手，如天宝十载(751)进士钱起，开成二年(837)进士谢观。两集都有收载律赋的可能。《朝士近代大才集》疑是大唐朝廷中央官员中擅文辞者的诗文结集。自开元以后，凡应进士举而入仕途的士子罕有不会作律赋者，涌现了很多以律赋驰骋文坛的"朝士"，如李程、王起，都是擅作律赋且拜相之人。《朝士近代大才集》若臆测不误，很可能会收载部分律赋。《大唐新文章》名"新"，不排除收大唐"新"文体"律赋"的可能。《杂文集》云"杂文"，恐收罗较杂。前文已及的《王昌龄集》中，笔者曾注："空海《献杂文表》之杂文包括《王昌龄集》一卷"，空海所献"杂文"除《王昌龄集》一卷"外，还有"《杂文》一卷"，《杂文集》与《王昌龄集》或性质相近，可能是集数人之文而成，中含律赋亦不为奇。以上集子在我国全无著录，也佚失不见，但书此以备考耳。

　　三是完全未知，亦无从推测。"别集家"如《吴严集》十卷、《姚纳集》十四卷、《英藻集》十卷、《剧华文集》一卷、《贺兰遂集》二卷、《白云集》十九卷、《愚公集》一卷、《京兆集》二卷、《西平公集》二卷、《文祖集》一卷、《进士富燝杂文》一卷等；"总集家"如《文林丽藻集》百卷、《秀句集》一卷、《建国种会集》一卷、《词林警句集》三十卷、《要集》十八卷、《新集》一卷、《玉相集》一卷、《文房丽藻》十卷、《文箱集》三卷、《河南集》十卷、《凤岩集》十卷等。无一著录残存，唯待日后有新的发现。

　　由上可知，《见在目》中确定无疑收入律赋的文集只有"《王维集》二十卷"和"《白氏文集》七十卷"，数量极少；大多数文集到底有没有收录律赋，只能等待新材料的问世才能进一步确认。但这并不意味着传入日本的唐代律赋仅有王维、白居易二人所作，孙猛先生已经指出《见在目》"成书虽相当于唐昭宗的时候，但著录的唐代著述绝大部分成书于玄宗之前，故它主要著录的是中国八世纪以前的汉籍。"[①]唐代律赋真正繁荣始于八世纪，反映在文集中则恐怕要到八世纪中叶以后，《见在目》是不可能反映出唐代辞赋，尤其是律赋东传日本之全貌的，我们必须要认识到其局限性。

――――――――

　　①　孙猛：《日本国见在书目录详考》"前言"，第4页。

2. 入唐僧之求法目录

检"入唐八家"的求法目录,发现这些目录是以佛教经论为主,符合入唐僧求法的身份与诉求,可以说是不辱使命,但携归外典中还是可见一些文学书籍。如前文已经提到的空海,从其《书刘希夷集献纳表》《献杂文表》就可窥一斑,最为人津津乐道的当数他集我国诗文论而成《文镜秘府论》一书,反映了空海在大唐搜求诗文的热情与力度,他携归的《王昌龄集》便有可能收载律赋。但"入唐八家"的求法目录中并没有像《白氏文集》那样可以确定收载律赋的集子,只有一些疑似文集或许收载律赋。现罗列如下:

最澄(767—822)《传教大师将来越州录》著录"《翰林院等集》一卷"、"《杂文》五首一卷"。日本尾张国(今名古屋市)真福寺现藏《翰林学士集》一卷,卷尾墨书"集卷第二"又小字注以"诗一",可见原本应为两卷以上。若从唐人文集和日本平安朝汉诗文集的编次通例来看,当是第一卷为赋,第二卷为"诗一",第三卷为"诗二",依次再录作"诗三"及其他文体。针对现存的"卷二",中日两国学者多有讨论,对其君唱臣和、应诏而作等问题的认识并无分歧,只是该卷到底是唐人选诗集,还是许敬宗别集的一种等问题上仍有异议。笔者以为叶国良先生所论"日人选唐诗"之说①为是,这一残卷的原本《翰林学士集》当是"日人选唐诗与唐文"。而最澄携归的《翰林院等集》显然是唐人编纂,与《翰林学士集》并非一书。《翰林院等集》与《杂文》均是最澄贞元二十年(804)入唐后在越州所求,是否收录其时大行的律赋不得而知。

圆仁(793—864)《入唐新求圣教目录》著录"《丹凤楼赋》一卷"、"《诗赋格》一卷"。《丹凤楼赋》今不存,笔者望文生义猜测作品是咏颂被誉为"盛唐第一门"的大明宫丹凤门及门上巍峨高大的丹凤楼,但未知是何赋体。《诗赋格》已为柏夷(Stephen R. Bokenkamp)先生怀疑是隋唐之际杜正伦《文笔要决》和佚名《赋谱》的合写本②,有关《赋谱》后文还会再及,只是柏夷也仅是推测,目前仍未有《诗赋格》包括《赋谱》这一讲述律赋作法之书的铁证。除《丹凤楼赋》《诗赋格》外,还有《王建集》一卷、《进士章嶕集》一卷、《仆郡集》一卷、《庄翱集》一卷、《李张集》一卷、《台山集》一卷,均因散佚而无法确认是否收载律赋。

---

① 叶国良:"日本抄本《翰林学士集》的若干问题","第一届中国古典文学高端论坛:中国古典文学与东亚文明"主题演讲,2015 年 8 月 22 日于南京大学。

② 〔美〕柏夷撰:《〈赋谱〉略述》,严寿澂译,收入钱伯城编:《中华文史论丛》第 49 辑,上海:上海古籍出版社,1992 年,第 152、153 页。

除"入唐八家"外,在唐代文学典籍东传日本的过程中起了重要作用的还有惠萼。值得特书的便是他于唐会昌四年(844)抄写过白居易奉纳给南禅院的《白氏文集》并携带回国,成为金泽文库本《白氏文集》的祖本,其中卷二一是收载白居易律赋的卷子。前文已述,不再重复。

综上看来,尽管可以确认有入唐僧携来唐人辞赋,但绝对不是主体。入唐僧的主要任务是"求法",而非"求文",上面文献著录的情况已经了然,包括辞赋在内的唐人文集只是他们求书活动的副产品而已。

3.《通宪入道藏书目录》

《通宪入道藏书目录》(以下简称《通宪目录》),又名《信西入道藏书目录》,是藤原通宪(1106—1159)(法号圆空,后称信西)的私人藏书目录,虽然有学者质疑该目录撰者不是信西[①],但目录真实可信,并不影响我们对它的利用。该目录著录了大量的和汉书籍,既包括日本人的撰述、编纂,也包括传入日本的我国汉籍。目录中有两类书籍与唐人辞赋直接相关,分述如下[②]:

第一类:可能收载辞赋的唐人别集。《杜荀鹤集》一卷、《章孝标集》卷上,均见于第一一六柜。杜荀鹤(846?—907?),大顺二年(891)进士,唐末五代律赋写作早已程式化,杜荀鹤作过律赋的可能性极大。但现存《杜荀鹤文集》《唐风集》均有诗无文,不知《通宪目录》中的《杜荀鹤集》到底是何情形。章孝标(791—873),元和十四年(819)进士,现存律赋一篇,名《王师如时雨赋》(以"慰悦人心、如雨枯旱"为韵),见《英华》卷六五。《王师如时雨赋》是章孝标元和十四年应进士试所作,应为《章孝标集》所收。《宋志》著录"《章孝标集》七卷",《直斋书录解题》著录"《章孝标集》一卷",惜均不存,《通宪目录》中的"《章孝标集》卷上"是否收录《王师如时雨赋》等律赋无法确知。

第二类:收载唐人律赋的总集。《新赋略抄》一卷,见于第一一六柜;《典丽赋集》第二帙(下注:六个卷)、同赋七帙(下注:十个卷)、同第八帙(下注:见九个卷、欠十卷),见于第一二二柜。关于"新赋""典丽赋"本章第二节有详细考述,此处省去。

以上,是我们利用日本各类公私著录检出的传播到日本的唐人辞赋。别集如《白氏文集》,总集如《典丽赋集》。同时需要强调的是,这绝非唐人辞赋东传日本的全貌。前面所利用的目录虽然便利,但有很大局限。一者是目录本身就由编撰者的主观动机而决定其不可能是"全录",二者是经兵燹后传存下来的目录又极其有限,三者是许多古人也从未将自己的藏书整理

---

① 如〔日〕吉村茂樹:《通憲入道藏書目録についての疑問》,《史学雑誌》1928 年第 10 號。

② 据日本国立国会图书馆藏白井文库本,特 1－467《通憲入道書目録》。

编目。我们还须关注目录以外的其他传世文献,方能进一步接近唐人辞赋东传日本的真实状况。

(二)传世文献中的唐人辞赋

《和汉朗咏集》与《新撰朗咏集》都是日本平安时代的诗文摘句集,既有摘自我国诗文的秀句,也有摘自日本汉诗文的秀句,还有部分和歌。其中《和汉朗咏集》摘录唐人赋句二十五条,《新撰朗咏集》摘录唐人赋句七条,很多都是我国已佚的赋篇,有很高的辑佚价值。本章第二节和第五章第三节对这些唐赋残句有详细考述,此处省去。

《赋谱》是我国已佚却幸存于日本的一部唐代赋格著述。目前仅有一部写本存世,与杜正伦《文笔要决》同书于一卷,抄写年代被推定为平安末期。这部被日本政府指定为"重要文化财"的钞卷为日本"东京急行电铁"(简称"东急")的创始人、著名实业家五岛庆太(1882—1959,旧姓小林)所藏,现在五岛美术馆。自《赋谱》被发现以来,有不少专家学者对其展开研究①,有人指出其早在日承和十四年、即唐大中元年(847)就有可能为入唐求法僧圆仁带回日本②。有关此谱,除了诸位前贤的研究成果之外,本书第五章第一节亦有续貂,这里只是强调指出,《赋谱》讲述的是律赋的术语与作法,自然是唐代律赋东传日本的重要文献。

《江谈抄》又名《水言抄》,是藤原实兼(1085—1112)将大江匡房(1041—1111)的谈话内容笔录下来的一部笔记,成书时间不详,约在日本长治、嘉承年间(1104—1108)。大江匡房是平安朝著名学者世家"大江氏族"之后,汉学家底深厚,自幼才学出众,十六岁"省试"合格成为"文章得业生"③,十八岁对策及第,后任三代天皇之东宫学士④,是平安后期首屈一指的鸿儒。藤原实兼笔录匡房之言时年仅二十岁上下,学识虽不及大江匡房,却也是名门出身,受过良好的汉学教育。其父是当时的"大学头"⑤藤原季纲(生卒年不详),其子即前文提到的《通宪入道藏书目录》之主藤原通宪。藤原宗忠在

---

① 〔日〕小西甚一:《文镜秘府论考》研究篇下第二章"句格考",东京:大日本雄辩会讲谈社,1951年;〔日〕中泽希男:《赋谱校笺》,《群马大学教育学部纪要(人文·社会科学编)》第17号,1967年3月;〔美〕柏夷:《〈赋谱〉略述》;詹杭伦:《唐抄本〈赋谱〉初探》,《四川师范大学学报》增刊第7期,1993年9月(收入《唐宋赋学研究》第二章,北京:中国社会科学出版社、华龄出版社,2004年);张伯伟:《全唐五代诗格校考》附录三,西安:陕西人民教育出版社,1996年;詹杭伦:《唐宋赋学研究》第三章等。

② 〔美〕柏夷:《〈赋谱〉略述》等。

③ 相当于国子监学生中学业优秀者。

④ 三代天皇之东宫为:尊仁亲王(后三条天皇),贞仁亲王(白河天皇),善仁亲王(堀河天皇)。

⑤ 相当于国子祭酒。

《中右记》中评价其人"颇有才智,一见一闻之事不忘却,仍才艺超年齿。"①
《江谈抄》出自此二人之口手,不能简单地看作街谈巷语,而是有一定征信程
度。该书笔录了许多有关内朝外廷、达官显贵、宗教艺术的见闻逸事,内容
较为驳杂,其中的"诗事""长句事"多有涉我国诗文,值得重视。其中关乎唐
人辞赋的多在卷六"长句事",有四处②:

　　　　1"晓入梁王之苑,雪满群山;夜登庾公之楼,月明千里。"《白
赋》买嵩

　　　　检《秋赋》,"登"字作"归"字。"雪满群山"是《文选》文也。

　　　　2"新丰酒色,清冷于鹦鹉杯之中;长乐歌声,幽咽于凤凰管之
里。"《送友人归大梁赋》

　　　　非送友人归大梁。其意见于赋中。

　　　　3"佳人尽饰于晨妆,魏宫钟动;游子犹行于残月,函谷鸡鸣。"

　　　　以言朝臣称云:"'函谷鸡鸣'四字,可谓绝妙。"

　　　　4"花明上苑,轻轩驰九陌之尘;猿叫空山,斜月莹千岩之路。"
《闲赋》张赞

　　　　"轻轩驰"与"闲"义异。可深案,云云。或人云:"有闲人闻奔
车也"云云。

这四处赋句均已见于前述的《和汉朗咏集》,只是作者、赋题存在异文,不尽
相同,关于正误及其原因将另撰文探讨。

　　另有一条笔录值得关注,即卷五"诗事"中的"白行简作赋事":

　　　　予问云:"白行简作赋中,以何可胜乎。"被答云:"《望夫化为石
赋》第一也。抑白行简被知乎? 何流乎?"云云。答云:"不知。"被
命云:"居易之弟也。赋,行简胜。"云云。答云:"然者何世人以行
简集强不规模乎?"云云。被命云:"诗者,尚居易胜也。行简不可
敌。兄弟五人也,其中有敏仲"云云。③

---

① 《中右记》是平安后期公卿、官至右大臣的藤原宗忠(1062—1141)的日记,录宽治元年至保
　延四年(1087—1138)之事。评价见天永三年(1112)四月三日记藤原实兼急逝之事,据
　〔日〕笹川種郎编:《史料通覧》所收《中右记》四,東京:日本史籍保存会,1915年,第149页。
② 引文据〔日〕後藤昭雄校注:《江談抄》(新日本古典文學大系32),東京:岩波書店,1997年,
　仅添改个别标点。
③ 〔日〕後藤昭雄校注:《江談抄》,第526—527页。

藤原实兼问大江匡房白行简(776—826)所作赋中哪篇最佳,匡房回答是《望夫化为石赋》。今检《望夫化为石赋》(以"望远思深、质随神变"为韵)知是律赋无疑。后匡房又告诉实兼说白行简是白居易之弟,其赋胜过兄长。实兼遂问为何世人不模仿、取法"行简集"呢?匡房回答作诗还是居易更胜一筹。这条记载透露了两个信息:一是白行简《望夫化为石赋》传至日本无疑;二是白行简的文集《白行简集》①传入日本无疑。白行简所作辞赋近二十篇,大都为律赋,当尽入其文集。就传入日本的律赋数量而言,白行简完全可以媲美其兄白居易,而且其影响力也远超其兄。关于白行简律赋在日本的传播及影响,笔者在第三章以全章详加考论,参而即知。

五　余论

尽管从日本文献的载录情况来看,确定传入日本的唐人律赋非常有限,但考虑到唐代文学东传日本的盛况,则可以推定文献记载远不能反映出当时的全貌。最后,我们再补充一个唐人律赋东传至渤海国进而有可能传入日本的例子。

徐寅(849—921)是晚唐五代的著名赋家,乾宁元年(894)试《止戈为武赋》(以"和众安人、是为武德"为韵)登第②。渤海国宾贡高元固曾去闽中专访徐寅,得寅赠诗如下:

> 渤海宾贡高元固先辈闽中相访,云本国人写得寅《斩蛇剑》《御沟水》《人生几何》赋,家皆以金书,列为屏障,因而有赠。
> 折桂何年下月中,闽山来问我雕虫。肯销金翠书屏上,谁把刍荛过日东?郏子昔时遭孔圣,由余往代讽秦宫。嗟嗟大国金门士,几个人能振素风?③

这充分说明徐寅是以赋而擅名海外的,而为渤海人以金泥书写于屏风上来欣赏的《斩蛇剑赋》(以"仗剑斩蛇、金铓水锷"为韵)④、《御沟水赋》(以"月苑花堤、遥济东渭"为韵)⑤和《人生几何赋》(以"归心主朴、福履何容"为韵)⑥则

---

① 我国文献著录作《白郎中集》(见白居易《祭弟文》)或《白行简集》(见《新唐书·艺文志》)。
② 详参[清]徐松撰,孟二冬补正:《登科记考补正》卷二四,北京:燕山出版社,2003年,第1015—1016页。
③ [唐]徐寅:《徐公钓矶文集》卷八,四部丛刊三编钱遵王精钞本。
④ 见《英华》卷一〇三、《徐公钓矶文集》卷一、《全唐文》卷八三〇。
⑤ 见《徐公钓矶文集》卷一、《全唐文》卷八三〇。
⑥ 见《徐公钓矶文集》卷一、《全唐文》卷八三〇。

均是律赋。从高元固特意相访来看,此事显然不是徐寅的杜撰,其律赋传入渤海没有疑义。只是《后村先生大全集》卷九六《徐先辈集》却记述如下:

> 友人徐君端衡出其十一世祖唐正字光寅文集,又纂辑公遗事及年谱以示余。……而公所著他书皆羽化,惟诗赋与俪语仅存,岂不重可叹欤!……唐人尤重公赋,目为"锦绣堆"。日本诸国至以金书《人生几何》《御沟水》《斩蛇剑》等篇于屏障。①

刘克庄为徐寅文集所作序跋中写明是"日本"诸国,不由让人心生疑问,会不会有徐寅律赋亦播于日本的可能。不过无论是在刘克庄之前的宋人徐师仁《唐秘书省正字先辈徐公钓矶文集古序》中②,还是在之后的清人吴任臣《十国春秋》"徐寅"条中③,二人采信的都是"渤海"而非"日本"。难免会让人怀疑刘克庄是不是误记,毕竟徐寅自己赠高元固之诗可谓铁证如山。

但是,我们并不能因此而排除徐寅律赋传播到日本的可能。渤海国是当时东亚诸国中与日本交好的一个政权,仅徐寅登第前后几十年间就可见数次渤海国遣使日本的记载。如871年"渤海国入觐使杨成规等百五人着加贺国岸"(《日本三代实录》卷二〇贞观十三年十二月十一日壬子条),并于翌年五月二十日开始展开贸易,史载"内藏寮与渤海客回易货物"(《日本三代实录》卷二一贞观十四年五月廿日己丑条),"听京师人与渤海客交关"(同上五月廿一日庚寅条),"听诸市人与客徒私相市易"(同上五月廿二日辛卯条)。877年载"渤海国大使政堂省孔目官杨中远等一百五人,去年十二月廿六日着岸"(《日本三代实录》卷三〇元庆元年正月十六日戊子条)。882年又载"今月十四日渤海国入觐使裴颋等一百五人着岸"(《日本三代实录》卷四二元庆六年十一月廿七日乙未条),并于翌年五月七日开始贸易(详见《日本三代实录》卷四三元庆七年五月七日壬申条、五月八日癸酉条)。892年"渤海客来着出云国"(《日本纪略》前篇第二〇宽平四年正月八日甲寅条)。894年"渤海使裴颋等入朝"(同上宽平六年五月条)。908年又载"渤

---

① 刘克庄《徐先辈集序》,曾枣庄、刘琳主编:《全宋文》第329册,上海:上海辞书出版社,2006年,第135页。

② "正字《人生几何赋》,至今脍炙人口,儿童妇女往往道徐先辈。而集有赠渤海宾贡高元固诗,序云高见访于闽中,言本国得《斩蛇剑》《御沟水赋》《人生几何赋》,家家皆以金书,列为屏障。"[唐]徐寅:《徐公钓矶文集》卷一,四部丛刊三编钱遵王精钞本。

③ "寅赋脍炙人口,渤海高元固来,言:'本国得《斩蛇剑赋》《御水沟赋》及《人生几何赋》,家家皆以金书,列为屏障。'其珍重如此。"吴任臣:《十国春秋》卷九五,北京:中华书局,2010年,第1375页。

海客来"(《日本纪略》后篇第一延喜八年正月八日庚辰条)。919年载"大纳言藤原朝臣令尹文奏自若狭守尹衡许告来渤海客徒来着之由"(《扶桑略记》卷二四延喜十九年十一月十八日条)。

由上可见,渤海国直至926年为契丹所灭,都一直与日本保持着密切往来。渤海遣使日本的主要动机有二:一是在各方势力角逐的东亚寻求一个稳定的盟友以防范外部危机,二是通过与日本的贸易来获得丰厚的经济利益。两国同属东亚汉文化圈,交往语言自然是汉文,若说渤海使携有徐寅律赋这样的"硬通货"来日也不是没有可能。因此,考虑到当时东亚诸国之间的交往,唐人律赋也有辗转他途传入日本的可能。

第二节　辑佚之外
——日本典籍中的"新赋""典丽赋"考述

近年来,随着人文学科的交叉融合与研究视野的拓展延伸,中日两国古典学的互鉴、互动、融通已渐成趋势。"日本古文献"日益成为我国古典文学、文献学研究中的一个高频词。狭义上讲,日本古文献可以指日本人用本民族语言撰写的"和书",如紫式部《源氏物语》;也可以指日本人用汉语撰写的"汉籍",如菅原道真《菅家文草》;还可以指他们对我国典籍注解、评点而形成的"准汉籍",如山井鼎撰、物观补遗的《七经孟子考文补遗》。然宽泛地说,日本古文献也可以包括在日本传存的我国古籍,即那些常冠以"日藏"的我国古籍;还可以包括在日本刊刻的我国古籍,即我们常说的"和刻本"。若就狭广二义进行称名上的区分,似乎在两国学界之间尚未形成统一①。依愚见,莫不如以著作权论,将前者统称"日本典籍"(和书、日本汉籍、日本准汉籍),后者统称"在日中国汉籍"(日藏汉籍、和刻汉籍)。

如日本江户后期汉学家市河宽斋(名世宁,1749—1820)就据日本古文献搜补而成《全唐诗逸》三卷,他既利用了空海《文镜秘府论》、大江维时《千载佳句》等"日本典籍",也使用了张鷟《游仙窟》、李峤《杂咏》等"在日中国汉籍"。自《全唐诗逸》传入我国后,人们逐渐认识到日本古文献对唐代文学研究而言意义重大。应当说,无论是"日本典籍"还是"在日中国汉籍",两者同

---

① 两国学界对"汉籍"所论甚多,如〔日〕長澤規矩也:《漢籍整理法》,東京:汲古書院,1974年;张伯伟:《域外汉籍研究入门》,上海:复旦大学出版社,2012年;王勇:《从"汉籍"到"域外汉籍"》,《浙江大学学报(人文社会科学版)》2011年第6期等。

样重要。但就目前国内的研究现状来看,有关在日中国汉籍的考述不可谓不多,利用其所产生的研究成果也非常丰富,而日本典籍则相对冷清。其中原因,自有不通日语所带来的语言障碍,但对日本典籍的认识是否充分也是要因之一。长期以来,我们多是利用这些材料来辑佚我国诗文,辑佚之后似乎便可将其看作废料而"弃之不顾"。然而,我们能够辑佚的前提,也就是散佚诗文保存于日本典籍这一现象本身,是一个意义多元化的命题。日本典籍并非一种见于域外的单纯保存我国诗文的文献,而是成于域外人士之手并隐含着复合信息的文献。我们若能将其与我国古代文献进行对读互见,必会在辑佚之外另有发现,产生仅据我国文献而无法获得的新认识。再者,日本典籍能留有我国诗文的痕迹,是我国古代文学传播到日本,为日人所接受、欣赏甚至产生影响的结果。故而日本典籍与在日中国汉籍一样,都是东亚汉文化圈中我国古典文学"在场"的有力见证。我们有必要辨踪循迹,再现我国古典文学旅行的实态。

作为尝试,本节拟在前人对唐人辞赋辑佚的基础上,对日本典籍中出现的"新赋"与"典丽赋"展开考察,厘清其与唐赋的关系,并就唐人律赋的编选流传及对日传播略作阐述。

一 日本典籍所见唐人赋句

唐代,是我国辞赋发展的又一高峰,留存至今的作品已逾千篇。其时又恰逢我国古典文学对日传播的黄金时期,大量唐人辞赋就这样伴随着文学典籍的东流而传入日本。在现存日本典籍中,仍能看到唐赋的一些断句残篇,它们已成为我们辑佚唐赋的重要来源。国内最有代表性的辑佚当属陈尚君先生的《全唐文补编》①。这些保存在日本典籍中的唐赋均仅存赋句,并非兵燹之故,而是日人对唐赋的鉴赏方式所致。为方便后文论述,这里将残存的唐赋赋句全部列出,并以阿拉伯数字进行编号。

(一)《和汉朗咏集》所收唐人赋句

《和汉朗咏集》,又作《倭汉朗咏集》,是日本平安中期的歌人、歌学家②,同时也是汉学家的藤原公任(966—1041)编选的一部作品集,成书时间未确,早至长和元年(1012)左右,晚不迟于宽仁年间(1017—1021)。这部集子

---

① 陈尚君:《全唐文补编》,北京:中华书局,2005 年;近来又有蒙显鹏增补数条,见蒙显鹏:《〈和汉朗咏集〉〈新撰朗咏集〉及注释所见诗文辑佚》,《中国典籍与文化》2019 年第 3 期。
② 日本的传统诗歌称作"和歌",用日本文字假名书写,擅作和歌之人称"歌人",精通和歌理论的人称"歌学家"。

并非选录完篇的诗文,而是摘录和歌及汉诗文中的秀句而成,以便于朗诵歌咏。全书由上下两卷组成,共摘录802条,其中232条摘自我国诗文,354条摘自日本汉诗文,还有216首和歌,分门别类,以类相聚。《和汉朗咏集》不仅大行于当时,也给其后的日本文学带来了深远的影响。

该集共摘录唐人赋句二十五条,大都不见于我国文献,罗列如下①:

1 公乘亿《立春日内园使进花赋》(出卷上"立春")

逐吹潜开,不待芳菲之候;迎春乍变,将希雨露之恩。

2 贾嵩《凤为王赋》(出卷上"莺")

鸡既鸣,忠臣待旦;莺未出,遗贤在谷。

3 张读②《晓赋》(出卷上"莺")

谁家碧树,莺鸣而罗幕犹垂;几处华堂,梦觉而珠帘未卷。

4 左牢③《密雨散如丝赋》(出卷上"雨")

或垂花下,潜增墨子之悲;时舞鬟间,暗动潘郎之思。

5 张读《闲赋》(出卷上"花")

花明上苑,轻轩驰九陌之尘;猿叫空山,斜月莹千岩之路。

6 公乘亿《八月十五夜赋》(出卷上"十五夜")

秦甸之一千余里,凛凛冰铺;汉家之三十六宫,澄澄粉饰。

7 公乘亿《八月十五夜赋》(出卷上"十五夜")

织锦机中,已辨相思之字;捣衣砧上,俄添怨别之声。

8 张读《愁赋》(出卷上"落叶")

三秋而宫漏正长,空阶雨滴;万里而乡园何在,落叶窗深。

9 谢观《白赋》(出卷上"雪")

晓入梁王之苑,雪满群山;夜登庾公之楼,月明千里。

10 张读《愁赋》(出卷下"云")

竹斑湘浦,云凝鼓瑟之踪;凤去秦台,月老吹箫之地。

11 贾嵩《晓赋》(出卷下"晓")

佳人尽饰于晨妆,魏宫钟动;游子犹行于残月,函谷鸡鸣。

---

① 据〔日〕佐藤道生校注:《和漢朗詠集》(和歌文學大系第47卷),東京:明治書院,2011年,仅修改个别标点。

② 陆颖瑶指出该句当是谢观《晓赋》的摘句,宜从。陆颖瑶:《〈和漢朗詠集〉〈新撰朗詠集〉所收〈晓赋〉佚句考—東アジアに流傳した晚唐律赋—》,《日本中國學會報》第73集,2021年10月。

③ 佐藤校本作"右牢",附记疑为"左牢";陈尚君补作"左牢"。"左牢"为正,见陈尚君:《全唐诗补编》《全唐文再补》卷四,第2136页。

12 谢观《晓赋》(出卷下"晓")

几行南去之雁,一片西倾之月。赴征路独行之子,旅店犹扃;泣孤城百战之师,胡笳未歇。

13 谢观《晓赋》(出卷下"晓")

严妆金屋之中,青蛾正画;罢宴琼筵之上,红烛空余。

14 贾嵩《凤为王赋》(出卷下"鹤")

嫌少人而踏高位,鹤有乘轩;恶利口之覆邦家,雀能穿屋。

15 皇甫湜《鹤处鸡群赋》(出卷下"鹤")

同李陵之入胡,但见异类;似屈原之在楚,众人皆醉。

16 谢观《清赋》(出卷下"猿")

瑶台霜满,一声之玄鹤唤天;巴峡秋深,五夜之哀猿叫月。

17 公乘亿《连昌宫赋》(出卷下"管弦")

一声凤管,秋惊秦岭之云;数拍霓裳,晓送缑山之月。

18 公乘亿《送友人赋》(出卷下"酒")

新丰酒色,清冷鹦鹉杯中;长乐歌声,幽咽凤凰管里。

19 公乘亿《愁赋》(出卷下"山水")

巴猿一叫,停舟于明月峡之边;胡马忽嘶,失路于黄沙碛之里。

20 谢观《晓赋》(出卷下"水")

边城之牧马连嘶,平沙眇眇;行路之征帆尽去,远岸苍苍。

21 公乘亿《连昌宫赋》(出卷下"故宫")

阴森古柳疏槐,春无春色;获落危牖坏宇,秋有秋风。

22 张读《闲赋》(出卷下"僧")

苍茫雾雨之霁初,寒汀鹭立;重叠烟岚之断处,晚寺僧归。

23 张读《闲赋》(出卷下"闲居")

官车一去,楼台之十二长空;隙驹难追,绮罗之三千暗老。

24 浩虚舟《贫女赋》①(出卷下"闲居")

幽思不穷,深巷无人之处;愁肠欲断,闲窗有月之时。

25 谢观《白赋》(出卷下"白")

秦皇惊叹,燕丹之去日乌头;汉帝伤嗟,苏武之来时鹤发。

---

① 佐藤注本中作者作"法虚舟",他本还有作"白居易""陆虚丹""浩唐舟""浩虚舟",当以"浩虚舟"为正;也有作者与赋题作"张读《闲赋》"者。到底是浩虚舟之赋句还是张读之赋句,无法遽断。

（二）《新撰朗咏集》所收唐人赋句

《新撰朗咏集》是日本平安后期的歌人、歌学家藤原基俊（1060—1142）编选的一部作品集，成书时间不详，约在保安三年至长承二年之间（1122—1133）。该集是藤原基俊仿照《和汉朗咏集》编纂而成，体例与《和汉朗咏集》一样，也是摘录汉诗文中的佳句与日本和歌。全书同样由上下两卷组成，分门别类，集汉诗文佳句543条，和歌203首，共计746条。《新撰朗咏集》对后世的影响虽不及《和汉朗咏集》，但却收录了一些《和汉朗咏集》未收的诗文、和歌，自有其独到的价值。

《新撰朗咏集》摘录唐人赋句共七条，分别是①：

> 26 谢观《晓赋》（出卷下"晓"）
> 愁思妇于深窗，轻纱渐白；眠幽人于古屋，暗隙才明。
> 27 谢观《晓赋》（出卷下"鹤"）
> 华亭风里，依依之鹤唳犹闻；巴峡雨中，悄悄而猿啼已息。
> 28 公乘亿《愁赋》（出卷下"故宫"）
> 石家之门客长辞，水流金谷；魏帝之宫人已散，草满铜台。
> 29 白居易《汉高帝斩白蛇赋》（出卷下"帝王"）
> 人在威而不在众，我王也万夫之防；器在利而不在大，斯剑也三尺之长。
> 30 公乘亿《愁赋》（出卷下"将军"）
> 将军守塞，北流戎羯之乡；壮士辞燕，西入虎狼之国。
> 31 公乘亿《八月十五夜赋》（出卷下"恋"）
> 乍临团扇，悲莫悲兮班婕妤；稍过长门，愁莫愁于陈皇后。
> 32 谢观《白赋》（出卷下"白"）
> 寸阴景里，将窥过隙之驹；广陌尘中，欲认度关之马。

这些赋句说明谢观、公乘亿等中晚唐文人的辞赋已传入日本，并被平安中后期的日人以摘句的方式欣赏、吟诵。只是大都为残句，这严重影响了我们对这些唐赋的认识。唐人辞赋赋体多样，不仅有承袭前代的骚体赋、骈体赋、铺排大赋、抒情小赋，还有始于唐代的新赋体——律赋。这三十二处唐人赋句，最先可以确定赋体的是29白居易《汉高帝斩白蛇赋》，该赋全文见

---

① 据〔日〕柳澤良一校注：《新撰朗詠集》（和歌文學大系第47卷），東京：明治書院，2011年，仅修改个别标点。

于《文苑英华》卷四二及《白氏文集》等,题下限韵"汉高皇帝、亲斩长蛇",是一篇标准的八韵律赋。然后是 15 皇甫湜《鹤处鸡群赋》,该赋全文见于《文苑英华》卷一三八、《全唐文》卷六八五等①,同句又见于《云溪友议》卷中"中山海"②,题下未见限韵,似乎不是律赋。然而我们细检全文的话,发现该赋共八段,分别押入声"德·职"韵,上平声"模·虞"韵,上声"小·筱"韵,去声"至·志"韵,下平声"庚·清"韵,入声"屋"韵,下平声"先"韵,上声"纸·旨·止"韵,全赋共用隔句对四处。从体式上看,《鹤处鸡群赋》与律赋并无二致,与同为皇甫湜所作的《履薄冰赋》③《山鸡舞镜赋》④相类,而与其所作古赋《东还赋》《伤独孤赋》《醉赋》⑤差别较大。故此赋很可能是律赋,原本题下限韵,后于传抄过程中脱落。除这两处以外,其余唐赋的赋体似乎难以追究。不过《和汉朗咏集》成书后就有日人为之作注,利用古人注释便可以追索出更多信息。

二　日本典籍中的"新赋"

现存《和汉朗咏集》注释以平安后期硕儒大江匡房(1041—1111)之注为最早,史称"朗咏江注"。"朗咏江注"并非一部独立撰著,而是表现为大江匡房在其家藏《和汉朗咏集》的摘句行间等空白处留下的文字。其最终成形大致可以分为前后两次作业:第一次是匡房为白河天皇搜罗秀句源出诗文的全文;第二次是匡房为开其次子匡时(后改名维顺)之童蒙而就部分摘句施以批注。⑥《和汉朗咏集》成书之时并未在每一处秀句后标注作者和诗文题目,几乎所有的诗句都是仅标作者而无诗题,唐人赋句却又是仅标赋题而无作者。匡房则在搜罗全文的过程中补充注明了许多作者及诗文题,我们今

① 明刊本《文苑英华》及清内府刻本《全唐文》中该句均作"同李陵之入胡,满目异类;似屈原之在楚,众人皆醉。"[宋]李昉等:《文苑英华》卷一三八,北京:中华书局,1966 年,第 635 页;[清]董诰等:《全唐文》卷六八五,北京:中华书局,1983 年,第 7012 页。

② 《云溪友议》中作"若李君之在胡,但见异类;如屈原之相楚,唯我独醒。"[唐]范摅撰,唐雯校笺:《云溪友议校笺》,北京:中华书局,2017 年,第 131 页。虽然《英华》《全唐文》的"满目异类"亦通,但李陵《答苏武书》(《文选》卷四一)云"自从初降,以至今日,身之穷困,独坐愁苦,终日无睹,但见异类",可见《云溪友议》《和汉朗咏集》的"但见异类"自有典据。无论范摅还是藤原公任,他们所据的应当都是流行于唐末的皇甫湜赋文,可资校勘,这也是日本典籍之于唐代文学研究的一大意义所在,后文还会赘论。

③ 以"戒慎之心、如履冰上"为韵,见《英华》卷三九。

④ 以"丽容可珍、照之则舞"为韵,见《英华》卷一〇五。

⑤ 见《皇甫持正文集》卷一。

⑥ 佐藤道生先生对此考论翔实,参见[日]佐藤道生:《三河鳳來寺舊藏曆応二年書写〈和漢朗詠集〉影印と研究》下册(研究篇)论考部分 4"'朗詠江註'の発端"和 5"'朗詠江註'と古本系〈江談抄〉",東京:勉誠社,2014 年。

天可以看到秀句下附记的作者及诗文题多赖匡房之功。此外,他在检寻全文的过程中还注意到藤原公任所摘秀句与他所见诗文存在文字上的差异,并加指摘。这些因第一次作业而产生的注记文字①包含了不少信息,值得我们重视。

下面据日本三河凤来寺旧藏历应二年(1339)藤原师英所写《和汉朗咏集》中的“江注”来追究两种鲜见于我国的辞赋典籍,它们均与唐人辞赋紧密相关。

21 公乘亿《连昌宫赋》之句,大江匡房注以:

　　检《新赋》,“声”字可作“风”字,是用东韵之故也。②

“阴森古柳疏槐,春无春色;获落危牖坏宇,秋有秋风”的最后一字,在《和汉朗咏集》诸本中有作“声”者,也有作“风”者。匡房通过对检《新赋》指出,“声”字当作“风”字③,并阐明理由是“用东韵之故”。“声”字属下平声“清”韵,“风”字属上平声“东”韵(独用),二字不同韵,应以《新赋》之“风”字为正。若无此注,我们很难判断“声”“风”孰是。因为“春无春色”与“秋有秋声”之对看起来并无不协,“色”为仄声,“声”“风”均是平声,“春色”无论对“秋声”还是“秋风”,均是工对。匡房之所以能断作“风”字,显然是因为该字位于韵脚,而他检阅《新赋》中《连昌宫赋》全文后发现该句正是押“东”韵的一句。若《新赋》没有收录《连昌宫赋》全文,而是像《和汉朗咏集》一样只摘录句子的话,单凭一个韵脚是不可能说出“用东韵之故”的。赋体之中,当以律赋押韵最严,“声”字意味着落韵,是制作律赋的大忌,此摘句又为隔句对,隐约透露出《连昌宫赋》极可能是篇律赋。而收载该赋的《新赋》则可以坐实这一推断。

《新赋》未见我国典籍著录,不知其为“在日中国汉籍”还是“日本典籍”。但无独有偶,日本平安时期的著名随笔集《枕草子》中也出现了《新赋》,值得一究。《枕草子》是平安中期与紫式部齐名的另一位女作家清少纳言(966?—1025?)的作品,大约成书于长保三年(1001)。今人得以窥知平安

① 第二次作业产生的批注据佐藤道生的推断当在宽治年间(1087—1094)后期(参前注佐藤道生著书中的“‘朗詠江註’と古本系《江談抄》”),则第一次作业的时间盖在宽治年间(1087—1094)前期。
② 〔日〕佐藤道生:《三河鳳來寺舊藏曆応二年書写〈和漢朗詠集〉影印と研究》上册(影印篇),第151頁。
③ “可作‘风’字”的“可”在日文中训作“べし”,意为“应当”。

王朝的一些宫廷秘事、其时的文艺风潮，实赖此书颇多。三卷本《枕草子》①
中有这样一段话：

> 文字作品当属以下：《文集》《文选》《新赋》《史记》"五帝本纪"
> "愿文""表文"以及博士的"申文"。②

《文集》是指白居易《白氏文集》，一部传入日本后就风靡整个王朝的唐人别
集，常省称为《文集》。"愿文"即"发愿文"，是做法事时向神佛表施主愿望之
文。"申文"自平安以降多指官僚为任官、晋爵而上呈的申请文书。此外的
《文选》《史记》"五帝本纪"及"表文"当无需赘言。夹在《文集》《文选》与《史
记》中间的"新赋"显然也是一部"在日中国汉籍"，其受追捧程度看来可与
《文集》《文选》《史记》比肩。在一部叫作《赋谱》的日藏汉籍广为学界认识以
前，研究者多将"新赋"理解为"新风气的赋"③，或者是《文选》中相对于"汉
赋"而言的新的"六朝赋"④。但张培华则据《赋谱》指出此处的"新赋"即是
"律赋"。⑤

《赋谱》是我国已佚却幸存于日本的唐代赋格著述，主要讲述律赋术语
及作法。目前仅有一部写本存世，与杜正伦《文笔要决》同书于一卷，抄写年
代被推定为平安末期。已有学者通过分析这部赋格中引用的赋例推断出其
成书时间为唐大和、开成年间（827—840）⑥，所论对象多是中晚唐律赋。
《赋谱》的撰者在将以《文选》为代表的前代辞赋与唐代大行的律赋作对比
时，做了如下的表述：

> 故曰新赋之体项者，古赋之头也。借如谢惠连《雪赋》云："岁
> 将暮，时既昏，寒风积，愁云繁。"是古赋头，欲近雪，先叙时候物候

---

① 《枕草子》原本已不存，现存诸本可分为两大类四个系统，一类是"杂纂"形态的"三卷本"
"能因本"，另一类是"类纂"形态的"堺本""前田本"。其中，三卷本最接近清少纳言的原
稿。
② 原文作："書は文集、文選、新賦、史記、五帝本紀、願文、表、博士の申文"。〔日〕池田龜鑑、
岸上慎二校注：《枕草子》（日本古典文學大系 19），東京：岩波書店，1958 年，第 249 頁。参
周作人和林文月的译文后试评。
③ 〔日〕池田龜鑑、岸上慎二校注：《枕草子》，第 249 頁注釋。
④ 〔日〕渡辺実校注：《枕草子》（新日本古典文學大系 25），東京：岩波書店，1991 年，第 245 頁。
⑤ 张培华：《〈枕草子〉における"新賦"の新解》，《古代中世文學論考》第 16 集，東京：新典社，
2005 年。
⑥ 〔美〕柏夷撰：《〈赋谱〉略述》，严寿澂译，《中华文史论丛》第 49 辑，上海：上海古籍出版社，
1992 年；张伯伟：《全唐五代诗格汇考》附录三，南京：凤凰出版社，2002 年。

也。《瑞雪赋》云:"圣有作兮德动天,雪为瑞而表丰年。匪君臣之合契,岂感应之昭宣。若乃玄律将暮,曾冰正坚。"是新赋先近瑞雪了,项叙物类也。①

这里出现的"项""头"是《赋谱》对赋体分段的术语②,意在指出"新赋""古赋"的"头""项"有别,"新赋"之"项"近似于"古赋"之"头",并引谢惠连《雪赋》和唐人《瑞雪赋》来例释。显而易见,肇端于唐代的律赋因相较《文选》之赋而言是"新",故为撰者称作"新赋"以示区分。③ 不过这种指称在唐人文献中十分罕见,不如"甲赋"更为常见④,但"甲赋"专指科场律赋,所指又不及"新赋"广泛。从日本典籍中存有"新赋"的记载来看,这种称谓在当时还是有一定代表性,只是并未在我国延续下去,而是为另一种称谓——"律赋"所逐渐取代。如五代王定保在《唐摭言》卷九"好知己恶及第"中记"郑隐"事,说他"少为律赋,辞格固寻常。"⑤及宋,"律赋"之名已通行。⑥

如前所述,在《枕草子》的记述里,夹在《文集》《文选》与《史记》中间的"新赋"应该是一部我国传去的汉籍,而非文体。结合《赋谱》以"新赋"指称唐代律赋这一情况来看,《枕草子》中的《新赋》当是一种唐代律赋的赋集。再考虑到"新赋"这一称谓出现的时期,我们可以推定其成书时间约在晚唐或五代。⑦ 而这部《新赋》也正是大江匡房在《和汉朗咏集》中公乘亿《连昌宫赋》赋句下注记的《新赋》。匡房通过翻检《新赋》中公乘亿《连昌宫赋》的全文,并基于对该赋赋体为律赋的认识,指出《和汉朗咏集》摘录赋句的末字韵脚——"'声'字可作'风'字,是用东韵之故也。"

---

① 詹杭伦:《唐宋赋学研究》第三章"《赋谱》校注",北京:中国社会科学出版社、华龄出版社,2004年,第84页。
② 凡赋体分段,各有所归。但古赋段或多或少,若《登楼》三段、《天台》四段之类是也。至今新体分为四段:初三四对,约三十字为头;次三对,约四十字为项;次二百余字为腹;最末约四十字为尾。詹杭伦:《唐宋赋学研究》第三章"《赋谱》校注",第69—70页。
③ 这可以说是唐人对赋有"古""律"之分的初步自觉,如清人陆葇在《历朝赋格·凡例》中云:"古赋之名始于唐,所以别乎律也,犹之今人以八股制义为时文,以传记词赋为古文也。"另,若对"新赋"作广义、狭义上的界定,其狭义当专指中晚唐律赋。从《赋谱》述论的局限性来看,不排除其有所特指的可能。可参本书第五章第一节。
④ 如权德舆《答柳福州书》(《文苑英华》卷六八九)、皇甫湜《答李生第二书》(《唐文粹》卷八五)、舒元舆《上论贡士书》(《唐文粹》卷二六)。
⑤ [五代]王定保:《唐摭言》,北京:中华书局,1959年,第96页。
⑥ 据[宋]李焘《续资治通鉴长编》即可窥一斑,如太宗太平兴国三年(978)有诏云:"自今广文馆及诸州府、礼部试进士律赋,并以平侧依次用韵。"哲宗元祐元年(1086)司马光言:"至于以赋诗、论策试进士,及其末流,专用律赋格诗取舍过落(后略)。"
⑦ 若据狭义之"新赋"理解,《新赋》所收极有可能是法式渐严的中晚唐律赋。

　　《新赋》的意义不止于说明公乘亿《连昌宫赋》之体为律赋，还关乎《和汉朗咏集》选赋的来源问题。前文已经简单介绍过，《和汉朗咏集》是从中日两国文人的"诗""歌""文"中摘句编纂。汉诗文之秀句源出我国者四十人，源出日本者五十一人；和歌作者不消说全是日人，有七十余人。人数之众，自然会使人产生藤原公任是依据什么来摘录编选的疑问。手段无非有三种，一是自文人别集摘录，二是自诗文总集摘录，三是兼而有之。编纂常识告诉我们，只用第一种手段的可能性很小，仅凭公任一己之力，是难以做到从浩如烟海的文人别集中翻检摘选的。日本学者已经指出，《和汉朗咏集》收录的 194 处中国诗句有 148 处见于大江维时（888—963）的《千载佳句》，藤原公任显然是利用了更早的《千载佳句》——一部唐诗佳句的选集来进行摘录。① 不过《千载佳句》仅收唐诗，并无唐赋，《和汉朗咏集》中唐人赋句的来源就成了一个问题。日本学者曾试图解决这一问题，但均未实现。我们认为，《新赋》极有可能就是藤原公任辑选唐人辞赋的主要来源。

　　与唐诗多选自《千载佳句》一样，唐赋的甄选想必同样有某一种或几种赋集存在。如果自文人别集中采撷的话，其时风头无两的白居易《白氏文集》当首入藤原公任之眼。《白氏文集》收白居易古赋三篇、律赋十篇，但《和汉朗咏集》却无一处白氏赋句，殊为可怪②。而其中所见公乘亿、谢观、张读、贾嵩、浩虚舟、左牟、皇甫湜的赋句，若是通过别集摘录，至少要同时满足两个条件：一是他们的别集都已传入日本，二是全部为公任过目。更何况一般的编选不会自取材起就限定这七人，而是会将目光投向更多赋家，翻检更多别集。因此摘录赋句以别集为主的可能性不大，公任应是主要借助总集，辅以个别传入的唐人别集，甚或没有利用别集。清少纳言在《枕草子》中的标榜已说明了《新赋》正是当时日本流行的中国赋集。她的表述虽然简练，但意思十分明确：文字作品中文人别集以《白氏文集》为最，诗文选集以《文选》为最，史书以《史记》为最，文章以"五帝本纪""愿文""表文""申文"最为流行，那么赋集之代表就当数《新赋》了。清少纳言的这一认识是她入宫服侍中宫定子后，在对一流文人、上层人士文学嗜好的耳闻目睹中形成，其"场域"是平安王朝的宫廷贵族圈。而藤原公任正是圈中常客。《枕草子》中就有一段文字讲述了清少纳言与藤原公任的诗歌往来：

---

① 〔日〕佐藤道生校注：《和漢朗詠集》解説，第 525 頁。
② 白居易秀句在《和汉朗咏集》中多达 136 处，一人占中国诗文秀句总数的近六成。统计数据据〔日〕佐藤道生校注：《和漢朗詠集》解説，第 525 頁。

将近二月的晦日,风刮得很厉害,空中也很暗黑,雪片微微的掉下来,我在黑门大间,有主殿司的员司走来说道:

"有点事情奉白。"我走了出去,来人道:

"是公任宰相的书简。"拿出信来看时,只见纸上写着[半首歌]道:

"这才觉得略有春天的意思。"

(中略)

(我,即清少纳言)乃写道:

"天寒下着雪,错当作花看了。"

(后略)①

在二月末一个寒冷的日子,藤原公任故意据白居易《南秦雪》中(《酬和元九东川路诗十二首》之一,《白氏文集》卷一四)的诗句写了一首和歌的下半联给清少纳言,以考验其才能。清少纳言识出公任的下半联典出白诗额联中的对句"二月山寒少有春",于是据出句"三时云冷多飞雪"写出了和歌的上半联以作回复。② 通过两人诗歌交往的这一片段即可窥出,同时活跃在平安中期一条朝(986—1011)的清少纳言与藤原公任,都处在吸收中国古典文学以滋养"和文学"的氛围之中。他们的共鸣之处自然是文学理念、审美情趣相投,但也不可忘记共鸣发生的大背景是"《文集》《文选》《新赋》《史记》"等我国典籍东传日本并为日人接受内化这一事实。清少纳言对《新赋》的认识绝非一己之见,而应该理解为包括藤原公任在内的其时日本宫廷贵族圈的共通认识。当藤原公任面临如何自唐赋摘录赋句这一问题时,映入其脑海的恐怕就是《新赋》这部最有代表性的唐人赋集了。

而近一个世纪之后大江匡房所作的注记也多少可以印证这一推论。前文已述,匡房在搜罗秀句源出诗文全文的过程中注意到藤原公任所摘秀句与他所见诗文存在文字上的差异,于是就出现了 21 公乘亿《连昌宫赋》赋句的注记:"检《新赋》,'声'字可作'风'字,是用东韵之故也。"这样的注记不止一处,又如白居易《镜换杯》颈联"茶能散闷为功浅,萱纵忘忧得力微"下注有

---

① 〔日〕清少纳言著:《枕草子》第九五段《南秦雪》,周作人译,北京:中国对外翻译出版公司,2001年,第182—183页。

② 公任和歌下半联原文作"すこし春あるここちこそすれ",清少纳言和歌上半联原文作"空さむみ花にまがへてちる雪に"。〔日〕池田亀鑑、岸上慎二校注:《枕草子》,第165—166页。

"检《文集》,'微'字多为'迟'。"①注记所谓的"检"就是翻阅、查阅、检查、检验,也就是说匡房对藤原公任编纂《和汉朗咏集》时的引据书籍进行了复核。其初衷本是要蒐集诗文全文,却注意到公任的摘句与原典有差,因以注记。匡房所"检"的《文集》(《白氏文集》)《新赋》,均是藤原公任编纂《和汉朗咏集》的重要引据。

三　日本典籍中的"典丽赋"

大江匡房对《和汉朗咏集》秀句的文字核对并没有停留在查验《文集》《新赋》等藤原公任所据资料的阶段,而是进一步利用手边的其他文献展开了文字校异。通俗地说,我们可将其分别看作校勘中的"对校"与"他校"。其中,前揭第 4、5、9、14、22、23、25 七处赋句均可见匡房"他校"的痕迹,分列如下②:

> 4 今勘《重撰典丽赋选》第八《雨如丝赋》,"远飞宫际,萧散多思",陆龟蒙作欤? 相违如何?
> 5《典丽赋选》作"开"。("花明上苑"之"明"字右侧书"开"。)
> 9《典丽赋选》作"亮"。("夜登庾公之楼"之"公"字右侧书"亮"。)
> 14《典丽赋选》作"愤"。("嫌少人而踏高位"之"嫌"字右侧书"愤"。)
> 22《典丽赋》作"野"。("晚寺僧归"之"晚"字右侧书"野"。)
> 23《典丽赋》作"断"。("宫车一去"之"去"字左侧书"断"。)
> 25《典丽赋选》作"归"。("苏武之来时鹤发"之"来"字左侧书"归"。)

试以 4、5 为例做一说明。4 是左牢赋句,藤原公任摘句后记其赋题为"密雨散如丝赋"③。大江匡房勘查《重撰典丽赋选》卷八后发现赋题作"雨如丝赋",作者为"陆龟蒙",赋句也有很大差异。5 是张读《闲赋》之句"花明

---

① 〔日〕佐藤道生:《三河鳳來寺舊藏曆应二年書写〈和漢朗詠集〉影印と研究》上册(影印篇),第 142 頁。
② 〔日〕佐藤道生:《三河鳳來寺舊藏曆应二年書写〈和漢朗詠集〉影印と研究》上册(影印篇),第 27、32、83、133、165、167、205 頁。
③ 《和汉朗咏集》诸本有微小差别,如粘页本作"密雨散丝",历应二年本作"蜜雨散如丝",贞和三年本作"密雨散如丝"。

上苑,轻轩驰九陌之尘;猿叫空山,斜月莹千岩之路。"匡房发现"花明上苑"之"明"字在《典丽赋选》中作"开"。

这里出现的《重撰典丽赋选》等书显然为汉籍,大曾根章介、堀内秀晃二先生最先认识到其重要价值,推测是唐赋拔萃一类的书籍;栃尾武、三木雅博后来又加以考索,指出《宋史·艺文志》中著录有《典丽赋》。[①] 但能否将两者作简单比定,以及该书到底是何性质,仍需要进一步探讨。

首先,前揭七处赋句的注记中出现了"重撰典丽赋选""典丽赋选""典丽赋"三种表述,是大江匡房用了三种赋集校勘,还是一种赋集使用了不同名称,需要稍加辨析。日本学者几乎全部默认是一种赋集,全称《重撰典丽赋选》,略称《典丽赋选》或《典丽赋》,却未言明理由。笔者考虑如下:第一,5、22、23同是张读《闲赋》,5标以《典丽赋选》,其后22、23可能略作《典丽赋》或传抄中脱落"选"字。校张读《闲赋》一文而分别使用《典丽赋选》与《典丽赋》两种书的可能性很低,盖是同书。第二,4左牟《密雨散如丝赋》最先出现,故不排除初次标以全称《重撰典丽赋选》,之后六处略以《典丽赋选》或《典丽赋》的可能。所以要么是如日本学者之见,匡房仅用了一种名作《重撰典丽赋选》的赋集校勘唐人赋句;要么是用了两种赋集,分别作《重撰典丽赋选》和《典丽赋选》。

其次,在大江匡房卒后,又有日本文献记载了一部与《重撰典丽赋选》等书极其相似的赋集。它与我国辞赋的关系更为紧密,让我们先来关注这部赋集及见载文献。《通宪入道藏书目录》,又名《信西入道藏书目录》,是藤原通宪的私人藏书目录。该目录著录了大量的和汉书籍,既包括日本人的撰述、编纂,也包括传入日本的我国汉籍。第一二二柜中载:

　　《典丽赋集》第二帙(下注:六个卷)、同赋七帙(下注:十个卷)、同第八帙(下注:见九个卷、欠十卷)[②]

《宋史·艺文志》著录有杨翱《典丽赋》六十四卷、王咸《典丽赋》九十三

① 〔日〕大曾根章介、堀内秀晃校注:《和漢朗詠集》(新潮日本古典集成第61回)解说,東京:新潮社,1983年。〔日〕栃尾武编:《國会図書館藏和漢朗詠集·内閣文庫藏和漢朗詠集私注漢字総索引》"書入注文の注解",東京:新典社,1985年。〔日〕三木雅博:《〈和漢朗詠集〉所引唐人赋句雑考—出処と享受の問題を中心に一》,《梅花女子大學文學部紀要》第21號,1986年;后收入三木雅博:《和漢朗詠集とその享受》,東京:勉誠社,1995年。大曾根与堀内曾推定《重撰典丽赋选》等就是藤原公任摘录唐赋的典据,后被三木推翻,之后《和漢朗咏集》中唐人赋句的来源便悬而未解。

② 据日本国立国会图书馆藏白井文库本,特1-467《通憲入道書目録》。

卷。其中杨翱《典丽赋》在《崇文总目》与《通志·艺文略》中均作"典丽赋集",很可能就是《通宪目录》所载的《典丽赋集》。不过三木雅博认为《通宪目录》著录的《典丽赋集》如果为一帙十卷的话,可能是王咸《典丽赋》九十三卷的残阙本。① 然而从《通宪目录》著录《典丽赋集》第二帙下注"六个卷"未标欠卷来看,第二帙只有六卷。那么《通宪目录》著录的《典丽赋集》不排除原本为八帙六十四卷的可能,其中既有十卷一帙的,也有不满十卷为一帙的。因此《通宪目录》之《典丽赋集》到底是杨翱《典丽赋集》六十四卷之残本,还是王咸《典丽赋》九十三卷之残本,尚无法遽定。

现存文献中有关杨翱《典丽赋集》和王咸《典丽赋》的记载多阙如不详,故就二集的成书及内容做一简单考述。杨翱(976—1042),字翰之,杭州钱塘人,虽《宋史》无传,但据王安石为其妻撰写的《太常博士杨君夫人金华县君吴氏墓志铭》(见《临川先生文集》卷九九),可知其"少以文学中进士甲科,而晚以廉静不苟合穷于世",终于"太常博士知婺州东阳县事"。《通志·艺文略》著录《典丽赋集》六十四卷时夹注:"宋朝杨翱集古今律赋",是知杨翱《典丽赋集》就是唐宋律赋总集,成书当在真宗后期或仁宗前期②。

王咸无考,文献中有作"王戊"者。《直斋书录解题》卷一五著录《后典丽赋》四十卷,解题云:

金华唐仲友与政编。仲友以辞赋称于时。此集自唐末以及本朝盛时,名公所作皆在焉,止于绍兴间。先有王戊集《典丽赋》九十三卷,故此名《后典丽赋》。王氏集未见。③

陈振孙虽是在解唐仲友《后典丽赋》之题,却是以未见的王戊《典丽赋》为参照。唐仲友《后典丽赋》是一部汇集唐末至绍兴年间名家律赋的总集,有关此集的编选、刊刻可参许瑶丽之文④。从陈振孙解题来看,其撰《直斋书录解题》之时杨翱《典丽赋集》已不传,故只言王戊《典丽赋》未见。完整来说,在唐仲友《后典丽赋》之前,已有杨翱《典丽赋集》、王戊《典丽赋》二集,唐仲友所编既名《后典丽赋》,内容及体例当承袭《典丽赋》。同杨集一样,王戊《典丽赋》定然也是汇集律赋的一部总集。

① 〔日〕三木雅博:《和漢朗詠集とその享受》,第374页。
② 据《崇文总目》著录有此书推测不晚于景祐元年(1034年)。
③ [宋]陈振孙撰,徐小蛮、顾美华点校:《直斋书录解题》,上海:上海古籍出版社,2015年,第457页。
④ 许瑶丽:《〈后典丽赋〉的编选与传播考论》,《电子科技大学学报》2010年第6期。

许瑶丽据《宋史·艺文志》对"杨翱《典丽赋》""王咸《典丽赋》"的排序推断"杨集"在前、"王集"在后①,但两集排列相距较远,还需稍加追究。王咸《典丽赋》之后间隔两部诗集便是"李祺《天圣赋苑》一十八卷",《天圣赋苑》虽佚,从名称上却可推测大致是收录天圣(1023—1032)之赋,盖收范仲淹(989—1052),宋庠(996—1066)、宋祁(998—1061)兄弟,欧阳修(1007—1072)等名家之作。《天圣赋苑》后间隔《珍题集》便是"滕宗谅《岳阳楼诗》二卷",滕诗当是其庆历四年至七年(1044—1047)谪守岳州间作品。王咸《典丽赋》应与李祺《天圣赋苑》成书时间相近,或为庆历年间②。鉴于前面陈振孙解题时未及杨翱《典丽赋》这一情况,笔者臆测杨翱《典丽赋》六十四卷本在前,王咸(戊)后增补作九十三卷本,伴随着"王集"的流播,"杨集"渐渐隐匿不行。

此外,这几种"典丽赋"虽都已佚失不存,但结合宋代律赋的发展及宋人辞赋观念的转变,仍能推想它们在收载内容上定是各有侧重。囿于本节主题,这里仅述要点稍加阐释。

第一,杨翱《典丽赋集》当主收中晚唐律赋,兼收少量宋初律赋。范仲淹《赋林衡鉴》是其于天圣五年(1027)编纂的一部律赋选,早佚,幸有序文见存。序文详细解释了范仲淹选赋的标准及缘由,由此得知《赋林衡鉴》"所举之赋,多在唐人"。③ 杨翱与范仲淹同时,其时赋风重唐,杨翱汇编的《典丽赋集》在选赋上与范仲淹《赋林衡鉴》应是十分接近,只是体量上不止"百余首",而是"六十四卷"。

第二,王咸(戊)《典丽赋》若果为杨集之增补,多出来的近三十卷除唐人律赋外,应该有较多"今人之作",与李祺《天圣赋苑》相仿,或许增收范仲淹、宋氏兄弟等人之作。

第三,唐仲友《后典丽赋》所收十分明确,自唐末迄绍兴,"名公所作皆在"。南宋孝宗朝宋人的辞赋观念与宋初早已大不相同,历经二百年的发展,自信的宋人在编选"后集"四十卷时,恐是以"今人之作"为主,而以唐末

---

① 许瑶丽:《〈后典丽赋〉的编选与传播考论》。
② 据《崇文总目》未著录此书推测不早于庆历元年(1041年)。
③ 范仲淹《赋林衡鉴序》云:"然古今之作,莫能尽见,复当旅次,无所检索,聊取其可举者,类之于门。门各有序,盖详其旨。古不足者,以今人之作者附焉。略百余首,以示一隅,使自求之,思过半矣。虽不能贻人之巧,亦庶几辨惑之端,命之曰《赋林衡鉴》,谓可权人之轻重,辨己之妍媸也。所举之赋,多在唐人,岂贵耳而贱目哉? 庶乎文人之作,由有唐而复两汉,由两汉而复三代。斯文也,既格乎雅颂之致;斯乐也,亦达乎韶夏之和。臣子之心,岂徒然耳!"[宋]范仲淹著,李勇先、王蓉贵校点:《范仲淹全集》中,成都:四川大学出版社,2007年,第509页。

之作为辅了。

《通宪目录》著录的《典丽赋集》无论是"杨集"还是"王集",都是成书于北宋的我国赋集,而且更准确地说是律赋总集,所收唐人律赋恐不下于五十卷。

最后,让我们再回到大江匡房校勘《和汉朗咏集》中唐人赋句所用的赋集上。匡房于公元1111年殁,时值北宋政和元年,因此成书于南宋的唐仲友《后典丽赋集》最先可以被排除。而从时间上讲,"杨集""王集"则均有可能是匡房所用的赋集。假使匡房所用赋集有两种,那么先行的杨翱《典丽赋集》六十四卷很可能就是匡房所用《典丽赋选》,而王咸(戊)增补的《典丽赋》九十三卷很可能就是匡房所用《重撰典丽赋选》。若匡房仅使用了《重撰典丽赋选》一种赋集,从"重撰"二字考虑,当是"王集"的可能性更大。如果推论不误,便意味着《宋史·艺文志》等文献所载的"王集"有可能脱漏了"重撰"二字。但以上推论仍不无疑问,从文字上看,匡房所用赋集为"选",似不同于"杨集""王集"之"集"。要么是文献记载有误,要么是除杨、王二人之外的另一宋人"重新编选"《典丽赋》而成《重撰典丽赋选》。如此,则是我国失载的一部赋选。

不管校勘用书是仅有一部"王集",还是另有"杨集";也不管用书是见载于我国文献的赋集,还是失载的赋选;它们都具备一个共同的核心词——"典丽赋"。而正如前文考述,我国文献所载的"典丽赋"均指向同一种赋体,即律赋。这一诞生于唐代的新生赋体,在发展过程中很快就显现出了两大特色。其一曰"典",自律赋被纳入科举考试以来,我们可以看到很多作品不仅内容上"冠冕正大",且写作技法上也常表现为"曲终奏雅"。其二曰"丽",律赋不仅保持了前人所唱的"诗赋欲丽"之特征,更是在声律、对句等层面上发挥到了极致,呈现出绝丽之貌。① 显而易见,"典丽赋"是律赋入宋之后出现的又一指称,可视作律赋的美称。可以肯定地说,无论大江匡房校勘《和汉朗咏集》中唐人赋句所用的文献是前述哪种可能,无疑都是宋人编选的唐宋律赋集。因此,作为校勘对象的第4、5、9、14、22、23、25这七处赋句的源出辞赋必定是律赋。具体而言,有左牢《密雨散如丝赋》、张读《闲赋》、谢观《白赋》、贾嵩《凤为王赋》四篇,再加上前一节所指出的公乘亿《连昌宫赋》,共有五篇唐人律赋确知传入日本。当然,五篇是一个最为保守的数字,若从《新赋》作为藤原公任摘录唐人辞赋的主要来源这一角度去看,恐怕《和汉朗咏

---

① 姜子龙曾将唐代律赋的风格凝练为两个关键词——"雅"与"丽",亦可参看。姜子龙、詹杭伦:《唐代律赋的"雅"与"丽"》,《中州学刊》2009年第1期。

集》中收录的唐人赋句大多是律赋。

我们上面究明了日本典籍中出现的"典丽赋"及其与我国辞赋文献的关系，并藉此确认了《和汉朗咏集》所收部分唐赋的赋体。这里还要附带指出的一点是，大江匡房使用"典丽赋"进行校勘，其实还反映了唐人律赋入宋之后文本趋于统一或者文字出现改易的情况①，这也是我国文学作品传播中自钞本向刊本转变的一个常见现象。前文在对 15 皇甫湜《鹤处鸡群赋》的注释中已经提到该赋唐宋文本有差，下面再来看 9 谢观的《白赋》。谢观《白赋》虽佚，但仍能在宋代文献中看到残句，且恰与《和汉朗咏集》所摘之句相同。

> 寇豹，不知何许人，与谢观同在唐崔裔孙相公门下，以词藻相尚。谓观曰："君《白赋》有何佳语？"对曰："晓入梁王之苑，雪满群山；夜登庾亮之楼，月明千里。"豹唯唯。（后略）②

这是宋人阮阅在《诗话总龟》前集卷四六"隐逸门"中引《郡阁雅谈》所录的寇豹、谢观逸事。在陈尚君利用《和汉朗咏集》辑补《全唐文》之前，我们大都是据此而知"晓入梁王之苑，雪满群山；夜登庾亮之楼，月明千里"为谢观《白赋》之佳句的。而现存《和汉朗咏集》诸本中"夜登庾亮之楼"之"亮"字均作"公"字，出现了文字差异。藤原公任的时代已有唐人诗文的宋代刊本传入日本③，但他在编纂《和汉朗咏集》时依据的仍然是唐代钞本，翻检其中收录最多的白居易诗文对照便知。④ 公任摘录谢观《白赋》所据的唐钞本中写作"庾公"，而匡房用以校勘的宋刊本《典丽赋选》却作"庾亮"。前引的宋人诗话《郡阁雅谈》也是"庾亮"，曾慥编入《类说》卷二七的"白赋赤赋"也还是"庾亮"⑤，谢观《白赋》之佳句就这样在宋代文献中"统一"了起来。无论"庾公"还是"庾亮"，都有一定道理。若从字面对仗来看，"庾公"对"梁王"更工整；但从声律来看，"庾亮"对"梁王"更和谐。谢观《白赋》是本作"庾公"，入宋后刊改为"庾亮"；还是唐钞本就是"庾公""庾亮"共存，入宋后刊定为"庾

---

① 佐藤道生曾指出，《和汉朗咏集》的"江注"已表明匡房注意到白居易诗句在唐钞本与宋刊本之间存在文字差异，参前注佐藤道生著书中的"'朗詠江註'の発端"。

② ［宋］阮阅编，周本淳校点：《诗话总龟》，北京：人民文学出版社，1987 年，第 438 页。

③ 可参藤原道长日记《御堂関白記》宽弘七年（1010）十一月二十八日、长和二年（1013）九月十四日条。

④ 前注佐藤道生著书中的"'朗詠江註'の発端"。

⑤ ［宋］曾慥编：《类说》（四库笔记小说丛书），上海：上海古籍出版社，1993 年，第 464 页。

亮",还无法判断①。匡房未像校勘 21 公乘亿《连昌宫赋》那样肯下"'声'字可作'风'字,是用东韵之故也"之类的断语,显然也是因为没有十足的根据。包括 9 谢观《白赋》在内,他在七处唐人律赋赋句下所作的注记,更准确地说是一种"校异",是他利用宋人编选的《典丽赋》为我们呈现出了唐人律赋在唐宋间的不同面貌。

四 时空维度下唐人律赋的编选及流传

通过《枕草子》、大江匡房注《和汉朗咏集》等日本典籍与我国《赋谱》等文献的对读互见,我们钩沉出了一部湮没于我国历史的唐代律赋集《新赋》。此集的意义当放在唐人赋集的编纂中去观照。《新唐书·艺文志》始著录唐人赋集,但所录均是别集,如《谢观赋》八卷、《公乘亿赋集》十二卷等,未见总集。至《宋史·艺文志》方见徐锴《赋苑》二百卷、《广类赋》二十五卷、《灵仙赋集》二卷、《甲赋》五卷、《赋选》五卷、江文蔚《唐吴英秀赋》七十二卷、《桂香赋集》三十卷等唐人辞赋总集著录,可见五代人编选唐赋之盛。尤其值得注意的是,《宋志》著录的这些赋集中至少有四部为律赋之集。

徐锴《赋苑》二百卷

《通志·艺文略》著《赋苑》二百卷注云:"伪吴徐锴、欧阳集唐人及近代律赋。"

《甲赋》五卷

前文已及,"甲赋"指科场律赋。

《赋选》五卷

《通志·艺文略》著《赋选》五卷注云:"李鲁集唐人律赋。"

---

① 陆颖瑶指出赋句有原为"庾亮"却被藤原公任改易为"庾公"的可能,亦值得重视,详参陆颖瑶《〈和漢朗詠集〉〈新撰朗詠集〉所收〈曉赋〉佚句考—東アジアに流伝した晚唐律赋—》。这是一种基于《和汉朗咏集》存在文字改易现象的考虑,对此研究较为系统的是〔日〕三木雅博:《〈和漢朗詠集〉平安古寫本の佳句本文の改变をめぐって—"朗詠"のもたらしたもの—》,京都大學文學部國語學國文學研究室《國語國文》1986 年第 4 號,后收入氏著《和漢朗詠集とその享受》,東京:勉誠社,1995 年。

《桂香赋集》三十卷

《桂香赋集》据明弘治年间编修的《八闽通志》卷六五所云是江文蔚编，余不详。以"折桂"寓科举及第典出《晋书·郄诜传》，唐人多有此寓，如白居易《喜敏中及第偶示所怀》云："桂折一枝先许我，杨穿三叶尽惊人"（《白氏文集》卷一九），李商隐《赠孙绮新及第》云："长乐遥听上苑钟，彩衣称庆桂香浓"（《李义山诗集注》卷二）。故《桂香赋集》当指科场律赋之集。

以上赋集虽均不存，但仍能反映出我国赋集编纂历史的一个片段。首先，五代、宋初有多部总集问世，突破了唐人止于为个人辞赋结集的局限，是对唐人辞赋的一次总结。其次，赋集多有专收律赋之集，其中《赋苑》更是多达二百卷①，充分反映了晚唐、五代直至宋初崇重律赋的事实。②《新赋》的编纂正是此潮流之先，至迟也是伍中一员，只惜卷数不详，疑是选录唐人律赋之选集。

《文苑英华》作为继《文选》之后的大型诗文总集，却秉承了以唐人律赋为主的取赋原则，可谓与五代编选唐赋之风连成一脉。而与之接续、出现在延长线上的则是"典丽赋"的编选。通过大江匡房注《和汉朗咏集》《通宪目录》等日本典籍与我国《宋志》《直斋书录解题》等文献的对读互见，以往面目模糊的"典丽赋"开始清晰起来。我们不仅明确了杨翱《典丽赋集》、王咸（戊）《典丽赋》等宋人编纂的唐宋律赋总集已经远播至日本，还可以透过张读《闲赋》、谢观《白赋》等唐人律赋之秀句来一窥这些佚失赋集的内容，且对唐人律赋在唐宋间发生的文本变化也有了更为具体的认识。

不管《新赋》还是《典丽赋》，这些应运而生的赋集又是何时淡出人们的视野，最终被打上了佚书的烙印呢？ 时间多是宋廷南渡之际。《新赋》未见我国文献著录，疑宋初即已湮灭不传。而《赋苑》《甲赋》③《赋选》《典丽赋》均见于《崇文总目》，《桂香赋集》见于姚铉《文粹序》，可见北宋时仍流播于世。南渡之后，朝廷秘阁缺书甚夥，便开始利用《崇文总目》《秘书省续编到四库阙书目》等搜访遗书。据绍兴十三年（1143）改定本中书目下注的"阙"字，便可知其时唐人赋集的遗存情况。《赋苑》《甲赋》《赋选》在《崇文总目》

---

① 《文苑英华》收赋一百五十卷，虽以唐人律赋为主，但时代上包括先唐，赋体上包括古赋。而《赋苑》仅唐、五代律赋就已达二百卷，其体量已然凌越《英华》。

② 姚铉早于《文粹序》中便云："今世传唐代之类集者，诗则有《唐诗类选》《英灵》《间气》《极玄》《又玄》等集，赋则有《甲赋》《赋选》《桂香》等集，率多声律，鲜及古道。盖资新进后生干名求试者之急用尔。"

③ 《崇文总目》作《诸家甲赋》一卷"，《秘书省续编到四库阙书目》作"《甲赋》十卷"，关系不明。

中均注以"阙",《桂香赋集》杳然无踪①,这四集在《中兴馆阁书目》《续书目》《遂初堂书目》中也均未著录。不只是总集,那些唐赋之别集更是"阙"字连篇,亡佚殆尽。唯有成书较晚、兼收宋人律赋的《典丽赋》尚能见诸书目。②然而从陈振孙在《直斋书录解题》中既未及杨集,又云"王氏集未见"来看,《典丽赋》见于尤袤书目恐怕是其佚前的最后一次"现身"。自唐末五代始兴编选唐赋,尤其是唐人律赋,多有结集,却又于成书后约二百年间先后亡佚。个中原因纷杂繁芜,兵燹之祸自不必说,恐怕还有官编文选《文苑英华》的影响,还有宋人辞赋观念的转变等等。笔者无意在此深究,仅想在点明它们亡佚时间的同时,指出一海之隔的日本也出现了类似的情形。

前文已经提到,《通宪目录》是日本平安末期一部极具代表性的私家藏书目录。其中第一一六柜著录有"《新赋略抄》一卷",耐人寻味。平安中期在公卿贵族、文人雅士中一度风靡的唐人赋集《新赋》在此目录中并未以全集的形式著录,而变成了"略抄"一卷,说明《新赋》在平安后期要么是出现了散佚,要么是流播性变弱,改作"略抄"的形式在流传。从晚唐律赋中典型作品(八韵律赋)的文字规模来看③,一卷律赋的数量也就在十篇上下,《新赋略抄》显然是一部散佚严重的残卷,或者是大幅删减的选抄。由于《通宪目录》和汉兼录,所以这个已经佚失的选本存在日人编纂的可能,我们还无法断定其是国人选唐代律赋集,还是日人选唐代律赋集。不管它出自谁手,在平安末期的日本,《新赋》传播之势已颇是不争的事实。同见于《通宪目录》的还有《典丽赋集》,该集本是六十四卷杨集或是九十三卷王集,却已变作仅剩二十五卷的残本,散佚大半。藤原基俊的《新撰朗咏集》虽曰"新撰",但其对唐人赋句的摘录不仅典出篇目未逾藤原公任之眼界,连篇数也不及《和汉朗咏集》典据的三分之一,恐怕是基俊编选之时唐人律赋正处于大量流散的阶段,已无更多文献可供甄选。④尝鼎一脔,由上述种种便可预见到唐人律赋终将泯灭于日本典籍的趋势。

最后,我们将唐人律赋的结集编选及流播东传作一简单图表如下:

---

① 《秘书省续编到四库阙书目》著录有"《桂香集》三卷阙",即便是《桂香赋集》也已是阙书。

② 《崇文总目》著录作"《典丽赋集》六十四卷",杨集;《遂初堂书目》仅著录《典丽赋》,未标卷数,不知杨集还是王集。

③ 《赋谱》云"约略一赋""计首尾三百六十左右字"。詹杭伦:《唐宋赋学研究》第三章《赋谱》校注",第 72 页。

④ 《新撰朗咏集》摘录唐人赋句七处,出自五篇;《和汉朗咏集》摘录二十五处,出自十六篇。《新撰朗咏集》中的 26、27 谢观《晓赋》,28、30 公乘亿《愁赋》,31 公乘亿《八月十五夜赋》,32 谢观《白赋》四篇均已见诸《和汉朗咏集》,而 29 白居易《汉高帝斩白蛇赋》则见于《白氏文集》,显然不是什么"新材料"。

表 1-1　12 世纪前唐人律赋结集编选及流播东传简表

年代	晚唐	唐末、五代、宋初		北宋		南宋
	开成、会昌以降			真宗、仁宗之际	庆历年间	
形式	别集	总集		总集	总集	总集
中	《白氏文集》等	《新赋》《赋苑》《甲赋》《赋选》《桂香赋集》		杨翱《典丽赋集》	王咸(戊)《典丽赋》(佚名《重撰典丽赋选》?)	多数别集、总集先后亡佚
日	惠萼携归《白氏文集》	《新赋》传来		《典丽赋集》(佚名《重撰典丽赋选》?)传来		《新赋》《典丽赋集》等残阙
接受	《白集》逐渐风行于世	清少纳言《枕草子》	藤原公任《和汉朗咏集》	大江匡房注《和汉朗咏集》		藤原基俊《新撰朗咏集》
年代	承和(834—848)以降	长保三年(1001)	长和元年(1012)	宽治年间(1087—1094)		保安至长承(1122—1133)
	平安前期	平安中期		平安中后期		平安末期

　　宋亡之后,人们能够读到唐人律赋多是依赖《文苑英华》。就保存唐人律赋而言,《英华》可谓厥功至伟,但换个角度来说,这也是五代宋初的唐人律赋赋集严重散佚的现实所致。而今日我们得以利用日本典籍来辑佚唐赋,表面上看是《和汉朗咏集》和《新撰朗咏集》之功,其实质却是《新赋》和《典丽赋》之功,更准确地说,是我国古代文学对日传播及影响之功。

第三节　菅原道真接触唐代律赋的一个侧面
——以七绝《奉谢平右军》为中心

　　日本平安朝著名文人菅原道真(845—903)的诗文集《菅家文草》卷二中有这样一首汉诗,其题较长,曰:"去冬,过平右军池亭,对乎围棋,赌以隻圭新赋。将军战胜,博士先降。今写一通,酬一绝,奉谢迟晚之责。"(以下简称《奉谢平右军》)。此诗为七言绝句,诗题讲述了作者创作该诗的背景。"日本古典文学大系"《菅家文草》的校注者川口久雄先生将其编号为第 141 首,考订其性质是写给平正范(生卒年不详)的赠诗,作于元庆八年(884)。
　　川口先生对该七绝诗题中的"隻圭新赋"进行了如下的解释:

　　"隻圭新赋",不详。《周礼·春官·典瑞》中载有"两圭",象征土地,祭祀土地,"隻圭"或意指其中一圭。但据本诗看来,抑或是指作者道真。又或是指道真此前所作的《山家晚秋》,一组由四首换韵七绝组成的汉诗,编号92。换言之,两人对弈时相约以诗作赌,"隻圭"即对赌之诗,先由道真赋诗一首,对方再据以答诗,是双方约定的一种酬唱。对弈的结果是将军取胜而道真告负,于是如当初所约,道真赋诗一首并誊抄相赠,并附上所咏的绝句,以表达拖延一年才赠诗的歉意。①

　　此外,这首七绝中也出现了"侯圭"一词,川口先生指出:

　　　　"隻圭",诸本均作"侯圭"。显然是因"侯""隻"二字相似而误作"侯"。据诗题可知是两人对弈的赌注,盖指其中一只玉。详俟后考。②

　　如上所述,川口先生认为诗题中的"隻圭"是两圭中的一圭,而绝句中的"侯圭"其实是"隻圭"的误写,因此将两者都校订为"隻圭"。另,川口先生所依据的底本是川口文库本(日本明历二年抄,滕井懒斋亲笔奥书本)。
　　然而,与川口说不同,本间洋一先生认为两者都应作"侯圭"。

　　　　关于"侯圭"一语,(中略)绝句中又再次出现,并且与"弈秋"一词结构上相对,而这个"弈秋"(后文详述)指的是人。既然是"侯圭"负于"弈秋","侯圭"自然也应指人。那"侯圭"是何人呢?据管见资料,偶然注意到《文苑英华》卷三六赋中载有《割鸿沟赋》一文,"侯圭"恐是指《割鸿沟赋》的作者,一个晚唐文人吧。③

　　如上,应作"隻圭"还是"侯圭",在日本学界分为两说。这个问题不仅关乎文本校订,也与本间先生所指出的"赋",尤其是"律赋"相关。律赋肇始于

---

① 川口久雄对菅原道真141号诗的补注,详见〔日〕川口久雄:《菅家文草·菅家後集》(日本古典文學大系72),東京:岩波書店,1966年,第674頁。下文中菅原道真的汉诗编号均据此书。
② 〔日〕川口久雄:《菅家文草·菅家後集》,第674頁。
③ 〔日〕本間洋一:《菅原道真の漢詩解釈臆説—交遊詩をめぐって—》,《中央大學國文》第50號,2007年3月。

唐代,其与日本平安朝汉诗文的影响关系虽有前人论说①,但依然有些问题悬而未解。为复原平安朝中唐代律赋影响的实态,有必要再次追究《奉谢平右军》一诗中的"隻圭""侯圭"。

本节沿袭本间先生的提示,在调查《菅家文草》多种写本的基础上,认为"侯圭"确指晚唐律赋名家侯圭,并藉此究明菅原道真接触唐代律赋的一个侧面。

一 文字异同之再确认

现存的《菅家文草》诸本在"隻""侯"二字上有何异同呢？是否存在支持本间一说的传世文本呢？

据笔者调查,现存《菅家文草》的几部抄本和刊本中,《奉谢平右军》之"隻""侯"书写如下:

表1-2 《奉谢平右军》之"隻""侯"一览表

类型	版本	诗题	绝句
A	内阁文库本	侯(日本俗字②)	侯(日本俗字)
	尊经阁文库甲本	侯(日本俗字)	侯(日本俗字)
	尊经阁文库乙本	侯(日本俗字)	侯(日本俗字)
	三手文库本	隻(旁批"侯"正字)	侯(正字)
B	川口文库本	隻(误字)	侯(日本俗字)
	尊经阁文库丙本	隻	侯(正字)
	多和文库本	隻	侯(正字)
	宽文刊本	隻	侯(正字)
	元禄刊本	隻	侯(正字)
C	尊经阁文库丁本	隻	隻
	肥前松平文库本	隻	隻

据表1-2可知,现存《菅家文草》诸本中确实存在"隻""侯"之别,可以

---

① 〔日〕松浦友久:《上代日本漢文學における賦の系列—〈經國集〉〈本朝文粹〉を中心に—》,東京大學國語國文學會《國語と國文學》1963年第10號;收入《日本上代漢詩文論考》,東京:研文出版,2004年。〔日〕三木雅博:《菅原道真の〈端午日賦艾人〉詩と唐人陳章の〈艾人賦〉—平安朝における唐代律賦受容の一端—》,《梅花日文論叢》第22號,2014年2月等。

② 本表几种写本中所出现的"侯"字的日本俗写方式,近似于我国六朝隋唐的俗写方式,可参《碑别字新编》《敦煌俗字谱》等。

分作三类。

　　A:诗题"侯"＋绝句"侯"

　　B:诗题"隻"＋绝句"侯"

　　C:诗题"隻"＋绝句"隻"

　　其中,类属于 A 型的四种抄本,诗题和绝句均作"侯"字,这支持了本间的推论。

二　关于侯圭

　　本间先生指出侯圭是晚唐时期一篇赋的作者,下面就在前人研究基础上,通过对相关文献的梳理来考察侯圭。

　　两《唐书》中无关乎侯圭的只言片语,仅能在《全唐文》卷八〇六"侯圭"条中见到"圭,僖宗时人"的记载,可知侯圭是活跃于唐僖宗(862—888)时之人。其生卒年虽不详,却可据晚唐诗文推定其从官经历。

表 1-3　侯圭从官经历一览表①

时间	官职	依据	备注
咸通十三年(872)以前	国子监博士	唐·黄滔《侯博士圭启》	
广明元年(880)以前	东蜀从事 (梓州幕僚?)	宋·王象之《舆地碑记目》卷四《普州碑记》之《贾浪仙墓表》注 唐·侯圭《东山观音院记》 唐·黄滔《喜侯舍人蜀中新命三首》	
中和四年(884)秋	中书舍人	唐·侯圭《割鸿沟赋》 唐·黄滔《喜侯舍人蜀中新命三首》	
光启元年(885)	尚书省侍郎 (礼部侍郎?)	唐·黄滔《寄献梓橦山侯侍郎》	未赴任
光启元年(885)以降	常侍	唐·李洞《戏赠侯常侍》《吊侯圭常侍》	

　　咸通十三年(872)黄滔(840—911)入京干谒时为国子监博士的侯圭,可知其咸通十三年(872)前已就任博士,之后因黄巢之乱而入蜀。据宋王象之《舆地碑记目》卷四《普州碑记》之《贾浪仙墓表》的夹注"广明庚子,东蜀从事、上谷侯圭表曰"可知,广明庚子年(880)侯圭前往普州(治所为现四川安岳县)缅怀贾岛时,自称"东蜀从事"。且从侯圭撰《东山观音院记》和黄滔

---

　　①　参考彭万隆:《黄滔考》,《古籍研究》1999 年第 2 期;胡筍:《李洞蜀中诗作考论》,《宜宾学院学报》2007 年第 11 期;黄阳兴:《密宗流传四川的重要文献——唐侯圭〈东山观音记〉略释》,收入《新国学》第 9 卷,成都:巴蜀书社,2012 年等。

《喜侯舍人蜀中新命三首》来看,入蜀后侯圭被征召为剑南东川道梓州(治所为现四川三台县)幕僚的可能性很高。中和四年(884)秋,被任命为中书舍人。① 据黄滔《寄献梓橦山侯侍郎》推测光启元年(885)被征为尚书省侍郎,但侯圭拜辞。最后据李洞(生卒年不详)之诗可知光启元年(885)以降,侯圭卒于从三品常侍之位。

由上可见,侯圭是晚唐时典型的文人官僚。其中,国子监博士与中书舍人二职,若非文采斐然,是决不会委以重任的。侯圭到底文才几何呢? 下面从与侯圭有交游的晚唐诗人的诗文中,来揭示他们对侯圭的评价。

(1) 黄滔《侯博士圭启》(《黄御史集》卷七、《全唐文》卷八二三)
　　而博士负<u>掷地</u>鸿名,摽<u>掞天</u>逸势。吐<u>扬雄</u>之<u>五藏</u>,陋<u>班固</u>之<u>两京</u>。

画线部分的"掷地",显然是黄滔引用了孙绰写作《游天台山赋》的典故。② 同因《游天台山赋》而声名大噪的孙绰一样,侯圭应该也是因其赋作而驰名文坛。画线部分的"掞天",则是黄滔化用左思《蜀都赋》中"掞天庭"的表述。③ 左思在《蜀都赋》中描述蜀中文人司马相如、王褒、扬雄之文采时,使用了"掞天庭"的说法。而《蜀都赋》吕向注明确指出:"武帝读相如《子虚赋》诵而善之。元帝善王褒所作《甘泉》《洞箫》颂,令后宫贵人诵之。扬雄作《羽猎赋》,天子异焉。"我们可以想见侯圭之赋恐怕也同样为晚唐帝王所欣赏,流播于京城之中。在"掷地""掞天"后出现的"扬雄""班固"二人自不必说,均是汉代杰出赋家。传言扬雄完成《甘泉赋》时,梦见自己吐出五脏。④ 黄滔借扬雄之吐五脏,来表达侯圭作赋之用心,意在褒扬侯圭之赋如扬雄《甘泉赋》般出色。"两京"当指班固的《两都赋》,而在黄滔笔下,侯圭之赋则超越了这一汉赋杰作。

---

① 彭万隆:《黄滔考》。
② 事见[宋]刘义庆《世说新语·文学》,[唐]房玄龄等《晋书·孙绰传》,[唐]白居易《白氏六帖》卷二六"掷地振玉"条等。《世说新语》云:"孙兴公作天台赋成,以示范荣期云,'卿试掷地,要作金石声。'"
③ [梁]萧统《文选》卷四左思《蜀都赋》云:"近则江汉炳灵,世载其英。蔚若相如,皭若君平。王褒曄晔而秀发,扬雄含章而挺生。幽思绚道德,摛藻掞天庭。"吕向注云:"司马相如、严君平、王褒、扬雄皆蜀郡人也。(中略)武帝读相如《子虚赋》诵而善之。元帝善王褒所作《甘泉》《洞箫》颂,令后宫贵人诵之。扬雄作《羽猎赋》,天子异焉。故云'发藻盖天庭'。"刘良注云:"班固《述(扬)雄传》曰'初拟相如,献赋黄门'。故曰'摛藻掞天庭'也。"
④ 事见[唐]白居易《白氏六帖》卷二六"五脏"条。《桓谭子》曰:"扬子(云)《甘泉赋》成,梦吐五脏出在地。"

（2）罗隐《寄侯博士》（《甲乙集》卷五、《文苑英华》卷二六五、《全唐诗》卷六五九）

<u>规谏扬雄赋</u>，遭回<u>贾谊官</u>。

除黄滔外，罗隐（833—909）也向时任博士的侯圭寄过诗。罗隐在评价侯圭时，不仅举出扬雄之名，也举了贾谊的名字，贾之《吊屈原赋》和《鵩鸟赋》都是后世高度评价的名篇。借赋规谏的扬雄，有作赋之才却仕途不畅的贾谊，都在诗中成为侯圭的暗喻。罗隐选取此二人入诗，应该是侯圭同他们一样善于作赋的缘故。

（3）黄滔《喜侯舍人蜀中新命三首》（《黄御史集》卷三、《全唐诗》卷七〇五）

其二

若以<u>掌言看谏猎</u>，相如从此病辉光。

其三

<u>贾谊才承宣室召</u>，<u>左思唯预秘书流</u>。

<u>赋家</u>达者无过此，翰苑今朝是独游。

（中略）

内人未识<u>江淹笔</u>，竟问当时不早求。

黄滔三首诗中随处可见他对侯圭的评价。其二画线部分的"谏猎"指司马相如呈给汉武帝的《上书谏猎》，"掌言"则指身为中书舍人的侯圭知制诰。若将侯圭"掌言"与司马相如"谏猎"作比，相如都要甘拜下风。其三中又举出贾谊和左思，与同为赋家的侯圭作了官职上的对照。贾谊不过"承宣室召"，左思仅是"秘书郎"，此二人已是赋家中显达之人，而舍人侯圭则为翰林之翘楚。贾谊如前所及，是西汉赋家；西晋的左思也擅长作赋。其撰写的《三都赋》为当时名士欣赏，"豪贵之家竞相传写"，以致"洛阳纸贵"。黄滔不仅将侯圭与这些优秀赋家相比肩，还在其三的结尾使用了"江淹笔"①。江淹是南朝赋家，所作《恨赋》《别赋》为南朝辞赋之代表，黄滔使用"江淹笔"来夸赞侯圭的文才，应该是着眼于其赋才。

---

① 事见［梁］钟嵘《诗品》卷中，［唐］李延寿《南史》卷五九，《文选》卷十六《恨赋》六臣注，［唐］白居易《白氏六帖》卷七"授笔"条等。《诗品》云："初淹罢宣城郡，遂宿冶亭，梦一美丈夫，自称郭璞，谓淹曰：'吾有笔，在卿处多年矣，可以见还。'淹探怀中，得五色笔以授之。尔后为诗，不复成语，故世传江淹才尽。"

　　(4) 黄滔《寄献梓橦山侯侍郎》(《黄御史集》卷四、《文苑英华》卷二六五、《全唐诗》卷七〇六)①

　　　　可惜<u>相如</u>作,当时事悉闲。

　　此句中侯圭被拟作司马相如,黄滔对身负相如之才的侯圭没有就任侍郎而表示惋惜。

　　(5) 李洞《戏赠侯常侍》(《全唐诗》卷七二三)

　　　　葛洪卷与<u>江淹赋</u>,名动天边傲石居。

　　　　两蜀词人多载后,同君讳却<u>马相如</u>。

　　李洞虽是"戏赠",却在诗中以"江淹赋""马相如"作比。"江淹赋"即借指"侯圭赋";出身两蜀的文人虽多,能与侯圭比肩的却仅有司马相如。

　　(6) 李洞《吊侯圭常侍》(《文苑英华》卷三〇四、《全唐诗》卷七二一)

　　　　我重君能<u>赋</u>,君褒我解诗。

　　而李洞在吊唁侯圭之诗的开头,直述其善于作赋,以与自己的诗才相对。毋庸置疑,在当时文坛中,侯圭是因赋而知名的。

　　以上六处诗文的作者,均高度称赞侯圭的文采,而且这些评价大都是针对侯圭之"赋"而言。与侯圭类比的历史人物中,贾谊、司马相如、扬雄、左思、孙绰、江淹等也都是知名赋家。由此可以断定,侯圭长于作赋,是晚唐时期著名的赋家。那么侯圭擅长的赋又是何种赋体呢?

三　侯圭的律赋与其时的平安王朝

（一）侯圭与律赋

　　侯圭作为晚唐赋家,所作辞赋决不在少数。据《宋史》卷二〇八"艺文志"著录,可知有"侯圭江都赋一卷"②"侯圭赋集五卷",仅辞赋就被编辑成卷,乃至成集,足见其赋作数量十分可观。只是这两部集子均佚,我们现在

---

① 《黄御史集》卷四作《寄献梓橦山侯侍郎》,《文苑英华》卷二六五作《寄献梓桐山侯侍郎》,《全唐诗》卷七〇六作《寄献梓橦山侯侍御》。
② 《江都赋》,《崇文总目》作《江都宫赋》。

能见到的侯圭赋作仅有本间论文中提到的《割鸿沟赋》。此赋写作年代不详①，在《文苑英华》卷三六、《历代赋汇》卷三九、《全唐文》卷八〇六中均有收录。下面仅列出该赋的题下注及韵脚，全文请参照上述诸书。

　　割鸿沟赋　　以"割土开城、去存深迹"为韵

　　第一韵部：奔、昏、**存**、坤　　（"存"字韵　　上平声魂韵）

　　第二韵部：**土**、主、宇、补　　（"土"字韵　　上声麌·姥韵）

　　第三韵部：雷、回、**开**　　（"开"字韵　　上平声灰·咍韵）

　　第四韵部：驭、据、**去**　　（"去"字韵　　去声御韵）

　　第五韵部：横、枪、**城**　　（"城"字韵　　下平声庚·清韵）

　　第六韵部：隔、**迹**、掷　　（"迹"字韵　　入声麦·昔韵）

　　第七韵部：侵、**深**、寻、心　　（"深"字韵　　下平声侵韵）

　　第八韵部：遏、**割**、阔　　（"割"字韵　　入声曷·末韵）②

　　该赋题下限韵"割土开城、去存深迹"，如韵脚所示，侯圭的确是依照这八个字进行押韵的。这种有限韵要求的赋正是诞生于唐代的律赋。律赋讲求声律、隔句作对，尤其是在押韵上有严格的限制。在这种赋体诞生以前，辞赋押韵相对自由，没有苛刻的要求，而律赋则必须依照指定韵字进行押韵，不同于其他赋体。该赋不单单依韵作赋，且是四平四仄、相间用韵，正是晚唐最为常见的律赋样式③。

　　律赋早在初唐就已出现，但其迅速发展还是与科场课赋有直接关系。尤其是中唐以降，有志于进入仕途的文人墨客为科考及第而孜孜不倦地学习律赋。中唐著名诗人白居易就是其中一个十分典型的例子，其在《与元九书》中自叙："二十已来，昼课赋，夜课书，间又课诗，不遑寝息矣"④，所谓"昼课赋"即指白天勤于律赋写作。有关唐代科场试赋，清李调元在《赋话》卷一中就曾指出："唐初进士试于考功，尤重帖经试策，亦有易以箴、论、表、赞而不试诗赋之时，专攻律赋者尚少。大历、贞元之际，风气渐开，至大和八年，杂文专用诗赋，而专门名家之学，樊然竞出矣。"⑤这里提到的"诗赋"之"赋"就是律赋，由于律赋被纳入进士科考试，且常年被试，才使得律赋写作呈现出欣欣向荣的景象。而且这种景象一直持续到晚唐，参看彭红卫先生对唐

---

① 据前注彭万隆先生的论文，《割鸿沟赋》作于中和四年（884）秋以后。

② 题下限韵及赋文韵脚均据《全唐文》卷八〇六，官韵字以黑体标示。

③ 详参本书第二章第一节。

④ 《白氏文集》卷二八，引文据谢思炜校注：《白居易文集校注》第一册，北京：中华书局，2011年，第324页。

⑤ ［清］李调元：《赋话》，北京：中华书局，1985年，第3页。

代律赋的统计便可知,晚唐辞赋的赋体虽然不只有律赋,但律赋已成主流却是不争的事实。[1]

鉴于侯圭留存赋作《割鸿沟赋》为律赋,以及晚唐赋坛以律赋为主这两点,可以推定侯圭擅长之赋应该就是律赋。不难想象,侯圭所作律赋决不仅有《割鸿沟赋》,恐怕还有更多我们无法得见的作品。更进一步说,"侯圭江都赋一卷""侯圭赋集五卷"中不排除有律赋选集存在的可能。

那侯圭所作律赋是否有可能传播到大海彼岸的平安王朝呢?

(二)流播于平安朝的晚唐律赋

在谈侯圭律赋东传日本的可能性之前,先来看晚唐的谢观、黄滔、陈章这三个人。

谢观(793—865)是律赋名家,在清李调元《赋话》卷一中享有较高的评价。"李程、王起最擅时名,蒋防、谢观如骖之靳,大都以清新典雅为宗。"[2]日本平安时代有两部著名的诗歌选句集,分别是《和汉朗咏集》(约 1012—1021 年间成书)和《新撰朗咏集》(约 1122—1133 成书),以摘录古代中日两国诗文佳句及日本和歌而著称于世。上一节已经指出,谢观《白赋》这篇律赋不仅有句见存于我国文献,也见摘于日本这两部选句集,可见《白赋》是广受日本平安文人推崇的。不唯如此,川口久雄先生曾指出菅原道真《谪居春雪》一诗中"雁足黏将疑系帛,乌头点著思归家"的出典就是谢观的《白赋》。[3] 新间一美先生还指出,大江以言(955—1010)的《秋未出诗境》一诗,以及《源氏物语·葵卷》中"かげをのみ"这首和歌也均受到了《白赋》的影响。[4] 以上说明谢观《白赋》不仅传到了日本,而且还为平安文人的文学创作所接纳吸收。

黄滔是前文屡次提及的晚唐诗人,他多次写诗撰文寄赠侯圭,本人也是杰作频出的律赋名手,曾写有《明皇回驾经马嵬赋》(以"程及晓留、芳魂顾迹"为韵)。此赋的本事便是著名的"马嵬驿兵变",唐玄宗与杨贵妃死别,玄宗后自蜀中回驾长安,途经马嵬而思念故人、暗自神伤。在黄滔之前,白居

① 彭红卫:《唐代律赋考》附录二"唐代律赋作家作品一览表",北京:社会科学文献出版社,2009 年,第 301—322 页。
② 〔清〕李调元:《赋话》,第 3 页。
③ 该诗收录于菅原道真的诗文集《菅家后集》中,川口先生编号作 514。详见〔日〕川口久雄《菅家文草·菅家後集》514 号诗头注(川口随诗在正文上方所施的注释)。
④ 〔日〕新間一美:《源氏物語葵卷の神事表現について—かげをのみみたらし川—》,《甲南大學紀要(文學編)》第 99 號,1996 年 3 月,收入《平安朝文學と漢詩文》,大阪:和泉書院,2003年。同《源氏物語正篇の終焉—幻卷と謝觀〈白賦〉—》,《東アジア比較文化研究》第 11 號,2012 年 6 月。同《平安朝文學の"白"の世界》,京都女子大學國文學會《女子大國文》第 157號,2015 年 9 月。

易《长恨歌》便已传入日本,并成为很多贵族文人吟咏和歌、执笔物语的重要题材。新间一美先生曾考察过以《长恨歌》为题材且内容涉及马嵬坡的一系列日本作品,认为这些作品的创作有可能受到了晚唐黄滔《明皇回驾经马嵬赋》的影响。①

陈章(《全唐文》作陈廷章)生平不详,但据《文苑英华》《历代赋汇》《全唐文》收录其所作律赋可知,陈章是晚唐文人,善作律赋。其现存律赋中有篇名为《艾人赋》(以"悬艾为人、以禳毒气"为韵)的作品,为菅原道真所读,并直接影响了道真《端午日赋艾人》一诗的写作。②

以上种种表明,我国晚唐时期的律赋已经传播到平安时代的日本,而且对平安文人的文学创作产生了不可忽视的影响。鉴于谢观、黄滔、陈章等晚唐赋家的律赋在平安朝的流播与影响,可以类推到与他们同时代的侯圭身上。若说侯圭的律赋于九世纪末期,为当时的入唐求法僧抑或往返于中日两国的海商携带入日本,是完全可能且十分合理的推想。

四　律赋视角下的再考察

上文探讨了侯圭律赋传到平安王朝的可能性,那么菅原道真《奉谢平右军》一诗中的"侯圭"到底意味着什么呢? 这又与律赋有怎样的关联呢? 前面已经提到,谢观、陈章的律赋均对菅原道真的汉诗创作产生了影响③,这就说明菅原道真的的确确接触到了唐代的律赋。下面我们就回到《奉谢平右军》一诗,在律赋的视角下对该诗进行再考察。现把该诗诗题与绝句中的"隻圭""侯圭"统一校订为"侯圭",将全文揭载如下:

去冬,过平右军池亭,对乎围棋,赌以ₐ侯圭新赋。将军战胜,博士先降。今ᵦ写一通,酬一绝,奉谢迟晚之责。

先冬一负此冬酬,妒使侯圭降弈秋。

闲日若逢相坐隐,池亭欲决ᵧ古诗流。

下划线 a"侯圭新赋"中的"新赋"是一个关键词。本间先生认为这是侯

---

① 〔日〕新間一美:《日中長恨歌受容の一面—黄滔の馬嵬の賦と源氏物語その他—》,《甲南大學紀要(文學編)》第60號,1986年3月,收入《平安朝文學と漢詩文》,大阪:和泉書院,2003年。
② 〔日〕三木雅博:《菅原道真の〈端午日賦艾人〉詩と唐人陳章の〈艾人賦〉—平安朝における唐代律賦受容の一端—》。
③ 前注川口久雄《菅家文草・菅家後集》514号诗头注及三木雅博《菅原道真の〈端午日賦艾人〉詩と唐人陳章の〈艾人賦〉—平安朝における唐代律賦受容の一端—》一文。

圭新作的辞赋①,但实际上律赋在唐代就常被称作"新赋"。文献依据是讲述律赋术语、作法并进行品评的一部格法著作《赋谱》。该书撰者不明,成书于唐大和、开成年间(827—840)。②《赋谱》的撰者在将以《文选》为代表的古代辞赋与唐代现行的当代辞赋作对比时,做了如下的表述:

> 故曰新赋之体项者,古赋之头也。借如谢惠连《雪赋》云:"岁将暮,时既昏,寒风积,愁云繁。"是古赋头,欲近雪,先叙时候物候也。《瑞雪赋》云:"圣有作兮德动天,雪为瑞而表丰年。匪君臣之合契,岂感应之昭宣。若乃玄律将暮,曾冰正坚。"是新赋先近瑞雪了,项叙物类也。③

这里,唐代以前的辞赋被称作"古赋",而肇端于唐代的律赋则被称作"新赋"以示区分。

笔者认为,"新赋"这种称呼传入了平安时期的日本,也被用来指代律赋,有时则指代收录律赋的赋集,理由有二。第一,前面提到的《赋谱》是在日本发现的我国失传文献,学界认为该书成书后不久即传入日本。当时日本的知识阶层很可能通过《赋谱》认识到唐人将律赋这种新生赋体称作"新赋"。第二,日本平安朝的文献中可见数处有关"新赋"的记载。比如三卷本《枕草子》中有这样的记述:"文字作品,以下列为佳。《文集》《文选》《新赋》《史记》'五帝本纪''愿文''表文'以及博士的'申文'"④,张培华先生已经指出此处的"新赋"即是"律赋"。⑤ 位于《文集》《文选》和《史记》之间的"新赋"

① 〔日〕本間洋一:《菅原道真の漢詩解釈臆説—交遊詩をめぐって—》。
② 《赋谱》不见于我国史志,长期以来不为人知,后因日人五岛庆太(1882—1959)所藏的抄卷《赋谱·文笔要决》而广为人知。有关《赋谱》的研究可参:〔日〕小西甚一《文鏡秘府論考·研究篇下》第二章"句格考",東京:大日本雄辯會講談社,1951 年,第 140—151 頁;〔日〕中澤希男:《赋譜校箋》,《群馬大學教育學部紀要(人文·社會科學編)》第 17 號,1967 年 3 月;〔美〕柏夷:《〈赋谱〉略述》,《中华文史论丛》第 49 辑,上海:上海古籍出版社,1992 年,第 149—164 页;詹杭伦:《唐抄本〈赋谱〉初探》,《四川师范大学学报》增刊第 7 期,1993 年 9 月(收入《唐宋赋学研究》第二章,北京:中国社会科学出版社、华龄出版社,2004 年);张伯伟:《全唐五代诗格校考》附录三,西安:陕西人民教育出版社,1996 年,第 531—547 页;詹杭伦:《唐宋赋学研究》第三章等。关于《赋谱》的成书时间此从张伯伟等先生的主张。
③ 引文据詹杭伦:《唐宋赋学研究》第三章"《赋谱》校注"。
④ 原文作:"書は文集、文選、新賦、史記、五帝本紀、願文、表、博士の申文"。参照周作人和林文月二位先生的译文后试译。《文集》指《白氏文集》。
⑤ 张培华:《枕草子における"新賦"の新解》,《古代中世文學論考》第 16 集,東京:新典社,2005 年。同《〈枕草子〉における漢文学受容の可能性》第二部第三章"《枕草子》文はの章段の問題",综合研究大学院大学博士論文,2011 年。

应该也是自我国传去的汉籍,当是汇编唐代律赋而成的《新赋》。《和汉朗咏集》下卷"故宫"中摘录有公乘亿《连昌宫赋》的佳句①,该句尾字因传本而异,有作"声"者,有作"风"者。大江匡房(1041—1111)就该赋句尾字批注曰:"检《新赋》,'声'字可作'风'字。是用东韵之故也。"此处用于校勘的《新赋》就是三卷本《枕草子》中言及的《新赋》。此外,平安末期的私家图书目录《通宪入道藏书目录》②一合第一一六柜中还著录有"《新赋略抄》一卷"③,虽然只是"略抄",却表明平安末期"新赋"之称仍存。上一节就此已有详考,不再赘述。

在菅原道真的时代,日本沿袭唐代的称呼也将"新"出现的律赋叫作"新赋",或者将收录律赋的赋集称作《新赋》是十分自然的。所谓的"侯圭新赋"当释作"侯圭的律赋"或是"侯圭的律赋集"。

《奉谢平右军》一诗作于元庆八年(884),诗中所言"去冬……对乎围棋"之事发生在元庆七年(883),也就是唐中和三年。中和三年,侯圭仍然在世,这意味着侯圭的律赋制作不久即传播到了日本。可以想见,如此"新鲜"的文学作品对当时的日本而言有多么贵重。应该就是这种"新鲜",使得"侯圭新赋"成为菅原道真与平正范对弈的赌注。

下划线 b"写一通"这种表述在我国文献中极为常见,如《后汉书》卷五二《崔寔传》云:"寔以郡举,征诣公车,(中略)论当世便事数十条,名曰《政论》。(中略)当世称之。仲长统曰:'凡为人主,宜写一通,置之坐侧。'"④又卷八四《曹世叔妻(班昭)传》云:"闲作《女诫》七章,愿诸女各写一通,庶有补益,裨助汝身。"⑤此外,菅原道真在其所作一组诗的背景介绍中也使用了"写一通"的表述。

> 东宫寓直之次,下令曰:"去春十首,既知急捷。今取当时二十物重要。"某不停滞,即奉令之后,不敢固辞。自酉二刻,及戌二刻,篇数仅成。慎令旨也。经数十日,要写一通,近习少年,断失三首。初不立案,无处寻觅。一十七首,备于实录云尔。⑥

① 阴森古柳疏槐,春无春色;获落危牖坏宇,秋有秋声。
② 藤原通宪(1106?—1159)的私人藏书目录,因通宪法号信西,又作《信西入道藏书目录》。
③ 据日本国立国会图书馆藏白井文库本,特1-467《通憲入道書目録》。
④ 〔宋〕范晔:《后汉书》,北京:中华书局,1965年,第1725页。
⑤ 〔宋〕范晔:《后汉书》,第2786页。
⑥ 《菅家文草》卷五401—417号组诗。引文据前注〔日〕川口久雄《菅家文草·菅家後集》,只是"奉令之后"的"奉"字从《菅家文草》川口文库本,不从川口先生所校订的"来"字。

道真速作咏物诗二十首,数十日后欲誊抄一遍时发现失却三首。"写一通"在道真诗文中并非孤例,可以肯定,《奉谢平右军》诗中的"侯圭新赋"完整地抄写一遍。[①]

这个"写一通"并不只是意味着抄写,还有言外之意需要揣摩。从诗题中"将军战胜,博士先降"这句可知,两人对弈的结果是道真负于平正范。按照约定,道真必须把"侯圭新赋"献给平正范。如果"侯圭新赋"对道真而言是无关紧要之物,道真是不会特意将"侯圭新赋"再"写一通"的。而且,正如道真自述"奉谢迟晚之责"那样,"侯圭新赋"被献给平正范的时间比原本的约定迟了几近一年。若道真雇人抄写"侯圭新赋"之副本的话,至多数日完工,迟晚一年恐怕意味着道真没有雇人佣书,而是亲笔誊抄所致。或许是公务繁忙,抑或是贵人多忘,道真亲笔抄写的"侯圭新赋"于输棋后的翌年冬天才交给了平正范。"侯圭新赋"应该是被道真视若珍宝,不愿轻易与人的一部秘籍。

下划线 c"古诗流"确如本间先生所论,在诗中代指"赋",依据便是班固《两都赋》序中赫赫有名的"或曰:'赋者,古诗之流也'。"[②]但仔细品味《奉谢平右军》全诗后,笔者认为该诗中的"古诗流"特指"律赋",理由有三。

第一,菅原道真与平正范在一年前的对局中所赌的是侯圭的"律赋"。一年后同赔罪之作的绝句一起被献给平正范的是誊写好的侯圭"律赋"。这种重合必定会唤起平正范对去年对弈的回忆,当他手捧"侯圭律赋"去读随赠的绝句时,一定可以体会到句末"古诗流"的真正含义。道真所谓的"池亭欲决古诗流"是在向平正范暗示,下一次的较量就仿照侯圭所作"律赋",来一次"律赋"写作的比拼。

第二,道真在绝句中将自己比作擅作"律赋"的侯圭。"妒使侯圭降弈秋"显然表达了道真败给平正范的后悔不甘,其中的"侯圭"喻指道真,"弈秋"喻指平正范。弈秋是春秋战国时的围棋高手,事见《孟子·告子上》,用其比喻对局获胜的平正范十分妥帖。侯圭则是律赋高手,这与下文要谈的擅作律赋的道真在人物形象上相吻合。且曾任"国子监博士"的侯圭与时任

---

① 唐前"钞""写"有别,与宋后混用不同,受我国唐前文献影响的道真对"钞""写"的使用是做以区分的。如《重和大使见酬之诗》(《菅家文草》卷五)云"声价重轻酬因道举,文章多少被人抄",《书斋记》(《菅家文草》卷七)云"又学问之道,抄出为宗;抄出之用,稿草为本……故此间在在短札者,总是抄出之稿草也"等,均是抄取之意,不是完整誊录。唐前"钞""写"之别可参童岭:《六朝隋唐汉籍旧钞本研究》第二章《"钞"、"写"有别论——六朝隋唐书籍文化史"关键词"考辨》,北京:中华书局,2017 年。

② 〔日〕本間洋一:《菅原道真の漢詩解釈臆説—交遊詩をめぐって—》。

"文章博士"的道真在官职上也十分类似①,道真自喻为侯圭亦无不妥。

第三,道真制作律赋的能力较强。其现存辞赋共四篇,分别是《秋湖赋》(以"秋水无岸"为韵)、《未旦求衣赋》(以"秋夜思政、何道济民"为韵)、《清风戒寒赋》(以"霜降之后、戒为寒备"为韵)、《九日侍宴重阳细雨赋》(以"秋德在阴"为韵),无一例外均是律赋。管见所及,大多数平安文人仅有一两篇律赋作品,在律赋写作行列中,道真属于多产之人。我们推测他对自己的律赋创作能力有相当的自信,由是放言"池亭欲决古诗流"。

另需指出的是,菅原道真对作为"古诗之流"的赋的理解或许并不止于班固《两都赋》序,对道真创作有极大影响的白居易曾写过一篇名为《赋赋》的律赋。此赋题下限韵:"以'赋者古诗之流'为韵"。② 仅看官韵,会让人立刻意识到班固《两都赋》序,继而联想起汉大赋等《文选》所收之赋,但仔细通读《赋赋》后会发现,白居易写作此文的主要着眼点是当时之赋,也就是律赋。该文第一段简述了赋的历史,自第二段"我国家"始便立足于当代,对当时课律赋以选贤材的科举用人制度大加称赞,认为唐代出现了许多比肩《文选》甚至有所超越的优秀赋作。说《赋赋》是一篇白居易将"赋者古诗之流也"重新敷衍而成的"律赋之赋"也毫不为过。熟读《白氏文集》的道真自然寓目过《赋赋》,这篇不仅形式上作成律赋,内容上也是歌颂律赋的《赋赋》不可能不对道真产生冲击。不难想象,某种程度上《赋赋》代表着唐代文人对赋的最新认识,身在彼岸的道真很可能通过此文而"与时俱进"。道真所理解的"赋者古诗之流也"中的"赋",恐是与白氏一样,是"流"变到唐代而新生的"律赋"。

因此,"闲日若逢相坐隐,池亭欲决古诗流"当作这样的理解:若与平正范发生第二次较量,道真想对决的"古诗流"不是《文选》所收的昔日之赋,而是当下中日两国所流行的"律赋"。

经过对下划线部分的探讨,我们可以清晰地感受到《奉谢平右军》一诗中律赋元素的存在。这是一首反映了菅原道真积极接触唐代律赋的汉诗,值得重视。诗中出现的"侯圭新赋"也从另一个角度凸显了道真对待晚唐律赋的姿态。为什么"侯圭新赋"会在菅原道真的手中呢? 原因就在于他非常

---

① "文章博士"是日本古代官学机构"大学寮"的教官,在道真所处的平安时代主讲诗文及历史。考虑到我国文献传播至日本的滞后性,笔者怀疑传到日本为道真所有的"侯圭律赋"很可能收录的是侯圭在国子监博士任上及任前的作品,卷中所注官职可能仍作"博士"而非"东蜀从事"。

② 该赋官韵字因《白氏文集》版本而异,通行本多作"赋者古诗之流",日本金泽文库本则作"赋者古诗之流也"。详参本书附章第一节。

关注同时期大洋彼岸的唐代文学。尽管他一生不曾渡唐,但并不意味着没有接触唐代文学前沿的机会。九世纪末期的东亚海上交通已较为发达,前往日本的商船一经靠岸便常有官府人员登船翻检,我们可以想象,道真一旦发现或听闻有最新的唐人诗文,一定会毫不犹豫地花重金购入。从道真入手"侯圭律赋"可以看出,前述谢观、陈章的律赋对道真产生影响不是一种偶然,而是道真醉心于蒐集唐人时兴诗文的必然结果。道真的书房之中,恐怕不止有"侯圭新赋",可能还有"谢观新赋""陈章新赋"。在日本九世纪末期的文坛中,道真这种努力捕捉唐代文学实况的旗手形象可谓跃然纸上。

五　结语

最后,以对《奉谢平右军》全诗的解释来作为本节的结尾。

日本元庆七年(883),文章博士菅原道真拜访右近卫少将平正范,在其河西别业与正范对弈。两人对赌之物是我国晚唐的"侯圭律赋",侯圭工于律赋,其作品成立不久即东传日本,是当时不可多得的舶来品,深为道真珍重。然而道真最终负于擅长围棋的正范,不得不将"侯圭律赋"奉上。但道真不愿轻易舍弃此宝,亲自抄写,以作两本,不知何故,翌年的元庆八年(884)冬天方抄写完毕。在奉送"侯圭律赋"时道真附以七言绝句一首,以谢延迟之罪。

诗意:"去年冬天,我对弈告负,却迟至今冬才践行承诺。悔不当初,像侯圭博士那般只是善于作赋的我,怎么能在围棋比拼中胜过当代弈秋的将军您呢?让'侯圭律赋'最终落入将军手里真是令我有些妒羡。① 闲暇之日我们如果再有对弈的机会,不是用围棋,而是用'古诗之流'的律赋来一决高下吧。"

---

① 此处"侯圭"疑为双关,一喻道真,一言"侯圭律赋"。

第二章 以"程限"为中心的唐代律赋影响论

"程限"即程式和限制,其中"限韵"可谓律赋区别于其他赋体的最为显著的文体特征,人们过去多把注意力集中于此,以致对押韵次序的限制、赋文篇幅的限制以及作赋时间的限制关注不够。尤其是"限字"与"限时",是我们可以进一步区别省试律赋与其他律赋的重要标志。而唯有意识到唐代有科场作赋与场外作赋的区分,方能在"科举与律赋"的视角下去审视唐代律赋对日本的影响,这也恰恰是日本学界过往研究中较为薄弱的一环。"程限"由是成为我们展开唐代律赋影响论的第一个关键词,在进入具体考论以前,我想先就唐代科场课赋的分期、特征及演变做一番分析。

第一节 唐代科场课赋的分期、特征及演变
——基于科场现存律赋的押韵定量分析

自律赋被纳入科举考试以来,就无法避免科举所带来的影响,最为直接的表现便是一跃而成为唐代最具代表性的赋体。作为中下层士人进入权力阶层、实现人生抱负的重要通途,科举在唐人心中的位置自不必说,诸科中进士及第则是大部分人梦寐以求的事情。中宗复位,进士科行三场试得到了长期稳定的实施,其中杂文试律赋成为开元后的惯例,而三场试中又以杂文较受重视,律赋由此跻身为科场决定成败的关键要素之一。尽管中唐就出现了对此批判的声音,如赵匡《举选议》云:"主司褒贬,实在诗赋,务求巧丽,以此为贤。惟不无益于用,实亦妨其正习;不惟挠其淳和,实又长其佻薄。"[①]但至晚唐也未得改变,《唐语林》卷三"方正"载:"封侍郎[②]知举,首访

---

① [清]董诰等:《全唐文》卷三五五,北京:中华书局,1983年,第3602页。
② 即封敖,《旧唐书·封敖传》云:"宣宗即位,迁礼部侍郎。大中二年(848),典贡部,多擢文士。"

能赋人。卢骈诣罗邵舆云：'主司爱赋十九(下有脱文)官。'罗曰：'主司安邑住，邵舆居宣平，彼处爱赋，无由得知。'"①客观地说，律赋在唐代读书人中几乎形成了无人不知晓、无人不研读、无人不竞作的局面。

在所有的律赋作品中，科场所作律赋因其具备"考试真题"的属性而具有极高的研究价值。可以想见，应举的士子会格外关注"历年试题"，留心"出题动向"，研析"及第作品"。科场律赋必然会对唐人的律赋写作产生影响，甚至引领新的潮流。因此能否全面地把握科场律赋，历时地考察其发展演变，对整个唐代律赋研究而言举足轻重。前辈学者在这方面已经做了许多工作，如彭红卫《唐代律赋考》②、王士祥《唐代试赋研究》③、詹杭伦《唐代科举与试赋》④。尤其是后两部著作均属专论，探讨深入而有见地，除了爬梳整理出许多科场作品，还厘析了赋题出典、用韵类型等诸多问题。

作为律赋最为重要的形制特征之一，押韵不仅关系到作品的诵读效果，还是律赋区别于其他赋体的依据(限韵与否)，常常格外受人关注。如詹杭伦注意到元和首二年(806、807)的试赋中"考生实际赋作皆将原限韵次序改动为平仄相间"，指出"这种押韵方式似乎已成为新的常态。"⑤但缺乏"大数据"支撑的观点难免感性，且元和之前试赋的押韵情况也不明了，这显然有碍于我们整体把握唐代科场课赋的面貌。本节拟在整合前人研究成果的基础上，考察科场律赋的押韵，形成"唐代科场现存律赋押韵一览表"。并基于表中数据展开统计分析，以呈现唐代科场律赋押韵的整体全貌、时代特征及变化倾向。

一 唐代科场现存律赋押韵一览表

本表主要参考了彭红卫、王士祥、詹杭伦三位先生的考述整理，并在核定相关文献的基础上彻查作品押韵而制成。作品的取舍以能否确定限韵为准，除文献中明确标注限韵外，詹先生还据赋文押韵推测出多篇文献未注限韵的作品，一并纳入。其中，仅据一篇作品而推测的，因无他证而拒收；据两篇以上推测的予以收入。对是否为科场所作的判别则相对宽松，凡经前辈学者考补的作品，只要有一丝可能，尽皆收入，部分加注，以示存疑。表中《文苑英华》简称《英华》，《历代赋汇》简称《赋汇》，《全唐文》简称《唐文》。

---

① ［宋］王谠撰，周勋初校证：《唐语林校证》，北京：中华书局，1987年，第216页。
② 彭红卫：《唐代律赋考》，北京：社会科学文献出版社，2009年。
③ 王士祥：《唐代试赋研究》，上海：上海古籍出版社，2012年。
④ 詹杭伦：《唐代科举与试赋》，武汉：武汉大学出版社，2015年。
⑤ 詹杭伦：《唐代科举与试赋》，第229页。

表 2-1　唐代科场现存律赋押韵一览表

试年	科目级别	赋题	限韵	次序	平仄	出处	现存	备注
不明①	京兆试	镇所好赋	重译献琛,信非宝也	次用	三平五仄,非相间	《英华》卷92《赋汇》卷68《唐文》卷274	一篇	
开元二年(714)	进士科	旗赋	风日云野,军国清肃	次用	四平四仄,平仄相间	《英华》卷64《赋汇》卷65《唐文》卷302	一篇	
开元三年(715)	进士科	丹甑赋	国有丰年②	次用	二平二仄,非相间	《赋汇》卷54《唐文》卷335,439	两篇	
开元四年(716)	进士科	南有嘉鱼赋	乐得贤者	次用(官韵已注)	一平三仄,非相间	《英华》卷140《赋汇》卷137《唐文》卷361,365	两篇	

① 因《京兆试镇所好赋》的归属属存在争议而难以确定府试时间。《全唐文》将《京兆试镇所好赋》纳入刘子玄(知几)名下,收于卷二七四,但学界对此并无异议。一方面有承袭《全唐文》观点的学者,如孙健行先生认为该赋是凤仪二年至调露元年之间(677—679)刘知几应京兆府试所作《初唐题下限韵律赋形式的观察及引论》,收入《中国盛唐赋风研究》,桂林:广西师范大学出版社,2000年,第240,244页)(《隋及初盛唐赋风研究》,桂林:广西师范大学出版社,2002年,第124页)。另一方面有质疑的学者,如洪业先生早于1957年就撰文怀疑该赋非刘知几所作(《〈韦弦〉二赋非刘知几所作辨》,《历史语言研究所集刊》第二十八本下册。台北:精华印书馆,1957年,又收于《洪业论学集》,北京:中华书局,1981年),再如彭红卫先生从刘知几的赋学观、文学观出发,也有力地补论了洪先生的观点(彭红卫:《唐代律赋考》,第258页)。尽管疑义尚存,如吕海龙《〈京兆试镇所好赋〉作者考》《盐城师范学院学报(人文社会科学版)》2013年第4期)指出了洪先生个别地论述不妥之处,但吕文不当之处亦多,难以颠覆洪先生的基本结论,此赋不宜归为刘知几所作。作者虽然未定,但该赋为京兆府试所作无异议。据押韵情形暂框定为开元以后元和以前。

② 明刊本《英华》作"周有丰年",以《唐文》及四库本《英华》为正。

续表

试年	科目级别	赋题	限韵	平仄	次序	出处	现存	备注
开元五年(717)	进士科	止水赋	清审洞涵澈容	三平三仄①	非次用	《英华》卷32 《赋汇》卷29 《唐文》卷294、395	两篇	
开元七年(719)	进士科	北斗城赋	池塘生春草②	四平一仄,非相间	不详	《英华》卷45 《赋汇》卷39 《唐文》卷395	一篇	
开元十三年(725)	进士科	花萼楼赋	花萼楼赋,一首并序	三平五仄,非相间	次用	《英华》卷49 《赋汇》卷74 《唐文》卷333、354、395	五篇	
开元十五年(727)	进士科	灞桥赋	水云辉映、车骑繁杂③	四平四仄,平仄相间	不详	《英华》卷46 《赋汇》卷40 《唐文》卷331、358	两篇	
开元十八年(730)	进士科	冰壶赋	清如玉壶冰、何衔宿昔意	六平四仄,非相间	次用	《英华》卷39 《赋汇》卷114 《唐文》卷334、476	两篇	

① 王泠然赋的押韵次序为"清审洞涵澈容",非平仄相间,刘赋则为"澈清洞涵容",平仄相同而用。

② 现仅存崔镇赋,押韵次序为"池塘春生",与韵次序为"池塘生春草"次序相近,或是崔镇场上不审所致。

③ 《文苑英华》在王昌龄赋中押平声"微"韵一段末注以"未见晖字官韵",但既押"微"韵,说明王昌龄还是有意作成入韵。另,现存两篇作品均依"车骑繁杂、云水辉映"的顺序押韵,一种可能是詹先生所说两人刻意"平仄相间"用韵(詹杭伦:《唐代科举与试赋》,第107页);也不排除官韵本为"车骑繁杂、云水辉映",实为依次韵时辑录时误作"水云辉映"的可能。

续表

试年	科目级别	赋题	限韵	次序	平仄	出处	现存	备注
开元十九年(731)	博学宏词科①	仲冬时令赋	以题为韵	不详②	二平三仄,非相间	《英华》卷23《赋汇》卷13《唐文》卷355,401,440	三篇	
开元廿一年(733)	进士科	都堂试才赋③	以四声为韵	次用	平上去入	《英华》卷68《赋汇》卷46《唐文》卷395	一篇	存疑
开元廿二年(734)	进士科	梓材赋	理财为器,如政之术	次用	四平四仄,非相间	《英华》卷69《赋汇》卷45《唐文》卷356,361,407,848	四篇	

① 张忱石先生认为叔孙玄观、萧昕、张钦敬三人所作《仲冬时令赋》为开元十九年博学宏词科所试,陈尚君先生进一步指出该赋亦有开元十九年前进士科所试的可能,詹杭伦先生则据《旧唐书·萧昕传》及萧昕赋尾推定此赋为博学宏词试,此从张、詹二先生。详见张忱石:《全唐诗无世次作者事迹考索》,《文史》第22辑,北京:中华书局,1984年,第202页;陈尚君:《登科记考》正补,张钦敬条次用。收入《陈尚君自选集》,桂林:广西师范大学出版社,2000年,第226,227页;詹杭伦:《唐代科举与试赋》,第109,110页。

② 现存三篇作品中,叔孙玄观、萧昕两人依次押韵,张钦敬未次用。

③ 詹杭伦先生据萧昕赋文中两处表述而推测《都堂试才赋》为本年试赋,但该赋题为"都堂试才","歌咏登科求进也是自然之事,仍存疑待考,详见詹杭伦:《唐代科举与试赋》,第111,112页。

续　表

试年	科目级别	赋题	限韵	次序	平仄	出处	现存	备注
开元廿二年(734)	博学宏词科	公孙弘开东阁赋	风势声理,畅休实久	次用①	三平五仄,非相间	《英华》卷69 《赋汇》卷46 《唐文》卷331,365,377,407	四篇	
开元廿四年(736)	进士科	越人献驯象赋	辞林邑·望国门	次用	三平三仄,非相间	《英华》卷131 《赋汇》卷134 《唐文》卷359,406	两篇	
开元廿七年(739)	进士科	冀莫赋	呈瑞圣朝	次用	三平二仄,非相间	《英华》卷88 《赋汇》卷54 《唐文》卷371,374	两篇	
天宝初年(742)②	进士科	大阅赋	国崇武备·明习顺时	非次用	三平五仄,非相间	《英华》卷64 《赋汇》卷64 《唐文》卷282,401	两篇	
天宝二年(743)	进士科	集灵台赋	圣君宏道·景福会昌	非次用	三平五仄,非相间	《英华》卷50 《赋汇》卷74 《唐文》卷762	一篇	

① 《文苑英华》在李程赋末注以"未见久字官韵",从其赋严格依照"风势声理,畅休实久"七字依次押韵的情形来看,本有"久字官韵"一段,当是后世传抄脱落。

② 詹杭伦先生推测《大阅赋》为开元九年(721)年进士试的赋题,详见詹杭伦:《唐代科举与试赋》,第100—102页;然姜禹高弟姜子龙疑为天宝初年试题,详见姜子龙:《初唐律赋补考》,收于《中国语言文学研究》第24卷,北京:社会科学文献出版社,2018年,第199页。此从姜氏。

续　表

试年	科目级别	赋题	限韵	次序	平仄	出处	现存	备注
天宝三载(744)	进士科	素丝赋①	贞素持质积功	非次用	三平三仄、平仄相间	《英华》卷120 《赋汇》卷71 《唐文》卷451	一篇	存疑
天宝四载(745)	博学宏词科	上林白鹿赋	君德至天、珍物充囿	次用	四平四仄、非相间	《英华》卷89 《赋汇》卷56 《唐文》卷355,361	两篇	
天宝六载(747)	进士科	闰两赋	道德希夷仁义②	次用	三平三仄、非相间	《英华》卷90 《赋汇》外集卷16 《唐文》卷364,370,407,434	五篇	
天宝七/八载(748/749)	进士科	明光殿粉壁赋③	上春早朝、伏奏青蒲	次用	四平四仄、非相间	《英华》卷48 《赋汇》卷73 《唐文》卷363	一篇	存疑

① 詹杭伦先生据乔覃禳赋的结尾句而推测《素丝赋》为本年试赋,敌为接近,张赋依韵次用。仍存疑待考,详见詹杭伦:《唐代科举与试赋》第125—127页。《文苑英华》卷一二○收有张良器的同题赋,但限韵为"贞素持质功",较为接近,张赋依韵次用。

② 官韵末字,《文苑英华》《历代赋汇》等作"美",此从《全唐文》。

③ 陈冠明先生据樊铸《及第后读书院咏物十首》中指出"李侍郎"为樊铸应举的主试,推定樊铸于天宝七载或八载知贡举时及第。但其同时又指出"李侍郎"为李蒲,伏奏青蒲"为韵,即为礼部所试之赋,未知所据,暂收于此。详见陈冠明:《登科记考》补名摭遗》《文献》1997年第4期。詹杭伦先生据此赋结句亦疑为试赋,详见詹杭伦:《唐代科举与试赋》。出:《文苑英华》卷四八樊铸《明光殿粉壁赋》以《上春早朝,伏奏青蒲》为韵,伏奏青蒲此赋结句亦疑为试赋,详见詹杭伦:《唐代科举与试赋》,第132页。

续 表

试年	科目级别	赋题	限韵	次序	平仄	出处	现存	备注
天宝十载(751)	进士科	豹舄赋	两遍用四声	次用	平上去入	《英华》卷113 《赋汇》卷99 《唐文》卷372,379	三篇	
至德二载(757)	中书试	黄人守日赋	以四声为韵	次用	平上去入	《英华》卷2 《赋汇》卷3 《唐文》卷481	一篇	
宝应二年(763)	进士科	日中有王字赋	以题为韵	次用(官韵已注)	二平四仄,非相间	《英华》卷2 《赋汇》卷2 《唐文》卷450	两篇	
大历二年(767)	进士科	射隼高墉赋	君子藏器待时①	次用	三平三仄,非相间	《英华》卷136 《赋汇》卷113 《唐文》卷365,613	两篇	
大历四年(769)	博学宏词科	五星同色赋	昊天有成命	次用	二平三仄,平仄相间	《英华》卷8 《赋汇》卷5 《唐文》卷441,459	两篇	
大历六年(771)	进士科	初日照露盘赋	云表清露,光发金景	次用	四平四仄,平仄相间	《英华》卷16 《赋汇》卷9 《唐文》卷445,511	两篇	

① 《文苑英华》在武少仪赋中押去声"至"韵，一段末注以"未见器字官韵"，或是武之疏漏，但既押"至"韵，说明武少仪还是有意作成六韵，且依次用韵。

续　表

试年	科目级别	赋题	限韵	次序	平仄	出处	现存	备注
大历八年(773)	进士科	登春台赋	晴眺春野，气和感深①	次用	四平四仄、非相间	《英华》卷51 《赋汇》卷11 《唐文》卷457,460,617	三篇	
大历十年(775)	进士科	五色土赋	皇子毕封，依色建社	非次用	三平五仄、非相间	《英华》卷25 《赋汇》卷23 《唐文》卷457,476	两篇	
大历十年(775)	东都试	日观赋	千载之统，平上去入	次用	三平五仄、非相间	《英华》卷29 《赋汇》卷14 《唐文》卷457	一篇	
大历十年(775)	府试	授衣赋	霜降此时，女工云就	次用	四平四仄、非相间	《英华》卷113 《赋汇》卷12 《唐文》卷454,457	两篇	
大历十一年(776)	进士科	饮至赋	破敌有功	次用	一平三仄、非相间	《英华》卷64 《赋汇》卷64 《唐文》卷454,476	两篇	

① 苗秀赋第一段押平声"庚"韵，却未见"晴"这一音韵字，但其中有句云"翙未见于门之景晷，逢六合之风清"，出句末用"零"字，则对句末或本用"晴"字，后世误抄作"清"字而已。

续 表

试年	科目级别	赋题	限韵	次序	平仄	出处	现存	备注
大历十二年(777)	进士科	通天台赋	洪台独出,浮景在下①	非次用	三平五仄、非相间	《英华》卷50《赋汇》卷74《唐文》卷459、482、531	三篇	
大历十三年(778)	进士科	幽兰赋	远芳袭人,终古无绝	非次用	四平四仄、平仄相间	《英华》卷147《赋汇》卷121《唐文》卷515、546、620、948	五篇	
大历十四年(779)	进士科	黄宾出日赋	大明在天,恒以时授②	杂用	四平四仄③	《英华》卷3《赋汇》卷2《唐文》卷453、455、456、545	四篇	
大历十四年(779)	博学宏词科	放驯象赋	珍异禽兽,无育国家	次用	四平四仄、平仄相间	《英华》卷131《赋汇》卷134《唐文》卷456、684	两篇	

① 薛亚军指出《文苑英华》等文献误录"洪台独出,浮景在下"为"洪台独存,浮景在下",详见薛亚军:《唐省试赋题限韵正误》,《古籍研究》2002年第2期。后王士祥亦指出应据以采订洪迈《容斋续笔》卷十三"试赋用韵"条收,详见王士祥:《〈登科记考〉补正六则》,《兰台世界》2011年第13期,收入王士祥《唐代应试诗赋论稿》,北京:商务印书馆,2016年。

② 独孤授赋中未见"恒"字官韵,詹杭伦先生指出赋中"摧帝典之明征,示人有常;惟日官之无改,永代断在"句中"常"字本为"恒"字,因避宋钦宗讳而改,因同题同韵,可推定原作确为"恒"字。诸见其他三人赋中均未改"恒"作"常",应非避讳,但詹先生强调该句为"解缝"用法。详见詹杭伦:《唐代科举与试赋》,第167页。

③ 王皙、独孤授、袁滋四人唯四人储平仄相间用韵,其余三人未相同用韵。明刊本《文苑英华》王储赋注云:"大历十四年,王储作魁",王储夺魁或许与平仄相间用韵有关。

续　表

试年	科目级别	赋题	限韵	次序	平仄	出处	现存	备注
建中元年(780)	文词清丽科	指佞草赋	灵草无心，有佞必指	次用	三平五仄、非相间	《英华》卷88 《赋汇》卷54 《唐文》卷446,517,618	三篇	
建中二年(781)	进士科	白云起封中赋①	皇汉施德 介邱告成	次用	四平四仄、非相间	《英华》卷12 《赋汇》卷6 《唐文》卷747	一篇	存疑
贞元二年(786)	进士科	如石投水赋②	仁义忠信 公平能谏	非次用	五平三仄、非相间	《英华》卷32 《赋汇》卷44 《唐文》卷526	一篇	存疑
贞元五年(789)	进士科	南风之薰赋	悦人阜财 生物咸遂	非次用	四平四仄、平仄相间③	《英华》卷13 《赋汇》卷7 《唐文》卷544,594	四篇	

① 《唐国史补》卷下与《唐摭言》卷九均载《白云起封中赋》为原题，因泄题而为主司仓促替换。

② 詹杭伦先生据《赋汇》所引阙名《如石投水赋》中一处押韵与刘辞《如石投水赋》为本年试赋，仍存疑待考，详见詹《唐代科举与试赋》第174页。

③ 《文苑英华》在李义亮赋中"九区兑咸"句下注以"无侧声韵，或疑此下脱句"，怀疑"九区兑咸"，四海无韵，气场逆郁，四海无韵。现存李赋全文以"逮人悦咸物生阜"之法，此处并无脱句之嫌。律赋字有"为四字累句"，其下脱句无疑。又，李义亮赋收以二，另一篇《鱼在藻赋》收于《文苑英华》卷一三九，官韵注以"惟德斯颂，形诸雅什"，赋文却仅存"冰""水""淄""磻"四韵，疑李义亮之文以序为押韵，仍是四平四仄、平仄相间用韵。

续　表

试年	科目级别	赋题	限韵	次序	平仄	出处	现存	备注
贞元六年(790)	进士科	清济贯浊河赋	与浊同流，清源自别	非次用	四平四仄、平仄相间	《英华》卷34 《赋汇》卷25 《唐文》卷536,633	两篇	
贞元六年(790)	博学宏词科	南至郊坛有司书云物赋①	以题为韵	非次用	六平三仄、非相间	《英华》卷11 《赋汇》卷6 《唐文》卷613	一篇	存疑
贞元七年(791)	进士科	珠还合浦赋	不贪为宝、神物自还	非次用	四平四仄、平仄相间	《英华》卷117 《赋汇》卷97 《唐文》卷539,546,619	三篇	
贞元八年(792)	进士科	明水赋	玄化无宰、至精感通②	次用	四平四仄、非相间	《英华》卷57 《赋汇》卷50 《唐文》卷546,547,594,595,960	五篇	
贞元八年(792)	博学宏词科	钧天乐赋	上天无声，昭锡有道	非次用	四平四仄、平仄相间	《英华》卷73 《赋汇》卷90 《唐文》卷532,537,546	三篇	

① 詹杭伦先生据崔立之贞元六年中博学宏词，以及贞元六年十一月八日唐德宗有事于南郊，推测崔立之作《南至郊坛有司书云物赋》为本年宏词试，仍存疑待考，详见詹杭伦:《唐代科举与试赋》，第180页。

② 《文苑英华》在贾棱赋中押去声"至"韵一段末注以"韵"，并于该段中"贵"字韵脚下注以"疑"字，贾棱身为状元，落韵或出现出韵的可能性较低，恐传抄有误，原赋应是押了"至"字，依官韵次第而用的，详见詹杭伦:《唐代科举与试赋》，第184,185页。

续 表

试年	科目级别	赋题	限韵	次序	平仄	出处	现存	备注
贞元九年(793)	进士科	平权衡赋	昼夜平分,钧铢取则	非次用	四平四仄,平仄相间	《英华》卷104 《赋汇》卷85 《唐文》卷594,599	三篇	
贞元九年(793)	博学宏词科	太清宫观紫极舞赋	大乐与天地同和	非次用	三平四仄①	《英华》卷125 《赋汇》卷92 《唐文》卷594,645	两篇	
贞元十年(794)	进士科	风过箫赋②	无为斯化,有感潜应	非次用	四平四仄,平仄相间	《英华》卷13 《赋汇》卷7 《唐文》卷614,615	两篇	
贞元十年(794)	博学宏词科	进善旌赋	设之通衢,俾人进善	非次用	四平四仄,平仄相间	《英华》卷68 《赋汇》卷45 《唐文》卷438,594,614,615,616	六篇	

① 张复元赋非平仄相间押韵,而李绛赋则相同而用。

② 贞元十年的进士科试赋尚无定论:陈尚君主张主张徐松《登科记考》所载的《风过箫赋》;王士祥、詹杭伦二先生则主张《进善旌赋》。此从王、詹二先生,以《风过箫赋》为进士科试,详见陈尚君:《陈尚君自选集》第182,183页;王士祥:《唐代试赋研究》第239页;詹杭伦:《唐代科举与试赋》第193,195页。

续　表

试年	科目级别	赋题	限韵	次序	平仄	出处	现存	备注
贞元十一年(795)	博学宏词科	朱丝绳赋	修身之道，以直象平①	非次用	四平四仄、平仄相间	《英华》卷77 《赋汇》卷94 《唐文》卷408,615	两篇	
贞元十二年(796)	进士科	日五色赋	日丽九华、圣符土德	非次用	二平六仄、非相间②	《英华》卷5 《赋汇》卷2 《唐文》卷481,613,632	三篇	
贞元十二年(796)	博学宏词科	百步穿杨叶赋③	艺精意专 发必能中	次用	三平五仄、非相间	《英华》卷100 《赋汇》卷65 《唐文》卷731	一篇	存疑
贞元十三年(797)	进士科	西掖瑞柳赋	应时呈祥、圣德昭感	非次用	四平四仄、平仄相间	《英华》卷87 《赋汇》卷116 《唐文》卷446,620	两篇	

---

① 现存王太真、庾承宣两人赋作均无限韵文字，詹杭伦先生据两赋实际用韵复原为"修身之道，以直象平"，宜从，详见詹杭伦《唐代科举与试赋》第198—200页。

② 现存李程、潜贲、崔护三人赋作的押韵次序相同，均为"华九丽日符土圣德"，呈"平仄仄仄平仄仄仄"式，是有司所设还是三人偶然为之尚不明了。

③ 王士祥先生据王起为冯宿所撰墓志铭《全唐文》卷六词试《百步穿杨叶赋》而考证出冯宿应玄词试《百步穿杨叶赋》的时间范围，并暂附该试于贞元十四年，詹杭伦先生则推测为贞元十二年，此从詹说。现存文献显示当年试赋没有作品流传下来，但詹先生推测贾餗《百步穿杨叶赋》既有拟仿当年冯宿赋的可能，也有本为冯宿赋而被张冠李戴的可能，仍存疑待考。详见王士祥：《唐代试赋研究》，第98—100页；詹杭伦：《唐代科举与试赋》，第202,203页。表中押韵分析据贾餗《百步穿杨叶赋》而作。

续　表

试年	科目级别	赋题	限韵	次序	平仄	出处	现存	备注
贞元十三年(797)	博学宏词科	披沙拣金赋	求宝之道，同乎选才①	次用	五平三仄、非相同	《英华》卷118 《赋汇》卷97 《唐文》卷569、632、633、684	四篇	
贞元十三年(797)	万年县试	金马式赋	汉朝铸金，为名马式	非次用	四平四仄、平仄相同	《英华》卷133 《赋汇》卷135 《唐文》卷594、643	两篇	
贞元十四年(798)	进士科	鉴止水赋	澄虚纳照、遇象分形	崇用（官韵已注②）	四平四仄③	《吕衡州集》卷1 《英华》卷32 《赋汇》卷29 《唐文》卷442、625、644	三篇	
贞元十五年(799)	博学宏词科	乐理心赋	易直子谅，油然而生	非次用	四平四仄、平仄相同	《英华》卷75 《赋汇》卷91 《唐文》卷617、625	两篇	

① 《文苑英华》在李程赋中押平声"谌·之"韵，之"韵一段末注以"此韵未见之字官韵"，解释赋中"沙之汰之"句虽有"之"字官韵字但"不人韵，不叶"的问题，同时又指出这种现象李程赋中并非孤例，"当考"，又于押上声"咏"韵一段末注以"未见选字官韵"，未知是李程疏漏。详见詹杭伦：《唐代科举与试赋》，第207页。

② 《文苑英华》等总集均未注明用韵次序，《吕衡州集》（粤雅堂丛书）卷一则注有"任有不依次用"。

③ 吕温、张仲素、王季友三人赋中王季友未平仄相间同用韵，其余二人均相间用韵。

续表

试年	科目级别	赋题	限韵	次序	平仄	出处	现存	备注
贞元十五年(799)	宣州试	射中正鹄赋	诸侯立成、众土知训	非次用(官韵已注①)	三平五仄、非相间	《白氏文集》卷21 《英华》卷100 《赋汇》卷65 《唐文》卷656	一篇	
贞元十六年(800)	进士科	性习相近远赋	君子之所慎焉	次用(官韵已注②)	三平三仄、非相间	《白氏文集》卷21 《英华》卷93 《赋汇》卷66 《唐文》卷594,656	两篇	
贞元十七年(801)	进士科	乐德教胄子赋	育材训人之本	次用(官韵已注)	三平三仄、非相间	《英华》卷76 《赋汇》卷91 《唐文》卷525,619,693,746	六篇	
贞元十八年(802)	博学宏词科	瑶台月赋	仙家帝室 皎洁清光	非次用	四平四仄、平仄相间	《英华》卷7 《赋汇》卷4 《唐文》卷448	一篇	
贞元十九年(803)	进士科	中和节百辟献农书赋	嘉节初吉、修是农政	次用	四平四仄、平仄相间	《英华》卷22 《赋汇》卷11 《唐文》卷611,731,732	四篇	

① 《文苑英华》等总集均未注明用韵次序,《白氏文集》(日本金泽文库本)卷二一则注有"任不依用"。
② 《文苑英华》等总集均未注明用韵次序,《白氏文集》(日本金泽文库本)卷二一则注有"依次用"。

续表

试年	科目级别	赋题	限韵	次序	平仄	出处	现存	备注
贞元十九年(803)	博学宏词科	汉高祖斩白蛇赋①	汉高皇帝·亲斩长蛇	次用(官韵已注②)	五平三仄·非相同	《白氏文集》卷21 《英华》卷42 《唐文》卷53 卷656	一篇	
元和元年(806)	进士科	土牛赋	以示农耕之早晚③	非次用	三平四仄、平仄相同	《英华》卷25 《赋汇》卷10 《唐文》卷716,960	两篇	
元和二年(807)	进士科	舞中成八卦赋	中和所制、盛德斯陈	非次用	四平四仄、平仄相同	《英华》卷79 《赋汇》卷92 《唐文》卷692,949,951	三篇	

① 关于白居易是否应贞元十九年的宏词试，疑点颇多，详见詹杭伦《唐代科举与律赋》，第223、224页。据元稹诗中自注及李商隐为白居易所撰墓碑铭可以确定，白居易贞元十九年所应为书判拔萃科，非博学宏词科。进一步臆测如下：贞元十九年博学宏词科试《汉高祖斩白蛇赋》，白氏举拔萃而无缘宏词，但善于作赋的白居易技痒难耐，又比照试题及程限及下作出《汉高祖斩白蛇赋》，播于人口。《唐摭言》卷十"载声价益振"条中有关白氏的记述恐有部分失实，"登科之人，赋并无闻，白公之赋，传于天下"是实，言其应宏词考落，有附会之疑。现存文献没有作品流传下来，表中押韵分析据白居易《汉高祖斩白蛇赋》而作。

② 《文苑英华》等总集均未注明用韵次序，《白氏文集》(日本金泽文库本)卷二一则注有"依次为韵"。

③ 现存两篇赋文中陈伸仲师赋限韵"以示农耕之早晚"，另一篇阙名赋在现存文献中无限用韵确定亦为"以示农耕之早晚"，详见詹杭伦《唐代科举与试赋》，第227页。

续　表

试年	科目级别	赋题	限韵	次序	平仄	出处	现存	备注
元和四年（809）	进士科	萤光照字赋①	能励躬，必大成	非次用	三平三仄②	《英华》卷63 《赋汇》卷62 《唐文》卷719、722	三篇	存疑
元和六年（811）	进士科	性犹湍水赋③	性之为善，犹水趋下	非次用	四平四仄、平仄相同	《英华》卷36 《赋汇》卷66 《唐文》卷722	一篇	存疑
元和七年（812）	进士科	人镜赋	主圣臣忠，道光贞观	非次用	四平四仄、平仄相同	《英华》卷94 《赋汇》卷45 《唐文》卷723	一篇	
元和十年（815）	进士科	乡老献贤能书赋	行艺昭洽，可升王庭	非次用	四平四仄、平仄相同	《英华》卷67 《赋汇》卷46 《唐文》卷546、723、946	三篇	

① 詹杭伦先生据《文苑英华》卷六三载有与元和四年（809）进士赵蕃同题同韵的《萤光照字赋》的作者杨弘贞，而定该赋为本年进士试。然三篇《萤光照字赋》为本年进士试所据不足，尽管詹先生与李绅可能于元和三年（808）推荐蒋防上京应试，但其时李绅身为"前进士"，无名无望，荐蒋之事发生于元和三年几无可能。《隙尘赋》三人所作均打破官韵次序，将四平四仄的官韵平仄相同用韵。赵蕃、蒋防除该赋外，尚有《隙尘赋》亦同题同韵（以"不依光末，难见光末"，收于《文苑英华》卷二六。故定《萤光照字赋》与《隙尘赋》的可能性，暂收于此，存疑待考，详见詹杭伦：《唐代科举与试赋》第229—231页。虽然元和四年试赋难以确定《萤光照字赋》与《隙尘赋》的可能性，暂收于此，存疑待考。

② 杨弘贞、赵蕃、蒋防三人赋中蒋防未平仄相同用韵，其余二人均相同用韵。

③ 詹杭伦先生据陈侯祥登元和六年进士第暂定其《性犹湍水赋》为本年进士试，仍存疑待考，详见詹杭伦：《唐代科举与试赋》第232页。

续 表

试年	科目级别	赋题	限韵	次序	平仄	出处	现存	备注
元和十一年(816)	进士科	学殖赋	深根固柢,无使将落	非次用	四平四仄,平仄相间	《英华》卷 62 《赋汇》卷 60 《唐文》卷 200	一篇	
元和十二年(817)	县试/州府试	晨光丽仙掌赋	有如攀青天,捧白日	非次用	四平四仄,平仄相间	《英华》卷 28 《赋汇》卷 15 《唐文》卷 730	一篇	
元和十四年(819)	进士科	王师如时雨赋	慰悦人心,如雨祛旱	非次用	四平四仄,平仄相间	《英华》卷 65 《赋汇》卷 64 《唐文》卷 683、760	两篇	
元和十五年(820)	进士科	太羹赋	宗本诚敬,遗味由礼	次用	四平四仄,平仄相间	《英华》卷 57 《赋汇》卷 50 《唐文》卷 739	一篇	
长庆二年(822)	进士科	木鸡赋	致此无敌,故能先鸣	非次用	四平四仄,平仄相间	《英华》卷 138 《赋汇》卷 132 《唐文》卷 624	一篇	
太和五年(831)	进士科	题桥赋	望在云霄,居然有异	非次用	四平四仄,平仄相间	《英华》卷 46 《赋汇》卷 40 《唐文》卷 765	一篇	

续 表

试年	科目级别	赋题	限韵	次序	平仄	出处	现存	备注
开成元年(836)	进士科	曲水杯赋①	曲水同醉,乐如之何	非次用	四平四仄、平仄相间	《英华》卷33 《赋汇》卷88 《唐文》卷741	一篇	存疑
开成三年(838)	进士科	霓裳羽衣曲赋	任用韵	任意	平仄相间	《英华》卷74 《赋汇》卷92 《唐文》卷741,760,961	三篇	
会昌元年(841)	进士科	酱混沌赋②	清浊忽分、物未伤己	非次用	四平四仄、平仄相间	《英华》卷125 《赋汇》卷105 《唐文》卷766	一篇	存疑
会昌三年(843)	进士科	如石投水赋③	圣奖忠直,从谏如流	非次用	四平四仄、平仄相间	《英华》卷32 《赋汇》卷44 《唐文》卷768	一篇	存疑
大中十一年(857)	府试	三箭定天山赋	远仗皇威,大降番骑	非次用	四平四仄、平仄相间	《麟角集》 《赋汇》卷64 《唐文》卷770	一篇	

① 詹杭伦先生据陆《曲水杯赋》合进土赋体而暂定该赋为本年进土试,仍存疑待考,详见詹杭伦:《唐代科举与试赋》,第254、255页。

② 詹杭伦先生据钱易《南部新书》的记载推断《酱混沌赋》为本年进土试,仍存疑待考,详见詹杭伦:《唐代科举与试赋》,第258、259页。

③ 詹杭伦先生据孙光宪《北梦琐言》载卢肇为会昌三年状元,及卢肇与白敏中有同题同韵《如石投水赋》推测该赋为本年进土试,然白敏中应举时间不合,仍存疑待考,详见詹杭伦:《唐代科举与试赋》,第259、260页。

续　表

试年	科目级别	赋题	限韵	次序	平仄	出处	现存	备注
大中十二年(858)	进士科	渔父辞剑赋①	济人之急,取利诚非	非次用	四平四仄、平仄相同	《英华》卷103《赋汇》卷86《唐文》卷762	一篇	存疑
咸通二年(861)	进士科	盛德日新赋	修乃无已,尧舜何远	次用	四平四仄、平仄相同	《麟角集》《赋汇》卷41《唐文》卷769	一篇	
咸通三年(862)	进士科	倒载干戈赋	圣功克彰,兵器斯载	非次用	四平四仄、平仄相同	《麟角集》《赋汇》卷44《唐文》卷769	一篇	
咸通十三年(872)	进士科	禹拜昌言赋	圣人之心,闻善必拜	非次用	四平四仄、平仄相同	《英华》卷43《赋汇》卷42《唐文》卷758	一篇	
乾符二年(875)	进士科	王者之道如龙首赋	龙之视听,有符君德	非次用	四平四仄、平仄相同	《黄御史集》卷1《赋汇》卷41《唐文》卷822	一篇	
景福二年(893)	京兆府试	人国知教赋	观光上国,化洽文明	非次用	四平四仄、平仄相同	《徐公钓矶文集》卷4《英华》卷69《赋汇》卷46《唐文》卷830	一篇	

① 詹杭伦先生据范摅《云溪友议》的记载推断来言于大中十二年及第,推测其《渔父辞剑赋》为本年进士试,仍存疑待考,详见詹杭伦:《唐代科举与试赋》,第264页。

续　表

试年	科目级别	赋题	限韵	次序	平仄	出处	现存	备注
乾宁元年(894)	进士科	止戈为武赋	和众安人,是为武德	非次用	四平四仄、平仄相间	《徐公钓矶文集》卷4 《唐文》卷830	一篇	
乾宁二年(895)	进士科	人文化天下赋	观彼人文,以化天下	非次用	四平四仄、平仄相间	《黄御史集》卷1 《赋汇》卷41 《唐文》卷822	一篇	
乾宁二年(895)	重试	曲直不相入赋	以题中"曲直"两字为韵	次用		《黄御史集》卷1 《赋汇》卷67 《唐文》卷822	一篇	
乾宁二年(895)	重试	良弓献问赋	取五声字	次用(官韵已注)	上平、下平、上、去、入①	《黄御史集》卷1 《唐文》卷822	一篇	

① 洪迈《容斋四笔》已指出黄滔赋尾断简,但据"儒有生在江岭,来趋綦毂"句"毂"字韵脚可知其确押入声韵。

二 唐代科场课赋的分期与特征

通过"唐代科场现存律赋押韵一览表",我们可以大致了解到自律赋被纳入科场考试以来,不同时期体现了不同的押韵特征。下面就通过定量分析的方式,来直观地凸显这些押韵特征,并据此对唐代科场课赋进行分期。分类统计主要依据押韵的韵数(示以 A)、次序(示以 B)、平仄(示以 C)三大标准。另外有两点需要说明:

第一,统计分析中排除了那些存有疑问、尚无确证为科场所作的律赋。

第二,统计分析过程中会涉及一对概念,即基于现存文献的数量统计与基于逻辑推演的数量分析。唐代科场课赋的押韵实情尽管不得不通过现存文献进行考察,但文献在传抄刊印的过程中难免出现讹脱。讹脱不仅会妨碍我们准确认识当时的情况,甚至可能将我们引入歧途,产生错误认识。考虑到这种危险很可能存在,我们认为单纯的统计不利于接近真相,有必要辅以适当的逻辑推演。

(一) 宝应以前

统计范围是自开元始,至宝应二年,共课赋 20 次,现存完篇律赋 48 篇。

A 韵数多寡

十韵律赋 1 次;

八韵律赋 9 次(特殊限韵 1 次,为天宝十载"两遍用四声");

六韵律赋 4 次(特殊限韵 1 次,为宝应二年"以题为韵");

五韵律赋 2 次(特殊限韵 1 次,为开元十九年"以题为韵");

四韵律赋 4 次(特殊限韵 1 次,为至德二载"以四声为韵")。

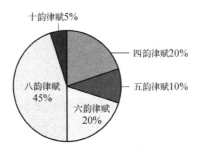

图 2-1 "宝应以前"课赋韵数占比图

宝应以前"八韵律赋"占比 45%,其他韵数合占 55%。可见自律赋纳入科场以来,八韵律赋就是考官们较常使用的一种形式,只是占比尚未及半,还不能说它"一家独大"。这个时期的出题样式最为丰富,具体表现有两点。

一是四、五、六、八、十韵皆有,其中四韵、六韵均占 20%,与八韵似成"一体两翼"之势。二是有 4 次特殊限韵,其中"以题为韵"2 次,"以四声为韵"1 次,"两遍用四声"1 次,可见考官思想活跃、推陈求新。

B 次用与否

次用 14 次;非次用 3 次;不详 3 次。

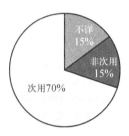

图 2-2 "宝应以前"应试赋押韵次序占比图

"次用"占比高达 70%,而"非次用"与"不详"合占 30%,且占 15% 的"不详"有必要详辨。其中一次为开元七年,现仅存崔镇赋,押韵次序为"池塘春草生",与官韵"池塘生春草"次序相近。很可能是崔镇欲"次用",却不审作成"池塘春草生"。另一次为开元十五年,现存两篇律赋均依"车骑繁杂、云水辉映"的顺序押韵,尽管詹杭伦先生认为两人可能刻意"平仄相间"用韵①,但如后文所论,这种"平仄相间"用韵的方式在大历之前再未出现过,而在大历以后却频频出现,故笔者主张官韵本为"车骑繁杂、云水辉映",实为次韵而作,《文苑英华》辑录时误作"水云辉映、车骑繁杂"。还有一次为开元十九年,现存三篇律赋中,叔孙玄观、萧昕二人依次押韵,张钦敬未次用。有两种可能,一是官韵本要求"次用",张钦敬未次用却依然登第;二是官韵没有要求"次用",叔孙玄观、萧昕二人却不约而同"次用"作赋。开元七年与十九年两次仅是推测,而十五年一次现存两篇律赋押韵顺序完全相同,当是现存文献所载官韵有误。因此,基于逻辑推演再次统计的话,"次用"占比为75%,"非次用"15%,"不详"10%。

无论是哪种统计,"次用"在宝应以前是"当之无愧"的主流。至于唐代课赋初期为何屡屡"次用",笔者将另撰文讨论,此不展开。这里仅就这种现象作一点补充说明。由于大量唐人文集早佚,我们只能依据《文苑英华》等总集来考察唐代律赋,但《文苑英华》在收载唐人律赋时常常删削"程限"中的部分文字②。所以我们必须考虑到有一种可能是,官韵本来要求"依次

---

① 詹杭伦:《唐代科举与试赋》,第 107 页。
② 详见本章第二节。

用"或"次用",而在文献传播的过程中脱漏掉了。支持这种可能性存在的证据有两点:其一是 14 次"次用"中有 2 次官韵明确标注了"次用",说明确有实例;其二是未标注"次用"的 12 次中有 10 次现存律赋有两篇以上,多者有存五篇者①,而这些作品均"不约而同"地"次用",无一例外,若非有司要求,恐难以如此"统一"。退一步说,即便官韵不注明次用与否,考生之间也已经形成默契——认为"次用"为佳,更能"因难见巧",且这种行为也得到了有司的默许,及第之作多是"次用"就是明证。

C 八韵平仄

四平四仄 4 次;非四平四仄 5 次(特殊限韵 1 次,为天宝十载"两遍用四声")。

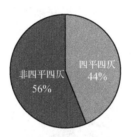

图 2 - 3　"宝应以前"课八韵赋之平仄占比图

宝应以前,课八韵律赋 9 次,"四平四仄"占比不到一半,说明这种形式的八韵律赋处于诞生初期,尚不成势。

C′四平四仄、间用与否

平仄间用 2 次,其中次用 2 次(包括开元十五年推定的《灞桥赋》);非间用 2 次,其中次用 2 次。

需要强调的是,如果官方有"次用"要求,就意味着考生不会受该赋韵数、平仄的影响,只能依次而作,因此这种情形不具备真正的统计价值。前文已经指出,宝应以前"次用"是主流,而这 4 次"四平四仄"无论间用与否,全部都是"次用",因此没有分析的价值,略去不谈。

(二)大历期

统计范围是整个大历时期,共课赋 12 次,现存完篇律赋 30 篇。

A 韵数多寡

八韵律赋 9 次;六韵律赋 1 次;五韵律赋 1 次;四韵律赋 1 次。

① 如开元十三年《花萼楼赋》,天宝六载《罔两赋》。

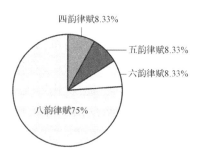

图 2－4 "大历期"课赋韵数占比图

大历期"八韵律赋"占比已达 75％,其他韵数合占 25％。显而易见,八韵律赋已毫无争辩地成为科场第一"大户"。进入大历后,原来偶能见到的"特殊限韵"也杳无影踪,考官的出题思路渐趋统一。

B 次用与否

次用 8 次;非次用 4 次。

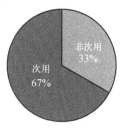

图 2－5 "大历期"应试赋押韵次序占比图

大历期"次用"占比 67％(取整,后文同)"非次用"占比 33％。"次用"占比与宝应以前相比略有下降,但仍占有绝对优势,显然是"次用"风气犹存。

C 八韵平仄

四平四仄 6 次;非四平四仄 3 次。

图 2－6 "大历期"课八韵赋之平仄占比图

大历期不仅"八韵律赋"占比急剧上升,且其中的"四平四仄"占比也随之上升,已达 67％,与宝应以前的 44％相比,有了明显的变化。说明这种形式的八韵律赋处于发展阶段,其势渐成。

C′四平四仄、间用与否

平仄间用 3 次,其中次用 2 次;非间用 2 次,其中次用 2 次;杂用 1 次。

前文已及,有"次用"的情形应该剔除在外,不予分析,因此大历期中"四平四仄"的八韵律赋真正具备分析价值的只有 2 次,分别是大历十三年的《幽兰赋》和大历十四年的《寅宾出日赋》。

《幽兰赋》现存五篇,均是"非次用",却"平仄间用",不知是有司明确要求,还是五人"心有灵犀"。从现存文献来看,尚未发现程限中有关于"平仄间用"的点滴记载,虽不能完全排除主司在"以'远芳袭人、终古无绝'为韵"之外追加"平侧相间用之"的可能,然这种可能性极小。当是乔彝、陈有章、韩伯庸、仲子陵、李公进五人因"平仄间用"而为有司赏识,擢为及第的可能性更大更合理。

《寅宾出日赋》现存四篇,分别为王储、独孤授、袁同直、周渭四人所作。其中王储"平仄间用",其余三人未相间用韵。明刊本《文苑英华》于王储赋注云:"大历十四年,王储作魁",王储夺魁很可能与"平仄间用"有关。

这一现象的出现值得关注,将"四平四仄"的八韵律赋作成平仄相间的形式,在诵读时会营造出跌宕起伏的美感,自然会博得有司好感。同时说明,与宝应以前举子们追求的"次用"效果相比,已经有考官与考生开始达成"平仄间用"不输"次用"的默契了。

(三) 贞元期

统计范围是整个贞元时期,共课赋 22 次,现存完篇律赋 64 篇。

A 韵数多寡

八韵律赋 19 次;七韵律赋 1 次;六韵律赋 2 次。

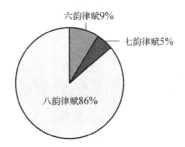

图 2 - 7 "贞元期"课赋韵数占比图

贞元期基本承袭了大历期的出题模式,"八韵律赋"占比继续增加,达86%;其他韵数合占 14%,仅有六韵、七韵两种形式,仍无"特殊限韵"。应该说贞元期的课赋进一步强化了大历期形成的出题模式。

B 次用与否

次用 6 次(其中官韵标明"次用"者 3 次);非次用 16 次(其中官韵标明

"任不依次用"者 2 次）。

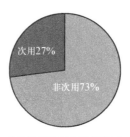

图 2-8 "贞元期"应试赋押韵次序占比图

贞元期"次用"占比迅速降为 27%，而"非次用"占比则逆转为 73%，与大历期及其以前恰恰相反。可见"次用"风气大减，而"非次用"的急剧增加则与大历期已经出现的"四平四仄、相间用韵"的八韵律赋有极大关系。

C 八韵平仄

四平四仄 15 次；非四平四仄 4 次。

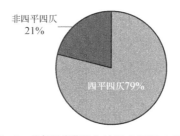

图 2-9 "贞元期"课八韵赋之平仄占比图

贞元期八韵律赋中"四平四仄"占比已高达 79%，比之前大历期的 67% 有了进一步提高，说明其势已成。

C′四平四仄、间用与否

平仄间用 13 次，其中次用 1 次；非间用 1 次，其中次用 1 次；杂用 1 次。

我们剔除"次用"2 次，实得有分析价值的课赋 13 次。这 13 次中有 12 次是"平仄间用"，仅有 1 次为"杂用"。如果把大历年间出现的"四平四仄、平仄间用"比喻为"潜规则"的话，那么这条"潜规则"可作如下理解：

> 当出题方式为四平四仄的八韵律赋时，如有"次用"要求则另当别论，若无"次用"要求，则作成平仄相间用韵的形式为佳。

在贞元年间，有 12 次考试考生践行了上述"潜规则"。而在贞元十四年进士科试中，现存吕温、张仲素、王季友三人的《鉴止水赋》，除王季友未平仄相间用韵外,其余二人均相间用韵。换句话说,现存贞元年间的及第考生所作的律赋之中,除王季友一人外均以"潜规则"作赋。毫无疑问,将"四平四仄"的八韵律赋作成"平仄间用"的形式在贞元期已经蔚然成风。

C″平仄可间、间用与否

伴随着"潜规则"的大行,贞元期甚至出现了这样一种情形:即便不是"四平四仄"的律赋,只要可以"平仄间用",就有人以"平仄间用"的形式押韵。贞元期不以"四平四仄"形式课赋的次数有 7,其中"二平六仄"1 次、"五平三仄"2 次、"三平五仄"1 次,共 4 次,从平仄搭配上就决定了考生无法以"平仄间用"的形式押韵。另有"三平三仄"2 次,现存文献均已标明"次用",故考生也无法"平仄间用"。唯剩 1 次,为贞元九年的《太清宫观紫极舞赋》,该赋是三平四仄的七韵律赋,现存律赋 2 篇,张复元赋非平仄相间押韵,而李绛赋则相间而用。这表明"平仄间用"的风气已经开始向非"四平四仄"却"平仄可间"的律赋上蔓延。

另需补充的是,"贞元后期"在课赋的程限表述中出现了进一步明确、规范的趋势。面临"次用"风气已过,"四平四仄、相间用韵"日益大行的趋势,贞元后期的主司在押韵次序上多次明确要求"依次用"或"任不依次用",加之现存文献中有"限字"要求的表述也出自这个时期[1],说明这一时期的课赋要求明晰规范化。

(四) 元和以降

统计范围是元和元年至唐亡,共课赋 20 次(乾宁二年覆试一次两道赋题,依赋题统计则为 21 道),现存完篇律赋 29 篇。

A 韵数多寡

八韵律赋 17 次;七韵律赋 1 次;特殊限韵 2 次(其中 1 次是开成三年的"任用韵",有作六韵者,有作七韵者。另 1 次是乾宁二年覆试两道赋题,两题均是特殊用韵,一为"以题中'曲直'两字为韵",两韵;一为"取五声字",五韵)。

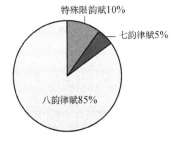

图 2-10 "元和以降"课赋韵数占比图

———————

① 详见本章第二节。

元和以降,"八韵律赋"仍然"一家独大",占比达 85%;其他韵数合占 15%,仅有 3 次,且其中 2 次为"特殊限韵"。说明元和以降,出题模式在日趋僵化的同时,也偶有新变。但这种新变均自"宸衷"①,非有司所为,更加凸显了贡院出题模式的僵化。

B 次用与否

次用 3 次(其中官韵标明"次用"者 1 次);非次用 16 次;任意 1 次。

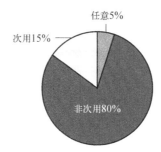

图 2-11 "元和以降"应试赋押韵次序占比图

元和以降,"非次用"占比 80%,"次用"则为 15%,承袭了贞元期已经出现的逆转趋势,"非次用"与"次用"的差距进一步扩大。依然是"四平四仄、相间用韵"的八韵律赋之流行所致。

C 八韵平仄

四平四仄 17 次;非四平四仄 0 次。

元和以降,八韵律赋中"四平四仄"已是"一统天下",无有例外。

C′四平四仄、间用与否

平仄相间 17 次,其中次用 2 次;非相间 0 次。

到了元和之后,已无需剔除"次用",当官韵八字本就是"平仄相间"排列时,举子们依次而作即可达到间用的目的。我们未在元和之后发现一例未间用的"四平四仄"律赋。詹先生在其著作中多次提到"元和以后成为试赋押韵的常态"即是指此②,只是经过我们的分析,可以将这一"常态"提前至贞元期,元和以降是这种"常态"的继续与强化。

---

① 开成三年,王定保《唐摭言》卷一五"杂记"云:"开成二年高侍郎锴主文,恩赐诗题曰《霓裳羽衣曲》。三年,复前诗题为赋题,《太学石经诗》,并辞入贡院日面赐。"乾宁二年覆试,见《黄御史集》引《昭宗实录》云:"丙申,试新及第进士张贻宪等于武德殿东廊内。……内出四题,乃《曲直不相入赋》《良弓献问赋》《询于刍荛诗》《品物咸熙诗》。"黄滔《御试二首》其一云:"已表隋珠各自携,更从琼殿立丹梯。九华灯作三条烛,万乘君悬四首题。灵凤敢期翻雪羽,洞箫应或讽金闺。明朝莫惜场场醉,青桂新香有紫泥。"
② 詹杭伦:《唐代科举与试赋》。

C″平仄可间、间用与否

前一句所谓"强化",就体现在:即便不是"四平四仄"的律赋,只要可以"平仄间用",就会以"平仄间用"的形式押韵。元和元年《土牛赋》为三平四仄的七韵律赋,现存两篇律赋均为平仄相间用韵;开成三年《霓裳羽衣曲赋》尽管要求"任用韵",但现存三篇律赋均为平仄相间用韵。

三 唐代科场课赋的演变

在分期探讨完唐代科场现存律赋的押韵特征后,我们再把这四个时期连接起来,历时地把握唐代科场律赋在押韵上有何走向。

A 韵数多寡

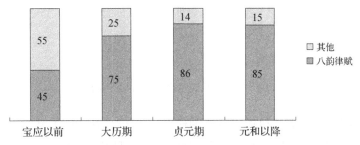

图 2-12 唐代科场课赋韵数占比变化图(%)

由图可知,宝应以前八韵所占比重尚不及一半,自大历起为之一变,八韵赋成科场"常客"。韵数多寡的变化,主要反映了有司出题的变化,非考生可以左右。

B 次用与否

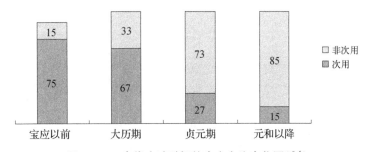

图 2-13 唐代应试赋押韵次序占比变化图(%)

若以建中为界,将其前后的"次用"对比来看的话,建中以前共课赋34次(包括年份不明一次,以及建中元年一次),"次用"对"非次用"大致为"七成比二成",而建中以后"次用"对"非次用"则大致为"二成比七成",呈完全逆转之势。由上图可见,在唐代科场中"次用"的比例在不断下降,而据前文的分析可知其最大原因是"非次用"的"平仄间用"大行其道。只是这种变化是"课赋"的有司所带来的,还是"应试"的考生所带来的,一时难有定论。笔者的观点是:宝应以前的"次用"风潮是由有司引导;大历期虽然沿袭了之前的"次用",但也出现了"平仄间用"的"新动向",并得到有司首肯;自贞元以后,"四平四仄、平仄间用"彻底取代"次用",成为有司与考生共同认可的"新风潮"。

C 八韵平仄

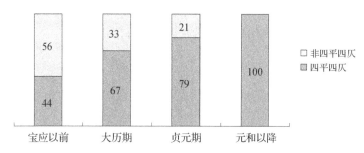

图 2‐14　唐代课八韵赋之平仄占比变化图(%)

显而易见,在唐代科场中考八韵律赋以"四平四仄"的形式来出题的比例呈不断上升的趋势,以至于元和以降"非四平四仄"已杳无影踪。宋人洪迈在《容斋续笔》卷十三"试赋用韵"条中说:"唐庄宗时尝覆试进士,翰林学士承旨卢质,以'后从谏则圣'为赋题,以'尧、舜、禹、汤,倾心求过'为韵。旧例,赋韵四平四侧,质所出韵乃五平三侧,大为识者所诮,岂非是时已有定格乎?"[1]这个例子充分反映了晚唐"四平四仄"之盛,"识者所诮"的"五平三侧"在贞元期还能见到两次,而元和以降则全然不见。

C′C″间用与否

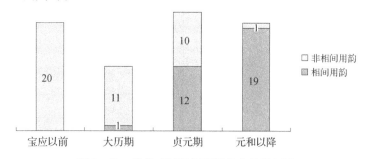

图 2‐15　唐代应试赋相间用韵变化图(次)

---

① [宋]洪迈《容斋续笔》卷十三"试赋用韵"条,收于《容斋随笔》,上海:上海古籍出版社,1978年,第369页。[宋]薛居正《旧五代史》卷九三《晋书·卢质传》亦载。

我们将 C′ 与 C″ 两种情况结合在一起即是"间用与否"的问题。宝应以前没有出现过考生刻意"相间用韵"的情形,而大历期则出现了 1 次"四平四仄、相间用韵"①,贞元期更是达到 12 次之多②。而元和以降则出现无论"四平四仄"与否,只要具备"间用"条件均"相间用韵"的情形,达 19 次之多,"非相间用韵"已近乎绝迹。

四　结语

最后,将上述演变进行简单综述。第一,八韵律赋日益见增,尤其是"四平四仄"的八韵律赋成为中晚唐课赋的主流。第二,以建中为界将唐代二分,前期作赋以"次用"为佳,后期作赋以"四平四仄、相间用韵"为美。第三,"四平四仄、相间用韵"自大历首现后,经贞元期的迅速发展,彻底定型于元和,成为中晚唐举子应试作赋之常态。

科场课赋限韵是检验举子作赋能力的一种手段,是选拔人才的一种方式。前期课赋中频现的"次韵"无疑是押强韵,既是主司高效甄选人才的有力"武器",也是举子展现自身能力的积极表现。而后期发展到"平仄间用"已不仅仅是因难见巧的问题,还有举子对律赋音声之美的追求,以及主司对辞赋律化的肯定,是举子与主司合力将律赋创作推向声律臻美的境地。这一中晚唐的科场"潜规则"也在入宋后不久即演变为有司出题的准绳,成为"定格"③。

第二节　文体的东传还是制度的东传
——日本律赋发端考

律赋是我国辞赋中极具代表性的一种赋体,在唐代被纳入科举④、铨选考试,成为考场被课的常见文体。律赋的写作,不仅重视平仄声律、隔句作对,在押韵上更是有着严格的要求。如考场课赋,主考会指定押韵的韵字其至次序,被试须依此写作,应试前若未经训练是难以写出合格作品的。可以

---

① 另有一次"四平四仄、相间用韵"与"四平四仄、非相间用韵"两相混杂的例子。
② 另有一次"四平四仄、相间用韵"与"四平四仄、非相间用韵"两相混杂的例子;以及一次非"四平四仄"却有"间用"与"非间用"混杂的例子。
③ 宋·王林《燕翼诒谋录》卷五云:"国初,进士词赋押韵,不拘平仄次序。太平兴国三年九月,始诏进士律赋平仄次第用韵,而考官所出官韵必用四平四仄。"上海古籍出版社编《宋元笔记小说大观》第五册,上海:上海古籍出版社,2001 年,第 4630 页。
④ 严格来说,唐代科举应称"贡举",宋后改称"科举",详参〔日〕曾我部静雄:《中国の選挙と貢挙と科挙》,《史林》1970 年第 4 號。本节行文中"科举""贡举"不作严格区分。

说,在诗赋取士的唐代,凡有志于考取功名之人,莫不热心于律赋写作,律赋因其与贡举选叙的关系而兴盛繁荣。

在海东的日本,自平安初期文人都良香(834—879)首开律赋写作的先河后,日本的辞赋创作也进入了流行律赋的时期,共有二十余篇作品留存至今。日本律赋的产生与我国律赋显然有密切关系,但前人对二者关系的研究却不无疑问与缺憾。松浦友久先生考察《经国集》《都氏文集》《本朝文粹》①所收辞赋后发现,日本古代辞赋存在由骈体向律体转变的现象,而转变时期正是都良香在世的九世纪中叶,日本律赋写作自都良香始。② 这一观察主要着眼于限韵与隔句对两大体式特征,抓住了问题的一大关键,即作为"文体"的律赋。他进一步指出,是《白氏文集》的传入与流行诱发了日本平安朝律赋的产生,一是《白氏文集》的辞赋多是律赋,二是都良香对白居易备加推崇。白居易对日本文学的巨大影响早已得到学界的充分认识,这加深了日本学者对松浦观点的认同,以为日本辞赋由骈转律是深受多作律赋的白氏之影响。然而这一视角放大了白居易的个人作用,极易遮蔽问题的其他层面。

我国学者詹杭伦也对都良香的律赋展开过考察,在文本解读的基础上探讨了都良香作品的师法对象,并与同题材的唐人律赋做过比较。③ 詹先生留意到都良香赋作的程限与我国唐代科举考试有相仿之处,提示了问题的另一大关键,即作为"制度"的律赋。但遗憾的是詹文未就此展开考论,且在探讨师法对象时又回到了白居易这一"先入"观念之中。从制度视角开展研究的最大障碍在于,日本是否在省试中课过辞赋在学界有两种互相对立的观点,至今没有形成定论。大曾根章介先生明确提出:"日本的官吏选拔考试中不曾课过辞赋。"④田坂顺子教授则依据三条史料推定平安王朝曾经

---

① 《经国集》是成书于天长四年(827)的诗文总集,《都氏文集》是都良香的别集,《本朝文粹》是成书于平安中期的诗文总集。
② 〔日〕松浦友久:《上代日本漢文學における賦の系列—〈經國集〉〈本朝文粹〉を中心に—》,東京大學國語國文學會《國語と國文學》1963 年第 10 號,收入松浦友久:《日本上代漢詩文論考》,東京:研文出版,2004 年。
③ 詹杭伦:《日本平安朝学者都良香律赋初探》,收入徐中玉、郭豫适主编:《中国文论的古与今》(《古代文学理论研究》第 32 辑),上海:华东师范大学出版社,2011 年,第 65、66 页。
④ 〔日〕大曽根章介:《本朝文粹の文章—騈儷を中心にして—》,東京大學國語國文學會《國語と國文學》1957 年第 10 號;收入大曽根章介:《日本漢文學論集》第一卷,東京:汲古書院,1998 年。

试赋。① 这三条史料分别是:

> 凡补文章生者,试诗赋取丁第已上。若不第之辈,犹愿割者,不限度数试之。
>
> ——《延喜式》卷十八式部上
>
> 今须文章生者,取良家子弟,寮试诗若赋补之,选生中稍进者,省更覆试,号为俊士,取俊士翘楚者,为秀才生者。
>
> ——都腹赤《应补文章生并得业生复旧例事》(《本朝文粹》卷二)
>
> 每岁春秋二时集贡士,所试或赋或诗,及第者常三四十人。
>
> ——《参天台五台山记》第五②

然而李宇玲教授又指出田坂依据的史料不足为信:

> 《延喜式》的记载本来就是对唐制表述的模仿;且从将及第者夸大为"三四十人"(原注:日本文章生定员二十人)这一点就可以看出,寂照的回答是有意针对北宋科举而做出的虚假答复。③

尽管这一问题悬而未决,但并不意味着从制度视角去考察日本律赋是条"断头路",反而凸现出其必要与紧迫。

本节将再次考察被视为日本律赋之嚆矢的都良香赋作,通过对律赋"程限"的进一步追究,来考辨唐代律赋到底以怎样的形态在日本律赋的生成中发挥作用、施加影响。

一 都良香的律赋

日本平安朝律赋主要收载于《本朝文粹》《朝野群载》《本朝续文粹》

---

① 〔日〕田坂順子:《平安時代における賦の変遷―制作の場を中心に―》,收入和漢比較文學會編《和漢比較文學研究の諸問題》(和漢比較文學叢書第 8 卷),東京:汲古書院,1988 年。田坂教授此文与詹先生同样都立于"制度"。

② 该条是入宋僧寂照答北宋杨亿问话的一句,田坂順子据〔日〕成寻《参天台五台山记》第五、北宋熙宁五年(1072)十二月二十九日条而引,初出则是北宋杨亿口述、黄鉴笔录、宋庠整理的《杨文公谈苑》"寂照"条。杨亿与寂照的问答时间是北宋景德三年(1006),详见李裕民辑校《杨文公谈苑》,收入《宋元笔记小说大观》第 1 册,上海:上海古籍出版社,2001 年,第 481 页。

③ 李宇玲:《平安朝における唐代省試詩の受容―九世紀後半を中心に―》,東京大學國語國文學會《國語と國文學》2004 年第 8 號;收入李宇玲:《古代宮廷文學論―中日文化交流史の視点から―》,東京:勉誠出版,2011 年。

《本朝文集》等诗文总集,以及《都氏文集》《菅家文草》等文人别集中。而都良香正是日本律赋写作第一人,现存作品两篇,分别是《洗砚赋》与《生炭赋》,均收于其别集《都氏文集》。另有一篇《一桥赋》正文佚失,仅存赋题,赋体未详。下面据《群书类从》卷一二九所收《都氏文集》①列出两篇赋文,韵脚示以粗体,官韵示以加点,一韵为一段,据他本改字则加以注释。

洗砚赋　　以"池水为之黑"为韵

器之美者,砚瓦带**规**。诚学士之所宝,在经用而可**知**。原夫动静非己,行藏随**时**。居高自持,遂引身以上格;或出在外,必输力于临**池**。

徒观受磨不止,蒙秽无**耻**。知修洁之有素,不许其同尘;恶凝浊之污真,奉之以就**水**。资人之力,随手自清;非我有过,洗心更**始**。

乃泛芝英之遗气,涤松烟之余**腻**。蚊②脚半断,逐浅浪而自荡,鸟迹全沈,秘渊③底④而孰**为**。既而在藻之鳞惊,水衣之流**媚**。点苔科而染色,滴沙痕以成**泪**。动摇自由,仍谓慈乌之昼浴;出没不定,频误灵龟之时**戏**。

别有穷士,养痴从事以忘**饥**。⑤ 前事可师,访故事于张草圣;高山仰止,寻鸟踪于王羲**之**。

匆匆不暇,苦渴在色;汲汲于用,自强不**息**。倘学海之含垢,何厌变而尽**黑**?

生炭赋　　以"待吹生烟"为韵,依次用之。百五十字已⑥上成之。始申四点,限酉二刻。

物不独化,时或有**待**。何炉炭之致功,亦人力之攸**在**。

观夫岁阴推移,风雪相**随**。见彼凛烈之在候,受此煦姁之不**訾**。赴人之急,还疑行义之笃厚;入时之用,更似仁者之施**为**。于以就之,作暖气以养兽;于以近之,乐炙手之不**龟**。既而猛炽时至,

---

① 〔日〕塙保己一编:《新校群书类从》第六卷,东京:内外书籍株式会社,1931年,第319页。
② 底本作"蛟",据静嘉堂文库日永识语本改。
③ 底本作"润",据内阁文库林校本改。
④ 底本作"庭",据内阁文库林校本改。
⑤ 此句疑脱上半联,现存诸本均无。
⑥ 底本作"以",据内阁文库林校本改。

辩士之舌同色；鼓动无已，美人之口交**吹**。

　　尔乃漏入五更，无属初**明**。既达旦而不死，复彻夜其长**生**。

　　遂则保之以相传，护之而不**眠**。谁谓之微，扇令作气；我与其进，眇以起**烟**。于戏，物既有此，人亦宜**然**。增其荣观，资友好之剪①拂②；倍以价数，赖师匠之雕**镌**。未能乞火以自喻，唯愿苦节以先**天**。

　　《洗砚赋》的写作年代不详，是一篇咏颂"砚台"，刻画"张芝临池洗砚"的赋文。该赋程限仅有一处，作：

　　a. 以"池水为之黑"为韵

经检，赋文确实依"池水为之黑"而押韵，尽管程限中没有对押韵次序做出要求，都良香仍是依次用韵。另一篇咏颂"烧炭取暖"的《生炭赋》在程限上则具体表现为四处：

　　a. 以"待吹生烟"为韵

　　b. 依次用之

　　c. 百五十字已上成之

　　d. 始申四点，限酉二刻

通检全文，用韵及次序均合乎要求，篇幅二〇二字，也超过了字数底限。

　　如果将上述四个具体的要求概括来说，即是如下四项：

　　A 限韵：指定押韵的韵字。

　　B 限序：指定押韵的顺序。

　　C 限字：限定文章的字数。

　　D 限时：限定完成的时间。

引人注目的是，《生炭赋》程限中的 C 限字是平安朝律赋中的第一例，D 限时则是平安朝律赋中的唯一一例。

　　随之而来的追问是这些程限据何而设，来自何处。松浦先生的论文提出了一个不容忽视的源头，便是《白氏文集》。③ 诚然，给予平安文学以巨大影响的白居易诗文自日本承和期（834—848）后便多次传入日本国内④，都

---

① 底本作"煎"，据内阁文库林校本改。

② 底本作"沸"，据内阁文库林校本改。

③ 〔日〕松浦友久：《上代日本漢文學における賦の系列—〈経國集〉〈本朝文粋〉を中心に—》。

④ 如《日本文德天皇实录》卷三仁寿元年九月乙未（851 年 9 月 26 日）条藤原岳守卒传中，有承和五年（838），时为太宰少贰的藤原岳守（808—851）"因捡校大唐人货物，适得元白诗笔奏上，帝甚耽悦，授从五位上"的记载。〔日〕佐伯有義编：《六國史》卷七，東京：朝日新聞社，1930 年，第 49、50 頁。

良香本人也极其推崇白居易及《白氏文集》①,但这也仅仅是一种合理的推断,松浦论文并未就两者之间是否存在确凿的影响关系而展开论证。詹先生则深入赋文结构进行考察,发现"都良香《洗砚赋》的结构方式与白居易《荷珠赋》如出一辙",从而认定"白居易赋作是都良香写赋的主要师法对象"②,不过律赋是一种写作有法可循的文体,程式特点较强,据白居易《荷珠赋》与都良香《洗砚赋》结构相似而定都良香的师法对象稍显武断。值得重视的是詹先生注意到都良香《生炭赋》的程限有类唐人科举考试,是对松浦观点的极大补充,只是言之过略,没有展开详细的考论。③

前辈学者虽未考查到底,但在都良香是受唐代律赋之影响而展开律赋写作的问题上达成了共识。九世纪前半叶,尽管日本向唐王朝官方遣使的频率下降,宗教、商业交往却热度不减,唐代文学依托海路交通依然可以跨海传播至日本,平安朝敕编图书目录中可见中唐文人别集便是明证④。在这种背景下,自然可以想见平安文学,尤其是汉文学会受到唐代律赋的刺激而有所新变。只是唐代律赋不仅仅是一种新生的"文体",同时也与课赋的取士"制度"密切相关。而研究视角的不同自然会带来侧重点的不同。从"文体"出发,会更加关注赋体的演变,注重律赋的声律与句式,包括其与前代诗赋的关系。从"制度"出发,则会偏重于律赋与取士的关系,这方面的研究虽已非常深入⑤,但具体到唐代科考与律赋上,仍有进一步挖掘的空间。尤其是唐代课赋制度上的一些细节及文本表现尚未得到足够的重视,而这些又实与都良香作赋有着不可忽视的关联,需要我们详加考辨后方能重审都良香的律赋。

二 取士视角下的唐代律赋分类

唐代律赋的分类标准并不唯一,题材、押韵、时代等等,都是有效可行的分类标准。题材如《文苑英华》,先是分作"天象""岁时""地类""水""帝德""京都""邑居""宫室"等几个大类,部分大类又进一步细分为几个小类,譬如

---

① 都良香曾作《白乐天赞》,云:"有人于是,情窦虚深。拖紫垂白,右书左琴。仰饮茶荈,傍依竹林。人间酒癖,天下诗淫。龟儿养子,鹤老知音。治安禅病,发菩提心。为白为黑,非古非今。集七十卷,尽是黄金。"〔日〕塙保己一编:《新校群書類従》第六卷,第322頁。
② 詹杭伦:《日本平安朝学者都良香律赋初探》,第68、69页。
③ 詹杭伦:《日本平安朝学者都良香律赋初探》,第65、66页。
④ 《日本国见在书目录》著录有《令狐楚表奏集》十卷、《白氏文集》七十卷、《元氏长庆集》二十五卷等。
⑤ 如邝健行:《唐代律赋对科举考试的粘附与偏离》,《中国文学研究》1993年第1期;许结:《制度下的赋学视域:论赋体文学古今演变的一条线索》,《南京大学学报(哲学·人文科学·社会科学)》2006年第4期;许结:《科举与辞赋:经典的树立与偏离》,《南京大学学报(哲学·人文科学·社会科学)》2008年第6期等。

"天象"分作"天""日""月""星"等等。押韵则可以根据韵数的多寡,如宋人彭叔夏《文苑英华辨证》、洪迈《容斋续笔》分作四韵、五韵、六韵等;又可以根据押韵的方式,如浦铣《复小斋赋话》、王芑孙《读赋卮言》等清人赋话中,可见"以题为韵""以题中字为韵""以四声为韵""任用韵""依次用""不限次用"等分法。时代则可以仿照唐诗分作初唐、盛唐、中唐、晚唐。

　　除上述行之有效的分类以外,还有一种分法值得重视。科举课赋是唐代律赋繁荣的重要原因,但并不是所有的律赋都是试闱之作。若以正式考试为标准将唐代律赋进行分类的话,可大致二分为"考场赋"(或曰"应试赋")与"场外赋",再详分可示为下图:

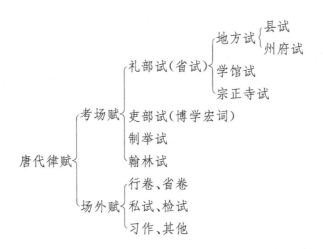

尽管学界有以"试赋"之名来代指那些参加科举或铨选之作的,但"试"字过于宽泛,既可以指各类"考场所试",也可以指"私试",还可以指"检试"①。这些"试赋"会在后文逐一解释,而首先欲加说明的是"试赋"与本文取士制度的视角并不完全吻合,故弃之不用,代之以"考场赋"做进一步限定。

　　"考场赋"包括"贡举"与"选叙",即学界常言的"科举"与"铨选"这两大类考试中所课的律赋。其中"贡举试赋"的主体当属礼部进士科取士所试②,又可分作中央和地方两个层次,其中学馆试和宗正寺试实质上可以比

————————

① 有关唐代"试赋"概念的厘定解读可参王士祥:《"试赋"的内涵与外延》,《河南师范大学学报(哲学社会科学版)》2013 年第 6 期。

② 有三点需要说明:第一,中宗复位后进士科三场试制稳定下来,试赋几为惯例,见[五代]王定保《唐摭言》卷一"试杂文";第二,至晚开元年间试赋已是律赋,参[清]徐松《登科记考》等;第三,开元二十四年以前考试为吏部考功所掌,详见《旧唐书》卷八《玄宗本纪》开元二十四年三月乙未条等文献记载。

同地方。作为地方的县试和州府试，主要目的是向上一级、终点是中央礼部，贡举合适的考生以资进一步选拔，这类考试出现的律赋应为数不少，只是现存唐代律赋中可以确定为县、州府试的数量有限。学馆中修进士业的生徒也是礼部试考生的重要来源，但一是学馆试的试制中可能有不同于礼部试的地方①，二是学馆试在具体执行时有大打折扣的可能②，三是安史之乱后学校教育现颓废衰败之态势③，我们推想学馆试赋一定存在，只是在所有科场试赋中的占比不高，在现存唐代律赋中尚未考得可确认为学馆所试的作品。宗正寺试是唐代"宗室三等以下、五等以上未出身"的宗室子弟参加礼部试的取解考试④，其难度盖介于弘崇馆试与监试之间，这种考试也存在试赋的可能，惜无史料印证，权且假设其存在。地方试、学馆试、宗正寺试可以看作进士科取士的"初试"，是初步筛选人才，过关之人将集于礼部，参加"省试"。省试则可以看作"复试"，是全国"统考"，将最终决定举子们的命运。一段时期内，省试为两都试，地点既有上都长安，也有东都洛阳；特殊情况下，省试还有别头试⑤、重试⑥。省试赋在现存唐代律赋中极为常见，称之

---

① 就现存文献来看，监试进士的考试内容较为明确，应是参照礼部试而定，试赋的可能性较大，如《唐六典》卷二一《国子监》云："凡六学生每岁有业成上于监者，以其业与司业、祭酒试之……进士帖一中经，试杂文，策时务，征故事；……登第者，白祭酒，上于尚书礼部。"（[唐]李林甫等撰，陈仲夫点校：《唐六典》，北京：中华书局，1992 年，第 558 页）而有关弘崇两馆试制的详细记载阙如，《唐六典》卷八《门下省》"弘文馆"止云："其学生教授考试，如国子之制"（第 255 页）；卷二六《太子左春坊》"崇文馆"止云："其课试、举送如弘文馆。"（第 665 页）如此则崇文馆试同弘文馆试，弘文馆试如国子监试，那么两馆试理论上也应"试杂文"，但《唐六典》又载弘崇学生应礼部进士试仅帖经、试策，并无杂文，则唐前期弘崇两馆举送学生的考试就没有了"试杂文"的必要。不过从《唐会要》的记载（卷七七《贡举》下《宏文崇文生举》天宝十四载二月十日云："弘文馆学生，自今已后，宜依国子监学生例帖试，明经进士帖经并减半，杂文及策，皆须粗通，仍永为恒式。"[宋]王溥：《唐会要》，北京：中华书局，1955 年，第 1402 页）来看，唐后期两馆应进士试的学生仍须"试杂文"，且"永为恒式"，则举送之时不排除试赋的可能。
② 弘崇两馆学生因门荫而享受科举"特权"的记载并不罕见，我们在唐代典章制度中可以确认他们不仅考试内容少于其他考生，及第标准也低于其他考生。尽管朝廷冠冕堂皇地宣布"自今已后，一依令式考试"，但"贵胄子孙，多有不专经业，便与及第"的问题终唐一代难以根除（《唐会要》卷七七《贡举》下《宏文崇文生举》，第 1402 页），我们有理由怀疑弘崇两馆举送学生可能未必严格"依令式考试"。另，有关弘崇两馆试制可参陈飞：《唐代宏崇生考试制度辨识》，《历史研究》2016 年第 1 期。
③ 如李绛《请崇国学疏》云："顷自羯胡乱华，乘舆避狄，中夏凋耗，生人流离，儒硕解散，国学毁废，生徒无鼓箧之志，博士有倚席之讥，马厩园蔬，殆恐及此。"（[清]董诰等：《全唐文》卷六四五，北京：中华书局，1983 年，第 6530 页。）
④ [宋]欧阳修、宋祁：《新唐书》卷四四《选举志》上，北京：中华书局，1975 年，第 1164 页。
⑤ 《新唐书》卷四四《选举志》上云："初，礼部侍郎亲故移试考功，谓之别头"。[宋]欧阳修、宋祁：《新唐书》，第 1165 页。
⑥ 如长庆元年（821）王起、白居易奉命主持重试，乾宁二年（895）昭宗再试《曲直不相入赋》《良弓献问赋》两篇律赋。

为最有代表性的一类亦不为过。下面再来看"选叙试赋"。取得进士出身并不能立即解褐,再加之等待迁转的前资官员为数亦多,于是摆脱守选束缚的捷径之一便是参加吏部科目选试,其中"博学宏词"①所试是"选叙试赋"的主体。这类作品在现存唐代律赋中也占有一定比例,是另一类较有代表性的考试律赋。此外还有制举试赋,《旧唐书》卷一一九《杨绾传》云:"天宝十三年,玄宗御勤政楼,试博通坟典、洞晓玄经、辞藻宏丽、军谋出众等举人,命有司供食,既暮而罢。取辞藻宏丽外,别试诗赋各一首。制举试诗赋,自此始也。"②不过制举试赋不宜简单划分成"贡举试赋"或"选叙试赋"。《通典》卷一五《选举》三·《历代制》下云:"其制诏举人,不有常科,皆标其目而搜扬之。……试已,糊其名于中考之,文策高者特授以美官,其次与出身。"③可见制举试赋中"文策高者"之赋实际已是贡举并选叙的作品,"其次"者仅"与出身",实质还属于"贡举试赋"。由于制举"文策高者特授以美官"的规定,应制举也成为摆脱守选的一条捷径,所以当有不少唐代律赋属于此类。只是目前可以考定的现存作品仅有梁肃、沈封、郑辕《指佞草赋》三篇,为建中元年(780)应"文词清丽科"试所作。④ 最后一类是翰林试赋,李肇《翰林志》云:"兴元元年敕:翰林学士朝服序班,宜准诸司官知制诰例,凡初迁者,中书门下召令右银台门候旨,其日入院,试制、书、答共三首,诗一首。自张仲素后,加赋一首。试毕封进,可者翌日受宣。"⑤张仲素元和十一年(816)入翰林⑥,可见唐代后期有几十年是实行翰林试赋的,现存唐代律赋中应有部分作品是作者入翰林所试。这类考试实为皇帝选拔私人扈从,其性质可入"选叙试赋",而且是"选叙试赋"中体现皇权的一种高级形式。唐王朝就是通过这样广泛网罗、层层选拔的方式来遴选人才,在网罗、选拔的过程中产生了大量的"考场赋"。这一大类律赋均有"试"的性质,且目的十分明确,即为取士选士而"试"。

非举选所试的律赋尽可归入"场外赋",又可分作行卷、省卷、私试、检试、习作等。应举者在考试前把所作诗文写成卷轴,投送朝中显贵以延誉,

① 《通典》卷一五《选举》三·《历代制》下云:"选人有格限未至,而能试文三篇,谓之'宏词';试判三条,谓之'拔萃',亦曰'超绝'。词美者,得不拘限而授职。"[唐]杜佑撰,王文锦等点校:《通典》,北京:中华书局,1988年,第362页。
② [五代]刘昫等:《旧唐书》,北京:中华书局,1975年,第3429页。
③ [唐]杜佑撰,王文锦等点校:《通典》,第357页。
④ 陈尚君:《〈登科记考〉正补》,收入《陈尚君自选集》,桂林:广西师范大学出版社,2000年,第236页。
⑤ [宋]洪遵:《翰苑群书》卷一,北京:中华书局,1991年,第4页。
⑥ [唐]丁居晦《重修承旨学士壁记》载张仲素"元和十一年八月十五日,自礼部郎中充"。《壁记》收于[宋]洪遵:《翰苑群书》卷六,第26页。

称为"行卷";将平素所著诗赋杂文选出精粹编成卷轴呈递给礼部主司,称为"省卷"。不难想象其中必有部分举子将自得的律赋作品纳入卷中。唐人李肇在《唐国史补》卷下中曾给"私试"下过定义:"群居而赋,谓之私试"①,宋人钱易又在《南部新书》乙卷中云:"长安举子,自六月已后,落第者不出京,谓之'过夏'。……亦有十人五人醵率酒馔,请题目于知己朝达,谓之'私试'。"②可知唐时模拟官方主持的"公试"而举行的临时考试就是"私试",这类"私试"场合下所作的律赋实质上也属于"试赋",但与"考场赋"还是有本质上的差别。"私试赋"归根到底是模拟考试的产物,不似"考场赋"有规范性和合法性。然对举子而言,多参加虚拟仿真的"私试"明显有利于提高自己的应试水平,故现存唐代律赋中当有不少"私试"之作。"检试"或者说"验试",是以"试"的方式来检查验证,尽管实质为"试",但目的却不是选拔优秀的士人,而仅是确认被试者是否有真才实学、是否如传闻般善文。唐代以赋验才的记载常见于文献,试以律赋亦合情理,只是就留存数量而言恐是凤毛麟角。此外,为科举考试及第而努力练习律赋写作的举子显然也会留有大量的"习作""拟试作",即便是登第之后,也会受写作习惯影响而偶有"追仿他人""抒情言志"等作品。再加之"奉命之作""献贺之作""竞骋之作""寄赠之作"等等情形,考场之外的律赋作品之巨恐不亚于"考场赋"。

拿白居易来说,可确认为闱场所作的是《宣州试射中正鹄赋》和《省试性习相远近赋》,除此两篇,皆非考场所作③。如果仅从赋文本身来看,无论是主题、内容,还是写法、技巧,我们很难将"考场赋"与"场外赋"进行区分。下面就以白居易的三篇律赋《性习相远近赋》《大巧若拙赋》《君子不器赋》为例,对比来看。④

性习相远近赋

噫!下自人,上达君,德以慎立,而性由习分。习则生常,将俾

---

① [唐]李肇:《唐国史补》,上海:上海古籍出版社,1979 年,第 55、56 页。

② [宋]钱易撰,黄寿成点校:《南部新书》,北京:中华书局,2002 年,第 21、22 页。

③ 《唐摭言》卷十"载应不捷声价益振"条云:"贞元中,乐天应宏辞,试《汉高祖斩白蛇赋》,考落。盖赋有'知我者谓我斩白帝,不知我者谓我斩白蛇'也。然登科之人,赋并无闻,白公之赋,传于天下也。"[五代]王定保:《唐摭言》,北京:中华书局,1959 年,第 105 页。然据元稹诗中自注及李商隐为白居易所撰墓碑铭可以确定,白居易贞元十九年所应为书判拔萃科,非博学宏词科。笔者臆测,贞元十九年博学宏词科试《汉高祖斩白蛇赋》,白氏举拔萃而无缘宏词,但善于作赋的白居易技痒难耐,又比照试题及程限私下作出《汉高祖斩白蛇赋》,播于人口。《唐摭言》有关白氏的记述恐有部分失实,"登科之人,赋并无闻,白公之赋,传于天下"是实,言其应宏词考落,盖摭采坊间传言,有附会之疑。

④ 赋文均据谢思炜:《白居易文集校注》第一册,北京:中华书局,2011 年,第 24—25、41—42、67—68 页。

夫善恶区别;慎之在始,必辨乎是非纠纷。

原夫性相近者,岂不以有教无类,其归于一揆?习相远者,岂不以殊途异致,乃差于千里?昏明波注,导为愚智之源;邪正歧分,开成理乱之轨。安得不稽其本,谋其始,观所恒,察所以?考成败而取舍,审臧否而行止。俾流遁者反迷涂于骚人,积习者遵要道于君子。

且夫德莫德于老氏,乃道是从矣;圣莫圣于宣尼,亦曰非生知之。则知德在修身,将见素而抱朴;圣由志学,必切问而近思。在乎积艺业于黍累,慎言行于毫厘。故得其门,志弥笃兮,性弥近矣。由其径,习愈精兮,道愈远而。

其旨可显,其义可举。勿谓习之近,徇迹而相背重阻;勿谓性之远,反真而相去几许?亦犹一源派别,随混澄而或浊或清;一气脉分,任吹煦而为寒为暑。是以君子稽古于时习之初,辨惑于成性之所。

然则性者中之和,习者外之徇。中和思于驯致,外徇戒于妄进。非所习而习则性伤,得所习而习则性顺。故圣与狂,由乎念与罔念;福与祸,在乎慎与不慎。

慎之义,莫匪乎率道为本,见善而迁。观炯诫于既往,审进退于未然。故得之则至性大同,若水济水也;失之则众心不等,犹面如面焉。诚哉!性习之说,吾将以为教先。

大巧若拙赋

巧之小者有为,可得而窥。巧之大者无迹,不可得而知。盖取之于《巽》,受之以《随》。动而有度,举必合规。故曰:"大巧若拙。"其义在斯。

尔乃抡材于山木,审器于轨物。将务乎心匠之忖度,不在乎手泽之齺拂。故为栋者资其自天之端,为轮者取其因地之屈。

其公也于物无情,其正也依法有程。既游艺而功立,亦居肆而事成。大小存乎目击,材无所弃;取舍资乎指顾,物莫能争。

然后任道弘用,随形制器。信无为而为,因所利而利。不凝滞于物,必简易于事。岂朝疲而夕倦,庶日省而月试。知大巧之有成,见庶物之无弃。然则比其义,取其类,亦犹善从政者,物得其宜;能官人者,才适其位。

嘉其尺度有则,绳墨无挠。工非刲剟,自得不矜之能;器靡雕镂,谁识无心之巧?

众谓之拙,以其因物不改;我为之巧,以其成功不宰。不改故物全,不宰故功倍。遇以神也,郢人之术攸同;合乎道焉,老氏之言斯在。

噫!舟车器异,杞梓材殊。罔柱枘以凿,罔破圆为觚。必将考广狭以分寸,审刌方以规模。则物不能以长短隐,材不能以曲直诬。是谓心之术也,岂虑手之伤乎?

且夫大盈若冲,大明若蒙。是以大巧,弃其末工。则知巧在乎不违天真,非劳形于木人之内;巧在乎无枉物情,非役神于棘刺之中。岂徒与班尔之辈骋技而校功哉?

君子不器赋

君子哉!道本生知,德唯天纵。抱乎不器之器,成乎有用之用。不器者,通理而黄中;有用者,致远而任重。

盖由识包权变,理蕴通明;业非学致,器异琢成。审其时,有道舒而无道卷;慎其德,舍之藏而用之行。

语其小,能立诚以修辞;论其大,能救物而济时。以之理心,则一身独善;以之从政,则庶绩咸熙。既居家而必达,亦在邦而允厘。彼子贡虽贤,唯称瑚琏之器;彦辅信美,空标水镜之姿。是谓非求备者,又何足以多之?

岂如我顺乎通塞,合乎语默?何用不臧,何响不克?施之乃伊吕事业,蓄之则庄老道德。虽应物而不滞,终饰躬而有则。若止水之在器,任器方圆;如良工之用材,随材曲直。

原夫根淳精于妙有,宅元和于虚受。内弘道而惟新,外济用而可久。鄙斗筲之窭算,哂瓡瓶之固守。何器量之差殊,在性情之能不。

岂不以神为玄枢,智为心符。全其神,则为而勿有,虚其心,则用当其无。故动与时合,静与道俱。时或用之,必开臧武之智;道不行也,则守宁子之愚。

至乎哉!冥心无我,无可而无不可;应用不疲,无为而无不为。信大成而大受,非小惠而小知。故庶类曲从,则轮辕适用;若一隅偏执,则凿枘难施。是以《易》尚随时,《礼》贵从宜。盛矣哉!君子斯焉取斯。

《性习相远近赋》典出《论语·阳货》，《大巧若拙赋》典出《老子》第四十五章，《君子不器赋》典出《论语·为政》。三篇都是论说经义之赋，冠冕正大、庄重典雅；且写作风格统一，均句式多变、词采舒布。如果没有文献证据指明《性习相远近赋》为其省试赋的话，恐怕无法拣选出哪一篇才是真正的省试赋。反倒是《大巧若拙赋》与《君子不器赋》都是八韵，比六韵的《性习相远近赋》在韵数上更逼似中晚唐省试的常例。

对比的结果显示，仅依靠剖析赋文无法有效区分举选与非举选，那么赋题和自注是否有助于辨别呢？我们知道判定《性习相远近赋》为白居易省试赋最直接有力的根据，就是《白氏文集》中赋题标明"省试"，且自注"中书侍郎高郢下试，贞元十六年二月十四日及第"①。挖掘这些信息无疑是辨别律赋性质的有效手段。但遗憾的是，并不是每一个唐人都会给自己的诗文做注，也不是所有唐人都有留存自己文集的意识，历史更不会保留下全部唐人文集，只是白氏诗文"幸运地"传存至今且较好地保存了原貌。总集《文苑英华》与《历代赋汇》虽然也收录了白居易《性习相远近赋》，却没有标明"省试"，亦无"及第"的自注；同样收录该赋的《全唐文》幸在标明"省试"，惜无"及第"自注。与白居易同年进士及第的郑俞②就没有那么"幸运"，《英华》《赋汇》《全唐文》都收录了郑俞的《性习相近远赋》，却无一标注"省试"，更无"及第"的信息。没有别集传世的郑俞可以说是赖白氏而为后人所知，若不然，其《性习相近远赋》或许已湮没于近千篇唐人律赋中而无所辨识。

三　程限之"限字"

除赋题和自注外，律赋的程限也是可助我们做以区分的一大文本标识。无论是"考场赋"，还是"场外赋"，只要是律赋，就必有程限。单从"文体"的角度看，程限中最为紧要的是 A"限韵"，这是律赋这一赋体区别于其他赋体的显著标志。B"限序"附着于 A"限韵"，无 A 自然无 B。C"限字"与 D"限时"也是附加要求，可有可无。作为"文体"的律赋，程限中只需有 A 即可成立，A 与 B、C、D 不一定并存。因此着眼于"文体"的研究多聚焦在"限韵"之上，而忽视其他程限；或对"限序""限字""限时"一语带过，少有甄别细究。然而下面的考察表明，省试赋与其他赋作在程限上似乎存在一些差别，需要审思。

我们以唐人吕温(771—811)及白居易(772—846)的律赋为考察对象来

① 谢思炜：《白居易文集校注》第一册，第 24 页。
② [清]徐松撰，赵守俨点校：《登科记考》卷一四，北京：中华书局，1984 年，第 531 页。

探究其中程限的差别。现存《吕衡州集》和《白氏文集》中可以看到两人所作律赋,其中有些作品的程限没有 C"限字",而有些作品的程限则明确"限字"。为直观展示,将他们的律赋程限切分成 ABCD 四项以一览表的形式列出如下:

表 2‐2　《吕衡州集》(《粤雅堂丛书》本①)所收律赋一览表

赋题	A 限韵	B 限序	C 限字	D 限时
黄龙负舟赋	以"克己勤物、大川效灵"为韵。			
吏部试乐理心赋	以"易直子谅、油然而生"为韵。			
礼部试鉴止水赋	以"澄虚纳照、遇象分形"为韵,	任不依次用。	限三百五十字已成。	

表 2‐3　《白氏文集》(日本金泽文库本②)所收律赋一览表

赋题	A 限韵	B 限序	C 限字	D 限时	自注
宣州试射中正鹄赋	以"诸侯立戒、众士知训"为韵,	任不依次用。	限三百五十字已成之。		
省试性习相近远赋	以"君子之所慎焉"为韵,	依次用。	限三百五十字已成。		中书高郢侍郎下试,贞元十六年二月十四日及第③。
求玄珠赋	以"玄非智求、珠以真得",	依次为韵。			
汉高帝斩白蛇赋	以"汉高皇帝、亲斩长蛇",	依次为韵。			
大巧若拙赋	以"随物成器、巧在乎中"为韵,	依次用。			
鸡距笔赋	以"中山兔毫、作之尤妙"为韵,	任不依次用。			

---

①　吕温《吕衡州集》,清道光七年秦恩复校刻本(收入律赋的卷一底本为吴方山家藏旧钞本),收入清伍崇曜辑、谭莹校订《粤雅堂丛书》二编第二十集,清咸丰四年刊。

②　金泽文库本《白氏文集》所收律赋均在卷二一,活字化时据〔日〕川瀬一馬监修:《金澤文庫本白氏文集》影印本第四册,东京:勉誠社,1984 年,第 65—89 頁。

③　第,底本作"弟",疑为误写。后文径改,不再出注。

赋题	A限韵	B限序	C限字	D限时	自注
黑龙饮渭赋	以"出为汉祥、下饮渭水"为韵				
敢谏鼓赋	以"圣人来谏诤之道"为韵。				
君子不器赋	以"用之则行、无施不可"为韵。				
赋赋	以"赋者古诗之流也"为韵。				

　　表2-2中可见"限字"的律赋是《礼部试鉴止水赋》，程限作："'澄虚纳照、遇象分形'为韵，任不依次用。限三百五十字已上成。"由赋题可知《鉴止水赋》是唐贞元十四年（798）①吕温应礼部省试的应试赋，该年进士科所课《鉴止水赋》除了限定"澄虚纳照、遇象分形"八字官韵、"任不依次用"外，还明确限定了赋文字数要达到"三百五十字已上"。不过同时收录吕温《鉴止水赋》的《文苑英华》《历代赋汇》《全唐文》等诗文总集中却不见"任不依次用""限三百五十字已上成"这两条重要信息。有没有可能是吕温自注或文集编者所加呢？从这两条信息中的"任"字和"限"字来看，当是官方程限。《吕衡州集》与《文苑英华》等集子的差异，显然是《文苑英华》的编者或刊刻者有意无意疏漏所致，后世总集又因袭了"《英华》式"的处理。这两条信息于有一定编纂体例的诗文总集而言，似乎可有可无，甚至可以说削去处理更易使总集体现"统一""规范"的效果。但如此总集显然不利于还原吕温当年应进士试的真实场景。《文苑英华》卷三二还收有吕温的同年张仲素、王季友②的《鉴止水赋》，惜此二人无别集传世，我们推断他们的《鉴止水赋》程限当一同吕温，作"'澄虚纳照、遇象分形'为韵，任不依次用。限三百五十字已上成。"

　　表2-3中可见"限字"的律赋是《宣州试射中正鹄赋》《省试性习相近远赋》。《射中正鹄赋》是白居易于贞元十五年（799）③参加宣州试所写，程限作："以'诸侯立戒、众士知训'为韵，任不依次用。限三百五十字已上成之。"可见向京城解送乡贡的州府试同省试一致，除"限韵""限序"外还进行了"限

① ［清］徐松撰，赵守俨点校：《登科记考》卷一四，第518页。
② ［清］徐松撰，赵守俨点校：《登科记考》卷一四，第518、520页。
③ 朱金城：《白居易年谱》，上海：上海古籍出版社，1982年，第17、18页。

字",这应是模仿省试的结果。《性习相近远赋》是白居易于贞元十六年(800)应礼部进士试的作品,题下注文较长。其中"中书高郢侍郎下试,贞元十六年二月十四日及第"是白氏自注试官与及第日期,"以'君子之所慎焉'为韵,依次用。限三百五十字已上成。"是该赋程限,同样在"限韵""限序"的基础上增加了"限字"。同前述吕温等《鉴止水赋》情形一样,《文苑英华》《历代赋汇》《全唐文》等总集在收录白居易《射中正鹄赋》与《性习相近远赋》时还是漏脱了"限序""限字"这两项重要信息。前文提到的白居易同年郑俞的《性习相近远赋》亦收于《英华》等,程限仅见"以'君子之所慎焉'为韵",只惜郑俞也无别集传世,我们认为该赋程限之原貌应与白居易相同,"限韵""限序""限字"三项俱全。

将以上所得简单汇总如下:

第一,从贞元十四、十五、十六三年贡举试赋存文可以窥知,贞元后期省试课赋除对韵字及押韵顺序有要求之外,限定字数似乎也已成常设之规。

第二,同《文苑英华》《历代赋汇》《全唐文》等诗文总集相较,有善本传世的唐人别集更好地保留了唐代省试赋中程限的原貌。

再来看两个一览表中其他的律赋程限,除了前面的省试赋及比照省试的州试赋外,都没有"限字"。就吕温、白居易来说,只要不是"贡举试赋",皆无"限字"。似乎可以说,"贡举试赋"与其他律赋在程限上的一个区别就是是否"限字"。这一现象耐人寻味,却也合乎常理。作为选拔人才的正规考试,限以字数有利于考官遴选,迅速淘汰掉一些不堪其选的赋文,同时也向举子们显示考试的规范严谨。而"非贡举试赋"则无须种种考虑,在程限上宽松许多,"限韵"一项即可明确赋体,可以说是重"程式"轻"限定"。前文提到限定字数已成省试常设之规在这里也得到了文献表述上的反证,试想如果省试课赋同其他赋作一样无须"限字"的话,《吕衡州集》与《白氏文集》实在没有必要将两者的程限进行区别表述。不过吕温有一例律赋需要追加说明,表2-2中《吏部试乐理心赋》是其贞元十五年(799)参加吏部博学宏词科试所作①,可谓"选叙试赋",但该赋程限仅见"'易直子谅、油然而生'为韵",并无"限字"。只有两种可能,要么吏部试本已"限字",编纂或刊刻时漏记;要么便是吏部试无"限字"要求。礼部试赋没有脱漏却恰好漏记吏部试赋,偶然性极大,故前一种可能性较低。而同省试这种全国性常年定期举行的大规模选拔考试相比,考试对象为有出身和前资官的吏部试显然范围窄、规模小,其规范严谨程度不及省试;抑或应博学宏词科者多是得第之前进

① [清]徐松撰,赵守俨点校:《登科记考》卷一四,第525、526页。

士,早已谙熟省试程限,个个都是能赋之人,无须再做"限字"这种对应试者
而言已无实际意义的要求了。应该说吏部试本无"限字"的可能性更高。

四　程限之"限时"

最后来看"限时"这项程限。莫说是《吕衡州集》与《白氏文集》中的律
赋,即便是现存所有唐代律赋,也未见程限中有"限时"表述。不过傅璇琮先
生早已考察指出,唐中期以前礼部考试为"昼试",以后为"自昼达夜",是有
时间限制的。①

其中有关"夜试烧烛三条"的记载与描述最为常见,比如《唐摭言》卷一
五载韦承贻事云:

> 韦承贻咸光中策试,夜潜纪长句于都堂西南隅曰:"褒衣博带
> 满尘埃,独上都堂纳试回。蓬巷几时闻吉语,棘篱何日免重来? 三
> 条烛尽钟初动,九转丸成鼎未开。残月渐低人扰扰,不知谁是谪仙
> 才? 白莲千朵照廊明,一片升平雅颂声。才唱第三条烛尽,南宫风
> 景画难成。"②

显然,"长句"应指前四联,即一首七律,最后两联另成一首七绝。诗中"都
堂"是礼部主司的办公场所,"棘篱"是礼部省试的考试闱场,"南宫"为尚书
省别称,均指向举子多年苦读后一展身手的地方。前面的七律刻画了诗人
应试后的复杂心情,提前交卷的韦氏感慨应举多年,期望早日考取功名,但
看到其后纷纷交卷的同场举子,却不知谁能金榜题名,可谓焦虑又有所期
待。后面的七绝不仅为我们呈现出举子应试的场景,也揭示了登科之难。
两首诗中出现的"三条烛尽",无疑是考试结束的信号。《唐诗纪事》卷五六
"韦承贻"记载与《唐摭言》大致相同,并追记:"承贻,字贻之。咸通八年登
第。"③此外,后一首七绝在宋时又有属"薛能"者,如潘自牧《记纂渊海》卷三
七、谢维新《古今合璧事类备要》前集卷三七,全诗作:"白莲千朵照廊明,一
片承平雅颂声。更报第三条烛尽,文昌风景写难成。"仅个别用词与前面引
文有差,洪迈《万首唐人绝句》、蔡正孙《诗林广记》题作"省试夜"。《唐诗纪
事》卷六〇"薛能"云:"能,字大拙,汾州人。会昌六年进士。"④由上可知晚

---

① 傅璇琮:《唐代科举与文学》,西安:陕西人民出版社,1986 年,第 89—95 页。
② [五代]王定保:《唐摭言》,第 163 页。
③ [宋]计有功:《唐诗纪事》,上海:上海古籍出版社,1987 年,第 860 页。
④ [宋]计有功:《唐诗纪事》,第 916 页。

唐省试确是以"三条烛尽"为交卷期限。

不过韦承贻例为省试中的"策试",而律赋考试属于三场试中的"杂文"试。有刘虚白例可证杂文试与策试一样,都是燃烛夜试。《唐摭言》卷四"与恩地旧交"云:

> 刘虚白与太平裴公早同砚席。及公主文,虚白犹是举子。**试杂文日**,帘前献一绝句曰:"二十年前**此夜中,一般灯烛**一般风。不知岁月能多少,犹著麻衣待至公!"①

另有《唐语林》卷六载此事,但绝句首作"三十年前此夜中"。这里的"太平裴公"指裴坦②,据《旧唐书》卷一九《懿宗本纪》可知,大中十三年(859)十月癸未裴坦以中书舍人"权知礼部贡举",而翌年十一月改元咸通,懿宗又"以中书舍人薛耽权知贡举"。《唐语林》云"坦感之,与及第"即发生在裴坦"主文"的大中十四年(860)。刘虚白投献绝句感慨昔日与裴坦同场应举,历经多年仍"著麻衣"。投献时间就是"试杂文日"的夜晚,"一般灯烛"之"烛"即指烧烛夜试。

晚唐省试常年"自昼达夜",于是在五代窦贞固的上奏中就可以看到如下表述:

> 进士考试杂文及与诸科举人入策,历代以来,皆以三条烛尽为限。③

窦贞固的说法简洁明了,既点明了延长至夜的场次是进士杂文并诸科试策,又明确了时间限制为"三条烛尽"。但需要特别指出的是,"以三条烛尽为限"是否真的就是"唐制"? 一者,窦贞固上奏的背景是后唐长兴二年(931)"改令昼试",省试时间缩短,窦贞固认为举子"视晷刻而惟畏稽迟,演词藻而难求妍丽",故奏请恢复"旧例"。其言"历代以来,皆以三条烛尽为限",如前面傅璇琮先生所考,应是中唐以来,不能理解为终唐一代。二者,文献中还有一种表述方式,与窦贞固奏言的"以三条烛尽为限"在语感上有细微的差别。在宋代笔记、诗话、诗评中屡屡可见这样一句话:"唐

① [五代]王定保:《唐摭言》,第47页。
② 《唐诗纪事》卷六〇言"主文"者"卢坦",然卢坦(748—817)早卒于元和十二年,当误。
③ 后晋开运元年(944)十一月,工部尚书、权知贡举窦贞固奏。[宋]王钦若等编,周勋初等校订:《册府元龟》卷六四二《贡举部》四《条制》第四,南京:凤凰出版社,2006年,第7417页。

制,举人试日,既暮,许烧烛三条。"如《苕溪渔隐丛话》所引《复斋漫录》,《绀珠集》《锦绣万花谷》所引《古今诗话》等。① 这种表述方式看似与窦贞固无异,但"许"字与"限"字实则有所不同。"许"是允许、容许、宽许,"举人试日,既暮"如果还没有完成,允许"烧烛三条",即允许延长至夜晚②。这种表述的言外之意可以理解为:原本规定举子日暮交卷,但官方允许延长考试时间,延时时长是"烧烛三条"。而若依"限"字理解的话,就容易忽视"暮"这一时间节点,把考试时间简单理解为"自昼达夜","三条烛尽"为止。用通俗一点的语言来说二者的区别就是:一个规定考试时间为白天,可以加时至夜晚;另一个规定时间为一天一夜。那么哪一个更符合历史上的"唐制"呢?

张鷟《龙筋凤髓判》中有一道判题值得重视,题为:

> 太学生刘仁范等省试落第,挝鼓申诉。**准式卯时付问头,酉时收策**。试日,晚付问头,不尽经业,更请重试。台付法,不伏。③

学界中多有人认为《龙筋凤髓判》的判文为"拟判",如吕立人《龙筋凤髓判注析札记》④就指出其中绝非"实判"之处,张鷟判文有虚拟成分当毫无疑义;但霍存福也指出"张鷟判词适值唐代判文发展的第一阶段,即'取州县案牍疑议'为问目者,与后来判文'取经籍为问目'不同。《龙筋凤髓判》判文问目源自当时真实案例、奏状、史事者,昭昭可考。"⑤认为张鷟部分判目有真实性。这一道判的真实性如何尚无法遽定,但无论"太学生刘仁范等省试落第"源自真实案例与否,其中"准式卯时付问头,酉时收策"当是真实无误的。所谓"准式"即依照当时的规章制度,虽然唐代"律令格式"除"律"外均出现散佚,但仍可以推测"卯时付问头,酉时收策"为当时"式"文,抑或是与"式"

---

① 《苕溪渔隐丛话》所引《复斋漫录》标明该句出自《广记》,但不知是何《广记》,从"唐制"一词的表述看应是北宋成书,现今似已散佚。[宋]胡仔纂集,廖德明校点:《苕溪渔隐丛话》后集卷二一,北京:人民文学出版社,1962年,第150页;[宋]佚名:《锦绣万花谷》后集卷一九,上海:上海辞书出版社,1992年,第442页。

② 实际上已近天明,详参傅璇琮:《唐代科举与文学》,第89—95页。

③ 张鷟《龙筋凤髓判》,收入[清]董诰等:《全唐文》卷六四五,北京:中华书局,1983年,第1759页。着重号为笔者所加。《龙筋凤髓判》诸本"晚付问头"多作"晚付头",不通,当脱"问"字。

④ 吕立人:《龙筋凤髓判注析札记》,收入中国政法大学法律古籍整理研究所编《中国古代法律文献研究》第1辑,成都:巴蜀书社,1999年。

⑤ 霍存福:《〈龙筋凤髓判〉判目破译——张鷟判词问目源自真实案例、奏章、史事考》,《吉林大学社会科学学报》1998年第2期。

相近的"令"文。后文提及的日本文献可以证实这点,暂不详论。纵使该问目为张鷟拟设,也仅是对诉讼的当事人及案件的拟设,张鷟绝无可能对带有官方性质的国家法令信口雌黄。而且作为判词集的作者,自然要比一般士人更加了解唐代法典。尤其是《选举令》《考课令》《考功式》等令式中与科举考试、铨叙官吏直接相关的条文规定,张鷟定然十分熟悉。若不然,仅擅文辞而不明法理的他岂能在礼部选士、吏部考课、制诏举人中屡屡过关,成为考场"学霸";又如何赢得"登进士第,对策尤工""凡应八举,皆登甲科""凡四参选,判策为铨府之最"的高度评价①?我们由此可以断定张鷟其时的省试试策是有"自卯时迄酉时"这一官方规定的。依此类推,省试试杂文应该也有"自卯迄酉"的时间限定,而且被写进了令式条文。

然而这条规定在中唐以后并未得到严格执行,到底是演变成了"延时至夜"还是"自昼达夜"呢?我们先来看大历六年(771)制举的情形:

> 夏四月丁巳,上御宣政殿试制举人,至夕,策未成者,令太官给烛,俾尽其才。②

《册府元龟》卷六四三《贡举部》五《考试》所载更为详尽:

> 六年四月戊午,御宣政殿亲试讽谏主文、茂才异等、智谋经武、博学专门等四科举人。帝亲慰免,有司常食外,更赐御厨珍馔及茶酒,礼甚优异。举人或有散衣菜色者,帝悯之,谓左右曰:"兵革之后,士庶未丰,皆自远来,资粮不足故也。"因为之泣下。时方炎暑,帝具朝衣,永日危坐,读太宗《贞观政要》。及举人策成,悉皆观览,一百余道。将夕,有策未成者,命太官给烛,令尽其才思,夜分而罢。时登科者,凡一十五人。③

就管见文献而言,大历六年的制举是唐代科举中最早的"烧烛"考试,当日试至"夜分而罢"。这次考试的细节说明了一个问题,并透露出该问题的答案。"赐御厨珍馔及茶酒""命太官给烛"是大历六年制举不同于之前的特别之处,并非"定制",因此之故而载入史册。之前的制举仅是"常食","将

---

① 《旧唐书》卷一五三《张荐传》附《张鷟传》。
② 《旧唐书》卷一一《代宗本纪》。
③ [宋]王钦若等编,周勋初等校订:《册府元龟》,第 7428 页。

夕"收策。① 而现此特例的原因就是所谓的"兵革",代宗亲历安史之乱,随肃宗收复两京并最终戡平叛乱,对"兵革"带来的严重后果有切肤之痛,急需人才助力国家重建、纲常恢复,亟待解决藩镇等新问题的良策。"亲慰免""更赐御厨珍馔及茶酒""礼甚优异""永日危坐""悉皆观览",无不体现出代宗对此次制举的重视与优待,再加上部分举人"敝衣菜色",让"为之泣下"的代宗又生悲悯之情,本该日暮收策,却破例"命太官给烛",让"策未成者""尽其才思"。无论制科还是常科,日暮收卷的规定在大历六年以前已经稳定实施了几十年②,从现存史料来看,"自卯迄酉"的时间限定绝非强人所难,并未见到有大量举人不能按时交卷的记载,也没有见到呼吁延长考试时间的奏请。这一次延时实是代宗求才使然,是为野无遗贤而"命太官给烛",反映了代宗求贤若渴的心态。

未几,四、五年后的省试中也出现了延长至夜的情况。《大唐传载》云:

> 常相衮为礼部判杂文,榜后云:"旭日登场,思非不锐;通宵绝笔,恨即有余。"所以杂文入选者,常不过百人。鲍祭酒防为礼部,帖经落人亦甚。时谓之"常杂鲍帖"。③

《唐语林》载常衮三知贡举,自大历十年迄十二年(775—777),查《旧唐书》卷十一《代宗本纪》知常衮自大历九年十二月为礼部侍郎,据卷一二二《元载传》知大历十二年三月仍居其位,可验《唐语林》之说。传载中"旭日登场"即指自卯时始,而"通宵"说明延时至夜无疑。

不仅是制举和省试,吏部试也存在"继烛"的现象。白居易《百道判》中有一道《试选人继烛判》,题云:

> 得吏部选人入试,请继烛以尽精思,有司许之。及考其书判善恶,与不继烛同。有司欲不许,未知可否?

---

① 如天宝"十三载(754)十月,御含元殿亲试。博通坟典,洞晓玄经,词藻宏丽,军谋出众等举人,命有司供食,既暮而罢。"[宋]王钦若等编,周勋初等校订:《册府元龟》卷六四〇《贡举部》二《条制》第二,第 7394 页。

② 虽有宝应二年(763)杨绾请废明经、进士之事,但旋即复旧。

③ [唐]佚名撰,罗宁点校:《大唐传载》,北京:中华书局,2019 年。

判词云：

> 旁求俊造，迨将筮仕；历试文辞，俾从卜夜。苟狂简而无取，宜确执而勿听。萃彼群才，登于会府。惟贤是急，虑失宝于握珠；有命则从，许借光于秉烛。及乎考覆，罕有菁英。属辞既谢于拣金，待问徒烦于继火。将期百炼之后，思苦弥精；何意一场之中，心劳逾拙。曷如早已，焉用晚成？敢告有司，勿从所请。①

白居易的判文虽是拟判，却都是白氏为准备应试所作，是不可能脱离当时社会语境的，应该说其判文反映了那个时代的士人共识，这道"虚拟仿真"的拟判完全可以视同为贞元年间②吏部铨选的再现。判文反映了两条信息：第一，评判待选者书判时，"继烛"与"不继烛"区别对待，同等质量的书判当以"不继烛"为先；第二，"继烛"不是吏部选人的定制，是考生所"请"，有司慨"许"，体现了朝廷选人"旁求俊造""惟贤是急"的考量。从"历试文辞，俾从卜夜"的表述上来看，允许考生"继烛"已成为一种"惯例"，但文中屡用"许"字，弥漫着来自官方恩典的气息。

从时间上看，大历六年制举首开考试继烛的先河，其后无论是省试进士还是吏部选人都受到了制举的影响而允许继烛。所谓"历试文辞，俾从卜夜"之所以成为常例，原因就在于安史之乱使唐王朝遭受重创，中唐的统治者希望在"兵革之后"片善是求、微才无忽。如前文所论，大历六年的制举与贞元年间的吏部试均已表明：考试延长至夜并不是制度规定，而是唐帝国为广收俊才所做出的灵活应对，是一种善待考生的人性化举措。事实上，中唐以后省试的延时，也当如此理解。

长庆元年（821），宰相段文昌诉取士不公，穆宗诏令重试，这便是著名的长庆科场大案。此案始末可参《旧唐书·钱徽传》③，兹不赘述。重试后，时任主考官之一的白居易上书穆宗，即《论重考试进士事宜状》，中云：

> 伏准礼部试进士，例许用书策，兼得通宵。得通宵则思虑必周，用书策则文字不错。昨重试之日，书策不容一字，木烛只许两条。迫促惊忙，幸皆成就。④

---

① 谢思炜校注：《白居易文集校注》第四册，第1752、1753页。
② 白居易贞元十九年吏部试书判拔萃科人等。
③ ［五代］刘昫等：《旧唐书》卷一六八，第4383—4386页。
④ 谢思炜校注：《白居易文集校注》第三册，第1290页。

这些文字旨在解释为何参加重试的十四位考生所作诗赋均有瑕病。原因有二：一是重试不允许携带书策，一张纸片也不可以；二是重试时间缩短不少，只允许烧烛两条。白居易这里的用词十分关键，其言礼部试进士"例许用书策，兼得通宵"，说的是"例许"，不是"准式"，用的是"兼得"，不是"包括"。文中亦未见"准某年某月某日敕"或"准前敕""准近敕"这样的表述，可见也无格后敕可依。这充分说明省试延长至夜是"惯例"，并没有写入令式、上升到制度层面，也没有制敕为延时增添合法性。制度是"自卯迄酉"，只是多年来的实施情况是举子们"兼得通宵"，可以继续构思、写作、斟酌至夜，于第二天天明前交卷。这次重试对规则的改变，也从另一个侧面说明"用书策，得通宵"不是定制，本质是朝廷的恩典。圣意有变，则"书策不容一字，木烛只许两条"。

综上，可以确定"举人试日，既暮，许烧烛三条"更符合历史上的"唐制"。中唐以前，考试时间"自卯迄酉"就以令式的形式被明确下来，且长期以来没有再给予制度层面的修正；中唐以后，随着国家形势的变化，官方允许举子入夜烧烛以继续考试，渐成常例。

五　都良香《生炭赋》的程限

> 自唐迄宋，以赋造士，创为律赋。用便程式，新巧以制题，险难以立韵，课以四声之切，幅以八韵之凡，栫以重棘之围，刻以三条之烛，然后铢量寸度，与帖括同科。[①]

清人孙梅虽已从取士的角度对律赋的程限做过较好的总结，但通过前面的考察，我们对唐代律赋中省试赋的写作程限有了更为具体的认识。"限韵"是每篇律赋都具备的基本程限；"限序"附属于"限韵"，有时也成为作赋的一种程限。此二者并非省试赋所独有，而"限字"与"限时"则可以看作省试赋在程限上区别于其他律赋的重要表现。除"限时"外，其他程限多为显性，常常直接体现在文本之中。"限时"则是一种隐性的程限，从文本中难以觉察其存在，夷考其实可知，烧烛三条只是惯例，落实在制度上的限定当是"自卯迄酉"。就目前所考来看，"限韵"自然出现最早，"限序""限时"也是很早就存在的程限，只是"限时"于中唐以后实质上发生了改变。而"限字"则由于留存文献的不足，还无法全面准确地把握其出现与变化，只能将其出现

---

① ［清］孙梅：《四六丛话》卷四，北京：人民文学出版社，2010 年。

的下限暂定于贞元后期。

摸清了唐代省试赋的程限实态后,再对比来看都良香律赋的程限,很多问题就一目了然了。《洗砚赋》仅有"限韵",无区分度可言;而《生炭赋》"限韵""限序""限字""限时"四项俱全。"限字"与"限时"正是省试赋在程限上区别于其他律赋的标志,《生炭赋》比照唐代省试赋而作的结论当无疑义。①那么我们不禁要问《生炭赋》程限的设定者是通过什么途径来认识唐代省试赋的程限方式呢?

就先行研究中松浦友久先生最先指出的《白氏文集》而言,其中"限韵""限序""限字"均赫然可见,说平安朝人是通过白居易律赋来了解、认识这三项程限,并最终用于律赋写作并非毫无可能。但白居易的律赋没有体现出"限时"这一程限,且现存可见的唐代律赋也无一载有"限时"的信息,因此平安朝人对"限时"的认识绝不会来自唐代律赋文本自身。那么他们有无可能通过白居易《论重考试进士事宜状》来认识唐代省试赋有"限时"一说呢?

这种可能也不存在。一是《论重考试进士事宜状》透露的信息不统一、不充分,其言以往省试的通例与长庆元年的重试有所龃龉,让除却白集外再无其他信息渠道的"外国人"去理解这种龃龉实乃天方夜谭,日人据《论重考试进士事宜状》一文只能获得一种"唐无定制"的模糊印象。二是《生炭赋》中"限酉二刻"的设定不同于《论重考试进士事宜状》中的任何一种"限时"。在白居易的奏状里,无论是省试的通例,还是该年的重试,都延时至夜,而《生炭赋》的写作却是酉时而罢、至暮而止。因此,平安朝人不可能仅通过《白氏文集》来认识唐代省试赋的程限方式,一定还存在其他的途径。

早在公元701年,即唐长安元年、日大宝元年,日本朝廷颁布的《大宝令》中就可见"卯时付策,当日对了"的规定,并为其后养老二年(718)开始修订的《养老令》所继承。《大宝令》与《养老令》的原本已佚,多赖《令义解》《令集解》而得窥原貌。《令义解》卷四《考课令》云:

> 凡试贡举人,皆卯时付策,当日对毕;(谓"策"者,简也;所以书文词者也。言于秀才、进士付此简策,令其书对也。)式部监试,(谓式部监视其试。不必亲试也。)不讫者不考;(谓当日二策不成毕者也。)毕,对本司长官,定等第唱示。(谓对式部卿,定其等第也。)②

---

① 《生炭赋》限字一百五十以上,接近唐代省试赋字数的一半,此点已为詹杭伦先生指出;关于"限时",将在后文详论。詹杭伦:《日本平安朝学者都良香律赋初探》,第66页。

② 〔日〕清原夏野等:《令义解 卷四〈考课令〉》,收入〔日〕田口卯吉编《國史大系》卷一二,東京:經濟雜誌社,1900年,第156頁。注文附于引文中的括号内,依中文表达方式添改部分标点。

《令义解》是《养老令》的官撰注释书,于天长十年(833)完成。结合《令义解》的注释,可以知晓《养老令·考课令》中"贡举人"条的具体规定是:奈良朝秀才、进士二科选士实施"策试",早晨六点发卷,当天答完;由相当于唐代吏部的"式部"监考,当日完不成两篇对策的考生不入考评之列;考试结束后,考官面对式部长官"式部卿"(唐名吏部尚书)来决定名次并公示。不过《令义解》旨在统一对令文的解释,注释言简意赅,给出的信息较少。而之后成书于贞观年间(859—877)的《令集解》,是由平安朝明法家惟宗直本(生卒年不详)汇编诸家注释而成,既包括《令义解》这样的官方注释,也包括奈良朝与平安初期许多法家的私家注解。《令集解》卷二二《考课令》中关于该令文补充了更多重要的信息,现节录如下:

> 凡试贡举人,皆卯时付策,当日对了;(……《古记》云:"'卯时付策,当日对了'谓秀才、进士二色之人,一日之内策二条了。'当日'谓从旦至夕也。"……《穴》云:"……'当日'谓从旦至暮是。"……)式部监试,(……)不讫者不考;(……)考了,对本司长官定等第。(……《释》云:"'本司长官'谓试官长官也。假如式部付少辅令试,试了对卿定第耳。或说,'本司长官'谓下条云'本部长官'者,非也。何者?《唐令》云:'试贡举人,皆卯时付策,当日对了;本司监试,不讫者不考;毕,本司判官将对尚书定第。'即知,本司者试官也。"……)①

《令集解》所引《古记》是《大宝令》的注释书,我们据《古记》引文可知"卯时付策,当日对了"就是《大宝令》的原文,可见《大宝令》就已经明确了举人试策的时间限制,而《养老令》仅是延续了《大宝令》的规定。且《古记》对"当日"做出了准确的解释——谓从旦至夕也。这一解释就是"自卯迄酉",与张鷟《龙筋凤髓判》中判题所云完全吻合。之所以有此吻合,是因为《大宝令》就是以唐令为蓝本编纂的,学界普遍认为其所本主要是《永徽令》,抑或间有《垂拱令》。② 不过《古记》撰成于天平十年(738)左右,要比都良香从事文学

---

① 〔日〕惟宗直本:《令集解》(第二册·卷二二),東京:国书刊行会,1913 年,第 124、125 页。注文附于令文后面的括号之内,依中文表达方式添改部分分标点。其中"本司判官将对尚书定第"在国书刊行会本中校订作"本司判官将尚对尚书定第",据清家本(日本国立国会图书馆藏,清原秀贤庆长年间写本)删第一个"尚"字。

② 详见〔日〕井上光贞:《日本律令の成立とその注釈書》,收入井上光贞等编《律令》(日本思想大系 3),東京:岩波书店,1976 年;〔日〕池田温:《隋唐律令与日本古代法律制度的关系》,《武汉大学学报(社会科学版)》1989 年第 3 期等。

创作的时间早一百多年,那么《古记》之后的法家对"当日"的认识会不会发生改变呢? 毕竟中唐省试已开始允许延时,"从旦至夕"的理解还会一成不变吗? 惟宗直本在引录完《古记》的解释之后,又征引了平安初期明法家穴太内人(生卒年不详)的注书《穴记》①,并针对《穴记》所说再次对"当日"进行解释——谓从旦至暮是。惟宗直本编纂《令集解》是贞观年间,恰是都良香在文坛活跃之时。是知其时法家的认识一仍其旧,认为进入平安朝后举人试策的限时依然是"自卯迄酉",并无延时之变。最后,惟宗直本在解释"本司长官"时,更是转引了另一本注书《释》(撰者不详)中引用的《唐令》"贡举人"条,《养老令》之文与《唐令》之文如出一辙,让我们更加确定日本的令文就是沿袭唐令而来。仁井田陞先生也正是据此复原了一条唐代的考课令。② 而这条保存于日本文献中的考课令逸文,也直接证实了张鷟判题所云的"卯时付问头,酉时收策"就是唐王朝当时令文、式文的转述,甚至是原文。

我们通过上面的材料了解到日本承袭唐制在贡举中实施"策试"并要求限时完成,但"试赋"的情况却全然不明。首先需要指出的是,作为蓝本的唐制在考试内容上就非一成不变。唐初有明经、秀才、进士诸科,秀才、进士均止试策,秀才开科不久又遭废止,稳定实施下来的是明经、进士二科。③ 永隆二年(681),诏改进士加试杂文④,其后律赋才为科场常课,这一点不可能出现在《永徽令》中,恐怕要到《开元令》的颁布才会写入条文,有《唐六典》为证⑤。而在现存日本文献中,无论是有关贡举人试策的制度规定,还是考试后留存的策文,均是有迹可查;但就试赋而言,制度规定仅见于文章生试⑥,且现存律赋中也难以确认是否有闱场所作,关于试赋限时的规定就更是影

---

① 《穴记》在《令集解》中常省略作"《穴》"。
② 〔日〕仁井田陞著:《唐令拾遗》,栗劲等编译,长春:长春出版社,1989 年,第 269、270 页。
③ 唐人封演《封氏闻见记》卷三云:"国初,明经取通两经,先帖文,乃按章疏试墨策十道;秀才试方略策三道;进士试时务策五道。考功员外职当考试。其后举人惮于方略之科,为秀才者殆绝,而多趋明经、进士。"[唐]封演撰、赵贞信校注:《封氏闻见记校注》,北京:中华书局,2005 年,第 15 页。
④ 永隆二年《条流明经进士诏》云:"自今已后,考功试人,明经每经帖试,录十帖得六已上者,进士试杂文两首,识文律者,然后并令试策。"[宋]宋敏求编:《唐大诏令集》卷一〇六,北京:商务印书馆,1959 年,第 549 页。
⑤ 《唐六典》卷二《尚书吏部》云:"其进士帖一小经及《老子》,试杂文两首,策时务五条,文须洞识文律,策须义理惬当者为通。"卷四《尚书礼部》又云:"凡进士先帖经,然后试杂文及策,文取华实兼举,策须义理惬当者为通。"[唐]李林甫等编注,陈仲夫点校:《唐六典》,第 45、109 页。
⑥ 详见本节开篇所引《延喜式》卷十八式部上及都腹赤《應補文章生並得業生復舊例事》。"文章生试"是平安朝"式部"省从近似于唐国子监的"大学寮"生员中选拔"文章生"的考试。

踪难觅。目前还无法找到都良香《生炭赋》"限时"的直接依据,但据"限酉二刻"中"限"字的表述又可以肯定这句话一定是有所依据的,且这个依据带有官方限定的色彩。若都良香仅是注记自己作赋所用时间的话,"始申四点,至酉二刻"的表述足矣,断然不会使用"限"这一来自外界的、有约束意义的、他律性的文字。

我们推定都良香《生炭赋》中的"限时"只有两种可能:一是日本承袭永隆二年后的唐制在贡举中要求"课赋",并明确规定"当日写了",将考试时间截止到"酉时"。都良香是依据因袭唐制的日制而"限时"作赋。二是日本虽然规定贡举人试赋,却没有限定写作时间;甚至试赋的规定只是流于形式,根本就没有得到实施。那么都良香就是依据日本试策的时间限定——同时也是中唐以前试策的时间限定,或是直接依据中唐以前贡举人试赋的时间限定而作赋。无论是哪种可能,都良香《生炭赋》的"限时"都在向我们展示一种"规范",一种依据法度的"规范",说到底也就是取法唐制的"规范"。我们现在尚无法确认九世纪的日本是否知晓中唐以后省试课赋允许延时至夜的惯例[1],但"限酉二刻"的表述已经暗示《生炭赋》是"准式"即"准唐式"而作。不管当时的日本社会知不知道试赋延时,《生炭赋》程限的设定者都在以成文的律令格式为准,说明其有强烈的"制度"意识。由此可以确定,平安朝人对唐代制度的熟悉,是他们认识唐代省试赋之程限的重要前提。至此,我们可以对前人的见解补充综合如下:

平安朝人是在学习、理解唐代省试制度的基础上,结合白居易等唐代文人的律赋,来认识唐代省试赋的程限方式,并付诸本国律赋的创作实践。

由上可以进一步推测《生炭赋》的写作背景,这里试提出两种可能[2]:第一种可能是《生炭赋》是都良香参加文章生试时所课之赋,时间是贞观二年(860),考官是平安前期大儒、时任式部少辅的大江音人(811—877),都良香试一诗一赋及第而补文章生。[3] 如果这种推测属实,那么都良香《生炭赋》

---

① 其时喜读《白氏文集》的日本人有可能通过《论重考试进士事宜状》认识到唐代省试有延时的情形。

② 詹杭伦先生曾指出《生炭赋》也有可能是都良香与渤海国文士之间斗智争胜的同题共作,是他们诗酒雅集的作品(详见詹杭伦:《日本平安朝学者都良香律赋初探》,第75页)。这一说法值得重视,只是日本文人与渤海国文人之间的唱和赠答多为诗歌,是否竞作律赋还有待进一步考究。

③ 都良香及第详情可参平安后期歌人藤原仲实(1057—1118)撰《古今和歌集目录》,以及平安中期文人大江匡衡(952—1012)撰《请召问诸儒决是非文章生试判违例状》《申请重辨定齐名所难学生时栋诗状》。藤原《目录》收于〔日〕塙保己一编:《新校群书类従》第十三卷,1929年,第105页。大江匡衡的两篇奏状收于藤原明衡《本朝文粹》卷七,〔日〕柿村重松注《本朝文粹註释》上册,京都:内外出版,1922年,第962—963、981页。

就是日本现存的首例省试赋。第二种可能是都良香任"文章博士"①时，为其学生展示唐王朝省试中的课赋环节而作，如此则是一篇模仿唐代省试赋的拟作。无论哪种可能，《生炭赋》都是一篇与选拔考试有着紧密联系的作品，其背后折射出取士制度的存在及影响。若更进一步限定，从程限及篇幅来看，相较于以白居易为代表的中唐包括晚唐而言，该赋设定者的取法对象更近于唐代早期课赋（宝应以前）②。

然而《生炭赋》的程限中仍有疑点没有消释，那便是"始申四点，限酉二刻"为何会被都良香写进程限，且为何是"始申四点"？尽管唐代省试课赋有时间限制，但从现存唐代律赋来看没有哪个文人把"限时"写入程限之中，包括多自注诗文、偏爱"留痕"的白居易。道理其实很简单，进士试杂文这一场并没有再区分为"诗场"和"赋场"两个场次，而是一场之内并考诗赋，无法严格局限作赋的时间。再者后来例许烧烛夜试，很多举子会利用延长的时间来修改润色已成的赋文，也难以准确计量作赋的时间。应该说不将"限时"写入程限才是"正常"的。《生炭赋》的"限时"不仅与唐代律赋的程限文本格格不入，在日本现存律赋的程限文本中也是唯一一例，不能代表日本的一般情形。即便是令式条文中明确限时的"策试"，留存下来的对策文中也无一注以"始某时某刻，限某时某刻"。不管是唐是日，也无论是赋是策，均没有必要在作品上标注起止时间，而都良香却把"限时"写入《生炭赋》程限之中，这实在是一种"奇怪"的行为。

在海西的大唐，考生应举写作诗赋的规定结束时间虽然一致，但实际开始写作的时间却未必都是卯时。《唐摭言》卷五"以其人不称才试而后惊"条录有这样一则科场故事：

> 黎逢气貌山野，及第年，**初场后至**，便于帘前设席。主司异之，诮其生疏，必谓文词称是；专令人伺之，句句来报。初闻云："何人徘徊？"曰："亦是常言。"既而将及数联，莫不惊叹，遂擢为状元。③

---

① 在"大学寮"教授汉诗文和史书的教官之长，常兼任天皇及皇子的侍讲。
② 笔者将唐代科场课赋分作"宝应以前""大历期""贞元期""元和以降"四个时期，"宝应以前"的特点是韵数多寡变动不居，押韵以次用为主流。详见本章第一节。《生炭赋》四韵，次用，篇幅二〇四字，与宝应以前科场的四韵赋较为接近。如开元四年(716)试《南有嘉鱼赋》，以"乐得贤者"为韵，要求次用，现存杨谏赋二一二字、李蒙赋二〇八字；开元廿七年(739)试《冀荚赋》，以"呈瑞圣朝"为韵，现存两篇均为次用，程谏赋二七八字、吕諲赋二三七字。另，詹先生也已指出《生炭赋》尚不是中晚唐八字韵脚的标准格式，但已达到中唐初年唐人参加科考的写作水平(详见詹杭伦：《日本平安朝学者都良香律赋初探》，第74页)。
③ ［五代］王定保：《唐摭言》，第61页。着重号为笔者所加。

黎逢参加进士考试及第的大历十二年(777)①,在"初场"即三场试的第一场考试,也就是杂文试就迟到了,估计考场内空地已经不多,黎逢便在主考官帘前铺席而坐。加之其长相粗鄙,让主司格外留意这个"出格"的举子。文中"何人徘徊"正是黎逢当年应试赋《通天台赋》的初句。② 这个例子虽然是王定保意在说明"以其人不称才试而后惊",但客观上也反映了黎逢与同场考生一起考试《通天台赋》却用时短于他人,而且还因赋文出众被擢为状元。可见黎逢确实才气过人,所以才有考试迟到的异行。

与黎逢相类,海东的都良香也很"反常"。"始申四点,限酉二刻",意味着作赋时间是一个半小时,或者是詹杭伦先生所指的两个半小时③,如此之短的时间内作出一篇四韵律赋来,即使唐人也颇为不易,更何况是一个母语非汉语的日本人。我们不得不佩服都良香非凡的才华,超绝的文思。如此看来,都良香在《生炭赋》的程限中注以"始申四点"是有意而为,意在告诉读者其作赋之速、时间之短,可以说是一种炫耀才华的行为。现在我们可以完整地理解《生炭赋》的"限时":"限酉二刻"显示的是"规范",是作者按时完成的标志;"始申四点"则显示了"聪敏",是作者才思敏捷的标志。都良香在制度的"规范"下又不失时机地展露了自己的才华,才有了这条日本现存律赋中唯一的"限时"记载。

六 结语

尽管《生炭赋》的程限蕴含着都良香的"小聪明",但就其整体而言,体现的还是取法大唐的规范性。只要我们看一眼《日本国见在书目录》中"刑法家"所著录的书籍,就会立刻明白都良香所处的时代背景。

> ……唐《贞观敕格》十卷。唐《永徽律》十二卷。唐《永徽律疏》三十卷。《大唐律》十二卷。……唐《永徽令》四十卷。唐《开元令》三十卷。《唐令私记》三十卷。《金科类聚》五卷。唐《永徽格》五卷。《垂拱格》二卷。《垂拱后常行格》十五卷。《垂拱留司格》二卷。《开元格》十卷。《开元格私记》一卷。《开元新格》五卷。《格后敕》三十卷。《长行敕》七卷。《开元皇口敕》一卷。《开元后格》九卷。《散颁格》七卷。《僧格》一卷。唐《永徽式》二十卷。唐《开

---

① 《唐诗纪事》卷三六载黎逢"登大历十二年进士第"。[宋]计有功:《唐诗纪事》,第559页。
② 明刊本《文苑英华》卷五〇《通天台赋》空阙未署名,初句作"行人徘徊",[清]徐松《登科记考》据《永乐大典》载旧本《文苑英华》补作黎逢。
③ 詹杭伦:《日本平安朝学者都良香律赋初探》,第63页。

元式》二十卷。……①

再加之"礼家"如《唐礼》一百五十卷,"职官家"如《大唐六典》三十卷等等,《日本国见在书目录》几乎著录了一整套庞大的唐代典章制度。而其中律令格式又最为显著,这也是日本学界常用"律令制度""律令国家"等表述方式来论说那个时期的原因之一。应该说,成书于宽平三年(891)的《日本国见在书目录》只是日本向唐王朝遣使求书并泛海而还的一个缩影,这部于冷然院失火②后奉敕编纂而成的汉籍目录还不能反映唐代典章制度书籍传入日本的全貌,但已经很说明问题。可以想象,遣唐使面对的不仅是这些留存于册的条文疏注,还有赴唐之后的实地见闻。当一批批使节亲眼见证一个帝国的行为规范如何得以实施时,会受到多大的震撼与刺激。而这些赴唐的使节及在唐学习的留学生又在归国后成为了国家建设的栋梁,有力地推进了日本的律令化。自公元663年白村江之战惨败于唐军、撤出朝鲜半岛后,日本痛切认识到自身的落后,在骤变的东亚局势中也急于求变,积极取法于唐,加速建设律令国家变成了很长一个时期的主旋律,这些学界共识已毋庸赘言。

科举取士正是唐代一项极为重要的政治制度,在唐帝国的运作发展中起到了举足轻重的作用,从而成为日本人学习唐制的重要内容之一。有关唐代科举东传日本并产生影响的问题早有深入的研究③,概略而言,日本不仅引进科举制度并写入《大宝令》与《养老令》,而且也的确实施过科举选人并助力了国家建设。虽然通过唐日两国"学令""考课令""选叙令"等具体令文的比较可以窥出两国贡举存在诸多不同,但日本在框架模式上基本师法唐制却是无可置疑。尤其是在九世纪初的嵯峨天皇主政时期,"文章经国"思想成为时代强音,这一常为日本史学界呼作"国风暗黑"或"唐风讴歌"的时代前所未有地重视诗赋,出现了日本科举史上一道极为重要的太政官符:

案唐式,昭文、崇文两馆学生取三品已上子孙,不选凡流。今

---

① 〔日〕藤原佐世:《日本国见在書目録》室生寺本影印本,东京:古典保存会,1925年。
② 事见《日本三代實録》卷二七贞观十七年(875)正月二十八日壬午条:"夜,冷然院火。延烧舍五十四宇。秘阁收藏图籍文书为灰烬,自余财宝,无有孑遗。唯御愿书写《一切经》,因缘众救,仅得全存。"
③ 可参〔日〕桃裕行:《上代學制の研究》(桃裕行著作集第一卷),京都:思文閣出版,1994年修订版;高明士:《隋唐贡举制度》,台北:文津出版社,1999年;高明士:《日本古代学制与唐制的比较研究》,台北:学海出版社,1986年增订本;〔日〕久木幸男:《日本古代学校の研究》,东京:玉川大學出版部,1990年等。

须文章生者,取良家子弟,寮试诗若赋补之。①

这道颁于弘仁十年(819)十一月十五日的符文明确了考试诗或赋,让课赋首先在制度上成为一种可能,显然是比照"唐式"的"诗赋取士"。教授中国文学、史学的"文章道"也正是在这一时期呈现出超越大学寮其他三科的发展势头,从文章博士到文章生,无不倾心于吟诗作赋,以践行文章经国。弘仁十一年(820)《弘仁式》编成,贞观十三年(871)《贞观式》编成,而在改订两式的《延喜式·式部》中仍可见"凡补文章生者,试诗赋取丁第已上"②的记载。这无疑告诉我们课赋被写入九世纪的日本贡举明文规定中,作为"制度"的贡举课赋是无法否定的③。只是日本从一开始引进唐制就不是照单全收,这不仅表现为唐日两国在贡举制度上存在差异,在执行程度上也大有不同。虽然有课赋的明文规定,但是否实施仍不得不存疑待考,不排除"制度"与"实施"实为"两张皮"的可能。"规定课赋"与"付诸实践"是两个层面,我们还是要区别对待。

无论是否付诸实践,九世纪日本贡举制度中的课赋是客观存在的,我们在这样的时代背景下去观照都良香《生炭赋》的程限,自然就多了一层认识。都良香所处的贞观时期,日本的选人制度已几经调整,其与文学的关系也远非一两句话可以解释。但不管日本怎么因地适时地调整,甚至律令制度后来演变到名存实亡,平安王朝并未放弃唐制的基本框架,前期统治者师法大唐的初心理念也没有动摇,科举制度终平安一朝也未遭废弃。如果前文关于律赋"限字"的论证不诬,平安朝还有数例"限字"的律赋,很可能也是日人刻意比照唐人省试的结果,如菅原道真《秋湖赋》《未旦求衣赋》,纪长谷雄《风中琴赋》,菅原文时《纤月赋》《织女石赋》等等。隋唐形成的国家制度还是不时浮现于这个东方岛国的建设运作中。

要而言之,是唐代省试的课赋制度,催生了都良香《生炭赋》中的程限。这一现象是日本模仿唐制在文学上的一种表现,是日本模仿唐制在辞赋写作上的具象化。可以说,日本律赋自其发端之始,就脱不开与唐代取士制度的关系。尽管它是那么的隐晦,似乎仅仅表现为一种唐代文学影响下的新

---

① 〔日〕藤原明衡编,大曽根章介等校:《本朝文粹》(新日本古典文學大系 27)卷二都腹赤《應補文章生並得業生復舊例事》,東京:岩波書店,1992 年,第 145 頁。

② 〔日〕藤原時平等:《延喜式 卷一八〈式部〉上》,收入〔日〕田口卯吉编:《國史大系》卷一三,東京:経済雑誌社,1900 年,第 606 頁。

③ 田坂順子曾依据三条史料推定平安王朝试赋,其中寂照之言确如李宇玲所说有夸大之嫌,但弘仁十年的官符与《延喜式》的式文无可辩驳。虽无法据此断定历史上的确试赋,但田坂的观点依然值得重视。二人论文请参本节引言的注释。

生文体，但并未完全遮蔽，还是透露着政治制度的底色。尽管我们现在还无法坐实日本是否真正课过律赋，但日本文人已然认识到律赋与考试的渊源、与选人的关系，这是唐代取士制度在帝国走向衰落后，仍然回响在东亚的一个鲜活案例。

第三节　平安朝律赋之程限由来考

"赋"是我国古代文体之一，其"铺采摛文，体物写志"的一面自不必说，"不歌而诵"的一面也不容忽视。作为一种原初可以朗诵的文体，押韵是其必然要求。只是赋自成立以来，其句法韵律就随着时代而不断变化。日本铃木虎雄先生将唐代及其以前的赋依出现时间先后分作"骚赋""辞赋""骈赋""律赋"①，我国学者所分虽在称谓上与铃木之说时有不同，但大都认同铃木所分，观点极为接近。在"骚赋"等赋体之后，时至大唐，产生了一种新的赋体，谓之"律赋"。

律赋讲求声律与作对，尤其是在押韵上有严格的限制。可以说，律赋与之前赋体最显著的差别就在于限韵。律赋以前的诸种赋体押韵相对自由，押什么韵、转几次韵，并无严格规定。而律赋则必须依照指定韵字押韵作赋，其文本上最明显的特征即是将限韵予以注记。省试课赋除限韵外还常限定押韵的次序、作赋的字数等。

在一海之隔的日本，辞赋写作很早就成为上层人士的文学活动之一。最早的辞赋作品可以追溯至《经国集》(827 年成书)，尽管篇数不多，却都是比较规整的骈体赋。松浦友久先生指出，同中国一样，日本辞赋也出现了骈体赋到律体赋的过渡，自平安初期文人都良香(834—879)以降，律赋成为日本赋坛的创作主流，并且认为导致这种过渡的直接原因是《白氏文集》的传入。② 笔者在上一节从科举课赋的角度重审了这一重要论题，认为都良香律赋中的程限受到了我国省试律赋的影响。只是考察都良香一人的律赋仍显不足，如能全面考察平安一朝的律赋程限，将不仅有助于究明日本律赋的实态，于论证唐代律赋与平安朝律赋的关系而言也是十分必要的。

---

① 〔日〕鈴木虎雄：《賦史大要》，東京：富山房，1936 年。
② 〔日〕松浦友久：《上代日本漢文學における賦の系列—〈経國集〉〈本朝文粹〉を中心に—》，東京大學國語國文學會《國語と國文學》1963 年第 10 號；收入《日本上代漢詩文論考》，東京：研文出版，2004 年。

本节将包括都良香在内的现存平安朝律赋全部纳入考察范围,通过平安朝律赋与唐代律赋程限上的对比来探讨平安朝律赋程限之由来。鉴于唐代律赋传播至平安朝时仍处于写本的时代,本节侧重从写本学的角度来论证平安朝律赋的程限源自唐代律赋。

一 平安朝律赋的程限

律赋的写作伴随着诸种条件的限制,因此常被称作"戴着脚镣跳舞"的文体,这些苛刻的限制条件就是所谓的"程限"。如将程限予以分项,可作如下处理:

a 限韵:指定押韵的韵字。

b 限序:指定押韵的顺序。

c 限字:限定文章的字数。

d 限时:限定完成的时间。

其中,a 限韵是律赋写作的必要条件,其余 bcd 则是附加条件,可有可无。

以都良香《生炭赋》中的程限为例,

> a 以"待吹生烟"为韵,b 依次用之。c 百五十字已上成之。d 始申四点,限酉二刻。

a 限韵为"以'待吹生烟'为韵",即是赋文必须以"待吹生烟"四字所在的四个韵部进行押韵,且这四字必须作为韵脚出现在文中。b 限序为"依次用之",意味着押韵须照"待""吹""生""烟"的次序进行。c 限字为"百五十字已上成之",要求赋文字数达到一百五十字以上。d 限时为"始申四点,限酉二刻",即大约一小时之内完成。

下面列出《生炭赋》的全文,依据转韵进行分段,被指定的韵字以黑体标示。

> **生炭赋**① 以"待吹生烟"为韵,依次用之。百五十字已②上成之。始申四点,限酉二刻。
>
> 物不独化,时或有**待**。何炉炭之致功,亦人力之**攸**在。
> 观夫岁阴推移,风雪相随。见彼凛烈之在候,受此煦妪之不**訾**。赴人之急,还疑行义之笃厚;入时之用,更似仁者之施为。于

---

① 底本据《群书类従》卷第百二十九《都氏文集》。

② 底本作"以",据内阁文库林校本改。

以就之,作暖气以养兽;于以近之,乐炙手之不龟。既而猛炽时至,辨士之舌同色;鼓动无已,美人之口交**吹**。

尔乃漏入五更,无属初明。既达旦而不死,复彻夜其长**生**。

遂则保之以相传,护之而不眠。谁谓之微,扇令作气;我与其进,眇以起**烟**。于戏物既有此,人亦宜然。增其荣观,资友好之剪①拂②;倍以价数,赖师匠之雕镌。未能乞火以自喻,唯愿苦节以先天。

赋文第一段押上声海韵,其中有韵脚"待"字;第二段押上平声支·脂韵,其中有韵脚"吹"字;第三段押下平声庚韵,其中有韵脚"生"字;第四段押下平声先·仙韵,其中有韵脚"烟"字。显然,都良香做到了以"待吹生烟"四字所在的四个韵部进行押韵,且将这四字作为韵脚用在了文中。再看押韵顺序,也一如程限,顺次以"待""吹""生""烟"押韵。全文共二〇二字,符合限字要求。abcd 四项中的 abc 三项均符合要求,只有 d 限时,因没有留存与《生炭赋》写作时间相关的史料而无法确认。但正如上一节所指出的那样,"限酉二刻"显示的是"规范",是都良香按时完成的标志;"始申四点"则显示了"聪敏",是都良香才思敏捷的标志。律赋程限,不外乎此四项。

平安朝律赋现存完篇 22 篇,下面以一览表的形式列出作者、赋名、收录文献,并进行编号。

表 2-4　平安朝现存完篇律赋一览表

作者	编号	赋名	收录文献③
都良香 (834—879)	1	洗砚赋	《都氏文集》卷三
	2	生炭赋	《都氏文集》卷三
菅原道真 (845—903)	3	秋湖赋	《菅家文草》卷七·《本朝文粹》卷一
	4	未旦求衣赋	《菅家文草》卷七·《本朝文粹》卷一
	5	清风戒寒赋	《菅家文草》卷七·《本朝文粹》卷一
	6	九日侍宴重阳细雨赋应制	《菅家文草》卷七
纪长谷雄 (845—912)	7	春雪赋	《本朝文粹》卷一·《朝野群载》卷一

---

① 底本作"煎",据内阁文库林校本改。

② 底本作"沸",据内阁文库林校本改。

③ 表中律赋又均收于《本朝文集》,一部德川光圀(1628—1700)命彰考馆史臣编集的日人汉文总集,不再于"收录文献"中一一示。另,摘录平安朝律赋赋句的《和汉朗咏集》也不予出示。

续　表

作者	编号	赋名	收录文献
纪长谷雄 (845—912)	8	柳化为松赋	《本朝文粹》卷一
	9	风中琴赋	《本朝文粹》卷一
大江朝纲 (886—958)	10	男女婚姻赋	《本朝文粹》卷一
菅原文时 (899—981)	11	纤月赋	《本朝文粹》卷一
	12	织女石赋	《本朝文粹》卷一
源英明 (？—939)	13	纤月赋	《本朝文粹》卷一
	14	孙弘布被赋	《本朝文粹》卷一
源顺 (911—983)	15	奉同源澄才子河原院赋	《本朝文粹》卷一
大江以言 (955—1010)	16	视云知隐赋	《本朝文粹》卷一·《朝野群载》卷一
纪齐名 (957—999)	17	落叶赋	《本朝文粹》卷一
大江匡房 (1041—1111)	18	羽觞随波赋	《本朝续文粹》卷一
	19	庄周梦为胡蝶赋	《本朝续文粹》卷一
	20	秋日闲居赋	《本朝续文粹》卷一
	21	落叶赋	《本朝续文粹》卷一
	22	法华经赋	《本朝续文粹》卷一

　　依照表2-4的编号顺序,我们将现存平安朝律赋的程限纳入一览表2-5,个别律赋题下注中有关制作时间、场所等的表述则归入备考栏。

表2-5　平安朝律赋程限一览表①

编号	a 限韵	b 限序	c 限字	d 限时	备考
1	以"池水为之黑"为韵。				
2	以"待吹生烟"为韵,	依次用之。	百五十字已上成之。	始申四点,限酉二②刻。	
3	以"秋水无岸"为韵,		二百字以上成篇。		

---

① 1、2号据内阁文库藏林鹅峰校本《都氏文集》,3—6号据石川县立图书馆藏川口文库本《菅家文草》,7—9、11—15、17号据神奈川县金泽文库保管的称名寺所藏《本朝文粹》,10、16号据静嘉堂文库藏十四册本《本朝文粹》,18—22号据内阁文库藏金泽文库本《本朝续文粹》。
② "二"字底本无,据静嘉堂文库松井简治旧藏本、宫内厅书陵部本等补。

编号	a 限韵	b 限序	c 限字	d 限时	备考
4	以"秋夜思政、何道济民"为韵，	依次用之。	限三百字已上成。		并序。
5	以"霜降之后、戒为寒备"为韵。				
6	以"秋德在阴"为韵，	依次用。			
7	以"盈尺表瑞"为韵。				
8	以题为韵。				
9	以"风触无心、声应有信"为韵。		限三百字以上。		
10	以"情绪相感、然后妊身"为韵。				
11	以"望在天西"为韵，	依次用之。	二百字以上成之。		
12	以"临水鉴形"为韵。		二百五十字以上成之。		
13	以"望在天西"为韵，	依次用之。	二百字以上成之。		
14	以"位在三公、卧为布被"为韵。		三百五十字以上成篇。		
15	依次同用"人事则非、改之僧院"为韵。				
16	以"五色云下、知有贤人"为韵，	依次用。	三百六十字以上成篇①。		
17	以"秋风四起、洒落有声"为韵。				
18	以"周公卜洛、因流泛酒"为韵。				三月三日于秘书阁而作之。
19	涉年带春。				
20	以"空携史籍"为韵。				
21	以"秋杪冬始、逐风作尘"为韵，	依次用之。	四百字以下成篇。		

---

①　"篇"字底本作"第"，从国学院大学藏猪熊本《朝野群载》。

编号	a 限韵	b 限序	c 限字	d 限时	备考
22	以"开方便门、示真实相"为韵，	依次用之。			以八韵宛八卷，亦举二十八品太旨。

如表 2-5 所示，每篇律赋均有程限，只是具体限制内容各有不同而已。经笔者查验，现存 22 篇律赋的赋文写作全部符合程限要求。可见，平安朝律赋的程限要求并非"徒有其表"，而是实实在在地约束了平安文人的律赋写作；从另一角度也可以说，平安文人的的确确理解掌握了律赋中的程限。

二　平安朝律赋程限之由来

那么平安朝律赋的程限来自何方，就成为一个不可回避的问题。从中国古代文学对日本文学的辐射状况来看，尤其是鉴于有唐一代的巨大影响，中日两国学界都自然而然地预想到唐代律赋这个源头。下面我们就通过平安朝律赋与唐代律赋程限上的对比，来验证唐代律赋的影响。

（一）比较对象

唐代律赋主要保存在《文苑英华》《历代赋汇》《全唐文》等诗文总集，以及《白氏文集》《元氏长庆集》等文人别集中。然而，即便是同一篇律赋，其程限在收录文献中的记载却未必一致，有时会因文献性质、文本传承状况等原因而产生文字的异同。

比如，白居易在应宣州试时所作《射中正鹄赋》的程限，在《白氏文集》《文苑英华》《历代赋汇》《全唐文》中就出现了部分异同。

　　《白氏文集》金泽文库本：以"诸侯立戒、众士知训"为韵，任不依次用。限三百五十字已上成之。
　　《白氏文集》四部丛刊本：无。
　　《文苑英华》四库全书文渊阁本：以"诸侯立戒、众士知训"为韵。
　　《历代赋汇》四库全书文渊阁本：以"诸侯立戒、众士知训"为韵。
　　《全唐文》清嘉庆内府刻本：以"诸侯立戒、众士知训"为韵。

金泽文库本《白氏文集》①是最接近白居易原作面貌的古钞本之一,其祖本可追溯到开成四年(839)白居易敬献给苏州南禅院的六十七卷本。这个本子中该赋的程限记载完备,限韵、限序、限字三要素齐全。而四部丛刊本,即日本那波本的《白氏文集》却只字未载。四部丛刊本虽然保留了白居易原本的编卷次序,但作为古活字本,其在排版时常常削除白居易的自注。这里的《射中正鹄赋》也遭遇了同样的处理,赋中程限被削除殆尽。《文苑英华》《历代赋汇》《全唐文》这三部总集中的程限仅有限韵,限序和限字则不知所终。其可能性只有两种,要么是总集的编者在纂修诗文时删除了部分他们认为无关紧要的限制要素,要么是在付梓刊刻时疏忽遗漏或刻意剜改以致残缺不全。在古籍文献整理中,这种脱漏乃至彻底缺失的现象在写本向刊本转换的过程中并不鲜见。就以上所列举的几个本子来说,作为古钞本的金泽文库本《白氏文集》,不管是文本内容还是文本形态都较好地保存了白居易编辑时的原貌,相较其他刊本而言更值得信赖。

加之给予日本平安朝文学极大影响的《白氏文集》又收录有十篇律赋,故可以想见,平安文人认识律赋、学习律赋及至亲笔撰写律赋的过程中,绝不可能对收于《白氏文集》的十篇律赋视而不见。在有新文献被发现之前,以金泽文库本《白氏文集》所收律赋作为唐代律赋的代表样本,来进行中日两国律赋的程限对比是最为合适的选择。

(二)程限的内容

金泽文库本《白氏文集》所收律赋均在卷二一,我们仿照表 2 - 5 也将白居易律赋中的程限以一览表的形式列出。

表 2 - 6　金泽文库本《白氏文集》卷二一律赋程限一览表

赋题	a 限韵	b 限序	c 限字	自注
宣州试射中正鹄赋	以"诸侯立戒、众士知训"为韵,	任不依次用。	限三百五十字已上成之。	
省试性习相近远赋	以"君子之所慎焉"为韵,	依次用。	限三百五十字已上成。	中书高郢侍郎下试,贞元十六年二月十四日及第。
求玄珠赋	以"玄非智求、珠以真得",	依次为韵。		

---

① 有关金泽文库本《白氏文集》及其卷二一,可参本书附章第一节。

赋题	a 限韵	b 限序	c 限字	自注
汉高帝斩白蛇赋	以"汉高皇帝、亲斩长蛇",	依次为韵。		
大巧若拙赋	以"随物成器、巧在乎中"为韵,	依次用。		
鸡距笔赋	以"中山兔毫、作之尤妙"为韵,	任不依次用。		
黑龙饮渭赋	以"出为汉祥、下饮渭水"为韵。			
敢谏鼓赋	以"圣人来谏诤之道"为韵。			
君子不器赋	以"用之则行、无施不可"为韵。			
赋赋	以"赋者古诗之流也"为韵。			

从表2-6中可以确认《白氏文集》所收律赋的程限包括了 a 限韵、b 限序、c 限字三个要素,这与表2平安朝律赋的程限内容是基本相同的。若说备受日本古代文人推崇的《白氏文集》在程限内容上成为平安人制作律赋的参照是完全可能的。

尽管表2-5平安朝律赋程限中的 d 限时不见于《白氏文集》,但如上一节所论,唐代省试作赋是有时间限制的,平安朝律赋程限中出现的"始申四点,限酉二刻"即是唐代省试限时作赋传播到日本后的一种文字化表述。

(三)程限的表述方式

我们接着来探讨程限的表述方式。下面将白氏律赋与平安朝律赋的程限表述纳入表2-7进行对比。

表2-7 白居易律赋与平安朝律赋的程限表述对照表

	白居易律赋	平安朝律赋	平安朝律赋编号
a 限韵	以……为韵	以……为韵	1・2・3・4・5・6・7・9・10・11・12・13・14・16・17・18・20・21・22
	以……依次为韵	依次同用……为韵	15
		以题为韵	8
		涉年带春	19

续　表

	白居易律赋	平安朝律赋	平安朝律赋编号
b 限序	任不依次用 依次用 依次为韵	依次用 依次用之 依次同用……为韵	6 2・4・11・13・16・21・22 15
c 限字	限……字已上成之 限……字已上成	……字已上成之 限……字已上成 限……字以上 ……字已上成篇 ……字已下成篇	2・11・12・13 4 9 3・14・16 21

　　白居易的律赋程限中,a 限韵均作"以……为韵"。与之相应,平安朝律赋中,除 15 号"依次同用……为韵"、8 号"以题为韵"、19 号"涉年带春"外,也都是表述为"以……为韵"。15 号与 8 号将于后文谈及,19 号是大江匡房(1041—1111)的作品,同为匡房所作的 18、20、21、22 四篇律赋均作"以……为韵",故 19 号的限韵原本亦作"以'涉年带春'为韵"的可能性较大,只是在抄写传承过程中出现了文字脱漏以致变作"涉年带春"。再来看 b 限序,白居易律赋出现了"不依次"与"依次"两种情况,平安朝律赋中没有出现"不依次"的例子,但其"依次"类的例子均采用了与白居易律赋极为相近的表述方式。最后是 c 限字,两者的表述也几无差别,只是平安朝律赋中 21 号的"已下"是对"已上"的一种改造而已①。

　　如上,白居易律赋与平安朝律赋在程限的表述方式上如出一辙。

　　(四) 程限的表述顺序

　　程限的表述顺序也在我们验证的范围之内。通过比较可以指出,白居易律赋与平安朝律赋在程限诸要素的表述顺序上均为:a 限韵→b 限序→c 限字。

　　唯一的例外是 15 号源顺(911—983)的《奉同源澄才子河原院赋》。正如赋题所示,这是一篇源顺追和源澄②的作品,只惜源澄之作已佚,无法得窥其程限。但既然源顺之作的程限为"依次同用'人事则非、改之僧院'为韵",则由此可以复原出源澄《河原院赋》的程限应为"以'人事则非、改之僧院'为韵,依次用"或"以'人事则非、改之僧院'依次为韵"。笔者推测,在押

---

① 　21 号是大江匡房所作,属于平安朝晚期作品,其中程限的改造考虑为大江匡房刻意所为,就此问题将另撰文详述。

② 　即源为宪(?—1011),"澄"为其字。

韵的韵字与顺序上均做到一致的源顺是仿照刘禹锡、白居易对元稹的唱和而作①,将限韵与限序杂糅在一起表述以致出现了从 b 到 a 的顺序。

（五）程限的书写

律赋的程限在实际作品中通常以题下夹注的形式出现。如果说我国律赋在体式上也影响了日本律赋的话,那么两者在程限的书写上应该呈现出一致性。金泽文库本被公认为是保存了《白氏文集》旧有形态的古钞本,这里就以金泽文库本《白氏文集》的书写格式作为唐代律赋书写的范式与平安朝律赋进行对比。

与唐代律赋类似,平安朝律赋同样收录于各类总集与别集之中。在律赋出现以后的总集中,我们抽取最早的《本朝文粹》,别集中抽取成书较早的《都氏文集》《菅家文草》为平安朝律赋之样本。藤原明衡（989—1066）在编纂《本朝文粹》时,平安文人仍在继续律赋的创作,因此《本朝文粹》是能够反映出平安朝律赋真实样态的一部总集。更为可贵的是《本朝文粹》有许多古钞本留存至今,其中神奈川县金泽文库保管的称名寺藏《本朝文粹》②卷一写于建治三年（1277）,虽为断简却保留了十二篇律赋的程限,是现存平安朝律赋最早的写本。又,据《日本三代实录》（901 年成书）元庆三年（879）二月廿五日条都良香卒传中"有集六卷"的记载可知,《都氏文集》即便不是都良香亲自编纂也应成书于其死后不久。《都氏文集》显然是最接近都良香律赋

---

① 《和汉朗咏集》卷上"暮春"中摘有源顺的佳句"刘白若知今日好,应言此处不言何"。新间一美先生据《和汉朗咏集私注》指出此句是源顺意指刘禹锡和白居易的唱和诗《深春好》而作,他还推定菅原道真《寒早十首》中小字双行的附注"同用人身贫频四字"也是仿照刘禹锡唱和的《深春好》而设。详参〔日〕新间一美:《わが國における元白詩·劉白詩の受容》,收入"白居易研究講座"第四卷《日本における受容（散文篇）》,東京:勉誠社,1994 年;又收入《平安朝文學と漢詩文》,大阪:和泉書院,2003 年。〔日〕新間一美:《白居易の諷諭詩と菅原道真—新楽府〈牡丹芳〉詩·〈白牡丹〉詩の受容を中心に—》,《白居易研究年報》第 12 號,2011 年 12 月。〔日〕新間一美:《白氏文集に見る白居易の交友と源氏物語》,《中古文學》第 98 號,2016 年 12 月。此外,小島憲之和後藤昭雄两位先生都曾对源顺《奉同源澄才子河原院賦》作过注释,详参〔日〕小島憲之:《懷風藻·文華秀麗集·本朝文粹》（日本古典文學大系 69）,東京:岩波書店,1964 年;〔日〕後藤昭雄:《本朝文粹抄》,東京:勉誠出版,2006 年。在几位前辈学者研究成果的基础上,笔者想进一步指出,源顺在对源澄《河原院赋》进行追和时,是仿照刘白二人对元稹的唱和而设定作赋程限的。刘禹锡之唱和诗题作:"同乐天和微之深春好二十首 同用家花车斜四韵"。源顺所作程限中的"同用"当是受到了刘白唱和中次韵的影响。

② 称名寺藏《本朝文粹》,列贴装（近似于我国缝缋装）,一册,现存卷一 18 页,疑为称名寺僧侣映心所写。前田纲纪（1643—1724,加贺藩第 5 代藩主,谥号松云公）曾派其家臣津田太郎兵卫光吉调查称名寺所藏文书,据当时的调查记录《称名寺书物之觉》可知,该写本原 37 页。近人田中参于明治年间校订《本朝文粹》时曾使用此本参校,从校勘情况来看明治年间仍为完本,但不知何时发生断线以致阙页,于今仅存 18 页,阙页不知所终。

原作的文献,只可惜无古钞本传世,现存诸本均为江户时期所写,其中内阁文库所藏的林鹅峰校本①是目前可以确定的善本之一。又,据《日本纪略》(平安后期成书)昌泰三年(900)八月十六日条可知,菅原道真(845—903)应醍醐天皇(885—930)之求将菅家三代②的家集献上。③ 那么《菅家文草》是道真自编无疑,收入其中的律赋自然反映了道真手书的形态。但与《都氏文集》类似,《菅家文草》也多为江户时期所写,没有早期的钞本以供参考,相对而言,川口文库本④是现存诸本中的善本之一。

基于上述现状,我们选取称名寺藏《本朝文粹》、林校本《都氏文集》、川口文库本《菅家文草》作为平安朝律赋的文献取样,与金泽文库本《白氏文集》进行对照。⑤

(1) 金泽文库本《白氏文集》

宣州试射中正鹄赋	以诸侯立戒众士知训为韵任不 依次用限三百五十字已上成之	(93 行)
省试性习相近远赋	以君子之所慎焉为韵依次用 限三百五十字已上成中	(121 行)
	书高郢侍郎下试贞元十 六年二月十四日及第	(122 行)
求玄珠赋	以玄非智求珠以 真得依次为韵	(148 行)
汉高帝斩白蛇赋	以汉高皇帝亲 斩长蛇依次为韵	(168 行)

----

① 林校本《都氏文集》,国立公文书馆内阁文库藏,袋缀(即我国线装),含《都氏文集补遗》共两册,律赋收于第一册,疑于庆安二年(1649)所写。

② 祖父菅原清公(770—842)之《菅家集》六卷,父菅原是善(812—880)之《菅相公集》十卷,以及菅原道真《菅家文草》十二卷。

③ 同见于增补本《菅家后集》收录的《献家集状》。

④ 川口文库本《菅家文草》,川口久雄先生旧藏,后寄赠于石川县立图书馆。线装,十二卷共三册,律赋收于第二册,写于明历二年(1656),除卷末保留藤原广兼本系统所共通的识语外,每册还有藤井懒斋(1628—1709)的奥书。

⑤ 金泽文库本《白氏文集》所收律赋均在卷二一,活字化时据大东急记念文库《金澤文庫本·白氏文集》(東京:勉誠社,1984 年)影印本,并标示出该卷子本中每处文字所对应的行数。对称名寺藏《本朝文粹》卷一所收律赋之赋题与程限进行活字化时,据《本朝文粹卷第一》(函架编号:400 — 26,称名寺聖教),并标示出该册子本中每处文字所对应的页数及表里。日本标识中"丁"为"页","オ"为该页之"表",即正面,"ウ"为该页之"里",即反面;"オウ"之分类似于我国古籍整理中"前后"或"ab"等标识方法。林校本《都氏文集》所收律赋均在卷三,活字化时据《残本·都氏文集·三四五》(函架编号:205 — 51,内阁文库),并作标示。川口文库本《菅家文草》所收律赋均在卷七,活字化时据石川县立图書館《菅家文草》(東京:勉誠出版,2008 年)影印本,并作标示。

大巧若拙赋　以随物成器巧在　（194 行）
　　　　　　乎中为韵依次用

鸡距笔赋　　以中山兔毫作之尤　（214 行）
　　　　　　妙为韵任不依次用

黑龙饮渭赋　以出为汉祥下　（243 行）
　　　　　　饮渭水为韵

敢谏鼓赋　　以圣人来谏　（265 行）
　　　　　　诤之道为韵

君子不器赋　以用之则行无　（285 行）
　　　　　　施不可为韵

赋赋　　　以赋者古诗　（306 行）
　　　　　之流也为韵

（2）称名寺藏《本朝文粹》

纤月赋　　以望在天西为韵依次　（3 丁才）
　　　　　用之二百字以上成之

同前　（4 丁才）

清风戒寒赋　以霜降之后戒　（5 丁才）
　　　　　　为寒备为韵

春雪赋　　以盈尺表瑞为韵　（6 丁ウ）

秋湖赋　　以秋水无岸为韵　（7 丁ウ）
　　　　　二百字以上成篇

织女石赋　以临水鉴形为韵　（8 丁才）
　　　　　二百五十字以上成之

柳化为松赋　以题为韵　（9 丁ウ）

落叶赋　　以秋风四起洒　（10 丁ウ）
　　　　　落有声为韵

风中琴赋　以风触无心声应有信　（12 丁才）
　　　　　为韵限三百字以上

奉同源澄才子河原院赋　依次同用人事则　（13 丁ウ）
　　　　　　　　　　　非改之僧院为韵

未旦求衣赋一首　以秋夜思政何道济民为韵依　（15 丁才）
　　　　　　　　次用之限三百字已上成篇并序

孙弘布被赋　以位在三公卧为布被为韵　（17 丁才）
　　　　　　三百五十字以上成篇

（3）林校本《都氏文集》

洗砚赋　　以池水为之黑为韵　（1 丁才）

生炭赋　　以待吹生烟为韵依次用之百
　　　　　五十字已上成之始申四点限　（2 丁才）
　　　　　酉刻

（4）川口文库本《菅家文草》

秋湖赋　　以秋水无岸为韵
　　　　　二百字以上成篇　（第二册 27 丁才）

未旦求衣赋一首　　以秋夜思政何道济民为韵依
　　　　　　　　　次用之限三百字已上成并序　（第二册 27 丁ウ）

清风戒寒赋　　以霜降之后戒为寒备为韵　（第二册 28 丁ウ）

九日侍宴重阳细雨赋应制　　以秋德在阴为韵依次用　（第二册 29 丁才）

以上四组即是唐代律赋与平安朝律赋的赋题及程限抽样再现。通过对比《白氏文集》《本朝文粹》《都氏文集》《菅家文草》各写本中程限的书写格式，可以确认：一是程限均书于赋题之下，以题下注的形式出现；二是大部分程限以小字双行这种类似于夹注的形式书写，偶有小字一行的书写方式。平安朝律赋的程限应是仿照唐代律赋的模式书写而成。

三　结语

以上，我们从程限的内容、表述方式、顺序及书写上对《白氏文集》所收律赋与平安朝律赋进行了比较，确认了两者存在诸多一致，显然是同宗同源或一源一流的关系。《白氏文集》传到日本的具体时间虽不可考，但据都良香《白乐天赞》中"集七十卷，尽是黄金"的褒赞之词可知，至少在都良香活跃的贞观年间（859—877），七十卷本《白氏文集》就已舶来。显而易见，以白居易律赋为代表的唐代律赋是平安朝律赋程限的源头，平安文人是仿照唐代律赋来表述本朝之程限的。与之几乎同时出现的汉诗附注也可以佐证这种源流关系。① 再结合平安朝律赋中隔句对的频繁使用这一现象来看，平安文人制作律赋时已经在体式上做到了与唐代律赋几近一致。可以说，平安朝律赋在文体形式上是以唐代律赋为典范的。

不过，我们在比较平安朝律赋与白居易律赋的过程中，也发现平安朝律赋程限中有异于白氏律赋之处。比如 8 号纪长谷雄（845—912）《柳化为松

---

① 后藤昭雄先生曾考证，平安朝汉诗中出现的附注源自白居易、元稹、刘禹锡的诗歌自注。详见〔日〕後藤昭雄：《平安朝漢文学史論考》中"詩の注記と〈菅家文草〉の編纂"一节，東京：勉誠出版，2012 年。

赋》的程限"以题为韵"就不见于《白氏文集》。① 这种程限到底是平安文人自己的创改,还是来自白氏律赋之外的其他作品,仍有进一步追究的必要,将于下面的章节继续探讨。

---

① 白居易《汉高帝斩白蛇赋》的限韵在《白氏文集》宋绍兴本、明马元调本等版本中作"以题为韵",实误,详见本书附章第二节。

第三章　以白行简为中心的唐代律赋影响论

如果把曾经的中日古代文学交流史看作茫茫夜空的话,抬头仰望的今人遥观这片天空只能知其大概,若不借助考古发现、文史研究等"天文望远镜"是断然无法洞悉其中细节的。正如吸引人们目光的总是几颗十分闪亮的星星一样,后来人常为既有认知的名家名作所吸引,这种现象屡见不鲜。不过利用"天文望远镜"去仔细观察的话,那片夜空其实群星闪耀,只是有些星星的光辉被邻近过于明亮的星星所遮蔽,以致成为今人眼中黯淡无光的部分而已。

就给予日本古代文学较大影响的唐代文人而言,最为耀眼的当数白居易。他深受日本古代文人喜爱,风头直压后来评价极高的"李杜"。这种"独领风骚"直接影响了中日两国学界,尤其是在深受唐代文学影响的平安朝文学研究中,几乎达到了"言必称白"的境地。而其胞弟白行简,尽管在我国文学史中也占有重要地位,但就对日本古代文学的影响来说,却像一颗白居易身边的星星,在其兄长耀眼的光芒下被今人无意地漠视了。

实际上,在平安朝文学中白行简并非一个没有"存在感"的唐人,反而是律赋领域中最有"存在感"的唐人。本章就以白居易的胞弟白行简作为唐代律赋影响论的第二个关键词,通过对几篇平安朝律赋的分析,来揭示白行简在平安朝律赋创作中的巨大影响。

第一节　白行简与其《望夫化为石赋》

我们在第一章"唐代律赋传播论"中谈到一些唐人的作品流传到了日本,其中可见《行简集》,是知白行简的诗文作品传入日本无疑。然而从现存文献来看,行简在日本并没有文集流传下来,也没有单篇辞赋传世或为其他选集所收,这与其兄白居易的情况大不相同。而且即便是《和汉朗咏集》等选句集中也不见白行简的残章断句,又不似谢观、公乘亿等唐人。面对这样一位从文献留存角度而言近乎"沉默"的唐代文人，我们很难想象他与平安文学存在交集。然而，平安后期文人学者大江匡房（1041—1111）在比较白氏二兄弟时曾直言"赋，行简胜"①，让我们不得不重新审视白行简和他的辞赋。

一　白行简的文学成就

白行简，生于大历十一年（776），卒于宝历二年（826），字知退，祖籍山西太原，生于河南新郑，是唐代著名诗人白居易的胞弟。生于官宦之家，又有勤奋刻苦的兄长为榜样，可以想见行简自幼就浸润于书香的世界，常有经史诗赋萦绕于耳边。成年后，我们猜测其同居易类似，也经历了"昼课赋，夜课书，间又课诗，不遑寝息矣。以至于口舌成疮，手肘成胝"②那样的苦学勤读，终于元和二年（807）进士及第。此后，自"秘书省校书郎"起家，历任"东川节度使掌书记""左拾遗""主客员外郎""度支员外郎""主客郎中""膳部郎中"等职，虽未至显位，但据两《唐书》可知行简有政绩，并非庸官③。在朝为官的行简除日常公务外，还创作了大量诗文。白居易《祭弟文》云："尔前后所著文章，吾自检寻编次，勒成二十卷，题为《白郎中集》。"④可见行简的作品数量还是达到了一定规模，只惜该集已佚，不能得窥行简文学的全貌。有关白行简更为详细的生平事迹可参黄大宏、谭朝炎两位先生的论文⑤，此处不再详述。

我们重点来关注行简的文学成就。白行简作品现存诗八首⑥，赋十九

① 〔日〕後藤昭雄校注：《江談抄》（新日本古典文學大系 32），東京：岩波書店，1997 年，第 526—527 頁。

② 白居易《与元九书》，谢思炜：《白居易文集校注》，北京：中华书局，2011 年，第 324 页。

③ 《旧唐书》卷一六六列传第一一六《白居易传》附行简传云："长庆末，振武奏水运营田使贺拔志营田数过实，诏令行简按覆之。不实，志弘，自刺死。"〔五代〕刘昫等：《旧唐书》，北京：中华书局，1975 年，第 4358 页。《新唐书》卷一一九列传第四四《白居易传》附行简传云："长庆时，振武营田使贺拔志岁终结课最，诏行简阅实，发其妄，志惧，自刺不殊。"〔宋〕欧阳修、宋祁：《新唐书》，北京：中华书局，1975 年，第 4305 页。

④ 白居易《祭弟文》，谢思炜：《白居易文集校注》，第 1900 页。《新唐书·艺文志》著录为"《白行简集》二十卷"。

⑤ 黄大宏：《白行简年谱》，《文献》2002 年第 3 期；同《白行简行事迹及其诗文作年考》，《文学遗产》2003 年第 4 期；谭朝炎：《也谈唐传奇作家白行简的生平事迹》，《文学遗产》2005 年第 4 期。

⑥ 白行简存诗赖《文苑英华》《唐诗纪事》等可以确认至少七首，均收录于《全唐诗》卷四六六，然有一首《长安早春》难以遽定能否归入行简名下。《文苑英华》卷一八一收白行简《春从何处来》，该诗之后即为《长安早春》，明刊本空阙不署名，四库全书文渊阁本却署作"前人"，似归于行简。《全唐诗》则将该《长安早春》收于卷七八七，标作无名氏。此处统计权且将《长安早春》寄于白行简名下，作八首。

篇,传奇两篇,从史志记载的"文集二十卷"来看,亡佚较为严重。

现存作品中知名度最高、最受研究者关注的当数传奇文。白行简常被今人介绍作"传奇作家""小说家",有关白行简的研究论文也多是以其《李娃传》《三梦记》为研究对象。其中《李娃传》与元稹(779—831)《莺莺传》、蒋防(792—835)《霍小玉传》并称唐代三大爱情传奇,极具代表性。《李娃传》当初以什么形式流传已无从得知,仅知其最早见于《异闻集》这部唐代传奇小说选集,只惜《异闻集》也已散逸,实赖《太平广记》卷四八四"杂记传一"而得以存世。鲁迅曾评价该作说:"行简本善文笔,李娃事又近情而耸听,故缠绵可观。"①郑振铎也评价说:"行简此作,文甚高洁,描叙也甚宛曲动人,与《小玉传》同是唐人传奇文里最高的成就。"②可以说,提到白行简必言及《李娃传》,提到《李娃传》必言及白行简。今人之所以推崇《李娃传》,与这部作品的艺术成就及其对后世文学的影响是分不开的。

除传奇文以外,白行简还有一篇描绘唐人两性生活的作品,题为《天地阴阳交欢大乐赋》,学界常省称《大乐赋》。该赋仅有一手抄残卷存世,原藏我国敦煌石室,被法国汉学家伯希和(Paul. Pelliot,1878—1945)带回法国,现藏法国国家图书馆,编号 P.2539。《大乐赋》回传我国并无阻塞,只是传播上不甚顺利。伯希和 1909 年与罗振玉、董康等清末学者在北京的会谈直接促成了《大乐赋》等敦煌文献以影写的形式回传,但《大乐赋》因其性质特殊并未被罗振玉优先刊出③,后又因资金问题迟迟不得付梓,因此仅有罗振玉等一众清末学者知道《大乐赋》的存在。据珂罗版《大乐赋》"骑鹤散人"的识语可知,《大乐赋》的底版应该是自清末大臣、金石学家托忒克·端方(1861—1911)家中流出,后于癸丑年(1913)终得印行。但最广为人知的版本还是叶德辉(1864—1927)将其校订后收入的《双梅景闇丛书》。晚清之人在文献保存与整理上付出了不少努力,只是不曾深入研究,多少仍有守旧之嫌,倒是荷兰汉学家高罗佩(Robert Hans van

---

① 鲁迅:《中国小说史略》第八篇"唐之传奇文(上)",上海:上海古籍出版社,1998 年,第 50 页。
② 郑振铎:《插图本中国文学史》第二九章"传奇文的兴起",北京:中华书局,2016 年,第 414 页。
③ 王国维在《东山杂记》中曾言:"伯君寄来照片中,尚有《二十五等人图》《新集文词》《教林文词》《九经钞》,均唐时浅人所为,鄙陋殊甚。又白行简《天地阴阳交欢大乐赋》则房中家言,又有一卷乃唐初某僧行赁,此二书罗君拟不印行(后略)。"王国维著、赵利栋辑校:《王国维学术随笔》,《东山杂记》卷一,北京:社会科学文献出版社,2000 年,第 46 页。

Gulik,1910—1967)将《大乐赋》纳入考察视野,从性学角度展开研究①,名闻世界。继高罗佩首开先河后,我国也有学者将其作为珍贵的性学资料加以利用。近年来,《大乐赋》也进入了文史研究领域②,若从文学研究的角度而言,伏俊琏先生的俗赋视角是值得重视的③。《大乐赋》不仅仅是我国古代性学文化、唐代语言社会生活的重要研究材料,也是辞赋史上不容忽视的重要文献。

与《李娃传》《大乐赋》相较而言,白行简的诗歌成就平平,《全唐诗》仅收其诗七首,并无夺人眼目之作。即便是其登科之作《贡院楼北新栽小松》一诗④,也写得中规中矩,没有能给人以深刻印象的警语佳句。

抛开后世评价,要找到最接近白行简生活时代的评价还是应回到两《唐书》中。《旧唐书》卷一六六列传第一一六《白居易传》附行简传云:"行简文笔有兄风,辞赋尤称精密,文士皆师法之。"⑤《新唐书》卷一一九列传第四四《白居易传》附行简传云:"行简,敏而有辞,后学所慕尚。"⑥《新唐书》仅是道出了行简的文笔受到后学追捧,没有明确指出是"诗""赋"还是"传奇"。《旧唐书》则明确说"辞赋尤称精密",是针对"辞赋"而言的。又,唐人赵璘《因话录》云:"李相国程,王仆射起,白少傅居易兄弟,张舍人仲素,为场中词赋之最,言程式者,宗此五人。"⑦可见,行简尤善科场词赋,即当时所课律赋。不唯如此,他还撰写过赋格著作《赋要》一卷⑧,显然对辞赋创作很有心得。种种迹象说明,白行简在当时是以辞赋而闻名于世的。这些文献无一提及其诗歌、传奇,显然不是巧合,而是时人对行简评价的真实表现。

---

① 〔荷〕高罗佩著,杨权译:《秘戏图考:附论汉代至清代的中国性生活(公元前二〇六年—公元一六四四年)》,广州:广东人民出版社,1992年。

② 如〔美〕姚平:《唐代的社会与性别文化》中"唐代性文学——以《游仙窟》和《大乐赋》为例"一节,北京:北京大学出版社,2018年。

③ 伏俊琏:《试谈敦煌俗赋的体制和审美价值——兼谈俗赋的起源》,《敦煌研究》1997年第3期;同《〈天地阴阳交欢大乐赋〉初探》,《贵州大学学报(社会科学版)》2003年第4期等。

④ [清]徐松撰,赵守俨点校:《登科记考》,北京:中华书局,1984年,第620页。

⑤ [五代]刘昫等:《旧唐书》,第4358页。

⑥ [宋]欧阳修、宋祁:《新唐书》,第4305页。

⑦ [唐]赵璘:《因话录》卷三,上海:上海古籍出版社,1979年,第82页。[宋]王谠《唐语林》卷二有同文,只是"程式"作"程试"。周勋初校证:《唐语林校证》,北京:中华书局,1987年,第146—147页。

⑧ 著录于《宋史》卷二〇九《艺文志》第一六二。[元]脱脱等:《宋史》,北京:中华书局,1977年,第5409页。

二 白行简的辞赋创作

白行简现存辞赋十九篇①,除前文所及的《大乐赋》外,余皆收于《文苑英华》《历代赋汇》《全唐文》。下面以一览表的形式来整理其现存辞赋。

表 3-1 白行简现存辞赋一览表②

赋题	题下注	出处
文王葬枯骨赋	以"德及枯骨、天下归心"为韵	《文》卷 42《历》卷 42《全》卷 692
垂衣治天下赋③	以"圣理无为、道光前古"为韵	《文》卷 43《历》卷 41《全》卷 692
车同轨赋	以"君德遐布、夷夏同道"为韵	《文》卷 121《历》卷 44《全》卷 692
振木铎赋	以"振文教而纳规谏"为韵	《文》卷 67《历》卷 45《全》卷 692
望夫化为石赋	以"望远思深、质随神变"为韵	《文》卷 31《历》卷 23《全》卷 692
欧冶子铸剑赋④	以"雷公发鼓、蛟龙捧炉"为韵	《文》卷 103《历》卷 86《全》卷 692
金跃求为镆铘赋	以"大冶无私、祥金乃跃"为韵	《文》卷 103《历》卷 86《全》卷 692
滤水罗赋	以"滤彼水虫、疏而无漏"为韵	《文》卷 110《历》卷 88《全》卷 692
舞中成八卦赋	以"中和所制、盛德斯陈"为韵	《文》卷 79《历》卷 92《全》卷 692
石韫玉赋	以"温润积中、英华发外"为韵	《文》卷 115《历》卷 96《全》卷 692
沽美玉赋	以"怀宝迷时、岂曰君子"为韵	《文》卷 115《历》卷 96《全》卷 692
澹台灭明斩龙毁璧赋	以"璧恶苟求、人难力制"为韵	《文》卷 116《历》卷 96《全》卷 692
新月误惊鱼赋	以"在水如钩、有并垂纶"为韵⑤	《文》卷 6《历》卷 4《全》卷 692
斗为帝车赋	以"运乎中央、临制四海"为韵	《文》卷 10《历》卷 5《全》卷 692
以德为车赋	以"至德之人、有同车载"为韵	《文》卷 121《历》卷 114《全》卷 692

---

① 若依照《文苑英华》统计,白行简现存辞赋应为十七篇。董诰等人编纂《全唐文》时因误读《文苑英华》而致部分赋文误收。就白行简而言,《全唐文》将二十篇赋文归入行简名下,其中《垂衣治天下赋》《君臣同德赋》《欧冶子铸剑赋》三篇与《文苑英华》的署名有别。明刊本《文苑英华》中,《垂衣治天下赋》《君臣同德赋》《欧冶子铸剑赋》三篇作者均空阙不书;四库全书文渊阁本《文苑英华》中,《垂衣治天下赋》《君臣同德赋》作失名,《欧冶子铸剑赋》空阙不书。这三篇中,《君臣同德赋》据书写内容及体式特征可以推断出非行简所作,可参陈铁民:《梁玙墓志与唐进士科试杂文》,《北京大学学报(哲学社会科学版)》2006 年第 6 期。余下两篇尚无法排除绝非白行简所作的可能性,故降低文献筛选标准,将此两篇权且寄于白行简名下,诸文献收录详情在下面的一览表中以注释列出。
② 表中《文苑英华》简称《文》,《历代赋汇》简称《历》,《全唐文》简称《全》。
③ 作者,《文》空阙、《历》作阙名、《全》作白行简。
④ 作者,《文》空阙、《历》作阙名、《全》作白行简。
⑤ 题下注,《文》《历》作"在水为钩",《全》作"在水如钩"。

赋题	题下注	出处
以德为车赋①	以"国家道通远迩"为韵	《文》卷121《历》卷114《全》卷960
狐死正丘首赋	以"乐生恋本、仁者之心"为韵	《文》卷134《历》卷136《全》卷692
五色露赋	以"率土康乐之应"为韵	《文》卷15《历》卷9《全》卷692
天地阴阳交欢大乐赋		敦煌遗书 P.2539

表中十九篇辞赋有十八篇题下限韵,经验证均为律赋。十八篇律赋中,八韵律赋十五篇,六韵律赋两篇,七韵律赋一篇。显然,白行简勤于律赋,且多为"八韵赋"。我们可以以饼状图来做一直观展示。

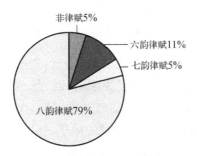

图 3 - 1　白行简辞赋中律赋占比图

宋人洪迈(1123—1202)很早就指出:"唐以赋取士,而韵数多寡,平仄次叙,元无定格。故有三韵者……有四韵者……有五韵者……有六韵者……有七韵者……八韵有二平六仄者……自大和以后,始以八韵为常"②依洪迈所说,似乎大和年间是八韵律赋成为唐代试赋定格的分水岭③,然检唐代科场现存律赋作品的限韵可知,自大历年间始,八韵律赋的比重便明显上升④。大历、贞元,直至白行简应举的元和二年,科场所试一直以八韵律赋

---

① 作者,《文》作白行简、《历》《全》作阙名。

② [宋]洪迈:《容斋续笔》卷十三"试赋用韵"条,收于《容斋随笔》,上海:上海古籍出版社,1978年,第368—369页。

③ 彭叔夏曾指出洪迈之言有不确之处,"洪氏又云:'自大和后,始以八韵为常。'按:登科记,大和六年,试《君子之听音赋》,以'审音合志铿锵'为韵,犹是六韵。开成三年,试《霓裳羽衣曲赋》,任用韵,《文苑》所载三首,第一篇六韵,第二第三篇皆七韵。今云,'大和后八韵为常',未必然也。"[宋]彭叔夏:《文苑英华辨证》卷一"用韵二",收于《文苑英华》,北京:中华书局,1966年,第5259页。彭叔夏所言不虚,洪迈表述确实不够严谨,但他还是认识到了唐代试赋中八韵律赋占比的变化。

④ 此处是依据唐代科场现存律赋作品而做的大致判断,详见第二章第一节。稍早于洪迈的王铚(生卒年不详)曾言:"唐天宝十二载,始诏举人策问,外试诗赋各一首,自此八韵律赋始盛。"将八韵律赋兴盛起点提前至天宝末年,比大历稍早十余年,相差并不悬殊。详见[宋]王铚《王公四六话》"序",百川学海本第十七册己集上。

居多。白行简多作"八韵赋"与其时课赋的趋势是一致的。

十五篇八韵律赋之中,《望夫化为石赋》五仄三平,《欧冶子铸剑赋》五平三仄,《澶台灭明斩龙毁璧赋》五仄三平,除这三篇外均是四平四仄。以饼状图展示如下。

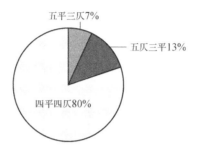

图3-2 白行简八韵律赋中平仄占比图

洪迈《容斋续笔》卷十三"试赋用韵"条云:"唐庄宗时尝覆试进士,翰林学士承旨卢质,以'后从谏则圣'为赋题,以'尧、舜、禹、汤,倾心求过'为韵。旧例,赋韵四平四侧,质所出韵乃五平三侧,大为识者所诮,岂非是时已有定格乎?"①洪迈据后唐一场覆试的例子,怀疑五代时期四平四仄已成科场定格。检《册府元龟》《旧五代史》可知,唐庄宗覆试进士一事发生在同光三年(925)。实际上,文献中所谓的"旧例""常式"可以追溯至更早的元和年间。就现存科场律赋来看,自元和后除极个别年份外全部都是四平四仄,且平仄相间用韵。白行简多作四平四仄式的八韵律赋与其时课赋的趋势并无二致。十二篇四平四仄式的八韵律赋,除《狐死正丘首赋》以外,全部是平仄交替用韵。这一占比高达92%,与元和以后的课赋实态也是吻合的。

以上种种,均表明白行简的的确确善作律赋,而且对于场屋上常课的八韵律赋更是稔熟,作品多与科场体式相合,这与唐人赵璘所说的"场中词赋之最"是相互印证的。

那么行简所作律赋中哪几篇名气较大、为人称颂呢?宋人计有功《唐诗纪事》卷四一云:"行简以《滤水罗赋》得名"②,可知《滤水罗赋》或为其成名作。《舞中成八卦赋》是其元和二年应举所作,想必也有一定的知名度。今人简宗梧先生则从典律化的角度出发,以《五色露赋》为佳作之一,并引李调元《赋话》对赋中"花禽拂著"一联的评语云:"证佐典切,比拟精工""犹不失

---

① [宋]洪迈:《容斋随笔》,第369页。
② [宋]计有功:《唐诗纪事》,上海:上海古籍出版社,1987年,第627页。

比兴之遗意"。① 相较这些律赋而言,《望夫化为石赋》似乎籍籍无名,然而一部日本文献却将其地位抬至赋中"第一"。这便是藤原实兼(1085—1112)将大江匡房的谈话内容笔录下来的《江谈抄》,该书卷五"白行简作赋事"有这样的记载:

> 予问云:"白行简作赋中,以何可胜乎。"被答云:"《望夫化为石赋》第一也。(中略)"云云。(后略)②

实际上,白行简的《望夫化为石赋》是平安文人争相模仿的一篇范文。为揭示白行简与其《望夫化为石赋》是我国唐代律赋在日传播与影响的一个缩影这一重要结论,我们有必要对行简的这篇作品略加考察。

三　《望夫化为石赋》:中晚唐律赋的轨范之作

白行简《望夫化为石赋》的写作年代不详,但从该赋的内容及行简履历可做一推测。《望夫化为石赋》取材自我国古代流传颇广的一则故事传说——"望夫石"。讲述的是一位女子携子饯送为解国难而从军远戍的丈夫,她每日登山望远,企盼丈夫归来,立志守贞,终化为一尊巨石。"望夫石"的故事在我国长江流域流布较广,从魏晋时武昌阳新县(今湖北省黄石市阳新县)发源,沿长江干支水系向上游和下游散布,至唐时上可见"剑阁石新妇"(今四川省广元市剑阁县),下可见"太平府当涂县望夫山"(今安徽省马鞍山市当涂县)。③ 白行简于元和九年(814)春入川任剑南东川节度使卢坦幕掌书记,十二年(817)九月因卢坦卒,罢幕欲归江州,与元和十年(815)被贬谪为江州刺史的兄长居易会合。④ 从《望夫化为石赋》的书写内容来看,行简所赋的故事传说当是传播最广的"武昌阳新县望夫石",一是记载此事的《世说》《列异传》《神异记》《幽明录》等文献为唐人所熟知、阅读,二是赋中"孤烟不散,若袭香于炉峰之前;圆月斜临,似对镜于庐山之上"之句可证。唐代流传"望夫石"的地方中,距离庐山最近的就是武昌阳新县,行简从梓州到江州当走水路,武昌阳新就在途中。他很可能

---

① 简宗梧:《律赋在唐代"典律化"之研究》,逢甲大学研究报告,计划编号:FCU－RD－90－02－01。
② 〔日〕後藤昭雄校注《江谈抄》,第526—527页。
③ 详见张芸:《望夫石传说古今流传考》,《民俗研究》2007年第4期。
④ 行简入幕及赴江州事可参黄大宏:《白行简年谱》,《文献》2002年第3期;同《白行简行年事迹及其诗文作年考》,《文学遗产》2003年第4期。

是在接近江州的武昌阳新想起书籍所载的"望夫石",涌起了实地探看的冲动,播下了文学书写的种子。因此,《望夫化为石赋》很可能是元和十二年(817)九月至十三年(818)间,即自梓州赴江州途中或抵江州后所作。此赋重在描写人化为石的情节,刻画细致、文笔优美、生动感人、余音绕梁,是唐代律赋的佳作之一。不过,这只是时隔一千多年的后人的看法,未必能代替古人的看法。

前文提到,近千年以前的日本学者褒赞《望夫化为石赋》为行简第一杰作,这一评论应当不是空穴来风。那么受到如此评价的《望夫化为石赋》在唐人眼中又如何呢?管见所及,唐代文献中鲜有涉及此赋的记载,佚名撰《赋谱》是与该赋有关的一部重要文献。《赋谱》是讲述律赋术语及作法的一部唐代赋格,大致成书于大和、开成年间(827—840)①。鉴于现存唐代赋格仅此一部,其在唐代律赋研究中的价值是不言而喻的。《赋谱》的实质是讲述如何作出一篇合格的科场律赋,具有写作指南的性质。但客观上也同时向我们展示了作者心中的评判标准,加之其屡次征引《望夫化为石赋》,不时施以点评,完全可以成为我们了解《望夫化为石赋》的一面镜子,一面唐人亲手打磨的镜子。

下面就借《赋谱》的评价标准,来了解《望夫化为石赋》在唐人眼中是一篇什么样的作品。首先列出《望夫化为石赋》全文②,每句前以阿拉伯数字进行编号,每句后据《赋谱》使用的赋句名称进行标注。"发语"的种类与"长句"的字数,都在括弧内加注。每段之后除示以押韵外,还依照《赋谱》的赋体结构给予标示。

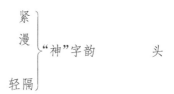

望夫化为石赋　　以"望远思深、质随神变"为韵　　白行简

1 至坚者石,最灵者人。　　　　　　　　紧
2 何精诚之所感,忽变化而如神。　　　　漫
3 离思无穷,已极伤春之目;
　贞心弥固,俄成可转之身。　　　　　　轻隔

"神"字韵　　头

---

① 张伯伟:《全唐五代诗格汇考》,南京:凤凰出版社,2002 年(初版《全唐五代诗格校考》,西安:陕西人民教育出版社,1996 年)。

② 据《文苑英华》卷三一,《景印文渊阁四库全书》,台湾商务印书馆 1983 年版,第 1333 册,第 296 页。

4 原夫　　　　　　　　　　　　　发（原始）

念远增怀,凭高流眄。　　　　　紧

5 心摇摇而有待,目眇眇而不见。　长（六字）　　　"变"字韵　　项

6 丝萝无托,难立节以自持;

金石比坚,故推诚而遂变。　　　轻隔

7 徒观夫　　　　　　　　　　　　发（提引）

其形未泐,其怨则深。　　　　　紧

8 介然而凝,类夫启母之状;　　　　　　　　　　"深"字韵　　胸

确乎不拔,坚于王霸之心。　　　轻隔

9 口也不言,腹兮则实。　　　　　紧

10 形落落以孤立,势亭亭而迥出。　长（六字）

11 化轻裾①于五色,独认罗衣;　　　　　　　　　"质"字韵　　上腹

变纤手于一拳,已迷纨质。　　　重隔

12 矧乎　　　　　　　　　　　　　发

石以表其贞,变以彰其异。　　　长（五字）

13 结千里之怨望,含万里之幽思。　长（六字）

14 绿云朝触,拂峨峨之髻鬟;　　　　　　　　　　　　　　　　　　腹

微雨暮沾,洒涟涟之珠泪。　　　轻隔　　　　　　"思"字韵　　中腹

15 杂霜华于脸粉,脱苔点于眉翠。　长（六字）

16 昔居人代,虽云赋命在天;

今化山椒,可谓成形于地。　　　轻隔

17 于是　　　　　　　　　　　　　发（提引）

感其事,察其宜。　　　　　　　壮

18 采蘼芜之芳,生不相见;　　　　　　　　　　　"随"字韵　　下腹

化芙蓉之质,死不相随。　　　　杂隔

19 冀同穴于冥漠,成终天之别离。　长（六字）

___

①　"裾",底本作"裙",据《赋谱》、传藤原宗忠编《作文大体》(日本东寺观智院本)改。

20 则知	发	
行高者其感深,迹异者其致远。	长(六字)	
21 委碧峰之窈窕,辞红楼之婉娩。	长(六字)	"远"字韵　腰〉腹
22 下山有路,初期携手同归;		
窥户无人,终叹往而不返。	轻隔	

23 嗟乎	发(起寓)	
贞志可嘉,高节惟亮。	紧	
24 同胚浑之凝结,异追琢而成状。	长(六字)	
25 孤烟不散,若袭香于炉峰之前;		"望"字韵　　尾
圆月斜临,似对镜于庐山之上。	杂隔	
26 形委化而已久,目凝睇而犹望。	长(六字)	
27 悲夫思妇与行人,莫不睹之而惆怅。	漫	

接下来,我们列出《赋谱》的评判标准,并以之对照《望夫化为石赋》,来验证该赋与《赋谱》所提倡的律赋做法相差几何。

(一)壮。三字句也。(中略)缀发语之下为便,不要常用。①

《赋谱》认为壮句宜在发语之下,少用为佳。《望夫化为石赋》的 17 号句为壮句,缀于发语"于是"后,是全文唯一的壮句。

(二)长。(中略)六、七者堪常用,八次之,九次之。

长句又根据字数的多少分为几类,其中六字长句与七字长句可以常用,八字长句的使用频率要低于六、七两类,九字长句又要低于八字长句。《望夫化为石赋》中长句共有十句,只有 12 号句为五字长句,其余均是六字长句。

(三)隔。隔句对者,其辞云隔。体有六:轻、重、疏、密、平、杂。(中略)此六隔,皆为文之要,堪常用,但务晕澹耳。就中轻、重为最。杂次之,疏、密次之,平为下。

隔句对是律赋最为显著的形制特征之一,故云"为文之要,堪常用",《赋谱》又将其分作六类,并点明各自的使用频率。第一是轻隔句和重隔句,第二是杂隔句,第三是疏隔句和密隔句,最后是平隔句。《望夫化为石赋》共有隔句对九处,七处为轻隔句和重隔句,分别是 3、6、8、11、14、16、22;两处为

① 本节对《赋谱》的引文均据詹杭伦:《唐宋赋学研究》第三章"《赋谱》校注",北京:中国社会科学出版社,华龄出版社,2004。詹校中的误植,据日本五岛美术馆藏《赋谱》影印件及中泽希男、柏夷、张伯伟等校文订正,并更改个别标点,后文不再加注。

杂隔句,分别是 18、25;疏隔句、密隔句、平隔句均无。

(四)漫。(中略)漫之为体,或奇或俗。当时好句,施之尾可也,施之头亦得也。项、腹不必用焉。

漫句可以用于赋头,也可以用于赋尾,但没有必要用在赋项与赋腹中①。《望夫化为石赋》中漫句只有 2 号句和 27 号句,分别用于赋头与赋尾。

(五)发。发语有三种,原始、提引、起寓。(中略)原始发项,起寓发头、尾,提引在中。

《赋谱》将发语分为原始、提引、起寓三类,原始用在赋项之首,起寓用在赋头、赋尾之首,提引则用在赋腹中各段之首。《望夫化为石赋》的发语共有六例,惜只有四例见于《赋谱》,但如前所示,这四例发语的用法均与《赋谱》所论一致,余下两例推知也无二致。②

(六)凡句,字少者居上,多者居下。紧、长、隔以次相随。(中略)其头,初紧,次长,次隔。即项,原始,紧。(中略)次长,次隔。即胸,发、紧、长、隔,至腰如此。

关于赋句的前后位置,应将字数少的句子置前,字数多的句子置后。并详述了从"头"至"腰"各段中赋句的前后顺序。如前所示,《望夫化为石赋》虽不是每一段均与此顺序相合,却也是合者多、差者少。

(七)约略一赋内用六、七紧,八、九长,八隔,一壮,一漫,六、七发。或四、五、六紧,十二、三长,五、六、七隔,三、四、五发,二、三漫、壮。或八、九紧,八、九长,七、八隔,四、五发,二、三漫、壮。或八、九长,三漫、壮,或无壮,皆通。计首尾三百六十左右字。

《赋谱》根据赋句的使用数量,将一篇律赋分作几种情形,但无论是哪种情形,字数都在三百六十字上下。《望夫化为石赋》中紧句五句,长句十句,隔句对九句,壮句一句,漫句二句,发语六个,字数总计三百八十五字,与《赋谱》所言极为接近。

---

① 《赋谱》仿造人体构造将一篇完整的律赋依次分作"头""项""腹""尾",其中"腹"又分作"胸""上腹""中腹""下腹"和"腰"。

② 《赋谱》云:"若'原夫''若夫''观夫''稽其''伊昔''其始也'之类,是原始也。若'泊夫''且夫''然后''然则''岂徒''借如''则曰''金曰''矧夫''于是''已而''故基''是故''故得''是以''尔乃''知是''徒观夫'之类,是提引也。'观其''稽其'等也或通用之。如'士有''客有''儒有''我皇''国家''嗟乎''至矣哉''大矣哉'之类,是起寓也。"《望夫化为石赋》12 号句中发语"矧乎"近似于《赋谱》所示"矧夫",20 号句中发语"则知"近似于《赋谱》所示"知是",可以看作提引类发语。

（八）近来官韵多勒八字，而赋体八段，宜乎一韵管一段，则转韵必待发语，递相牵缀，实得其便。（中略）若韵有宽窄，词有短长，则转韵不必待发语，发语不必由转韵，逐文理体制以缀属耳。

这部分讲述了段落与转韵的关系，八韵律赋作成八段，即"头""项""胸""上腹""中腹""下腹""腰""尾"，每段押一韵。转韵以发语引领为宜，但如果该段押窄韵或语句不多，则不必死守这一规矩。《望夫化为石赋》共八段，正是每段押一韵，七处转韵中有六处以发语引领。唯"深"字韵转"质"字韵无发语，盖是因为这两段语句较少，若缀以发语反而支离破碎。

除上述八条外，《赋谱》还有两处直接论及《望夫化为石赋》，分别是：

（九）古昔之事，则发其事，举其人。（中略）而白行简《望夫化为石》，无切类石事者，惜哉。

《赋谱》认为取材自古昔之事的律赋，应该说出这件事情，举出这个人物。但《望夫化为石赋》却未及"望夫石"这一故事，殊为可惜。

（十）《望夫化为石》云："至坚者石，最灵者人。"是破题也。"何精诚之所感，忽变化也如神。离思无穷，已极伤春之目；贞心弥固，俄成可转之身。"是小赋也。"原夫念远增怀，凭高流眄。心摇摇而有待，目眇眇而不见。"是事始也。

这一段是《赋谱》对《望夫化为石赋》赋头与赋项的引用。为说明"古赋"与"新赋"①的"头""项"有别，《赋谱》特以《望夫化为石赋》作为"新赋"之例，可见《望夫化为石赋》之典型性。

通过第一至八条的对照考察，可以确认《望夫化为石赋》几乎完全符合《赋谱》之标准，依此来看，《望夫化为石赋》可谓一篇"理想的"律赋。尽管《赋谱》指出了《望夫化为石赋》中的一处遗憾，但在解释律赋的赋头与赋项时，还是遴选出《望夫化为石赋》作为示例，足见其肯定。站在《赋谱》的立场上说，《望夫化为石赋》是一篇"白璧微瑕"的作品。

综上，回归到唐代语境中，白行简《望夫化为石赋》也是一篇名望较高、堪称翘楚的作品，完全可以看成中晚唐律赋的轨范之作。虽然《赋谱》点出其一丝"瑕疵"，但这仅仅是《赋谱》的"一家之言"，不可认为是唐人共识，我们还会在后面的章节里详细探讨这个问题。

---

① "新赋"即"律赋"。

第二节　纪长谷雄《柳化为松赋》与唐代律赋关系考论

在研究中日古代文学关系时,唐代与平安朝是一对屡被提及的重要时期。深受大唐影响的日本平安朝在文学上曾唯唐马首是瞻,其中汉诗文在这方面就反映得更为明显了。许多研究成果已证实了平安朝汉文学深受唐代文学的影响,但对本时期辞赋的探讨还不够深入,仍有很多问题悬而未决。

以平安文人纪长谷雄(845—912)的《柳化为松赋》为例,至少存在两个层面上的问题。一是如何解释《柳化为松赋》的内容。该赋篇幅短小,用典也不晦涩,但前人的解释并非毫无疑义。二是我国古典文学对《柳化为松赋》产生了怎样的影响。这一层也正是历来研究中最不彻底、问题最多的地方。纵观平安朝辞赋的影响研究,长期以来存在重出典、轻文体,以及过分倚重白居易这两种倾向,致使一些辞赋作品存在失察之处。具体到《柳化为松赋》上,该赋的体式特征与我国辞赋有何关系,是否受到了某个赋家、某篇赋作的具体影响,均尚不明了。鉴于此,本节在修正前人《柳化为松赋》注释的基础上,试图解决该赋在哪几个方面受到了唐代律赋怎样的影响这一问题。

一　纪长谷雄与其《柳化为松赋》

纪长谷雄是日本平安朝(794—1185)的文人官僚,主要活跃于宇多、醍醐两代天皇治世期间(887—930)。他在《延喜以后诗序》中自叙"予十有五志于学,十八颇知属文。"①另据《公卿补任》延喜二年条可知,纪长谷雄在日本贞观十八年(876)春补为"文章生",元庆五年(881)成为"文章得业生",仁和二年(886)任"少外记",宽平二年(890)任"图书头",次年(891)任"文章博士",宽平七年(895)加任"大学头"。② 可见,纪长谷雄少时便有志于当时之"学"——汉学,不仅接受过正规的汉学教育,是"大学寮"众多学生中的佼佼者,而且出仕后多任职于兰台、翰林等处,又执教于"大学寮",为当时硕儒之一。他创作了很多汉诗文,别集除《延喜以后诗卷》外还有《纪家集》,可惜《诗卷》已佚,《纪家集》也仅有断简存世,其诗文多赖《本朝文粹》《朝野群载》《扶桑集》等文献得以保存。

《柳化为松赋》是纪长谷雄的一篇律赋,收录于《本朝文粹》卷一,其中的赋句"千丈凌雪,应喻嵇康之姿;百步乱风,谁破养由之射"又见于藤原公任

---

① 《延喜以后诗序》是纪长谷雄的诗集《延喜以后诗卷》的自序,诗集现已不存,此自序被收录于藤原明衡(989?—1066)编《本朝文粹》卷八。引文据〔日〕大曽根章介、金原理、後藤昭雄校注:《本朝文粹》(新日本古典文學大系 27),東京:岩波書店,1992 年,第 50、254 頁。
② 《國史大系》第九卷《公卿補任》前編,東京:経済雑誌社,1899 年,第 161—162 頁。

(966—1041)编《和汉朗咏集》卷下"松"部①。该赋写作年代不详,于何种背景之下创作亦不明了。现将《柳化为松赋》的全文揭载如下,底本据《本朝文粹》日本神奈川县称名寺藏金泽文库保管本,四〇〇函二六号。

柳化为松赋　　以题为韵　　　纪纳言

至脆者柳,最贞者松。何二物之各别,忽一化以改容?惭朽株之含蠹,羡老干之为龙。岂敢依依于陶令之种,只须郁郁于秦皇之封。

徒观其翠惟新叶,绿非故枝。鄙彼愚夫之守株,故不常其操;类于君子之见善,遂从其宜。岁云暮矣,风以动之。悲众芳之先落,全孤节而不移。唯期千年之偃盖,不见二月之垂丝。彼虽迁变之在我,诚任造化之云为。

若乃寒暑改节,星霜迭谢。厌鸣蝉于嘶风之秋,待栖鹤于警露之夜。千丈凌雪,应喻嵇康之姿;百步乱风,谁破养由之射。总②不知所以然而为然,亦不知所以化而忽化。

遂以有嫌如眉,无思生肘。独能结子,可充于仙客之饵;何以着③花,被折于佳人之手。凡宇宙之内,何奇不生;天地之间,何怪不有?况彼变化无穷,何止在松与柳而已哉?

此赋题下限韵为"以题为韵",作者纪纳言,是官至"中纳言"的纪长谷雄之敬称。该赋并非费解之作,就柳树变化为松树这一现象,作者铺陈了大量有关柳与松的典故并袭用了很多经典描写。已有不止一位日本学者对此赋进行过详细的校注。最初是柿村重松先生,他除了文字校订外,还详细考索了很多语句的出典,并就全文给出了自己的解读④。其后藤原尚先生在论述日本人作赋的特征时谈及了《柳化为松赋》,也指出了部分用词遣句的典据。⑤ 后来三木雅博先生就现存纪长谷雄的诗文作品进行过整理,其校合

---

① 《和汉朗咏集》中此赋的赋题录作"柳变为松赋"。
② 底本作"忽",从其异本校合注。
③ 底本作"看",从柿村重松的校订(诸本作看,盖转写误)。详见〔日〕柿村重松:《本朝文粹註釈》上册,東京:冨山房,1968 年新修版,第 31 頁。另,本节所引日本学者的论述均为笔者试译。
④ 〔日〕柿村重松:《本朝文粹註釈》,第 27—31 頁。
⑤ 〔日〕藤原尚:《和製の赋の特徵—経國集・本朝文粹の赋—》,收入古田敬一编《中國文學の比較文學の研究》,東京:汲古書院,1986 年,第 113—114 頁。

的《柳化为松赋》的赋文和日语训读文亦可资参酌。① 最近的研究则是烧山广志先生,他在前人基础上再次对此赋进行注释,并以此赋为例去验证了纪长谷雄的诗文具有浅显易懂的特征。② 前人的研究为我们正确理解《柳化为松赋》打下了坚实的基础,不过其中仍然存在一些值得商榷的地方。下面就在综合他们校注的基础上试做出解释。

第一段,开篇破题点出柳与松的特质区别,并提出全然不同的两者居然出现了"柳化为松"这一问题。继之猜测缘由,或为朽柳自惭形秽而艳羡老松有虬龙之姿。此树本可如陶潜门前柳一般轻柔披拂,却求似始皇所封大夫松一般郁郁葱葱。本段中"朽株""含蠹""老干""为龙"是诗文中描绘树木之辞,"依依"之于柳树、"郁郁"之于松树也都是常用之形容。③ 而"陶令之种"与"秦皇之封"则分别是柳与松的两个典故。④

第二段,讲述柳化为松后,新发枝叶已非柳树枝叶。守株待兔之辈甚为可鄙,故不推崇不知变通的操守;当如君子般择善而从,于是顺应见贤思齐的道理。一年将尽,北风四起。此树于寒风吹撼之中,悲悯于百花凋落,仍独守节操而不渝。它只希望长成千年苍松,不再垂下二月丝绦。虽说这种变迁是因此树而起,但也不得不说是大自然之造化所为。本段使用了"愚夫守株"与"君子见善"来做对比,否定了一成不变肯定了通权达变。⑤ "千年偃盖"与"二月垂丝"也是松与柳的典型描写。⑥

第三段,寒来暑往,岁月更迭。早已厌倦了往昔身为柳树时,树上的寒蝉于秋风中嘶鸣的光景,因而期待着如今化为松树后,在秋露滴沥之夜迎来高鸣相警的白鹤。那迎雪而立的千丈孤松,正是嵇康风姿的绝佳比喻;善射的养由曾距柳叶百步之外百发百中,只是柳已不在,乱风之中怎么还会有人百步破的而超越养由呢? 思来想去,实在是不知为何现此怪象而已然如此,

① 〔日〕三木雅博:《紀長谷雄漢詩文集並びに漢字索引》,大阪:和泉書院,1992 年,第 45—46、107 頁。

② 〔日〕烧山廣志:《紀長谷雄作品研究—〈柳化為松賦〉注釈—》,《九州大谷國文》第 27 號,1998 年 7 月。纪长谷雄的诗文具有浅显易懂的特征是三木雅博先生的论点,详见其书中绪言,三木雅博:《紀長谷雄漢詩文集並びに漢字索引》,第 2—3 頁。

③ 唐·白居易《初病风》云:"朽株难免蠹,空穴易来风";同《题流沟寺古松》云:"烟叶葱茏苍尘尾,霜皮驳落紫龙鳞";《诗经·小雅·采薇》云:"昔我往矣,杨柳依依";晋·左思《咏史》其二云:"郁郁涧底松,离离山上苗"等。

④ 可参《晋书·陶潜传》"五柳"之事;《艺文类聚·木部》引《汉官仪》"大夫松"之事。

⑤ 可参《韩非子·五蠹》"守株"之事;《论语·述而》云:"三人行,必有我师焉,择其善者而从之,其不善者而改之";《周易·益·象》云:"君子以见善则迁,有过则改"。

⑥ 《抱朴子·内篇·对俗》云:"千岁松树,四边枝起,上抄不长,望而视之,有如偃盖";唐·贺知章《咏柳》云:"碧玉妆成一树高,万条垂下绿丝绦。不知细叶谁裁出,二月春风似剪刀。"

也不知柳树为何要化为松树但其确倏然而化。本段也同样沿袭我国的文学表现,营造了"柳中鸣蝉"与"松上栖鹤"这两种意象。① 继而使用"嵇康"与"养由"的典故去相关松与柳。② 最后化用《庄子》《列子》等典籍中"不知所以然而然"③的表述来响应开篇的提问,柳化为松之原因终是无法言明。

第四段,厌倦了"柳叶如眉"的描写,也不怀念"柳生左肘"的典故。松树自己可以结出果实,成为仙人之食;而柳树的枝条总为佳人折取,又如何能长出花朵呢? 宇宙天地之间,千奇百怪。而那奇异的变化更是无穷无尽,又岂止"柳化为松"呢? 本段起始即连用"如眉""生肘""食松实""折柳条"这几个经典描写和典故④,最后点出"柳化为松"不过是这世间千变万化中的一个变化而已。

其中,"有嫌如眉,无思生肘"一文颇为费解。第一是"有嫌如眉"句,现存诸本中有作"在嫌如眉"者,如静嘉堂文库藏《本朝文粹》⑤。自柿村先生后,均校订为"在"字却未详说缘由,愚意以为"有无"相对,"有"字亦通。第二是"无思生肘"句,现存诸本中均无异文。"生肘"当如前文注释所引,典出《庄子》,但"无思"不知作何解。先行注释也均作"无思生肘",但对"无思"二字的解释差强人意,柿村先生解作"柳如眉,柳生肘,然柳已化松,无复有柳"⑥,烧山先生解作"一朝柳化松,遂嫌柳如眉,又忘柳生肘"⑦。笔者亦尊重现存诸本暂不校改文字,解作"厌倦了'柳叶如眉'的描

---

① 《诗经·小雅·小弁》云:"菀彼柳斯,鸣蜩嘒嘒";陈·张正见《寒树晚蝉疏》云:"寒蝉噪杨柳,朔吹犯梧桐";《艺文类聚·岁时》引《风土记》云:"鸣鹤戒露,白鹤也。此鸟性俭,至八月,白露降,即高鸣相儆";唐·王睿《松》云:"常将正节栖孤鹤,不遣高枝宿众禽。好是特凋群木后,护霜凌雪逾翠深。"

② 《世说新语·容止》云:"嵇叔夜之为人也,岩岩若孤松之独立;其醉也,傀俄若玉山之将崩";《战国策·西周策·苏厉谓周君》云:"楚有养由基者,善射。去柳叶者百步而射之,百发百中。"

③ 《庄子·外篇·达生》云:"孔子观于吕梁,(中略)吾生于陵而安于陵,故也;长于水而安于水,性也;不知吾所以然而然,命也。"又《列子·力命》云:"古之人有言,吾尝识之,将以告若。不知所以然而然,命也。"

④ 唐·白居易《长恨歌》云:"芙蓉如面柳如眉,对此如何不泪垂"。《庄子·外篇·至乐》云:"支离叔与滑介叔观于冥伯之丘、昆仑之虚,黄帝之所休。俄而柳生其左肘,其意蹶蹶然恶之。支离叔曰:'子恶之乎?'滑介叔曰:'亡,予何恶!生者,假借也;假之而生生者,尘垢也。死生为昼夜。且吾与子观化而化及我,我又何恶焉!'"《列仙传·偓佺》云:"偓佺者,槐山采药父也,好食松实,形体生毛,长数寸,两目更方,能飞行逐走马。以松子遗尧,尧不暇服也。松者,简松也。时人受服者,皆至二三百岁焉。"《三辅黄图》云:"灞桥,在长安东,跨水作桥。汉人送客至此桥,折柳赠别。"

⑤ 身延山久远寺藏重要文化财《本朝文粹》影印本,東京:汲古書院,1980 年,第 316 页。该书卷一为静嘉堂文库藏《本朝文粹》的影印。

⑥ 〔日〕柿村重松:《本朝文粹註釈》,第 30 页。

⑦ 〔日〕烧山廣志:《紀長谷雄作品研究—〈柳化為松賦〉注释—》,第 12 页。

写,也不怀念'柳生左肘'的典故"。然,据原典《庄子》可知,针对"俄而柳生其左肘",滑介叔直言"亡,予何恶!(中略)观化而化及我,我又何恶焉",表达了"无恶生肘"的观点。"思""恶"两字若有鲁鱼之误,则原文或可为"有嫌如眉,无恶生肘"。一是"嫌恶"相对,二是用《庄子》"生肘"之典,三是表达了"亡恶化及我"之寓意。即"虽厌柳树之柳叶如眉的描写,却不恶柳树之俄生左肘的典故",或更进一步解释为"虽厌柳叶如眉的描写,却不厌变化及身的道理",聊备一说。

另外,关于"独能结子,可充于仙客之饵;何以着花,被折于佳人之手"一文,上半联易解,而下半联现存诸本均作"何以看花,被折于佳人之手",柿村先生以为"看"乃"着"字之讹①,宜从。只是先生解作"又怎能开出花朵为佳人所折呢"②,烧山先生也解作"事到如今,又岂能梦想着花发枝为美人所折呢"③。若依二人所解,恐变作"柳化松后,柳已不存,故杨柳着花而为人所折之景象自荡然无存矣"之意。愚意以为,此文前后松柳相对,"前松"既用"偓佺好食松实"之事,"后柳"必用"灞桥折柳"等意象无疑,而"折柳"实为"柳条"非是"柳花"。古人折柳赠别蔚然成风,遂现"折尽"一说,如"柳条折尽花飞尽,借问行人归不归"(隋·无名氏《送别诗》),"赠远屡攀折,柔条安得垂"(唐·孟郊《折杨柳》),"客亭门外柳,折尽向南枝"(唐·张籍《蓟北旅思》),"为近都门多送别,长条折尽减春风"(唐·白居易《青门柳》)等。柳树常为佳人所折,又兼有"折尽"之嫌,自然"无以着花"。此隔对句当是对比"松""柳",扬"松"抑"柳"。

二 《柳化为松赋》的题下限韵

既往的研究总是侧重于对该赋的解释,而对其体式——律赋的关注则远远不够。值得一提的是,烧山先生注意到了这个问题,对《柳化为松赋》的音韵、对句进行了确认统计,但遗憾的是先生止步于此,其对该赋的认识并没有超越松浦友久等前辈学者。④

《柳化为松赋》全文共四段,押四个韵部,首尾计 260 字。该赋不仅题下限韵,也可见隔句对的使用,其体式当属律赋无疑。不过这并不是日本最早的律

① 〔日〕柿村重松:《本朝文粹註釈》,第 30 頁。
② 〔日〕柿村重松:《本朝文粹註釈》,第 31 頁。
③ 〔日〕烧山廣志:《紀長谷雄作品研究—〈柳化为松賦〉注釈—》,第 12 頁。
④ 〔日〕烧山廣志:《紀長谷雄の賦について—音韻·構造上の一考察—》,《有明工業高等專門學校紀要》第 34 號,1998 年 1 月,第 23—24、26—27 頁。松浦友久先生已经注意到了《本朝文粹》中所收赋作几乎全为律赋这一现象,指出日本自九世纪中叶后就进入了写作律赋的时代,详见〔日〕松浦友久:《上代日本漢文學における賦の系列—〈経國集〉〈本朝文粹〉を中心に—》,東京大學國語國文學會《國語と國文學》1963 年第 10 號,第 78—80 頁。

赋,在纪长谷雄之前,都良香(834—879)就已经开始律赋的创作。松浦友久先生就此进行过论考,认为是《白氏文集》的舶来影响了日本人赋的创作,促使日本辞赋从骈赋过渡到了律赋。① 《白氏文集》收载白居易所作律赋十篇,诚如松浦先生所论,喜爱且推崇白氏的都良香难免不受其影响②,但《白氏文集》能否作为日本律赋产生的直接诱因还有待商榷。詹杭伦先生也曾考察过都良香的律赋,推想其与我国的科举试赋存在一定关系。③ 笔者则通过考察作赋的程限,认为日本律赋的产生受到了科举课赋的影响。④ 不管是《白氏文集》还是科举试赋,平安朝律赋受到了唐代律赋的影响这一点在学界是没有异议的,只是在考察时我们不能把眼光局限于白居易一人。就以纪长谷雄的这篇《柳化为松赋》来说,其限韵方式显然不是来自《白氏文集》。

《柳化为松赋》的限韵方式是"以题为韵"。而《白氏文集》中并不存在以此种方式来限韵的律赋,即便是《文苑英华》《全唐文》等纳入白居易名下的《荷珠赋》《洛川晴望赋》《叔孙通定朝仪赋》,也均不是"以题为韵"。但"以题为韵"其实是唐代律赋常见的一种限韵方式。顾名思义,"以题为韵"指依照赋题中的文字进行押韵,只是就现存唐代律赋而言,标以"以题为韵"的赋作并不是整齐划一地按照一种方式来押韵。有的"以题为韵"是以去掉"赋"字的赋题为韵,如后文所列举的几篇作品;有的"以题为韵"是以包含"赋"字的赋题为韵,如张仲素的《千金市骏骨赋》⑤;还有的"以题为韵"实质是"以题中字为韵",如王起的《汉武帝游昆明池见鱼衔珠赋》⑥。那么纪长谷雄的《柳化为松赋》是何种情形呢? 该赋四段,分别押

---

① 详见〔日〕松浦友久:《上代日本漢文學における賦の系列—〈経國集〉〈本朝文粹〉を中心に—》,第81—82頁。

② 详见〔日〕松浦友久:《上代日本漢文學における賦の系列—〈経國集〉〈本朝文粹〉を中心に—》,第82頁。都良香《白乐天赞》云:"集七十卷,尽是黄金。"

③ 详见詹杭伦:《日本平安朝学者都良香律赋初探》,收入徐中玉、郭豫适主编《中国文论的古与今》(《古代文学理论研究》第32辑),上海:华东师范大学出版社,2011年,第65—66页。

④ 详参本书第二章第二节。

⑤ 据《全唐文》卷六四四。该赋分别押"赋"字韵(去声遇韵)、"千"字韵(下平声先·仙韵)、"骏"字韵(去声震·稕韵)、"市"字韵(上声旨·止韵)、"金"字韵(下平声侵韵)和"骨"字韵(入声月·没韵),即以赋题"千金市骏骨赋"全部文字为韵。另,本节所引唐赋凡旨在究明韵脚的,只追究韵脚的文字差异,韵脚以外的文字均不作校勘说明。《全唐文》为中华书局1983年版,后文相同,不再赘述。

⑥ 据《全唐文》卷六四二。该赋分别押"明"字韵(下平声庚·清韵)、"帝"字韵(去声霁·祭韵)、"游"字韵(下平声尤·侯韵)、"武"字韵(上声麌·姥韵)、"池"字韵(上平声支韵)、"汉"字韵(去声翰韵)和"昆"字韵(上平声魂·痕韵),即以赋题中"汉武帝游昆明池"七字为韵。另可参见王士祥:《唐代试赋之"以题为韵"与"以题中字为韵"考述》,《广东海洋大学学报》2009年第2期,第49页。就收录此赋的现存诸文献而言,赋题均作"汉武帝游昆明池见鱼衔珠赋",但也无法排除原题原作"汉武帝游昆明池赋"等可能性。

了"松"字韵(上平声钟韵)、"为"字韵(上平声支·之韵)、"化"字韵(去声祃韵)和"柳"字韵(上声有韵)。纪长谷雄显然是除掉题中"赋"字,以"柳化为松"四字为韵。这种以去掉"赋"字的赋题为韵的限韵形式,屡现于唐代律赋中。

比如唐太宗第七子蒋王李恽(? —674)的《五色卿云赋》(《全唐文》卷九九)便是这种情形,该赋是现存律赋中最早的"以题为韵"①,全文如下:

五色卿云赋 以题为韵

惟皇建极兮,宪章前古。于穆文明兮,保乂寰宇。御时得一兮,临人以五。法天无私兮,承天之祐。

至矣哉,众兆融朗,山川出云。叶千年之休裕,垂五色之氤氲。萧索离披,状虹辉之贯日;徘徊摇曳,疑鼎气之歆汾。散作霞彩,聚成锦文。匪腾华于触石,信呈瑞于明君。

其静也专,其动也直。既无散漫,亦无消息。远而可视,高未能逼。乘轻吹之霏微,映朝阳而翕赩。禀造化之元气,挺自然之奇色。英倏倏也,祇可以理求;纷溶溶兮,固难乎智测。若雾非雾,有始有极。转空不待于扶摇,动日岂资于羽翼。

有道斯见,无德匪呈。庶物皆睹,应天之卿。体鹄振而超越,候龙吟而化成。则需为大矣,可谓乎元亨利贞。

李恽的《五色卿云赋》分别押了"五"字韵(上声麌·姥韵)、"云"字韵(上平声文韵)、"色"字韵(入声职韵)和"卿"字韵(下平声清·庚韵),即以赋题的"五色卿云"为韵。又如中唐王起(760—847)的《朔方献千里马赋》(《全唐文》卷六四三),分别押了"朔"字韵(入声觉韵)、"方"字韵(下平声阳·唐韵)、"献"字韵(去声愿韵)、"千"字韵(下平声先·仙韵)、"里"字韵(上声旨·止韵)和"马"字韵(上声马韵),即以赋题的"朔方献千里马"为韵。再如晚唐王棨(约832—?)的《樵夫笑士不谈王道赋》(《全唐文》卷七六九),分别押了"夫"字韵(上平声虞·模韵)、"士"字韵(上声旨·止韵)、"樵"字韵(下平声萧·宵韵)、"不"字韵(上声有·厚韵)、"王"字韵(下平声阳·唐韵)、"道"字韵(上声晧韵)、"谈"字韵(下平声覃·谈韵)和"笑"

① 邝健行先生推测此赋作于永徽元年(650)或稍后。详见邝健行:《初唐题下限韵律赋形式的观察及引论》,收入中国唐代文学学会等主编《唐代文学研究》第8辑,桂林:广西师范大学出版社,2000年,第237—238页。

字韵(去声啸·笑韵),即以赋题的"樵夫笑士不谈王道"为韵。由此可见,纪长谷雄《柳化为松赋》的限韵方式当是受到了唐代律赋中这类不押"赋"字的"以题为韵"的影响。且据现存白居易律赋中不存此类限韵可知,传入日本的唐代律赋非止白氏所作。

三 纪长谷雄《柳化为松赋》与白行简《望夫化为石赋》的关系

《柳化为松赋》中处处可见我国古典诗文的影子,那些耳熟能详的典故杂然其中,让我们读起来倍感亲切。前辈学者多把目光集中在这一个个的出典上,而似乎忽视了该赋之赋体——律赋发生于唐代这一重要信息。这给人以纪长谷雄只需熟读"诸子百家"以及《文选》等经典诗文便可写出此赋的错觉。然而,律赋发轫于唐代,面对这一新生文体,平安文人若不研读唐代的律赋,怕是难以写出自己的作品。那么《柳化为松赋》是否会受到唐代律赋中某个具体作品的影响呢?

(一)赋题与赋头

我们先来分析《柳化为松赋》的赋题与赋头。赋题"柳化为松"正如诸先学所指出的那样,语出唐·房玄龄等撰《晋书·张天锡传》①,原文如下:

> 天锡数宴园池,政事颇废。(中略)自天锡之嗣事也,连年地震山崩,水泉涌出,柳化为松,火生泥中。而天锡荒于声色,不恤政事。②

针对这一出典,藤原尚先生曾作出如下的解释:

> 张天锡是前凉第九代君主,亦是亡国之主。自继位以来,连年发生地震山崩,泉水涌出,柳变为松,火生泥中。但天锡耽于声色,罔顾政事。长谷雄并没有加入讽刺的意味,他咏颂的是人类随机应变的灵活。③

藤原先生已经注意到了《张天锡传》与《柳化为松赋》虽同用"柳化为松",但

---

① 尽管日本学者都认为"柳化为松"出自《晋书》,但也无法断然排除语出北魏·崔鸿撰《十六国春秋》的可能性,只是现存《十六国春秋》均非原书,我们目前仍断定为语出《晋书》。
② 〔唐〕房玄龄等撰:《晋书》卷八六列传第五六,北京:中华书局,1974年,第2250—2251页。
③ 〔日〕藤原尚:《和製の賦の特徵—経国集·本朝文粹の賦—》,第113頁。

其实存在着实质上的差别。

《张天锡传》中，张天锡荒淫声色、不理政事，大自然则出现了一系列不祥之兆，"柳化为松"正是种种灾异中的一个。与"地震山崩"等自然现象不同，"柳化为松"多少带有一些离奇夸张。历史真相或如梁·沈约撰《宋书·五行志》中的如下记载：

> 晋海西太和元年，凉州杨树生松。天戒若曰，松不改柯易叶，杨者柔脆之木，此永久之业，将集危亡之地。是后张天锡降氏。①

"杨树生松"虽然看起来也不合理，但假如出现柳叶枯萎成松针一般，从而给古人造成"杨树生松"的假象亦未可知。② 不管当时的真相如何，至少"杨树生松"在《宋书》中就已作为"天戒"出现，并预示着张天锡的亡国。而这一自然变异又为唐代史臣书写于隋炀帝亡国一事上，《隋书·五行志》有文如下：

> 仁寿元年十月，兰州杨树上松生，高三尺，六节十二枝，《宋志》曰："松不改柯易叶，杨者危脆之木，此永久之业，将集危亡之地也。"是时帝惑谗言，幽废冢嫡，初立晋王为皇太子。天戒若曰，皇太子不胜任，永久之业，将致危亡。帝不悟。及帝崩，太子立，是为炀帝，竟以亡国。③

毋庸置疑，《宋书》等前代史籍的记述影响了唐人，他们在《晋书·五行志》中记录"张天锡降氏"之"天戒"时基本照搬了前人的表述，具体如下：

> 海西太和元年，凉州杨树生松。天戒若曰，松者不改柯易叶，杨者柔脆之木，今松生于杨，岂非永久之业将集危亡之地邪？是时张天锡称雄于凉州，寻而降苻坚。④

---

① ［梁］沈约等撰：《宋书》卷三二志第二二，北京：中华书局，1974 年，第 940 页。
② "杨树生松"不排除"杨树生松叶"中"叶"字脱落的可能性，如《十六国春秋·前凉·张天锡传》中可见"姑臧北山杨树生松叶"一文。［清］汤球辑补，王鲁一、王立华点校：《二十五别史：十六国春秋辑补》，济南：齐鲁书社，2000 年，第 521 页。
③ ［唐］魏征等撰：《隋书》卷二二志第一七，北京：中华书局，1973 年，第 619 页。
④ ［唐］房玄龄等撰：《晋书》卷二八志第一八，第 860 页。

针对"杨树生松"与"天锡亡国"这两者之间的联系,唐代史臣在编撰《晋书》时继承了前代的认识,只是在卷二二的《五行志》中沿用了前人的表述,而在卷八六的《张天锡传》中,将"杨树生松"的表述更换成了"柳化为松"。把天象、灾异等当时人类无法解释的事情与政治联系起来,是我国史传中常见的手法,不管"杨树生松"还是"柳化为松",都是作为上天对昏庸君主恶政的警告而被记录下来,仅仅是措辞的差异而已。这里的"柳化为松",看似在描述一种"变化",实则是着眼于"政治"。

可是《柳化为松赋》中,丝毫不见有"政治"的描写,或是对"政治"的讽喻。如前文所述,纪长谷雄仅是就"柳化为松"这一"变化"进行描写,在使用各种典故的同时也间杂了一些哲学思考,最后落脚在世上的"变化"纷繁众多、何止是"柳化为松"的反问上。笔者虽然对前述藤原先生的观点——纪长谷雄"咏颂的是人类随机应变的灵活"不敢苟同,但认为他提出该赋并非讽喻、无关政治这一点应该是没有疑问的。用一句话概括,赋题的"柳化为松"尽管语出《晋书》,但纪长谷雄却不是在书写《晋书》之事。

而检阅唐代赋作,却发现某些赋题倒是和"柳化为松"有几分相似。如高迈《鲲化为鹏赋》(《全唐文》卷二七六),李觐《昆田化为金赋》(以"祭祀明洁、神化之金"为韵,《全唐文》卷四三六),黎逢《水化为盐赋》(以"天之美利、变化无穷"为韵,《全唐文》卷四八二),白行简《望夫化为石赋》(以"望远思深、质随神变"为韵,《全唐文》卷六九二)。这些赋题中均有"化为"二字,内容也均关乎"变化"。我们若仿照《文选》《文苑英华》那样对赋进行分类,也设立一类题材为"变化"的话,把这些唐赋与《柳化为松赋》归入"变化"之中似乎也顺理成章。因此,要说纪长谷雄在写作《柳化为松赋》时去参照了唐赋中同样演绎"变化"的赋作也是情理之中的,何况李觐、黎逢、白行简三人之作又是律赋,被纳入纪氏书袋之中并非毫无可能。

再来看《柳化为松赋》的赋头,便可确定纪长谷雄参照的是白行简的《望夫化为石赋》。白行简(776—826)是中唐时期的著名赋家,《旧唐书·白居易传》附《行简传》云:"有文集二十卷。行简文笔有兄风,辞赋尤称精密,文士皆师法之。"[1]唐·赵璘在《因话录》中亦云:"李相国程,王仆射起,白少傅居易兄弟,张舍人仲素,为场中词赋之最,言程序者,宗此五人。"[2]现据《文苑英华》卷三一将《望夫化为石赋》全文揭载如下:

---

① [五代]刘昫等:《旧唐书》卷一六六列传第一一六,北京:中华书局,1975年,第4358页。

② [唐]赵璘:《因话录》卷三,上海:上海古籍出版社,1979年,第82页。[宋]王谠《唐语林》卷二有同文,只是"程序"作"程试"。周勋初校证:《唐语林校证》,北京:中华书局,1987年,第146—147页。

望夫化为石赋　　以"望远思深、质随神变"为韵　　白行简

　　至坚者石,最灵者人。何精诚之所感,忽变化而如神。离思无穷,已极伤春之目;贞心弥固,俄成可转之身。

　　原夫念远增怀,凭高流眄。心摇摇而有待,目眇眇而不见。丝萝无托,难立节以自持;金石比坚,故推诚而遂变。

　　徒观夫其形未沴,其怨则深。介然而凝,类夫启母之状;确乎不拔,坚于王霸之心。

　　口也不言,腹兮则实。形落落以孤立,势亭亭而迥出。化轻裾①于五色,独认罗衣;变纤手于一拳,已迷纨质。

　　矧乎石以表其贞,变以彰其异。结千里之怨望,含万里之幽思。绿云朝触,拂峨峨之髻鬟;微雨暮沾,洒涟涟之珠泪。杂霜华于脸粉,脱苔点于眉翠。昔居人代,虽云赋命在天;今化山椒,可谓成形于地。

　　于是感其事,察其宜。采蘼芜之芳,生不相见;化芙蓉之质,死不相随。冀同穴于冥漠,成终天之别离。

　　则知行高者其感深,迹异者其致远。委碧峰之窈窕,辞红楼之婉娩。下山有路,初期携手同归;窥户无人,终叹往而不返。

　　嗟乎贞志可嘉,高节惟亮。同胚浑之凝结,异追琢而成状。孤烟不散,若袭香于炉峰之前;圆月斜临,似对镜于庐山之上。形委化而已久,目凝睇而犹望。悲夫思妇与行人,莫不睹之而惆怅。②

　　我们将《望夫化为石赋》与《柳化为松赋》的开头几句对比如下,其中文字相同的部分用黑体予以标示。

　　白作:**至**坚者石,**最**灵者人。**何**精诚之所感,**忽**变**化**而如神。

　　纪作:**至**脆者柳,**最**贞者松。**何**二物之各别,**忽**一**化**以改容。

显而易见,两者赋句的结构完全一致。纪长谷雄开篇是仿照白行简《望夫化为石赋》而写就的。

　　(二)《望夫化为石赋》的旨趣与出典

　　《柳化为松赋》不仅仅是赋头的赋句结构受到了《望夫化为石赋》的直接

---

①　"裾",底本作"裙",据佚名撰《赋谱》(日本五岛美术馆藏本)、传藤原宗忠编《作文大体》(日本东寺观智院本)改。

②　[宋]李昉等:《文苑英华》卷三一,《景印文渊阁四库全书》第 1333 册,台湾商务印书馆,1983 年,第 296 页。为方便后文论述,将部分内容划线或加点。

影响，而且从其开头的遣词用字和结尾的感慨反问中也可以窥出，《望夫化为石赋》对纪长谷雄的行文有潜移默化的影响。下面我们通过分析《望夫化为石赋》的旨趣与出典来进行确认。

《望夫化为石赋》所咏的是"昔有贞妇，望夫而化为石"的故事。白行简开篇破题，直叙题意，其旨趣可以用该赋第二句中的两个词来概括，即"何精诚之所感"的"精诚"和"忽变化而如神"的"变化"。

通观全赋可知，这里的"精诚"就是"贞妇誓等丈夫归来、绝不改嫁"之"真心"，也就是所谓的"贞节"。《礼记·郊特牲》云："信，妇德也。一与之齐，终身不改。故夫死不嫁。"①汉·班昭《女诫》亦云："礼，夫有再娶之义，妇无二适之文，故曰夫者天也。天固不可逃，夫固不可离也。"②这种儒教所推崇的"贞节"正是《望夫化为石赋》要歌颂的内容之一。如前揭赋文中画线部分所示，第一段中的"精诚""贞心弥固"，第二段中的"金石比坚"，第三段中的"确乎不拔"，第五段中的"贞"，第六段中的"芙蓉之质""冀同穴于冥漠"，第八段中的"贞志""高节"，都是作者在表现一个"贞"字。我们注意到，《柳化为松赋》开篇第一句"至脆者柳，最贞者松"中也有一个"贞"字。"贞"用来形容松树十分妥帖，只是形容松树的措辞绝不仅仅有"贞"而已。检唐·欧阳询等编《艺文类聚·木部》"松"可见很多咏松的诗赋赞，摘列如下：

> 亭亭山上松，瑟瑟谷中风。风声一何盛，松枝一何劲。（魏·刘公干诗）
> 世有千年松，人生讵能百。（晋·傅玄诗）
> 青松凝素髓，秋菊落芳英。（晋·许询诗）
> 森森千丈松，磊砢非一节。（晋·袁宏诗）
> 脩条拂层汉，密叶帐天浔。凌风知劲节，负霜见直心。（梁·范云《咏寒松诗》）
> 山有乔松，峻极青葱。（齐·王俭《和竟陵王高松赋》）
> 岂雕贞于寒暮，不受令于霜威。（齐·谢朓《高松赋》）
> 郁彼高松，栖根得地。（梁·沈约《高松赋》）
> 松惟灵木，拟心云端。（宋·谢惠连《松赞》）③

---

① 《礼记》卷二六，阮元校刻：《十三经注疏》下册，北京：中华书局，1980年，第1456页。
② ［宋］范晔：《后汉书》卷八四《列女传·曹世叔妻》，北京：中华书局，1965年，第2790页。
③ ［唐］欧阳询等：《艺文类聚》卷八八，上海：上海古籍出版社，1965年，第1513—1514页。

不唯有"贞","亭亭""森森""千丈""千年""劲""青""孤""苍""高""灵"等等不胜枚举。而且其中的很多品性也都为纪长谷雄咏于赋中,如"只须郁郁于秦皇之封"是咏松之"郁郁","全孤节而不移"是咏松之"孤节","唯期千年之偃盖"是咏松"千年"之寿与"森森"之貌等等。"贞"不过是松树诸种品性中的一个而已,为什么纪长谷雄独独把"贞"置于起首呢?有一种可能就是开篇便模仿了《望夫化为石赋》的纪长谷雄,潜意识中受到了赋中"贞妇"形象的影响,联想到"贞妇"与"贞松"品性相重合,刻意于起首就强调松树"贞木"的品性。在其破题句与《望夫化为石赋》之破题句句式一致的基础上,再加一"贞"字,将更加鲜明地使读者认识到作者的创作是有所依据的,使读者迅速地联想起那篇咏诵"贞妇"的《望夫化为石赋》。若不然,纪长谷雄完全可以用"依依者柳,亭亭者松"起首,即便是要使用与《望夫化为石赋》完全一致的"至……者……,最……者……",从作对句的角度讲作成"至脆者柳,最劲者松"似乎也要比"至脆者柳,最贞者松"更和谐一些。况且早在潘岳《西征赋》(《文选》卷十)中就可见"劲松彰于岁寒,贞臣见于国危",纪长谷雄不可能不知"劲松"一语①。当然,说因受《望夫化为石赋》的影响而使用"贞"字也仅仅是一种推测,换个角度讲,纪长谷雄也有可能是受到了《晋书》中"天戒",即"松者不改柯易叶,杨者柔脆之木"的影响。他在创作时到底是何考虑,已很难究明,但我们相信他使用这个"贞"字绝非随意而为,应该是斟酌炼字的结果。

再者是"变化"。"望夫化为石"终究是一种神奇的"变化",如前揭赋文中加点部分所示,第一段中的"变化""成",第二段中的"变",第四段中的"化""变",第五段中的"变""化""成",第六段中的"化""成",第八段中的"成""化",这些表达"变化"的词语反复出现在文中,正是因为《望夫化为石赋》不仅仅是在歌颂"精诚",而且也是在书写这个神奇的"变化"。对于同样吟咏"变化"的纪长谷雄而言,若要搜寻唐人吟咏"变化"的文章以资参考,这篇《望夫化为石赋》是很有可能吸引住他的。更为重要的是,"望夫化为石"之"变"与"柳化为松"之"变"都同样带有"怪异"的色彩,下面就进入《望夫化为石赋》出典的层面来进一步分析。

《望夫化为石赋》是基于"望夫石"这一类传说而创作的律赋。此传说在我国广为流传,并载于《世说》《列异传》《神异记》《幽明录》等诸多文献。②现据《初学记·地部·石》将《幽明录》中的记载转引如下:

---

① 《文选》是日本大学寮文章道的必修。

② 张芸:《望夫石传说古今流传考》,《民俗研究》2007 年第 4 期,第 163—166 页。

> 刘义庆《幽明录》曰,(中略)又曰:"武昌北山上有望夫石,状若人立。古传云:'昔有贞妇,其夫从役,远赴国难,携弱子饯送此山,立望夫而化为立石。'因以为名焉。"①

值得注意的是,收录此则故事的《列异传》《神异记》《幽明录》均为志怪小说集。《列异传》撰者不确,但据内容可知为魏晋时人所作;《神异记》是西晋王浮之作;《幽明录》则是南朝刘宋文学家刘义庆集门客所撰。由此可见,六朝人是普遍将这个"望夫石"的故事看作"怪异"之事的。进入隋唐后,其又多次成为我国文人吟咏的对象,仅检《全唐诗》就可知有李白、王建、刘禹锡、孟郊等著名诗人以《望夫石》为题来作诗。只是这些诗歌无一例外地描绘了这个故事"凄美"的一面,无人立意于其"怪异"的一面。而白行简以赋的形式来写作此事可以说有了更大的发挥空间,不仅是"凄美"的一面被刻画得缠绵悱恻,原典中"怪异"的一面也没有被行简遗忘。"何精诚之所感,忽变化而如神"中的"神","石以表其贞,变以彰其异"中的"异","行高者其感深,迹异者其致远"中的"异",均说明行简充分认识到了原典"望夫石"故事中所具备的"怪异"色彩。我们之所以要追究原典"望夫石"故事中"怪异"的一面以及《望夫化为石赋》中对这一方面的表达,是因为纪长谷雄是一个不折不扣的神仙志怪的爱好者。

日本神怪故事之嚆矢是《善家秘记》与《纪家怪异实录》,分别是三善清行(847—919)与纪长谷雄编撰而成。毫无疑问,仅编撰私家《怪异实录》一事就足见纪长谷雄对志怪的热情。另外,从他的《白箸翁诗序》(《本朝文粹》卷九)、《白石先生传》(《纪家集》卷一四)中也均可窥出他对神仙故事的兴趣。关于纪长谷雄这些作品中所受我国神怪小说之影响,已有大曽根章介、渡边秀夫两先生作过精到的考论②,不再赘述。尤为关键的是,从菅原道真(845—903)五首屏风诗的自叙中可知,纪长谷雄熟读过《列仙传》《幽明录》《异苑》《述异记》等六朝志怪小说集。③ 而"望夫石"的

---

① [唐]徐坚等:《初学记》卷五,北京:中华书局,1962年,第108页。
② 详见〔日〕大曽根章介:《漢文學における傳記と巷説—紀長谷雄と三善清行—》,《言語と文藝》1969年第5號,第45—47頁;〔日〕渡辺秀夫:《紀長谷雄について—神仙と隱逸—》,日本文學協會《日本文學》1976年第8號,第51—54頁。
③ 《菅家文草》是与纪长谷雄同时的另一鸿儒菅原道真的诗文集,其中卷五收录的《庐山异花诗》等一组五首诗是为庆贺源能有五十大寿而制作的屏风诗。屏风中的诗歌由菅原道真制作,绘画由巨势金冈负责,提笔挥毫的是藤原敏行,而在诗歌绘画制作之前则要有人选择贺寿的题材,这一组画所表现的灵异故事正是由纪长谷雄于《列仙传》《幽明录》《异苑》《述异记》诸志怪中抄出。详见〔日〕川口久雄校注:《菅家文草·菅家後集》(日本古典文學大系72),東京:岩波書店,1966年,第410—414、708—710頁,及前注〔日〕渡辺秀夫:《紀長谷雄について—神仙と隱逸—》,第54—55頁。

传说又见载于《幽明录》,故"望夫石"这则故事为纪长谷雄所熟知是毋庸置疑的。当他在研读白行简《望夫化为石赋》的时候,脑海中一定会浮现出《幽明录》中那则"贞妇化为石"的志怪故事,我们相信他可以深刻体会到《望夫化为石赋》中不时出现的"神"与"异"。平安朝的日本不同于我国,他们的思想深处不存在男女礼教的强烈束缚,女子守贞的观念也很淡薄,因此,尽管不事二夫的"贞节"非常感人,但对于纪长谷雄来说,人化为石的"怪异"或许更有吸引力。相较于前文所提及的那些仅仅表现出"凄美"一面的《望夫石》诸诗,在"怪异之变化"上也做到了铺采摛文的《望夫化为石赋》显然更适合纪长谷雄的口味。

在以上认识之下,我们来看《柳化为松赋》的最后几句。"凡宇宙之内,何奇不生;天地之间,何怪不有。"柿村先生早就指出,其中的"何奇不生""何怪不有"是套用了西晋·木华《海赋》的表达[1],木华的原文是:

> 且其为器也,包干之奥,括坤之区。惟神是宅,亦祇是庐。何奇不有?何怪不储?芒芒积流,含形内虚。旷哉坎德,卑以自居。弘往纳来,以宗以都。品物类生,何有何无![2]

不过藤原先生提出说:"《柳化为松赋》虽是要写离奇之物,但它并非《文选》中《海赋》那样的赋作。"[3]诚如其言,我们有必要区分《柳化为松赋》中的"奇怪"与《海赋》中的"奇怪"。《海赋》描写了大海的包罗万象,其所谓的"奇怪"是指种种离奇的生物、诡谲的气象,还有数不清的奇珍异宝,而这其中未见有"奇怪"之"变化"。不过,《柳化为松赋》全篇并不曾列举"奇怪"之物,该赋始终是围绕"柳化为松"这一匪夷所思的"变化"在展开,所以其所谓的"奇怪"应当是指诡异的"变化"。纪长谷雄虽是套用了《海赋》的表达,但他并不是在言说"《海赋》式"的"奇怪"。他所浮想起的"宇宙天地"的"奇怪"恐怕是我国志怪世界里的种种"奇怪"。更进一步讲,他的最终指向是此赋的最后一句"况彼变化无穷,何止在松与柳而已哉"中的"奇怪"之"变化"。"柳化为松"自然是离奇的变化,那"贞妇化为石"不也是离奇的变化吗?"世上'奇怪'的'变化'无穷无尽,不仅是我长谷雄所咏的'柳化为松',还有那唐人白行简《望夫化为石赋》中的'贞妇化为石'",这最后一句点睛之笔明白无误地

---

① 〔日〕柿村重松:《本朝文粹註释》,第31页。
② 〔梁〕萧统:《文选》卷一二,上海:上海古籍出版社,1986年,第551页。
③ 〔日〕藤原尚:《和製の赋の特徵—经国集·本朝文粹の赋—》,第114页。

向世人宣告了纪长谷雄的言外之意。

《柳化为松赋》与《望夫化为石赋》的关系已十分明确。不论是其赋题典出《晋书》还是其结尾套用《海赋》,都是表面的假象,真正给与纪长谷雄以深刻影响的是白行简的《望夫化为石赋》。只是由于《柳化为松赋》的创作背景不详,我们实在无法探明纪长谷雄为何要写作此赋。或许是应他人命题而作,一时想到了《望夫化为石赋》;或许是自己主动尝试律赋的创作,欲效仿《望夫化为石赋》也作一篇咏"奇怪变化"的赋;或许是在"大学寮"中偶然寓目《晋书》中"柳化为松"一文,欲借此发挥向世人推赏《望夫化为石赋》这篇律赋佳作。不管怎样,纪长谷雄一定是发自内心地肯定《望夫化为石赋》,并以此赋的赋头为楷模,这是不争的事实。

还有一个不争的事实是,不仅白居易现存赋作中无"以题为韵"之作,白行简现存赋作中也无"以题为韵"之作,能写出"以题为韵"的纪长谷雄恐怕是过目了相当数量的唐代律赋。在今后平安朝辞赋的影响研究中,我们有必要扩大考察范围,更加重视唐代律赋对平安朝辞赋的作用和影响。

第三节　再考白行简的赋与大江朝纲的《男女婚姻赋》
——兼谈"律赋"与"性"

大江朝纲(886—958)是日本平安朝(794—1185)的文人,官至"参议",被称作"后江相公"①。他擅长汉诗文的写作,历任"大内记""文章博士"等具备极高汉学修养方可胜任的要职。在其创作的诸多汉诗文中,直接描写了男女婚姻和房事的《男女婚姻赋》,是极具特色的一篇作品。该文的写作年代不详,收录于藤原明衡(989?—1066)所编的《本朝文粹》卷一中。

关于《男女婚姻赋》是否受到中国文学影响这一问题,历来集中在对白行简《天地阴阳交欢大乐赋》(以下简称《大乐赋》)的讨论上。最先是周作人在《读游仙窟》②一文中提到了白行简《大乐赋》与大江朝纲《男女婚姻赋》的

---

① "参议"是日本律令制下的高官,相当于唐代"宰相",故仿唐制称其为"相公"。大江朝纲的祖父大江音人(811—877)被称作"江相公"。
② 周作人:《读游仙窟》,《北新》第2卷10号,1928年4月。《看云集》收录,香港实用书局,1972年,第210—211页。

相通之处,继之在《再谈徘文》①一文中认为"朝纲季纲之作当必有所本"②,更加怀疑朝纲受到《大乐赋》的影响。日本学者川口久雄和兴膳宏也提到这一问题。川口先生指出《本朝文粹》《本朝续文粹》中出现《男女婚姻赋》等情色作品其实是唐代社会文学潮流的反映,并表示这些作品是《大乐赋》遥远的"回声"③。兴膳先生也对《男女婚姻赋》的创作中是否存在《大乐赋》这样的粉本问题很感兴趣,但关于答案未置可否④。我国张鸿勋先生则认为《男女婚姻赋》与《大乐赋》没有直接关系⑤。前辈学者的着眼点多在《男女婚姻赋》的题材上,而对该作的文体并未作充分的讨论,因此《男女婚姻赋》与中国文学的关系还有进一步考察的余地。

本节着眼于《男女婚姻赋》的文体——律赋,通过与白行简《望夫化为石赋》的比较分析指出,大江朝纲全面仿照《望夫化为石赋》而创作了《男女婚姻赋》。并据此分析朝纲的创作动机和创作手法,认为朝纲之所以选择"男女情事"的题材、敢于刻画局部细节,正是因为受到了白行简《大乐赋》的直接影响。最后就中日两国古代文人对"律赋"与"性"的处理展开讨论。

一 白行简《望夫化为石赋》与大江朝纲《男女婚姻赋》

大江朝纲的《男女婚姻赋》是一篇律赋。该赋以"情绪相感、然后妊身"八字为韵,严格依照律赋的格式写成。其参考范式即白行简所作律赋——《望夫化为石赋》。

(一) 白行简《望夫化为石赋》是大江朝纲《男女婚姻赋》的模仿对象

为揭示这一结论,将两者的文本纳入对照表中进行比较分析。考虑到行文方便,用连续的阿拉伯数字为两者的赋句进行标注。在分段之处(也同为转韵之处)划以虚线区分。

---

① 周作人:《再谈徘文》,《文学杂志》第 1 卷 3 期,1937 年 7 月。《药味集》收录,香港实用书局,1973 年,第 219 页。
② "季纲之作"指收录在《本朝续文粹》中藤原季纲(平安中后期人,生卒年不详)所作的《阴车赞》,详见后文所引。
③ 〔日〕川口久雄:《本朝文粹・本朝続文粹の世界》,新訂增補《國史大系》月報 30,1965 年 9 月。
④ 〔日〕興膳宏《〈文選〉と〈本朝文粹〉—特に賦について—》,《新日本古典文學大系》月報 36,1992 年 5 月。
⑤ 张鸿勋:《〈天地阴阳交欢大乐赋〉与日本平安时代汉文学——以大江朝纲〈男女婚姻赋〉为中心》,《敦煌吐鲁番研究》第 9 卷,北京:中华书局,2006 年。《张鸿勋跨文化视野下的敦煌俗文学》收录,上海:上海古籍出版社,2014 年。

表 3 - 2　白行简《望夫化为石赋》与大江朝纲《男女婚姻赋》的文本对照表

白行简《望夫化为石赋》① 以"望远思深、质随神变"为韵。	大江朝纲《男女婚姻赋》② 以"情绪相感、然后妊身"为韵。
1 至坚者石,最灵者人。 2 何精诚之所感,忽变化而如神。 3 离思无穷,已极伤春之目; 　贞心弥固,俄成可转之身。	1 至刚者男,最柔者女。 2 彼情感之交通,虽父母难禁御。 3 始使媒介,巧尽舌端之妙; 　继以倭歌,弥乱心机之绪。
4 原夫 　念远增怀,凭高流眄。 5 心摇摇而有待,目眇眇而不见。 6 丝萝无托,难立节以自持; 　金石比坚,故推诚而遂变。	4 原夫 　寻形难见,闻声未相。 5 思切切而含笑,语密密而断肠。 6 琪树在庭,对贞松以契茂; 　嘉草植室,指金兰以期香。
7 徒观夫 　其形未渤,其怨则深。 8 介然而凝,类夫启母之状; 　确乎不拔,坚于王霸之心。	7 徒观夫 　其体微和,其意渐感。 8 婀娜以居,类野小町之操; 　闲雅而语,抽在中将之胆。
9 口也不言,腹分则实。 10 形落落以孤立,势亭亭而迥出。 11 化轻裾于五色,独认罗衣; 　变纤手于一拳,已迷纨质。	9 思兮忽发,兴也方生。 10 貌堂堂而尽美,势巍巍而倾城。 11 染红袖于百和,犹耽芬馥; 　携素手于一拳,已迷心情。
12 矧乎 　石以表其贞,变以彰其异。 13 结千里之怨望,含万里之幽思。 14 绿云朝触,拂峨峨之髻鬟; 　微雨暮沾,洒涟涟之珠泪。 15 杂霜华于脸粉,脱苔点于眉翠。 16 昔居人代,虽云赋命在天; 　今化山椒,可谓成形于地。	12 矧夫 　女贵其贞洁,嫁成其婚姻。 13 结千年之契态,快一夜之交亲。 14 晚露湿时,润楚楚之服; 　夜月幽处,显辉辉之身。 15 占魏柳于黛,点燕脂于唇。 16 昔缠罗帐,虽惭骨肉之族; 　今背纱灯,俄昵胡越之人。

---

① 本文据《文苑英华》卷三一,《景印文渊阁四库全书》,台湾商务印书馆,1983 年,第 1333 册,第 296 页。为保证对照效果,文字校订与押韵说明不在表中一一加注,全部汇集如下:第 11 句"裾",底本作"裙",据佚名撰《赋谱》(日本五岛美术馆藏本)、传藤原宗忠编《作文大体》(日本东寺观智院本)改。全文八段,依次押"神"字韵(上平声真韵)、"变"字韵(去声霰·线韵)、"深"字韵(下平声侵韵)、"质"字韵(入声质·术韵)、"思"字韵(去声至·志韵)、"随"字韵(上平声支韵)、"远"字韵(上声阮韵)、"望"字韵(去声漾韵)。

② 本文据日本静嘉堂文库本《本朝文粹》卷一,重要文化财《本朝文粹》下册,东京:汲古书院,1980 年影印本,第 332—333 页。为保证对照效果,文字校订与押韵说明不在表中一一加注,全部汇集如下:第 8 句"胆",底本作"瞻",从大曾根章介等所校《本朝文粹》(新日本古典文學大系 27,东京:岩波书店,1992 年,第 130 页)。第 18 句"忘",底本作"志",从大曾根章介等所校《本朝文粹》页 131。第 22 句"裨",底本正文作"禅",从其栏外校合注。第 25 句"昀",底本作"旴",据《本朝文粹》正保五年(1648)刊本改。全文八段,依次押"绪"字韵(上声语韵)、"相"字韵(下平声阳韵)、"感"字韵(上声感韵)、"情"字韵(下平声庚·清韵)、"身"字韵(上平声真韵)、"后"字韵(上声有·厚韵)、"妊"字韵(去声沁韵)、"然"字韵(下平声先·仙韵)。

白行简《望夫化为石赋》 以"望远思深、质随神变"为韵。	大江朝纲《男女婚姻赋》 以"情绪相感、然后妊身"为韵。
17 于是 　感其事,察其宜。 18 采蘼芜之芳,生不相见; 　化芙蓉之质,死不相随。 19 冀同穴于冥漠,成终天之别离。	17 于是 　忍其初,亲其后。 18 解单袴之纽,更不知结; 　露白雪之肤,还忘厌丑。 19 岂同穴之相好,是终身之匹偶。
20 则知 　行高者其感深,迹异者其致远。 21 委碧峰之窈窕,辞红楼之婉娈。 22 下山有路,初期携手同归; 　窥户无人,终叹往而不返。	20 则知 　形美者其爱深,感通者其身妊。 21 不啻夫妻之配合,宜凝子孙之庇荫。 22 入门有湿,淫水出以污裤; 　窥户无人,吟声高而不禁。
23 嗟乎 　贞志可嘉,高节惟亮。 24 同胚浑之凝结,异追琢而成状。 25 孤烟不散,若袭香于炉峰之前; 　圆月斜临,似对镜于庐山之上。 26 形委化而已久,目凝睇而犹望。 27 悲夫思妇与行人,莫不睹之而惆怅。	23 是知 　媚感难免,谁有圣贤。 24 苟阴阳之相感,知造化之自然。 25 心屈闲卧,若忘归于桃源之浦; 　精漏流眄,似觉梦于华胥之天。 26 意惆怅而无止,思眈介而不眠。 27 俾夫孀妇与角子,莫不闻之相怜。

下面从"词语""赋句""段落"三个层次来探讨两者之间的关系。

（1）词语

先来关注这两篇律赋所用的发语。行简依次使用了第 4 句"原夫"、第 7 句"徒观夫"、第 12 句"矧乎"、第 17 句"于是"、第 20 句"则知"、第 23 句"嗟乎"六个发语。其中,朝纲同样在第 4、7、17、20 句使用了与行简完全一致的发语,第 12 句"矧夫"与行简仅有一字之差。六个发语,五个一致,似可说明朝纲是有意模仿行简的。

再来看叠词的使用。行简全篇使用叠词六个,分别是第 5 句"摇摇""眇眇"、第 10 句"落落""亭亭"、第 14 句"峨峨""涟涟"。而朝纲也在第 5、10、14 句的相应位置上使用了叠词。尽管朝纲所用叠词与行简不同,但位置却完全一致,即,凡行简所用叠词之处,朝纲必用叠词,这绝不是一种偶然。

甚至在某些用词和表述上两者也出现了一致。比如,第 11 句"一拳""已迷"、第 19 句"同穴"、第 22 句"窥户无人"。同样的位置出现同样的用词和表述,朝纲难逃套用行简之嫌。

（2）赋句

如果细数这两篇律赋每个赋句的字数,会发现除第 14、15、21、27 句外,每一句的字数都是对应一致的。这固然与律赋写作中使用一些固定句式不无关系,但全篇二十七个句子,多达二十三个完全一致,不能不使人惊叹。更令人瞠目的是,把两者的赋句一一对照去看,会发现它们几近孪生一般相似。究其原因,可以概括为如下两点。

一是赋句的结构。我们试以第 1 句为例,来分析两者的语法结构,可标示如下:

白行简《望夫化为石赋》第 1 句:**至坚**者石,**最灵**者人。

大江朝纲《男女婚姻赋》第 1 句:**至刚**者男,**最柔**者女。

语法结构:副词＋形容词＋代词＋名词,副词＋形容词＋代词＋名词。正是因为两者语法构造上一致,才使得句子极为相似。尤其是句中具备相同的代词"者"——这一构成"者"字结构的关键词,加之副词"至""最"的一致,更是强化了两者的相似。不仅仅是第 1 句,照此方法分析剩余的二十六句,几乎全部如是。在同一位置使用相同的词类,在表达语法意义时使用相同或近似的助词虚字,甚至连某些表达实质意义的动词名词都使用一致,是造成两者赋句酷似的根本原因。

二是赋句的句式。律赋的句式,据唐人撰《赋谱》可知有"壮、紧、长、隔、漫、发、送"①。我们在此不一一分析,只关注其中较有代表性的"隔句对"。行简全篇使用隔句对九处,依次为第 3、6、8、11、14、16、18、22、25 句。而朝纲也同样在以上九处使用了隔句对②。即,凡行简所用隔句对之处,朝纲必用隔句对。不止隔句对,通观全篇,两人所作句式基本一一对应,这是两者赋句酷似的又一原因。

(3) 段落

这两篇律赋都是八韵律赋,共有八个段落。不过同为八韵律赋,构成各段的句子数量却不一定是一致的。比如行简兄长白居易所作的《鸡距笔赋》③,以"中山兔毫、作之尤妙"为韵,八段的句数依次为:两句、两句、七句、九句、四句、五句、六句、四句。而稍早于朝纲的日本著名文人菅原道真所作的《清风戒寒赋》④,以"霜降之后、戒为寒备"为韵,八段的句数依次为:三

---

① 詹杭伦:《唐宋赋学研究》第三章"《赋谱》校注",北京:中国社会科学出版社、华龄出版社,2004 年,第 54 页。《赋谱》最早由国外学者发现并做校注,国内则有张伯伟和詹杭伦两位先生的校注,详见后文注释,本节的《赋谱》引文均出自詹杭伦《唐宋赋学研究》。

② 严格来说第 14 句行简用的是"轻隔句"而朝纲用的是"杂隔句",但不影响两者同用隔句对这一事实。

③ 本文据日本金泽文库本《白氏文集》卷二一,大东急记念文库《金泽文库本白氏文集(四)》,东京:勉诚社,1984 年影印本,第 78—82 页。

④ 本文据日本川口文库本《菅家文草》卷七,〔日〕柳澤良一编:《菅家文草》,东京:勉诚出版,2008 年影印本,第 196—197 页。

句、四句、三句、三句、三句、四句、两句、两句。可是把行简的《望夫化为石赋》与朝纲的《男女婚姻赋》进行段落对比,则知两者的段落构成完全一致,详情如下:

第一段:第 1 句至第 3 句(三句)

第二段:第 4 句至第 6 句(三句)

第三段:第 7 句至第 8 句(两句)

第四段:第 9 句至第 11 句(三句)

第五段:第 12 句至第 16 句(五句)

第六段:第 17 句至第 19 句(三句)

第七段:第 20 句至第 22 句(三句)

第八段:第 23 句至第 27 句(五句)

显而易见,在整篇赋作的分段设计上,朝纲是比照着行简而进行的,严格到每段的规模上既没有增加一句,也没有减少一句。

综上,这两篇律赋所呈现出的种种相似表明,大江朝纲模仿白行简《望夫化为石赋》而创作了《男女婚姻赋》,且这种模仿达到了近乎一字一句的程度。

(二)白行简《望夫化为石赋》成为模仿对象的原因

大江朝纲一生创作了很多汉诗文,有诗、赋、表、愿文等等[1],其中很多作品都可窥出来自中国古代文人的影响,但我们并不能从这些作品中看出,朝纲具有除白行简外拒绝学习其他中国文人的倾向。以其所咏汉诗为例,就可以看出行简兄长白居易对朝纲的重要影响[2]。那么为什么朝纲在写作《男女婚姻赋》这篇律赋时偏偏要模仿白行简呢?

这首先与白行简善于写赋,且其赋作堪为典范有关。《旧唐书》卷一六六列传第一一六《白居易传》附行简传云:"有文集二十卷。行简文笔有兄风,辞赋尤称精密,文士皆师法之。"[3]又《新唐书》卷一一九列传第四四《白居易传》附行简传云:"行简,敏而有辞,后学所慕尚。"[4]这两段文字说明,行简尤善作赋,时人、后学效法行简、推崇行简。这里的"师法"非常关键。两《唐书》中针对唐代文人的评价鲜用"师法",如评价韩愈之文曰:"后学之士,

---

① 其现存赋作仅有此《男女婚姻赋》。

② 〔日〕丹羽博之:《大江朝綱〈屏風土代〉詩の白詩受容》,《白居易研究年報》第 8 號,2007 年;〔日〕本間洋一:《〈屏風土代〉を読む——大江朝綱の漢詩をめぐって——》,《同志社女子大學日本語日本文學》第 21 號,2009 年 6 月。

③ 〔五代〕刘昫等:《旧唐书》,北京:中华书局,1975 年,第 4358 页。

④ 〔宋〕欧阳修、宋祁:《新唐书》,北京:中华书局,1975 年,第 4305 页。

取为师法。"①用"师法"之说来肯定行简,可见其在当时的榜样作用。那么再具体一些讲,行简所擅长的辞赋中又以何赋体见长呢? 前引《旧唐书》云"有文集二十卷",其中当有数量可观的赋作,惜其《文集》已佚,现存赋作仅有十九篇,其中律赋十八篇②。律赋占绝对比重是符合中唐文坛实情的。关于律赋的发展,清李调元在《赋话》卷一中就已指出:"唐初进士试于考功,尤重帖经试策,亦有易以箴、论、表、赞而不试诗赋之时,专攻律赋者尚少。大历、贞元之际,风气渐开,至大和八年,杂文专用诗赋,而专门名家之学,樊然竞出矣。"③行简的活跃时期,恰值贞元至大和之间④,其擅长的辞赋中自然以律赋见长。更为重要的是,稍晚于行简的赵璘在《因话录》中这样写道:"李相国程,王仆射起,白少傅居易兄弟,张舍人仲素,为场中词赋之最,言程序者,宗此五人。"⑤据此可知行简与其他四人并为当时科场词赋之最,毫无疑问,科场词赋指中唐频频所课之律赋,要说律赋的写作规范,当以行简等五人为楷模。此外,行简不仅写作了很多律赋,还撰写过赋格著作《赋要》一卷,见诸《宋史》卷二〇九艺文志第一六二⑥,惜今已不存。这部《赋要》大概是指导时人、后学如何写作律赋,乃至陈述科场试赋之要诀的。

简述之,行简善于作赋,尤工律赋,其作品在当时备受推崇,很多人以行简为律赋之典范。而这一中唐文坛的实情,伴随着行简的作品,通过当时的遣唐使、海商、日本的入唐僧,很可能东传扶桑,为平安朝文人所知。大江朝纲所作《男女婚姻赋》,赋体正为律赋,参看唐人所"师法""慕尚""宗法"的白行简,是十分自然的。

不过接踵而至的问题是,白行简至少创作了十八篇律赋,为何朝纲单单要模仿《望夫化为石赋》呢?

行简的十八篇律赋分别是,《文王葬枯骨赋》《垂衣治天下赋》《车同轨赋》《振木铎赋》《望夫化为石赋》《欧冶子铸剑赋》《金跃求为镆铘赋》《滤水罗赋》《舞中成八卦赋》《石韫玉赋》《沾美玉赋》《澹台灭明斩龙毁璧赋》《新月误

---

① 〔五代〕刘昫等:《旧唐书》卷一六〇,第4204页。
② 详见本章第一节表3-1。
③ 〔清〕李调元:《赋话》卷一,丛书集成初编(二六二二),北京:中华书局,1985年,第3页。
④ 有关白行简的生平,可参见黄大宏:《白行简年谱》,《文献》2002年第3期;同《白行简行年事迹及其诗文作年考》,《文学遗产》2003年第4期;谭朝炎:《也谈唐传奇作家白行简的生平事迹》,《文学遗产》2005年第4期。
⑤ 〔唐〕赵璘:《因话录》卷三,上海:上海古籍出版社,1979年,第82页。〔宋〕王谠《唐语林》卷二有同文,只是"程序"作"程试"。见周勋初校证:《唐语林校证》,北京:中华书局,1987年,第146—147页。
⑥ 〔元〕脱脱等:《宋史》,北京:中华书局,1977年,第5409页。

惊鱼赋》《斗为帝车赋》《以德为车赋》两篇《狐死正丘首赋》《五色露赋》。其中八韵律赋有十五篇之多。另计有功《唐诗纪事》卷四一云："行简以《滤水罗赋》得名"①，可知《滤水罗赋》或为其成名作。然而《望夫化为石赋》却罕有记载，我们很难了解该赋在当时唐人心中的位置。以今人观点来看待《望夫化为石赋》与其余十七篇律赋，恐怕是无法分辨出高下的，不过有两处文献使得我们可以窥见一斑。

第一是前文提到的《赋谱》。《赋谱》是指导、品评律赋写作的赋格著作，已有小西甚一、中泽希男、柏夷、詹杭伦、张伯伟等诸多前辈学者做过深入细致的研究②。该书大致成于大和、开成年间（827—840），恰好可以反映行简所处的中唐时期的认识。《赋谱》中明确提及行简，引用和品评其赋多达七次③，而引人瞩目的是这些引用和品评全部集中在《望夫化为石赋》上，行简所作的其余十七篇律赋无一提及。我们很难将这种现象理解为一种巧合，《赋谱》撰者在引用时人作品时不应是随意之举，而应是精心选择当时具有代表性的赋作，唯如此，方可增加文章的说服力，引起应举士子的认同感。因此，《望夫化为石赋》为行简代表作无疑。尽管《赋谱》撰者于文中指出"白行简《望夫化为石》无切类石事"④的不足，但其大量引用该赋的赋句，尤其是在解释"破题""小赋""事始"时连续引用开篇的前五句，还是表明了《望夫化为石赋》有相当的知名度和影响力，《赋谱》的指摘可以将其理解为白璧微瑕。不只是引用的层面，将《望夫化为石赋》与《赋谱》所述的写作律赋的种种范式进行一一对比后则会发现，此赋基本完全符合《赋谱》的要求，可谓难得佳作。更为关键的是，反映这些重要信息的《赋谱》恰恰是在日本发现的资料，今藏五岛美术馆。这件日钞本《赋谱》与同书于一卷的《文笔要决》一起，于 1941 年被指定为"重要文化财"，抄写年代被推定为平安末期。正如诸先学所指出的，《赋谱》早在日承和十四年即唐大中元年（847）就有可能为

① ［宋］计有功：《唐诗纪事》，上海：上海古籍出版社，1987 年，第 627 页。
② 〔日］小西甚一：《文鏡秘府論考・研究篇下》第二章"句格考"，東京：大日本雄辯會講談社，1951 年，第 140—151 頁；〔日］中澤希男：《賦譜校箋》，《群馬大學教育學部紀要（人文・社會科學編）》第 17 號，1967 年 3 月；〔美］柏夷：《〈赋谱〉略述》，《中华文史论丛》第 49 辑，上海：上海古籍出版社，1992 年，第 149—164 页；詹杭伦：《唐抄本〈赋谱〉初探》，《四川师范大学学报》增刊第 7 期，1993 年 9 月（收入《唐宋赋学研究》第二章）；张伯伟：《全唐五代诗格校考》附录三，西安：陕西人民教育出版社，1996 年，第 531—547 页；詹杭伦《唐宋赋学研究》第三章等。
③ 关于统计的次数需要说明的是，《赋谱》引《望夫化为石赋》开篇前五句来解释"破题""小赋""事始"，若分为三处则次数为七，若合为一处则次数为五。
④ 詹杭伦：《唐宋赋学研究》，第 77—78 页。

入唐求法僧圆仁带回日本①。由此可以想见《望夫化为石赋》等佳作很有可能与唐代赋格一起传入平安朝,为平安文人视为圭臬。

第二是日本的《江谈抄》。《江谈抄》是藤原实兼(1085—1112)将大江匡房(1041—1111)的谈话内容笔录下来的一部笔记,其中很多谈话涉及平安朝的文坛。该书卷五"白行简作赋事"这一段记录如下:

> 予问云:"白行简作赋中,以何可胜乎。"被答云:"《望夫化为石赋》第一也。抑白行简被知乎? 何流乎?"云云。答云:"不知。"被命云:"居易之弟也。赋,行简胜。"云云。答云:"然者何世人以行简集强不规模乎?"云云。被命云:"诗者,尚居易胜也。行简不可敌。兄弟五人也,其中有敏仲"云云。②

在被问及白行简的赋中何者可胜时,大江匡房明确回答是《望夫化为石赋》,将之称为"第一",而且宣称行简之赋胜过居易。大江匡房之言当非凭空杜撰,其人乃平安朝著名学者世家"大江氏族"之后,汉学家底深厚,自幼才学出众,十六岁"省试"合格成为"文章得业生"③,十八岁对策及第,后任三代天皇之东宫学士④,一个经历过正规汉籍教育、能成为皇太子侍读的人,在点评唐人诗文时多半是有所依据、不会随便妄语的。这一点从这段谈话的其他部分也可类推,关于白氏兄弟的描述与史实无违⑤,针对居易行简二人诗歌的评价并无偏袒行简之意。因此匡房对行简之赋的评价应该是根据前代资料、至少是前人口传,而做出的较公允的评价。所以,尽管匡房的谈话相对于朝纲的时代而言是晚出材料,但我们有理由相信其在一定程度上反映了一个世纪前《望夫化为石赋》在日本文坛中所处的地位,更进一步说,在朝纲的时代很可能就存在行简之赋胜过居易、《望夫化为石赋》乃其压卷之作的看法。

综上看来,大江朝纲在写作《男女婚姻赋》这篇律赋时,模仿白行简的代表作《望夫化为石赋》自是情理中事。

---

① 前注柏夷《〈赋谱〉略述》等。
② 〔日〕後藤昭雄校注:《江談抄》(新日本古典文學大系 32),東京:岩波書店,1997 年,第526—527 頁。
③ 相当于国子监学生中学业优秀者。
④ 三代天皇之东宫为:尊仁亲王(后三条天皇),贞仁亲王(白河天皇),善仁亲王(堀河天皇)。
⑤ 此处"兄弟五人"当含从弟白敏中。

二 再谈白行简《天地阴阳交欢大乐赋》与大江朝纲《男女婚姻赋》

通过前面的分析,我们厘清了白行简《望夫化为石赋》与大江朝纲《男女婚姻赋》两者之间的关系,考证了大江朝纲的《男女婚姻赋》在体式上是取法于白行简的《望夫化为石赋》。下面,我们再回到本文开头所提到的《天地阴阳交欢大乐赋》与《男女婚姻赋》的问题上。

（一）历来的观点

首先来看第一个提及此问题的周作人,其在《读游仙窟》中表述如下：

> 《游仙窟》的文章有稍涉猥亵的地方,其实这也只是描写幽会的小说词曲所共通的,不算什么稀奇,倒是那些"素谜荤猜"的咏物诗等很有点儿特别。我们记起白行简的《交欢大乐赋》,觉得这类不大规矩的分子在当时文学上似乎颇有不小的势力。在中国,普通刊行的文章大都经过色厉内荏的士流之检定,所以这些痕迹在水平线上的作物上很少存留,但我们如把《大乐赋》放在这一边,又拿日本的《本朝文粹》内大江朝纲(894—957)的《男女婚姻赋》放在那一边,便可以想见这种形势。《本朝文粹》是十一世纪时日本的一部总集,是《文苑英华》似的一种正经书,朝纲还有一篇《为左丞相致吴越王书》也收在这里边。《万叶集》诗人肯引《游仙窟》的话,《文粹》里会收容"窥户无人"云云的文章,这可以说是日本人与其文章之有情味的一点。我相信这并不是什么诡辩的话。①

周作人先是由《游仙窟》联想到了《大乐赋》,指出这种涉及"性"的写作在唐代颇有势力。接着在比较中日古代文学时,由《大乐赋》类比到《男女婚姻赋》,显然是因为两者题材相通。但《男女婚姻赋》的创作是否受到了《大乐赋》的影响,周氏并无论述。后来在《再谈徘文》中他又写下了这样的话：

> 敦煌鸣沙石室发现许多古写本,有一卷白行简的《天地阴阳交欢大乐赋》,(中略)这是一个孤证,但是还可以往别处去找个陪客来。日本在后朱雀帝(1537—1541)时编有《本朝文粹》十四卷,其中收录大江朝纲所著《男女婚姻赋》一篇,大旨与白行简作相似而

---

① 周作人:《读游仙窟》,《看云集》,第 210—211 页。

更简短，朝纲有《为清慎公报吴越王书》，洋洋大文，署天历元年，即五代后汉天福十二年（九四七）也。《本朝续文粹》今存十三卷，收有藤原季纲所著《阴车赞》一首，署淫水校尉高鸿撰，时为嘉保元年（一〇九四），盖与东坡同时，相传即《续文粹》之编者云。《本朝文粹》系仿姚铉的《唐文粹》而编辑，所收皆汉文，体制文字亦全仿中国，朝纲季纲之作当必有所本，（后略）。①

周氏此次明确提出《男女婚姻赋》与《大乐赋》相似，话里话外透着朝纲恐是模仿行简的意思。但其始终没有做出类似于"《万叶集》诗人肯引《游仙窟》"这样的明确表述，大概是因为缺乏确凿的证据。

与周氏相仿的，还有日本学者川口久雄，现摘录其话如下：

> 朝纲的《婚姻赋》与罗泰（博文）的《铁槌传》、高鸿（季纲）的《阴车赞》，在正、续《文粹》中都算是另类的作品，（中略）。《文粹》和《续文粹》之中夹杂着这样的情色作品是值得注意的，但最近我们明白了这其实也是唐代社会文学潮流的反映。
>
> 白居易的弟弟中有位白行简，写了艳情杰作《李娃传》，是很有名的传奇作家，就是这位白行简，写了一篇叫作《天地阴阳交欢大乐赋》的东西。此文出现在伯希和搜集的敦煌写本中。（中略）我得到巴黎国家图书馆的许可后，才将所拍胶卷的一部分刊载在此进行介绍。我想大家应该能明白，朝纲的《婚姻赋》还有《铁槌传》等就是这篇《大乐赋》遥远的"回声"。（中略）或许会有人想，日本的历史和文学中怎么会与一千年前埋在中国西北边陲的敦煌资料有关系，但我却认为未必就如大家所想的那样毫无关系。②

尽管川口先生在此使用了"回声"等比较文学化的表达，但我们仍然可以从中读出他是支持《男女婚姻赋》受《大乐赋》影响的。川口先生专攻平安朝汉文学，在敦煌研究上也颇有建树，由明治书院刊行的《敦煌よりの風》（敦煌来风）这一系列著作包含五个专题厚达六册③，可谓其敦煌研究的集

---

① 周作人：《再谈徘文》，《药味集》，第 218—219 页。
② 〔日〕川口久雄：《本朝文粹·本朝統文粹の世界》，据新訂增補《國史大系》月报 30 试译。
③ 〔日〕川口久雄《敦煌よりの風》系列，1《敦煌と日本文学》、2《敦煌と日本の説話》、3《敦煌の仏教物語（上）》、4《敦煌の仏教物語（下）》、5《敦煌の風雅と洞窟》、6《敦煌に行き交う人々》，東京：明治書院，1999—2001 年。

大成。我们推测他的判断很可能部分来自其敦煌研究的经验。然而川口先生并没有针对这个棘手的问题进行详细的论考,仅凭经验是难以服众的。

另一位日本学者兴膳宏在谈到《本朝文粹》和我国的《文选》时,也曾提及这个问题:

> 要说非《文选》式的赋,在大江朝纲《男女婚姻赋》这一处理性问题的作品中达到了极致。其中是否存在出土于敦煌的白行简《天地阴阳交欢大乐赋》(伯二五三九)那样的色情文学的粉本,是个很有意思的问题。《文选》的赋虽然也是以"情"(男女的情欲,原文注)结束,但从主题的直截了当上讲,是无法和朝纲之作相比的。(后略)①

兴膳先生虽然点出了《男女婚姻赋》与《大乐赋》这个问题,但没有表示自己的意见和看法。

再次考察此问题的是我国学者张鸿勋,其论述要点如下:

> 朝纲此赋,是一篇以男女婚姻为题材,以情感为线索,而又带有相当猥亵描写的骈体赋,读来确乎有些面熟。但是是否如周氏所言就与《大乐赋》直接有关呢? 笔者认为,答案是否定的。(中略)但至今没有任何证据表明他的《大乐赋》曾东传到日本,(中略)但像《大乐赋》在日本却是从未有过任何文献记述或抄本流传;而且此赋在中国本土都极为罕传,若非敦煌石窟偶然保藏下来一个抄本残卷,又偶然于千年之后被发现于众多遗书中,则将永远不会为后人所知,它又怎么会直接影响到远在日本的大江朝纲的创作呢? (中略)骈体文发端于先秦,(中略)至唐代仍是一种使用极其普遍的文体。深受这种文风浸润影响的日本平安时期文学,也正是汉诗文创作成为主潮的时期,像大江朝纲这样熟练地运用骈体文写出《男女婚姻赋》,就是很自然的事了。
>
> (中略)《男女婚姻赋》有些内容与《大乐赋》确也较为近似,(中略)但这些近似也并不能就视为二者之间有直接关系,(中略)倒是东汉末著名作家蔡邕(132—192 年)的《协和婚赋》无论是文章标

---

① 〔日〕兴膳宏:《〈文选〉与〈本朝文粹〉—特に赋について—》,据《新日本古典文學大系》月报 36 试译。

题、内容和写法上,还是在"不大规矩的分子"上,都与《男女婚姻赋》有更多的近似。(中略)虽然我们并不能武断朝纲之赋就是直接仿照蔡邕此赋,但种种迹象表明,汉魏以来的骈赋文风,的确曾经影响到平安时期日本汉文学的创作。(中略)除上举《协和婚赋》外,平安时期日本贵族、文士、僧侣在热衷学习、吸收汉魏隋唐大量优秀诗文的时候,唐代文学中也流行着一些内容"不大规矩"甚至公然"稍涉猥亵"作品,"于士大夫口手之间,不甚为怪"。(中略)唐代文学上这种风气,不能不影响到汉风文化最为灿烂的平安时代文学。(中略)所以川口氏说《男女婚姻赋》等"说到底还是中国文学传统的一种反映",无疑是深悉中日两国文学交流的至言。①

张鸿勋先生否定《男女婚姻赋》与《大乐赋》直接有关,主要依据两点。

第一,缺乏《大乐赋》东传日本的直接的文献证据。诚如其言,《大乐赋》目前仅现于敦煌文献,日本莫说是文本,连与《大乐赋》有关的只言片语都尚未见到。但以此否定《大乐赋》与《男女婚姻赋》直接有关恐怕为时过早。一是存世文献本身存在局限性,我们既要预设到某些关键文献已经湮灭的可能性,又要考虑到未来新文献问世的可能性;二是《大乐赋》本身存在特殊性,其在我国被"色厉内荏的士流"所摒弃自不必说,在日本也同样存在类似的问题,比如柿村重松先生所校注的初版《本朝文粹》中就删除了《男女婚姻赋》②,内容更甚于《男女婚姻赋》的《大乐赋》也一定遭遇过某些日本古人的抵制,因此《大乐赋》的流传以及相关资料的留存相较其他文献要更困难一些。

第二,仅靠内容上的部分相似是不足以定论的,若依标题、内容等论,蔡邕《协和婚赋》倒是有可能影响朝纲。此处指摘甚为妥当,仅就内容或题材来讲,我们无法判定《男女婚姻赋》一定是受《大乐赋》的影响,如张鸿勋先生所举的反例,蔡邕《协和婚赋》也是有可能给予《男女婚姻赋》影响的。这就提示我们仅从内容的角度进行思考恐怕没有结果。有必要转换考察的视角,来关注文体、用词等层面和细节。

然而在文体这一问题上,张鸿勋先生忽略了一个细节,即朝纲所写的《男女婚姻赋》是律赋,这种文体发生在唐代,与之前的"骈体文""骈体赋"还

---

① 张鸿勋:《〈天地阴阳交欢大乐赋〉与日本平安时代汉文学——以大江朝纲〈男女婚姻赋〉为中心》,《张鸿勋跨文化视野下的敦煌俗文学》,第5—13页。
② 〔日〕柿村重松:《本朝文粹註释》,京都:内外出版,1922年。

是应该作以区分的。另外,"说到底还是中国文学传统的一种反映"此话确为川口先生原话,不过是其在谈"《铁槌传》《阴车赞》那样把生殖器和其作用拟人化写作成俳谐体戏文"的方式时所表述的,而非是在谈《男女婚姻赋》与《大乐赋》的关系①。张鸿勋先生立足于文学传统,着眼于文学风气的眼界是值得学习的,只是在《男女婚姻赋》这一具体作品上还是有必要具体问题具体分析。

（二）白行简的《天地阴阳交欢大乐赋》直接影响了大江朝纲的《男女婚姻赋》

下面我们就结合前面的结论,通过分析朝纲的创作动机,再次来探讨《男女婚姻赋》与《大乐赋》的关系。这里拟从形式和内容两个角度切入,然后综合起来进行分析。

如果说《男女婚姻赋》的内容一承中国文学传统,无法确定其受容的具体来源,则可以尝试着去思考其形式上的一些表征。首先是模仿对象的问题。如前所述,朝纲的《男女婚姻赋》在创作形式上,是完全仿照行简的《望夫化为石赋》。这里要强调的是,朝纲在创作形式上所取法的人是白行简,而非《协和婚赋》的蔡邕、《游仙窟》的张鷟等人,那么回到创作内容上,从被影响的可能性上来说,同为行简所作的《大乐赋》自然要比蔡邕等人的作品大得多。其次是模仿程度的问题。一般而言,平安朝文人模仿中国古代文人常常会表现在炼字、选词、摘句等一些局部细节上。如朝纲所作的屏风诗《屏风土代》中,《寻春花》一诗的首联"见说林花处处开,晨兴并马共寻来",是化用白居易《赠杨秘书巨源》一诗颈联的"瘦马寻花处处行"②。通篇的模仿则无异于向世人宣告自己的"无能",在深谙汉学的朝纲身上实在是难以想象。然而摆在我们面前的事实是,朝纲的《男女婚姻赋》从形式上讲近乎是对行简《望夫化为石赋》的"剽窃"。那么朝纲真的是"无能"吗? 即便是他万分仰慕行简,会"愚蠢"到如此明目张胆地去套用《望夫化为石赋》吗? 答案恰恰相反。我们知道,律赋本身就有严格的程式要求,朝纲在写《男女婚姻赋》时先天就被束缚了手脚,而力求做到与行简的《望夫化为石赋》通篇一致,则更是"作茧自缚",加之《男女婚姻赋》与《望夫化为石赋》的主题毫不相通,又要做到形式上一致,那更是难上加难。《望夫化为石赋》虽说是朝纲创作的文学营养,但照此模仿的话,不得不说其成为了朝纲的一种"桎梏"。可以想见,朝纲其实是充分运用了他的汉学修养,才完成了这项困难的工程。他这种看似"愚蠢"的行为背后一定隐藏着某种创作

① 详见〔日〕川口久雄:《本朝文粹・本朝続文粹の世界》。
② 〔日〕丹羽博之:《大江朝綱〈屏風土代〉詩の白詩受容》,第89—90頁。

动机,而这个动机绝非单纯的模仿那么简单,若不然我们无法解释这种匪夷所思的现象。

下面我们就切入内容的层面去思考其创作动机。如果说朝纲仅仅是想在律赋这一形式上效法行简的《望夫化为石赋》,那么他有很多题材可选择。律赋虽然在体式上与前代之赋有所差别,但在题材上并无明显不同,《文选》所示的"京都""郊祀"等完全可为律赋所援用。我们可以以《本朝文粹》作一参照,来看平安朝文坛上都有哪些题材的赋。《本朝文粹》卷一收赋十五篇,其中律赋十四篇,具体分类如下:

> 天象(四篇),水石(两篇),树木(两篇),音乐(一篇),居处(一篇),衣被(两篇),幽隐(两篇),婚姻(一篇)。

显而易见,"婚姻"不过是八类中的一类而已,朝纲完全可以从其他七类乃至更多类别中选择题材进行写作,何必要以"婚姻"为主题呢?而且所谓"婚姻",也不过是《本朝文粹》的编者藤原明衡所冠以的类别,实质上《男女婚姻赋》有近一半的内容是在文学化地写"房事",即"交欢"。尤其是《男女婚姻赋》中的部分措辞如此直白,在朝纲所处的九世纪后半叶和十世纪上半叶间可谓是异常得另类。就现存资料而言,我们尚不曾见到在朝纲之前的日本汉文学中,有甚于"入门有湿,淫水出以污裈;窥户无人,吟声高而不禁"之类的大胆描写,朝纲很有可能是日本汉文学中第一个无所掩饰地去刻画"性行为"的文人。他为何抛开其他题材而选择"婚姻和性"呢?他又何来的勇气去使用一些赤裸裸的措辞呢?合理的解释就是朝纲读到过《望夫化为石赋》的作者白行简所写的另一篇作品——《大乐赋》,一篇同样描写过"婚姻和性",尤其是着眼于"交欢",无所顾忌地描写性行为细节的作品。

我们需要将形式和内容综合起来考虑,才可以读解出朝纲的创作动机。如果单纯依内容理解成受到了《协和婚赋》《游仙窟》等代表着中国文学传统和唐代文学风气的影响,则无法解释其为何采用"律赋"这一局限文人创作的文体,显然"骈赋""传奇"等文体会有更大的发挥空间;如果单纯理解成文体问题,则又无法解释其为何要选择"婚姻和性"、为何要"史无前例"地直面"性"的描写;任何单方面的理解都会割裂作品形式与内容的统一。唯有将《望夫化为石赋》的文体与《大乐赋》的题材及描写,这两者结合起来,方可诠释前述之种种怪象。

从"律赋"这一文体的视角去看,行简是中唐的杰出代表,《望夫化为石赋》又是其优秀的代表作,可以说行简的《望夫化为石赋》反映了中唐文学体式的最前沿。从"性"这一题材的视角去看,行简又可谓是中唐"写实主义"的先驱之一,《大乐赋》白描了中唐社会"性生活"之百态,似可为中华性文学之嚆矢。唐代社会开放包容,"房中术"盛行,然而不是每一个文学家都有勇气用文学来表达"性"。《大乐赋》在性行为的描写上铺陈直叙、汪洋恣肆,已远非前代《游仙窟》所能比拟,可以说行简的《大乐赋》反映了中唐文学风气的最前沿。白行简集这两个最前沿于一身,对大江朝纲而言恰好是模仿的理想对象。

在朝纲读到《大乐赋》的一瞬间,恐怕也为行简的直率大胆所震惊,从而感慨于中唐文坛中也有如此奔放坦荡的文学风气,继之产生个人的创作冲动是合乎情理的。然而就日本的汉文学文坛而言,在未见本国前人有过以"性"为题材、直接染指"性"描写的背景下,将这一大胆的想法付诸实践不仅仅需要勇气,同时需要一定的智慧和技巧。朝纲狡黠地选择了《望夫化为石赋》这一律赋杰作。他如此刻意地、可以说是"置换"般地将《望夫化为石赋》改编为《男女婚姻赋》,就是在向世人明示——大江朝纲写作《男女婚姻赋》不是毫无由头,而是模仿唐人白行简的。这位白行简不仅仅创作了众人皆知的《望夫化为石赋》,是人们公认的律赋名家;同时也写下了《大乐赋》这样令人震惊的"性文学"作品。他模仿得愈像,其"有所本"的意图就愈容易为人们所认识。如此一来,朝纲既减轻了他书写"性"所伴随的压力,客观上也在向文坛明宣其所模仿的白行简实乃大海彼岸文学之最前端。在《男女婚姻赋》中,用彻底模仿《望夫化为石赋》的方法,去表现人类生活中的正常一幕"婚姻和性"——这一来自《大乐赋》的提示,显然是朝纲深思熟虑的结果。

一言以蔽之,朝纲当是受到了行简《大乐赋》的直接影响,比照《望夫化为石赋》而写就了《男女婚姻赋》。

三　唐代律赋的域外传播：平安文人认识上的偏差

我们确认了《男女婚姻赋》中白行简之赋所给予的影响,并探讨了大江朝纲的创作动机和创作手法。若从日本古典文学不断汲取中国古典文学营养的大背景下去看,朝纲此文作为唐代律赋传播到日本进而影响日本文人文学创作的一个例证,似乎毫不为奇;然而如果聚焦到文体上去看中日两国文人对"律赋"的认识,《男女婚姻赋》则是不容忽视的重要存在。

一个值得关注的问题是,朝纲将"婚姻和性"这一题材不折不扣地作成了律赋,而其影响之源的行简并没有采用律赋的体式来写作《大乐赋》[①]。

---

① 伏俊琏等先生将此赋归为"俗赋"。可参伏俊琏：《俗赋研究》,北京：中华书局,2008年。

其中或许存在行简欲于《大乐赋》中全面刻画两性之事、极尽铺陈之能事，而律赋因行文受限无法充分满足其要求等原因，但还有一个层面的原因也不可不察，即唐人对律赋的认识。

以行简本人为例，其所作律赋十八篇中，无一篇以男女艳情和性事为主题，更不见十八篇中有类似于《大乐赋》那般的描写。这些律赋的主题大多典出"经史子集"，间有"旧闻""今事"或"咏物""写景"之作，每一篇的行文用词莫不十分"规矩"。这绝不是行简一人的个例，通观唐代律赋的选题与描写，就现存文献而言，唐代律赋中恐怕是不存在与"性"有关的作品，这显然与唐代的"取士"密不可分。

我们不能完全把律赋定义为"科场文体"，但唐代"以赋取士"从而导致律赋有了空前的发展却是不争的事实。前引清代李调元关于科举与律赋的描述①是符合历史事实的，近人时贤也多次论及此问题，不再一一赘述。科场如何课赋自然会成为文人举子们作赋的指针，因此了解了试赋的选题，也就了解了这根无形的指挥棒。王士祥先生曾就此做过系列考论，如进士科试赋，其题目表现出浓厚的宗经、重史和体道特征；再如符瑞类试赋，折射出了当时的政治背景和现实需要②。毋庸置疑，凡有志于考取功名的文人举子自然会围绕经史而勤加练习，自然会关注时局而大做文章，即便登第之后，怕是也不敢贸然用"严肃"的律赋去表现各种题材。在这样的取士氛围中，取材于人文传说、自然风光等的律赋已属清新之作了，又会有几人敢冒天下之大不韪，堂堂地去用律赋来书写"性"呢？

再回到《大乐赋》的作者行简的立场上去看，他身处中唐，正是律赋取士的高峰时期，其时将律赋看为"科场文体"的唐人绝不在少数，裹挟其中的行简自是也难免时代的影响。他历任"秘书省校书郎""东川节度使掌书记""左拾遗""主客员外郎""度支员外郎""主客郎中""膳部郎中"等职③，可谓唐代典型的文人官僚。我们自然可以想见他的"政治觉悟"——再过大胆恐怕也不敢公然使用当时的"科场文体"去描写"性"。其十八篇律赋中唯一有可能牵涉男女之事的《望夫化为石赋》也"理所当然"地讴歌了"贞妇"的故事，感慨道"贞志可嘉，高节惟亮"。就连非律赋的传奇文《李娃传》，也不忘

---

① "大历、贞元之际，风气渐开，至大和八年，杂文专用诗赋，而专门名家之学，蔚然竞出矣。"[清]李调元：《赋话》卷一，第3页。

② 王士祥：《唐代进士科试赋题目出处考述》，《河南社会科学》2009年第5期；同《论唐代省试赋的宗经特征》，《中州学刊》2010年第1期；同《论唐代科场符瑞类试赋的现实观照》，《河南师范大学学报》2015年第2期等。均收入《唐代应试诗赋论稿》，北京：商务印书馆，2016年。

③ 前注黄大宏《白行简年谱》等。

在末尾加笔"嗟乎，倡荡之姬，节行如是。虽古先烈女，不能逾也"之评语。

而与行简等唐人形成鲜明对比的是，大江朝纲堂而皇之地把《男女婚姻赋》写成了律赋，藤原明衡也堂而皇之地将这篇作品收入了《本朝文粹》中。朝纲与明衡显然是没有"性"是律赋的禁区这一"政治敏感性"的。一个敢写，一个敢收，似可说明平安文人对律赋的认识相较于唐人是存在偏差的。那么这种在律赋的书写内容上所呈现出的中日之间的巨大反差，是否与日本平安朝的省试相关呢？

遗憾的是，虽然日本平安朝模仿唐代科举也实施了通过诗赋选拔人才的政策①，但在实际操作上是否真的课过律赋，目前学界之中仍然存在争议没有形成定论②。不过据现存文献而言，尚未发现可以确认为科场所作的律赋，假使其真实存在，也确属凤毛麟角。可以肯定的是，平安朝的省试中，试帖诗是常例，即便课过律赋，也是昙花一现，是绝对没有制度化、常态化的。有关日本平安朝律赋与省试的问题虽已在前面第二章第二节详细论述过，但这里需要强调的是，唐代科举制度在东渐日本的过程中，就律赋取士而言，作为一项制度至少是被弱化了的。因此无论是朝纲还是明衡，在他们的意识中，因把"律赋"和"性"联系到一起而影响政治前途的担忧是不强烈甚至是不存在的。由此出现了朝纲大胆地以《男女婚姻赋》来实践"律赋"与"性"的突破，明衡也毫无忌惮地将此赋收入《本朝文粹》。

时为东亚各国所景仰的唐帝国，不仅孕育出了大量优秀的唐诗，也生发出了赋体中的新事物——律赋，尽管律赋在后代的评价中毁誉参半，但自它诞生以来，作为中华汉文学的成员之一在域外得到了广泛的传播，为日本、古代朝鲜等国家所积极学习、效仿。日人对唐律赋的学习与效仿达到了几近雌雄莫辨的程度，从大江朝纲《男女婚姻赋》一文中即可窥见这种深刻的影响。然，朝纲们对律赋的认识不能说与白行简等唐人完全一致，就律赋的

---

① 日本天长四年（827）的太政官符《应补文章生并得业生复旧例事》云："今须文章生者，取良家子弟，寮试诗若赋补之，选生中稍进者，省更覆试，号为俊士，取俊士翘楚者，为秀才生者。"收于〔日〕大曽根章介等校注：《本朝文粹》卷二，第 145 页。

② 一方面大曽根章介先生明确提出日本不曾试赋，而另一方面田坂顺子先生推定试赋的存在，但田坂先生所依据的史料又遭到李宇玲先生的质疑，详见以下论考。〔日〕大曽根章介：《本朝文粹の文章一騈儷を中心にして一》，東京大學國語國文學會《國語と國文學》1957 年第 10 號，收入《日本漢文學論集》第一卷，東京：汲古書院，1998 年；〔日〕田坂順子：《平安時代における賦の變遷一制作の場を中心に一》，收入和漢比較文學會編《和漢比較文學研究の諸問題》（和漢比較文學叢書第 8 卷），東京：汲古書院，1988 年，第 19—39 頁；李宇玲：《平安朝における唐代省試詩の受容一九世紀後半を中心に一》，東京大學國語國文學會《國語と國文學》2004 年第 8 號，收入《古代宮廷文學論—中日文化交流史の視点から—》，東京：勉誠出版，2011 年。

题材和表现内容而言,朝纲们大概不清楚其下限到底在哪里。他们对唐律赋的"科场属性"虽然不是完全无知,但身处扶桑的不同政治环境中,这种认识必定会模糊化乃至异质化。白行简再过大胆,似乎也没有大胆到以律赋来写"性",而大江朝纲身为海东的局外人,可谓一动笔成千古奇文,这实在是唐代律赋传播的精彩一幕。

第四章　律赋体式与平安朝汉文学的发展

通过前几章的考察,我们明确了唐代律赋与日本律赋之间的关系。平安朝律赋的出现,是唐代律赋东传日本的结果,平安文人在律赋创作上更是受到了唐代律赋的直接影响。事实上,唐代律赋对平安朝汉文学的影响不仅仅局限于律赋这一种文体,在汉诗等其他文学体裁上也可以窥见律赋体式的些许痕迹。可以说,唐代律赋的东传,既促成了平安朝律赋的新生与流行,也促使其他汉诗文产生新变,推动了平安朝汉文学的发展。本章以平安朝的几首汉诗、箴言为研究对象,着重探讨这些作品的体裁样式,力图揭示出平安朝汉诗文文体中那些受律赋影响的局部细节,并探寻这些变体现象的背后原因。

第一节　春澄善绳应试诗《挑灯杖》的押韵考述

唐永隆二年(681)诏定进士考试加试"杂文",由之前的一场试、止试策,改定为两场试,先考"杂文"两首,善于写作的人才得以进入下一场考试——策试。[①]　而早在垂拱二年(686),诗与赋就作为"杂文"被纳入考试。[②]　其后,杂文考试课一诗一赋渐成唐代进士科考惯例,所课之诗称"省试诗",所课之赋称"省试赋"。

---

① 永隆二年《条流明经进士诏》云:"自今已后,考功试人,明经每经帖试,录十帖得六已上者,进士试杂文两首,识文律者,然后并令试策。"[宋]宋敏求编:《唐大诏令集》卷一〇六,北京:商务印书馆,1959 年,第 549 页。

② 《大唐故亳州谯县令梁府君之墓志》载墓主梁玙初应举试杂文《朝野多欢娱诗》《君臣同德赋》通过,试策未过,隔年再次应举进士及第。周绍良主编:《唐代墓志汇编》开元三六三,上海:上海古籍出版社,1992 年,第 1047 页。陈铁民先生考证梁玙初次应举时间为垂拱二年,详见陈铁民:《梁玙墓志与唐进士科试杂文》,《北京大学学报(哲学社会科学版)》2006年第 6 期。

日本则早于奈良朝时就模仿唐制引入过以考试来选拔人才的方式。① 尽管古代日本的考试制度还有许多不明之处,但"课诗"作为选拔方式之一是无可争辩的事实。已有前辈学者考订出平安初期的敕撰汉诗文集《经国集》卷十三、十四收录了二十三首"试帖诗"。② 李宇玲女史曾考察过《经国集》所收应试诗的诗题、诗体、声律、题材等,指出平安朝应试诗与唐代应试诗的相同点及不同点③;又于另一篇文章进一步指出这些应试诗具有双重属性,即"经国"之文学观与嵯峨朝唯美之诗风并存。④ 半谷芳文先生则着眼于《经国集》所收应试诗的写作格式,认为其在继承唐代应试诗之格式的同时,也呈现出一些日本独有的特色。⑤ 其中,针对《经国集》卷十四所收春澄善绳(797—870)的应试诗《挑灯杖》,半谷先生指出其押韵可能受到了唐代律赋的影响。

> 199号诗是按照诗题的三个字来依次押韵的,这或许是受到了唐代进士科课试律赋的影响,因为唐赋中存在几乎完全依照赋题顺次押韵的情形。⑥

尽管半谷论文中与此相关的论述仅有上引文字,且引为例子的唐赋亦有不当⑦,但其敏锐地意识到律赋的押韵与《挑灯杖》相类,可谓一针见血。

---

① 关于古代日本科举可参看〔日〕桃裕行:《上代學制の研究》(桃裕行著作集第一卷),京都:思文閣出版,1994年修订版;〔日〕久木幸男:《日本古代學校の研究》,東京:玉川大學出版部,1997年;以及高明士:《日本古代学制与唐制的比较研究》中的"贡举制",台北:学海出版社,1986年增订版,第277—291页;同《隋唐贡举制度》中第七章"隋唐贡举制度对日本的影响",台北:文津出版社,1999年,第376—398页。

② 如〔日〕小島憲之:《國風暗黑時代の文學》下Ⅱ・Ⅲ,東京:塙書房,1995年、1998年;〔日〕大曽根章介:《"放島試"考一官韻について—》,東京大學國語國文學會《國語と國文學》1979年第12號,收入大曽根章介:《日本漢文學論集》第一卷,東京:汲古書院,1998年。关于这二十三首诗的具体性质,学界有称作"试帖诗"者,有作"省试诗"者,但实际情形并非"试帖""省试"可以简单概括,后面将统一称作"应试诗"。

③ 李宇玲:《平安朝文章生试与唐进士科考——试论平安朝前期的省试诗》,《日语学习与研究》2009年第2期。

④ 李宇玲:《〈經國集〉の試帖詩考》,東京大學國語國文學會《國語と國文學》2011年第3號,收入李宇玲:《古代宮廷文學論—中日文化交流史の視点から—》,東京:勉誠出版,2011年。

⑤ 〔日〕半谷芳文:《〈經國集〉試帖詩考》,收入《松浦友久博士追悼記念中國古典文學論集》,東京:研文出版,2006年。

⑥ 此引半谷论文,由笔者试译。199号是前引小島憲之先生在《國風暗黑時代の文學》中对《经国集》全部汉诗所做的编号,即春澄善绳《挑灯杖》。

⑦ 为解释"唐赋中存在几乎完全依照赋题顺次押韵的情形",半谷在注释中引白居易《汉高祖斩白蛇赋》为例。

由于半谷没有详细展开论述,所以春澄善绳《挑灯杖》这一在日本早期汉诗文中极不寻常的汉诗至今没有得到学界足够的重视。本节将考察《经国集》二十三首应试诗,以及创作于《挑灯杖》之前的日本现存所有换韵诗的押韵情况①,以检验证实《挑灯杖》之押韵与唐代律赋是否确有类似,并指出该诗在日本汉文学史上具有十分特殊的地位。

一　《经国集》所收应试诗一览

目前尽管还无法确定《经国集》所收全部应试诗的写作场合,但无论是寮试、文章生试还是俊士试,都是日本朝廷为储备官员、选拔人才而举行的考试。只要是考试,就有要求,在课诗上则如同我国一样表现为“程限”。平安初期应试诗的程限可大致分作三类:

A 限韵:指定押韵的韵字。

B 限字:限定诗的字数或句数,即间接地限定诗型。

C 其他限定:多是指定诗中用字。

下面以有无 A 限韵为标准,将《经国集》中的应试诗分为“有限韵要求”和“无限韵要求”两类,分别考察其押韵情形②。为方便查对这些应试诗的原文及校勘,本节全部引用小岛宪之整理的《经国集》③,并沿用其编号,将每诗的韵脚示以黑体,如有限定韵字则以方框标示。

---

① 在考察押韵之前有两点需要说明。第一,考察日本近江、奈良两朝以及平安初期的汉诗宜以何韵书作参照的问题,黄少光与半谷芳文二先生已有详细论述,可资参看,此不赘言,本节的考察也以张氏泽存堂本《广韵》为准,不合《广韵》之处则加以注释。黄少光:《勅撰三集の押韻》,東京外国語大學大學院総合國際學研究科《言語・地域文化研究》第 8 號,2002 年 3 月;半谷芳文:《勅撰三漢詩集押韻考—韻書の利用と韻律受容から考察する奈良末・平安初頭の詩賦—》,早稲田大學國文學會《國文學研究》第 158 集,2009 年 6 月;半谷芳文:《〈懷風藻〉押韻考—六朝韻部の分類・〈切韻〉及び日本漢字音から考察する日本漢詩生成期の押韻—》,《和漢比較文學》第 49 號,2012 年 8 月。第二,“独用”“同用”“通用”三词的使用问题。在《怀风藻》和勅撰三集(即《凌云集》《文华秀丽集》《经国集》)中屡有不合《广韵》“独用”“同用”之处,日本学界对此用词不一。如半谷芳文认为日本汉诗中不合《广韵》的现象不是“通用”,而以“同用”标记,但半谷所谓“同用”易与《广韵》“同用”混淆,为避免混同,本节均以“通用”做注。

② 小岛宪之曾以平水韵标注过包括《经国集》在内的勅撰三集所收汉诗的用韵,后黄少光质疑平水韵不当而重新以《广韵》标注。详见〔日〕小岛憲之:《懷風藻・文華秀麗集・本朝文粹》(日本古典文學大系 96),東京:岩波書店,1964 年;同《國風暗黑時代の文學》中、下Ⅱ・Ⅲ,東京:塙書房,1979 年、1995 年、1998 年;前注黄少光论文。但黄氏论文中标错汉诗编号,漏标通韵、出韵的情况较多,不宜引以为据,故予以重新标注。另,前引半谷芳文2009 年论文曾例举“止摄”“梗摄”,也可参看。

③ 〔日〕小岛憲之:《國風暗黑時代の文學》下Ⅱ・Ⅲ,東京:塙書房,1995 年、1998 年。

（一）有限韵要求（十首）

160 五言奉试赋得陇头秋月明一首　题中取韵、限六十字
丰前王

桂气三秋晚　莫阴一点**轻**　傍弓形始望　圆镜晕今**倾**

漏尽姮娥落　更深顾兔**惊**　薄光波里碎　寒色陇头 **明**

皎洁低胡域　玲珑照汉**营**　誓将天子剑　怒发独横**行**

《陇头秋月明》一题有四人应试，要求"题中取韵"，160 号诗的作者丰前王以"明"为韵。韵脚"轻""倾""营"属下平声清韵，"惊""明""行"属下平声庚韵，清庚同用。

161 同前　野篁

反覆单于性　边城未解**兵**　戍夫朝蓐食　戎马晓寒**鸣**

带水城门冷　添风角韵**清**　陇头一孤月　万物影云**生**

色满都护道　光流伙飞**营**　边机候侵寇　应惊此夜 **明**

161 号诗的作者小野篁也以"明"为韵。韵脚"兵""鸣""生""明"属下平声庚韵，"清""营"属下平声清韵，庚清同用。

162 同前　藤令绪

萧关天气冷　陇上月轮 **明**　皎皎含冰白　辉辉入镜**澄**

凌霜弓影静　泹露扇阴**清**　彩比齐纨冶　光同赵璧**生**

珠华浮雁塞　练色照龙**城**　乔预昭君曲　长随晋帝**行**

162 号诗的作者藤原令绪同样以"明"为韵。韵脚"明""澄""生""行"属下平声庚韵①，"清""城"属下平声清韵，庚清同用。

163 同前　治颖长

---

① "澄"字无论在王三本《刊谬补缺切韵》还是《广韵》中，均同收于"庚""蒸"两韵。小岛宪之与半谷芳文均判定为"蒸"韵，不知所据。考虑到藤原令绪所读韵书仍是承袭《切韵》系统，本节认定藤原诗中"澄"字属"庚"韵。

霜气冷关树　秋月色更**明**　定识怀恩客　挥戈从远**征**

影寒交河道　辉度万里**程**　水底沈钩璧　叶中寻落**星**

胡骑气逾勇　汉营阵杂**生**　但忻重光晕　独照陇头**城**

163 号诗的作者多治比颖长同样以"明"为韵。韵脚"明""生"属下平声庚韵，"征""程""城"属下平声清韵，"星"属下平声青韵。据《广韵》知庚清同用，却不与青同用。不过平安初期汉诗中确实存在"庚·耕·清"韵与"青"韵通用的现象，且为数多达二十一例①，故我们不把 163 号诗认定为出韵，而是看作一韵到底。

185 五言奉试咏梁得尘字一首　南弘贞

凤阁将成岁　龙楼结构**辰**　杏翻华日影　梅起妙歌**尘**

带紫朝光断　含丹晚色**新**　愿为廊庙干　长奉圣君**宸**

如"得尘字"所示，185 号诗要求以"尘"为韵。韵脚"辰""尘""新""宸"属上平声真韵。

187 五言奉试得治荆璞一首　以天为韵、限六十字　纪虎继

荆山称奥府　经史不空**传**　中有连城璧　世无觉彼**妍**

潜光深谷内　韬彩峻岩**边**　价逐千金重　形将满月**圆**

冰霜还谢洁　金石岂齐**坚**　未遇卞和献　无由奉皇**天**

187 号诗要求以"天"为韵。韵脚"传""圆"属下平声仙韵，"妍""边""坚""天"属下平声先韵，仙先同用。

189 五言奉试咏三一首　以帷为韵　文真室

青鸟居山日　丹乌表瑞**时**　殷汤数让位　管仲终固**辞**

韵曲流泉急　入湖江水**迟**　宁知损益友　长下董生**帷**

189 号诗要求以"帷"为韵。韵脚"时""辞"属上平声之韵，"迟""帷"属

---

① 黄少光与半谷芳文都统计过敕撰三集中"庚·耕·清"韵与"青"韵通用的诗例，黄氏存在疏漏，当以半谷的二十一例为准。

上平声脂韵,之脂同用。

190 同前　石越知人
曼倩文才长　相如作赋**迟**　寻朋云有益　交意此成**师**
乌影日中挂　猿声峡里**悲**　冲天方惠尚　久下仲舒 **帷**

190 号诗同样以"帷"为韵。韵脚"迟""师""悲""帷"均属上平声脂韵。

198 七言奉试赋得照胆镜一首　各以名字为韵、八韵为限
野春卿
　　良冶炼铜初铸日　火云烈烈风焰**频**　背文巧置盘龙体　面彩
能衔满月**轮**
　　玉匣池深朝气彻　金台冰冷夜阴**申**　空虚万象见明处　野魅
山精不隐**身**
　　西入秦城献霸主　君王殿上烛佳**人**　衣裳整下绮罗色　容貌
妆前桃李 **春**
　　欲言情素即因此　发昧谁胜奇宝**真**　如今可用妍媸鉴　长愿
犹为照胆**珍**

《照胆镜》要求考生"各以名字为韵",198 号诗的作者小野春卿以名字
中的"春"字为韵。韵脚"频""申""身""人""真""珍"属上平声真韵,"轮"
"春"属上平声谆韵,真谆同用。

199 七言奉试赋挑灯杖一首　七言十韵、仍以挑灯杖为韵
猪善绳
　　斯杖任朴犹堪用　岂假良工加研**雕**　白日黄昏灯始续　匪资
兹具未能**调**
　　若非藜杖老全紧　或是莩茎炎亦**焦**　谬污乌印盘外落　眼分
精锐帐中 **挑**
　　后有召携宴友**朋**　华堂四照列羊 **灯**　时因永夜焰垂灭　每
效微功明更**增**
　　廉吏嫌燃再不**赏**　神翁有备躬吹 **杖**　宣神正使苏公历　致

用亦令蜀妇**纺**

　　一客环堵晓夕勤　十年玩文自为**奖**　唯嘉陋质助光力　弗敢
效贪膏泽**养**

　　199 号诗要求"仍以挑灯杖为韵",即以"挑""灯""杖"三字为韵,颇为特
殊。韵脚"雕""调""挑"属下平声萧韵,"焦"属下平声宵韵,萧宵同用。"朋"
"灯""增"属下平声登韵。"赏""杖""纺""奖""养"属上声养韵。可见作者春
澄善绳的的确确是以"挑""灯""杖"三字为韵,这使得《挑灯杖》一诗成为一
首换韵诗。

　　如上所示,在有明确限韵要求的这十首应试诗中,除春澄善绳《挑灯杖》
外均是一韵到底。

　　(二)无限韵要求(十三首)

　　　　158 七言奉试赋得秋一首　每句用十二律名字　纪长江
　　凉秋萧索太堪**悲**　况复寒鸿南度**时**　宣渡柳营计应碎　扶风
松盖想无**衰**
　　捣衣夹室月光冷　织锦中闺思绪**滋**　白露凝兰洗佩净　玄霜
杀草惊钟**飞**
　　晴空云簇收遥岭　古木蝉蕤咽晚**飔**　黄叶飘零秋欲暮　则知
潘鬓飒如**丝**

　　158 号诗的韵脚"悲""衰"属上平声脂韵,"时""滋""飔""丝"属上平声
之韵,"飞"属上平声微韵。据《广韵》知"脂之"同用,却不与"微"同用。但平
安初期汉诗中有"支·脂·之"韵与"微"韵通用的现象,计十八例①。故 158
号诗不宜看作出韵,而是一韵到底。

　　　　159 五言奉试赋秋兴一首　以建除等十二字居句头　治文雄
　　建酉星初转　除湿金正**王**　满江鸿翼足　平陆菊丛**香**
　　定识幽闺女　执梭织锦**章**　破帘虫网薄　危牖月光**凉**
　　成雨叶声乱　收芳草色**黄**　开书周览后　闭户叹潘**郎**

---

① 黄少光与半谷芳文都统计过敕撰三集中"支·脂·之"韵与"微"韵通用的诗例,黄氏存在
疏漏,当以半谷的十八例为准。

159 号诗的韵脚"王""香""章""凉"属下平声阳韵，"黄""郎"属下平声唐韵，阳唐同用。

164 五言奉试赋秋雨一首　宫殿名、限六韵　山古嗣
秋雨正滂沛　旬朝洒玉**堂**　花浓丛发越　燕度石飞**翔**
已濯兰林佩　更沾蕙草**香**　迎风散斜影　清暑送浮**凉**
似露飘长乐　如尘拂建**章**　长年无破块　崇德咏时**康**

164 号诗的韵脚"堂""康"属下平声唐韵，"翔""香""凉""章"属下平声阳韵，唐阳同用。

184 五言奉试咏天一首　野岑守
列位三光转　因时万物**通**　穷阴终谢北　阳煦早惊**东**
就日望唐帝　披云睹乐**公**　惭乏抉天术　来班与夺**雄**

184 号诗的韵脚"通""东""公""雄"均属上平声东韵。

188 五言奉试得东平树一首　伴成益
东平灵感木　倾影志非**空**　地隔连枝异　神幽合意**同**
叶衰宁待雪　条靡自因**风**　迥望相思处　悲哉古墓**中**

188 号诗的韵脚"空""同""风""中"均属上平声东韵。

191 七言奉试赋得王昭君一首　六韵为限　野末嗣
一朝辞宠长安陌　万里愁闻行路**难**　汉地悠悠随去尽　燕山迢递犹未**殚**
青虫鬓影风吹破　黄月颜妆雪点**残**　出塞笛声肠暗绝　销红罗袖泪无**干**
高岩猿叫重烟苦　遥岭鸿飞陇水**寒**　料识腰围损昔日　何劳每向镜中**看**

191 号诗的韵脚"难""殚""残""干""寒""看"均属上平声寒韵。

192 五言奉试得宝鸡祠一首　六韵为限　鸟高名

秦政初基代　文公致霸**时**　分形雄全似　流彩星相**疑**
绿野朝声散　青郊夕影**飞**　陈仓北坂下　千岁几崇**祠**

192 号诗的韵脚"时""疑""祠"属上平声之韵,"飞"属上平声微韵。①

193 五言奉试咏尘一首　六韵为限　藤关雄
紫陌暮风发　红尘霭霭**生**　床中随电影　梁上洗歌**声**
老氏和光训　范生守俭**情**　拂林疑雾薄　飘沼似雨**轻**
战路从柴曳　妆楼含镜**冥**　未期裨峻岳　飞扬徒自**惊**

193 号诗的韵脚"生""惊"属下平声庚韵,"声""情""轻"属下平声清韵,"冥"属下平声青韵。②

194 同前　菅善主
大噫笼群物　惟尘在细**微**　遇霖时聚敛　承吹乍雾**霏**
洛浦生神袜　都城染客**衣**　朝随行盖起　暮逐去轩**归**
动息常无定　徘徊何处**非**　冀持老聃旨　长守世间**机**

194 号诗的韵脚"微""霏""衣""归""非""机"均属上平声微韵。

195 同前　中良舟
桂宫飞细质　柳陌泛轻**光**　影逐龙媒乱　形随凤辖**扬**
镜沈疑雾月　衣染似粉**妆**　带曲生珠履　临歌绕画**梁**
雨来收不发　风至聚还**张**　峻岳如无让　微功庶莫**亡**

195 号诗的韵脚"光"属下平声唐韵,"扬""妆""梁""张""亡"属下平声阳韵,唐阳同用。

196 同前　中良楫
康庄飙气起　搏击细尘**飞**　晨影带轩出　暮光将盖**归**
随时独不竞　与物是无**违**　动息如推理　逍遥似知**几**

---

① 如前所述,平安初期汉诗中有"支·脂·之"韵与"微"韵通用的现象。
② 如前所述,平安初期汉诗中有"庚·耕·清"韵与"青"韵通用的现象。

> 形生范丹甄　色化土衡**衣**　欲助高山极　还羞真质**微**

196 号诗的韵脚"飞""归""违""几""衣""微"均属上平声微韵。

> 197 同前　菅清冈
> 微尘浮大道　霭霭隐垂**杨**　色暗龙媒坲　形飞凤辇**场**
> 徘徊宁有定　动息固无**常**　遂舞生罗袜　惊歌起画**梁**
> 因风流细影　似雪散轻**光**　无由逢汉主　空此转康**庄**

197 号诗的韵脚"杨""场""常""梁""庄"属下平声阳韵,"光"属下平声唐韵,阳唐同用。

> 200 五言奉试得爨烧桐一首　限六韵　枝礒麻吕
> 擢干峄阳**岑**　森森秀众**林**　春花含日笑　秋叶带霜**吟**
> 凤影飘枝上　风声散丽**音**　忽遇凉飔激　几番动珪**阴**
> 匠石方无顾　何思为爨**侵**　幸逢邕子识　长作五弦**琴**

200 号诗的韵脚"岑""林""吟""音""阴""侵""琴"均属下平声侵韵。

以上十三首无限韵要求的应试诗,是考试当时确实没有限韵,还是本有限韵要求、后在文献传承的过程中脱落而亡,还无法准确判定。但从这十三首诗的其他程限或写作情况来看,当是本无限韵的要求。如 158 号诗要求"每句用十二律名字",159 号诗要求"以建除等十二字居句头",164 号诗要求将宫殿名咏入每句之中,这三首诗已经提出了颇有难度的要求,如果再加以限韵,对应考的日本人而言实在不是一件容易完成的事情。再如 193—197 一组《咏尘》诗五首,出现了三种押韵:押下平声庚青清韵一首、押上平声微韵两首、押下平声阳唐韵两首,显然没有统一的限韵要求。需要特别强调的是,这十三首无限韵要求的应试诗全部是一韵到底。说明在平安初期,即便是没有限韵要求,考生也不会写成允许换韵的古体诗;尽管很多考生尚未做到严格遵守格律,但均能守住一韵到底的底线。

综合(一)(二)来看,《经国集》所收二十三首应试诗中可以确认二十二首是一韵到底,可知平安初期的课诗考试常例是一韵到底,即使没有限韵要求,也默认作一韵到底。而春澄善绳《挑灯杖》却是二十三首应试诗中唯一一首换韵诗,其换韵的原因正是程限明确要求"仍以挑灯杖为韵",并非春澄善绳随意而为。

二　天长元年之前的换韵诗一览

在春澄善绳写作《挑灯杖》之前，是否存在这种依据他人要求而换韵的诗作呢？《挑灯杖》作于天长元年（824）秋天①，是春澄善绳参加"式部省"②组织的"俊士试"③时所作。而据《经国集》序文可知，《经国集》于天长四年（827）五月十四日编纂完成并上献于天皇。那么善绳的《挑灯杖》在入选《经国集》的所有汉诗中当属较接近《经国集》成书时间的那一批作品。据此，我们将换韵诗的考察范围圈定为：《经国集》以及之前成书的《怀风藻》《凌云集》《文华秀丽集》，还有《杂言奉和》所收的天长元年以前的诗。④

在展开考察之前，先要就换韵诗的认定标准赘言几句。汉诗讲求押韵，近体诗尤为严格，但客观上又确有"通韵"与"出韵"之作。⑤ "通韵"的产生源自诗人以为韵可通用的认识，这与其欲一韵到底的押韵意识并不矛盾。"出韵"的发生源自诗人用韵的失误，这与其欲一韵到底的押韵意识也不矛盾。因此，本节将"通韵"与"出韵"之作剔除在外来认定换韵诗。⑥

---

① 古藤真平已据《公卿补任》记载指出春澄善绳的及第时间，参看〔日〕古藤真平：《八·九世纪文章生、文章得业生、秀才·進士試受驗者一覧(稿)》，《国書逸文研究》第 24 號，1991 年 10 月。

② 日本模仿唐制所设的式部省相当于我国吏部。

③ 俊士试是平安朝廷从"文章生"（类似于唐代国子监生徒）中选拔更优秀者而设立的考试，设于弘仁十一年（820），废于天长四年（827），详参都腹赤《應補文章生並得業生復舊例事》，收于藤原明衡《本朝文粹》卷二。

④ 以下《怀风藻》《凌云集》《文华秀丽集》《经国集》所引汉诗及相应编号均据小岛宪之整理本，详见前文注释；《杂言奉和》据塙保己一编《群书類従》卷一三四，并以肥前松平文库本对校。

⑤ 半谷芳文于前引 2009 年的论文中指出：日本早期汉诗中有不合《广韵》的现象是混用韵书所致。这一提法在学界尚未达成共识，却是不容忽视的一个观点。平安初期以前，日本人对古体诗与近体诗的认识因人而异，不能一概而论；其时我国韵书的传播情形与接受情况也多有不明，半谷的观点不失为一种可能。本节的考察对象是日本早期汉诗，所谓"通韵""通用"等词不宜站在我国立场上严格理解，而应以宽泛理解为宜。就平安初期而言，通韵之作的产生大都是日本早期诗人认为可以"通用"之故，要与"出韵"即落韵之情形加以区别。

⑥ 前引小岛宪之著作与黄少光论文中尽管也有对换韵诗的判定，但与本节有所不同，故不避赘烦再次整理如下。

下面是现存天长元年以前的换韵诗一览。①

《怀风藻》：<u>89</u>

《凌云集》：3、56、61

《文华秀丽集》：51、52、53、116、120、121、129、130、<u>137</u>、<u>138</u>、139、140、<u>141</u>、143

《经国集》：63、105、106、126、138、140、146、151、152、153、<u>155</u>、157、

199、205、206、207、208、209、210、211、212、213、229

《杂言奉和》：落花词诗群五首（坂田永河作、菅原清公作、纪御依作、滋野贞主作、有智子内亲王作）

上面所列的换韵诗除下划线的诗作以外全部是杂言古体诗，每首诗都是自由换韵。下划线的诗作全部是七言古诗，看上去似乎与方框圈起来的199号春澄善绳《挑灯杖》属同一诗型。下面就针对这些划线的七古进行押韵考察，《怀风藻》略作《怀》、《文华秀丽集》略作《文》、《经国集》略作《经》，仍对韵脚施以黑体，并标记韵目。

　　《怀》89　　七言在常陆赠倭判官留在京一首并序　　藤原朝臣宇合

　　　　自我弱冠从王事　　风尘岁月不曾**休**　　褰帷独坐边亭夕　　悬榻长悲摇落**秋**

　　　　琴瑟之交远相阻　　芝兰之契接无**由**　　无由何见李将郭　　有别何逢遽与**猷**

　　　　驰心怅望白云**天**　　寄语徘徊明月**前**　　日下皇都君抱玉　　云端边国我调**弦**

　　　　清弦入化经三岁　　美玉韬光度几**年**　　知己难逢匪今耳　　忘言

---

① 数字为前引小岛宪之著作中的汉诗编号。《怀风藻》作为日本现存最早的汉诗集，存在不少押韵问题，前人研究较多，除小岛宪之外还可参看〔日〕吉田幸一：《懷風藻の押韻について（上）（下）》，《國學院雜誌》卷1937年第12號、1938年第1號；〔日〕月野文子：《〈懷風藻〉の押韻一韻の偏りの意味するもの—》，收入《上代文學と漢文學》（和漢比較文學叢書第二卷），東京：汲古書院，1986年；黄少光：《懷風藻と中國の詩律學》，收入辰巳正明編《懷風藻—漢字文化圈の中の日本古代漢詩—》，東京：笠間書院，2000年；半谷芳文前引2012年论文等。有两点需要说明：第一，《怀风藻》的4号诗，笔者虽不认同半谷芳文对个别韵脚的韵目判定，但赞同该诗押韵受吴音影响这一看法，认为作者并无换韵意识。此外，7、9、10、12、83五首诗认作"通韵"或"出韵"，而非换韵。第二，《怀风藻》的105号诗，小岛宪之看作换韵诗，但从该诗前十句中"我先考"这一用词来看，宜将前十句看作藤原仲麻吕之作，后八句看作麻田连阳春之作，105号诗当是两首一韵到底的诗合并而成。

罕遇从来**然**

　　为期不怕风霜触　　犹似岩心松柏**坚**

　　《怀》89 的韵脚"休""秋""由""猷"属下平声尤韵；"天""前""弦""年""坚"属下平声先韵，"然"属下平声仙韵，先仙同用。该诗由"尤"韵转"先·仙"韵。

　　《文》137　和内史贞主秋月歌一首　　御制
　　天秋夜静月光**来**　　半卷珠帘满轮**开**　　举手欲攀谁能得　　披襟
抱影岂重**怀**
　　云暗空中清辉**少**　　风来吹拂看更**皎**　　形如秦镜出山头　　色似
楚练疑天**晓**
　　群阴共盈三五**时**　　四海同朋一月**辉**　　皎洁秋悲斑女扇　　玲珑
夜鉴阮公**帷**
　　洞庭叶落秋已晚　　虏塞征夫久忘**归**　　贱妾此时高楼上　　衔情
一对不胜**悲**
　　三更露重络纬**鸣**　　五夜风吹砧杵**声**　　明月年年不改色　　看人
岁岁白发**生**
　　寒声淅沥竹窗**虚**　　晚影萧条柳门**疏**　　不从姮娥窃药遁　　空闺
对月恨离**居**

　　《文》137 的韵脚 "来""开"属上平声咍韵，"怀"属上平声皆韵，咍皆通用①；"少"属上声小韵，"皎""晓"属上声篠韵，小篠同用；"时"属上平声之韵，"辉""归"属上平声微韵，"帷""悲"属上平声脂韵，之脂同用、与微韵通用②；"鸣""生"属下平声庚韵，"声"属下平声清韵，庚清同用；"虚""疏""居"属上平声鱼韵。该诗的换韵将与后面的《文》138、《经》155 一同分析。

　　《文》138　同滋内史秋月歌一首　　桑腹赤
　　钟鸣漏尽夜行息　　月照无私幽显**明**　　历历众星皆掩辉　　悠悠

---

① 据《广韵》知咍灰同用，与皆韵不同。不过在"咍·灰"韵中杂用"皆"韵"怀"字的《文》137
并不是孤例。《凌云集》82 号诗坂上今继《咏史》诗中也有在"咍·灰"韵中用"皆"韵"怀"字
的情况，此外，初唐诗僧寒山《寄语诸仁者》诗中也有此现象。故不将《文》137 中的"怀"字
看作出韵，而是将"怀"字做与"咍·灰"韵通用处理。
② 如前所述，平安初期汉诗中有"支·脂·之"韵与"微"韵通用的现象。

万象不逃**形**

亭亭光自岭头**来**　渐入高楼正徘**徊**　叶映洞庭波里水　珠盈
合浦蚌心**胎**

尧蓂荚满自谙**历**　仙桂花开谁所**栽**

点彩萧疏杨柳**堤**　凝华遥裔白云**倪**　吴江影下寒乌宿　巫峡
光中晓猿**啼**

长信深宫圆似**扇**　昭阳秘殿净如**练**　西园公宴本忘**倦**　北地
胡人应好**战**

占募狂夫久从**征**　料知照剑独横**行**　汉边一雁负书叫　外城
千家捣衣**声**

月落月升秋欲晚　妾人何耐守闺**情**

《文》138 的韵脚"明"属下平声庚韵，"形"属下平声青韵，庚青通用①；
"来""胎""栽"属上平声哈韵，"徊"属上平声灰韵，哈灰同用；"堤""倪""啼"
属上平声齐韵；"扇""战"属去声线韵，"练"属去声霰韵，线霰同用；"征"
"声""情"属下平声清韵，"行"属下平声庚韵，清庚同用。该诗的换韵将与
《文》137、《经》155 一同分析。

　　《文》141　和滋内史奉使远行观野烧之作一首　巨识人

皇华辞宅远有**期**　行踏云山腊月**时**　匹马驱驰忽逢夜　暝蒙
暗色迷所**之**

谁村野火客行**边**　不待月晖见朗**天**　初着孤丛微燎发　须臾
逆散万山**然**

炎焰纷飞无暂**断**　冬时不寒还生**暖**　状似天河晓星落　色如
仙灶暮烟**满**

寒冰镕尽百谷**中**　热云蒸落九天**空**　山鸟愁伤构巢树　野人
畏着编宇**蓬**

忽起边风吹焦**声**　雄光列列看更**明**　长途今夜不知暗　屡策
轻蹄独照**行**

《文》141 的韵脚"期""时""之"属上平声之韵；"边""天"属下平声先韵，
"然"属下平声仙韵，先仙同用；"断""暖""满"属上声缓韵；"中""空""蓬"属

_____

①　如前所述，平安初期汉诗中有"庚·耕·清"韵与"青"韵通用的现象。

上平声东韵;"声"属下平声清韵,"明""行"属下平声庚韵,清庚同用。该诗由"之"韵转"先·仙"韵,又转"缓"韵、"东"韵、"清·庚"韵。

《经》155　七言秋月夜一首　滋贞主

轻帘朗卷夜窗静　孤月闲来泛南**端**　白兔因冀云叶霁　恒娥窃药仙居**寒**

渡河未见只轮湿　写镜徒怜秋扇**团**　承袖揽之不盈手　为无纤弱通宵**看**

圆规满耀寰区**飞**　阴魄生来二八**时**　长乐钟声传漏久　衡阳雁影下水**迟**

孤飞夜鹊檐枝怨　暗织思虫机杼**悲**　贱妾单居不肯寐　风吹砧杵入双**扉**

年来岁去容华**空**　古往今来月影**同**　上郡良家戎行远　边庭荡子塞途**穷**

贞筠不变绿窗色　暮柳先疏官路**风**　明月如非照妾意　那堪秋夜暗闺**中**

《经》155 的韵脚"端""团"属上平声桓韵,"寒""看"属上平声寒韵,桓寒同用;"飞""扉"属上平声微韵,"时"属上平声之韵,"迟""悲"属上平声脂韵,之脂同用、与微韵通用[①];"空""同""穷""风""中"属上平声东韵。下面就将该诗与《文》137、《文》138 一同分析。

小岛宪之早就指出《文》137、《文》138、《经》155 是一组唱和诗,《经》155 滋野贞主首唱,《文》137 嵯峨天皇与《文》138 桑原腹赤同和。[②] 试将三首诗的换韵罗列如下:

《经》155:"桓·寒"韵→"微·之·脂"韵→"东"韵

《文》137:"咍·皆"韵→"小·篠"韵→"之·微·脂"韵→"庚·清"韵→"鱼"韵

《文》138:"庚·青"韵→"咍·灰"韵→"齐"韵→"线·霰"韵→"清·庚"韵

显然三首诗的换韵各不相同,虽是三人唱和,但在押韵上并未相互影响,类似于我国元白的次韵唱和尚未波及其时的日本。可以说这三首诗的

---

① 如前所述,平安初期汉诗中有"支·脂·之"韵与"微"韵通用的现象。
② 前引小岛诸书。

换韵是"各自为政",较为自由。

考察结果显示,天长元年以前的换韵诗除《经》199 外都是自由换韵,没有任何限制。抛却《经》199 的程限不看的话,春澄善绳之诗和前面所列的几首七古几无差别,都在换韵时有意首句入韵,似乎可将《挑灯杖》与这些换韵诗归入同一诗型。但程限的存在导致《挑灯杖》成为一首"不伦不类"之作,既不是七律,也不是七古,入律也谈不上,而这一切都是程限中特殊的限韵所致。管见所及,春澄善绳《挑灯杖》是日本现存最早的依据程限而换韵的诗作。

三 唐代律赋的换韵方式

通过前面的考察可以确认:在春澄善绳写作《挑灯杖》之前,并不存在依据他人要求而换韵的先例。《挑灯杖》之程限的设定或说春澄善绳的押韵方式应当是没有受到本国先前汉诗的影响。而在其时的大唐,一种依据程限要求而换韵写作的文体早已诞生并十分成熟,这就是律赋。在律赋的几项文体特征中,最为显著的当数限韵,这也是其与之前赋体最为明显的区别。律赋以前的赋体在押韵上无严苛限制,可以自由换韵;而律赋则必须依据指定韵字来押韵换韵。这种产生于唐代的新生赋体之所以发展迅速,是与唐代科举课赋有直接关系的。现存文献保留了大量的唐代省试律赋,下面就以开元三年(715)进士科所课《丹甑赋》①为例,来确认唐代律赋的换韵方式。

《文苑英华》卷八六保存了两篇当年的应试赋,分别是薛邕与史翙所作,兹列薛邕赋文如下,仍仿前文对韵脚施以黑体,限定韵字以方框标示。

丹甑赋 以"国有丰年"为韵   薛邕②

神物昭见,圣人是**则**。五位时序兮,万邦以宁;百祥荐臻兮,一人之**德**。鼓兹灵器,呈我王 国 。有物有凭,匪雕匪**刻**。察其状而玄妙,相其仪而不**忒**。谅幽赞而克成,矧徽犹之允**塞**。

是知奇制可**久**,嘉名不**朽**。类君子之心,以虚而受;同至人之德,终善且 有 。既应盛而自满,不假于盘瓶;亦讵炊而自熟,何劳于薪**櫼**?拟神鼎之有用,掩欹器而无**咎**。岂以尘见范丹之空,略为纪国之**丑**者矣。

且夫清明在**躬**,符瑞由**衷**。诚之必感,感而遂**通**。献白环于重

---

① 《丹甑赋》课试时间可参詹杭伦:《唐代科举与试赋》,武汉:武汉大学出版社,2015 年,第 92、93 页。

② 引文据四库本《文苑英华》卷八六,明刊本限韵误作"周有丰年"。

华,克明浚哲;锡玄圭于文命,告厥成**功**。此唐尧之表贶,盖王母之钦**风**。曷若自然挺出,为瑞斯**崇**。其应不昧,其用无**穷**。莫因埏埴,宁俟磨**砻**。以彰我君圣,以报我年 **丰** 而已哉!

　　客有赋而歌曰:玄德日用兮,象帝之**先**;丹甑时见兮,神物光**妍**。中含虚兮体道,上应规兮法**天**。染人无所施其彩饰,陶人无所效其贞**坚**。以享以孝兮,可以馈饎;多稌多黍兮,屡兹丰 **年** 。

　　薛邕《丹甑赋》分四段。第一段韵脚"则""德""国""刻""忒""塞"属入声德韵。第二段韵脚"久""朽""有""欘""咎""丑"属上声有韵。第三段韵脚"躬""衷""通""功""风""崇""穷""砻""丰"属上平声东韵。第四段韵脚"先""妍""天""坚""年"属下平声先韵。薛邕从"德"韵转"有"韵,又转"东"韵、"先"韵,且有意在换韵时将对句的上半联押韵,形似"首句入韵"。不知是巧合还是该年进士科课赋本就有要求,薛邕与史翔两人均是次用"国有丰年"。

　　如薛邕《丹甑赋》所示,唐代律赋的换韵不可以随意为之,而是按照限韵要求,根据指定韵字来押韵换韵,常有人将其形容为"戴着脚镣跳舞"。这种不甚自由的押韵方式与前文考察的春澄善绳《挑灯杖》如出一辙,所以半谷芳文怀疑《挑灯杖》的押韵受到了唐代律赋的影响,只是其引例略有不当。实际上,唐代律赋中有一种"以题为韵"的限韵方式十分常见,与春澄善绳《挑灯杖》的押韵更为类似,后面的章节会再论及这一问题,此不展开。

　　我们知道唐代律赋的限韵方式不是凭空问世,辞赋发展到唐代出现题下限韵经历了一个长期的过程。在律赋题下限韵以前,诗赋限韵已现端倪于南朝。诗如陈后主《五言画堂良夜履长在节歌管赋诗迍筵命酒十韵成篇》下注"得沓、合、答、杂、纳、飒、匝、欱、拉、阁",韵脚已有限定;又如陈后主《立春日泛舟玄圃各赋一字六韵成篇》下注"座有张式、陆琼、顾野王、谢伷、褚琢、王缓、傅縡、陆瑜、姚察等九人",是十人各限一字为韵;至初唐分韵赋诗已是很常见的限韵方式。赋如梁武帝、任昉、王僧孺、陆倕、柳恽五人所作《赋体》,韵脚均为"化、夜、舍、驾"。这说明要么是梁武帝首唱,任昉等四人依韵而和;要么是五人同题共作,并限定韵脚;无论哪种情况,都可看作是辞赋限韵的雏形。从齐梁至初唐,赋体正是在讲究声律、对仗的时代洪流下出现新变。① 而这一转变是经过几代文人孕育,后人承袭前人,在文坛形成风

---

① 关于律赋限韵的渊源问题可参邝健行:《初唐题下限韵律赋形式的观察及引论》,收入中国唐代文学学会等主编《唐代文学研究》第 8 辑,桂林:广西师范大学出版社,2000 年;余恕诚:《唐代律赋与诗歌在押韵方面的相互影响》,《江淮论坛》2003 年第 4 期等。

气后才出现并深入人心,不是短时间内一蹴而就的。再将目光转向日本,两相比较,我们很难想象一个不具备我国诗赋传统的国家,在不受外来文化刺激的语境下自然产生《挑灯杖》那样的押韵方式。

春澄善绳的《挑灯杖》当是受到了某种外力的影响而现此押韵方式,从唐代律赋的产生时间、限韵方式、其时的唐日交流、日本文坛的尚唐风气等综合来看,半谷芳文推测的"唐代律赋"是可能性最大的"外力"。

四 余论

通过对照春澄善绳《挑灯杖》与唐代律赋,我们确认了两者虽然文体不同,却拥有实质相同的押韵方式,从而推定它们之间存在近缘关系。自迁都奈良以降,平安天长元年以前,仅日本朝廷的官方遣使就可见 717 年(日养老元年、唐开元五年),733 年(日天平五年、唐开元二十一年),752 年(日天平胜宝四年、唐天宝十一载),759 年(日天平宝字三年、唐乾元二年),761 年(日天平宝字五年、唐上元二年),762 年(日天平宝字六年、唐宝应元年),777(日宝龟八年、唐大历十二年),779 年(日宝龟十年、唐大历十四年),804 年(日延历二十三年、唐贞元二十年)九次,平均十年遣使一次。而这不到百年的时期正是唐代律赋因纳入科举考试而争相竞作、热度骤升的时期,我们完全有理由相信这种新生赋体通过多种渠道传播到渴望汲取大唐文学营养的日本。在天长元年的俊士试中,出题人正是模仿唐代律赋的限韵方式,而设定了《挑灯杖》一诗的程限。①

此外,还需强调的是春澄善绳《挑灯杖》一诗的特异性。日本人开始学习汉诗写作的时候并不能做到人人懂诗律、家家辨古近,所以在日本早期汉诗中出现非古非近的诗体并不为奇。即使到了平安初期,娴于近体诗律之人大有增益,也不能避免失粘、失对等破体现象。我们可以把很多声律未协的诗作看成是日本汉诗走向成熟的过渡性作品。不过即便是日本现存最早的近江朝汉诗②,也都有明确的押韵意识,日本人自习汉诗之初就明了平仄不臻也不可失韵的规范,他们在押韵问题上从未表现出有丝毫模糊的认识。而《挑灯杖》所呈现的用韵状况显然要比一韵到底和古诗的换韵更为"高级",已不似过渡性汉诗的初级形态。遗憾的是,《挑灯杖》的主考尚无法确定,考生春澄善绳除此一首外也没有其他诗作存世,我们无法通过把握主考与考生对汉诗诗律的掌握程度,来窥探他们对《挑灯杖》的认识。只能从我

---

① 据其时的典章制度推测该年主考为式部大辅南渊弘贞,或少辅藤原常嗣。

② 参看《怀风藻》大友皇子等人的诗作。

们现代人的角度出发，将《挑灯杖》权且看作一首变体汉诗。

再放眼整个日本汉诗史又会发现，《挑灯杖》这种受程限约束而换韵的作法并不是孤例。该诗问世以后，并没有因为其异于唐国"正统"诗体的"变体"身份而受人摒弃，反倒在现存平安汉诗中再二再三地出现这种现象。这暗示着《挑灯杖》不是日本汉诗史中的一颗"流星"，其出现很可能具有某种典型性意义，需要引起我们的重视，值得进一步深究。

第二节　菅原道真汉诗诗体论
——兼考《山家晚秋》的变体之源

菅原道真（845—903）是日本平安朝的汉诗人、汉学家，官至"右大臣"、位及三公，政治业绩不俗。但相较其政治成就，道真的文学成就更为时人及后人所称赞乐道，被尊为"学问之神"。菅原道真有个人诗文集《菅家文草》《菅家后集》存世，其中收诗多达五百余首，是研究平安朝汉诗不可多得的重要文献。回顾我国的菅原道真汉诗研究，会发现比较研究，如与白居易、杜甫的诗歌比较；题材研究，如咏物、感伤等题材类型；创作研究，如修辞、炼字等等，可谓比比皆是，甚至多有重复。[①] 而针对道真汉诗之诗体、格律的研究却处于"缺席"状态，致使我们只能听到日本学者的声音，遑论与其展开对话。在平安朝文人中，鲜有菅原道真这样多产且诗文集完整存世者。无论是从统计的角度，还是从平安朝文人的代表性来说，若要讨论平安朝汉诗的诗律问题，恐怕找不到比他更为合适的对象。道真的五百余首汉诗无疑是我们窥知其时日本诗坛的最佳窗口。

尽管日本学者早于二十世纪六十年代就关注过道真的诗体，但他们均以"古体""近体"进行二分，处理方法不免简单。在我国唐代，自近体诗确立以来，格律影响日盛，以至于古体诗的写作也受到近体诗律的影响而出现了"入律"的现象。盛唐以降，高适等人身体力行，使得入律古风成为诗坛中的"常客"。[②] 甚至致使后人判别古体、近体的标准渐趋暧昧模糊，在学界更是引起争议、众说纷纭[③]。笔者的目的并非探讨这一标准的是非，而是借鉴其

---

① 近二十年的研究成果综述可参王玉华、赵海涛：《二十年来中国菅原道真汉诗研究综述》，《安康学院学报》2017 年第 3 期。

② 前辈学者对此论述颇详，如王力：《汉语诗律学》，北京：中华书局，2015 年等，兹不赘述。

③ 如张培阳：《论七言转韵律体的体制特征——兼及律体的判定标准》，《文学遗产》2016 年第 2 期；吴淑玲：《慎用"转韵律体"概念》，《文学遗产》2017 年第 4 期。

思考方式及研究成果来观照日本汉诗的问题。试图在"东亚汉文化圈"的视野下,将唐诗与平安朝汉诗进行连接。① 既然唐代诗坛存在古诗入律的情形,那么对大唐亦步亦趋的平安文人是否意识到了此类现象,他们的汉诗在形式体制上会呈现出何种面貌,是否会在异域语境下发生变异等等,都是值得追索的问题。探讨这些问题既可以拓展唐诗研究的领域,也可以丰富对其域外流衍的认识,更有助于我们从源头上把握日人的汉诗写作。

在上述问题意识与研究视角下,本节以菅原道真的汉诗为考察对象,探讨其诗作中的正体与变体,以管窥其诗体认识;并就一首题为《山家晚秋》的作品展开考察,究明其变体的源头。

一　日本诗律接受史中的菅原道真

关于日本早期汉诗的分体、对我国诗律的掌握等问题,其研究可谓由来已久,至少在江户中期就已有人关注。江村北海(1713—1788)在《日本诗史》②中认为《怀风藻》②《凌云集》③等"对偶虽备,声律未谐"④,其观点对后人影响颇深,如冈田正之(1864—1927)、芳贺矢一(1867—1927)等⑤大都予以继承。自津田洁⑥对《怀风藻》所收汉诗一首一首地展开格律统计开始,研究进入了注重实证的新阶段,进入本世纪以来,随着研究的不断深入,很多问题已渐次明朗。《怀风藻》是日本第一部汉诗集,成书于天平胜宝三年(751),收录了近江、奈良两朝64位诗人的作品共一百余首。尽管成书时间距离唐代近体诗的确立为时不久,但已然出现了几首接近格律诗的作品,可以清楚地看到日本诗人处于格律意识开始萌芽的状态。⑦ 其后平安初期的敕撰三集⑧之中,可看作近体诗的数量更是急剧增加,甚至出现了未受我国

---

① 张伯伟先生曾提出"作为方法的汉文化圈",并应用于汉诗研究实践,值得重视。张伯伟:《作为方法的汉文化圈》,北京:中华书局,2011 年;张伯伟:《"文化圈"视野下的文体学研究——以"三五七言体"为例》,《中国社会科学》2015 年第 7 期。

② 成书于奈良时代的日本现存最早的汉诗集。

③ 成书于平安初期的日本第一部敕撰汉诗集。

④ 〔日〕江村北海:《日本詩史》(新日本古典文學大系 65),東京:岩波書店,1991 年。

⑤ 〔日〕岡田正之:《日本漢文學史》,東京:吉川弘文館,1954 年增訂版;〔日〕芳賀矢一:《日本漢文學史》(《芳賀矢一選集》第五卷),東京:國學院大學,1987 年。

⑥ 〔日〕津田潔:《〈懷風藻〉の平仄について》,《國學院雜誌》1981 年第 1 號。

⑦ 可参黄少光:《懷風藻と中國の詩律學》,收入辰巳正明編《懷風藻—漢字文化圈の中の日本古代漢詩—》,東京:笠間書院,2000 年;〔日〕村上哲見:《〈懷風藻〉の韻文論的考察》,中國古典學會《中國古典研究》第 45 號,2001 年 3 月等。

⑧ 即《凌云集》《文华秀丽集》《经国集》。

影响而自然生发出来的七言排律。① 平安初期发生如此巨大的转变,自有其背后原因,除了以嵯峨天皇(786—842)为代表的统治集团倡导"文章经国"这一众人皆知的政治外部因素外,还有集我国中古诗学成果的论著在日本问世这一文学内部因素,桑门空海的《文镜秘府论》便是其中代表。可以说,日本承和期以降,也就是公元九世纪中叶后,平安文人已彻底消化近体诗的诗律,知晓古今有别,具备辨体能力,而菅原道真正出生成长于这样一个时期。

菅原道真的祖父是菅原清公(770—842),于延历二十三年(804)随遣唐大使藤原葛野麻吕、副使石川道益入唐,同行有空海、最澄,二僧后来成为平安佛教开宗之祖。翌年归国后,历任"大学助""大学头""式部少辅""文章博士"等非学者不可担任的职官,大力推动日本朝仪唐风化,进讲《文选》《后汉书》等汉籍,并参与编撰《凌云集》与《文华秀丽集》。道真的父亲是菅原是善(812—880),继承了菅原清公的衣钵,历任"大内记""文章博士""东宫学士""式部大辅"等儒职直至"参议",为文德、清和两代天皇侍读,也走了一条学者官僚之路。是善除个人诗文集《菅相公集》外,还撰有《东宫切韵》《银牓翰律》《集韵律诗》等,不仅是当时的一流文人,也精通音韵、格律。

在如此家境下成长起来的道真,每天接触的是丰富多样的汉籍,面对的是精通汉学的家长,具备很多人所不具备的得天独厚的学习环境。他年仅十一岁就可咏出"月耀如晴雪,梅花似照星。可怜金镜转,庭上玉房馨。"②这样可圈可点的汉诗,且声律和谐、平仄无违。若不了解其家世,很难相信一个十一岁的日本孩子可以作出一首唐人小儿都未必能作出的五绝。道真在参加"文章生试"③前,其父是善每天对他进行课诗训练,且课诗类型丰富,有七言十韵、五言十韵、五言六韵,其家教于此可窥一斑。④ 正是得益于家庭的熏陶和严父的训练,道真十八岁省试及第被补为文章生,二十三岁成为"文章得业

---

① 可参黄少光:《勅撰三集における詩律研究史の再確認》,《懷風藻研究》第 5 號,1999 年 11 月;同《勅撰三集の詩人と詩律學—平城、嵯峨、淳和、豊平、岑守を中心として—》,《和漢比較文學》第 25 號,2000 年 8 月;〔日〕半谷芳文:《平安朝七言排律詩の生成一"文章經國"的文藝觀に基づく文學營為の一つとして—》,《和漢比較文學》第 47 號,2011 年 8 月等。
② 《菅家文草》卷一第一首《月夜见梅花》诗,下注:"于时年十一。严君令田进士试之,予始言诗。故载编首。"若按周岁计算尚不满十岁。本节对《菅家文草》《菅家后集》的引用均据〔日〕川口久雄校注:《菅家文草·菅家後集》(日本古典文學大系 72),東京:岩波書店,1966 年。后文不再加注。
③ 古代日本式部省在大学寮学生中选拔文章生的考试,又名"省试"。
④ 《菅家文草》卷一《赋得赤虹篇》下注:"七言十韵,自此以下十首,临应进士举,家君每日试之。虽有数十首,采其颇可观,留之。"

生"①,二十六岁便应方略试并对策及第,此后被擢"少内记""式部少辅""文章博士",四十九岁任"参议"跻身公卿之列。在官至"右大臣"后因藤原时平进谗而坐贬太宰府,客死于任所。道真仕途上的迁转与贬谪既与其汉学修养、能诗善文有关,反过来也为其文学创作提供了更多的空间,提高了他的创作水平。终其一生,道真不坠家风,文学成就已经超越父祖,不仅是当时文坛的领袖,即便是在整个平安朝的文人中也堪称翘楚。

二 菅原道真汉诗中的正体与变体

(一)菅原道真汉诗的诗体

日本学界已有关于菅原道真汉诗诗体的研究,分别是川口久雄与谷口孝介两位先生。川口在其校注的《菅家文草·菅家后集》的解说中,把道真的汉诗分为五言、七言、杂言、律诗、绝句②;谷口则分作五言古诗、七言古诗、杂言古诗、五言律诗、五言排律、七言律诗、七言排律、五言绝句、七言绝句,并排查了每一首的韵脚③。但笔者与两位先生在个别作品的认定上有所不同,下面就此特作说明。

1. 菅原道真的古体诗

收录于《菅家文草》《菅家后集》的道真古体诗若据谷口孝介的分类共有17首,分别是:

> 87、92、98、118、211、225、236、357、360、437、477、479、483、486、490、500、502④

首先,92号诗是我们后文要专门讨论的《山家晚秋》,此先不论。

其次,有两处需要追加说明,谷口在论文表Ⅰ"文体表"中的古体诗部分列入211号《同诸小儿旅馆庚申夜赋静室寒灯明之诗》和225号《书怀赠故人》有误,需要订正。211号诗被谷口同时归入杂言古诗和七言律诗,经检,此诗并非杂言古诗,而是七律。谷口将211号诗归入杂言古诗应是手误所致,其原意盖是221号《路遇白头翁》。225号诗被谷口同时归入五言古诗

---

① 文章生中最优秀的两人。
② 〔日〕川口久雄校注:《菅家文草·菅家後集》。
③ 〔日〕谷口孝介:《〈菅家文草〉の詩体と脚韻》,《同志社國文學》第33號,1990年3月;收入谷口孝介:《菅原道真の詩と學問》,東京:塙書房,2006年。
④ 前引谷口论文。汉诗编号是前引川口久雄校注整理本中的编号。

和七言绝句,经检,此诗为七绝,非五古,225号诗衍入古体诗中。

最后,来看236号诗《舟行五事》,全诗如下:

舟行五事

一株矶上松	巉岩礒势重	松全孤立性	矶绝四方踪
随分短枝老	任天细叶浓	无心云自到	有节雪才封
虽遇阳侯怒	基坚不近攻	虽遭班尔匠	才陋不为容
赤木东南岛	黄杨西北峰	豪家常爱用	贪吏适相逢
刀割又伤斧	春生不涉冬	文章诚可畏	礒上欲追从
白头已钓翁	涕泪满舟中	昨夜随身在	今朝见手空
寻求欲凌浪	衰老不胜风	此钓相传久	哀哉痛不穷
子孙何物遗	衣食何价充	荷锸惭农父	驱羊愧牧童
非嫌新变业	最惜旧成功	若有僧为俗	寺中恶不通
假令儒作吏	天下笑雷同	渐忆钓翁泣	悲其业不终
区区渡海麂	吐舌不停蹄	潮头再三顾	如恋故山溪
故山何恋切	母鹿每提携	适遇獠徒至	分奔道路迷
呼声喧左右	流镞雨东西	母子已相失	死生永相暌
茫茫不测水	岂是毛群栖	淼淼无涯浪	未曾野兽蹊
何福鹦巢薮	何分龟曳泥	客有离家者	看麂洒血啼
海中不系舟	东西南北流	不知谁本主	一老泣前洲
闻盐价翔贵	逆风去不留	夜行三四里	触石暗中投
折楫随潮荡	空笼遂浪浮	欲求十倍利	还失一生谋
老泣虽哀痛	虚舟似放游	有人前有祸	无物后无愁
冒进者如此	虚心者自由	始终虽不一	请我学庄周
疲羸绝粒僧	草庵结石棱	石高三四丈	波势百千层
邻绝粮难到	路尖人不登	闻其长断食	虚号片相称
骨欲穿肌立	魂应离魄升	我将知时不	试掷米三升
纳受即言曰	施主诚足冯	今朝知不遇	尸僵遂无兴
彼非须我食	我非知彼矜	嗷嗷间巷犬	当吠此僧朋

川口久雄在《菅家文草·菅家后集》的目录中将该诗认定为"五言排律五首"①,而谷口孝介则认作"五言古诗一首"②。确如谷口所指出的那样,《舟行五事》中有违近体诗律之处不少,不宜看作标准的五言排律,但看作一首五言古诗也不恰当。从内容上看,《舟行五事》吟咏了"松""翁""麈""舟""僧"五个主题,确为"五事"。这五个主题相对独立,相互之间毫无联系,仅仅是依靠作者"舟行"所见而连接在一起。道真每事咏以十韵,在首句即点明主题,并韵随题变。我们试分而示之:

> 其一"松"　一株矶上松　五言十韵　上平声"冬·钟"韵(冬钟同用)
> 其二"翁"　白头已钓翁　五言十韵　上平声东韵
> 其三"麈"　区区渡海麈　五言十韵　上平声齐韵
> 其四"舟"　海中不系舟　五言十韵　下平声尤·侯韵(尤侯同用)
> 其五"僧"　疲羸绝粒僧　五言十韵　下平声登·蒸韵(登蒸同用)

再者,该诗作于菅原道真外迁为"讚岐守"③后,是道真接触地方政务,感知百姓疾苦,眼界逐渐开阔后的作品。关于道真客居讚州时创作风格的变化已有很多学者论述④,不再重复,这里需要指出的是道真在从"诗臣"向"诗人"转变的过程中,古体诗是其作诗目光转向普罗大众、转向自己内心的表达形式之一。《舟行五事》作于道真暂离讚州东上京城的路上,从讚州赴平安京要走水路,故"五事"是其"舟行"途中有所见而有所感的作品,均是第一人称视角。私以为该诗当作"五言歌行五首"为宜,这一组五首都是一韵到底。

---

① 前引川口著书。
② 前引谷口论文。
③ 外迁时间为仁和二年(886),道真四十二岁。"讚岐"为日本古代州名,相当于今四国地区的香川县;"守"为地方长官"国守",相当于唐代刺史。
④ 〔日〕藤原克己:《菅原道真と平安朝漢文學》,東京:東京大學出版会,2001年;〔日〕谷口孝介:《菅原道真の詩と學問》,東京:塙書房,2006年;〔日〕滝川幸司:《菅原道真論》,東京:塙書房,2014年;〔日〕滝川幸司:《菅原道真:學者政治家の榮光と没落》,東京:中央公論新社,2019年;等。

经笔者重新检证后,菅原道真的古体诗共有如下十九首①:

87、98、118、221、236 五首、357、360、437、477、479、483、486、490、500、502

2. 菅原道真的换韵诗

谷口孝介将《菅家文草》和《菅家后集》中的换韵诗整理如下②:

81(?)、92、221、236、292(?)、325(?)、331(?)

谷口所列的七首诗中,有四首以问号表示存疑,有必要一首一首地来确认各自韵脚。

首先,236《舟行五事》已于前文辨析,当作一韵到底的五言古诗五首,而非换韵诗。其次,本间洋一曾就 81、292、325 三首汉诗的韵脚进行过订正。③ 在前人基础上,我们将利用《菅家文草》的重要写本再次核对这四首存疑汉诗,以资勘定。现存《菅家文草》的写本均是"广兼本系统",川口久雄在整理校注时采用了其架藏的"明历二年写藤井懒斋奥书本",即今"川口文库本"为底本,我们在使用该写本④进行核对的同时,利用同系统中的另一部善本"内阁文库林道春本"⑤进行对校。校订结果如下:

81《仲春释奠,听讲孝经》:末句"何啻春风仲月下"的尾字"下",川口文库本作"丁",内阁文库本也作"丁"。应校订为"丁"。"丁"与其前面的韵脚"经、庭"同押下平声"青"韵。

292《苦日长》:第十二韵"叹息而呜慨"的末字"慨",川口文库本作"悒",内阁文库本也作"悒"。应该校订为"悒"。"悒"与其前后的韵脚"给、习、入、揖、汲、执、急、泣、十、集、立、及、絷、蛰、袭"同押入声"缉"韵⑥。

325《依病闲居,聊述所怀,奉寄大学士》:颔联的对句"头疮不放故人遇"的末字"遇",川口文库本作"遇",内阁文库本中该字上半部书写似"遇",下半部书写似"过"。此外,川口久雄也曾提及,版本(宽文、元禄刊本)均作

---

① 除前面的甄别之外,川口在其校注整理书的目录和"头注"(川口随诗在正文上方所施的注释)中将 269《寄白菊四十韵》标作"五言古调",此从谷口,作五言排律,不作古体处理。另,92《山家晚秋》也未纳入,说详后。

② 前引谷口论文的"韵脚表",问号为谷口所加。

③ 〔日〕本間洋一:《〈菅家文草〉をめぐって—菅原道真没後——○○年に向けて—》,《同志社女子大學日本語日本文學》第 13 號,2001 年 6 月;同《菅原道真の漢詩解釈臆説—交遊詩をめぐって—》,《中央大學國文》第 50 號,2007 年 3 月。

④ 此本已影印出版。见〔日〕柳澤良一編:《菅家文草》(石川県立図書館蔵、川口文庫善本影印叢書 1),東京:勉誠出版,2008 年。

⑤ 内阁文库本《菅家文草》,函架编号:205 — 74。

⑥ 第十五韵"身腾或身絷"的"絷"字,川口文库本与内阁文库本均作"絷",应从本间洋一,订正为"蛰"。参照前引本间 2001 年论文。

"过"字①。据该句意,当校订作"过"。"过"与其前后韵脚"跎、痾、罗、何"同押下平声"歌"韵。

331《感白菊花,奉呈尚书平右丞》:颔联的对句"蜂虿刺残未落薛"的末字"薛",川口文库本作"鲜",内阁文库本也作"鲜"。应该校订为"鲜"。"鲜"与其前后的韵脚"年、钱、篇、鞭"同押下平声"先·仙"韵(先仙同用)。

通过以上订正,可以确认81、292、325、331这四首诗均是一韵到底。我们重新将菅原道真的换韵诗罗列一遍如下:

> 92、221

3. 菅原道真的辨体意识

经过上面的辨析,我们重新考订了菅原道真的古体诗及换韵诗。除上列十九首古体诗和后文要讨论的92《山家晚秋》外,其余汉诗均可归入近体诗(格律诗)。五百余首汉诗中仅有区区不到二十首古体,这一悬殊的对比充分说明道真娴于近体诗律,对格律诗的创作可谓信手拈来,这从其人生第一首汉诗《月夜见梅花》中就隐约可见。虽不能说道真的格律诗完全没有失粘、失对等避忌问题,但相对来说问题较少,大多数作品在格律上不输唐人,是日本古代文人中少有的精通近体诗的诗人。

那么道真所作的十九首古体诗是否存在入律的现象呢?我们在对这十九首汉诗的诗律进行考察后,可以确认以下两点。

第一,菅原道真在写作这十九首汉诗时刻意破除近体诗律,没有体现出律化的倾向。因这十九首汉诗篇幅较长,无法将其中出现的失粘、失对等问题全部罗列在此,但有一现象极具代表性,可佐证笔者的判断。即道真自己就曾在87、118、357、360、437、502的诗题下注以"古调",说明他对古、近两体的认识非常明确,古是古,近是近,丝毫没有在其中摇摆的迹象。可以说,道真是有意将这十九首汉诗作成古体诗。

第二,菅原道真的古体诗几乎全是一韵到底。经检,这十九首作品除221《路遇白头翁》外均是一韵到底②。就连486《哭奥州藤使君》四十韵那样的长诗,道真也没有换韵,而是上声纸、旨、止一韵到底。古体诗并不求一韵到底,允许中途换韵,而道真十九首作品却仅有一首换韵,说明他即便是写作古体,也多采取一韵到底的方式。这从另一个侧面反映了道真对音韵的把握运用已达到游刃有余的境界。

---

① 前引川口著书325号诗"头注"。
② 98《有所思》、477《咏乐天北窗三友诗》"支"韵"微"韵通押。360《假中书怀诗》"麻"韵"歌"韵通押。479《读开元诏书》"庚"韵"青"韵通押。500《雨夜》"阮"韵"旱"韵"潸"韵通押。

以上分析表明菅原道真本人的诗体认识非常清晰,现存诗作除92《山家晚秋》外都可以视为"正体",由此可以窥知他在汉诗创作中具有强烈的"尊体"意识。兹举221《路遇白头翁》为例,来看道真对诗体的选择。本文据前引川口整理本,改动则加以注释,韵脚示以黑体。

路遇白头翁

路遇白头**翁** 白头如雪面犹**红** 自说行年九十八 无妻无子独身**穷**

三间茅屋南山下 不农不商云雾**中** 屋里资财一柏匮 匮中有物一竹**笼**

白头说竟我为**诘** 老年红面何方**术** 已无妻子又无财 容体充①肥②具陈**述**

白头抛杖拜马**前** 殷勤请曰叙因**缘** 贞观末年元庆始 政无慈爱法多**偏**

虽有旱灾不言上 虽有疫死不哀**怜** 四千③余户生荆棘 十有一县无爨**烟**

适逢明府安为**氏**④ 奔波昼夜巡乡**里** 远感名声走者还 周施赈恤疲者**起**

吏民相对下尊上 老弱相携母知**子**

更得使君保在**名**⑤ 卧听如流境内**清** 春不行春春遍达 秋不省秋秋大**成**

二天五袴康衢颂 多黍两岐道路**声**

愚翁幸遇保安**德** 无妻不农心自**得** 五保得衣身甚温 四邻共饭口常**食**

乐在其中断忧愤 心无他念增筋**力** 不觉鬓边霜气侵 自然面上桃花**色**

我闻白头口陈**词** 谢遣白头反覆**思** 安为氏者我兄义 保在名者我父**慈**

已有父兄遗爱在 愿因积善得能**治** 就中何事难仍旧 明月

---

① "充",川口文库本与内阁文库本均作"魂",据版本改作"充"。
② "肥",川口著书校订为"魂",据川口文库本与内阁文库本改作"肥"。
③ "千",川口著书校订为"万",据内阁文库本改作"千"。
④ 句下注"今之野州别驾"。
⑤ 句下注"今之豫州刺史"。

春风不遇**时**

    欲学奔波身最懒　将随卧听年未**衰**　自余政理难无变　奔波

之间我咏**诗**

    221《路遇白头翁》从上平声"东"韵转入声"质·术"韵（质术同用），再转下平声"先·仙"韵（先仙同用）、上声"纸·止"韵（纸止同用）、下平声"清"韵、入声"德·职"韵（德职同用）、上平声"之·支"韵（之支同用）。该诗押韵自由，灵活多变，有两韵一换、三韵一换、四韵一换，一望便知其形制为"乐府"，再观内容即知这就是白居易大力提倡的"新乐府"。

    川口久雄与太田次男两位先生已经指出：《路遇白头翁》正是受到白居易的新乐府诗《新丰折臂翁》的影响而创作。① 程千帆先生亦评："道真心摹手追，惟在白傅。此诗措意遣词，皆得白法，惜出笔稍平，遂少飞动之致。"② 新乐府以新题写时事，与古乐府不同，不再以入乐为标准，而要求"美刺兴比""因事立题"，即所谓"救济人病，裨补时阙"，要"上以诗补察时政，下以歌泄导人情"，可以理解为对诗歌格律化的一次反拨。既然"文章合为时而著，歌诗合为事而作"，自然不重声律，而求言之有物、质朴易懂、反映现实。③ 囿于篇幅，这里略去《新丰折臂翁》全诗，仅述其转韵。全诗共二十四韵，先后押入声"薛"韵、下平声"先·仙"韵（先仙同用）、去声"霰·线"韵（霰线同用）、下平声"庚·耕"韵（庚耕同用）、上声"旨·止"韵、上平声"齐·灰·咍"韵（灰咍同用；齐与灰咍通押）、去声"寘·至·志"韵（寘至志同用）、下平声"覃"韵、上声"姥"韵、下平声"先·仙"韵、上声"贿·海"韵（贿海同用）、下平声"尤·侯·幽"韵（尤侯幽同用）、上声"虞"韵、上平声"东"韵。白居易不受声律制约，意在"戒边功也"（题下自注），冀求朝廷以史为鉴。

    《路遇白头翁》作于道真客居讚州之后。身为外吏，他的生活有了很大变化，接触到了底层百姓，创作眼界随之开阔，对白居易的诗文也有了新的理解和认识。走出庙堂的道真在远离京城的讚州开始体会到五十篇《新乐府》的价值所在，对"篇无定句，句无定字，系于意，不系于文。首句标其目，卒章显其志，《诗》三百之义也。其辞质而径，欲见之者易谕也。其言直而

---

① 前引川口久雄著书；〔日〕太田次男：《白氏讽谕诗考—平安时代の受容をめぐって—》，慶應義塾大學藝文學會《藝文研究》第 27 號，1969 年 3 月。
② 程千帆、孙望选评，吴锦等注释：《日本汉诗选评》，南京：江苏古籍出版社，1988 年，第 18 页。
③ 详参白居易《与元九书》。谢思炜校注：《白居易文集校注》（第一册），北京：中华书局，2011 年，第 321—328 页。

切,欲闻之者深诫也。其事核而实,使采之者传信也。其体顺而肆,可以播于乐章歌曲也。总而言之,为君、为臣、为民、为物、为事而作,不为文而作也。"①产生了深深的认同。由此而以白居易《新乐府》中的《新丰折臂翁》为模仿对象,特意写出《路遇白头翁》以践行"诗可以怨"。他采用与"白头翁"问答的形式,旨在借"白头翁"之口讽喻"酷吏苛政",讴歌"良吏仁政"。为此,连诗体也做到与白居易《新丰折臂翁》一致,刻意使用了自由换韵的新乐府。

（二）《山家晚秋》的诗体

然而有一首作品在辨体上却不无疑问,这就是收于《菅家文草》卷二的《山家晚秋》,川口久雄在《菅家文草》的校注整理本中编号作 92。下面给出该诗全文,按顺序以阿拉伯数字对诗句进行编号,韵脚示以黑体,源自诗题的指定韵字"山""家""晚""秋"均以方框圈示,并在诗句下标注平仄,"—"代表平声,"丨"代表仄声。

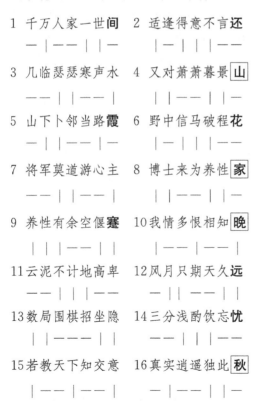

山家晚秋　以题为韵。右亲卫平将军河西别业也。

1 千万人家一世**间**　2 适逢得意不言**还**
　—丨—— 丨丨—　　　丨— 丨丨丨——

3 几临瑟瑟寒声水　4 又对萧萧暮景 山
　——丨丨——丨　　　丨丨——丨丨—

5 山下卜邻当路**霞**　6 野中信马破程**花**
　—丨丨——丨—　　　丨—丨丨丨——

7 将军莫道游心主　8 博士来为养性 家
　——丨丨——丨　　　丨丨——丨丨—

9 养性有余空偃**蹇**　10我情多恨相知 晚
　丨丨丨—— 丨丨　　　—丨—— 丨丨—

11云泥不计地高卑　12风月只期天久**远**
　——丨丨丨——　　　—丨丨——丨丨

13数局围棋招坐隐　14三分浅酌饮忘**忧**
　丨丨——— 丨丨　　　——丨丨丨——

15若教天下知交意　16真实逍遥独此 秋
　丨——丨——丨　　　—丨——丨丨—

_____
① 白居易《新乐府诗序》。谢思炜校注:《白居易文集校注》（第一册）,第 267 页。

　　首先,来看此诗的押韵。第 1 到 4 句,韵脚"间""山"属上平声山韵,"还"属上平声删韵,山删同用;5 到 8 句,韵脚"霞""花""家"属下平声麻韵;9 到 12 句,韵脚"蹇""晚""远"属上声阮韵;13 到 16 句,韵脚"忧""秋"属下平声尤韵。无疑,这是一首换韵诗,严格依照诗题的四个文字,从"山"字韵转"家"字韵,再转"晚"字韵、"秋"字韵。由于转韵,我们难以认其作近体诗。若无后面所谈问题,该诗看作一首古体诗当无异议。

　　其次,再看此诗的平仄、对仗。如平仄符号所示,《山家晚秋》律句、粘对完备;且第 3、4 句,5、6 句,7、8 句,11、12 句,13、14 句对仗也很工整。从形式上看,第 9 到 12 句就是一首仄声七言绝句,而 1 到 4 句、5 到 8 句、13 到 16 句就是三首平声七绝,《山家晚秋》宛若四首七绝拼接而成。显然,道真此诗具备极强的入律倾向。

　　作为一首汉诗来看的话,《山家晚秋》因换韵而在押韵上有类古体诗,但在平仄、对仗上却又呈现出近体诗的特征,可以说一诗兼具两体。那么日本学界是如何界定该诗诗体的呢? 川口久雄在《山家晚秋》的"补注"(川口校注本中,川口补充的注释在全书最后整理汇集为"补注"。)中指出该诗每四句依"山""家""晚""秋"的次序进行换韵,看作一首汉诗。然而在另一首编号为 141 的汉诗①"补注"中却又将《山家晚秋》认作四首七绝,且在校注本的解说中也将该诗看作四首一组的连续作品。他在同一本书中时而作一首时而作四首,摇摆不定,说明川口自己也没有确切的看法。谷口孝介则是将该诗处理作一首汉诗②。从《山家晚秋》的内容可知,这是菅原道真讲述自己同平正范(生卒年不详,即题下注所云"右亲卫平将军")交游的一首诗。从描写平正范"河西别业"的环境到刻画二人饮酒下棋、逍遥赏秋,联与联之间均有一定的逻辑关系,如果割裂成四首七绝,则每一首都不知所云。且诗题未见"四首"二字,正文也无"其一""其二"之语,故《山家晚秋》宜作一首汉诗看待,而非四首。

　　不管是川口还是谷口,都没有就该诗的入律问题进行深究。如果将其看作一首七言古诗则失之简单,不够准确,那能否看作一首"入律古风"呢? 仅看该诗正文,似乎是没有问题的。除了以上所讲的平仄、对仗等入律特征外,该诗还有首句入韵的特征。1 到 4 句押上平声"山·删"韵,第 1 句末字"间"字入韵;5 到 8 句押下平声"麻"韵,第 5 句末字"霞"字入韵;9 到 12 句

----

① 诗题作"去冬,过平右军池亭,对乎围棋,赌以侯圭新赋。将军战胜,博士先降。今写一通,酬一绝,奉谢迟晚之责。"

② 前引谷口论文。

押上声"阮"韵,第9句末字"蹇"字入韵。即除最后一韵以外的三韵均做了首句入韵的处理,显然是菅原道真有意为之。张培阳曾针对唐诗中的类似现象做过系统的考察,指出"不入韵多为对偶"①。道真此诗亦然,最后一韵"秋"字韵中,"数局围棋招坐隐,三分浅酌饮忘忧"为一律联,首句入韵与该句的律句属性是无法调和的矛盾。此外,1到4句与5到8句这两节之间运用了"顶真"的手法,第4句"又对萧萧暮景山"以"山"结句,第5句"山下卜邻当路霞"则以"山"起句。5到8句与9到12句两节之间再次重复此法,第8句"博士来为养性家"句末使用"养性"一词,第9句"养性有余空偃蹇"则以"养性"置首。四个小节三次衔接,有两次使用了顶真或说是"准顶真"的方法,使上一节滞而未断、余音绕梁之际便唤起下一节,可谓气断而意连,让全诗形成一个有机的整体,这显然也是道真苦心孤诣力求完美的结果。

有关唐代部分入律古风的体制特征,按照张培阳的整理共有如下六点:

> 1. 篇制上,以四句节为主(中略)。2. 各节所押之韵多平仄交替。3. 首句七言以入韵为常。4. 节间喜欢叠用某些字、词,尤其是顶针的使用。5. 在规定位置上,讲究对仗,四句一节的在后一联,(中略)四句一节的,如果在篇末,则无须以对仗为要求(中略)。6. 注重声调的搭配运用,声律水平与各时期七言平韵律体大体相当。②

菅原道真的《山家晚秋》除了第2点"各节所押之韵多平仄交替"③之外几乎全部符合,按张氏提法可称作"七言转韵律体"。不过学界仍存异议,如吴淑玲以为"七言律体歌行"或"七言律化歌行"更为准确④,本节依从王力先生旧称,仍权作"入律古风"。

然而,道真的《山家晚秋》与所谓"入律古风"还是有一处不同极为明显,即题下所注"以题为韵"。道真是依据这一限韵方式而以"山""家""晚""秋"四字来依次换韵的,这不同于换韵并无严格规定、相对自由的入律古风。道真这首诗其实是带了两副脚镣在舞蹈,一副是入律,一副是限韵。我们有必要对这首"变体"汉诗继续展开考察。

---

① 前引张培阳论文。
② 前引张培阳论文。
③ 《山家晚秋》用韵未平仄交替显然是程限"以题为韵"所致,后文再及。
④ 前引吴淑玲论文。

三 变体诗《山家晚秋》的限韵与写作动机

菅原道真现存汉诗中并不乏限韵之作,如《赋得咏青》下注"泥字",《赋得躬桑》下注"题中韵",《九日侍宴,同赋鸿雁来宾,各探一字,得苇》《玩梅花,各分一字》下注"探得胜字",《八月十五夜,月亭遇雨待月》下注"探韵得无",《喜雨诗》下注"以龙为韵",《暮春送因州茂司马、备州宫司马之任,同赋花字》,不胜枚举。然而这些限韵之作均是一韵到底,包括限定韵脚的一些作品,如《陪源尚书饯总州春别驾》(同用难、宽、看三字)、《寒早十首》(同用人、身、贫、频四字)也均是一韵到底,像《山家晚秋》那般限定转韵的再无他例。由此凸显出追究《山家晚秋》中特殊限韵方式的重要性。

作于元庆七年(883)①的《山家晚秋》虽有"游心""养性""逍遥"等反映诗人哲学认识的"庄意"表述,但全诗的旨意并不晦涩,重在讲时任"文章博士"②的菅原道真赴"右亲卫将军"③平正范别业、二人相交甚欢之事。其中,倒数第二联的"数局围棋招坐隐"明确道出他们当时曾对弈数局。这一看似在文人交游中极为常见的活动其实与该诗的写作存在着隐秘联系,只是这首七言八韵没有就二人的对弈进行过多解释,我们要借助另一首道真的汉诗来一窥究竟。一年后的元庆八年(884),菅原道真写下一首题为"去冬,过平右军池亭,对乎围棋,赌以侯圭新赋。将军战胜,博士先降。今写一通、酬一绝,奉谢迟晚之责。"(以下简称《奉谢平右军》)的七言绝句给平正范(即题中"平右军")。诗云:

先冬一负此冬酬,炉使侯圭降弈秋。
闲日若逢相坐隐,池亭欲决古诗流。④

将此诗与《山家晚秋》合起来解读,便可知更多细节。《奉谢平右军》诗题所云"去冬,过平右军池亭,对乎围棋"正是指元庆七年《山家晚秋》诗中"数局围棋招坐隐"一事⑤。对弈的结果是"将军战胜,博士先降",也就是七

---

① 写作时间参川口校注本中的菅原道真年表。
② "文章博士"是大学寮文章道的教官,多由知名的学者文人担任。
③ "亲卫"是"近卫府"之府名,负责宫中警卫、行幸仪仗等,长官为大将,次官为中将、少将,多由贵族子弟担任。川口据《三代实录》指出平正范时任右近卫府少将。
④ 诗中两处"侯圭"在川口校注本中均作"只圭","侯圭"为正,笔者已做辩证,详参本书第一章第三节。
⑤ 七年二人对弈于"晚秋",八年道真酬答于"初冬",绝句则将对弈之事径直表作"去冬、先冬"。

绝中"先冬一负此冬酬,妒使侯圭降弈秋"之由来。《奉谢平右军》不仅告诉了我们元庆七年那次对弈是平正范获胜、菅原道真告负这一结果,而且提及了一处十分紧要的细节——两人对弈"赌以侯圭新赋"。有关《奉谢平右军》的考证解读详见本书第一章第三节,下面仅叙大要。

两次出现在《奉谢平右军》中的"侯圭"是我国晚唐僖宗时人,曾任国子监博士。从与侯圭有交游的晚唐诗人所作诗文中可知其因擅长写赋而闻名于时,所谓"侯圭新赋"是指侯圭创作的"律赋"。律赋是晚唐文人最常写作的一种赋体,在唐人撰《赋谱》这部赋格中便被称为"新赋"。菅原道真与平正范对弈之所以要拿侯圭的律赋来作赌注,是因为平安前期的日本仍是"以唐为贵",元庆七年即唐中和三年(883),侯圭仍然在世,对道真、正范等日本知识分子而言恐怕没有比侯圭律赋更为"新鲜"的唐人作品了,其珍贵性恐不亚于从大唐舶来的其他物品。"侯圭新赋"很可能是侯圭的律赋选集,本为菅原道真所有,因在对局中负于平正范而不得不献给正范。然而道真不愿轻易舍弃此宝,亲自抄写,以作两本,于翌年冬天方抄写完毕,送呈时附以七绝一首,以谢延迟之罪。道真在诗中将自己比作善赋的"侯圭"而把平正范拟作善弈的"弈秋",悔叹自己不该以弱搏强,戏言今后若再要比试一定要以"古诗之流"的"律赋"来对决。

由《奉谢平右军》可知元庆七年《山家晚秋》的写作背景中隐有道真、正范二人以"侯圭律赋"作赌注的一次对弈,这对于我们探究《山家晚秋》的变体之源而言极为重要。菅原道真输与平正范的"侯圭律赋"早佚,无法获知原貌,今天得以窥见的唯有保存在《文苑英华》卷三六中的《割鸿沟赋》。该赋题下注"以'割土开城、去存深迹'为韵",是晚唐常见的四平四仄式八韵律赋,也是侯圭今存的唯一一篇赋作。

律赋是唐代新生的赋体,除隔句作对、讲求平仄外,最为突出的特征便是"限韵",一般会限定押韵的韵字甚至次序,全文不仅要依所限文字之韵部押韵,还需将所限之字用于韵脚。如侯圭《割鸿沟赋》便依题下限韵分别押了"存、土、开、去、城、迹、深、割"八韵。律赋的限韵类型较为丰富,最为常见的是以一句话为韵,但也有"以四声为韵"等特殊限韵方式。① "以题为韵"就是特殊限韵中较为常见的一种,在唐代,它要求作者除却题中"赋"字以外须"字字叶之","赋"字则可叶可不叶②。有的"以题为韵"明确要求"次用",

---

① 从宋人洪迈至清人浦铣、李调元、王芑孙等,多有言及唐代律赋的限韵方式者,今人则可参王士祥:《唐代应试诗赋论稿》最后四章,北京:商务印书馆,2016年。

② 详参本书附章第二节。

如宝应二年(763)进士科试《日中有王字赋》①便是如此,现存郑锡、乔琮两篇作品(见《文苑英华》卷二)。有的"以题为韵"虽未明确要求"次用",但作者也是依次叶韵,如吕令问(生卒年不详,玄宗时人)《掌上莲峰赋》。下面就据《文苑英华》卷二八列出该赋全文,来确认其押韵方式。

掌上莲峰赋 以题为韵

众山逦迤,曾何足**仰**。未若大华,举为之**长**。削成三峰,壁立千**丈**。伊昔太虚,结而为山;伊昔巨灵,拓而为 掌 。擘开元象,崛起原②**壤**。当少阴而德合秋成,据丁酉而气涵金**爽**。(上声养韵)

深沉其色,菡萏其**状**。云霞不映而其势弥雄,尘露将裨而其高靡**让**。掌形仙跖,石容天**壮**。虽造次于自然,若镌磨于意**匠**。晦夕雾而群峰乍隐,煦朝阳而众壑相**向**。由是考图籍高为四岳之先,眄灵奇势出九天之 上 。(去声漾韵)

若乃云摇羽盖,鹤挂飞**泉**。危峰并吐,巨掌高**悬**。异蓬莱之鳌泛海,若昆仑之柱承**天**。清露降零,小为盘而仰汉;阳乌假道,疑覆日之孤 莲 。不但子先之霓裳时见,羊公之石榻仍**全**。况乎运启皇家,应河源而降望;岂比诗歌周得,美嵩甫之生**贤**者哉!(下平声先·仙韵)

既而岚气霁媚,烟光晚**浓**。林峦一色,岩嶂千**重**。想清虚而可睹,叹攀陟兮无**从**。歌曰:苔至滑兮石无**踪**。道不可得,仙不可**逢**。倘赐一丸生羽翼,愿轻举于三 峰 。(上平声钟韵)③

《掌上莲峰赋》有四段,顺次押了赋题中"掌、上、莲、峰"四字,这种押韵方式便是次用的"以题为韵"。再对照菅原道真的《山家晚秋》来看,两者在押韵方式上的酷似可谓一目了然。不仅题下均注"以题为韵",而且都以次用的方式来叶题中文字,只是两者文体有别,一者为赋而另一者为诗罢了。道真、正范二人对赌的"候圭律赋"中是否有同吕令问《掌上莲峰赋》押韵方式相同的作品我们不得而知,但这种押韵对道真而言绝不陌生。《山家晚秋》看似独特的押韵方式不过是菅原道真将律赋的限韵移植到汉诗的结果

---

① [清]徐松撰,赵守俨点校:《登科记考》卷十,北京:中华书局,1984年,第358页。
② "原"字下注"疑作厚"。
③ [宋]李昉等:《文苑英华》卷二八,北京:中华书局,1966年,第127页。

而已。

　　笔者作出如上判断，是基于对菅原道真辞赋创作的考察。道真现存辞赋四篇，分别是《秋湖赋》（以"秋水无岸"为韵）、《未旦求衣赋》（以"秋夜思政、何道济民"为韵）、《清风戒寒赋》（以"霜降之后、戒为寒备"为韵）、《九日侍宴重阳细雨赋》（以"秋德在阴"为韵），经检，无一例外都是律赋。这四篇作品中，《秋湖赋》《未旦求衣赋》与《九日侍宴重阳细雨赋》三篇均是依次用韵，未次用的八韵律赋《清风戒寒赋》则是四平四仄、相间用韵（按照"戒、寒、后、为、备、之、降、霜"的次序押韵）。就整个平安王朝而言，道真完全称得上是律赋写作的行家里手。其对律赋限韵的认识自是透彻，创作律赋时的押韵技艺也是炉火纯青。作为一个母语不是汉语的日本人，而且也从未渡唐实地学习过汉诗文写作，能做到娴熟地创作唐代新生的律赋，除了他本身天资聪颖、出身汉学世家等先天原因外，一定还有其自身的努力——刻意阅读、摹写、习作律赋这一后天原因。而其时的日本刚刚进入写作律赋的时代①，并无多少本国的律赋作品可供学习。菅原道真若非揣摩过大量的唐人律赋，是断然无法写出上述四篇作品的，也绝无成为平安朝律赋名家的可能，而这也正是"侯圭律赋"受其珍重的原因之一。前文已及，在唐人律赋中，"以题为韵"并非罕见的限韵方式。以《文苑英华》为范围试作统计，便见其中有 45 篇"以题为韵"，次用题韵的又多达 16 篇。我们不排除"侯圭律赋"中有次用"以题为韵"的可能，即便没有，道真很可能在其他唐人律赋中也多次见过这种类型的限韵。虽然他本人并未在自己的律赋写作中实践次用的"以题为韵"，但其现存四篇律赋中有三篇为次用韵，表明道真完全具备次用"以题为韵"的能力。

　　最后让我们回到菅原道真写作《山家晚秋》的"现场"，对他的创作动机做一番臆测。元庆七年深秋，菅原道真赴平正范河西别业游玩，与正范对弈作乐，二人以新传入日本的"侯圭律赋"作赌。不意道真告负，"侯圭律赋"当入正范之手。然道真心有不甘，不愿将"侯圭律赋"拱手让人。对于一位以汉诗文为业的学者文人而言，像"侯圭律赋"这种最新传入的唐人作品正是他制作律赋的重要参考，由是向正范申请誊写之后再如约奉上。尽管对弈告负让道真不免悔意，但这次与正范的交游无疑是愉快难忘的。道真直言"世间"虽有"千万人家"，而正范别业才"适得其意"乃至不欲还家；他与正范

_____

　　① 平安初期以前的日本文人仅写作骈体赋，自都良香（834—879）始转向律赋，而都良香的律赋创作与菅原道真的律赋创作在时间前后上并无太大差距。可参〔日〕松浦友久：《上代日本漢文學における賦の系列—〈經國集〉〈本朝文粹〉を中心に—》，東京大學國語國文學會《國語と國文學》1963 年第 10 號。

"相知恨晚",认为二人这次"逍遥"之交才是"天下"真正的交游①。正所谓"诗缘情",道真以汉诗来记叙这次交游、夸赞二人的友谊是再自然不过的事情了。但同时有必要指出的是,这次交游始终有一种海外的文学体裁萦绕在道真心头,即唐人侯圭所作的"律赋"。道真与人对赌的是唐人律赋,输棋后将告辞归家之时惦念的还是唐人律赋,我们相信律赋在他挥毫拟诗之际仍然挥之不去。诗人的潜意识中,很可能存在一种"律赋诉求",欲以某种形式来表现这一介入二人交游的唐代文体。道真本就具备写作律赋的能力,对律赋的限韵方式非常熟悉,将律赋的限韵应用于汉诗写作不过是随手而为。而以律赋的体式去完成《山家晚秋》,不仅可以隐晦地揭示该诗创作的某种背景,或许也能在文场上为诗人弥补棋场失意所带来的一丝遗憾。

除了该诗的创作背景值得关注外,也要考量道真其时所任的官职。据《公卿补任》宽平五年二月十六日条②可知,道真于贞观十九年(877,即元庆元年,四月十六日改元)正月十五日任式部少辅,十月十八日兼文章博士。又据《三代实录》卷三二元庆元年十月十八日条至卷四九仁和二年正月十六日条之间的相关记载③可知,其在仁和二年(886)外迁为"讚岐守"前一直为"式部少辅兼文章博士"。因此,对于元庆七年(883)仍担任式部少辅和文章博士的道真来说,如何在挑选人才、选拔官员时检定候选人的汉诗文写作能力,如何对大学寮的学生包括私家门弟展开汉诗文教育,都是对他任职的考验。律赋最迟在唐开元二年(714)就被纳入科举考试中④,是唐代科场最常见的文体之一。而唐人在课诗之外加试律赋的一个重要原因,就是赋比诗更能检验出举子的才学。身为一名学者型官员,道真完全有可能站在主考官与教育者的立场上,思考律赋值得借鉴的地方,探索汉诗制作的新可能。

可以推定,菅原道真的《山家晚秋》并非无意偶成,而是他在"律赋"这一赋体的影响下有意为之。该诗除了诗句律化以外,最为显著的特征就是采用了律赋所独有的押韵方式,而这一方式正是诗人曾过目的唐人律赋中的次用的"以题为韵"。

---

① 元庆元年(877)升任"文章博士"的菅原道真于任后遭遇了官场常见的倾轧与斗争,亲身体验了因讲学、选才及自身才华而致的非议与诬蔑。这些在元庆七年赴平正范别业前后所作诗中均有强烈表现,如《博士难》(中有"畏人情""不安行""诽谤声""诉虚名"等句)、《劝吟诗,寄纪秀才》(详见题下自注及全诗)、《有所思》(详见题下自注及全诗)等(均见《菅家文草》卷二)。其时官场的险恶更加凸显了与平正范的交往实属难得的"逍遥"。

② 《公卿補任》(《國史大系》第 9 卷),東京:經濟雜誌社,1899 年,第 154 頁。

③ 《日本三代實錄》(《國史大系》第 4 卷),東京:經濟雜誌社,1897 年,第 486、498、506、520、631、646、680—681 頁。

④ [清]徐松撰,赵守俨点校:《登科记考》,第 172 页。

四　结语

菅原道真成长于诗律认识已臻成熟的平安前期,具备常人所不具备的学者家境,再加之个人勤勉,终成为古代日本首屈一指的大诗人。其所作汉诗中虽然正体与变体共存,但几乎所有的作品都可以认作正体,说明道真的汉诗创作具有强烈的尊体意识。他不仅娴于近体诗律,且对诗体的认识十分清醒,会根据表现内容和诗歌功用来选择合适的诗体。虽然《山家晚秋》确是一首变体汉诗,但不足以说明道真有明显的破体意识。因为即便是这首仅存的变体汉诗,也并不是空穴来风,而是取法于中国既有的韵文作品。该诗一者受到了入律古风的影响,二者受到了律赋限韵的影响。由此诞生了道真汉诗中这首极为罕见的作品,丰富了我们对域外汉诗的认识。

第三节　似是而非的域外汉诗
——日本限韵诗考论

域外汉诗即域外人士以我国语言创作的"汉"诗,通常是就古代诗歌而言,多见于古代朝鲜、日本、越南等东亚国家。这类作品遗存丰富,是我们既熟悉又陌生的"远亲"。熟悉是说我国很早就留意到了域外汉诗,如明末钱谦益编选《列朝诗集》就将朝鲜、日本、交趾、安南、占城之诗纳入"闰集"第六卷①。又如清末俞樾专取日本汉诗而成《东瀛诗选》,选入五千余首。进入二十一世纪,以严明先生为代表的学者持续发力,使域外汉诗研究规模初具,大有渐成专学之势。② 但就研究现状来看还不能说是尽如人意,主要是因为域外汉诗存量庞大,过往的研究线条难免粗疏,未及之处比比皆是。这使得我们的"远亲"看似熟悉,实则陌生。而消除陌生的唯一路径是落实到研究实践,通过尽可能多的个案来揭示汉诗在域外的发生、成长以及演变。

如何展开个案研究,有两个问题需要反思并自警。一是研究思维僵化。就域外汉诗的考察而言影响研究与变异研究自当并重,但这只是一种应然,

---

① ［清］钱谦益辑:《列朝诗集》,上海:生活·读书·新知三联书店,1989 年。

② 严明:《东亚汉诗的诗学构架与时空景观》,台北:圣环图书出版社,2004 年;同《东亚汉诗研究》,北京:中国书籍出版社,2013 年;同《近世东亚汉诗流变》,南京:凤凰出版社,2018 年;全国哲学社会科学工作办又于 2019 年批准"东亚汉诗史(多卷本)"(首席专家:严明)为国家社会科学基金重大项目。

而非实然。既往的研究实践中,人们常有意无意地以"汉文化圈"作为研究逻辑,但"汉文化圈"天然带有"汉"的思维定式,致使我们对变异研究的重视不够。长此以往,必然会出现影响研究多如牛毛而变异研究凤毛麟角的结果,一旦发展成研究者也人人皆是"右撇子"的畸形现象则悔之晚矣。尽管部分研究已然对此有所自觉,但只是单纯比较中外从而得出变异之结论者多,深究变异背后之原因机理者少,终是隔靴搔痒,停留于变异现象本身。二是研究视野窄化。汉诗传入域外并非孤立的,它不仅伴随着经史子释诸类典籍传播,即便是集部本身也囊括了辞赋、颂赞、论辩、记、序等等文体。当我们聚焦于禹域之内的诗歌时,尚能留意到以文为诗、以诗为词等破体现象,那么走向域外就更不应该忘记汉诗是汉文学之一部分这一不言自明的前提。然而现实状况是就诗论诗者多,超脱于诗歌之外从而融会贯通者少,如此则不仅会错过域外汉诗研究中可能出现的问题,更易出现片面化与表面化的弊病。

有鉴于此,本节拟以过往鲜有人及的"变体汉诗"为研究对象,就日本汉诗中一种"似曾相识"的变异展开"跨国境"与"跨文体"式的考察。将这种同现于中日两国的变体现象纳入东亚汉文化圈中,分别推源溯流,并横向对比,力图现其然、知其如何然、解其所以然。希望抛砖引玉,探索域外汉诗研究的更多可能与更大空间。

一　从菅原道真的一首汉诗说起

山家晚秋① 以题为韵。右亲卫平将军河西别业也。

千万人家一世**间**,适逢得意不言**还**。几临瑟瑟寒声水,又对萧萧暮景**山**。

山下卜邻当路**霞**,野中信马破程**花**。将军莫道游心主,博士来为养性**家**。

养性有余空偃**蹇**,我情多恨相知**晚**。云泥不计地高卑,风月只期天久**远**。

数局围棋招坐隐,三分浅酌饮忘**忧**。若教天下知交意,真实逍遥独此**秋**。

---

① 文本据〔日〕川口久雄校注:《菅家文草·菅家後集》(日本古典文學大系72),東京:岩波書店,1966年。并以黑体示韵脚,以下划线示指定韵字。本节所引道真诗文均出自上书。

　　《山家晚秋》是日本平安朝著名诗人菅原道真作于元庆七年（883）的一首汉诗，讲述了诗人同平正范（生卒年不详，即"右亲卫平将军"）的交游，从描写平正范"河西别业"的环境到刻画二人饮酒下棋、逍遥赏秋。从形式上看，这首七言八韵是逐解换韵，即便混入我国七言歌行也无甚异样。从表述上看，基本是明白晓畅，没有突出的"和习"①问题。从内容去看，也不存在我们陌生的日本景物、典故。反倒是其中的"交游"主题、"庄意"词语以及"对弈"行为，"汉"味十足，让我们倍感亲切。但这首域外汉诗的自注却暴露出其诗体上"似是而非"的一面，很少受到诗体研究者的关注。

　　该诗给人的第一印象是逐解换韵的七言歌行，但若仔细辨认又会发现其律句、粘对完备，多句对仗工整，更近似于"入律古风"②。然而其与我国入律古风又存在一处明显的不同，即题下自注的"以题为韵"。全诗以诗题"山、家、晚、秋"为韵，次用上平声山韵、下平声麻韵、上声阮韵和下平声尤韵，形制特殊，因难见巧。不过这种巧妙的作诗方式并非菅原道真在域外的凭空发明，其背后有唐代律赋的参与。律赋是出现于唐代的新生赋体，因与科举选人的依附关系而发展为其时最具代表性的赋体。唐人制作了大量律赋，很多作品沿着唐日两国的"书籍之路"而传入日本。作为平安朝汉文学翘楚的菅原道真不仅热衷于蒐集唐人律赋③，自己也颇擅长律赋写作④。唐人律赋中不乏"以题为韵"之作，如吕令问（生卒年不详，玄宗时人）《掌上莲峰赋》便是以赋题中"掌、上、莲、峰"四字为韵⑤，次用敷衍成赋。前述指定韵字的《山家晚秋》不过是道真将律赋的限韵方式移植到汉诗的结果而已。⑥

---

①　"和习"是指日本人在写作汉诗文、书写汉字或创作中国画时，未使用中国的作法、笔法，而是以日本独有的方式创作，亦作"和臭"。在汉诗文中常常表现为受母语影响而出现的日式表述。

②　有研究者给出"七言转韵律体""七言律体歌行"或"七言律化歌行"的指称。详见张培阳：《论七言转韵律体的体制特征——兼及律体的判定标准》，《文学遗产》2016 年第 2 期；吴淑玲：《慎用"转韵律体"概念》，《文学遗产》2017 年第 4 期。

③　详见本书第一章第三节。

④　道真现存《秋湖赋》（以"秋水无岸"为韵）、《未旦求衣赋》（以"秋夜思政、何道济民"为韵）、《清风戒寒赋》（以"霜降之后、戒为寒备"为韵）、《九日侍宴重阳细雨赋》（以"秋德在阴"为韵）四篇赋作，均是律赋。

⑤　赋文参［宋］李昉等：《文苑英华》卷二八，北京：中华书局，1966 年，第 127 页。

⑥　有关《山家晚秋》的变体分析及源出律赋的论证详见本章第二节。

二 日本平安朝的限韵诗

如果将正统汉诗简单地按照古体近体一分为二的话,两者在押韵上的显著区别便是前者可以自由转韵,而后者必须一韵到底。菅原道真《山家晚秋》则因为受到唐代律赋的影响,衍生出一种非古非近的限定诗中所有韵部的押韵方式。管见所及,目前中日两国学界尚未就此种汉诗展开讨论,为与"探韵诗"①"勒韵诗"②等作以区分,这里权且名之为"限韵诗"。

那么这种限韵诗是不是菅原道真的独创呢?答案是否定的。早于天长元年(824),日本诗坛便出现了一首类似的限韵诗,收于敕撰汉诗文集《经国集》卷十四。

七言奉试赋挑灯杖一首 七言十韵,仍以挑灯杖为韵 猪善绳

斯杖任朴犹堪用,岂假良工加斫**雕**。白日黄昏灯始续,匪资兹具未能**调**。

若非藜杖老全紧,或是莪茎炎亦**焦**。谬污乌印盘外落,眼分精锐帐中**挑**。

后有召携宴友**朋**,华堂四照列羊**灯**。时因永夜焰垂灭,每效微功明更**增**。

廉吏嫌燃再不**赏**,神翁有备躬吹**杖**。宣神正使苏公厉,致用亦令蜀妇**纺**。

一客环堵晓夕勤,十年玩文自为**奖**。唯嘉陋质助光力,弗敢效贪膏泽**养**。③

"式部省"④于天长元年(824)秋举行了"俊士试"⑤,试《挑灯杖》诗,该诗

---

① 即分韵作诗。
② 较探韵更为严格,事先指定诗中所有的韵脚,但均出一韵之内,并不换韵。
③ 引自小岛宪之校注《经国集》卷十四。〔日〕小岛憲之:《國風暗黑時代の文學》下Ⅱ・Ⅲ,东京:塙書房,1995年、1998年。
④ 日本仿唐制所设的式部省相当于我国吏部。
⑤ 俊士试是平安朝廷从"文章生"(类似于唐代国子监生徒)中选拔更优秀者而设立的考试,设于弘仁十一年(820),废于天长四年(827),详参都腹赤《應補文章生並得業生復舊例事》,收于藤原明衡《本朝文粹》卷二。

即是春澄善绳（797—870）①应试所作。② 试诗要求"七言十韵，仍以挑灯杖为韵"，即十韵之内押尽"挑""灯""杖"三字。春澄善绳头四韵押"挑"字韵（下平声萧·宵韵），中间二韵押"灯"字韵（下平声登韵），最后四韵押"杖"字韵（上声养韵），每次换韵均首句入韵，完全满足限韵要求。正如半谷芳文所推测的那样，《挑灯杖》一诗的押韵显然是受到了唐代律赋的影响。③ 在九世纪初的中日两国，诗歌中并不存在如此押韵的先例④，只有律赋是限定多个韵部的韵文文体。天长元年的"俊士试"，是出题者⑤注意到唐代进士科有课试律赋的传统，才尝试着将律赋的限韵方式挪用到试诗之中。不过按照唐人的方式，所谓的"仍以挑灯杖为韵"实质上就是"以题为韵"。只是对平安初期的日本考生而言，律赋的"以题为韵"应当是一种极为罕见的限韵方式，为避免考生会错意（误会成"以'题'为韵"），出题者才刻意重复诗题三字而作出"仍以挑灯杖为韵"的表述。这一次课试留存的春澄善绳《挑灯杖》比菅原道真《山家晚秋》要早近六十年，是日本现存汉诗中最早的一首限韵诗。

　　除春澄善绳《挑灯杖》、菅原道真《山家晚秋》外，还有几首限韵诗的残句保存在平安中期的汉诗文总集《本朝文粹》中。藤原明衡编纂的《本朝文粹》卷七收录了几篇奏状⑥，常被合称"省试诗论"，是长德三年（997）"文章博士"大江匡衡（952—1012）与"大内记"纪齐名（957—999）二人围绕考生大江时栋（生卒年不详）应试诗的判定而展开的争论。长德三年文章生试，以纪齐名为首的几位考官认为大江时栋的应试诗有病累，判定其落第。大江匡衡认为判定有失公允，为此向一条天皇发起申诉，纪齐名又予以辩申，二人就蜂腰等诗病展开了激烈的辩论。⑦ 由这几篇奏状可以获知该年试诗《既饱以德》，题下限韵"以'君子万年、介尔景福'为韵"。笔者无意探讨其中诗病，意在利用奏状所引诗句来复原大江时栋之诗。据纪齐名《从五位下行大

---

① 本姓猪名部，天长五年（828）改姓春澄。
② 古藤真平据《公卿补任》记载指出春澄善绳的及第时间，参看〔日〕古藤真平：《八·九世纪文章生、文章得业生、秀才·進士試受驗者一覧（稿）》，《国書逸文研究》第 24 号，1991 年 10 月。
③ 〔日〕半谷芳文：《〈経國集〉試帖詩考》，收入《松浦友久博士追悼記念中國古典文學論集》，東京：研文出版，2006 年。
④ 我国存在类似的限韵组诗，后文详述。
⑤ 据其时的典章制度推测该年主司为式部大辅南渊弘贞（777—833），或少辅藤原常嗣（796—840）。
⑥ 〔日〕大曽根章介、金原理、後藤昭雄校注：《本朝文粹》卷七（新日本文學大系 27），東京：岩波書店，1992 年。
⑦ 该事件亦可参权大纳言藤原行成（972—1027）的日记《权记》长德三年七月十九日条。

内记兼越中权守纪朝臣齐名解申进申文事,辨申文章博士大江朝臣匡衡愁申学生同时栋省试所献诗病累瑕瑾状》可将时栋之诗整理如下,□代表阙字。①

既饱以德　　以"君子万年、介尔景福"为韵

　　□□□□□,□□□□。□□□□□,□□□□。("君"字韵、上平声文韵)

　　□□□□□,□□□**子**。浴来人尽乐,霈得世皆喜。("子"字韵、上声纸韵)

　　似玉润门千,如毛加户**万**。寰中唯守礼,海外都无怨。("万"字韵、去声愿韵)

　　□□□□□,□□□□。□□□□□,□□□□。("年"字韵、下平声先韵)

　　蓂莆自生厨,凤凰频集界。泽②犹覃草木,信几及鳞**介**。("介"字韵、去声卦韵)

　　日下识葵倾,风前看草靡。功名嘲传说,巧思拉般**尔**。("尔"字韵、上声纸韵)

　　舜海浪声空,尧山云色静。□□□□□,绛阙仰清**景**。("景"字韵、上声梗韵)

　　□□□□□,□□□□。□□□□□,□□□□。("福"字韵、入声屋韵)

　　试诗是否要求次用,有无字数限制,就现存文献来看尚无法确定。大江时栋所作为五言十六韵,次用"君子万年、介尔景福",以每两韵押一字,转韵七次。这首依限韵字而押韵、转韵的汉诗显然也是一首限韵诗,说明该变体现象至平安中期仍未绝迹。尽管大江匡衡在七月二十日的第一次奏状中批评这次出题说"此度试题,韵以八字,已同赋体,奇法过差之试也。"但他接下来的一句话"往古未闻八字之例",清楚地表明省试中限定多个韵部的做法在长德三年以前不是什么罕事,只是未曾见过多达"八字"的例子而已。而其在八月二

---

① 滨田宽也曾复原过该诗,详见〔日〕濱田寬:《〈本朝文粹〉卷七"省試詩論"考—省試詩と詩病適用についての同時代的な考察—》,《和漢比較文學》第 21 號,1998 年 8 月;后收入《平安朝日本漢文學の基底》,東京:武藏野書院,2006 年。
② "泽",大江匡衡于八月二十九日的奏状中引作"仁"。

十九日的第二次奏状中也间接地透露出一次"韵以数字"的例子。

八月二十九日,大江匡衡为驳斥纪齐名的辩申而再次上奏《正五位下行式部少辅兼东宫学士文章博士越前权守大江朝臣匡衡解申进申文事,请重蒙天裁,辨定大内记纪齐名称有病累瑕瑾所难学生大江时栋奉试诗状》。匡衡在这次奏状中引用了许多过往的省试诗例,来为自己的主张举证。其中有一次试诗为《连理树》,出题人是南渊年名(808—877)。这次试诗有极为明确的要求,"以'德化先被荒垂'为韵,依次用之,百二十字成之。"《连理树》限以六个韵字,那么"百二十字"便意味着要作出一首五言十二韵,以每两韵押一字,转韵五次的诗。这种体式无疑也是限韵诗,可标示如下:

连理树诗　以"德化先被荒垂"为韵,依次用之,百二十字成之。

□□□□□,□□□□□。□□□□□,□□□□□。("德"字韵、入声职韵)

□□□□□,□□□□□。□□□□□,□□□□□。("化"字韵、去声祃韵)

□□□□□,□□□□□。□□□□□,□□□□□。("先"字韵、下平声先韵)

□□□□□,□□□□□。□□□□□,□□□□□。("被"字韵、去声寘韵)

□□□□□,□□□□□。□□□□□,□□□□□。("荒"字韵、下平声阳韵)

□□□□□,□□□□□。□□□□□,□□□□□。("垂"字韵、上平声支韵)

惜大江匡衡所举诗例只是残句,无法复原考生全诗,仅能从中辑补到有名王(生没年不详)和坂上斯文(生没年不详)二人的诗句。有名王辑得三韵:

初知标帝道,始觉呈皇**德**。("德"字韵)
靡隔布深仁,无私施景**化**。神工诚不隐,天道斯无诈。("化"字韵)

坂上斯文辑得一韵:

覆焘专布惠，逐育正施**德**。（"德"字韵）

虽然大江匡衡未言及《连理树》的课试时间，但他指出出题人是"大辅"南渊年名，我们由此可以确定课试的大致年代。据《公卿补任》①知南渊年名自天安元年（857）五月八日任"式部大辅"②，另据《三代实录》③知及第者之一的坂上斯文于贞观四年（862）七月二十八日在"大学少允"④任上被赐姓"宿祢"⑤。故《连理树》的课试时间当在天安元年至贞观四年之间（857—862）。

以上几首变体汉诗均出现于日本平安王朝，形成了一道实为汉诗却有似律赋的独特景观，所以大江匡衡才直言长德三年"韵以八字"的试题"已同赋体"。几首诗中只有菅原道真的《山家晚秋》有强烈的入律倾向，这与其精通我国诗律、善作格律诗有直接关系，并不具有普遍性。我们判断一首限韵诗的关键在于其是否采用了律赋的限韵方式，入律与否不作为辨体的标准。

三　中国的限韵古诗

我们前面罗列了日本的限韵诗，以《挑灯仗》为现存最早的诗例，之后可见《连理树》《山家晚秋》《既饱以德》数首。接下来要追问的是，在"汉诗"的原点——中国，是否也有类似的限韵诗呢？

我国诗歌虽浩如烟海，但就笔者有限的认知而言，类似于前述限韵诗的作品却为数不多。管见所及，至清方有诗例，如朱景英《澹园图八首为筠塘太守赋》下注"章各以题为韵"，为组诗八首⑥。这里仅举第一首《文杏凌云》为例：

文杏凌云

拔地稜稜十抱**文**，先春红紫吹芬**葐**。偶来庭院一延赏，不数海棕身出**群**。

---

① 《公卿补任》贞观六年条载："南渊年名，（中略）天安元五月八日正五下，任式部大辅，权亮如元。"《國史大系》第九卷《公卿補任》前编，東京：经济雑誌社，1899 年，第 131—132 页。
② "式部省"的次官，相当于唐代吏部侍郎。
③ 《三代实录》贞观四年七月二十八日乙未条载："左京人前越后介外从五位下坂上伊美吉能文，大学少允从六位上坂上伊美吉斯文等九人，赐姓坂上宿祢。"《國史大系》第四卷《日本三代實錄》卷六，東京：经济雑誌社，1897 年，第 109 页。
④ "大学寮"的判官，相当于唐代国子丞。
⑤ 日本自飞鸟时代制定的八色姓制度中的第三等姓。
⑥ ［清］朱景英《畲经堂诗集》卷四，梁颂成辑校：《朱景英集》，北京：中国社会科学出版社，2017 年，第 121—122 页。

五沃之土最宜**杏**，前荣分得灵山**影**。几株仙种问上林，三月清阴坐华**省**。

午桥南畔势欲**凌**，半天锦碎东西**塍**。横枝侧帽不受压，低荸回阑撷未**能**。

曾霏薄雾与微**云**，罗幕层空着处**醺**。到此如游辋川馆，山榴踯躅徒纷**纷**。

《文杏凌云》七言八韵，朱景英（生卒年不详，活跃于雍乾期）顺次押了诗题中的"文"字韵（上平声文韵）、"杏"字韵（上声梗韵）、"凌"字韵（下平声蒸韵）、"云"字韵（上平声文韵），每个题字作两韵，转韵三次，正是所谓的"以题为韵"。且首句入韵时就刻意以题字作韵脚，愈加因难见巧，让人一眼便知作者在"以题为韵"。其后七首《三槐虬舞》《晚香天竺》《古柏双青》《南陌花香》《小堤柳阴》《平桥月满》《澹园积雪》莫不如此。言及我国诗歌的"以题为韵"，不乏将其解作"题中有韵"或"题中用韵"者，这是受到了唐代省试诗多以题中字为韵的影响①；而朱景英押尽题字的作法当是受到了律赋"以题为韵"的影响。将《文杏凌云》等八首诗看作限韵古诗当无异议。如果前文没有特意指出这样的变体现象，我们或许会将朱诗看作杂体诗而置之不问；但既然意识到律赋的限韵方式，看到域外亦存同类诗例，还是有必要予以特别关注。

朱景英《澹园图八首为筠塘太守赋》作为清诗不得不说是晚出，不过与日本限韵诗的出现相较而言，我国限韵古诗的诞生自有其积蓄酝酿的准备过程，不似日本那般突兀。中国诗歌源远流长，诗体虽然多变，却大都能在历史变迁中寻到轨迹，鲜有哪种诗体会"横空出世"。先来看盛唐的一组诗：

晦日游大理韦卿城南别业四首　四声依次用，各六韵

与世澹无事，自然江海人。侧闻尘外游，解骖轭朱轮。极野照暄景，上天垂春云。张组竟北阜，泛舟过东邻。故乡信高会，牢醴及家臣。幸同击壤乐，心荷尧为君。（平声韵）

郊居杜陵下，永日同携手。仁里蔼川阳，平原见峰首。园庐鸣春鸠，林薄媚新柳。上卿始登席，故老前为寿。临当游南陂，约略

---

① 如宋人彭汝砺《冬寒围炉，以题为韵，得寒字》（《鄱阳集》卷十）；綦崇礼《德升尚书赋溪风亭二首，以题为韵，顾风字某已先作，别赋溪字一首》（《北海集》卷一）。清人毛奇龄《银汉》诗更为典型，自注"仿唐试体以题为韵"（《西河集》卷一五三），正是一首以题中"银"字为韵的五言六韵。

执杯酒。归钦绁微官,惆怅心自咎。(上声韵)

　　冬中余雪在,墟上春流驶。风日畅怀抱,山川多秀气。雕胡先晨炊,庖脍亦后至。高情浪海岳,浮生寄天地。君子外簪缨,埃尘良不宰。所乐衡门中,陶然忘其贵。(去声韵)

　　高馆临澄陂,旷望荡心目。澹荡动云天,玲珑映墟曲。鹊巢结空林,雉雊响幽谷。应接无闲暇,徘徊以踟躅。纤组上春堤,侧弁倚乔木。弦望忽已晦,后期洲应绿。(入声韵)①

这是王维(701—761)的组诗四首,陈铁民先生推测作于开元二十七年(739)或二十八年(740)的正月晦日②。如题下注所云,王维这四首五言六韵是依次押了"平上去入"四声而成。虽然没有限定具体的韵部,但毕竟是增设了限韵条件,可以看作限韵古诗的先声。

　　接着来看中唐的两组诗:

赴抚州对酬崔法曹夜雨滴空阶五首

雨落湿孤客,心惊比栖鸟。空阶夜滴繁,相乱应到**晓**。
高会枣树宅,清言莲社僧。两乡同夜雨,旅馆又无**灯**。
谤议不自辨,亲朋那得知。雨中驱马去,非是独伤**离**。
离室雨初晦,客程云陡**暗**。方为对吏人,敢望邮童探。
纵酒常掷盏,狂歌时入**室**。离群怨雨声,幽抑方成疾。

又酬晓灯离暗室五首

知疑妒叟谤,闲与情人话。犹是别时灯,不眠同此**夜**。
寒灯扬晓焰,重屋惊春**雨**。应想远行人,路逢泥泞阻。
灯光照虚室,雨影悬空壁。一向檐下声,远来愁处**滴**。
楚僧话寂灭,俗虑比虚**空**。赖有残灯喻,相传昏暗中。
雨声乱灯影,明灭在空**阶**。并枉五言赠,知同万里怀。③

这是戴叔伦(732—789)的两组诗,是其贞元二年三年(787)岁更之际,

---

① 〔唐〕王维撰,陈铁民校注:《王维集校注》第一册,北京:中华书局,1997年,第159—164页。
② 〔唐〕王维撰,陈铁民校注:《王维集校注》,第160页。
③ 〔唐〕戴叔伦著,蒋寅校注:《戴叔伦诗集校注》,上海:上海古籍出版社,2010年,第140—143页。

在赴抚州辨对①途中所作。先是好友崔载华(生卒年不详)有诗相赠,后是戴叔伦酬两组十首。崔诗失传,不知体式如何;戴诗构思巧妙,匠心独具。《夜雨滴空阶》五首赋"夜雨滴空阶"之意,分押"晓灯离暗室"五韵;《晓灯离暗室》五首则赋"晓灯离暗室"之意,分押"夜雨滴空阶"五韵。同前面王维的组诗相比,戴诗的押韵限制更加严格,具体到了十个不同的韵部,只是他没有明示"以'晓灯离暗室'为韵"和"以'夜雨滴空阶'为韵"罢了。戴叔伦的两组诗完全可以看作限韵古诗的雏形。

再来看宋人的组诗:

赠无咎以既见君子云胡不喜为韵八首

平生怀想人,握手良未易。接君同舍欢,此事非此世。十年淮海梦,一笑相逢地。投分白首期,愿言何有**既**?

贤愚譬观形,美丑不自**见**。医肱待三折,剑铁要百炼。磨君古青铜,汰简寄明辨。一智出千愚,食芹敢忘献?

文风还正始,磊落有诸**君**。长者进后生,亦使我有闻。譬如狸与虎,偶使并称文。终然不可及,困我力空勤。

文衰东京后,特起得韩**子**。支撑诽笑中,久而化而靡。籍湜既洒扫,后生始归市。垂君拯溺手,请效我一指。

诗坛李杜后,黄子擅奇勋。平生执羁靮,开府与参军。举诗秉笔徒,吟哦谩云云。安知握奇律,一字有风**云**。

触有羸其角,进有跋其**胡**。膏车秣吾马,白日在修途。虽乏亡何杯,颇多未见书。力学致事功,良田本深锄。

黄子少年时,风流胜春柳。中年一钵饭,万事寒木朽。室有僧对谈,房无妄持帚。此道人人事,谁令予独**不**?

南山缚虎师,肯顾世书字。扬眉哦楚喉,鼎畔倒侯**喜**。诗声一苍蝇,下到霹雳耳。庸庸老寻常,物外有奇伟。②

这是苏门四学士之一的张耒(1054—1114)赠予同门晁补之(字无咎,1053—1110)的组诗八首,以"既见君子、云胡不喜"为韵,张耒不仅分押八个

---

① 戴叔伦在抚州任上政绩突出,不意罢官归休后遭人谤议,于贞元二年岁除日奉推事使牒不得不赶赴抚州接受推按。
② [宋]张耒撰,李逸安、孙通海、傅信点校:《张耒集》上册,北京:中华书局,1990年,第90—91页。

韵字,且依次用韵。这组诗的后几首言及另一同门黄庭坚(1045—1105),于是诗坛又多了一组同样以"既见君子、云胡不喜"为韵的组诗,是为黄庭坚《奉和文潜赠无咎篇末多以见及以既见君子云胡不喜为韵》:

> 龟以灵故焦,雉以文故翳。本心如日月,利欲食之**既**。后生玩华藻,照影终没世。安得八纮置,以道猎众智。
>
> 谈经用燕说,束弃诸儒传。滥觞虽有罪,末派弥九县。张侯真理窟,坚壁勿与战。难以口舌争,水清石自**见**。
>
> 野性友麋鹿,君非我同群。文明近日月,我亦不如**君**。十载长相望,逝川水沄沄。何言谈绝倒,茗椀对炉薰。
>
> 北寺锁斋房,尘钥时一启。晁张踵然来,连璧照书几。庭柏郁葱葱,红榴罅多**子**。时蒙吐佳句,幽处万籁起。
>
> 先皇元丰末,极厌士浅闻。只今举秀孝,天未丧斯文。晁张班马手,崔蔡不足**云**。当令横笔阵,一战静楚氛。
>
> 张侯窭炊玉,僦屋得空庐。但见索酒郎,不见酒家**胡**。虽肥如瓠壶,胸中殊不粗。何用知如此?文彩似于菟。
>
> 荆公六艺学,妙处端不朽。诸生用其短,颇复凿户牖。譬如学捧心,初不悟己丑。玉石恐俱焚,公为区别**不**?
>
> 吾友陈师道,抱独门扫轨。晁张作荐书,射雉用一矢。吾闻举逸民,故得天下**喜**。两公阵堂堂,此士可摩垒。①

这次张赠黄和的限韵组诗出现于元祐元年(1086),看似张耒先发,黄庭坚后仿,但实际上要数黄庭坚更善此法,是宋人作限韵组诗的佼佼者。早在元丰元年(1078),黄便有《用明发不寐有怀二人为韵寄李秉彝德叟》《赋未见君子忧心靡乐八韵寄李师载》两组限韵诗赠人,元丰二年(1079)又有《以同心之言其臭如兰为韵寄李子先》,元祐元年除奉和张耒外还有《柳闳展如子瞻甥也其才德甚美有意于学故以桃李不言下自成蹊八字作诗赠之》《贾天锡惠宝薰乞诗予以兵卫森画戟燕寝凝清香十字作诗报之》,至人生晚年的崇宁二年(1103)还作有《以酒渴爱江清作五小诗寄廖明略学士兼简初和父主簿》。经笔者查检均是限以多个韵字的组诗,且都于题中明确标出限韵,与所谓的限韵古诗仅有一步之差。

---

① [宋]黄庭坚著,[宋]任渊、史容、史季温注,黄宝华点校:《山谷诗集注》上册,上海:上海古籍出版社,2003年,第91—95页。

在清人朱景英之前，唐人宋人所作的限韵组诗在押韵方式上与限韵古诗已无实质差别。只是距离定型诗确立尚不久远，尤其是格律诗形成后所带来的垄断效应，使得诗人们没有进一步破体，而是全部作成组诗的形式，维系了诗中不换韵的"潜规则"。限韵古诗不过是捅破了诗中不换韵的最后一层"窗户纸"，出现于风格多元、追求创新的清代并无意外可言。纵观我国，从唐宋的限韵组诗，到清人朱景英的《澹园图八首为筼塘太守赋》，可以说是有迹可循，说明限韵古诗的出现是前代诗歌创作积累的产物，是诗体自然渐变的结果。

四　变体诗歌论：从中国到东亚

（一）律赋与变体诗歌

袁行霈先生为日本师生讲授"中国文学概论"时，曾高度总结我国文学之"生命在于不断发展、变化、革新"，并指出其中一条路线是"各种文学体裁之间互相渗透，吸取其他体裁的艺术特点，变化出带有新的气质的作品"。①这一认识极有见地，预见到文体互动现象的研究空间十分广阔。赋作为我国的早期文体之一，在与其他文体的互动中一直扮演着重要角色，宋人对此早就有认识，项安世《项氏家说》卷八"诗赋"条云：

> 尝读汉人之赋，铺张闳丽，唐至于本朝未有及者。盖自唐以后，文士之才力尽用于诗，如李、杜之歌行，元、白之唱和，序事丛蔚，写物雄丽，小者十余韵，大者百余韵，皆用赋体作诗，此亦汉人之所未有也。予尝谓贾谊之《过秦》、陆机之《辩亡》，皆赋体也。大抵屈、宋以前，以赋为文，庄周、荀卿子二书，体义声律，下句用字，无非赋者。自屈、宋以后为赋，而二汉特盛，遂不可加。唐至于宋朝，复变为诗，皆赋之变体也。②

"赋者，古诗之流也"，"诗有六义，其二曰赋"，诗、赋本是同源，具备天然的互动条件。如项氏所云，长篇歌行、唱和的出现与发展均离不开赋的参与催化。具体到唐人作诗，如李白、杜甫、韩愈、元稹等，更是多见赋之影响，可用"以赋为诗""以赋入诗"等来概括他们的创作手法及特征。③ 所谓"以

---

① 讲稿形成于1987年。袁行霈：《中国文学概论》，北京：北京大学出版社，2010年增订本，第328页。

② ［宋］项安世《项氏家说》，四库全书本，"荀卿"原作"荀卿"。

③ 今人多有论及，如王京州：《杜甫以赋为诗论》，《中国韵文学刊》2006年第4期；余恕诚、吴怀东：《唐诗与其他文体之关系》第一章"诗赋交融与唐诗演进"，北京：中华书局，2012年等。

赋为诗",狭义上去理解多指诗人运用铺陈、排比的手法,即赋法或曰赋笔,同时也可以宽泛地将赋的语言、结构、风格等因素囊括进去。但就押韵这一层面而言,或许是诗、赋同为韵文,同质性较高的缘故,并未引起学者足够的关注。在律赋出现以前,赋的押韵较为自由,无甚特色可言,反而是分韵赋诗等诗歌的押韵方式更为抢眼。但入唐之后,新生的律赋带来了新的限韵方式,为诗、赋的进一步互动提供了新的可能。

余恕诚先生敏锐地意识到律赋与唱和、次韵诗均有"押强韵"的共通之处,对二者在押韵方面的互动关系有着通允的认识。谈到律赋影响于诗的情况,他指出唐代次韵诗的形成便与律赋的题下限韵颇有关系,"依次用韵的'次用',最先即见于赋题,然后才用于诗题。"① 曹辛华先生则留意到律赋在词体体式建构方面的作用,认为律赋换韵对词中转韵也有影响,推测"小令出现转韵不是偶然,当含有律赋进驻词体留下的痕迹。"②

再看前文所举诗例,其与律赋的关系更加明显。王维《晦日游大理韦卿城南别业四首》以四声为韵且次用的押韵方式不独见于诗,亦见于律赋。阎伯玙《都堂试才赋》下注"以四声为韵"(《文苑英华》卷六八),且阎氏次用四声;钱起、谢良辅天宝十载(751)进士科试《豹舄赋》③,下注"以两遍用四声为韵"(《文苑英华》卷一一三),实际也是次用。钱、谢二人应试时间晚于王维制作组诗的开元末年,但詹杭伦先生疑阎伯玙《都堂试才赋》为开元二十一年(733)试赋④,若推测不误则意味着王维的组诗有可能受到了律赋"以四声为韵"的影响。王维本人也写过律赋,《文苑英华》卷一三五中收有他的《白鹦鹉赋》,下注"以'容日上海孤飞色媚'为韵"⑤,其组诗限韵与律赋之间显然存在着潜在的联系。

戴叔伦《赴抚州对酬崔法曹夜雨滴空阶五首》《又酬晓灯离暗室五首》分别以"晓灯离暗室"和"夜雨滴空阶"为韵,限韵句出自梁·何逊的《临行与故游夜别》。以古人诗句为韵的现象常见于律赋,开元七年(719)进士科试《北斗城赋》⑥,以"池塘生春草"为韵(《文苑英华》卷四五),句出谢灵运的《登池上楼》。开元十八年(730)进士科试《冰壶赋》⑦,以"清如玉壶冰,何惭宿昔

---

① 余恕诚:《唐代律赋与诗歌在押韵方面的相互影响》,《江淮论坛》2003 年第 4 期;余恕诚、吴怀东:《唐诗与其他文体之关系》第一章第二节。
② 曹辛华:《论律赋在唐宋词体演进中的作用》,《文史哲》2012 年第 4 期。
③ [清]徐松撰,赵守俨点校:《登科记考》,北京:中华书局,1984 年,第 322 页。
④ 詹杭伦:《唐代科举与试赋》,武汉:武汉大学出版社,2015 年,第 111—112 页。
⑤ 王维实押"海日孤色飞"五韵。
⑥ [清]徐松撰,赵守俨点校:《登科记考》,第 201 页。
⑦ [清]徐松撰,赵守俨点校:《登科记考》,第 255 页。

意"为韵(《文苑英华》卷三九),句出鲍照的《代白头吟》。戴叔伦组诗的限韵虽不无游戏逞技之嫌①,但绝非空穴来风。正是因为唐代律赋不乏以名诗秀句为韵的作品,才诱发诗人将律赋中的限韵移植到组诗中来。惜未见戴叔伦有辞赋传世,但对开元以降的文坛而言,律赋早已不是什么陌生文体,戴叔伦不可能不熟悉律赋的限韵方式。

宋人的限韵组诗仍有以前人诗句为韵的作品,如黄庭坚《贾天锡惠宝薰乞诗予以兵卫森画戟燕寝凝清香十字作诗报之》,句出韦应物《郡斋雨中与诸文士燕集》;还有《以酒渴爱江清作五小诗寄廖明略学士兼简初和父主簿》,句出杜甫《军中醉饮寄沈八刘叟》。不过更为常见的是以八字文句为韵的组诗,这与宋代科举课八韵律赋有直接关系。宋代承袭了唐人课试诗、赋的传统,诗多是五言六韵,赋则是八韵律赋。早在中唐,八韵律赋就已是科场最常见的形式;及至晚唐,更是发展成了四平四仄式的八韵律赋。限韵常出之有据,有不少是自经史类典籍及相关注疏采撷加工而来。② 如贞元七年(791)进士科试《珠还合浦赋》,限韵"不贪为宝、神物自还"是有司据《后汉书·孟尝传》之本事并采《左传·襄公十五年》之语言而设;又如乾宁二年(895)进士科试《人文化天下赋》,限韵"观彼人文、以化天下"是对《周易·贲卦·象传》的直接套用。宋人不仅继承了唐人的模式,而且在命题上更趋规范、强调典据,庆历四年(1044)贡举条制规定:"诗、赋、论于九经、诸子、史内出题"③;作法要求上也较唐人更为严苛,王栐《燕翼诒谋录》卷五云:"国初,进士词赋押韵,不拘平仄次序。太平兴国三年九月,始诏进士律赋平仄次第用韵,而考官所出官韵必用四平四仄。"④王栐所说虽有些绝对化,但宋人律赋次用韵是绝对的主流。黄庭坚《用明发不寐有怀二人为韵寄李秉彝德叟》句出《诗经·小雅·小宛》,《赋未见君子忧心靡乐八韵寄李师载》句出《诗经·国风·秦风·晨风》,《以同心之言其臭如兰为韵寄李子先》句出《易传·系辞传上·第八章》,《柳闳展如子瞻甥也其才德甚美有意于学故以桃李不言下自成蹊八字作诗赠之》句出《史记·李将军列传》,而张耒先赠黄庭坚后和的《以既见君子云胡不喜为韵八首》则句出《诗经·国风·郑风·

---

① 戴叔伦此次赶赴抚州前作有《答崔法曹赋四雪》,句句嵌有"雪"字,详见[唐]戴叔伦著,蒋寅校注:《戴叔伦诗集校注》,第137页。
② 唐代省试律赋崇重经史的问题可参王士祥:《论唐代省试赋的重史表现》,《语文知识》2008年第3期;《论唐代省试赋的宗经特征》,《中州学刊》2010年第1期。《唐代应试诗赋论稿》收录,北京:商务印书馆,2016年。
③ [清]徐松:《宋会要辑稿》选举三之二五,北京:中华书局,1957年,第4274页。
④ 上海古籍出版社编:《宋元笔记小说大观》第五册,上海:上海古籍出版社,2001年,第4630页。

风雨》。这些无一不是典出经史,且均是依次用韵,绝非偶然所能解释。张耒于熙宁六年(1073)举进士,恰值熙宁变法罢黜诗赋取士①,意味着张耒不曾试律赋,目前也未见其有律赋传世,尚无法确定他能作律赋与否。但黄庭坚对律赋写作则是游刃有余,黄于治平元年(1064)与四年(1067)两应进士试,并于第二次登第,说明他不仅曾于闱场写作律赋,也必定有为科考而习作律赋的经历。今存《位一天下之动赋》《春秋元气正天端赋》两篇律赋,见于《山谷别集》卷四。

　　以上种种,无不说明律赋在限韵组诗的建构生成中具有不可替代的影响作用。此外,模仿律赋来为组诗限韵不仅是一种押韵上的拟仿,也是在活用律赋限韵的另一重要功用——注解题目。清人王芑孙曾在《读赋卮言·官韵例》中就律赋的限韵指出:"官韵之设,所以注题目之解,示程式之意,杜剿袭之门,非以困人而束缚之也。"②利用指定韵字来为考生指明题意,防止跑题,可谓是科场律赋限韵的一大功用。包括那些非科场所作的律赋,其限韵也多是对题目的补充与阐释。兹以白居易的律赋③为例作一说明,其省试《性习相近远赋》之题目仅言"性相近也,习相远也",而限韵"君子之所慎焉"则点明"所慎",进一步指明了题意。"十七人中最少年"的白居易能够登第与其赋文屡屡言"慎"当不无关系。《大巧若拙赋》非科场所作,赋题典出《老子》,而限韵"随物成器、巧在乎中"则明显是利用王弼注来阐明题目。若没有化用王弼注的限韵,"大巧若拙"的可发挥余地极大,是限韵让白居易以"物器"为抓手来阐论"巧拙",写就了一篇毫不空泛、论旨明确的赋文。限韵"注题目之解"的功用由上可见一斑。再看黄庭坚的组诗,诸如"明发不寐,有怀二人","未见君子,忧心靡乐"等等,都是对组诗之旨趣的有力注解,也是黄氏向他人寄赠作品的诗意化概括,甚至就是题目之借代。从这一角度而言,其限韵与律赋之限韵可谓异体同构。

　　在我国,受律赋体式的影响而衍生出限韵组诗,再打破一韵到底的束缚而演进到限韵古诗,其原因不外乎有三。一者在于诗、赋本有天然的亲缘关系,同为韵文的属性为一种文体影响另一种文体提供了便利条件,以至于变体诗歌也看似未经斧凿、浑然天成,此谓客观因素。二者是大部分诗人既作

---

① 《续资治通鉴长编》卷二二〇熙宁四年(1071)二月丁巳朔载:"今定贡举新制,进士罢诗赋、帖经、墨义,各占治《诗》《书》《易》《周礼》《礼记》一经,兼以《论语》《孟子》。每试四场,初本经,次兼经并大义十道,务通义理,不须尽用注疏。次论一首,次时务策三道,礼部五道。"[宋]李焘:《续资治通鉴长编》,北京:中华书局,2004年,第5334页。

② [清]王芑孙:《读赋卮言》,《渊雅堂全集》清嘉庆二十五年王嘉祥续刻本。

③ 本节所引白居易律赋均自谢思炜校注:《白居易文集校注》,北京:中华书局,2011年。

诗又写赋,为两种文体实现互通提供了可能,加之部分文人本身便有较强的创改意识,能破除陈规,此谓主观因素。最后一点可谓是诱发契机,是诗人创作时的语境促发了变体的生成。我们注意到无论是限韵组诗还是限韵古诗,几乎均是寄赠酬唱之作。朱景英"为笪塘太守赋",戴叔伦"酬崔法曹",张耒"赠无咎",黄庭坚"寄李秉彝德叟、李师载、李子先"等等,包括王维"游大理韦卿城南别业"所作也存在一个潜在对象"韦卿",律赋"限"字当头,自然可以成为以诗相交时炫技逞艺的借鉴形式。

(二)"东亚汉文化圈"中的日本变体诗歌

前文尝试着对我国限韵古诗进行推源,上溯至限韵组诗,指出其与律赋的关系并追究了变体的成因。如果仅止于此,那么传统的研究方法与内向的研究视野仍有很大的阐释力度。但当研究对象关涉到中日两国时,既往方法与视野的有效性就不无疑问了。下面要论的日本汉诗已然是日本文学的范畴,不过归根结底还是用汉字书写、以汉字表意的作品,这正是东亚地区一度同文的重要表征。追溯日本汉诗文的源头也好,探寻我国诗文的流衍也罢,无论是哪个角度,都需要突破国别文学研究的局限。笔者以为下一步的讨论唯有将对象纳入"东亚汉文化圈"的视野之下,运用比较的方法,才能给出合理有效的阐释。

1."入圈"的日本与贡举的东渐

首先需要强调的是,日本限韵诗出现的根本原因仍然在于诗赋同源,赋体具备影响诗体的条件。但与我国相比,日本有一处明显的不同在于其限韵诗几乎都出现在省试之中。《挑灯仗》《连理树》《既饱以德》均是课试诗,即便是《山家晚秋》的创作,也与作者时任"文章博士"与"式部少辅"①不无关系。其时的菅原道真不仅要负责大学寮的汉诗文教育,还要参与省试这一选拔人才的工作。在他以律赋的限韵方式制作汉诗之前,式部省至少已有《挑灯仗》(824 年)与《连理树》(857—862 年)两次试诗。《山家晚秋》除了具备与平正范交游的功能之外,也兼有虚拟省试作诗的性质,可看作道真在其位而谋其政的一种表现。那么限韵诗为何会出现在日本的省试之中呢?

这显然与律赋的一大功用——"以赋取士"密不可分。唐永隆二年(681)进士科加试"杂文",赋体成为科场常课文体之一,后逐渐固定为"诗赋取士"。开元二年(714)进士科试《旗赋》(以"风日云野、军国清肃"为韵),是现存文献中最早的科场律赋。有唐一代"诗赋取士"之赋专用律赋的大幕由

_____

① 相当于唐代吏部员外郎,负责官员考功、选叙等。

此徐徐拉开,尽管中途经历过停试,但律赋与科举的结合已经牢不可破,并为五代宋金所继承。自公元 663 年白村江海战之后,认清东亚形势与自身国力的日本即掀起了师法大陆国家的狂潮,客观上加快了东亚汉文化圈的形成。在制度建设上取法于唐的日本同样实施了贡举,不单实行策试,也步唐代贡举改革的后尘而引入了"诗赋取士"。最为有力的文献证据便是日弘仁十年〔819〕的太政官符,符文云:

> 今须文章生者,取良家子弟,寮试诗若赋补之。选生中稍进者,省更覆试,号为俊士,取俊士翘楚者,为秀才生者。①

不过目前日本尚未发现可以确认为科场所作的律赋,省试课赋即便不是一纸空文,其执行力也是大打折扣,不可与课诗相提并论。个中原因不难推想,当与律赋的制作难度有关。律赋制作并非易事,成色如何另当别论,单就能否完成一篇作品而言其难度恐怕要高于作诗,毕竟在篇幅、审题、制义、用典等方面都要求颇多。即便是唐人,不经过一定训练也是难以完成,贾岛于科场"乞一联"的故事与他累举不第当有直接关系②。日本平安朝现存律赋 22 篇,作者 10 人,至少有 6 人曾任文章博士,都是当时叱咤文坛的一流文人学者。对日本古人而言,律赋不是初学汉诗文就可以掌握的文体,若非人中翘楚,断无写就律赋的能力。可以想见,其时的日本贯彻"以赋取士"恐怕不切实际,难以严格施行下去。

虽然如此,这并不影响出题者在课诗时借鉴律赋的体式。律赋在体式上的一大特点就是"程限"分明,尤其是对押韵有着严格的限定。这种借鉴在《连理树》诗上表现得最为明显,南渊年名为该诗设程限云:"以'德化先被荒垂'为韵,依次用之,百二十字成之。"对照白居易贞元十六年(800)省试《性习相近远赋》之程限"以'君子之所慎焉'为韵,依次用,限三百五十字已上成"可见,两者表述几无二致,南渊年名课诗的程限本自律赋无疑。不止于此,律赋限韵注解题目的功用也在这些省试诗中有所表现。"德化先被荒垂"就是对"连理树"一题的进一步注解。传入日本的《艺文类聚》(见载于《日本国见在书目录》"杂家")引《瑞应图》曰:"木连理,王者德化洽,八方合

---

① 〔日〕藤原明衡编,大曽根章介等校:《本朝文粹》(新日本古典文學大系 27)卷二《應補文章生並得業生復舊例事》,東京:岩波書店,1992 年,第 145 頁。

② 贾岛不善程试,每自叠一辐,巡铺告人曰:"原夫之辈,乞一联! 乞一联!"[五代]王定保:《唐摭言》卷一二,北京:中华书局,1959 年,第 140 页。

为一家,则木连理";又引《孝经援神契》曰:"德至于草木,则木连理。"①都是以帝德解释祥瑞。"荒垂"一词则典出梁·沈约《与沈渊荐沈骥士表》,表云:"若使闻政王庭,服道槐掖,必能孚朝规于边鄙,播圣泽于荒垂。"②南渊年名对题意的阐释已尽现于限韵之中。长德三年试诗《既饱以德》亦然,限韵"君子万年、介尔景福"典出《诗经·大雅·生民之什·既醉》,诗题与限韵组合成一个语境,要求考生歌颂帝德、祝福君主。

对平安朝的知识分子来说,诗、赋在大唐同为考试文体,借鉴律赋的程限来试诗顺理成章,并无不妥。况且律赋的程限还有一大"好处",尤具现实意义,那就是有利于有司取舍。唐代判定举子诗赋的标准并不是十分清晰明确,永隆二年进士科诏定两场试仅云:"进士试杂文两首,识文律者,然后并令试策。"③在贡举于开元二十四年(736)由吏部转归礼部之后也不过是说:"凡进士先帖经,然后试杂文及策,文取华实兼举,策须义理惬当者为通。"④在进士科刚刚增加杂文试的时候,仅规定"识文律"无可非议,但这种要求显然跟不上后来举子进步的速度。于是开元后期将评判标准上升到"华实兼举",但这一规定也不可谓不暧昧,于考官而言并不好把握。海东的日本也存在同样的问题,菅原道真的《博士难》就反映出评判者的不易与困惑,道真自认为"选举我有平",却遭遇了"今年修举牓,取舍甚分明。无才先舍者,谗口诉虚名。"评判标准的模糊促使考官倾向于以声病、格式等"客观"尺度来拿捏举子作品,这正是应试诗赋追求四平八稳、注重外在形式的重要原因。"世俗偷薄,上下交疑,此则按其声病,可塞有司之责。虽知为文华少实,舍是益汗漫无所守耳。"⑤明人胡震亨评唐进士科故实可谓一语中的。唐人尚如此,日人又奈何? 尤其是意境优劣、旨趣高下等主观性较强的判断,定是"汗漫无所守"。前文曾经提到日本长德三年发生了"省试诗论",其中所争论的病累主要就是"蜂腰"等诗病问题,这突出表明了日本省试评判也未能免俗。而律赋程限肉眼可见的最大"优点"或即在于可以标准化甚至量化,审题是否准确,押韵有无纰漏,篇幅是否达标,都是易于把握的客观标准,日人以此程限入彼课诗的行为也就不难理解了。

---

① [唐]欧阳询撰:《艺文类聚》卷九八"祥瑞部上·木连理",上海:上海古籍出版社,1965年,第1699页。
② [梁]萧子显撰:《南齐书》卷五四《沈骥士传》,北京:中华书局,1972年,第944页。
③ [宋]宋敏求编:《唐大诏令集》卷一〇六《条流明经进士诏》,北京:商务印书馆,1959年,第549页。
④ [唐]李林甫等撰,陈仲夫点校:《唐六典》卷四《尚书礼部》,北京:中华书局,1992年,第109页。
⑤ [明]胡震亨:《唐音癸签》卷十八"诂笺三",上海:上海古籍出版社,1981年,第197页。

2. 日本变体诗歌的"自发"与"早发"

我们在对比中日两国时发现的又一处问题是,日本的限韵诗似乎先于我国出现。就前文的考察情况而言,日本早在九世纪就现此变体,而我国则至清代方有人制作。虽然无法排除清人诗作留存较多,而先清文献保存不利这一因素,但既然先清未见有名家之作,还是可以肯定这种诗体在我国诗史上无甚影响,这与日本的情形相较来看大有不同。至少可以肯定的是,日本限韵诗的发生没有受到我国限韵古诗的影响,从现存作品来看也没有受到限韵组诗的影响。这种"自发"乃至"早发"的现象该如何解释呢?

首先让我们沿着前面省试的思路来进一步探讨。唐代省试以五言六韵为课诗常轨①,而日本的省试课诗却不尽相同。《经国集》中保存了日本八世纪末到九世纪初期15次省试所课的23首诗。这15次课诗中五言六韵6次、五言四韵4次、七言六韵2次、七言八韵1次、七言十韵1次,还有1次暂无法确定是五言四韵还是五言六韵②。尽管课五言六韵的次数最多,却并未形成压倒性多数,而唐人罕课的七言诗却被课4次。这说明日人在省试课诗上虽然法唐却没有教条地生搬硬套,而是进行了相应的调整。此外,15次课诗中有如下5次颇有特色:

① 七言奉试赋得秋一首　每句用十二律名字　纪长江
② 五言奉试赋秋兴一首　以建除等十二字居句头　治文雄
③ 五言奉试赋秋雨一首　宫殿名,限六韵　山古嗣
④ 七言奉试赋得照胆镜一首　各以名字为韵,八韵为限　野春卿
⑤ 七言奉试赋挑灯杖一首　七言十韵,仍以挑灯杖为韵　猪善绳

①②③三首诗的程限显然是仿自我国南朝的"八音诗""建除诗""宫殿名诗",这些杂体诗均见于《艺文类聚》卷五六"杂文部二",对当时的日人而言并不陌生。但这类作品并不受我国诗论家的欢迎,宋人严羽酷评云:"至于建除、字谜、人名、卦名、数名、药名、州名之诗,只成戏谑,不足法也。"③国

---

① 参《文苑英华》省试诗即知。
② 卷十四鸟高名《五言奉试得宝鸡祠一首》下注"六韵为限",似为五言六韵,但鸟高名诗止四韵。或是"六韵为限"传抄有误,或是鸟高名未按程限作诗。
③ 〔宋〕严羽著,郭绍虞校释:《沧浪诗话校释》"诗体",北京:人民文学出版社,1983年,第101页。

人目之为游戏的态度与日人以之为课诗的做法形成了鲜明的对比。④《照胆镜》作为七言八韵不仅在形式上不同于常见的五言六韵,其限韵也与唐代省试常见的"题中取韵"不同,要求以考生的名字为韵。小野春卿的应试诗便是以"春"字为韵。⑤《挑灯杖》就是我们前文讨论的限韵诗,是一种借鉴了律赋程限的课诗方式。这5次课诗充分表明了日人没有死板地沿袭唐人课诗,而是有一定的自主改革意识。除了变通诗型之外,这种改革还表现为对程限的格外关注。①②③对遣词造句提出了要求,④⑤对押韵提出了要求。无论哪种,都是对考生作诗加以限制,提高作诗的难度,以达到甄选人才的目的。对考官而言,如此程限还有助于他们对考生答卷迅速做出判断,高效地剔除一批不合程式的答卷。由此看来,将律赋程限引入课诗的⑤《挑灯杖》不是一次孤立的变异,从追求程限的角度而言,其与"十二律""建除""宫殿名"等实是异曲同工。

其次,日本虽然进入了东亚汉文化圈,但其汉文学的发展显然不可能做到与我国同步,更不可能与我国同质。日本接受汉文化的早期路径主要是取道朝鲜半岛,这与其地理位置有直接关系。日本与我国隔海相望,缺乏陆路上的直接联系,在航海技术尚不发达的时代,这个"作藩于外"的岛国实际上形成了一个相对封闭的环境。除大陆移民外,能接触吸收汉文化的只有少数皇族、贵族。自公元七世纪开始,随着遣隋、遣唐使节的频频派遣,我国诗文开始集中地、大规模地涌入日本,为汉文学的蓬勃发展提供了富殖的土壤。尤其是在大化改新与白村江海战之后,日本急需一批熟悉汉家文字、法典、制度的人才,这为汉文学的蓬勃发展带来了直接契机。然而需要指出的是,一时间涌入日本的我国诗文上至先秦、下接隋唐,其体量之巨大、形式之多样、内容之丰富,绝非短时间内可以体味、消化、吸收,日人必然会有所取舍、有所侧重。如果可以将文学作品进行内容与形式这种简单的二元切割,那么就语言形式而言,六朝无疑是我国文学发展的黄金时代,尤其是齐梁二朝更是将诗文创作推向了高潮。然入唐以后,风转云变,如封演《封氏闻见记》卷三载:

> 贞观二十年,王师旦为员外郎,冀州进士张昌龄、王公瑾并文辞俊拔,声振京邑。师旦考其文策为下等,举朝不知所以。及奏等第,太宗怪无昌龄等名,问师旦。师旦曰:"此辈诚有辞华;然其体轻薄,文章浮艳,必不成令器。臣擢之,恐后生仿效,有变陛下风

俗。"上深然之。①

又如计有功《唐诗纪事》卷一"太宗"载：

> 帝尝作宫体诗,使虞世南赓和。世南曰："圣作诚工,然体非雅正,上有所好,下必有甚;臣恐此诗一传,天下风靡,不敢奉诏。"帝曰："朕试卿尔!"②

以初唐为转折点,我国文学尤其是诗歌开始逐渐走出六朝泥沼,迎来了气象万千的时代。尽管日本汉文学勃发之时③我国已渐入晚唐,但日本久久没有摆脱六朝的影响,诗坛中充斥着不少题材单调、内容乏味的作品。笔者以为这一现象并不意味着日人对诗学的雅正观念毫无认识,而是与该时期他们片面追求汉文学的外在形式有极大的关系。在我国诗学已经驶向浩瀚海洋的时候,日本仍然执迷于六朝的语言艺术④。

这种对外在形式的过分关注是有其历史语境的。日本对汉文化的接受远晚于朝鲜半岛,是公元七世纪半岛形势的变化及其带来的新的挑战让日本决意加速"大陆化",而执政队伍能否掌握汉语则是仿照大陆建设好律令国家的首要条件。毋庸置疑,对汉语这一东亚通用语言的掌握程度不仅直接影响到制度法令的建设、执行、修正等治政问题,还关系到王言德音是否庄严、外交辞令是否得体等颜面问题。语句、音韵、修辞这些成形于六朝,对唐人而言不再是"大问题"的语言形式,对其时的日本而言却放大成了真正的"大问题"。日本需要培养的不是李杜、元白等名垂后世的诗人,而是能否熟练运用汉语的实务型官员。在省试中课"十二律"也好,"建除诗"也罢,都是对考生汉语掌握程度的检验。限韵诗这一变体的出现,同样是日人过度追求语言形式的结果。从这一角度去看我们就可以明了,日本汉文学的勃兴之势虽然迅猛,但其发展实质上是一种"突发的""急功近利的""大跃进式"发展;表面上看日本在紧随我国文学的行走步伐,但实质上已然"掉队",他们关注更多的还是语言形式。不过在"掉队"的同时,日本更易于摆脱国人诸如近体诗"一韵到底"的思想包袱,在文体的因革上也由此拥有了更多可能性。综上看来,限韵诗自发乃至早发于日本并非意外,而是有其内在的

---

① [唐]封演撰,赵贞信校注:《封氏闻见记校注》卷三,北京:中华书局,2005年,第15页。
② [宋]计有功撰,王仲镛校笺:《唐诗纪事校笺》卷一,成都:巴蜀书社,1989年,第7页。
③ 日本学者常称之为"国风暗黑时代"。
④ 在成书于平安中期的《本朝文粹》卷一中仍收录"字训""离合""回文"等杂体诗。

逻辑理路。颇为有趣的是,这一逻辑理路为日本汉文学制造了不只限韵诗这一种变体诗歌。

箴言是规诫他人或自己的一种文体,明人吴讷《文章辨体》云:"大抵箴、铭、赞、颂,虽或均用韵语而体不同"[1],徐师曾《文体明辨》也继承吴说云"大抵皆用韵语"[2]。据陋见,这种多由四字句组成的韵文在我国没有限韵之作。而成立于日本平安末期的《朝野群载》卷一却收录了如下两篇箴言。

审荐举箴　政化由得人为韵,百五十字以上成篇。　都在高

赫矣明王,康哉上圣。拔贤择士,施教敷**政**。龟枚鹤板,九征三聘。名垂万年,仁被百姓。

无为而治,不言而**化**。迹审唐虞,德传周夏。

上古之君,用而无休;后世之主,靡不率**由**。白驹之彦,皆以淹留;苍龙之杰,岂不优游。官之得士,如楫随舟;士之任职,似毛理裘。

书称俊材,求而相**得**。诗云多士,□此王国。让王之客,已断海侧;傲帝之宾,不闻山北。

登用之教,显于忠臣;利用之迹,播于隐**人**。不愆不失,爰审爰遵。瑞移丹甑,祥叶白麟。

同前　平兼材

荐举归实,铨衡依正。恪勤在官,俛勉从**政**。故蹇蹇忠直,明明上圣。爰通诚款,爰播嘉命。

光禄茂才,早停虚诈。公车征士,长不闲暇。傅险招说,东山召谢。涧阿罢盘,宫阙助**化**。

况隆泰有度,升平有**由**。臣称凫藻,君被鸿休。举善同乐,用愚共忧。以为帝范,以作王猷。

荡荡皇德,乾乾不息。半言自进,片善斯**得**。藻鉴之中,鸾凤舒翼。榆杨之下,锦绣倅色。

则哲在身,弥思知**人**。明扬协理,岂忘怀民。阴鹤须和,场驹自驯。刍荛致节,敢告选臣。[3]

---

① ［明］吴讷著,于北山校点:《文章辨体序说》,北京:人民文学出版社,1998年,第46页。
② ［明］徐师曾著,罗根泽校点:《文体明辨序说》,北京:人民文学出版社,1998年,第141页。
③ 据日本国学院大学藏猪熊本《朝野群载》卷一。□为阙字。

此二箴均限以"政、化、由、得、人"五字为韵,都是次用。如此限以多个韵部的箴言当是吸收了律赋程限而演化出的变体箴言,不妨称之为限韵箴言。都在高与平兼材二人生平不详,影响了我们进一步追究这两篇箴言的制作由来,但从题下限韵及篇幅要求来看,极有可能是二人参加省试所作。

五 余论:从"东亚汉文化圈"到"东亚文化共同体"

张伯伟先生曾以诗歌中的"三五七言体"为例,在"文化圈"的视野下对我国古代文体学研究做出了理论和实践上的探索,开人眼界、发人深思。① 在"东亚汉文化圈"这一研究视野尚未引起学界足够重视的时期,研究者对文体的关注常常局限于某一文体的"历史演进"和文体之间的"竞争互动"这一纵一横两项维度。然一旦打开视野,从中国走向东亚,便会立刻认识到空间维度的重要性。其重要性不仅体现在东亚汉文学为我们提供了更多的文学资源以供夷考我国文体在域外流衍的史实,而且也促使我们重新审视并思考那些易为人所忽视甚至从未在我国出现过的变体作品。从而使过往较为平面的二维认识,进一步丰富深化为立体的三维认识。文体"跨境"所蕴含的多种可能,正是文体研究中打破"国境"束缚后所带来的"红利"之一。

回到本文的考察对象,从菅原道真的《山家晚秋》到都在高、平兼材的《审荐举箴》,我们注意到日本的汉文学作品中存在脱离我国古代文学这一"母体"而自行变体的现象,但这种变体又非受日本民族文学之影响而产生,是我国古代文体域外流衍中鲜有人关注的一种类型。具体而言,它们主要表现为律赋这一文体在域外传播时,因向诗、箴渗透而促发诗歌变体。在律赋没有跨境的时候,其与诗、箴可谓泾渭分明,国人虽对文体之间的互通互鉴有所认识,但基于尊体意识,借鉴赋法、赋笔之人多,而敢于彻底破体的人少。如果没有王维、戴叔伦、黄庭坚、朱景英等人,或许不会出现限韵组诗,限韵古诗更是无从谈起。在这一过程中,促使变体发生的创作主体因素更加突出,使变体看似偶然,并未引起广泛的效仿,给后世的影响也微乎其微。而在律赋跨境进入日本之后,情形则大有不同,其与诗、箴的融合不可谓不大胆,但变体后的诗、箴却又看起来颇为自然,并未有异域的"和习"味道。或许应当反过来说,是异域对汉文体更为"自由""通达"的态度,彻底解放了赋、诗、箴同为韵文的"天性",赋予了它们在体式上流转的空间。更为重要

---

① 张伯伟:《"文化圈"视野下的文体学研究——以"三五七言体"为例》,《中国社会科学》2015年第 7 期。

的是,原本突出的创作主体因素在异域中黯淡,文体自身的意义得以强化、凸显。面对传入的律赋,日人更加关注的是作为形式的文体自身,以及文体的功能,而至于具体作品的作者是谁,并非紧要。限韵诗及限韵箴言的出现,实质上是律赋在选人方面的功能被日本人为地放大,并转移到诗、箴的结果。

那么我们该如何看待这些域外产生的变体诗歌呢?有两点需要强调。第一要转换视角,以一种"跨文化"的眼光去理解这些流衍的产物。无论是限韵诗还是限韵箴言,在我国诗论的语境下必然会与很多杂体诗一样,被评以"只成戏谑,不足法也",难以获得诗家的认可。诚然,从我国文学发展的眼光来看,这些变体确有雕虫之嫌、游戏之伤,不免遭人诟病。但若站在语言及文化背景都有差异的日人的角度来看,这些注重语言形式的变体恰恰是他们学习钻研汉诗汉文、考核检验掌握程度,从而融入"东亚汉文化圈"的一种方式方法,于日本而言自有其独到的价值,不可等闲视之。第二是避免"上国"心态,正视这些虽是"旁系"却也有"血缘"关系的域外衍生变体。以汉字为符号的汉文化的广泛传播,让政治地理概念上的"国境"趋于消失,既然欢迎东亚各国共享中华丰厚的文学遗产,就要有接纳各国演绎我国文学的胸襟。在异域中出现的那些变体诗歌丰富了域外汉诗文的文体,体现了"汉文学"强大的自我增殖能力,是对我国文学极大的补充与增益,理应得到我们的承认与重视。简而言之,理性认识、积极对待,是我们探讨这类问题应有的态度。

最后要予以补充的是,文体的跨境流衍并非只是过去的历史现象,它不仅正在发生,也将会持续下去。探讨我国古代文学在东亚的流衍,"汉文化圈"无疑是符合历史事实的最为贴切的考察视野与研究范式,但当时入近代,尤其是人类的交往模式已发生深刻转变的当下,"东亚汉文化圈"则又面临着阐释上的局限与不足。因历史上"汉文化圈"的强大影响,研究者更易关注的是"汉文化"的流衍,但这毕竟是一种单一的视角、单向的维度。尤其是在朝贡册封体系下的古代东亚,单一视角与单向维度更是被无限放大,以至于鲜少有人关注域外。而在当今这个文化多元共生的时代,如果一味沉迷于"汉文化"的框架,便等于遮蔽自我的眼界,极易掉入过度强调"汉文化"而漠视"异文化"的陷阱,值得我们警醒。就文体研究而言,沉溺于过去的弊害之一便是对某些新的文体流衍现象研究不足。如兴起于二十世纪八十年代的"汉俳"①,就是一种颇有追究价值的新诗体。是将其看作日本诗歌"俳

---

① 仿照日本俳句三句十七音(五、七、五)的节奏形式,以汉语创作的一种短诗。

句"的中国变体,还是看作受"俳句"刺激而衍生的一种"长短句",因创作实践上的不尽相同而未能形成公认的看法。但无论如何,这种新生的变体诗与俳句的跨境有直接关系,是俳句短小精致的语言形式、"佗寂""诙谐"的美学理念、余音绕梁的诗学效果,吸引了国人纷纷研墨执笔,为我国诗坛吹入一股新风。如何认识这一新生文体,还有很大的讨论空间。"汉俳"的出现突出表明,当今世界已经步入了不同文化可以相互理解、相互欣赏的时代。今后很长一段时间仍会是各国文学持续域外传播、交流的时代,这让文体的跨境流衍拥有了更多的可能。同基督文化圈的诸国相类似,东亚国家因一度书同文而形成过近似的文明,因"汉文化"的强大引力而曾凝聚成"圈"。虽然"汉文化圈"已成为历史,但其毕竟已嵌入东亚的历史记忆之中,如果东亚诸国在此基础上可以正视历史,以开放包容的态度去迎接未来,很快即可形成一个不同于过去的"东亚文化共同体"。从"文化圈"发展到"共同体",也是视角由单一到多元的转变,是维度由单向到双向的转变。如此看来,"东亚文化共同体"或许会为未来的文体研究补充一种新的思路,甚或是新的范式,让我们拭目以待。

第五章 日人眼中的律赋之格与律赋之美

　　探讨唐代律赋在日本的传播与影响还有两个重要的方面不可忽视,其一便是"赋格"。如同诗有"诗格",赋亦有"赋格","格"即规则、法式、标准,在诗赋创作兴盛的唐代,出现了不少诗赋格法著述。尤其是对初学者和应试者而言,这些著述更是具备指导写作的实际意义。史志虽然著录了一些唐代赋格著作,但大都亡佚不见,为我们的研究增加了不少困难,具体到探究唐代赋格的东传与影响就更是难上加难了。然而不难想见的是,学习汉诗文写作的古代日人自然会对格法著作有所需求,既然日本有总结唐人诗格的《文镜秘府论》存世,那就不排除有与唐代赋格相关的片纸只字留存下来的可能。本章要讨论的《赋谱》就是这样一件稀世文献,它不仅在日本传存至今,还对日本的汉文创作产生了极为深远的影响。

　　另一个方面是"审美判断"。自唐人创写律赋以来,就在不断地接受时人及后人的评价,特别是清人赋话中多见集中式的点评。那么传播到日本的唐人律赋又会受到怎样的评价呢? 我们在前几章引述过大江匡房对白居易、白行简二兄弟的评价:"赋,行简胜。"可见日人对唐代赋家是有个人喜好与价值判断的。匡房又云:"《望夫化为石赋》第一也。"可见对具体的赋作也是有评判标准的。只是这一评语与唐代以后国人的认知多少有些偏差。从宋至今,我们尚未从我国的现存文献中找到有类上面的绝对化表述。综观后人评点而言,白氏兄弟难分上下,反倒是在清人赋选中,白居易赋作的入选率还要略高于白行简①。大江匡房的评语在提示我们,日人的审美未必等同于我国,切勿以中国文学的传统标准去看待东传至日本的唐人律赋,而要充分注意到两国的审美差异。为此,本章拟从"接受"的角度出发,去探讨这一现象及其背后的原因。

---

① 踪凡、吴天宇:《清人对白居易、白行简赋的评点——以赋选为中心的考察》,《杜甫研究学刊》2021年第1期。

第一节 《赋谱》拾零

　　《赋谱》是讲述律赋术语及作法的一部唐代赋格,自在日本被发现后,就受到了很多学者的关注。最先是小西甚一在谈骈俪文之句格法时注意到了《赋谱》的价值,并将其与日本的《作文大体》等格法类著作进行比较,揭示了该书传入日本之后的深远影响。① 后来中泽希男开始精查《赋谱》所引赋句的出处,首次对《赋谱》施以校注。② 自美国学者柏夷的《〈赋谱〉略述》在《中华文史论丛》上刊载后③,我国学者也开始重视这部赋格的研究,发表了许多重要成果。首先是詹杭伦撰写了《唐抄本〈赋谱〉初探》一文,就其内容和价值进行了初步的研究。④ 其后是张伯伟⑤和詹杭伦⑥各自发表了自己的校注,为《赋谱》的进一步研究做了扎实的基础工作。近年来,有利用《赋谱》以对宋元文章学做推源溯流者⑦,有利用《赋谱》以考察域外辞赋者⑧,均体现了《赋谱》不容忽视的文献价值,更凸显出研治该文献的必要性。目前聚焦于《赋谱》的最新研究有四,一是李冰的《〈赋谱〉探微》⑨,二是张巍的《〈赋谱〉释要》⑩,三是黄志立、林雪珍《赋句、赋段、赋题:唐抄本〈赋谱〉的读解维度》⑪,四是黄志立《唐抄本〈赋谱〉撰年及相关问题考论》⑫。李文较短,主要是从文学批评的角度来探讨《赋谱》的批评方法和特点。张文较长,主要是通过与多种同类文献的比较来明确《赋谱》在赋学史上的地位和价值,也在历时的对比中把握住了《赋谱》的性质。黄、林二人的文章则深入到赋句、赋段、赋题进行了详细解读,展示了其内含的赋学批评价值。黄志立又撰文对

① 〔日〕小西甚一:《文镜秘府论考》(研究篇下),东京:大日本雄辩会讲谈社,1951年。
② 〔日〕中泽希男:《赋谱校笺》,《群马大学教育学部纪要(人文·社会科学编)》第17号,1967年3月。
③ 〔美〕柏夷撰:《〈赋谱〉略述》,严寿澂译,钱伯城编《中华文史论丛》第49辑,上海:上海古籍出版社,1992年。
④ 詹杭伦:《唐抄本〈赋谱〉初探》,《四川师范大学学报(社会科学版)》1993年第7期增刊。
⑤ 张伯伟:《全唐五代诗格汇考》,南京:凤凰出版社,2002年(初版《全唐五代诗格校考》,西安:陕西人民教育出版社,1996年)。
⑥ 詹杭伦:《唐宋赋学研究》,北京:中国社会科学出版社、华龄出版社,2004年。
⑦ 程维:《从律赋格到文章学》,《中国韵文学刊》2017年第1期。
⑧ 张逸农:《正续〈本朝文粹〉律赋研究——以唐佚名〈赋谱〉为视角》,收入王晓平主编《国际中国文学研究丛刊》第7集,上海:上海古籍出版社,2019年。
⑨ 李冰:《〈赋谱〉探微》,《安徽文学》2008年第11期。
⑩ 张巍:《〈赋谱〉释要》,《南京大学学报(哲学·人文科学·社会科学)》2016年第1期。
⑪ 黄志立、林雪珍:《赋句、赋段、赋题:唐抄本〈赋谱〉的读解维度》,《学术交流》2022年第10期。
⑫ 黄志立:《唐抄本〈赋谱〉撰年及相关问题考论》,《北方论丛》2022年第6期。

《赋谱》成书的年代、原因、价值及传承影响做了进一步分析。

《赋谱》是迄今仅见的唐代赋格，其研究价值不言而喻。已有的研究尽管解决了很多问题，但仍有进一步挖掘的余地。笔者不揣浅陋，就《赋谱》研究中的关键问题及不确之处浅谈一点个人认识，以求教于诸位方家。

一　作者的态度立场

《赋谱》的作者历来多作佚名。这部赋格目前仅有一卷抄本存世，不具姓名，连抄写者也无从考索。但柏夷曾推测作者可能是浩虚舟：

> 论赋的五位唐代作家中，有三位见于《赋谱》。所引张仲素赋有两篇；白行简赋虽只一篇，但属于称引最频繁之列。不过《赋谱》看来不是白行简的作品，因为文中对白赋有所批评。浩虚舟也常见引述，有可能《赋谱》就是《赋门》，只是用了另外一个题目。①

柏夷所说的"五位唐代作家"是指《新唐书·艺文志》等史志中著录的唐代赋格的作者，具体为：张仲素《赋枢》三卷；范传正《赋诀》一卷；浩虚舟《赋门》一卷；白行简《赋要》一卷；纥干俞《赋格》一卷。陈万成认为柏夷的推测有一定道理，根据是"《赋谱》提及浩虚舟赋最多，前后共六次，每次都以之为范例。浩虚舟的赋现存八首，符合《赋谱》范式的，在元和、长庆（821—824）期间也是最多的。"②如此看来，《赋谱》的作者极有可能是浩虚舟，不过这一推测有一个默认前提，即假设史志著录的唐代赋格中包括《赋谱》。考虑到赋格有失载的可能，所以诸家谈及《赋谱》时仍作"佚名撰"。但是沿着两位学者的思路进一步思考可以帮助我们把握住《赋谱》作者在论赋时的态度立场。

首先来看《赋谱》中对唐代赋家及赋作的引述情况。综合前人研究可知，《赋谱》引述唐赋有 67 处以上，其中可以确定的辞赋作者至少有 20人，可以确定的篇名至少有 39 个。③就所引赋家而言，次数最多的是白行

---

① 〔美〕柏夷撰：《〈赋谱〉略述》，第 154—155 页。
② 陈万成：《〈赋谱〉与唐赋的演变》，南京大学中文系编《辞赋文学论集》，南京：江苏教育出版社，1999 年，第 568—569 页。
③ 据中泽希男、柏夷、张伯伟、詹杭伦的研究整理统计。《赋谱》"壮句"中引例"万国会，百工休"前人未指明出处，或为胡嘉隐《绳伎赋》中赋句。该赋收于《文苑英华》卷八二、《历代赋汇》卷一○四、《全唐文》卷四○二。胡嘉隐为开元中卫士，因献《绳伎赋》而擢拜金吾仓曹参军。

简、杨弘贞、浩虚舟,均为七次①,陈仲师为五次,其余一到三次不等。而一人之中被引述作品较多的是浩虚舟与蒋防,分别是四篇和三篇。就单篇赋作而言,引述频次最高的是白行简《望夫化为石赋》,多达七次;其次是浩虚舟《木鸡赋》、陈仲师《驷不及舌赋》、杨弘贞《溜穿石赋》,均达四次;其余作品一到三次不等。频繁地引述某个赋家或某些赋作,能在一定程度上体现出《赋谱》作者看待这些赋家和赋作的态度,即有可能是认同与赞许。但仅仅依靠引述频次并不足以做出判断,还要结合引述时所给予的评价一并分析。

《赋谱》的引述可以分为两类,一类是为了解释律赋的术语或作法而引用时人作品为例,还有一类则是直接或间接地包含着《赋谱》作者的品评。

第一类引述相对客观,无关褒贬,如解释五字长句时引用白行简《望夫化为石赋》中"石以表其贞,变以彰其异"一句为例。《赋谱》讲解律赋术语、陈述作赋秘诀的目的是帮助应举士子学习律赋、提高写赋水平。若要增加文章的说服力,势必要选取典型以供解释剖析,故《赋谱》在引用时人作品时绝不会选择寂寂无闻之作,而是会甄选当时具有代表性的赋作,如此才会引起读者举子的认同。应该说被频繁引述的作品在当时的律赋写作圈子中更有代表性,更有知名度,更有影响力。这类较为客观的引述以白行简和杨弘贞的例子为多,可见他们的律赋是名噪一时的。白行简的作赋水平可于两《唐书》其本传中窥见一斑②,为"文士""后学"所"师法""慕尚",他亦被推崇为科场作赋典范之一③。而杨弘贞的作赋水平被白居易赞为"妙入神"④。不过白行简和杨弘贞都不可能是《赋谱》的作者,柏夷已经指出《赋谱》对白

---

① 关于统计的次数需要说明的是,《赋谱》引白行简《望夫化为石赋》开篇前五句来解释"破题""小赋""事始",若分为三处则次数为七,若合为一处则次数为五。另,柏夷认为《赋谱》所言及的"苏武不拜"是指浩虚舟《苏武不拜单于赋》,如若属实则浩虚舟被引频次为七,否则为六。

② 《旧唐书》卷一六六列传第一一六《白居易传》附行简传云:"有文集二十卷。行简文笔有兄风,辞赋尤称精密,文士皆师法之。"[五代]刘昫等:《旧唐书》,北京:中华书局,1975 年,第4358 页。又《新唐书》卷一一九列传第四四《白居易传》附行简传云:"行简,敏而有辞,后学所慕尚。"[宋]欧阳修、宋祁:《新唐书》,北京:中华书局,1975 年,第 4305 页。

③ 赵璘《因话录》卷三云:"李相国程,王仆射起,白少傅居易兄弟,张舍人仲素,为场中词赋之最,言程序者,宗此五人。"[唐]赵璘:《因话录》,上海:上海古籍出版社,1979 年,第 82 页。[宋]王谠《唐语林》卷二有同文,只是"程序"作"程试"。周勋初:《唐语林校证》,北京:中华书局,1987 年,第 146—147 页。

④ 白居易《见杨弘贞诗赋因题绝句以自谕》诗云:"赋句诗章妙入神,未年三十即无身。常嗟薄命形憔悴,若比弘贞是幸人。"谢思炜:《白居易诗集校注》,北京:中华书局,2006 年,第1186 页。

赋有所批评,杨弘贞又卒于元和(806—820)初年①,早于《赋谱》中所引浩虚舟《木鸡赋》的写作年代长庆二年(822)。此外,仅依靠这一类引述我们也难以窥探作者的真实态度,毕竟抨击某篇名作与多次援引该作并不矛盾,要探明《赋谱》作者的立场还须追究另一类引述。

第二类引述多出现于《赋谱》的后半部分,能体现出作者的褒贬意识,如在论赋题为"古昔之事"时,以佚名《通天台赋》、乔潭《群玉山赋》、浩虚舟《舒姑化泉赋》②为正面典型,而以白行简《望夫化为石赋》为负面典型。在这一类引述中,作者是依据自己的作赋主张而做出品评,带有鲜明的主观色彩,因此可以借助此类引述来揣摩作者的态度立场。《赋谱》的作者只有两种可能,要么是《赋谱》所引唐代赋家中的一人,要么是另有其人。在正面评价中,我们发现浩虚舟被引次数最多。若《赋谱》作者确为其所引赋家中的一员,自然难免"自卖自夸"的嫌疑,即浩虚舟的可能性最大。但即使《赋谱》作者不在所引赋家的范围之内,我们也可以推定出他的态度立场,即其对浩虚舟的态度是认可与肯定的,其论赋的立场应与浩虚舟之《赋门》相差不大。而在负面评价中,则赫然可见白行简《望夫化为石赋》、蒋防《兽炭赋》、皇甫湜《鹤处鸡群赋》等。

其中需要注意的是,白行简《望夫化为石赋》较为特殊,有两点值得深思。一是就单篇赋作而言该赋被引频次最高,却又同时被《赋谱》作者批评为有缺憾。引述次数与负面评价虽不矛盾,但也形成了一个巨大的反差。二是《赋谱》作者在指摘某些赋作的不足时一般不点名批评,如批评蒋防《兽炭赋》时表述为"而《兽炭》未及羊琇"③;却唯独在批评《望夫化为石赋》时明确表述为"而白行简《望夫化为石》无切类石事者,惜④哉!"⑤。尽管"文人相轻,自古而然",但使用如此直白、点名道姓的方式来点评时人作品,还是可见批评之尖锐,多少让人嗅出一丝火药味。该处点评全文如下:

> 凡赋题有虚实、古今、比喻、双关,当量其体势,乃裁制之。
> (中略)
> 古昔之事,则发其事,举其人。若《通天台》之"咨汉武兮恭玄

---

① 杨弘贞"未年三十即无身",朱金城认为约卒于元和初年,参朱金城:《白居易集笺校》,上海:上海古籍出版社,1988年,第296页。

② 浩虚舟《舒姑化泉赋》在《文苑英华》《历代赋汇》《全唐文》中均题作《舒姑泉赋》。

③ 詹杭伦:《唐宋赋学研究》,第78页。

④ 詹杭伦《唐宋赋学研究》中《赋谱》校文存在误植,本节据日本五岛美术馆藏《赋谱》影印件及中泽希男、柏夷、张伯伟等校文修订,如"惜"字误植为"何"字,后文不再加注。

⑤ 詹杭伦:《唐宋赋学研究》,第77—78页。

风,建曾台兮冠灵官"。《群玉山赋》云:"穆王与偃佺之伦,为玉山之会。"《舒姑化泉》云:"漂水之上,盖山之前。昔有处女"之类是也。而白行简《望夫化为石》无切类石事者,惜哉!①

显然,《赋谱》作者主张赋题若为"古昔之事",应该做到"发其事,举其人",而他认为《望夫化为石赋》没有"切类石事",十分遗憾。这处指摘是否合理暂且不论,《赋谱》作者的否定态度是毋庸置疑的。

如前所及,白行简擅长辞赋写作,精于科场"程式",是当时的律赋名手,他在律赋写作上一定有自己的心得,《宋史》卷二〇九艺文志第一六二便著录有其《赋要》一卷②。尽管该书已佚,但可以推测出其内容一定是陈述作赋之要,且据其见载于史志这一点也可见《赋要》颇有流传、具备一定的影响力。为《赋谱》所批评的《望夫化为石赋》则是白行简的代表作,在当时赋坛名动一时。这可以从《赋谱》对《望夫化为石赋》的多次征引中得到确认。若不然,《赋谱》作者在解释律赋术语时完全可以引用其他赋作为例,无须频繁地去征引《望夫化为石赋》。要之,在中晚唐律赋这一领域中白行简是很有代表性的赋家,他不仅撰有《赋要》这样的格法著作,还创作出了《望夫化为石赋》这样的名篇。面对白行简这位已经有相当影响力的律赋名手,《赋谱》作者的心态值得玩味,毕竟白行简之《赋要》与佚名之《赋谱》存在客观上的"竞争关系"。我们有理由怀疑,在敷衍"古昔之事"时,是否一定要明确地"发其事,举其人",《赋谱》作者与白行简在见解上恐有龃龉,甚至不排除《赋谱》作者有借酷评《望夫化为石赋》而为己见张目的可能。

综上来看,《赋谱》的作者有可能为浩虚舟。即便不是浩氏,其态度立场也应与浩氏接近,而与白行简有异;其部分主张可能近似于浩虚舟《赋门》或者受到了它的影响,而与白行简《赋要》有差。

二 文中是否脱简

《赋谱》依次论述了"赋句""赋体分段构成""押韵""赋题"等几个方面,层次清晰,内容似乎比较完整。但李冰对此曾提出这样的怀疑:"对'双关'类赋题,《赋谱》似有遗漏,书中并未清楚解释该赋题的含义,也未给出例证。"③李冰的怀疑不无道理,我们试把《赋谱》论"赋题"的部分提纲如下:

---

① 詹杭伦:《唐宋赋学研究》,第74—78页。
② [元]脱脱等:《宋史》,北京:中华书局,1977年,第5409页。
③ 李冰:《〈赋谱〉探微》。

凡赋题有虚实、古今、比喻、双关,当量其体势,乃裁制之。

虚……。实……。古昔之事……。今事……。比喻有二:曰明,曰暗。若明比喻……。若暗比喻……。①

《赋谱》在论"赋题"时明确地进行了分类,依次论述了不同类别的作法并引例说明,其中独独少了"双关"类赋题。尽管在"比喻"类赋题的论述中,作者多次提及"比喻"与"双关"的区别与相似②,但其言说目的是在提醒读者莫要将"比喻"之体作成"双关"之体,着眼点仍是"比喻"。可见"双关"类赋题有被作者故意略去和在后世传播中出现脱简这两种可能。从上下文来看,"暗比喻"及之前的论述均十分条理,而之后的"千金市骏,或广述物类,或远征事始,却似古赋头。"③一句则文意晦涩,稍显突兀。据此,笔者认为《赋谱》在后世传播中出现了脱简。

针对"千金市骏"起始的这段文字,诸家理解并不一致。柏夷将该处校订为:

"千金市骏骨"云"良金可聚,骏骨难遇,传名岂限乎死生,贾价宁视乎全具"。或广述物类,或远征事始,却似古赋头。④

柏夷认为现存《赋谱》抄卷脱漏了《千金市骏骨赋》的引文部分,故据张仲素《千金市骏骨赋》之赋头作补。张伯伟也认同柏夷之补,并更正了原文中"贾价宁亲乎金具"中"亲""金"二字的排版误植。⑤ 这种补订有一定道理,《赋谱》言及赋题时最常见的表述是除却题中"赋"字,现存抄卷作"千金市骏"极有可能是《千金市骏骨赋》中"骨"字脱落的结果,且现存《千金市骏骨赋》中又仅见张仲素之作,以其作补合乎情理。但接踵而至的问题是,《赋谱》为何在"暗比喻"类赋题和"或广述物类,或远征事始,却似古赋头"一句之间插入《千金市骏骨赋》这一赋例呢? 若依柏、张二先生之校订,恐变作张仲素《千金市骏骨赋》之赋头"或广述物类,或远征事始",如此则前后有失协调,且从《赋谱》后文所论来看,张仲素《千金市骏骨赋》之赋头也不"似古赋

① 詹杭伦:《唐宋赋学研究》,第74—81页。
② 如在论述"明比喻"时,云:"每干支相合至了为佳,不似双关。"以示区别,云:"但头中一对,叙比喻之由,切似双关之体可也。"以示相似。詹杭伦:《唐宋赋学研究》,第79—80页。
③ 詹杭伦:《唐宋赋学研究》,第81页。
④ 〔美〕柏夷撰:《〈赋谱〉略述》,第161页。
⑤ 张伯伟:《全唐五代诗格汇考》,第568页。

头”。詹杭伦的理解较为宽泛,认为“千金市骏”是指基于《战国策》中“燕王求贤”的典故而作的数篇律赋,故没有对原文进行校改,而是在注释中以张仲素《千金市骏骨赋》为例来补充解释前文之“暗比喻”,以韦执谊《市骏骨赋》为例来解释后文之“或广述物类”,以阙名《燕王市骏骨赋》为例来解释后文之“或远征事始”。① 詹先生的处理虽然灵活,但《赋谱》中言及赋题多为确指,罕见有类似于“千金市骏”指代数篇作品的表述,而且这种处理使“千金市骏”与“却似古赋头”连成一脉,文意不畅。结合“千金市骏”之前“双关”类赋题未见论述这一现象一起考虑,笔者蠡测“千金市骏”四字前后均存在脱简的可能。

第一,“千金市骏”指向较为明确,应为《千金市骏赋》或《千金市骏骨赋》。张仲素为中唐律赋名家②,《赋谱》以其《千金市骏骨赋》为引例较为合理。詹杭伦认为此赋“以‘千金’与‘骏骨’双起,入项以后,始点出‘求贤’主旨:‘贤为国宝,昔见载之于经;马以龙名,后亦表之于赋。’符合暗比喻之法。”③确如詹先生所论,此赋以“千金市骏骨”喻“求贤”,是“暗比喻”类赋题的正面作法,似可作为引例归入“暗比喻”一类。只是《赋谱》在论诸类“赋题”时均是先引出正面赋例,后引出反面赋例,在“暗比喻”类中已然先有《朱丝绳赋》《求玄珠赋》为正面引例,后有《炙輠赋》为反面引例,若于反面的《炙輠赋》后再加一正面的《千金市骏骨赋》则成“画蛇添足”。因此,《千金市骏骨赋》恐非“暗比喻”之引例。另外,张仲素此赋虽是“‘千金’与‘骏骨’双起”,但通篇来看显然又非“双关”体的作法④,恐亦非“双关”之引例。原作《赋谱》在“暗比喻”后除论述“双关”类赋题的作法外,很可能还论及了律赋的其他问题,作者当是把张仲素《千金市骏骨赋》作为其他问题的例子而加以援引。

第二,“或广述物类,或远征事始,却似古赋头”一文与“千金市骏”并无必然联系。“或广述物类”一文的主要问题在于主语不明,但依据其后所引赋例及论述内容,可以推断出此句旨在点明“新赋”“古赋”的“头”“项”有别⑤,《赋谱》此段是指出“新赋”之“项”近似于“古赋”之“头”。试将此句后《赋谱》谈“新古之别”时所引“新赋”之“项”整理如下:

---

① 詹杭伦:《唐宋赋学研究》,第 83 页。
② 参前引[唐]赵璘《因话录》卷三,另,前文所列唐代赋格中亦见张仲素《赋枢》三卷。
③ 詹杭伦:《唐宋赋学研究》,第 83 页。
④ “双关”可参看詹杭伦《赋谱》校注的解释,《唐宋赋学研究》,第 80 页。
⑤ “新赋”即唐代新生赋体“律赋”,“古赋”则是律体以前的赋,参见詹杭伦:《唐宋赋学研究》,第 74、84 页。进而言之,《赋谱》所谓的“新赋”很可能特指中晚唐律赋。

表 5-1 《赋谱》中"新赋"之"项"整理表

"新赋"引例	赋项	《赋谱》诠释	按语
《望夫化为石赋》	原夫念远增怀,凭高流眄。心摇摇而有待,目眇眇而不见。	是事始也。	远征事始
《陶母截发赋》	原夫兰客方来,蕙心斯至。顾巾橐而无取,俯杯盘而内愧。	项更征截发之由来。	
《瑞雪赋》	若乃玄律将暮,曾冰正坚。	项叙物类也。	广述物类

由上可见,《望夫化为石赋》与《陶母截发赋》可看作"新赋"之"项""远征事始"的例子,《瑞雪赋》可看作"新赋"之"项""广述物类"的例子,它们都与"古赋之头"近似。因此,"或广述物类"一文的主语是指"新赋之项",这也就意味着"千金市骏"与"或广述物类"之间恐有文字脱漏。

第三,中晚唐律赋极重"破题",《赋谱》很有可能会在论完审题制义后强调"破题"的重要。"或广述物类"一文后《赋谱》引用了《望夫化为石赋》的"头"和"项",显然是为了向读者展示一篇典型"新赋"的"头项",以方便读者清晰地认识"新赋""古赋"的"头项之别"。其中,针对《望夫化为石赋》赋头之"至坚者石,最灵者人"解释作"是破题也",可见头中做一"破题"的对句是很典型的作法。关于律赋之"破题",詹先生引述详尽①,不再赘言。张仲素《千金市骏骨赋》开篇云:"良金可聚,骏骨难遇",紧扣题中"千金""骏骨",开门见山,无疑属于开篇"破题"。因此,《赋谱》若论律赋之"破题",不排除以张仲素《千金市骏骨赋》为例的可能。

综上,以文中有脱简来解释现存《赋谱》抄卷中"千金市骏,或广述物类,或远征事始,却似古赋头"较为合理。下面尝试着对《赋谱》中"赋题"之后的论述进行还原,以【 】表示脱简,并臆补脱文。

> 凡赋题有虚实、古今、比喻、双关,⋯⋯
> 虚⋯⋯。实⋯⋯。古昔之事⋯⋯。今事⋯⋯。比喻有二:⋯⋯
> 若明比喻⋯⋯。若暗比喻⋯⋯。【双关⋯⋯头中一对,破题为佳。
> 若】《千金市骏【骨】云:"良金可聚,骏骨难遇。"⋯⋯。至今新体,项】
> 或广述物类,或远征事始,却似古赋头。《望夫化为石》云⋯⋯。

脱简到底发生在传入日本之前还是之后恐已不可查,我们只能期待有新的材料问世以破解这个谜团。

---

① 詹杭伦:《唐宋赋学研究》,第 84—85 页。

三 "解镫"的含义

据《文镜秘府论》可知，"解镫"有两意，一言句式，一言押韵。句式是指诗歌中节奏为"二、二、一"的五言句①，押韵是指赋颂中在连续押同一韵时"替用韵"的技法②。《赋谱》也谈到了"解镫"，当是针对律赋的押韵而言。尽管詹杭伦就《赋谱》之"解镫"已经做出了详细的解释，但从张巍《〈赋谱〉释要》中的表述来看，《赋谱》之"解镫"似乎也可以理解为一种句式，因此还需就《赋谱》中"解镫"的含义赘言几句。③

张巍《〈赋谱〉释要》第二节专论隔句对，其中谈到隔句对之半联"由三个或更多句子组成的情况"时，举出了元稹《善歌如贯珠赋》中"当其拂树弥长，凌风乍直，意出弹者与高音而臻极；及夫属思渐繁，因声屡有，想无胫者随促节而奔走。"一联为例，并认为"这类对仗，《赋谱》中称之为'赋之解镫'，也即解镫对，其特点是'连数句为一对，即押官韵两个尽者'，也即上下联分别押韵。"④笔者以为，这段解释中有几个概念需要厘清，这也关乎我们对《赋谱》中"解镫"的理解。谈这一类隔句对，应先从句式与押韵两个角度分开来论，再将句式与押韵结合来论或许更为清晰。

首先来看句式。常见的隔句对多由四句组成，两两相对成一联，依字数又为《赋谱》分作"轻""重""疏""密""平""杂"等句式。但半联由三句以上所组成的隔句对亦不少见，应以"长隔对"这一概念对此类句式进行界定。元稹与白居易的律赋中就常见"长隔对"的运用，如张巍所举元稹的例子为六句一联的"长隔对"，再如白居易《汉高祖斩白蛇赋》中"原夫龙泉黯黯，秋水湛湛，苟非斯剑，蛇不可斩；天威煌煌，神武洸洸，苟非我王，蛇不可当。"⑤为八句一联的"长隔对"。这类句子的特点是气势恢宏、因难见巧，可为文章增色不少。同时我们也需要注意，"长隔对"主要讲求的是对仗，与押韵并无必然关系。

下面从押韵的角度来看这样两个例子。一是前文所举白居易《汉高祖斩白蛇赋》的例子，其中"黯、湛、斩"三字押上声豏韵，"煌、洸、当"三字押下平声唐韵，属于一联分押两韵。而同为白居易所作的《性习相近远赋》中，有

---

① 卢盛江：《文镜秘府论汇校汇考》，北京：中华书局，2006 年，第 1148—1150 页。
② 卢盛江：《文镜秘府论汇校汇考》，第 1234、1237 页。
③ 近来，黄立志对"解镫"的概念演变做了较为系统的梳理分析，值得参考。黄立志：《"解镫"：从诗格理论到赋学批评》，《中山大学学报(社会科学版)》2022 年第 5 期。
④ 张巍：《〈赋谱〉释要》。
⑤ ［宋］李昉等：《文苑英华》，北京：中华书局，1966 年，第 189 页。

"原夫性相近者，岂不以有教无类，其归于一揆；习相远者，岂不以殊途异致，乃差于千里。"①亦为"长隔对"句式，其中"揆""里"二字同押上声旨、止韵，属于一联只押一韵。非常明显，"长隔对"未必上下联分别押韵。

那么《赋谱》所言的"解镫"应该如何理解呢？

> 又有连数句为一对，即押官韵两个尽者，若《驷不及舌》云："嗟夫，以骎骎之足，追言言之辱，岂能之而不欲；盖喋喋之喧，喻骏骏之奔，在戒之而不言。"是则"言"与"欲"并官韵，而"欲"字故以"足"、"辱"协，即与"言"为一对。如此之辈，赋之解镫。时复有之，必巧乃可。若不然者，恐职为乱阶。②

从篇章结构看，这一段有关"解镫"的论述紧跟在"赋体分段与转韵的关系论"和"宽韵窄韵论"之后，与前两者共同构成了"押韵论"。《赋谱》之"解镫"无疑是针对"押韵"而言的，其关键在于要以一联隔句对来押两个官韵。如《赋谱》例举的陈仲师《驷不及舌赋》题下限韵"是故先圣、予欲无言"，赋句中"足、辱、欲"三字押了"欲"字官韵（入声浊韵），"喧、奔、言"三字押了"言"字官韵（上平声元、魂韵）。巧合的是《赋谱》举的这个例子恰为六句一联的"长隔对"，似乎其所谓的"连数句为一对"指的就是"长隔对"。然而事实并非如此，如王起《披雾见青天赋》题下限韵"莹然可仰、无不清心"，有句云"则知贤为众伙，人不知兮蔽之孰可；天实悠久，雾不披兮睹之则不。"③其中"伙、可"二字押了"可"字官韵（上声果、哿韵），"久、不"二字押了"不"字官韵（上声有韵），这种押韵显然为"解镫"之法，但该赋句实为"杂隔对"而非"长隔对"。又如周针《羿射九日赋》题下限韵"当昼控弦、九乌潜退"，有句云"则知道潜会而发必中，神自通而何再控；镜四海而弓罢张，亘万古而谁敢当。"④其中"中、控"二字押了"控"字官韵（去声送韵），"张、当"二字押了"当"字官韵（下平声阳、唐韵），同样为"解镫"之法，但该赋句实为"平隔对"而非"长隔对"。因此，《赋谱》所谓的"连数句为一对"应当理解为各种"隔句对"，未必一定是"长隔对"。

要之，在唐代律赋中，"长隔对"是句式问题，"解镫"是押韵问题，两者不在一个维度。"长隔对"不一定"解镫"，"解镫"句也不一定为"长隔对"。但

---

① ［宋］李昉等：《文苑英华》，第 422 页。
② 詹杭伦：《唐宋赋学研究》，第 73 页。
③ ［宋］李昉等：《文苑英华》，第 12 页。
④ ［宋］李昉等：《文苑英华》，第 24 页。

确如张巍先生所例举的那样,唐代律赋中又时有同为"长隔对"并"解镫"的句子出现,私以为以"解镫长隔对"来界定为宜。如果要使用"解镫对"这一概念的话,应该宽泛地理解作"解镫隔句对"。

四 《赋谱》的局限

纵观《赋谱》历来的研究,从批评角度展开的讨论并不充分。《赋谱》虽然是现存仅见的唐代赋格,却不是当时唯一的论赋著述。面对仅仅是"一家之言"的《赋谱》,我们在充分利用其文献价值的同时,也要对其进行批判性讨论。如此才能进一步推进《赋谱》的研究,加深我们对《赋谱》的认识。

比如,《赋谱》在谈赋题为"今事"的作法时,举出了两个例子作为典范,但笔者以为其中一例不宜为范。

> 今事则举所见,述所感。若《太史颂朔》云:"国家法古之制,则天之理。"《泛渭赋》云:"亭亭华山下有渭"之类是也。①

《太史颂朔赋》没有留存下来,除《赋谱》的引述外我们无从得知此赋的具体内容,无法深究。但《泛渭赋》是白居易留下的名篇,倒是可以追究一番。《泛渭赋》的赋体在《赋谱》所引赋例中较为特殊。《赋谱》旨在论述当时科场应试文体之律赋,除《登楼赋》《游天台山赋》等古赋外,所举唐代赋例几乎都是律赋,而《泛渭赋》却并非律赋,多少有些"与众不同"。尽管该赋赋体有别于《赋谱》常举的唐代律赋,作者却以之为典范,大概是因为《泛渭赋》十分符合作者"今事则举所见,述所感"的主张。《泛渭赋》开篇见景,情景交融,白居易的满足感贯彻全篇,属于典型的"举所见,述所感"。然而将其作为"今事"类赋题的赋例却是不恰当的。《赋谱》该部分论述的是"凡赋题有虚实、古今、比喻、双关,当量其体势,乃裁制之。"即写作律赋时如何审题制义,故其写作流程应为先审题、后构思。而《泛渭赋》的创作显然属于先有感、后制赋的情况。该赋是时任校书郎的白居易于贞元二十年(804)所作,先后于进士科与书判拔萃科及第的白氏志得意满,泛舟渭水,有感而发,写下了这篇刻画渭水春光并赞美贤相圣帝的作品。其序曰:"既美二公佐清静之理,又荷二公垂特达之遇,发于嗟叹,流为咏歌。于时泛舟于渭,因作《泛渭赋》以导其意。"②无疑,先有"泛舟于渭",后有"泛渭"之题,白居易触景生

---

① 詹杭伦:《唐宋赋学研究》,第 78 页。
② [宋]李昉等:《文苑英华》,第 588 页。

情，其创作的心理过程自是不同于场屋、私试等"命题作文"。作为一篇侧重于写景抒情，发露个人感想的文章，白居易没有题下限韵以"作茧自缚"，而是采用未限韵的古体以更好地抒发自己的情怀。这样的作品被拿来作为"今事"类赋题的赋例是没有说服力的。

上面是对《赋谱》的引例所作的一点反思。此外，《赋谱》对时文的引述中不乏品评，尤其是那些直接予以褒贬的部分鲜明地体现出了作者的批评意识，但其中不免有值得商榷的地方。有关赋题为"古昔之事"的作法，前文已经引述。概而言之，就是要"发其事，举其人"，以佚名《通天台赋》、乔潭《群玉山赋》、浩虚舟《舒姑化泉赋》之作法为是，以白行简《望夫化为石赋》之作法为非。但作者对《望夫化为石赋》的讥评实是吹毛求疵。

首先要明确的是，依《赋谱》之说，"古昔之事"若要"发其事，举其人"，当在赋头"发举"。《赋谱》引为正面例子的乔潭赋和浩虚舟赋均是开篇首句"发举"，佚名《通天台赋》虽今不存，但"咨汉武兮恭玄风，建曾台兮冠灵宫"之句显为赋头。《赋谱》把律赋分作"头、项、腹、尾"四部分，而"发举"绝不可能出现于赋尾，最迟也是赋项和赋腹。《赋谱》再次援引《望夫化为石赋》之赋项时明确解释说"是事始也"，可见其对《望夫化为石赋》发举"望夫石"之事，是予以承认的。因此严格来说，《赋谱》作者的不满是白行简没有在赋头就"发其事，举其人"。

其次要讨论的是，"古昔之事"真的有必要在赋头就"发其事，举其人"吗？"望夫石"之事并非罕有耳闻、鲜有人知，只需粗略翻检一下《全唐诗》就会发现咏诵之作比比皆是。就以行简之兄白居易及其密友元稹、刘禹锡为例，便可见"不比山头石，空有望夫名"（白居易《蜀路石妇》）、"望夫身化石，为伯首如蓬"（元稹《春六十韵》）、"望夫人化石，梦帝日环营"（刘禹锡《历阳书事七十韵》）、"终日望夫夫不归，化为孤石苦相思"（刘禹锡《望夫石》）。再早的李白更是多次将之咏入诗中。对于这样一个可谓尽人皆知的"古昔之事"，赋题本身便已表露无遗，是否开篇就要"发其事，举其人"，颇让人疑虑。相较而言，浩虚舟《舒姑化泉赋》中"舒姑化泉"之事在唐人心中的普及程度则不如"望夫石"高。以《全唐诗》为例，"舒姑化泉"入诗仅两处；以《全唐文》为例，除《舒姑化泉赋》外仅有三处。浩虚舟开篇便"发其事，举其人"是有道理的。实际上，按照《赋谱》对《望夫化为石赋》之赋头与赋项的阐释，白行简采用了"破题→小赋→事始"的展开方式，实在没有必要将"事始"移至赋头。《赋谱》对《望夫化为石赋》的批评在逻辑上是无法自洽的。

最后需要指出的是，《赋谱》所论的"古昔之事"的作法，是有其时代局限的。以《通天台赋》为例，所谓"古昔之事"即指《史记·孝武本纪》中汉武帝建通天台之事。该赋是大历十二年(777)进士科试题,状元为黎逢。① 而黎逢之赋若依《赋谱》的分段方法,则赋头与赋项均未"发举",直到赋腹中赋胸②的位置,方言"昔汉皇帝,幸甘泉宫,肆目将远,筑台其中。"不言自明,主考所重、举子所尚会随时代而发生改变。《赋谱》没有以大历的状元之赋为引例,而更加看重赋头要"发其事,举其人",很可能是长庆以后的看法。关于《赋谱》的成书时间,已有前辈学者指出或为大和、开成年间(827—840),不会早于长庆二年(822)。③ 若以"长庆"之后的标准去评价"大历"时代的作品,显然方凿圆枘,会得出黎逢《通天台赋》亦是"惜哉"之作的不当结论。

总而言之,《赋谱》作者在进行主观评述时,带有强烈的个人好尚,我们不能简单地以《赋谱》之"褒"为"是",以其"贬"为"非"。无论它在赋学历史上的价值有多么突出,都不意味着其批评是客观公正的。即便其不是"一家之言",至多也仅能代表"长庆"以后的观点,哪怕借以认识中唐律赋都需要审慎。《赋谱》无法代替同时期的,更不能代表之前的其他赋格。在今后的研究中,要避免掉入奉《赋谱》为中晚唐律赋品评之圭臬的陷阱。

中晚唐之际,科场试赋已逾多年,举子们多已熟悉了课赋的程序要求,能否写出一篇合格的律赋对很多人而言或许早已不成问题。只是这一时期的场屋竞作应与前期有所不同,即应举之人比拼的已不仅仅是文才,还有对各类题材的把握,以及作赋的经验等。在科场较量已进入新阶段的背景下,如何能在看到赋题的一刹那就迅速理清思路,在限定时间内高质量地完成就显得尤为重要。《赋谱》所论的审题制义、篇章架构等等显然有利于举子们更加高效地完成一篇较高质量的律赋。毋庸置疑,《赋谱》的出现增强了律赋写作的可操作性,在律赋写作进一步规范化的过程中起到了促进作用。然而文学创作一旦进入了程式化,行文构思难免僵化,极易出现千部一腔、千人一面的情形,《赋谱》显然也在一定程度上禁锢了律赋的写作,妨碍了律赋的发展。或许正是这种应科举之运而生的局限性,致使这部赋格迅速湮没在我国的历史之中。

---

① [清]徐松撰,赵守俨点校:《登科记考》卷十一,北京:中华书局,1984年,第394页。

② 《赋谱》云:"就腹中更分为五:初约四十字为胸,次约四十字为上腹,次约四十字为中腹,次约四十字为下腹,次约四十字为腰。"詹杭伦:《宋赋学研究》,第70页。

③ 〔美〕柏夷撰:《〈赋谱〉略述》;张伯伟:《全唐五代诗格汇考》,第554页。

第二节　唐代赋格在日本的传播及嗣响

唐代是我国文学对日传播的第一次高潮,大量的文学典籍随着扬帆起航的舟船驶向东方,如一粒粒种子就此播撒于日本,生根发芽后融入日人的文学创作之中。相较于先唐那些已经经典化或正在经典化的作品而言,唐人作品无疑属于"现当代文学",其传播内容自不可以今日国人认识唐代文学经典的眼光去揣测度量。正如目前学界所熟知的那样,白居易在平安朝日本的传播与影响都远胜于后世评价极高的李杜。这种时代隔阂阻碍了我们对唐代文学在日传播的认识,很多大行于当时的作品没有得到足够的重视。唐代赋格即是其中的一类。

本节拟就唐代赋格是否传播到日本,传播了多少,又产生了什么影响,以及衍生出什么作品等问题展开讨论。

一　传播与否:唐代赋格东传初探

诗赋格是指导人们写作诗赋的作法指南,在唐代尤其兴盛,集中涌现出了一大批著述。张伯伟先生的《全唐五代诗格汇考》①是最具代表性的研究成果,为我们认识唐代诗格提供了极大的便利。在探讨以病犯、对偶为中心的诗格为何盛兴于初、盛唐时,他指出以下两点原因:

其一,从诗歌发展史来看,初唐时期,正是律诗的形成与完成时期。(后略)
其二,与科举考试的关系。(后略)②

这两点同样适用于解释赋格为何盛兴于唐代。首先,诗歌的格律化影响到了辞赋,促使辞赋写作由骈体赋转向律体赋,为我国文学又添一种新赋体,而这一赋体对格法是有所要求的。其次,唐代科举以诗赋取士,课试的赋体正是律赋,这进一步刺激了唐人的律赋写作,产生了对写作指南的需求。只是赋格的始盛时期较诗格晚些时候,其著作大都产生于中晚唐和五

---

① 张伯伟:《全唐五代诗格汇考》,南京:凤凰出版社,2002年。初版名为《唐五代诗格校考》,西安:陕西人民教育出版社,1996年。
② 张伯伟:《全唐五代诗格汇考》,第11—13页。

代。见于我国史志著录的就有以下六种①：

> 张仲素《赋枢》三卷；范传正《赋诀》一卷；浩虚舟《赋门》一卷；
> 白行简《赋要》一卷；纥干俞《赋格》一卷；和凝《赋格》一卷。②

然而这些赋格均已亡佚，很容易留给今人不甚重要的印象。但它们实际上却是唐及五代极为流行的畅销书籍。见载于史志本身就说明了这些赋格有相当程度的流播，此外还有两点可以佐证。一是作者均是登第的进士，且不乏擅名科场的作赋高手。如赵璘《因话录》卷三载："李相国程，王仆射起，白少傅居易兄弟，张舍人仲素，为场中词赋之最，言程式者，宗此五人。"③我们自然可以想见，张仲素和白行简的赋格必定会像今日"高考满分作文指南"那般受人追捧。二是有的赋格还被提升到了官方认可的高度。《册府元龟》卷六四二贡举部条制第四载后唐明宗长兴元年（930）间的贡举政事如下：

> 十二月，每年贡举人所试诗赋，多不依体式，中书奏请下翰林院，命学士撰诗赋各一首，下贡院以为举人模式。学士院奏："伏以体物缘情，文士各推其工拙；抡才较艺，词场素有其规程。凡务策名，合遵常式。况圣君御宇，奥学盈朝，傥令明示其规模，或虑众贻其臧否。历代作者，垂范相传。将期绝彼微瑕，未若举其旧制。伏乞下所司依诗格赋枢考试进士，庶令职分，互展恪勤。"从之。④

学士院奏请的《赋枢》是否就是张仲素的《赋枢》还无法确定，但无疑是唐代的赋格。贡举依此考试进士，则必然会造成该赋格"洛阳纸贵"的传播效应。总而言之，在中晚唐及五代的我国，赋格与诗格同为士人案头常见的一类书籍。

众所周知，诗格正是东传日本的唐人著述中的一大门类。最为人知的显证有二：一是《日本国见在书目录》中著录了四十余部诗文格，其中多有唐

---

① 张伯伟先生已经指出，唐人赋格绝不止此六种，据《直斋书录解题》即知蒋防亦有律赋格诀。参张伯伟：《全唐五代诗格汇考》，第554页。
② 参《新唐书·艺文志》《崇文总目》《通志·艺文略》《宋史·艺文志》等。
③ ［唐］赵璘：《因话录》，上海：上海古籍出版社，1979年，第82页。
④ ［宋］王钦若等编，周勋初等校订：《册府元龟》第八册，南京：凤凰出版社，2006年，第7413页。

人诗格，如上官仪《笔札华梁》、元兢《诗髓脑》等。① 二是日僧空海不仅携归王昌龄《诗格》、元兢《诗髓脑》等多部著述，更是根据这些诗格编纂出《文镜秘府论》。罗根泽、王梦鸥、张伯伟等前辈学者主要就是利用《文镜秘府论》来整理研究我国已佚的初、盛唐赋格。② 唐代诗格东传日本的原因不难揣测，一是诗格本就是大唐书籍流通市场上的畅销书，二是日本贵族、官僚有学习汉诗文、创作汉诗文的实际需求。那么与诗格性质仿佛的赋格东传日本也就是情理之中的事情。然而《日本国见在书目录》这部大型敕编目录中却未见有赋格著录，这主要是因为赋格的成书时间与目录的著录内容不相吻合。赋格成书时间多是中晚唐，其时日本官方遣使的热情已然落潮。九世纪成行的遣唐使只有两次③，且于公元 894 年彻底停废④。《日本国见在书目录》虽编成于日宽平年间（889—897），但其本就是冷然院失火后的产物，不能理解为全目，且孙猛先生也已指出，其"著录的唐代著述绝大部分成书于玄宗之前，故它主要著录的是中国八世纪以前的汉籍。"⑤而空海那样不世出的人物并不多见，《文镜秘府论》那样杰出的著作也不常有，都难免有偶然性。尽管东传到日本的唐代赋格没有诗格那么醒目、易得，但还是留下了片羽吉光的记载和文献。

　　进入九世纪后日本官方遣使的频次虽然大大减少，但繁荣的东亚海上贸易保证了"书籍之路"的畅通，许多典籍借商人和僧侣之手传入了日本。日僧圆仁随大使藤原常嗣于公元 838 年入唐求法巡礼，于 847 年乘商船回国。他据所求的内典外典编纂了《入唐新求圣教目录》，其中可见"《诗赋格》一卷"⑥。柏夷先生怀疑这就是杜正伦《文笔要决》和佚名《赋谱》的合写本⑦，只是现存文献再无有关《诗赋格》的记载，柏夷的观点仅是一种可能，还无法视为定论。但无论如何，圆仁携归赋格是毋庸置疑的事实。而柏夷提到的《赋谱》则是今

---

① 详参孙猛：《日本国见在书目录详考》上册，上海：上海古籍出版社，2015 年，第 507—535 页。

② 罗根泽：《中国文学批评史》第二册，上海：上海古籍出版社，1984 年；王梦鸥：《初唐诗学著述考》，台北：台湾商务印书馆，1974 年；张伯伟：《全唐五代诗格校考》。

③ 分别是公元 804 年（日延历二十三年、唐贞元二十年）和公元 838 年（日承和五年、唐开成三年）。

④ 详参菅原道真《请令诸公卿议定遣唐使进止状》，载《菅家文草》卷九，〔日〕川口久雄校注：《菅家文草・菅家後集》（日本古典文學大系 72），東京：岩波書店，1966 年。

⑤ 孙猛：《日本国见在书目录详考》"前言"，第 4 页。

⑥ 〔日〕高楠順次郎等编：《大正新脩大藏經》No.2167《入唐新求聖教目錄》，東京：大藏出版株式会社，1988 年，第 1084 頁。

⑦ 〔美〕柏夷撰：《〈赋谱〉略述》，严寿澂译，钱伯城编《中华文史论丛》第 49 辑，上海：上海古籍出版社，1992 年，第 152、153 页。

存日本的货真价实的唐人赋格。《赋谱》未见于我国的任何文献,仅有一部日本写本存世,与杜正伦《文笔要决》同书于一卷,抄写年代被推定为平安末期。收藏者是日本"东京急行电铁"(简称"东急")的创始人,著名实业家五岛庆太(1882—1959,旧姓小林),现藏五岛美术馆。① 前辈学者对这部赋格的研究颇为深入,笔者也有续貂,不再详述。②

至此,我们确认至少有一部唐人赋格(《赋谱》)传入日本,抑或还有一部赋格(《诗赋格》)东传。从数量上看绝不能说多,但如前所述,即便是当时为数不少的初、盛唐诗格也多赖《文镜秘府论》才得流存,《日本国见在书目录》中更是有许多散佚而难以稽考的诗格。所以今存哪怕仅有一部赋格,也足以说明问题。

二 纪长谷雄《柳化为松赋》追考:唐代赋格东传再探

那么对唐代赋格东传的考察是不是可以止步于此了呢? 笔者认为还有进一步探讨的余地,下面将围绕日本平安文人纪长谷雄(845—912)所作的《柳化为松赋》,从唐人赋格对日人律赋创作之影响的角度来展开思考,继续追索唐代赋格的东传问题。

(一)纪长谷雄《柳化为松赋》与白行简《望夫化为石赋》

首先来看《柳化为松赋》的全文③:

柳化为松赋　　以题为韵　　纪纳言

至脆者柳,最贞者松。何二物之各别,忽一化以改容? 惭朽株之含蠹,羡老干之为龙。岂敢依依于陶令之种,只须郁郁于秦皇之封。

徒观其翠惟新叶,绿非故枝。鄙彼愚夫之守株,故不常其操;

---

① 该钞卷原为明治著名藏书家伊藤介夫(号有不为斋)收藏,后于 1939 年 6 月 12、13 日"鹿田松云堂"主拍的"有不为斋文库藏书拍卖会"上出售,目录标号二六"赋谱附文笔要决古钞本一卷",为五岛庆太购入。详见《有不為斋文庫御藏書入札目録》,大阪:鹿田松雲堂書店,1939年,第 3 頁。
② 〔日〕小西甚一:《文鏡秘府論考》(研究篇下)第二章"句格考",東京:大日本雄辯會講談社,1951 年;〔日〕中澤希男:《賦譜校箋》,《群馬大学教育学部紀要(人文・社會科學編)》第 17 號,1967 年 3 月;〔美〕柏夷《赋谱》略述;陈万成:《〈赋谱〉与唐赋的演变》,收入南京大学中文系编《辞赋文学论集》,南京:江苏教育出版社,1999 年;张伯伟《全唐五代诗格汇考》;詹杭伦:《唐宋赋学研究》第二章、第三章,北京:中国社会科学出版社、华龄出版社,2004 年等;本章第一节《赋谱》拾零。
③ 据《本朝文粹》日本神奈川县称名寺藏金泽文库保管本,四〇〇函二六号。

类于君子之见善,遂从其宜。岁云暮矣,风以动之。悲众芳之先落,全孤节而不移。唯期千年之偃盖,不见二月之垂丝。彼虽迁变之在我,诚任造化之云为。

若乃寒暑改节,星霜迭谢。厌鸣蝉于嘶风之秋,待栖鹤于警露之夜。千丈凌雪,应喻嵇康之姿;百步乱风,谁破养由之射。总①不知所以然而为然,亦不知所以化而忽化。

遂以有嫌如眉,无思生肘。独能结子,可充于仙客之饵;何以着②花,被折于佳人之手。凡宇宙之内,何奇不生;天地之间,何怪不有。况彼变化无穷,何止在松与柳而已哉?

纪长谷雄写作《柳化为松赋》的时间不详,但从其行文的成熟程度来看,当是长谷雄于日本贞观十八年(876)补"文章生"③后的作品。此赋围绕柳树变化为松树这一异象,铺陈了大量有关柳与松的典故,并袭用了很多经典描写,感慨世间万物多有变化、千奇百怪无所不有。这篇作品在日本汉文学史中看似籍籍无名,实际上却是一篇集中体现了唐人律赋之影响的作品。笔者就此已在第三章第二节"纪长谷雄《柳化为松赋》与唐代律赋关系考论"中进行了详细探讨,要点有二:一是《柳化为松赋》的限韵方式受到了唐代律赋限韵方式的影响,二是其行文受到了白行简《望夫化为石赋》的影响。

下面列出给予其影响的《望夫化为石赋》的全文④。

望夫化为石赋　　以"望远思深、质随神变"为韵　　白行简

至坚者石,最灵者人。何精诚之所感,忽变化而如神。离思无穷,已极伤春之目;贞心弥固,俄成可转之身。

原夫念远增怀,凭高流眄。心摇摇而有待,目眇眇而不见。丝萝无托,难立节以自持;金石比坚,故推诚而遂变。

徒观夫其形未渝,其怨则深。介然而凝,类夫启母之状;确乎不拔,坚于王霸之心。

---

① 底本作"忽",从其异本校合注。

② 底本作"看",从柿村氏校订(诸本作看,盖转写误),详见〔日〕柿村重松:《本朝文粹註释》上册,東京:冨山房,1968年新修版,第31頁。

③ 近似于唐人进士及第。

④ 据《文苑英华》卷三一,《景印文渊阁四库全书》第1333册,台北:台湾商务印书馆,1983年,第296頁。

　　口也不言，腹兮则实。形落落以孤立，势亭亭而迥出。化轻裾①于五色，独认罗衣；变纤手于一拳，已迷纨质。

　　矧乎石以表其贞，变以彰其异。结千里之怨望，含万里之幽思。绿云朝触，拂峨峨之髻鬟；微雨暮沾，洒涟涟之珠泪。杂霜华于脸粉，脱苔点于眉翠。昔居人代，虽云赋命在天；今化山椒，可谓成形于地。

　　于是感其事，察其宜。采蘼芜之芳，生不相见；化芙蓉之质，死不相随。冀同穴于冥漠，成终天之别离。

　　则知行高者其感深，迹异者其致远。委碧峰之窈窕，辞红楼之婉娈。下山有路，初期携手同归；窥户无人，终叹往而不返。

　　嗟乎贞志可嘉，高节惟亮。同胚浑之凝结，异追琢而成状。孤烟不散，若袭香于炉峰之前；圆月斜临，似对镜于庐山之上。形委化而已久，目凝睇而犹望。悲夫思妇与行人，莫不睹之而惆怅。

　　白行简《望夫化为石赋》写作年代不详，疑是元和十二年（817）九月至十三年（818）间，即自梓州赴江州途中或抵江州后所作②。此赋对纪长谷雄《柳化为松赋》的影响具体表现在两个方面：一是《柳化为松赋》的赋题与赋头，二是其开头的遣词用字和结尾的感慨反问。这种影响绝不是只言片语的浅层次影响，而是涉及赋句结构、主题旨趣的深层次影响。详细论证请参本书第三章第二节"纪长谷雄《柳化为松赋》与唐代律赋关系考论"，这里仅将《望夫化为石赋》与《柳化为松赋》的开篇赋句对比以作示例：

　　白作：**至坚**者石，**最灵**者人。**何精诚**之所感，**忽变化**而如神。

　　纪作：**至脆**者柳，**最贞**者松。**何二物**之各别，**忽一化**以改容。

---

① "裾"，底本作"裙"，据佚名撰《赋谱》、传藤原宗忠编《作文大体》（日本东寺观智院本）改。

② "望夫石"的故事在我国长江流域流布较广，从魏晋时武昌阳新县（今湖北省黄石市阳新县）发源，沿长江干支水系向上游和下游散布，至唐时上可见"剑阁石新妇"（今四川省广元市剑阁县），下可见"太平府当涂县望夫山"（今安徽省马鞍山市当涂县）。详见张芸：《望夫石传说古今流传考》，《民俗研究》2007年第4期。白行简元和九年（814）春入川任剑南东川节度使卢坦幕掌书记，十二年（817）九月，卢坦卒，行简罢幕欲归江州，与元和十年（815）被贬谪为江州刺史的兄长居易会合。从《望夫化为石赋》的书写内容来看，行简所赋的故事传说当是传播最广的"武昌阳新县望夫石"，一是记载此事的《世说》《列异传》《神异记》《幽明录》等文献为唐人所熟知、阅读，二是"孤烟不散，若袭香于炉峰之前；圆月斜临，似对镜于庐山之上"之句可证。唐代流传"望夫石"的地方中，距离庐山最近的就是武昌阳新县，行简从梓州到江州当走水路，武昌阳新就在途中。他很可能是在接近江州的武昌阳新想起书籍所载的"望夫石"，涌起了实地探看的冲动，播下了文学书写的种子。行简入幕及赴江州事可参黄大宏：《白行简年谱》，《文献》2002年第3期；同《白行简行年事迹及其诗文作年考》，《文学遗产》2003年第4期。

纪作开篇对白作的沿袭,一目了然。

（二）《赋谱》笔下的白行简《望夫化为石赋》

《望夫化为石赋》是白行简的代表作,这从《赋谱》中可以窥出端倪。这部大致成立于唐大和、开成年间（827—840）[1]的赋格在讲解律赋的作法时,常常援引时人作品作为例子。白行简就是书中屡次提及的赋家之一,他的《望夫化为石赋》被引用和品评多达七次[2]。《赋谱》作为一部赋格,旨在指导举子们如何写作律赋,其撰者在引用时人作品时一定是精心选择当时具有代表性的赋作,若不然,会大大折损文章的说服力。由此可以想见《望夫化为石赋》名噪一时,是白行简的代表律赋。

前文已及,《赋谱》是目前唯一可以确定东传至日本的赋格。若该书早在日承和十四年即唐大中元年（847）就为圆仁带回日本的话[3],纪长谷雄是完全有可能见过此书乃至仔细研读过其内容的。《赋谱》不仅罗列讲解了很多律赋的术语,而且就一些写作层面的具体问题给出了翔实的例子并品评优劣,是一部可实践性非常强的赋格著作。所以假如纪长谷雄阅读过《赋谱》且认同《赋谱》之观点的话,他在写作律赋时自当以《赋谱》所说为金科玉律,那么其所作的《柳化为松赋》自然也应符合《赋谱》中的种种规范。只是《赋谱》所论大抵以"八韵律赋"为对象,而《柳化为松赋》仅有四韵,我们不能简单地把《赋谱》的全部要求都照搬到《柳化为松赋》上。然而巧合的是,影响《柳化为松赋》的《望夫化为石赋》同时亦为《赋谱》所引,所以《望夫化为石赋》就有可能成为我们分析《赋谱》是否会影响纪长谷雄写作《柳化为松赋》的一个窗口。

《赋谱》引用了很多时人的律赋,就引用频次而言,白行简的《望夫化为石赋》是排在第一位的,这也从另一个侧面说明该赋在当时的关注度很高。可以肯定地说,凡读《赋谱》之人,必对其中反复引用的《望夫化为石赋》留下深刻的印象。假如纪长谷雄翻阅过《赋谱》,那么他一定会格外留意那些与《望夫化为石赋》有关的叙述。下面我们就将《赋谱》中与《望夫化为石赋》相关的部分全部摘列出来[4],并按照其出现的先后顺序用阿拉伯数字进行编号。

---

① 张伯伟:《全唐五代诗格汇考》,第554页。

② 关于统计的次数需要说明的是,《赋谱》引《望夫化为石赋》开篇前五句来解释"破题""小赋""事始",若分为三处则次数为七,若合为一处则次数为五,详见后文。

③ 〔美〕柏夷:《〈赋谱〉略述》等。

④ 《赋谱》文本引自詹杭伦《唐宋赋学研究》第三章,后文不再加注。

1. 长,上二字下三字句也,其类又多上三字下三字。若"石以表其贞,变以彰其异"之类,是五也。

2. 重隔,上六下四。如"化轻裾于五色,独认罗衣;变纤手于一拳,已迷纨质"之类是也。

3. 杂隔者,或上四,下五、七、八;或下四,上亦五、七、八字。若(中略),"孤烟不散,若袭香于炉峰之前;团月斜临,似对镜于庐山之上"(后略)。

4. 凡赋题有虚实、古今、比喻、双关,当量其体势,乃裁制之。(中略)。古昔之事,则发其事,举其人。若(中略)。而白行简《望夫化为石》无切类石事者,惜①哉!

5.《望夫化为石》云:"至坚者石,最灵者人。"是破题也。

6. "何精诚之所感,忽变化也如神。离思无穷,已极伤春之目;贞心弥固,俄成可转②之身。"是小赋也。

7. "原夫念远增怀,凭高流眄。心摇摇而有待,目眇眇而不见。"是事始也。

1、2、3 这前三次是用《望夫化为石赋》中的赋句来分别解释"长句""重隔对"和"杂隔对",均属客观引证,并无褒贬之意。5、6、7 这后三次则是用《望夫化为石赋》开篇几句来分别解释"破题""小赋"和"事始"。与 1、2、3 解释赋句时支离破碎的引用不同,这几处引用是对一篇律赋的"赋头"与"赋项"的大段引用,可以看出《赋谱》撰者有欣赏《望夫化为石赋》开篇的倾向。而如前文所示,纪长谷雄《柳化为松赋》对白行简《望夫化为石赋》最明显的受容,也正是体现在"赋头",几乎是照搬原句。这似乎表明纪长谷雄有通过《赋谱》来认识《望夫化为石赋》,并借鉴到自己创作中的可能。但是《赋谱》中的第 4 次引用却是一次实实在在的批判。撰者提出"赋题有虚实、古今、比喻、双关",若为"古昔之事,则发其事,举其人","而白行简《望夫化为石》,无切类石事者,惜哉",明确指出了《望夫化为石赋》的不足。那么如果纪长谷雄真的寓目过《赋谱》,当他看到如此直白的点评时,其内心会作何感想呢?

一篇唐代律赋影响了域外文人的律赋创作,就意味着该文人一定是发自内心地认同这篇律赋,就好比行简之兄白居易的诗文在日本受到追捧,所

---

① 原本作"惜",詹杭伦先生作"何",盖排版校正之误,今从原本。
② 原本作"转",詹杭伦先生作"事",盖排版校正之误,今从原本。

以日本文人的作品中随处可见白居易诗文的影响。纪长谷雄既然接受了《望夫化为石赋》，从感情上讲是很难同时接受《赋谱》对《望夫化为石赋》的批评的。当然，《赋谱》对《望夫化为石赋》并非一味地批评，其引用中也存在褒许之处。因此，假设纪长谷雄同时接受了《望夫化为石赋》和《赋谱》，那从逻辑上讲他一定会对《望夫化为石赋》做两面观，即依照《赋谱》所言对《望夫化为石赋》有所扬弃。《赋谱》中第5、6、7这三次引用可以看作撰者的赞许，而《柳化为松赋》对《望夫化为石赋》最明显的接受也恰恰是赋头的前两句，可以说是"扬"。那么针对《赋谱》中第4次引用的指摘，纪长谷雄是否做到了"弃"，就是我们检证的重要依据。

（三）纪长谷雄《柳化为松赋》对《赋谱》受容之检证

为了完成这个检证，有必要回到《赋谱》对《望夫化为石赋》责难的完整表述中，来看《赋谱》所推崇的作赋手法。关于"赋题"中的"古昔之事"，《赋谱》曰：

> 古昔之事，则发其事，举其人。若《通天台》云"咨汉武兮恭玄风，建曾台兮冠灵宫。"《群玉山赋》云："穆王与偃佺之伦，为玉山之会。"《舒姑化泉》云："漂水之上，盖山之前，昔有处女"之类是也。而白行简《望夫化为石》，无切类石事者，惜哉！

《赋谱》认为，赋题若为"古昔之事"，就应该说出这件事情，举出这个人物，并给出了三个例子。首先是《通天台赋》有句云："咨汉武兮恭玄风，建曾台兮冠灵宫。"[1]显然该赋作者道出了汉武帝建通天台之事。事见《史记·孝武本纪》："于是上令长安则作蜚廉、桂观，甘泉则作益延寿观，使卿持节设具而候神人。乃作通天台，置祠具其下，将招来神仙之属。于是甘泉更置前殿，始广诸宫室。夏，有芝生殿防内中。天子为塞河，兴通天台，若有光云，乃下诏曰：'甘泉防生芝九茎，赦天下，毋有复作。'"[2]接下来是《群玉山赋》的例子："穆王与偃佺之伦，为玉山之会。"[3]乔潭在这里准确地指出了穆天子游群玉山之事。事见《穆天子传》卷二："辛卯，天子北征，东还，乃循黑水。癸巳，至于群玉之山。容（阙）氏之所守。曰：'群玉田山（阙）知阿平无险，四

---

① 《通天台赋》是大历十二年（777）进士科试赋，现存任公叔、黎逢、杨系三人之作，但未见此句。该赋以"洪台独出、浮景在下"为韵，关于限韵的考证可参薛亚军：《唐省试赋题限韵正误》，《古籍研究》2002年第2期。

② ［汉］司马迁：《史记》第二册，北京：中华书局，2013年，第600页。

③ 乔潭《群玉山赋》，以"廓功峻登、适招外游"为韵。

彻中绳，先王之所谓策府。寡草木而无鸟兽。'爰有（阙）木，西膜之所谓
（阙）。天子于是攻其玉石，取玉版三乘，玉器服物，载玉万双。天子四日休
群玉之山，乃命邢侯待攻玉者。"①其中"群玉之山"郭璞注云："即《山海经》
玉山，西王母所居者"②。另，《穆天子传》卷四也出现了"群玉之山"，不再详
引。最后是《舒姑泉赋》的例子："漂水之上，盖山之前。昔有处女，化为澄
泉。"③浩虚舟在这里明显讲出了舒氏之女坐化为泉的典故。纪义《宣城
记》、任昉《述异记》等文献记载了这个故事，如《述异记》云："宣城盖山有舒
姑泉，俗传有舒氏女与父析薪，女坐泉处，忽牵挽不动，父遽告家。及再至其
地，惟见清泉湛然。其母曰：'女好音乐。'乃作弦歌，泉乃涌流。"④

在以上三处正面引例之后，《赋谱》撰者引出了白行简《望夫化为石赋》
这个反面的例子，直言其"无切类石事"。《望夫化为石赋》典出"望夫石"这
一类传说。此传说在我国广为流传，并载于《世说》《列异传》《神异记》《幽明
录》等诸多文献。⑤《初学记·地部·石》中引《幽明录》记载如下：

> 刘义庆《幽明录》曰，（中略）又曰："武昌北山上有望夫石，状若
> 人立。古传云：'昔有贞妇，其夫从役，远赴国难，携弱子饯送此山，
> 立望夫而化为立石。'因以为名焉？"⑥

而白行简《望夫化为石》通篇未道出此事。显然，《赋谱》是批评《望夫化为石
赋》没有提及"贞妇化为石"，理想的作法应该是像前面三篇赋一样，做出"昔
有贞妇，化为立石""昔有奇石，状若人立"之类的表述。这个指摘是否合理
我们暂不讨论，但《赋谱》撰者的观点却是十分鲜明的，即若赋题为"古昔之
事"，就该"发其事，举其人"。

那么面对赋题同样为"古昔之事"的"柳化为松"，纪长谷雄是否践行了
《赋谱》的观点呢？他是不是赞同《赋谱》所说，"弃"掉了《望夫化为石赋》中
的"缺憾"呢？"柳化为松"典出《晋书·张天锡传》，讲的是前凉君主张天锡
亡国之事。

---

① [晋]郭璞注，王贻樑、陈建敏校释：《穆天子传汇校集释》，北京：中华书局，2019 年，
第 125 页。
② [晋]郭璞注，王贻樑、陈建敏校释：《穆天子传汇校集释》，第 125 页。
③ 浩虚舟《舒姑泉赋》，以"记云舒氏、女化为泉"为韵。收录此赋的《文苑英华》《历代赋汇》
《全唐文》等赋题均作"舒姑泉赋"，若据《赋谱》所载则有可能作"舒姑化泉赋"。
④ [梁]任昉：《钦定四库全书荟要·述异记》，长春：吉林出版集团，2005 年影印本，第 9 页。
⑤ 可参张芸：《望夫石传说古今流传考》，《民俗研究》2007 年第 4 期，第 163—166 页。
⑥ [唐]徐坚等：《初学记》卷五，北京：中华书局，1962 年，第 108 页。

天锡数宴园池，政事颇废。（中略）自天锡之嗣事也，连年地震山崩，水泉涌出，柳化为松，火生泥中。而天锡荒于声色，不恤政事。①

因此若依《赋谱》所推崇的作法，当"发"《晋书》中柳化为松之事，"举"前凉张天锡其人。然而通观《柳化为松赋》全文，并未及"其事""其人"，这与被《赋谱》诟病的《望夫化为石赋》一样当属"惜哉"之作，从内容上甚至可以说是"跑题"之作。纪长谷雄在创作《柳化为松赋》时显然没有践行《赋谱》的观点，没有"弃"掉《望夫化为石赋》中的"缺憾"。如果他深受《赋谱》影响的话，是不应该固执地以《望夫化为石赋》为模范的，而可以以《赋谱》所举的另一个例子——浩虚舟《舒姑泉赋》为模范。

《舒姑泉赋》与《望夫化为石赋》题材极为相似，却在"古昔之事"的论述中被引作正面范例。该赋全文如下：

舒姑泉赋　　以"记云舒氏、女化为泉"为韵　　　浩虚舟

漂水之上，盖山之前。昔有处女，化为澄泉。瞻风而艳色如在，责实而寒流宛然。

原夫旷别幽室，暗悲韶年。顾容华之莫守，望世人而都捐。俨弱质以徐来，颜犹灼灼；委贞姿而色动，声已涓涓。

眷恋无心，凄凉故地。念婵娟之可惜，惊变化而殊异。俯视清流，托诚幽意。陈玩习而斯在，庶精魂之能记。素鳞赪尾，浑非旧日之容；急管繁弦，徒尽生平之志。

既而水府潜处，幽冥既分。凝情而淑敛寒色，冶态而波生细文。泛浮影于中流，遥疑袅袅；逗鸣湍于别派，远若云云。

由是鳞甲与游，绮罗长阻。迷绿沼之回复，忘红楼之处所。源通湘渚，写幽恨于灵妃；流达汉皋，导春心于游女。

净色含虚，清辉皎如。烟凝泪以香起，苔②斓斑而锦舒。浦水光摇，似动横波之末；岸莎风靡，如存鬓发之余。

想夫纨质已消，阴灵未谢。濯衣彩于花昼，洗镜光于月夜。泠泠不浊，殊画地而俄成；潏潏无穷，类拜井而潜化。

且静而清者水之宜，柔而顺者女之为。忆朱颜之婉娩，柔碧溜

---

① ［唐］房玄龄等撰：《晋书》卷八六列传第五六，北京：中华书局，1974年，第2250—2251页。
② "苔"，《全唐文》《历代赋汇》作"苔"。

之逶迤。浮沫粉聚，悬流泪垂。泛萍藻而翠翘零落，动菰蒲而绿带参差。

及夫乱草丰茸，古墟荒毁。杂泥沙之汩没，蔽音容之妖靡。至今闾里之人，空传其名氏。①

作者浩虚舟也是当时的律赋名家之一，生卒年不详。但据《新唐书》《唐摭言》《宋史》《登科记考》等可知，浩虚舟长庆二年(822)进士科试《木鸡赋》，又博学宏词科试《日五色赋》，著有赋格《赋门》一卷。柏夷曾推测《赋谱》的作者就是浩虚舟，《赋谱》可能是《赋门》的另一个题目②。笔者也认为：《赋谱》的作者有可能为浩虚舟，即便不是浩氏，其态度立场也应与浩氏接近，其部分主张可能近似于浩虚舟《赋门》或者受到了它的影响。③ 通观浩虚舟《舒姑泉赋》全文可知，该赋也同样文学化地表现了一则"怪异"的传说，可谓与白行简《望夫化为石赋》有异曲同工之妙。更何况收载舒氏之女坐化为泉这一奇闻逸事的《述异记》又恰是纪长谷雄读过的志怪之一④，纪长谷雄自然是深知浩虚舟之赋典出"舒姑化泉"。如果他奉《赋谱》为圭臬，实在是没有道理不以浩虚舟《舒姑泉赋》为师法，而反以白行简《望夫化为石赋》为楷模的。

（四）唐代赋格在日传播之假说

通过以上分析我们基本可以断定，纪长谷雄在创作《柳化为松赋》时并没有受到《赋谱》的影响。或许他并不曾看过《赋谱》，抑或看过《赋谱》但不同意《赋谱》的某些观点。那么他是否有可能完全脱离开我国唐代的赋格去完成律赋的创作呢？纪长谷雄所处的时代正是日本律赋刚刚发轫不久⑤，对于一个"外国人"来说，使用一门"外语"去写作有程式要求的律赋绝非易事，我们很难想象日本人是如何在没有赋格传来的情况下开展律赋写作实

① 〔宋〕李昉等：《文苑英华》卷三六，北京：中华书局，1966 年，第 162 页。
② 〔美〕柏夷：《〈赋谱〉略述》。
③ 详见本章第一节"《赋谱》拾零"。
④ 《菅家文草》是与纪长谷雄同时的另一鸿儒菅原道真的诗文集，其中卷五收录的《庐山异花诗》等一组五首诗是为庆贺源能有五十大寿而制作的屏风诗。屏风中的诗歌由菅原道真制作，绘画由巨势金冈负责，提笔挥毫的是藤原敏行，而在诗歌绘画制作之前则要有人选择贺寿的题材，这一组诗画所表现的灵异故事正是由纪长谷雄于《列仙传》《幽明录》《异苑》《述异记》诸志怪中抄出，可见纪长谷雄熟读过这些六朝志怪小说集。详见〔日〕川口久雄校注《菅家文草・菅家後集》（日本古典文學大系 72），東京：岩波書店，1966 年，第 410—414、708—710 頁；〔日〕渡辺秀夫：《纪长谷雄について—神仙と隠逸—》，日本文學協會《日本文學》1976 年第 8 號，第 54—55 頁。
⑤ 日本律赋的首作者是都良香(834—879)，其生年仅比纪长谷雄早十一年。

践的。当时的实际情形一定是,为满足日本人汉诗文写作的迫切需求而有大量唐代的诗赋格传入了日本。前文已及,《日本国见在书目录》中就可见多种唐代诗文格,特别需要指出的是,编纂者藤原佐世(847—898)将这些论著全部归入"小学",充分说明了在日人眼中诗文格也是"取便初学"的性质。而《赋谱》与《文笔要决》留存于日本更是无可辩驳的力证。

只是如同考察平安朝律赋中唐代赋家的影响不能将范围只局限于白居易一样①,我们在考察唐代赋格之在日传播时,绝不可将眼光只局限于《赋谱》,而是要考虑到更多赋格东传日本的可能。除《赋谱》外,张仲素《赋枢》三卷、范传正《赋诀》一卷、浩虚舟《赋门》一卷、白行简《赋要》一卷、纥干俞《赋格》一卷、和凝《赋格》一卷都无法排除东传的可能。其中《赋要》就是《望夫化为石赋》的作者白行简所撰写,见诸《宋史》卷二〇九《艺文志》第一六二②,今已不存。既然《赋谱》传入了日本,那么白行简的这部《赋要》当然有可能伴随着他的《望夫化为石赋》等作品一起传入日本。《赋要》是自然不会做出"无切类石事者,惜哉"这种自我否定的,书中具体讲了什么"作赋之要"已无从知晓,但我们认为,不排除纪长谷雄在创作《柳化为松赋》这篇律赋时,受到了白行简《赋要》指导的可能。即便不是白行简的《赋要》,是否有其他认同乃至激赏《望夫化为石赋》的赋格影响了纪长谷雄的创作,亦未可知。尽管目前我们无法拿出确凿的文献证据,但鉴于九世纪我国汉籍大量输出到日本的背景,以及唐人诗文格东传日本这一实情,另有赋格影响纪氏创作的这一假说是十分合理的。纪长谷雄《柳化为松赋》在作法这一层面,极有可能受到了《赋谱》以外的唐代赋格的影响。

三　《赋谱》在日本的嗣响

虽然上文否定了《赋谱》对纪长谷雄《柳化为松赋》施加影响的可能,但并不意味着《赋谱》未在日本掀起什么涟漪。恰恰相反的是,该赋格对日本的文章格法著作产生了极其深远的影响。小西甚一先生最先指出了平安朝格法书《作文大体》的编纂参考资料之一就有《赋谱》,因两者之间酷似之处颇多。直至日本五山禅僧所著的一些四六格法著作中也仍能见到类同《赋

---

① 日本学界历来"默认为"在平安朝的律赋写作中白居易有着不可比拟的影响作用,详参〔日〕松浦友久:《上代日本漢文學における賦の系列―〈経國集〉〈本朝文粹〉を中心に―》,東京大學國語國文學會《國語と國文學》1963 年第 10 號;〔日〕岡村繁:《白楽天の詩賦と王朝の詩賦》,《和漢比較文學》第 8 號,1991 年 10 月;但一直没有指出白居易的影响具体表现在哪些方面。笔者已通过第三章的考察指出白行简的影响实在其兄长之上。

② 〔元〕脱脱等:《宋史》,北京:中华书局,1977 年,第 5409 页。

谱》的表述。① 只是小西先生没有展开详论,笔者下面拟做补论:一则补充一点小西先生未及的受到《赋谱》影响的日本格法著述;二则阐明《赋谱》影响的具体情形及原因。

(一)《赋谱》与日本的格法著述

1.《作文大体》

平安时代成书的汉诗文写作指南,世传为藤原宗忠(1062—1141)编撰。但现存几个版本的内容构成差异显著,经比对可知其成书情况较为复杂。最终成书的《作文大体》大致由"诗大体""杂体诗""诗杂例""笔大体""八阶""文章对"等部分组成,其中部分内容由大江朝纲(886—958)、源顺(911—983)所撰,经后人不断增补,至藤原宗忠续补或续抄"诸句体"而形成较为完备的《作文大体》。诸本中,镰仓中期的观智院本(现藏天理大学附属天理图书馆)是《作文大体》成书过程中的一个前期版本,由"作文大体并序""笔大体""诗大体"等部分组成,反映了该书早期流播的面貌。日本很早就对此书展开了研究②,不再赘述,仅就其中与《赋谱》酷似的部分稍做铺叙。

《作文大体》对《赋谱》的袭用集中于"笔大体"③。首先是句式名称及解释几乎全部参考了《赋谱》中对赋句的阐述。仅举一例,《赋谱》云:"壮。三字句也。若……之类,缀发语之下为便,不要常用。""笔大体"则云:"壮句。三字,有对,发句之次用之。但赋及序未必用之,随形施之,可调平他声。"其次是每一句式中,凡所举句例均有来自《赋谱》者。而这些句例中又有部分例子仅见于《赋谱》,再无它载,可以说是"笔大体"参考《赋谱》而撰的关键证据。如"紧句"中的"四海会同,六府孔修";"疏隔句"中的"酒之先,必资于曲蘖;室之用,终在乎户牖";"平隔句"中的"北山桂树,权奇可同;上林桃花,颜色相似"。详细对照请参文后表5-2,不再一一列出。

2.《王泽不渴钞》

镰仓时代成书的汉诗文写作指南,应作"王泽不竭钞"④,但现存诸本均为"渴",或是误抄。《王泽不渴钞》宽永十一年刊本注云:"此钞者良季撰也。

---

① 〔日〕小西甚一:《文镜秘府论考》(研究篇下)第二章"句格考",第145—151页。
② 〔日〕山岸德平:《日本汉文学研究》(山岸德平著作集Ⅰ)"作文大躰に就いて"(初出题"作文大躰開題",1934年),东京:有精堂,1972年,第249—269页;〔日〕川口久雄:《平安朝日本汉文学史の研究》(下)第二十二章第五节,东京:明治书院,1988年三订版(初版1961年),第864—887页;〔日〕小泽正夫:《作文大躰注解》,《中京大学文学部纪要》1984年第2号、1985年第3·4号等。
③ 《作文大体》之"笔"是针对"诗"而言,并非以有韵无韵为区分标准。
④ 班固《两都赋序》云:"昔成康没而颂声寝,王泽竭而诗不作。"

池之坊不断光院住寺,仁王九十代后宇多院建治年中之撰也。"学界一般看作是镰仓中期的唱导家良季(1251—?)所撰,成书于建治二年(1276)。① 该书上下两卷,上卷讲"诗",下卷讲"文",为方便读者诵记而采取了问答对话的方式,颇有特色。

《王泽不渴钞》与《赋谱》的酷似也可举出两处。首先是句式名称及解释,依然可见"壮句""紧句""长句""隔句"等袭用《赋谱》的表述方式,相应解释也没有大的出入。但在句例上却未见任何引自《赋谱》的例子,一是良季采取的问答对话方式限制了举例的数量,二是其序文已云:"专连今愚之闻,希拾古贤之作。"这与征引前人文章为例的《作文大体》有很大不同。其次是有关文章间架结构的论述。《赋谱》将一篇三百六十字左右的八韵律赋分作"头、项、胸、上腹、中腹、下腹、腰、尾"八个部分,并给每一部分列出了参考字数;《王泽不渴钞》则分作"首、颈、上腹、中腹、下腹、腰、尾",同样分别给出参考字数,以三百六十字成一篇。② 详情参文后附表。

3.《虎关和尚四六法》等四六格法

盖是镰仓末期或南北朝成书的四六骈文写作指南,冠以虎关师炼(1278—1346)之名。虎关和尚是日本临济宗圣一派禅僧、汉诗人,除禅宗语录外还著有韵书《聚分韵略》及诗文集《济北集》,是五山初期极有代表性的文学禅僧。《虎关和尚四六法》未见有单行传本,多是收于其他四六格法著述之中,不如其《禅仪外文集》那么显为人知,故也有可能是其弟子记录或后人辑采而成。现存《虎关和尚四六法》诸本尽管在具体文字上存在差异,但内容构成一致,专讲句式,始于"第一发句",终于"第八送句"。

《虎关和尚四六法》所述句式的名称及解释大致一同《赋谱》,且有部分句例同见于《赋谱》,自然无法排除受《赋谱》影响的可能。但小西先生已经指出,虎关师炼之说与《作文大体》相差无几,所举句例同见于《作文大体》《悉昙轮略图抄》,似为撮采前人诸书而成。并进一步指出虎关之说与《作文大体》也有微小差异,其原因或与他参考"宋朝文法"有关。③ 因此我们尚无法断定《虎关和尚四六法》一定是受到了《赋谱》的直接影响。

与之类似的是,五山时期还有仲芳圆伊《伊仲芳四六之文》、江西龙派《江西和尚四六口传》《蒲室四六讲时口传》、天隐龙泽《天隐和尚四六图》、策

---

① 〔日〕川口久雄:《平安朝日本漢文學史の研究》(下),第 884 頁;山崎誠:《〈王澤不渴鈔〉解题》,收入國文學研究資料館編《真福寺善本叢刊》第 12 卷,東京:臨川書店,2000 年,第 704 頁等。

② 《王泽不渴钞》现存诸本中保留此"间架结构论"的是室町末期的真如藏本,现藏叡山文库。

③ 〔日〕小西甚一:《文鏡秘府論考》(研究篇下)第二章"句格考",第 149—150 頁。

彦周良《策彦和尚四六图》、常庵龙崇《常庵和尚四六转语》等一批四六格法著述,常常也采用"壮句""紧句""长句"等首见于《赋谱》的句式表述。但这类著述多受"宋朝文法"和以笑隐大诉《蒲室集》为代表的元僧格法的影响①,与《赋谱》的关系还很难界定。

4.《文笔问答钞》

成书于室町末期、战国时代的汉诗文写作指南,印融(1435—1519)撰。身为真言宗僧人的印融为"关东东密"(即东寺密教)的再兴做出了卓越贡献,他不仅撰写了大量真言宗著作,还精通悉昙学和我国音韵学,是一位博学多识的学者型僧人。《文笔问答钞》开篇解题云:

> 问:"文笔"名目如何? 答:文者作文,笔者杂笔也。问:其作文大体如何? 答:诗、颂、歌、赞、碑、铭、连句等,作文体也。问:其杂笔大体如何? 答:表白、讽诵、愿文、序、赋、表、奏状、敕答,杂笔之体也。②

如上,该书是一部以问答形式撰述的诗文格法,由"诗颂不同事""绝句诗事""律诗事"等四十余"事"组成。

其中酷似《赋谱》的表述集中在"杂笔句体事",有"发句体""壮句体""紧句体""长句体""隔句体"(又分轻、重、疏、密、平、杂)"傍句体""漫句体""送句体",只是解释更详细,分类更细致,句例更丰富。不过日本学者早已指出,《文笔问答钞》与之前的《作文大体》《王泽不渴钞》等著述有明显的承袭关系,尤其是印融曾亲自抄写过《作文大体》,需特别留意。③ 对照《文笔问答钞》与《作文大体》可知,凡《文笔问答钞》所引句例中有见于《赋谱》的句例,均同见于《作文大体》,难以证实说《文笔问答钞》受到了《赋谱》的直接影响。

(二)《赋谱》在日嗣响论

通过上述分析,我们可以确定《作文大体》受到了《赋谱》的直接影响,《王

---

① 仲芳圆伊有过一段精辟的总结:"丛林入院开堂,用骈俪之语劝请住持,盖滥觞于赵宋,藩衍元明。……国朝诸师,初无此作,中古以来盛行之,率用宋朝文法,是故关翁(笔者注:虎关师炼)《禅仪外文》择而载之。三四十年来,稍用大元法度。其端重典雅,纵横放肆,与造物者争变化者,龙翔(笔者注:笑隐大诉)制作,超拔先古。四六之体立宗门百世之法,是故天下翕然步趣之。"仲芳圆伊《伊仲芳四六之文》,日本国立国会图书馆藏圆光寺写抄本。
② 据内阁文库藏延宝九年(1681)刊《文笔问答钞》。
③ 〔日〕船津富彦:《文筆問答鈔覺書一特に漢詩論について一》,《密教文化》第14號,1951年;〔日〕金原理:《平安朝漢詩文の研究》第四章第二節《文筆問答鈔》について一その基礎的な問題をめぐって一》,福岡:九州大學出版会,1981年。

泽不渴钞》的编纂很可能也参考了《赋谱》。而镰仓以降，《虎关和尚四六法》等五山禅僧的四六格法和《文笔问答钞》虽然还在因袭《赋谱》的术语，但很可能是直接取径于《作文大体》等日本先行格法和我国宋元格法。应该说《赋谱》对日本格法著作的影响是程度不一的，毕竟其是一部"外国"的"过去"的"赋"格，时过境迁，暴露出其影响中局部的、难以持久的一面也是情理之中的。然而《赋谱》的影响却又是深远的，这要将其与后世文章格法著述连接起来方能认识。程维博士就我国律赋格与文章学之间的关系指出：

> 唐代的赋格在很多层面上为宋代的文章学建立了轨范。以《赋谱》为代表的唐代律赋格建立了认题与立意论、破题论、体式论、章法间架论、句法论等等作文的法则，对宋元文章学有着相当大的启发作用。①

这一经其细密论证的观点很有见地，将《赋谱》定位到后世文章学的源头之一。《虎关和尚四六法》《文笔问答钞》等日本古代后期格法即便没有受到《赋谱》的直接影响，也可以说是受到了间接影响，完全可以看作《赋谱》之余绪。《赋谱》在日本格法著述中的地位同样可以定位至源头的高度。

但既然是有局限的影响，还是要进一步厘清是《赋谱》的哪一部分，影响了日本格法著述的哪一方面。若给《赋谱》进行分段，大致可以划分为如下五个部分：

> 1 赋句论（句法论）；2 赋文间架结构论（文章间架结构论）；
> 3 押韵论；4 赋题论（即审题制义）；5 新赋古赋区别论

由前文论述及文后对照表可见，日人汲取的主要是第一部分"赋句论"（句法论）和第二部分"赋文间架结构论"（文章间架结构论），又以第一部分最为突出。似乎可以这样理解：日人所重的就是《赋谱》的"赋句论"（句法论），《赋谱》的句法就是日本汉文句法的一大源头。《赋谱》现存钞卷的构成亦可以佐证，与其同书于一卷的《文笔要决》显是杜正伦讲述诗文制作要诀的格法书，内容构成自当涵盖多个方面。而今存日本的钞卷却仅有《句端》一篇，余皆不见，说明日人对句法的格外重视。无论是《文笔要决》的"句端"，还是《赋谱》的"句法论"，都是日人学习汉文写作所必需的指南，两部格法书所采

---

① 程维：《从律赋格到文章学》，《中国韵文学刊》2017 年第 1 期。

用的要义加例释的方式简明易懂、可实践性强,正适合初学汉文的"新进之徒",或许正因如此,才将两者同书于一卷。

且需注意的是,《赋谱》的句法不只适用于律赋,而且可以应用于所有的四六骈文。在平安时代的《作文大体》中,作者对纪长谷雄《仁和寺圆堂供养愿文》、纪长谷雄《画虚空藏菩萨赞序》、中书王源兼明《御笔御八讲问者表白》、庆滋保胤《石山奏状》这些日人所作骈文进行句解时,使用的便是壮、紧、长、轻隔、重隔等《赋谱》的句法表述。仅举其中一例,移录如下,以〈〉标识小字:

仁和寺圆堂供养愿文〈纪纳言长谷雄作〉

〈长句〉仁和寺内地〈他〉,建八角一堂〈平〉。

奉安置金刚界会三十七尊并外院天等三昧耶形。

〈傍字〉斯乃弟子

〈长句〉一生瞻仰之基〈平〉,三昧观念之所也。

〈傍字〉抑夫

〈杂隔句〉法界皆谓道场〈平〉,何方非修行之地〈他〉? 世间总是虚伪〈他〉,何处为常住之栖〈平〉?

〈傍字〉然而

〈壮句〉为慕德〈他〉,为恋恩〈平〉。

〈长句〉追山陵之近边〈平〉,望松柏之荒色〈他〉。

〈傍字〉是犹

〈漫句〉思古人之庐墓侧之意也〈不对也〉。

〈紧句〉至于今春〈平〉,如法供养〈他〉。开会一日〈他〉,请众百僧〈平〉。

〈轻隔句〉各各连心〈平〉,观虚空之月〈他〉;声声异口〈他〉,任周遍之风〈平〉。

〈傍字〉于是

〈紧句〉国王有敕,供乐一部〈声不去体也,但入声与上、去二声居别也〉。

〈长句〉红樱乱飞之候〈他〉,黄鸟和鸣之晨〈平〉。飘舞衣于花间〈平〉,混歌曲于声里〈他〉。

将以惊动诸尊之境界〈他〉,娱乐诸天之降临也〈平〉。

〈傍字〉弟子

〈杂隔句〉昔为人君〈平〉,万姓所犯之罪自归于我〈他〉;今作弟子〈他〉,一身所修之善尽利于他〈平〉。

　〈紧句〉既云有恩〈平〉,更亦谁别〈他〉?

　〈长句〉凡厥四生之类〈他〉,被以一子之悲〈平〉。

　弟子〈某〉归命稽首〈古今之例未必居敬白两字也〉。

　　到了中世末期的《文笔问答钞》也仍然如此,可见《春日同赋待花催胜游诗序》《夏日同赋林下多芳草诗序》《初秋同赋秋夜月前吟诗序》《冬日同咏雪诗序》《为忠延师妣讲理趣经表白文》《为弟子求寂真际入冥扉达嘅文》《在原氏修讽诵文》《圆融院四十九日御愿文》《应奉造佛塔曼荼罗等事》等数篇例子,句解时无一不是如上的方式。显而易见,《赋谱》的句法已然是日本格法著述注解骈文时的"标准用语"。律赋本就是六朝骈文发展延长线上的产物,完全可视作精品化的骈文,其琢句的功夫与骈文相通。无论是平安时代的日本,还是中世日本,都有大量制作骈文的需求。申文、愿文、表白、序、疏文等等,无一不是以四六骈俪体写就,只需粗略翻检一下平安诗文总集《本朝文粹》《本朝续文粹》及五山禅僧的文集即可明了。旺盛的制作需求是导致日本格法著述不断"复述"句法的根本原因。

四　结语

　　《赋谱》是目前海内外仅存的唐代赋格,故颇受中日两国学者重视。我国研究者也普遍推定其东传日本后产生了巨大的影响。如陈万成先生最先指出,《本朝文粹》卷一收录的源顺《奉同源澄才子河原院赋》及大江朝纲《男女婚姻赋》都是遵从《赋谱》范式的新体赋。[1] 后来张逸农博士更是将考察范围扩大到正续《本朝文粹》的全部律赋,意图析明《赋谱》与日人律赋创作的关系。[2]这一思路在逻辑上是可行的,东传日本的唐人赋格一定会影响到日人的律赋写作,只是要落实到具体赋篇上还非常困难。相较而言,《赋谱》更突出的影响还是表现在格法著作上,而且这一影响也更为深远。反映在创作实践上,其影响范围已不仅仅是辞赋,还有序、愿文、表白等其他文体。尤其是《赋谱》的"句法论",可谓江户时代以前日人学习骈文句法的经典法式。

　　另需强调的是,正因为《赋谱》是现存唯一的唐代赋格,所以不能把东传日本的唐代赋格局限于《赋谱》,而要考虑到更多赋格东传的可能。

---

① 陈万成:《〈赋谱〉与唐赋的演变》,第571—572页。
② 张逸农:《正续〈本朝文粹〉律赋研究——以唐佚名〈赋谱〉为视角》,收入王晓平编《国际中国文学研究丛刊》第7集,上海:上海古籍出版社,2019年。

表 5 - 2　《赋谱》与日本四种格法著述对照表

《赋谱》	《作文大体》	《王泽不渴钞》	《虎关和尚四六法》	《文笔问答钞》
凡赋句有壮、紧、隔、长、漫，发、送合织成，不可偏舍。				此大有八句，所谓发句〈一字、二字、三字，四字〉，壮句〈三字〉，紧句〈四字〉，长句〈五字乃至九字〉，隔句〈十字已上〉，傍句、漫句、送句也。又于隔句有六句法：轻隔句、重隔句、疏隔句、密隔句、平隔句、杂隔句也。
壮。〈三字句也〉。 若……"万国会，百工休"之类，缀发语之下为便，不要常用。	壮句。三字，有对，发句之次必用之。但赋及序未必用之。……万国会，百工休。……	壮句。三字有对……	第三壮句。三字对……发句之次用之。	壮句体。三字为一句，二句为一首，句有对……发句欢用之……
紧。〈四字句也〉。 若……"四海交合〈他〉，六府孔修"……亦缀发语之下为便，至今所用也。	紧句。四字，有对…… 四海交合〈他〉，六府孔修〈平〉。……	紧句。四字有对……	第四紧句。四字对……	紧句体。四字为一句，二句为一首……

续　表

《赋谱》	《作文大体》	《王泽不竭钞》	《虎关和尚四六法》	《文笔问答钞》
长。〈上二字下三字句也,其类又多上三字下三字。〉若"石以表其贞,变以彰其异"之类,是五字也。"感上仁于孝道,合中端于祥经",是六字也。"因依而上下相遇,修分而贞刚夫全",是七字也。……"笑我者谓量力而徒尔,见机者料成功之远而",是九字也。……	长句。从五字至九字用之,……五字:石以表其贞〈平〉,变以彰其异〈他〉。六字:感上仁于孝道〈他〉,合中端于祥佳〈平〉。七字:因依而上下相遇〈他〉,修分而贞刚夫全〈平〉。……九字:笑我者谓量力而徒尔〈他〉,见机者料成功之远而〈平〉。……	长句。五字有对……自五字至九字,皆名长句…… 已上五种长句。	第五长句。〈自五字至九字,或十余字,用对……〉	长句体。五字长句乃乃至九字长句,五个长句有对,有对,……五字例 石以表其贞〈一句〉〈平〉,云以彰其异〈一首〉〈他〉。六字例 感上仁于孝道〈一句〉〈他〉,合中端于祥经〈一首〉〈平〉。七字例 目依而上下相遇〈他〉,修分而贞刚夫全〈一首〉〈平〉。……九字例 笑我者谓量力而徒尔〈他〉,见机者难成功之远而〈一首〉〈平〉。
隔　隔句对者,其辞云隔。体有六:轻、重、疏、密、平、杂。	隔句。有六体:轻、重、疏、密、平、杂也。轻、重为胜:疏、密次之,平、杂饮之。	自此隔句,此有六种,轻隔句、重隔句、疏隔句、密隔句、杂隔句、平隔句。	第六隔句。〈有六体、轻、重、疏、密、平、杂隔也。轻、重为最,疏、密次之,平、杂又次之……〉	是有六种:轻、重、疏、密、平、杂隔句也。轻、重为善,疏、密次之,平、杂又其次。

续 表

《赋谱》	《作文大体》	《王泽不渴钞》	《虎关和尚四句六法》	《文笔问答钞》
轻隔者，如上有四字，下六字。若"器将导志〈他〉，五色发以成文。化尽欢心〈平〉，百兽舞以叶曲"之类也。	轻隔句〈上四下六〉。器将导志〈他〉，五色发以成文〈平〉；化尽欢心〈平〉，百兽舞以叶曲〈他〉。	上四下六，名轻隔句。……	轻隔句。〈上四字下六字。……〉	轻句体。上四下六，可为间隔也。
重隔，上六下四。如"化轻裾于五色，犹认罗衣〈他〉。变纤手于一拳〈平〉，以迷纨质"之类是也。	重隔句〈上六下四〉。化轻裾于五色，犹认罗衣〈他〉，变纤手于一拳〈平〉，以迷纨质〈他〉。	重隔句。上六下四……	重隔句。〈上六下四字。……〉	重句体。翻对轻隔句也。
疏隔，上三，下不限多少。若"酒之先〈平〉，必资于曲蘖〈鱼列反，米牙也〉，室之用，终在乎户牖〈平〉"。……	疏隔句〈上三，下不限多少〉。酒之先〈平〉，必资于曲蘖〈他〉；室之用，终在乎户牖〈平〉。……	疏隔句。上三下七，或下多少任意，但不溢二十字云云。……	疏隔句。〈上三字，下七字，但下……，或不限字多少也……〉酒之先〈平〉，必资于曲蘖〈仄〉，室之用〈仄〉，终在于窗〈平〉。	疏隔句体。上三下六，二十有字为为限也。上三下五……酒之光〈平〉，必资于曲蘖〈他〉；室之明〈平〉，终在乎户牖〈他〉。〈已上一首〉
密隔，上五已上，下六已上字。若"征老聃之说，柔弱胜于刚强〈他〉，验夫子之文，积善由于驯致〈平〉"，……	密隔句〈上五已上，下六已上〉。或上多少下三有体。征老聃之说〈他〉，柔弱胜于刚强〈平〉；验夫子之文〈平〉，积善由于驯致〈他〉。	密隔句。上五字已上，下六字，或上七下三。……	密隔句。上五六字，八九字，下三字。	密隔句体。上五下六，上六下七，上七下八等也。上五下六……微老聃之说〈他〉，柔弱胜于刚强〈平〉；验夫子之文〈平〉，积善由乎驯致。〈已上一首〉

《赋谱》	《作文大体》	《王泽不渴钞》	《虎关和尚四六法》	《文笔问答钞》
平隔者，上下或四或五字等。	平隔句〈上下或四或五〉。	平隔句。上下同四，有对。……上下同五字，平隔句有之。	平隔句。上下字数齐等也。上下共四字，或五、六、七、八、九字也。	平隔句体。四字平隔句，五字平隔句，六字、七字等，不同有之。
若"小山桂树，权奇可比。丘林花，颜色相似。"进寸而退尺，常一以贯之。日往而月来，则就甚深矣"等是也。	北山桂树〈他〉，权奇可比〈平〉；上林桃花〈平〉，颜色相似〈他〉。进寸而退尺〈他〉，常一以贯之〈平〉；日往而月来〈平〉，则就甚深矣〈他〉。			四字平隔句……小山桂树〈他〉，摧奇可同〈平〉；上林桃花〈平〉，颜色相似。〈已上一首〉五字平隔句……寸进而退尺〈他〉，常一以贯之〈平〉；日往而月来〈平〉，则就甚深矣〈他〉。〈已上一首〉
杂隔者，或上四、下五、七、八；或下四、上亦五、七、八字。	杂隔句〈或上四、下五、七，八，或下四、上亦五、七、八〉。	杂隔句。上四，下五，七、八，今用七字。或上五，七、八，下四。……	杂隔句。上四字下五、七，八字；下四字，上七、八字或五字。……	杂隔句体。上四下五、上四下七、上四下八……上四下五格，上四下八。……上四下七，上四下五格下八，……上四下七，上四下五格
若"梅不可追〈平〉，空劳于骋马，"孤烟不散，若袭香炉峰之前；圆月斜临，似对镜庐山之上，"……	梅不可追〈平〉，空劳于骋马〈他〉；行而无迹〈平〉，岂系于九衢〈他〉。孤烟不散〈他〉；圆月斜临〈平〉，似对镜庐山之上〈他〉。	……	梅不可追〈平〉，宁劳于骋马〈仄〉；行而无迹〈仄〉，岂系于九衢〈平〉？……	梅不可追〈平〉，空劳于骋马〈他〉；行而无迹〈他〉，岂系于九衢〈平〉？〈已上一首〉
此六隔，皆为文之要，堪常用，但务晕嫡耳。就中轻、重为最。杂次之，疏、密次之，平为下。	按："隔句"项已及。	已上隔句六种。		按："隔句"项已及。

续 表

	《赋谱》	《作文大体》	《王泽不渴钞》	《虎关和尚四六法》	《文笔问答钞》
漫	不对合，少则三、四字，多则二、三句，若……，"我圣上之有国"，"甚哉言之出口也，……"，……施之尾可而也，……施之尾水得也。项、腹不必用焉。	漫句。不对合，不调平他声。或四五字七字八字，或施头或施尾，……我圣上之有国。甚哉言之出口。……	漫句。不用对……	第七漫句。四、五、六、七、八、九、十余字或施头。或施尾，或不用对……	漫句体。或一句或二句，……或施头、或施尾、或施中、又代合，……送句也。送句之国〈施头一句〉。我圣上之有国〈施头一句〉。
发	发语有三种：原始、提引，起寓。若"原夫""若夫""观夫"……"于是""窃以""伏惟观夫"，……	发句。施头。夫、夫以、原夫、夫惟、于是、方今、窃以、伏惟、观夫、……	一字发句。右、夫、此、类也。……二字发句。原夫、夫以、此字类也。按："发句"在卷首。	第一发句。专起头。或施篇中、一、二、三字，不用对。夫、夫以、……	发句体。夫、夫以，……如此言之类，皆名发句也。或一字、或二字，三字、四字而无对属。
送	送语，"者也""而已""哉"之类也。	送句。施尾。者也、而已、者、欤、哉、也、耳。	者也、而已、者句。……	第八送句。一、二、三字，无对或有对，施尾。者也、而已、耳，是者也、哉，也、耳，是等也。	送句体。必施尾也。一字二字等而无对也。谓：焉、矣、乎、哉，者也、者平之类。

续　表

《赋谱》	《作文大体》	《王泽不渴钞》	《虎关和尚四六法》	《文笔问答钞》
凡赋体分段,……至今新体,分为四段: 初三,四对,约卅字为头;次三对,约卅字为项;次二百余字为腹,最末约卅字为尾。就腹中更分为五:初约卅字为胸;次多约卅字为上腹,次约卅字为中腹;次约卅字为下腹;次约卅字为腰。……约略一赋内……计首尾三百六十字左右字。		极秘藏云:可秘可秘,极最秘极最秘。 首〈四十〉颈〈六十〉中腹〈六十〉上腹〈六十〉要〈六十〉下腹〈六十〉尾〈四十〉……一个颂曰:首颈二段同四十,上中下段各六十,腰同六十尾四十,三百六十是一体。谈话曰:首〈四十〉,颈〈六十〉,上腹〈四十〉,下腹〈六十〉,腰〈六十〉,尾〈四十〉。多小虽不同,先其一体六十,以三百六十字成一篇。……		

按:《赋谱》据五岛美术馆藏本,《作文大体》据天理图书馆藏观智院本,《王泽不渴钞》据叡山文库藏真如藏本,《虎关和尚四六法》据国立国会图书馆藏宽永年间(1624—1643)写《天隐和尚四六图》,《文笔问答钞》据内阁文库藏延宝九年(1681)刊本。各项次序以《赋谱》之叙述为准,其他四种格法相应调整以便对照。以〈〉标识底本小字。

第三节　被过滤了的美文与秀句
——谫论古代日本对唐赋的接受

德国文艺理论家、美学家姚斯(H. R. Jauss)说:"如果理解文学作品的历史连续性时象文学史的连贯性一样找到一种新的解决方法,那么过去在这个封闭的生产和再现的圆圈中运动的文学研究的方法论就必须向接受美学和影响美学开放。"①不唯文学作品的"历史连续性",在理解其跨语言、跨文化的传播与影响时,同样需要更新研究方法并扩大研究视野。这一"走向读者"的理论观点自 20 世纪 60 年代开始影响学界,在比较文学研究中,人们对"接受研究"的重视已不亚于传统的"影响研究"。如美国比较文学学者韦斯坦因(Ulrich Weisstein)认为:"'影响'(influence)应该用来指已经完成的文学作品之间的关系,而'接受'(reception)则可以指明更广大的研究范围,也就是说,它可以指明这些作品和它们的环境、氛围、作者、读者、评论者、出版者及其周围情况的种种关系。因此,文学'接受'的研究指向了文学的社会学和文学的心理学范畴。"②然而具体到一些研究对象上,其现状却未必是"接受"与"影响"并重。

"赋"是我国古典文学中极具代表性的一种文体,常常与"诗"并举,在深受汉文化影响的朝鲜半岛、日本和越南也不陌生。就日本而言,天长四年(827)成书的《经国集》中可见藤原宇合(694—737)《枣赋》、石上宅嗣(729—781)《小山赋》及贺阳丰年(751—815)《和石上卿小山赋》,这表明早在奈良时代日本人就已开始了辞赋写作,为日本汉文学注入了一股新鲜的血液。由于日本处于以中国为核心的汉字文化圈中,人们自然推想到这是我国辞赋影响了古代日本的结果。松浦友久先生曾撰有《上代日本汉文学中的辞赋系列——以〈经国集〉〈本朝文粹〉为中心》一文,是辞赋领域中极具代表性的影响研究。③他考察日本中世以前的赋作后指出:收录于《经国集》中的早期日本辞赋受到的是我国六朝及初唐骈赋的影响(魏·钟会《菊花赋》、

①　〔德〕H. R. 姚斯、〔美〕R. C. 霍拉勃著:《接受美学与接受理论》,周宁、金元浦译,沈阳:辽宁人民出版社,1987 年,第 24 页。

②　〔美〕乌尔利希·韦斯坦因著:《比较文学与文学理论》,刘象愚译,沈阳:辽宁人民出版社,1987 年,第 47 页。

③　〔日〕松浦友久:《上代日本漢文學における賦の系列—〈経國集〉〈本朝文粹〉を中心に—》,東京大學國語國文學會《國語と國文學》1963 年第 10 號;收入松浦友久:《日本上代漢詩文論考》,東京:研文出版,2004 年。

晋·张华《鹪鹩赋》、晋·夏侯湛《秋可哀赋》、唐太宗《小山赋》等），而九世纪中叶至平安末期的辞赋作品受到的则是以白居易为代表的唐人律赋的影响。笔者又在本书第三章中通过考察纪长谷雄《柳化为松赋》与大江朝纲《男女婚姻赋》补充指出，平安时代的辞赋作品还受到了白居易的胞弟白行简所作辞赋的影响。唐人辞赋对古代日本有所影响已是毋庸置疑，但影响研究与接受研究的侧重点不同，既有的影响研究不足以揭示出问题的全貌。依笔者管见，目前学界就古代日本对唐赋的接受鲜有讨论。这不仅妨碍我们对"接受者"的认识，也会失去一只观察唐赋的"他者之眼"。

下面将目光转向平安中后期的两部文学作品，试图通过其中摘录的唐人赋句来管窥古代日本对唐赋的接受，以补过往研究之不足。

一　《和汉朗咏集》《新撰朗咏集》所见唐赋

《和汉朗咏集》是平安中期文人藤原公任（966—1041）编选的一部诗文选粹集，成书时间未确，早至长和元年（1012）左右，晚不迟于宽仁年间（1017—1021）。该集采取的是与类书相似的编纂体例，分列春、夏、秋、冬和杂这五部，每部之内又细分为多项，每项之下依次胪列我国汉诗文中的"长句"（多为一联"隔句对"）、诗句，日本汉诗文中的"长句"、诗句，以及和歌。试举卷下"杂"部中的"猿"项如下：

①　瑶台霜满，一声之玄鹤唳天；巴峡秋深，五夜之哀猿叫月。（谢观《清赋》）

②　江从巴峡初成字，猿过巫阳始断肠。（白居易《送萧处士游黔南》）

③　三声猿后垂乡泪，一叶舟中载病身。（白居易《舟夜赠内》）

④　胡雁一声，秋破商客之梦；巴猿三叫，晓霑行人之裳。（大江澄明《山水策》）

⑤　人烟一穗秋村僻，猿叫三声晓峡深。（纪长谷雄《秋山闲望》）

⑥　晓峡萝深猿一叫，暮林花落鸟先啼。（大江朝纲《山中感怀》）

⑦　谷静才闻山鸟语，梯危斜踏峡猿声。（大江朝纲《送归山僧》）

⑧　わびしらに　ましらな鳴きそ　足引きの　山のかひある　今日にやはあらぬ（凡河内躬恒）[①]

---

① 据〔日〕佐藤道生校注：《和漢朗詠集》（和歌文學大系第 47 卷），東京：明治書院，2011 年，第 148—151 頁，仅修改个别标点。

①②③分别摘自谢观的赋和白居易的诗,④⑤⑥⑦分别摘自大江澄明的对策文和纪长谷雄、大江朝纲的诗,⑧是凡河内躬恒的一首和歌。与全录和歌不同,汉诗文均是摘句辑录。尽管摘录的形式已见于大江维时(888—963)的《千载佳句》(唐诗佳句选),但《和汉朗咏集》和汉兼录,且不局限于诗句而是并摘"长句",别具特色。这一编纂体例又为平安后期的藤原基俊(1060—1142)所继承,约于保安三年至长承二年之间(1122—1133)编成《新撰朗咏集》。

这两部"朗咏集"对唐代辞赋研究而言,具备文献学与比较文学的双重意义。一者,二集从唐赋中摘录了不少赋句,大都来自我国已经散佚的辞赋作品,弥足珍贵①;二者,二集同时又是我们管窥古代日本接受唐赋的重要文本,可辨古代日人对唐赋的认识。二集共摘唐人赋句 32 处,其中《和汉朗咏集》摘了 25 处,《新撰朗咏集》摘了 7 处,具体是:摘公乘亿《立春日内园使进花赋》《八月十五夜赋》《连昌宫赋》《送友人赋》《愁赋》共 10 处,摘谢观《晓赋》《白赋》《清赋》共 10 处,摘张读《闲赋》《愁赋》共 5 处,摘贾嵩《凤为王赋》《晓赋》共 3 处,摘左牢《密雨散如丝赋》1 处,摘皇甫湜《鹤处鸡群赋》1 处,摘浩虚舟《贫女赋》1 处,摘白居易《汉高帝斩白蛇赋》1 处。详情请参后文表5-4:"朗咏集"所摘唐人赋句一览表。

作品见摘于二集的唐代赋家共有八人,略述如下:

白居易(772—846),字乐天,中唐著名诗人,亦以赋知名。元稹《白氏长庆集序》云:"乐天一举擢上第。明年,拔萃甲科。由是《性习相近远》《求玄珠》《斩白蛇》等赋,及百道判,新进士竞相传于京师矣。"②其本人亦称:"日者又闻亲友间说,礼、吏部举选人,多以仆私试赋判传为准的。"③赵璘《因话录》又云:"李相国程,王仆射起,白少傅居易兄弟,张舍人仲素,为场中词赋之最,言程式者,宗此五人。"④《唐摭言》记载:"贞元中,乐天应宏辞,试《汉高祖斩白蛇赋》,考落。(中略)然登科之人,赋并无闻,白公之赋,传于天下也。"⑤后世推崇其赋的评论还有很多,不具述。今存辞赋 16 篇,《白氏文集》收《动静交相养赋》《泛渭赋》等计 13 篇,《文苑英华》补收《叔孙通定朝仪

① 国内最有代表性的辑佚当属陈尚君先生的《全唐文补编》(北京:中华书局,2005 年),后有蒙显鹏《〈和汉朗咏集〉〈新撰朗咏集〉及注释所见诗文辑佚》(《中国典籍与文化》2019 年第 3 期)又增补数条。
② [唐]元稹著,冀勤点校:《元稹集》卷五一,北京:中华书局,2010 年修订本,第 641 页。
③ 白居易《与元九书》,谢思炜:《白居易文集校注》,北京:中华书局,2011 年,第 325 页。
④ [唐]赵璘:《因话录》卷三,上海:上海古籍出版社,1979 年,第 82 页。
⑤ [五代]王定保:《唐摭言》卷十,北京:中华书局,1959 年,第 105 页。

赋》《洛川晴望赋》《荷珠赋》3篇①。

皇甫湜(约777—835),字持正,中唐著名文学家,因与韩愈亦师亦友的关系而为人熟知。《新唐书》有传,见卷一七六,但未载其文学成就,不过从韩愈嘱其撰墓志铭、顾非熊求其为父亲顾况的诗集作序,还有白居易《哭皇甫七郎中》、韦处厚《上宰相荐皇甫湜书》等诗文记载来看,王定保所云:"韩文公、皇甫湜,贞元中名价籍甚,亦一代之龙门也"②之言允当。只是今人多把皇甫湜看作是古文运动的名家,对其辞赋认识不够。事实上,皇甫湜在《答李生第二书》中驳斥李生说:"生以一诗一赋为非文章,抑不知一之少便非文章耶,直诗赋不是文章耶?如诗赋非文章,三百篇可烧矣;如少非文章,汤之《盘铭》是何物也?孔子曰:'先行其言。'既为甲赋矣,不得称不作声病文也。"③可见其古文主张并不意味着排斥科场诗赋。《新唐书·艺文志》《通志·艺文略》著录《皇甫湜集》三卷,《宋史·艺文志》则为《皇甫湜集》八卷,《崇文总目》著录《皇甫湜文集》一卷。今存《皇甫持正集》卷一收《东还赋》《伤独孤赋》《醉赋》3篇,《文苑英华》补收《鹤处鸡群赋》《履薄冰赋》(八韵律赋)、《山鸡舞镜赋》(八韵律赋)3篇。

谢观(793—865),字梦锡,晚唐赋家,两《唐书》无传,幸有自撰墓志存世。中云:"生世七岁,好学就傅,能文。及长,著述凡册卷,尤工律赋,似得楷模,前辈作者,往往见许。开成二年,举进士,中第。"④可知其以律赋见长。《新唐书·艺文志》著录《谢观赋》八卷,《宋史·艺文志》亦著录《谢观赋集》八卷,《崇文总目》则注明已阙,今佚,但有不少赋作见收于总集。《文苑英华》收其《初雷起蛰赋》《大演虚其一赋》等计20篇⑤,《全唐文》卷七五八增收《禹拜昌言赋》《朝呼韩邪赋》《琴瑟合奏赋》3篇⑥,大都为律赋,证其墓志所言不虚。

浩虚舟,生卒年不详,长庆二年(822)进士,又中宏词科,是当时名重一时的律赋名手。晚唐的赋格著作《赋谱》频频征引浩虚舟的赋句,可见其作品在指导后学写作时具有典范意义。《唐摭言》卷一三"惜名"条记载了一则轶事:"李缪公,贞元中试《日五色赋》及第,最中的者赋头八字曰:'德动天

---

① 明刊本《文苑英华》中,《叔孙通定朝仪赋》下注"集无",《洛川晴望赋》排在白居易《泛渭赋》后未署名。
② [五代]王定保:《唐摭言》卷六"公荐"条,第63页。
③ [宋]姚铉编,[清]许增校:《唐文粹》卷八五,杭州:浙江人民出版社,1986年影光绪十六年杭州许氏榆园校刻本。
④ 周绍良主编:《唐代墓志汇编》,上海:上海古籍出版社,1992年,第2428页。
⑤ 明刊本《文苑英华》中,《骧伏盐车赋》和《却走马赋》排在谢观《吴坂马赋》后未署名。
⑥ 明刊本《文苑英华》中,《禹拜昌言赋》排在杨乃《舜歌南风赋》后未署名,《朝呼韩邪赋》排在王起《南蛮北狄同日朝见赋》后未署名,无《琴瑟合奏赋》。

鉴,祥开日华。'后出镇大梁,闻浩虚舟应宏辞复试此题,颇虑浩赋逾己,专驰一介取本。既至启缄,尚有忧色;及睹浩破题云:'丽日焜煌,中含瑞光。'程喜曰:'李程在里。'"①李缪公(程)是中唐律赋名家,能让他产生担忧的浩虚舟显然不是平庸之辈。又李匡乂《资暇集》卷上云:"近代浩虚舟作《苏武不拜单于赋》,尔来童稚时便熟,讽咏至于垂白,莫悟赋题之误。"②虽言赋题之误,却说明浩虚舟《苏武不拜单于赋》播在人口的事实。《新唐书·艺文志》《宋史·艺文志》《崇文总目》都著录有浩虚舟《赋门》一卷,是指导律赋写作的格法著作,今佚。《文苑英华》收其《解议围赋》《王者父事天兄事日赋》等计8篇,全部是八韵律赋。

贾嵩,字阆仙,生卒年不详,会昌年间(二年842或四年844)进士③。从与其交游的诗人评价来看贾嵩工于律赋。如赵嘏《成名年献座主仆射兼呈同年》云:"贾嵩词赋相如手,杨乘歌篇李白身。除却今年仙侣外,堂堂又见两三春。"(《全唐诗》卷五四九)郑谷《寄前水部贾员外嵩》云:"贵为金马客,雅称水曹郎。(中略)相如词赋外,骚雅趣何长。"(《全唐诗》卷六七四)郑谷《吊水部贾员外嵩》又云:"八韵与五字,俱为时所先。"(《全唐诗》卷六七五)可见时人常将其比拟为司马相如,认为他"八韵"律赋与"五字"试贴诗尤为优长。《新唐书·艺文志》著录《贾嵩赋》三卷,《宋史·艺文志》亦著录《贾嵩赋集》三卷,《崇文总目》则注明《贾嵩赋》二卷已阙,今佚。《文苑英华》卷五收其《夏日可畏赋》,为八韵律赋。又《仙苑编珠》卷下"法善月宫果老北岳"条载:"叶天师名法善,字太素,引唐玄宗游月宫。贾嵩有赋。"④可知又有类于《明皇游月宫赋》的一篇作品,不传。

左牢,字德胶,生卒年不详,会昌三年(843)进士。文献记载甚少,史志也未著录其作品。据《唐摭言》卷三知其于王起榜下及第⑤,王起是中唐律

_____

① [五代]王定保:《唐摭言》,第149页。孙光宪《北梦琐言》卷七有类似轶事:"李程以《日五色赋》擢第,为河南尹日,试举人,有浩虚舟卷中行《日五色赋》,程相大惊,虑掩其美,伸览之次,服其丽。至末韵'侵晚水以芒动,俯寒山而秀发。'程相大哈曰:'李程赋且在,瑞日何为到夜秀发?'由是浩赋不能陵迈。"[五代]孙光宪撰,贾二强点校:《北梦琐言》,北京:中华书局,2002年,第150页。
② [唐]李匡乂:《资暇集》,北京:中华书局,1985年《丛书集成初编》本,第1页。
③ 赵嘏《成名年献座主仆射兼呈同年》诗中提及贾嵩,知为同年,诗详后。《北梦琐言》卷七及《唐诗纪事》卷五六载赵嘏为会昌二年及第,《郡斋读书志》卷一八等作会昌四年。
④ 《仙苑编珠》,收于《正统道藏》(上海涵芬楼影印本)洞玄部记传类。
⑤ "周墀任华州刺史,武宗会昌三年,王起仆射再主文柄,墀以诗寄贺,(中略)王起门生一榜二十二人和周墀诗",其中左牢和诗"圣朝文德最推贤,自古儒生少比肩。再启龙门将二纪,两间莺谷已三年。蓬山皆羡齐荣贵,金榜谁知忝后先。正是感恩流涕日,但恩旌旆碧峰前。"诗下注:"左牢,字德胶"。[五代]王定保:《唐摭言》卷三,第33—34、37页。

赋名家,能于其主试下及第想必是善于律赋写作的。《文苑英华》卷一四一收其《蝉蜕赋》,为八韵律赋。

张读(833—889),字圣朋,大中六年(852)进士,因著有《宣室志》而多被人目为传奇小说家,但出土墓志表明他好作律赋,且为时人推崇。徐彦若《唐故通议大夫尚书左丞上柱国赐紫金鱼袋赠兵部尚书常山张公墓志铭并序》云:"七岁为文,偏好八韵赋。(句绝)最高者天才,不仿效摸写,下笔皆心胸中奇绝语,赋成,旋为人取去。与苗台符齐名,时人号为张苗。"①《唐摭言》亦云:"张读幼擅词赋,年十八及第。"②虽然史志未著录其辞赋,但墓志明言:"制诰诗赋杂著凡五十卷,行于世。"③可见有文集流传,今佚。

公乘亿,字寿山(又作"寿仙"),生卒年不详,咸通十二年(871)进士。由《唐摭言》④《文苑英华》⑤《新唐书》⑥《唐诗纪事》⑦《唐才子传》⑧等文献记载可知其工诗善赋,尤以辞赋著名。《新唐书·艺文志》著录有公乘亿《赋集》十二卷,同见录于《宋史·艺文志》和《通志·艺文略》,今佚。《文苑英华》卷六六收其《复河湟赋》之残篇。

从今人的认知而言,这八人中既有白居易这样无人不知的大诗人,也有左牢等不治唐代文学则不曾耳闻之人。不过所谓"知名度"不仅古今未必相同,中外亦可能有差。就如中日两国学界所熟知的那样,平安时代的日本人最为熟悉的唐代文人既不是李白,也不是杜甫,而非白居易莫属。就《和汉

---

① 陈尚君:《〈宣室志〉作者张读墓志考释》,《岭南学报》复刊第 7 辑,2017 年,第 76 页。
② [五代]王定保:《唐摭言》卷三,第 43 页。
③ 陈尚君:《〈宣室志〉作者张读墓志考释》,第 77 页。
④ 卷二"置第等"条云:"乾符四年,崔澹为京兆尹,复置等第。差万年县尉公乘亿为试官。试《火中寒暑退》赋,《残月如新月》诗。李特,(中略)贾涉(夹注:其年所试八韵,涉擅场,而屈其等第)。"是知公乘亿于乾符四年(877)主试京兆尹,课《火中寒暑退赋》,为八韵律赋。卷八"忧中有喜"条又云:"公乘亿,魏人也,以辞赋著名。咸通十三年,(中略)后旬日,登第矣。"[五代]王定保:《唐摭言》,第 14—15、88 页。
⑤ 罗隐《寄易定公乘亿侍郎》诗题下注:"侍郎有《明皇再见阿蛮舞》及《龙池柳》赋,时称魁绝也。"[宋]李昉等:《文苑英华》卷二六五,北京:中华书局,1966 年,第 1337 页。
⑥ 《高湜传》载:"咸通末,为礼部侍郎。时士多由权要干请,湜不能裁,既而抵帽于地曰:'吾决以至公取之,得谴固吾分!'乃取公乘亿、许棠、聂夷中等。(中略)亿字寿仙,棠字文化,夷中字坦之,皆有名当时。"[宋]欧阳修、宋祁:《新唐书》卷一七七,北京:中华书局,1975 年,第 5276 页。
⑦ 卷六八"公乘亿"条云:"亿以词赋著名。咸通十三年,(中略)后旬日登第。"[宋]计有功:《唐诗纪事》,上海:上海古籍出版社,1987 年,第 1022 页。
⑧ 卷九"公乘亿"条云:"亿字寿山。咸通十二年进士。善作赋,擅名场屋间,时取进者,法之命中。有赋集十二卷,诗集一卷,今传。"[元]辛文房撰,傅璇琮主编:《唐才子传校笺》第四册,北京:中华书局,1990 年,第 30—34 页。周祖譔、吴在庆二先生对"公乘亿"条校笺甚详,不再详述。

朗咏集》《新撰朗咏集》摘录唐人赋句的频次来看,这八人似乎有着云泥之别,只是白居易并非我们推想的"云",而是令人瞠目的"泥"。是他们在唐代的知名度不同所致,还是另有原因,需要我们仔细做一番追究。

二 丽则与丽淫:无"白"的问题

梳理完二"朗咏集"所收唐赋后,最先让人感到困惑的就是白居易。二集仅摘白居易辞赋中的一句,与摘句较多的谢观和公乘亿相比可谓存在天壤之别,尤其是作为朗咏文本之肇始的《和汉朗咏集》,竟然一句未摘。有没有可能是白居易不善辞赋、没有名声,或者是其辞赋没有舶来之故呢?事实上,如前所述,白居易是辞赋写作的行家里手,完全不输谢观和公乘亿,而且传入日本后风靡平安一朝的《白氏文集》也明明收录了13篇辞赋。不管从哪一方面考虑,都不应该出现《和汉朗咏集》摘25处赋句却不摘白氏一句的情况。更何况,《和汉朗咏集》摘我国诗句195处,其中白居易之诗多达135处[1],占比约七成,显然说明藤原公任在编选时非但注意到了白居易,而且是极力推崇白居易。《和汉朗咏集》多摘白诗,却不摘白赋,恐怕不能用偶然来解释。

(一) 白居易之赋作

虽然前面指出白居易现存赋作16篇,但需要斟酌的是有哪些作品传入当时的日本。在藤原公任所处的时期,目前确定无疑的只有收入《白氏文集》的13篇,而见于《文苑英华》的3篇尚无文献证据支撑。因此下面的讨论将围绕《白氏文集》的13篇而展开。列简表如下[2]:

表5-3 《白氏文集》所收辞赋一览表

赋题	题下注	类型
动静交相养赋	并序	论说
泛渭赋	并序	抒情
伤远行赋		抒情
宣州试射中正鹄赋	以"诸侯立戒、众士知训"为韵,任不依次用。限三百五十字已上成之。	论说

---

[1] 统计据〔日〕大曽根章介、堀内秀晃校注:《和漢朗詠集》解说,東京:新潮社,1983年,第310页。

[2] 赋题及题下注据日本金泽文库本《白氏文集》卷二一,大東急記念文庫:《金澤文庫本白氏文集(四)》,東京:勉誠社,1984年影印本。

赋题	题下注	类型
省试性习相近远赋	以"君子之所慎焉"为韵,依次用。限三百五十字已上成。中书高郢侍郎下试,贞元十六年二月十四日及第。	论说
求玄珠赋	以"玄非智求、珠以真得",依次为韵。	论说
汉高帝斩白蛇赋	以"汉高皇帝、亲斩长蛇",依次为韵。	咏史
大巧若拙赋	以"随物成器、巧在乎中"为韵,依次用。	论说
鸡距笔赋	以"中山兔毫、作之尤妙"为韵,任不依次用。	咏物
黑龙饮渭赋	以"出为汉祥、下饮渭水"为韵。	写景
敢谏鼓赋	以"圣人来谏净之道"为韵。	咏物
君子不器赋	以"用之则行、无施不可"为韵。	论说
赋赋	以"赋者古诗之流也"为韵。	论说

如上表"题下注"所示,这 13 篇辞赋除了《动静交相养赋》《泛渭赋》《伤远行赋》之外,均有"以……为韵"的押韵限制,正是唐代新兴赋体律赋的显著标志。唐廷将律赋纳入科举考试极大地刺激了士人写作律赋的热情,在白居易所处的中唐,律赋早已成为唐人制赋的主流,《白氏文集》13 篇辞赋中律赋有 10 篇就是明证。前文元稹、赵璘等人评价的白居易之赋正是这一类律赋,即白氏是以律赋而为时人所推崇的。从中晚唐人制赋多为律赋这一点来说,白居易虽可看作其中一个代表,却并无特殊之处。赋体当非藤原公任不摘白赋的原因。

再看表中的"类型"可以发现,白居易作赋偏好"论说"。造成此现象的原因有二,一是赋题及官韵的规制。白氏作品中,题目及官韵典出《礼记》《论语》《老子》《庄子》《史记》的达半数左右,尤其是律赋,即便不出自经史,也能在《淮南子》《三秦记》等典籍中找到依据,没有无根之游谈。这与唐人科举课赋的命题限定直接相关,但刨去《射中正鹄赋》(贞元十五年州试作品)和《性习相近远赋》(贞元十六年省试作品)后也不能改变上述倾向,可知白居易自身是喜好在经史典籍中寻章制赋的。二是白氏在辞赋写作上长于义理论述。无论是谋篇布局还是遣词用句,均能体现出白居易思维缜密、善发议论的特点。为便于与后文"朗咏集"所摘唐人赋句进行对照,这里不扩展为篇章、段落和语句来详细论述,只借清人李调元的评语来管窥一下白氏的赋句。

　　　唐白居易《射中正鹄赋》云:"正其色,温如洒如;游于艺,匪疾匪徐。妙能曲尽,勇可贾余。"此数语,乃自道其行文之乐也。《敢谏鼓赋》云:"洋洋盈耳,幽赞逆耳之言;坎坎动心,明启沃心之谏。"
取材经籍,撰句绝工,所谓不烦绳削而自合者。①

"游于艺"典出《论语·述而》"志于道,据于德,依于仁,游于艺。""匪疾匪徐"
典出《庄子·天道》"不徐不疾,得之于手而应于心。""逆耳之言"典出《史
记·留侯世家》"忠言逆耳利于行,毒药苦口利于病。""沃心之谏"典出《尚
书·说命上》"启乃心,沃朕心。"白居易在赋句中熔铸经典于短短数语,却不
着痕迹,使隔句对不只是对偶工整、音律和谐,且赋予其庄重典雅、义理富赡
的特色,体现出他良好的经史修养和扎实的文字功底。又如:

> 唐白居易《动静交相养赋》云:"所以动之为用,在气为春,在鸟
> 为飞,在舟为楫,在弩为机。不有动也,静将畴依? 所以静之为用,
> 在虫为蛰,在水为止,在门为键,在轮为柅。不有静也,动奚资始?"
> 超超玄著,中多见道之言,不当徒以慧业文人相目。且通篇局阵整
> 齐,两两相比,此调自乐天创为之,后来制义分股之法,实滥觞于
> 此种。②

白氏将比喻、排比、反问多种技法杂糅于一起,使其论说透彻深入、气势恢
宏,更是为李调元目为后世八股文之滥觞。当古代日人读到特点如此鲜明
的白赋时会作何感想呢?我们很难想象他们在翻阅《白氏文集》时会对此视
而不见,那么藤原公任不摘白赋恐怕就只有三种情况可解释。一是公任就
不曾翻阅过《白氏文集》,二是公任不具备读赋的能力,三是白赋不合公任的
胃口。藤原公任是其时的知名学者,兼通汉诗、和歌与音乐,若无深厚的学
殖断然无法编纂出《和汉朗咏集》,故前两种可能性都微乎其微,我们还是要
回到白赋的特点上来思考。

白居易上述依附典籍、化用经义、长于议论的特点并非中晚唐人作赋的
共通之处,而是其自己的辞赋主张映射在创作实践的结果。

(二)白居易之赋论

有关辞赋的论争古已有之,演至唐代其焦点常聚集于"以赋取士"的问
题上,中唐尤甚。在白居易之前就已有这样的论调。"进士者,时共贵之,主

---

① 〔清〕李调元《赋话》卷一,王冠辑:《赋话广聚》第三册,北京:北京图书馆出版社,2006 年,第
22 页。
② 〔清〕李调元《赋话》卷二,第 44—45 页。

司褒贬,实在诗赋,务求巧丽,以此为贤。不唯无益于用,实亦妨其正习;不唯挠其淳和,实又长其佻薄。"(赵匡《选举议》,《全唐文》卷三五五)又如"考文者以声病为是非,而惟择浮艳,岂能知移风易俗化天下之事乎?"(贾至《议杨绾条奏贡举疏》,《全唐文》卷三六八)再如"原夫诗赋之意,所以达下情,所以讽君上,上下情通,而天下乱者,未之有也。近之作者,先文后理,词冶不雅,既不关于讽刺,又不足以见情。盖失其本,又何为乎?"(刘秩《选举论》,《全唐文》卷三七二)缘于考赋的种种弊端,奏请罢赋的情况时有出现,如"建中二年十月,中书舍人权知礼部贡举赵赞奏:(中略)今请以箴、论、表、赞代诗、赋,仍试策二道。"(《唐会要》卷七六)到了白居易登上文坛之后仍不乏这样的声音。如"两汉设科,本于射策,故公孙宏、董仲舒之伦,痛言理道。近者祖习绮靡,过于雕虫,俗谓之甲赋、律诗,俪偶对属。"(权德舆《答柳福州书》,《全唐文》卷四八九)又如前引皇甫湜《答李生第二书》中的李生以为"一诗一赋"不是"文章",把科场之赋称作"声病文"。再如舒元舆云:"及睹今之甲赋、律诗,皆是偷拆经诰,侮圣人之言者,乃知非圣人之徒也。(中略)试甲赋、律诗,是待之以雕虫微艺,非所以观人文化成之道也。"(舒元舆《上论贡士书》,《全唐文》卷七二七)

面对上面的种种痛斥,白居易旗帜鲜明地亮出了自己的观点,集中体现在其所作的《赋赋》之中。限韵与首句"赋者古诗之流也",借班固《两都赋序》直追赋的诗教源头,认为赋"变本于典坟""增华于风雅"。接着正面提出国家课赋是"恐文道寖衰,颂声凌迟",科场之赋"四始尽在,六义无遗",将《毛诗序》的"四始""六义"囊括其中。然后顺势展开铺排:"义类错综,词采舒布。文谐宫律,言合章句。华而不艳,美而有度。雅音浏亮,必先体物以成章;逸思飘飘,不独登高而能赋。"对前人与时人口中的"巧丽""佻薄""浮艳""词冶不雅""绮靡""雕虫"等非难进行了反驳。认为皇唐律赋不亚于班固《两京赋》、左思《三都赋》,有过于汉人《长杨》《羽猎》《景福》《灵光》诸赋。他进一步指出,"立意为先,能文为主",这样的赋可以"凌轹风骚,超轶今古",作为"雅之列,颂之俦",还有"润色鸿业,发挥皇猷"的功用。

若将唐人分为"倒赋派"与"挺赋派"的话,白居易就是典型的"挺赋派",而"倒赋派"诟病的辞赋缺陷则早在汉人那里就已有所认识。最有代表性的反思就来自西汉末的著名赋家扬雄。

　　　　或问:"景差、唐勒、宋玉、枚乘之赋也,益乎?"曰:"必也淫。"
"淫,则奈何?"曰:"诗人之赋丽以则,辞人之赋丽以淫。如孔氏之门用赋也,则贾谊升堂,相如入室矣。如其不用何?"①

扬雄由此提出我国赋学批评上的两则标准——"丽则"与"丽淫"。只要摒弃"奢侈相胜,靡丽相越"的缺陷,复归诗教传统来"陈威仪,布法则",就是符合儒家理念的辞赋。白居易在《赋赋》中对律赋的阐释和对国家"以赋取士"的讴歌,正表明其雅正的"丽则"观,而他在制赋实践中也是身体力行。白氏赋作体现出了浓厚的尊经重义色彩,做到以诗赋来会通经义,巧妙地调和了"经义取士"与"诗赋取士"的矛盾,让"倒赋派"难以攻讦。那么秉持"丽则"的白居易的辞赋观会得到古代日本的接受与认同吗?

(三)从"朗咏集"的摘句特色来看编者趣味

遗憾的是,现存日本文献中品评白居易辞赋的记载风毛麟角,收录平安末期著名汉学家大江匡房(1041—1111)晚年言论的《江谈抄》中有这样一条匡房的评语:"居易之弟也。赋,行简胜。"②匡房认为白居易胞弟白行简之赋要胜过其兄,只是这一评价是依据什么标准却没有明确记载。但存世文献不足并不妨碍我们从其他角度来继续探讨这一问题,至少可以利用"朗咏集"所摘的唐人赋句来与白居易之赋作一对照,由此管窥编者的喜好。

表 5-4 "朗咏集"所摘唐人赋句一览表③

赋家	赋篇	赋句	出处
公乘亿	《立春日内园使进花赋》	逐吹潜开,不待芳菲之候;迎春乍变,将希雨露之恩。	《和汉朗咏集》卷上"立春"
	《八月十五夜赋》	秦甸之一千余里,凛凛冰铺;汉家之三十六宫,澄澄粉饰。	《和汉朗咏集》卷上"十五夜"
		织锦机中,已辨相思之字;捣衣砧上,俄添怨别之声。	
		乍临团扇,悲莫悲兮班婕妤;稍过长门,愁莫愁于陈皇后。	《新撰朗咏集》卷下"恋"
	《连昌宫赋》	一声凤管,秋惊秦岭之云;数拍霓裳,晓送猴山之月。	《和汉朗咏集》卷下"管弦"
		阴森古柳疏槐,春无春色;荻落危甍坏宇,秋有秋风。	《和汉朗咏集》卷下"故宫"

① 汪荣宝撰,陈仲夫点校:《法言义疏》上,北京:中华书局,1987年,第49—50页。
② 〔日〕後藤昭雄校注:《江談抄》(新日本古典文學大系32)卷五,東京:岩波書店,1997年,第526—527頁。
③ 据〔日〕佐藤道生校注:《和漢朗詠集》、〔日〕柳澤良一校注:《新撰朗詠集》(和歌文學大系第47卷),東京:明治書院,2011年,仅修改个别标点。

续　表

赋家	赋篇	赋句	出处
公乘亿	《送友人赋》	新丰酒色,清冷鹦鹉杯中; 长乐歌声,幽咽凤凰管里。	《和汉朗咏集》卷下"酒"
	《愁赋》	巴猿一叫,停舟于明月峡之边; 胡马忽嘶,失路于黄沙碛之里。	《和汉朗咏集》卷下"山水"
		石家之门客长辞,水流金谷; 魏帝之宫人已散,草满铜台。	《新撰朗咏集》卷下"故宫"
		将军守塞,北流戎羯之乡; 壮士辞燕,西入虎狼之国。	《新撰朗咏集》卷下"将军"
贾嵩	《凤为王赋》	鸡既鸣,忠臣待旦; 莺未出,遗贤在谷。	《和汉朗咏集》卷上"莺"
		嫌少人而踏高位,鹤有乘轩; 恶利口之覆邦家,雀能穿屋。	《和汉朗咏集》卷下"鹤"
	《晓赋》	佳人尽饰于晨妆,魏宫钟动; 游子犹行于残月,函谷鸡鸣。	《和汉朗咏集》卷下"晓"
谢观	《晓赋》	谁家碧树,莺鸣而罗幕犹垂; 几处华堂,梦觉而珠帘未卷。①	《和汉朗咏集》卷上"莺"
		几行南去之雁, 一片西倾之月。 赴征路独行之子,旅店犹扃; 泣孤城百战之师,胡笳未歇。	《和汉朗咏集》卷下"晓"
		严妆金屋之中,青蛾正画; 罢宴琼筵之上,红烛空余。	
		边城之牧马连嘶,平沙眇眇; 行路之征帆尽去,远岸苍苍。	《和汉朗咏集》卷下"水"
		愁思妇于深窗,轻纱渐白; 眠幽人于古屋,暗隙才明。	《新撰朗咏集》卷下"晓"
		华亭风里,依依之鹤唳犹闻; 巴峡雨中,悄悄而猿啼已息。	《新撰朗咏集》卷下"鹤"
	《白赋》	晓入梁王之苑,雪满群山; 夜登庾公之楼,月明千里。	《和汉朗咏集》卷上"雪"
		秦皇惊叹,燕丹之去日乌头; 汉帝伤嗟,苏武之来时鹤发。	《和汉朗咏集》卷下"白"
		寸阴景里,将窥过隙之驹; 广陌尘中,欲认度关之马。	《新撰朗咏集》卷下"白"
	《清赋》	瑶台霜满,一声之玄鹤唳天; 巴峡秋深,五夜之哀猿叫月。	《和汉朗咏集》卷下"猿"

---

① 佐藤校本作张读《晓赋》之赋句,陆颖瑶指出此句当是谢观《晓赋》的摘句,详见陆颖瑶:
《〈和漢朗詠集〉〈新撰朗詠集〉所收〈晓赋〉佚句考—東アジアに流傳した晩唐律賦—》,《日
本中國學會報》第73集,2021年10月。

赋家	赋篇	赋句	出处
左牢	《密雨散如丝赋》	或垂花下,潜增墨子之悲; 时舞鬟间,暗动潘郎之思。	《和汉朗咏集》卷上"雨"
张读	《闲赋》	花明上苑,轻轩驰九陌之尘; 猿叫空山,斜月莹千岩之路。	《和汉朗咏集》卷上"花"
		苍茫雾雨之霁初,寒汀鹭立; 重叠烟岚之断处,晚寺僧归。	《和汉朗咏集》卷下"僧"
		宫车一去,楼台之十二长空; 隙驷难追,绮罗之三千暗老。	《和汉朗咏集》卷下"闲居"
	《愁赋》	三秋而宫漏正长,空阶雨滴; 万里而乡园何在,落叶窗深。	《和汉朗咏集》卷上"落叶"
		竹斑湘浦,云凝鼓瑟之踪; 风去秦台,月老吹箫之地。	《和汉朗咏集》卷下"云"
皇甫湜	《鹤处鸡群赋》	同李陵之入胡,但见异类; 似屈原之在楚,众人皆醉。	《和汉朗咏集》卷下"鹤"
浩虚舟	《贫女赋》	幽思不穷,深巷无人之处; 愁肠欲断,闲窗有月之时。	《和汉朗咏集》卷下"闲居"
白居易	《汉高帝斩白蛇赋》	人在威而不在众,我王也万夫之防; 器在利而不在大,斯剑也三尺之长。	《新撰朗咏集》卷下"帝王"

从题目来看,出现了 14 个赋题,有 11 个毫无典据,其中不乏"愁""晓""白""清""闲"这样的一字题,宽泛无比。再看余下的 3 个赋题,左牢《密雨散如丝赋》典出张协《杂诗》其三"腾云似涌烟,密雨如散丝"(《文选》卷二九),皇甫湜《鹤处鸡群赋》典出《世说新语·容止》"嵇延祖卓卓如野鹤之在鸡群",即便是白居易《汉高帝斩白蛇赋》也是典出《史记·高祖本纪》。全无依附《尚书》《诗经》《论语》等经义之题。

从赋句来看,特色就更为突出了。大多数赋句风格接近,即绮靡华美、纤细清丽,对偶精工、用典巧妙,这在晚唐律赋中最为常见。由于赋句大都不见于我国,我们可以借清人对晚唐赋句的评点来作一参照。

　　唐王棨《凉风至赋》,其警句云:"倏摇曳于红梁,潜催归燕;乍离披于碧树,渐息鸣蝉。"又"恨添壮士,朝晴而易水寒生;愁杀骚人,落日而洞庭波起。"又"虚槛清泠,颇惬开襟之子;衡门凄紧,偏惊无褐之人。"又"张翰庭前暗度,正忆鲈鱼;班姬帐下爱来,已悲纨扇。"按:晚唐律赋较前人更为巧密,王辅文、黄文江,一时之瑜、亮也。文江戛戛独造,不肯一字犹人;辅文则锦心绣口,丰韵嫣然,更有渐近自然之妙。①

　　唐黄滔《汉宫人诵洞箫赋》，最多丽句传在人口。如"十二琼楼，不唱鸾歌于夜月；三千玉貌，皆吟风藻于春风。"又"如燕人人，却以词锋而厉吻；雕龙字字，爰于禁署而飞声。"又如"一千余字之珠玑，不逢汉帝；三十六宫之牙齿，讵启秦娥。"皆极清新隽永。按：文江律赋，美不胜收，此篇尤胜，句调之新异，字法之尖颖，开后人多少法门。②

李调元从王棨《凉风至赋》和黄滔《汉宫人诵〈洞箫赋〉赋》中摘评了不少警句、丽句，即便将"朗咏集"所摘的唐人赋句与这些句子混在一起，也看不出有任何异样。它们没有一处在说理论道，熔铸的不是经义，而是典故轶事，使作品的庄严雅正色彩大减甚至消失，远异于以白居易为代表的中唐律赋。有关中唐与晚唐的差别，宋人早有注意：

　　唐天宝十二载，始诏举人策问，外试诗、赋各一首，自此八韵律赋始盛。其后作者如陆宣公、裴晋公、吕温、李程，犹未能极工。逮至晚唐薛逢、宋言及吴融，出于场屋，然后曲尽其妙。然但山川草木、雪风花月，或以古之故实为景题赋，于人情物态为无余地。若夫礼乐刑政、典章文物之体，略未备也。（王铚《四六话序》）③

可以说，若以白居易之赋为"丽则"之代表，那么晚唐赋作便是"丽淫"之代表。

　　由上，"朗咏集"的摘句倾向便一目了然了。尤其是《和汉朗咏集》未摘白赋一句，突出表明了藤原公任的审美世界是"丽淫"而非"丽则"，其对辞赋的喜好是"辞人之赋"而非"诗人之赋"。白居易或寓理于赋或借赋申论，其穿穴经史的能力确实高超，但与之相应的是作品的文学意义在经学的强力彰显之下相对弱化了。对公任而言，白赋的政教意味过于浓厚，无法引起他的共鸣也就是情理之中的了。事实上，其摘录的白诗也是如此倾向。白居易写过大量的讽喻诗以针砭时弊、反映民间疾苦，却罕入《和汉朗咏集》，且没有高声疾呼、直言规谏的句子为公任摘取。公任选取的大都是白诗中以

---

① ［清］李调元《赋话》卷二，第 40—41 页。
② ［清］李调元《赋话》卷四，第 80—81 页。
③ ［清］浦铣《续历代赋话》卷一三，王冠辑：《赋话广聚》第四册，北京：北京图书馆出版社，2006 年，第 654 页。

"雪月花"为代表的反映自然之美的诗句以及追求宁静淡泊等个人感受的诗句,这与其不取白赋的精神是相一致的。

那么舍弃"丽则"的白赋而倾心于"丽淫"的晚唐诸赋是不是藤原公任的个人喜好呢? 我们在下面的摘句问题中会一并解决这个疑问。

三 解构与重构:摘句的问题

摘句,即摘录文章诗歌之句。用在文学创作上会给人以贬义之感,如用以嘲讽的"寻章摘句",但在文学鉴赏上则无关褒贬,反而常常是因句子精彩才为人摘录。《和汉朗咏集》《新撰朗咏集》是古代日本人摘句以鉴赏中国诗文的代表作品,而非资人以写作。故本文所论摘句这一行为的结果,便是产生了"秀句""佳句""警句"等精彩赋句。此外,两部作品还有一个共同的关键词——朗咏,需要引起我们的关注。

(一)摘句朗咏

首先需要指出的是,摘句是我国古代极为常见的一种文学现象,并不是公任的发明。学者对此早有专论①,只是论者多举诗句为例,下面补充两个赋句的例子。

> 乔彝京兆府解试,时有二试官。彝日午扣门,试官令引入,则已醺醉,视题,曰《幽兰赋》,不肯作,曰:"两个汉相对作此题。速改之。"遂改为《渥洼马赋》,曰:"校些子。"奋笔斯须而就。警句云:"四蹄曳练,翻瀚海之惊澜;一喷生风,下胡山之乱叶。"②

中唐人乔彝解试所作《渥洼马赋》收于《文苑英华》卷一三二,在对神马的描写中以此联隔句对最为生动形象且充满气势,盖是人们目为"警句"的原因。

> 寇豹,不知何许人,与谢观同在唐崔裔孙相公门下,以词藻相尚。谓观曰:"君《白赋》有何佳语?"对曰:"晓入梁王之苑,雪满群山;夜登庾亮之楼,月明千里。"豹唯唯。观大言曰:"仆已擅名海

---

① 张伯伟:《中国古代文学批评方法研究》外篇第二章"摘句论",北京:中华书局,2002 年;马歌东:《日本汉诗溯源比较研究》中"中日秀句文化渊源考论"一节,北京:商务印书馆,2011 年等。

② 〔唐〕张固撰,罗宁点校:《幽闲鼓吹》,北京:中华书局,2019 年,第 65 页。

内,子才调多,胡不作《赤赋》?"豹未搜思,厉声曰:"田单破燕之日,
火燎平原;武王伐纣之时,血流漂杵。"观大骇。①

谢观这联隔句对已收入《和汉朗咏集》,可知其在中日两国都被目为"佳
语"。其与寇豹《赤赋》之句都妙在引典故入句,且句句关"白/赤"。上面两
则奇闻轶事表明,在我国中晚唐,以摘句的方式来鉴赏品评唐赋的情况并不
罕见,这种方式是否传入日本并影响了日人对唐赋的接受还不能断言,有待
未来进一步讨论。

相较于只摘唐诗的《千载佳句》来说,并摘唐人赋句的《和汉朗咏集》不
可不谓是一大"进步",但我们还是不能归功于藤原公任,因为平安中期摘取
唐人赋句的情况还见诸其他文献。

第二六五段 月下的雪景

十二月二十四日,中宫举办御佛名会,听了第一夜供奉法师诵
读佛名经之后,退出宫来的人,那时候已经过了半夜了吧,或是回
私宅去,或是偷偷的要去什么地方,那么这种夜间行路,往往有同
乘一程的事,也是很有意思的。

几日来下着的雪,今日停止了。风还是很猛的刮着,挂下了许
多的冰柱,地面上处处现出黑的地方,屋顶上却是一面的雪白,就
是卑贱的平民的住宅,也都表面上遮盖过去了。下弦的月光普遍
的照着,非常的觉得有趣。好像是在用白银造成的屋顶上,装着水
晶的瀑布似的,或长或短的特地那么挂着,真是说不出的漂亮。
[在自己的车前,]走着一辆车子⋯⋯

因为月光很是明亮,[女人]有点害羞,将身子往里边靠拢,却
被[男子]拉住了,外边全都看见,很是为难的样子,看了很有意思。
[男子]朗咏着"凛凛冰铺"这一句诗,反复的吟诵,也是很有趣的
事。很想一夜里都跟着走路,但是要去的地方已经到了,很感觉
遗憾。②

上文是平安著名女作家清少纳言(966?—1025?)《枕草子》(成书于十、十

---

① 〔宋〕阮阅编,周本淳校点:《诗话总龟》前集,北京:人民文学出版社,1987 年,第 438 页。
② 〔日〕清少纳言著:《枕草子》,周作人译,北京:中国对外翻译出版公司,2001 年,第 398—
399 页。

一世纪之交)中的一段文字,描写的是她参加完宫里的佛名会后半夜乘车走在京城的景象。时值寒冬腊月,连下数日的雪终于停了,在冰雪和月光的交相映照下,平安京变成了银白色的世界,锃亮耀眼。与其前后同行的还有一辆车子,乘着一对贵族男女,男子口中朗咏的"凛凛冰铺"就是见摘于《和汉朗咏集》的公乘亿赋句"秦甸之一千余里,凛凛冰铺;汉家之三十六宫,澄澄粉饰。"公乘亿《八月十五夜赋》中的此句显然描绘的是长安城内城外八月十五的夜景,除季节与清少纳言的经历不符外,景象却是分外相似。那位与清少纳言同路的贵族男子当然也是看到雪后的平安京夜景而随口诵出,这一月夜朗咏的情景让清少纳言感到十分风雅,于是记入了其随笔集《枕草子》。

第二七六段 声惊明王之眠

大纳言来到主上面前,关于学问的事有所奏上,这时候照例已是夜很深了,……

第二天的夜里,中宫进到寝宫里了。在半夜的时候,我出到廊下来叫用人,大纳言说道:

"退出到女官房去么? 我送你去吧。"我就把唐衣和下裳挂在屏风上,退了出来,月光很是明亮,大纳言的直衣显得雪白,缚脚裤的下端很长的踏着,抓住了我的袖子,说道:

"请不要跌倒呀。"这样一同走着的中间,大纳言就吟起诗来道:

"游子犹行于残月。"这又是非常漂亮的事。大纳言笑说道:

"这样的事,也值得你那么的乱称赞么。"虽是这么说,可是实在有意思的事,[也不能不佩服呵。]①

上文同样出自《枕草子》,时任大纳言藤原伊周(974—1010)入宫参上,恰与其妹中宫定子的女官清少纳言相逢,并护送少纳言回到女官住所。时已入夜,明月高悬,二人同行的路上,伊周朗咏起"游子犹行于残月",让少纳言大为感动。该句即见摘于《和汉朗咏集》的贾嵩赋句"佳人尽饰于晨妆,魏宫钟动;游子犹行于残月,函谷鸡鸣。"贾嵩《晓赋》中的此句描写的是破晓之前的宫人与游子,与伊周二人夜行京城亦有几分契合。

与清少纳言夜路同行的无名男子也好,藤原伊周也好,都与藤原公任一

---

① 〔日〕清少纳言著:《枕草子》,第 420—421 页。

样是平安中期的贵族,他们都是利用了当时已大为流行的"朗咏"的方式来摘句处理唐赋,只是公任将之进行了系统的编选。所以这里要强调指出:无论是公任摘句时回避白赋的选择,还是其摘句收录唐赋的方式,都不应看作其个人的偏好和行为,而应当看作是当时宫廷贵族的"共通偏好"和"集体行为",公任只是其中的代表而已。那么我们继续追究摘句的问题也就有了更为普泛的意义。

(二) 摘句的利弊与朗咏的传承

摘句接受唐赋最显而易见的弊端就是断章取义。前面所引的贾嵩《晓赋》之"游子犹行于残月"尚还勉强说得过去,但公乘亿《八月十五夜赋》之"凛凛冰铺"显然就抛却了"八月十五"这一原赋题中的限定。无名贵族男子在冬夜诵出秋夜的赋句,无论景象有多么相似,到底是偏离了原赋。此外,摘句毕竟导致了原赋的残缺,会弱化读者对该句的理解。比如同出公乘亿《八月十五夜赋》的"乍临团扇,悲莫悲兮班婕好;稍过长门,愁莫愁于陈皇后"见摘于《新撰朗咏集》,单看赋句则难以理解该句所指,原因就在于缺失了"乍临团扇"与"稍过长门"的主语。只有置于"八月十五夜"这一背景之下,方能明了其主语为"满月",描写的是仲秋之月催生出失宠之人的悲愁。又如见摘于《和汉朗咏集》的"一声凤管,秋惊秦岭之云;数拍霓裳,晓送缑山之月"之句,同样不能脱离"连昌宫"这一关键词。句中的"凤管""霓裳"并非泛指歌舞,而是特写玄宗巡幸连昌宫时的景象,在原赋之中,它与"阴森古柳疏槐,春无春色;荻落危牖坏宇,秋有秋风"之句(见摘于《和汉朗咏集》卷下"故宫")形成了鲜明对比,一写歌舞升平、醉生梦死的连昌宫,一写破败不堪、人去楼空的连昌宫。还有的赋句独立出来后让人不知所云,如"鸡既鸣,忠臣待旦;莺未出,遗贤在谷",我国似无以鸡、莺来相关忠臣、遗贤的典故,只有在《凤为王赋》中才能理解鸡与莺均是凤王之陪衬,鸡喻忠臣、莺喻遗贤的含义。由此看来,摘句造成的语意不明甚至残缺断裂是日人接受唐赋中难以避免的缺憾。不过张伯伟先生辩证地指出:

　　摘句法从其本质上来说,是一种形式主义批评(这里的"形式主义"并不含有贬义)。这种批评的焦点,集中在文学本身的各项素质,诸如韵律、词藻、对偶以及文字的弹性、张力等等,在精神上颇接近于二十世纪兴起的俄国形式主义(Russian Formalism)和英美新批评(New Criticism)。……它从作品中摘取一联,使人们可以不顾它与作者的关系,甚至不必考虑与作品的其余部分的关

唐代律赋在日本的传播与影响研究

系,而将注意力集中于这一联句。因为摘句本身就意味着独立、凸出,它必然具有疏离(estranging)或陌生(defamiliarizing)的效果。①

张先生的观点提醒了我们要留意摘句的另一面。受雅克·德里达(Jacques Derrida)解构主义的影响,法国文艺理论家罗兰·巴特(Roland Barthes)提出"作者已死",从理论上阐述了作品脱离作者的文学现象。实际上,早在《和汉朗咏集》摘录唐人赋句时,藤原公任就只在句下标注赋题而割舍了作者信息,这也直接导致后世出现不同写本、注本将赋句归属于不同作者的情况。② 或可这样说,这些赋句的作者到底是谁对古代日人而言并不重要。更进一步说,"作品亦死",原赋篇讲述了什么也不重要。重要的是摘取出来的赋句,其骈偶之工、音律之谐、辞藻之美、典故之巧、意境之妙才更为古代日人看重。仍以前面所引的公乘亿《八月十五夜赋》为例,原赋的"凛凛冰铺"本是说月光照满大地仿佛铺上了一层冬冰,是用以形容八月十五月光之皎洁明亮的,但在无名贵族男子那里却转用到了冬季冰封的月夜,既是实指,又是虚引,称得上是一种创造性的"断章取义"。"凛凛冰铺"在这里脱离了作者,也脱离了原赋,显然是一次"解构"的过程;但其又十分贴切地用在了异国的平安京之冬夜,并深深打动了清少纳言,不得不说这又是一次巧妙的"重构",给该赋句注入了新的生命力。

更为重要的是,与平安中期以降日人作赋的热情难以为继不同③,以《和汉朗咏集》为代表的朗咏唐赋的方式却在日本传承了下去。所谓朗咏是给一联汉诗文配以一定的曲调来吟诵,一般以源雅信(920—993)为朗咏之祖。自雅信开始配曲吟诵之后,朗咏就在宫廷贵族之间迅速风靡开来,成为平安王朝

---

① 张伯伟:《中国古代文学批评方法研究》,第 344 页。
② 比如"谁家碧树,莺鸣而罗幕犹垂;几处华堂,梦觉而珠帘未卷。"一句,池田龟鉴博士藏影写传世尊寺行尹笔本、岩瀬文库藏延庆本、古梓堂文库藏嘉历本、天理图书馆藏贞和三年安倍直明写本均作"张读",前田侯爵家藏传二条为氏笔本则作"谢观",京都府立图书馆藏古抄本、某氏藏正安二年本则并书"张读、谢观"(正安二年本是划去张读后又书谢观),专修大学图书馆藏建长三年菅原长成写本则朱书"贾嵩",书陵部藏释信阿《和汉朗咏集私注》应安四年本甚至在标记"张读作、谢规イ(异本之意)"的同时还将"张读"注为"唐人","谢规"注为"日本人"。详参〔日〕堀部正二编、片桐洋一补:《校異和漢朗詠集》,京都:大学堂书店,1981 年;〔日〕伊藤正义、黑田彰等:《和漢朗詠集古注釈集成》,京都:大学堂书店,1989 年。
③ 《本朝文粹》收录的最晚的日本赋家是大江以言(955—1010)和纪齐名(957—999),之后的《本朝续文粹》收录的日本赋家则仅有大江匡房(1041—1111)一人,辞赋在平安中后期有明显的退潮趋势。

· 322 ·

的一种风雅之举。而后世的文学作品中又屡屡可见朗咏唐赋的身影,可见朗咏已经内化为古代日本接受唐赋的重要方式。如《增镜》第十"老のなみ"章中出现了"兼行「花上苑に明なり」とうち出だしたるに、いとど物の音もてはやされて、えもいはずきこゆ"①的场景。讲的就是后深草、龟山两位上皇与东宫(后来的伏见天皇)参拜妙音堂时,恰逢一株晚开的樱树始绽,同席公卿随即准备管弦之宴,笛、笙、筚篥、琵琶等乐器悉数登场,表演起"采桑老""苏合香""白柱"等乐舞。兼行此时出口朗咏的即是见摘于《和汉朗咏集》的张读《闲赋》之"花明上苑,轻轩驰九陌之尘;猿叫空山,斜月莹千岩之路。""上苑"指汉武帝所造上林苑,"花"自然喻指晚开的樱花,优美的唐人赋句配以悠扬的管弦雅乐,为三位贵人的行幸添色不少。此外,还能看到《狭衣物语》卷三中朗咏"三秋而宫漏正长,空阶雨滴;万里而乡园何在,落叶窗深。"(张读《闲赋》)《源平盛衰记》卷二六中"竹斑湘浦,云凝鼓瑟之踪;风去秦台,月老吹箫之地。"(张读《闲赋》)《保元物语》卷下"新院御経沈めの事"中"幽思不穷,深巷无人之处;愁肠欲断,闲窗有月之时。"(浩虚舟《贫女赋》)等等,前辈学者都曾一一指出,不再详述。在这些场景中,这些句子是不是唐人所作、是不是属于唐赋都不重要,叙事的焦点在于赋句本身,在于是否再现了王朝风雅。如果说摘句是对唐赋的解构,那么朗咏就是重构,重构后的赋句已不仅仅属于唐赋,而且同时成为融入日本文艺的有机部分。时至今日,日本宫内厅式部职乐部演奏的雅乐中仍能听到以下四首唐人赋句的朗咏:

晓梁王——晓入梁王之苑,雪满群山;夜登庾公之楼,月明千里。(谢观《白赋》)

新丰——新丰酒色,清冷鹦鹉杯中;长乐歌声,幽咽凤凰管里。(公乘亿《送友人赋》)

一声——一声凤管,秋惊秦岭之云;数拍霓裳,晓送猴山之月。(公乘亿《连昌宫赋》)

花上苑——花明上苑,轻轩驰九陌之尘;猿叫空山,斜月莹千岩之路。(张读《闲赋》)

四　余论

庆历四年(1044),宋仁宗诏曰:

儒者通天地人之理,明古今治乱之源,可谓博矣。然学者不得

---

① 〔日〕佐成謙太郎:《增鏡通釈》,京都:星野書店,1938 年,第 386—387 頁。

> 骋其说,而有司务先声病章句以拘牵之,则夫英俊奇伟之士,何以
> 奋焉?……进士试三场……如白居易《性习相近远赋》、独孤绶《放
> 驯象赋》,皆当时试礼部,对偶之外,自有意义可观,宜许仿唐体,使
> 驰骋于其间。①

在北宋,当统治者认识到辞赋要复归诗教传统,标榜白居易《性习相近远赋》
那样的中唐"丽则"之作时,一海之隔的日本却逆势走向风格艳丽、内容空洞
的齐梁,标榜的是晚唐的"丽淫"之作,呈现出东亚汉文化圈中"东边日出西
边雨"的景象。唐赋本如仁宗诏令所云,"对偶之外,自有意义可观",具备文
学与经学的双重意义,但古代日人并未对此全盘接受,至少在以藤原公任为
代表的平安宫廷贵族那里,通过"过滤"白居易之赋而有意无意地消解了唐
赋中附庸经义的一面。个中原因,或许可以从铃木修次先生那里得到启发,
铃木先生很早就注意到了日中文学观的差异及日本文学的超政治性②。他
认为采取了"短诗形式"的日本传统诗歌不注重说明和说服的意识,并非篇
幅限制的原因,而是日本固有的"民族性"所致。这种不要求说明和说服、只
是一味欣赏咏叹的诗歌,"是一种只有在狭小的同民族共同社会的交流中才
可能出现的文艺形式。"③如此看来,善于阐释经义与好发议论的白居易之
赋,终究是因与日本的民族性格格不入,而无法扎根融入日本社会之中。

与此同时,谢观、公乘亿等人创作的晚唐赋却契合了平安宫廷贵族的审
美,只是他们的赋作并未以完篇的形式被接受。前有《千载佳句》这样的摘
汉诗之句而播于人口的成功典范,又适值宫中开始流行"朗咏",摘取唐人赋
句以单独鉴赏也就是水到渠成的事情了。我们可以仿照后世兴起的"古笔
切"(古人墨迹断片)一语,将这些独立出来的唐人赋句看作"唐赋切",它们
在进入摘句过程之前已经完成了"去经义化",而后在宫廷贵族们的一次次
朗咏中又完成了"去作者化"与"去作品化",终于缩微成了"和歌"那般长短
的篇幅扎根在了岛国风土之中。正如加藤周一先生所说:"日本人的世界观
的历史性演变,比起外来思想的渗透来,更多的是由于执拗地保持土著的世

---

① 〔宋〕李焘:《续资治通鉴长编》第六册卷一四七,北京:中华书局,2004 年,第 3563—3564、
3565 页。

② 参〔日〕铃木修次:《中国文学与日本文学》(吉林大学日本研究所文学研究室译)第一章"文
学观的差异"、第二章"'风雅'与'讽刺'"、第三章"日本文学的超政治性",福州:海峡文艺
出版社,1989 年。

③ 〔日〕铃木修次:《中国文学与日本文学》(吉林大学日本研究所文学研究室译),第 46 页。

界观,反复多次地使外来的体系'日本化'所导致,这是独具其特征。"①唐赋
在日本的接受,也无法逃避"日本化"的宿命。

　　川口久雄先生曾校注过《和汉朗咏集》,对"朗咏文学"有自己独到的见
解,认为其有两种特性:一是弥漫着一股对四六骈俪文的"怀念",二是编织
着一首对宫廷应制的"赞歌"。而无论是四六骈俪文,还是宫廷应制,都是在
我国社会上被日趋否定和超越的过去。他进而指出:"'朗咏文学'通过'摘
句'这一断章取义的方法,瓦解了中国辞赋的长篇骨架,开辟了一条通往日
本短诗文学的道路,倾心陶醉于丽句带来的骈偶韵律之美,而丢失了'为时'
'为民'的社会意识。"②可谓是极为精到的总结。唐赋传入日本后终究要接
受日本读者的审视,并改造为日人想要看到的唐赋,方能流传至今。"朗咏
集"中的唐人赋句虽如遗址中的文物碎片残缺不全,但还是反映出了古代日
本接受我国文学的一些共性,值得重视。

---

①　〔日〕加藤周一:《日本文学史序说》上卷,叶渭渠、唐月梅译,北京:开明出版社,1995,
　　第20页。
②　〔日〕川口久雄校注:《和漢朗詠集》(日本古典文學大系73)解说,東京:岩波書店,1965年,
　　第39頁。笔者试译。

结　语

通过以上五章的考察，我们确认了唐代律赋传入日本并产生深远影响的事实，为中日文学关系补写了这段向来模糊不确的历史，揭示了唐代文学东传中更多不为人知的细节，加深了对日本汉文学源于我国又衍于域外的认识。

律赋生发于初唐，自高宗永隆二年（681）进士科诏加杂文试，渐成诗赋取士之制后，举子竞作、蔚为大观。发展至中晚唐已无可争辩地演变为大唐最具代表性的赋体，并随着唐帝国对东亚诸国影响力的日渐增强及海上交通的迅速发展，而具备了传播至他国的条件。日本在白村江之战（663）后不久，就开始了全盘"唐化"，这不仅表现为积极学习包括科举在内的各项政治制度，也表现为高举"文章经国"的文学旗号。作为唐代时文的律赋就在这样的背景下开始了日本之旅。

研究结果表明，至少有王维、白居易、白行简、左牢、张读、谢观、贾嵩、公乘亿、侯圭、陈章等人的律赋传入日本，他们大都是中晚唐人，与中晚唐律赋大行的时代背景相合。而王勃、王昌龄、李益、王涯、徐彦伯、敬括、元稹等人的律赋也都有传播至日本的可能，有待后来的研究进一步确认。在我国文学史上，提及唐代律赋名家，中唐多举王起、李程、白居易、白行简、张仲素，晚唐多举王棨、黄滔、徐寅，而本研究却为我们展示了一幅不尽相同的图景。上文所列的有作品传入日本的唐代赋家之中，除白居易、白行简兄弟二人外，其余人的律赋历来鲜有关注。其中原因既有文本亡佚较为严重这一客观局限，也有后人的文学史书写所带来的主观导向。若不是《和汉朗咏集》《新撰朗咏集》中摘有左牢、张读、贾嵩、公乘亿等人的赋篇残句，今人很难认识到晚唐有这样一群赋家曾经活跃于赋坛之上，其华丽优美的赋句曾为平安朝的日人欣赏、吟诵，并化身为日本皇宫演奏的雅乐曲目而传承至今。

王国维倡二重证据法云："吾辈生于今日，幸于纸上之材料外，更得地下之新材料。由此种材料，我辈固得据以补正纸上之材料，亦得证明古书之某部分全为实录,即百家不雅驯之言亦不无表示一面之事实。"①陈寅恪进一步扩充总结说:"一曰取地下之实物与纸上之遗文互相释证。……二曰取异族之故书与吾国之旧籍互相补正。……三曰取外来之观念,与固有之材料互相参证。"②以谢观(793—865)为例,纸上之遗文可见《文苑英华》中收其赋作十八篇(律赋十六篇)③,并为清人李调元评价"如骏之骎""以清新典雅为宗"④。千唐志斋所收谢观墓志是地下之实物,恰以"尤工律赋,似得楷模,前辈作者,往往见许"⑤之语与纸上遗文互证。而作为异族之故书的《和汉朗咏集》与《新撰朗咏集》又摘录谢赋十处,于我国旧籍而言多有补益。从比较文学的观念来看,异族故书不仅保存了谢观赋句,成为文学跨国传播的铁证;且影响研究的结论旁证了谢赋在唐代律赋中的代表性⑥。地下墓志、日本文献以及二十世纪迅速发展的比较文学研究,为谢观擅作律赋、为赋家翘楚这一史实进行了一个互释、互补、互参的多重论证。而诸如侯圭、陈章等人则因暂无地下实物出土而久久未能在我国文学史上得以彰显,几谓籍籍无名、可有可无之人。是域外文献与比较研究复活了这些垂垂欲灭的晚唐赋家,告诉后人他们也是一时之选,在唐代文学的对日传播中发挥了不可替代的作用。

　　唐代仍处于写本传播的时代,有两大突出特点:一是传播形态丰富多样,无论形式还是内容皆无定式可言;二是手抄既带来了文本的多歧,也致使别集、全集的流布较为困难。唐人律赋在唐代的传播亦不例外。以收入全集的形式传入日本的例子虽有惠萼携归的《白氏文集》,但这种情形在雕版印刷尚未普及到文人别集的唐代恐非主流,有一定的偶然性。尤其对尚未开始经典化的中晚唐律赋而言,传播的主要形式当是《侯圭新赋》那样的小集,总集更是无从谈起。流行性,是决定当时律赋传播范围的主要因素。

---

① 王国维:《古史新证》,长沙:湖南人民出版社,2010 年,第 2 页。

② 陈寅恪《王静安先生遗书序》,收入陈美延编:《金明馆丛稿二编》,上海:生活·读书·新知三联书店,2001 年,第 247 页。

③ 明刊本《文苑英华》中,《骥伏盐车赋》和《却走马赋》排在谢观《吴坂马赋》后未署名,若为谢观所作则为二十篇。

④ [清]李调元:《赋话》卷一,北京:中华书局,1985 年,第 3 页。

⑤ 谢观自撰《唐故朝请大夫慈州刺史柱国赐绯鱼袋谢观墓志铭并序》,周绍良主编:《唐代墓志汇编》,上海:上海古籍出版社,1992 年,第 2428 页。

⑥ 菅原道真、大江以言的汉诗及紫式部的《源氏物语》均受到了谢观《白赋》的影响,与《诗话总龟》所引录的寇豹、谢观逸事有互相参证之效。《诗话总龟》前集卷四六"隐逸门"中引《郡阁雅谈》云:"寇豹,不知何许人,与谢观同在唐崔裔孙相公门下,以词藻相尚。谓观曰:'君《白赋》有何佳语?'对曰:'晓入梁王之苑,雪满群山;夜登庾亮之楼,月明千里。'豹唯唯。"[宋]阮阅编,周本淳校点:《诗话总龟》前集,北京:人民文学出版社,1987 年,第 438 页。

远播至日本的赋作也好,赋格也罢,均是已在大唐传播开来的作品。然而进入唐末五代,情形则稍有变化。一是书籍抄印并行①,印本的抬头刺激了律赋的进一步流播②;二是迎来了一股编选唐人律赋的热潮,《新赋》《赋苑》《甲赋》《赋选》《桂香赋集》纷纷问世,数量可观。左牢、张读、贾嵩、公乘亿等晚唐赋家的作品便多是以选入总集的方式传播到日本。入宋之后,刻本传播成为我国文学传播的主要方式,传入日本的唐人律赋也随之演变为宋刊。同时,作品的编选也未中断,先后可见杨翱《典丽赋》与王咸(戊)《典丽赋》。文字上的差异与版本的多样化如影随形,丰原奉重(生卒年不详)在金泽文库本《白氏文集》中为白氏律赋留下了丰富的校合信息,大江匡房(1041—1111)也在注释《和汉朗咏集》时为唐人赋句做了不少"他校",均揭示出唐人律赋在唐抄本与宋刊本间发生文字变动这一现象。

在遣唐使派遣频繁的八世纪,唐代文学的东传还多是依赖遣唐使团的使节、学生及僧侣,方式也以求书、赐书及在当地购书为主。但自九世纪东亚海上贸易兴盛之后,态势为之一变,跨海商业传播成为主流。中晚唐律赋东传日本的主体是当时十分活跃的东亚海商,间杂搭乘海商船只的入唐、入宋僧侣。频繁的海上贸易给日本带来了一股"唐物"热,出现了"唐人商船来着之时,诸院、诸宫、诸王臣家等,官使未到之前遣使争买。又郭内富豪之辈心爱远物,踊直贸易,因兹货物价直定准不平。"③在日本朝野上下所追求的"唐物"中,不乏唐人律赋的身影。平安文豪菅原道真(845—903)与天皇后裔平正范(生卒年不详)对弈时便以《侯圭新赋》作赌,足见一斑。唐人律赋既因其文学价值而在日本的文人墨客中得到追捧,同样也因其贵为时文、反映唐人好尚的价值而受到公卿贵族的重视。其在日本国内的传播是十分典型的上层传播,与平安社会的贵族特质相契合。

唐代律赋传播至日本以后,给日本文坛尤其是汉诗文的创作带来了深远的影响。首先,律赋不仅仅是一种新生的赋体,同时也是唐代诗赋取士的"伴生物",与贡举制度息息相关。唐代律赋对日本汉文学的影响表现在文体上即是促使日人由写作骈体赋转向写作律体赋。自都良香(834—879)始,大多数文人作赋都表现出限韵与隔句作对这两大体式特征,完成了骈律

---

① 文学作品在唐至宋初的抄印转换问题可参查屏球:《缮写、模勒、板印——由〈白氏文集〉流传看抄印转换与文学发展的关系》,《北京大学学报(哲学社会科学版)》2021年第3期。

② 徐寅《自咏十韵》云:"拙赋偏闻镌印卖,恶诗亲见画图呈。"《徐公钓矶文集》卷六,四部丛刊三编钱遵王精钞本。

③ 日延喜三年(903)八月一日太政官符《应禁遏诸使越关私买唐物事》,《类聚三代格》卷一九(《國史大系》第12卷),東京:経済雑誌社,1900年,第1014頁。

转换,进入了律赋的时代。而都良香作《生炭赋》,则表明日人已然认识到律赋具备试于科场的特质,明了其与选人的关系。尽管以赋取士未必在古代日本真正实施过,但并不影响日人认识律赋与贡举的关系,《生炭赋》中的程限设定正是日本有识之士取法唐制的结果。唐代律赋的东传,并不只是文体的东传,而是与东渐的贡举制度黏附在一起。只是于日人而言,课试律赋绝非易事,在实际的本地化操作中,课"赋"的部分功能转移到了课"诗"上面,削弱了"以赋取士"的效果。就律赋程限而言,不仅是"限韵""限序""限字""限时"日人做到了以唐为范,在表述方式、顺序、书写上也努力做到与唐人一致,有很强的规范意识。不过在律赋的题材上,相较于唐人认识而言仍存在着一定的偏差,如大江朝纲(886—958)《男女婚姻赋》以律赋书写两性,究其根底还是与律赋的科场属性在日本被削弱有关。

其次,律赋具有程式化的特征,是可以通过模仿来习得、通过指导而精进的文体。模仿何人? 唐人有云:"李相国程,王仆射起,白少傅居易兄弟,张舍人仲素,为场中词赋之最,言程式者,宗此五人。"①尽管白居易对日本古代文学产生了巨大影响,于日本古人而言近乎是信仰般的存在②。但就辞赋而言,其胞弟白行简却是压倒兄长般的存在。抛开律赋的秀句不谈,就整篇律赋而言,诸如篇章架构、破题承题等,白行简确是日人频频效仿的楷模,其代表作《望夫化为石赋》更是被奉为律赋经典。目前可以确认受到白行简《望夫化为石赋》影响的日本律赋至少有纪长谷雄(845—912)《柳化为松赋》、大江朝纲《男女婚姻赋》、大江以言(955—1010)《视云知隐赋》③,其中大江朝纲《男女婚姻赋》以近乎"剽窃"的方式翻写《望夫化为石赋》,让人瞠目结舌。除了模仿赋家名作外,另一重要问题便是受何指导。检《新唐书·艺文志》《宋史·艺文志》可知唐代赋格有张仲素《赋枢》三卷、范传正《赋诀》一卷、浩虚舟《赋门》一卷、白行简《赋要》一卷、纥干俞《赋格》一卷。但这并非唐代赋格的全部,发现于日本的《赋谱》便未见史志著录。另外,从纪长谷雄《柳化为松赋》的制赋思路来看,传入日本的唐代赋格绝非《赋谱》

① [唐]赵璘:《因话录》卷三,上海:上海古籍出版社,1979年,第82页。[宋]王谠《唐语林》卷二有同文,只是"程式"作"程试"。周勋初校证:《唐语林校证》,北京:中华书局,1987年,第146—147页。

② "集七十卷,尽是黄金"(都良香《白乐天赞》);"唐白乐天为异代之师"(庆滋保胤《池亭记》);"文字作品当属《文集》《白氏文集》《文选》……"(清少纳言《枕草子》)。

③ 《江谈抄》卷六载:"'汉皓避秦之朝,望碍孤峰之月,陶朱辞越之暮,眼混五湖之烟。'《视云知隐赋》以言。后中书王称云:'件赋,以言为物上手,以《望夫化为石赋》为规模所作欤。至于体者不知'云云。"〔日〕後藤昭雄校注:《江談抄》(新日本古典文學大系32),東京:岩波書店,1997年,第540頁。

一种,纪氏当是受到了其他赋格的指导而进行律赋创作。这些传入日本的赋格对日本汉文学的发展有举足轻重的作用,其中《赋谱》的影响尤为深远。平安朝和中世日本社会上旺盛的骈文制作需求,使《赋谱》的"句法论"成为《作文大体》《王泽不渴钞》等格法的著述源头之一。

再次,我国古代本就有文体互动的现象,诗赋同源,具备天然的互动条件。新生的律赋带来了新的限韵方式,刺激着部分文人进行创改,唐宋出现了限韵组诗,至清出现了限韵古诗。律赋传入日本之后,也刺激了其他汉诗文出现新变。律赋"程限"分明,对押韵限定尤其严格,应用于科场课试,具备方便有司取舍的现实意义。日人充分认识到了律赋程限的特质,援引到课诗之中,导致了限韵诗这一变体形式的出现。从天长元年(824)俊士试《挑灯杖》开始,这种限韵诗屡屡应用于日人课试,到平安中期大江时栋(生卒年不详)应试《既饱以德》仍然见用,甚至还出现了都在高(生卒年不详)与平兼材(生卒年不详)《审荐举箴》那样的限韵箴言。日本变体诗歌的出现,虽是日人过度追求语言形式的结果,却因此丰富了域外汉诗文的文体,体现出汉文学强大的自我增殖能力,是对我国文学极大的补充与增益。唐代律赋东传日本后所带来的"意外衍生",加深了我们对中日两国文学关系的认识。

尽管唐代律赋东传日本并影响了汉文学的发展,但律赋在日本的影响力到底不能与史书、唐诗、汉文佛经等相比。一者,支撑律赋发展的重要因素——贡举制度并未在日本扎根生长。虽然日本很早就仿效大唐行学校教育并实施选拔考试,也确为朝廷培养输送了一批人才。然贡举考试自十世纪始沦为形式化,无论政界还是学界均已严重贵族化,政界如藤原家族大权独揽,学界如菅家、江家等学阀出现,都极大地消解了贡举在日本的作用。这意味着日本即便实施过以赋取士也不可能产生普泛影响。二者,律赋制作并非易事,成色如何另当别论,单就能否完成一篇作品而言其难度要远高于作诗,毕竟在篇幅、审题、制义、用典等方面都要求颇多。平安朝现存律赋二十二篇,作者十人,至少有六人曾任文章博士,都是当时叱咤文坛的一流文人学者。尤其是在学问世袭化、垄断化的十世纪以降,律赋不是初学汉诗文者就可以掌握的文体。这极大限制了律赋在日本的受众范围。如此,传入日本的律赋终成高岭之花,非寻常人所能企及。与此同时,传入日本的唐人律赋也不得不接受日人的检视。与平安文学深受白居易影响的一般认知不同,日本词华选粹集《和汉朗咏集》未摘白居易赋句一句,《新撰朗咏集》仅摘白赋一句,体现出以藤原公任(966—1041)为代表的宫廷贵族的辞赋观是弃"丽则"而取"丽淫"。与平安中前期日人仿唐赋而作赋不同,两部"朗咏集"体现出宫廷贵族碎片化接受唐赋的特点,他们以"摘句"的方式来解构,又以"朗咏"的方式来重构。通过对唐赋的"去经义化""去作者化"与"去作品化",完成了将异国文学纳入本国文艺的过程。

　　虽然日人的律赋写作因诸多原因而渐渐退出历史舞台,唐人作品也经过了去取选择和断章取义,但有赖当时的传播与影响,很多相关文献传存至今,而成为我们研究唐代律赋不可多得的宝贵材料。诸如《赋谱》这一天下孤本,已是学人研治唐代律赋时必加利用的文献;又如平安文人笔下的律赋,犹如一面面反射出赋家白行简之光辉的镜子;再如《和汉朗咏集》与《新撰朗咏集》,若无宫廷贵族式的审美及其久远的影响力,我们又该去何处寻找晚唐那些失散的赋句呢? 相信在未来的唐日文学研究中,充分利用日本文献这类"他山之石"的成果会越来越多。

附章　唐代律赋研究的新材料

"一时代之学术,必有其新材料与新问题。取用此材料,以研求问题,则为此时代学术之新潮流。治学之士,得预于此潮流者,谓之预流(借用佛教初果之名)。其未得预者,谓之未入流。"①这段耳熟能详的话是陈寅恪于约一个世纪以前针对敦煌文献而讲的,若说二十世纪中国学术的"新材料",恐怕再也找不出能与敦煌文献相匹敌的东西。那么什么可以称作二十一世纪的"新材料"呢? 截至目前来看,无论从质上还是从量上说,"域外汉籍"都是最有可能的一个选项。前面五章,我们实际上已经利用了"域外汉籍"中域外人士用汉字书写的那一部分文献,本章则试图利用域外保存或抄刻的我国典籍,来对唐代律赋的研究做一点补缺工作。

第一节　域外汉籍钞本与唐代辞赋文献整理
——以日本金泽文库本《白氏文集》为例

有唐一代,是我国古代文学对外传播的重要时期。以其时的日本进行返观的话,会发现不仅是先唐的文学经典,唐代的诗赋、骈文、传奇等也得到了广泛的传播和关注。诗歌如李峤(645—714),其《百廿咏》传入日本后成为幼学童蒙的重要读物,今存的嵯峨天皇(786—842)手钞本于书法和文学而言都是稀世珍宝。骈文如王勃(650? —676?),日本正仓院藏《王勃诗序》中既有不见于我国的诗序,也有见于我国却与我国通行版本存异的诗序,很可能反映了《王勃集》的原貌。传奇如张鷟(660? —740)的《游仙窟》,在我国失传已久,却为渡唐日人携带归国,有诸多钞本、刊本传存至今。唐代辞赋,概莫能外。

---

① 陈寅恪《陈垣敦煌劫余录序》,收入陈美延编:《金明馆丛稿二编》,上海:生活·读书·新知三联书店,2001年,第266页。

唐代辞赋的域外流播虽不局限于日本，却以日本较为突出和明显。学界中最为人熟知的例子当属在日本发现的唐代赋格著作《赋谱》，谓其为研究唐赋的域外"化石"也毫不为过，钩沉、辑补这样的佚存材料是整理唐代辞赋文献的必然要求。笔者在对日本平安朝汉文学的考察中，已屡次确认唐赋的深刻影响①，换个角度看，日本汉文学其实也是我们认识唐代辞赋的"新材料"。此外，那些留存在日本的唐人诗文钞本更是为唐赋的校勘整理提供了极大的帮助。本节即以日本金泽文库本《白氏文集》所收辞赋为例，拟从校勘角度来谈唐代辞赋文献整理中域外汉籍钞本的作用。

一　唐代辞赋文献整理的现状与趋势

唐代"以赋取士"促进了辞赋写作的繁荣，尽管唐赋多为律赋，存在体式上的局限，但唐人热衷作赋，留下了逾千篇的作品是不可争辩的事实。在我国，唐人辞赋主要保存在《白氏文集》《元氏长庆集》等文人别集，以及《文苑英华》《历代赋汇》《全唐文》等诗文总集中，这也是我们研究唐代辞赋的主要依据与文本来源。当今学者进行文献整理的形式也可以分作两类，一类是专门对辞赋进行的集成汇校，一类是对文人别集的校注。

近年来，唐代辞赋的集成汇校取得了巨大的成绩，最为人瞩目的是马积高先生主编的《历代辞赋总汇》②中的"唐代卷"，和简宗梧、李时铭两位先生主编的《全唐赋》③。《历代辞赋总汇》于 2014 年正式出版，其编校工作却始于二十世纪九十年代，只因体量巨大及排版技术等客观原因而推迟出版。其中"唐代卷"主编为万光治先生，副主编为李生龙先生，两位先生对唐代辞赋的整理辑校并不晚于 2011 年出版的《全唐赋》。在唐代文人别集的校注中，白居易是关注度较高的诗人之一。目前我国已校点、注释的白集至少有四种，先后是顾学颉先生校点的《白居易集》④，朱金城先生笺校的《白居易集笺校》⑤，丁如明、聂世美两位先生校点的《白居易全集》⑥，谢思炜先生校注的《白居易诗集校注》和《白居易文集校注》⑦。日本有代表性的则是平冈

---

① 详参本书第一章第三节，第三章第二节、第三节。
② 马积高主编：《历代辞赋总汇》，长沙：湖南文艺出版社，2014 年。
③ 简宗梧、李时铭主编：《全唐赋》，台北：里仁书局，2011 年。
④ 顾学颉校点：《白居易集》，北京：中华书局，1979 年。
⑤ 朱金城笺校：《白居易集笺校》，上海：上海古籍出版社，1988 年。
⑥ 丁如明、聂世美校点：《白居易全集》，上海：上海古籍出版社，1999 年。
⑦ 谢思炜校注：《白居易诗集校注》，北京：中华书局，2006 年；又《白居易文集校注》，北京：中华书局，2011 年。

武夫、今井清两位先生校订的《白氏文集》①，还有冈村繁先生主持译注的《白氏文集》②。可以说，当今的白集校注取得了空前丰富的成果，这些成果为我们探讨白居易所作辞赋奠定了坚实的文献基础。

合而观之，唐代辞赋文献整理的现状是，不仅拥有比较完备的断代汇编，具体到一些著名文人身上，还拥有较为成熟的各种校本。

唐代辞赋文献整理中另有必要指出的是日本古钞本的重要性。日本平安时代深受大唐影响，大批的遣唐使、入唐僧以及商人往复于中日两国，使得唐代书籍源源不断地输入日本。毋庸置疑，在仍以纸抄文本为主的唐代，有关唐赋的文献自然是以钞本的形式在进行传播。然至宋代，伴随着印刷书籍的普及，我国进入了刻本的时代，而其时的日本依然以手抄作为文献传播的主要手段。尤其是他们十分重视大陆的舶来书籍，虽是重抄，却尽量做到保持唐钞本的原貌，这既包括不改易原本的字句，也包括承袭原本的书写方式。这导致宋代以降我国钞本日渐绝迹，而日本却残存了一批文献价值很高的汉籍钞本。其中《白氏文集》就是非常有代表性的例子，在日本我们可以看到为数不少的白集钞本及断片。围绕这些珍贵文献而展开的研究中，以太田次男先生的业绩较为突出③，他甚至面对中国学界直言"中国现存的各种版本的《白氏文集》均不能与之（日本古钞本，笔者注）相比"④。

应该说，随着太田次男等国外学者的研究成果被介绍至国内，以及国内域外汉籍研究的蓬勃发展，我国的古籍整理已经进入了积极利用域外汉籍钞本的新时代。就上文提及的白居易所作辞赋而言，以世纪之交为界明显可见其前后在整理校注时的区别。二十世纪，顾学颉《白居易集》，朱金城《白居易集笺校》，丁如明、聂世美《白居易全集》，万光治和李生龙负责的《历代辞赋总汇·唐代卷》均囿于时代条件，未能利用日本白集的古钞本。进入二十一世纪后，谢思炜《白居易文集校注》、简宗梧和李时铭《全唐赋》均做到了利用日本白集的古钞本。显而易见，在我国唐代辞赋文献整理中充分利用日本汉籍钞本及其研究成果是大势所趋。

尽管以谢思炜《白居易文集校注》、简宗梧和李时铭《全唐赋》（以下简称"谢校本"和《全唐赋》）为代表的整理校注取得了巨大的成功，但并不意味着毕其功于一役，唐代辞赋文献整理应该是一个不断修正、正在进行的状态。

---

① 〔日〕平冈武夫、今井清校訂：《白氏文集》，京都：京都大學人文科學研究所，1971—1973 年。
② 〔日〕冈村繁主编：《白氏文集》（新釈漢文大系），東京：明治書院，1988—2018 年。
③ 〔日〕太田次男著：《舊鈔本を中心とする白氏文集本文の研究》，東京：勉誠社，1997 年。
④ 〔日〕太田次男著：《日本汉籍旧钞本的版本价值——从〈白氏文集〉说起》，隽雪艳译，《传统文化与现代化》1993 年第 2 期。

二　金泽文库本《白氏文集》卷二一

依《全唐文》所收，白居易流传下来的辞赋作品共 16 篇①，其中《白氏文集》收录 13 篇。白集在流传过程中产生了不同的编卷次序，收录辞赋的这一卷分别相当于"前后续集本"②的卷二一和"先诗后笔本"③的卷三八。日本所存白集的古钞本虽多，惜无完本，多为零卷，幸在金泽文库本《白氏文集》(以下简称"金泽本")存有收录辞赋之卷，让我们在整理白居易的辞赋时有古钞本以资校勘比对。

金泽本属于"前后续集本"，与那波本一样体现了白居易原本的编次排列，分类为"诗赋"的卷二一除了《窗中列远岫诗》《玉水记方流诗》及两篇赋序外，余皆辞赋。金泽本是日本镰仓初期的白集抄卷，由丰原奉重(生卒年不详)主持抄写并校合加点，其祖本可追溯到唐开成四年(839)白居易敬献给苏州南禅院的六十七卷本，文献价值弥足珍贵。花房英树④、平冈武夫⑤、太田次男⑥、谢思炜⑦等前辈学者已就金泽本做了大量的考证和研究，在参考他们的基础上，这里主要就卷二一来强调其文献价值中极为突出的两点。

第一，卷二一的抄写底本源自唐钞本，对校本中可能也有源自唐钞本的转写本，文本可信程度高。

金泽本大部分的抄写底本是日本大学寮博士学者名门菅家之传本，可以上溯至入唐僧惠萼于唐会昌四年(844)在苏州南禅院转抄的白集。追溯的主要线索在于金泽本的卷末含有惠萼转抄本的跋语，但金泽本并非每卷都有惠萼跋语，其抄写底本构成较为复杂，如卷三一、三三、五四据卷中字体或卷后奥书便可知底本实为宋刊本⑧。因此有必要具体卷次具体分析，卷二一的奥书如下：

---

① 《历代辞赋总汇·唐代卷》收 15 篇，未收《洛川晴望赋》；《全唐赋》收 17 篇，含《哀二良文》。统计差异主要在于《文苑英华》与《全唐文》对作者判别不同，《文苑英华》中署名为白居易的计 14 篇，且在《叔孙通定朝仪赋》作者"白居易"下谨慎地注以"集无"二字；《全唐文》中归为白居易的计 16 篇，不仅补收了《英华》未收的《伤远行赋》，还将《英华》中空阙未署名的《洛川晴望赋》也囊括在内。

② 以日本"那波本"为代表。

③ 以我国"绍兴本"为代表。

④ 〔日〕花房英樹：《白氏文集の批判的研究》，京都：朋友書店，1974 年第二版。

⑤ 〔日〕平岡武夫、今井清：《白氏文集》。

⑥ 〔日〕太田次男：《舊鈔本を中心とする白氏文集本文の研究》。

⑦ 谢思炜：《白居易集综论》，北京：中国社会科学出版社，1997 年。

⑧ 〔日〕太田次男：《舊鈔本を中心とする白氏文集本文の研究(上)》，第 205—206 页；谢思炜：《白居易集综论》，第 45—46 页。

宽喜三年三月廿一日　唯寂房书写之

　　同廿八日朱委点了

　　　　右卫门尉奉重

嘉祯二年三月十七日以唐本比校之了

建长四年正月十一日传下贵所之御本重比校之了①

　　由上可见,本卷奥书虽无惠萼跋语,但明记了丰原奉重对校的两个本子。一是日本嘉祯二年(1236)用于对校的"唐本",一是日本建长四年(1252)再次对校的"贵所之御本"。"唐本"即金泽本中很多卷都用来对校的宋刊本,也就是卷二一丰原奉重校合注中的"折本"。卷二一的底本文字与校合注中的"折本"多有不同,也与我国宋绍兴本、明马元调本的系统有明显相异,显然不属于传世刊本的任何一个系统。其文字及校合方式与含惠萼跋语的卷子较为类似,即便不属于惠萼转抄本,也应该源自同时期的其他唐钞本。"贵所之御本"所指不详,但金泽本卷四七、五二奥书中同样有"贵所之御本","贵所"旁朱批"冷泉宫"。静永健先生怀疑这个"御本"是"定家之子藤原为家的所藏本"②,但歌坛中的"冷泉家"③应该始于藤原为家之子藤原为相(1263—1328),日本建长四年(1252)丰原奉重再校时为相尚未出世,"御本"是藤原为家所藏本的可能性较低。而身为后鸟羽天皇皇子的赖仁亲王(1201—1264)通称"冷泉宫",有可能是"贵所之御本"的所有者,"贵所"之"贵"与"御本"之"御"也与皇子的身份相称。亲王因承久之乱(1221)被流放备前国儿岛(今冈山县南部,亲王又因此被称"儿岛宫"),或许正是流放之故,亲王之"御本"才因战乱而有了"传下"的机会。可以想见,贵为皇子的赖仁亲王之藏本或为宫中之物,皇室秘藏的白集源自唐钞本的可能性很大。

　　第二,卷二一的文本信息十分丰富。

　　金泽本卷二一不仅为我们提供了值得信赖的文字,还展示了其他一些值得我们注意的细节。一是校合注,如前所及,丰原奉重仅用于对校的本子就有宋刊本和"贵所之御本",而其在对底本进行抄写时可能还参看了其他本子,从而使其校合注较为丰赡。如"折本""异本"④"或本""诸本"等,为我

---

① 本节对金泽本卷二一的引用均出自〔日〕川濑一马监修:《金泽文库本白氏文集(二)》,东京:勉诚社,1984年。后文不再加注。

② 〔日〕静永健撰:《从〈白氏文集〉看13世纪中朝日三地文化交流》,刘维治译,《南阳师范学院学报(社会科学版)》2009年第8卷第1期。

③ 镰仓时代以降,日本歌道家分作"二条家""京极家""冷泉家"三派。这三派均起自著名歌人藤原定家(1162—1241)的孙辈。

④ "异本"在校合注中书作日文"イ"。

们提供了为数不少的异文。二是音义注,一些对当时日本人而言有些生疏的文字多注有音义,这间接地帮助了今天的我们去准确判断原本文字。三是声点,声点尽管主要为音韵学研究所用,但同音义注类似,当底本文字漫漶不清或有日本俗字不能辨识时,可辅助我们进行判读。四是训读,金泽本因有丰原奉重的加点而成为研究日本中世训读的重要材料,这不仅关涉日本国语学,也为我国研究者提供了日本古代以菅家为代表的文本解读,有利于我们多角度把握白氏诗文。以上信息有些是刊本所不具备的,有些是我国文献所不具备的,凸显了域外汉籍钞本的重要性。

国内诸家已经认识到了金泽本的重要性,所以"谢校本"和《全唐赋》在校勘中均将其列入勘比范围,但还不能因此就说两者做到了充分的利用。下面将围绕"谢校本"和《全唐赋》对金泽本的利用来谈一点浅陋的认识。

三 "谢校本"与《全唐赋》对金泽本的利用

"谢校本"底本为"绍兴本"白集,在校注凡例中明确列出了金泽本的影印本,当是仔细校对过影印本。《全唐赋》卷三五收白居易之赋,每篇所据底本均为清内府刊本《全唐文》,主要由李时铭、胡淑贞两先生负责,间有简宗梧先生;大多数赋作下的校记中都明确说明其对金泽本的出校是转引自平冈武夫、今井清校订的《白氏文集》①,可见编校者应该没有寓目影印本。"谢校本"与《全唐赋》的出校原则均为:底本明显有误则据他本改,底本和参校本两通者均出校。只是在异体通假等字体问题上两者体例不同。

虽然两者已将金泽本与各自底本的大部分异文出校,但仍然存在两方面的问题需要指出。

(一)个别出校不甚准确。

(1)有的出校没有留意校改符号,或是对校改符号重视不够。

金泽本《省试性习相近远赋》题下注作:"以'君子之所慎焉'为韵,依次用,限三百五十字已上成。中书高郢侍郎下试,贞元十六年二月十四日及第。"其中"以'君子之所慎焉'为韵"的"为"与"韵"之间衍"韵依次用限三"六字,抄手唯寂房已经注意到自己下笔有误而生出衍文,于是以"见消"符②削之。或许衍文影响了校勘,"谢校本"将金泽本误作"用'君子之所慎焉'韵",

---

① 校记多作"并参考平冈武夫、今井清校本《白氏文集》卷二一(简称平冈校本),本校记吸收其所校《金泽文库》本,简称'《金泽》本'。"

② "见消"符是日本钞本中常见的一种订正字句方式,长处是可使人读到被削文字。此处"见消"采用的是划细线之法。

《全唐赋》则将此题下注误作与"绍兴本"完全相同。

金泽本《汉高帝斩白蛇赋》中有句作："于是行者,告于高皇。皇帝乃奋布衣,挺干将。"其中"高皇"之后的"皇"字为重文号所代替,"帝"字后也有一重文号,行文于是变作"告于高皇皇帝帝乃奋布衣",第二个"帝"字显为衍字,但是抄手或校业已发现,证据是第二个"帝"字右旁书有"点去符"。这个"点去符"在影印本中看起来墨迹较淡,笔者猜测其原本或为朱笔所点,无论是朱笔还是墨笔,用旁点的方式来"点去"第二个"帝"字是确凿无疑的。此处"谢校本"出校为:"高皇,金泽本作'高皇帝'。平冈校:'此句皇字押韵'。"《全唐赋》也同样校记为:"'高皇',《金泽》本作'高皇帝'。"显然,这是两者受到平冈校影响且没有仔细确认影印本所致。平冈校的问题恐怕出在看错了"重文号"与"点去符",以致上下文字混连。

金泽本《黑龙饮渭赋》中有句作:"符圣人之昌运,飞而在天"。其中"符"字是抄手涂改后新书之字。原字作何已难辨认,抄手发现误写后于其右书一"符"字,然后又以"胡粉"①将这两字并皆涂白,在原误写处书一"符"字,并于其左训以日文"カナフ"。"谢校本"误将金泽本出校作"叶"字,应予更正。

(2) 有的出校对校合注核对不够缜密。

金泽本《宣州试射中正鹄赋》中有句作:"其一发也,骤若彻札"。其中"发"字左边书作"登,イ",意为"发"字有异本作"登"字。《全唐赋》出校作:"'发',《金泽》本作'登'。"误将金泽本校合注中异本的文字看作金泽本底本的文字,应更正为"'发',《金泽》本所校本中有作'登'者。"

金泽本《大巧若拙赋》中有句作:"则物不能以长短隐,材不能以曲直诬。"该句与下文"谓心之术也,岂虑手之伤乎?"之间书有"插入符",该符左边补作:"是谓艺之术";右边补作:"是谓艺之要道枢可使心之逸矣□恒平之术也或本在之"。这一处颇显芜杂,且有难以判读之字。底本文字只有两种可能。一是左边文字是据底本所补,右边文字是据"或本"所补。底本原作"则物不能以长短隐,材不能以曲直诬。是谓艺之术,谓心之术也,岂虑手之伤乎?"但如此则全然不成对句,可能性较低。二是左右所补均非底本文字,而是据"或本"所补。底本作"则物不能以长短隐,材不能以曲直诬。谓心之术也,岂虑手之伤乎?"这与《全唐文》,以及白集之"绍兴本""马元调本""那波本"最为接近,仅有"谓"和"是谓"一字之差,从对句工整的角度来说,底本恐是漏书了"是"字。校者丰原奉重在据"或本"作校合时先是在左侧补书"或本"的异

---

① 日本"胡粉"非我国"胡粉",而是以贝壳粉为原料制作的一种订正文字的工具,近似于古代的"雌黄"、现代的"修正液"。

文，即"是谓艺之要"，却误写作"是谓艺之术"，在发现误写后径直在右侧又补书"是谓艺之要道枢可使心之逸矣□恒平之术也或本在之"。

金泽本这处校合最为重要的其实是右边所补文字。首先，右边所补句子的最后四字"或本在之"应是"或本有之"的误写。金泽本在校合异文时常于最后识以"或本有之"，以说明底本无而参校本有。日文古语将"有"与"在"均训作"アリ"，两字字形又极为接近，书写时出现误写并不为奇。其次，右边所补句子的前七字"是谓艺之要道枢"与《文苑英华》《历代赋汇》中的异文十分类似。《文苑英华》作："材不能以曲直诬。可谓艺之要道之枢（一无此八字），是谓心之术也。"《历代赋汇》同，只是无"一无此八字"的校语而已。由上可见，金泽本右边所补文字是丰原奉重据某个钞本①而补的异文，尽管这则异文文义不通，但相较《文苑英华》与《历代赋汇》却多出一些文字，存在一定的校勘价值。"谢校本"与《全唐赋》均止于将《文苑英华》与《历代赋汇》出校，而未及金泽本之异文，稍显遗憾。

下面就金泽本的这处异文做一蠡测。从金泽本的抄写情况来看，并不存在擅自校改文字的情形，此处文义不通应该是所据参校钞本的"源发"问题。其中"可使心之逸矣"六字既成文又通畅，且与后文之"岂虑手之伤乎"和谐成对。假使参校钞本文字错乱，原文或为一"壮句"加一"隔句对"的形式②，即"是谓艺之要，道之枢。恒手之术也，可使心之逸矣；谓心之术也，岂虑手之伤乎？"③蠡测依据有三。一是本段押"乎"字官韵④，增一"是谓艺之要，道之枢"句并无不谐。二是白居易擅作隔句对，《大巧若拙赋》共八段，除本段外每段都有隔句对的运用，不排除白氏于本段亦做一隔句对的可能。三是白居易对辩证思想的理解可能会将"手"与"心"进行联动表述。《大巧若拙赋》之赋题典出《老子》第四十五章"大直若屈，大巧若拙，大辩若讷"，题下限韵"随物成器、巧在乎中"则典出王弼注"随物而直""因自然以成器"。该赋全文遍布老庄之言，如"无为而为""因物不改""成功不宰""遇以神也，郢人之术攸同；合乎道焉，老氏之言斯在""道之枢""大盈若冲"等。在这样的语境下，我们推想白氏或许认为"高超的手艺使得工匠随物制器、心无羁绊，匠人道法自然的认识又让他们毫无手伤之忧"，于是有了"恒手之术也，

---

① "或本"所指不明。丰原奉重校合注中宋刊本均作"折本"，此"或本"应为其参校的钞本之一，但是否是"贵所之御本"不得而知。

② 有关律赋的句式，可参看唐人撰《赋谱》。张伯伟：《全唐五代诗格汇考》附录三，南京：凤凰出版社，2002 年；詹杭伦：《唐宋赋学研究》第三章，北京：中国社会科学出版社、华龄出版社，2004 年。

③ "道枢"之间脱一"之"字，不能判读的文字或许是倒错标识，"平"字乃"手"之误书。

④ 限韵为"随物成器、巧在乎中"。

可使心之逸矣;谓心之术也,岂虑手之伤乎"的表述。

(3) 有的出校存疑,留有商榷余地。

金泽本《汉高帝斩白蛇赋》中有句作:"繇是气吞豪杰,威震幽遐。"其中"震"字书写并不规范,极似"宸"字。该字在"谢校本"的底本"绍兴本"中虽然作"振",但"谢校本"并未出校。《全唐赋》则将该字出校为:"《金泽》本作'宸'。"不过,金泽本该字字形虽极近于"宸",其左下却施有返点"二"①,不得不让人产生疑虑。返点"二"表明该字必须返读,常见情形即是作动词讲,与施以返点"一"的"幽遐"构成动补结构"幽遐に震ふ"。而"宸"字是绝无可能作动词来用的,这种文字书写与返点上产生的矛盾暗示我们金泽本中该字有可能是"震"字的减笔或是误写。如果推断不误的话,这处校勘改成"《金泽》本作'震'或'宸',不明"或许更为严谨。

(二) 整体出校不够全面。

(1) 可出可隐。

这一类问题是金泽本的文字明显有误所致。如果是专门指出金泽本的错误并借此探讨其版本体系自然是有意义的,但对于文献整理中的校改文字而言并无突出益处,因此可以看作"可出可隐","谢校本"与《全唐赋》均不出校是无可厚非的。

比如金泽本《求玄珠赋》中有句作:"必致之驯致,岂求之于躁求。"在"之"与"驯"之间,其他本子均有"于"字。这一句前后成对,显然是金泽本之底本有误或是抄手漏抄所致。再如金泽本《君子不器赋》中有句作:"鄙斗筲之奚算,哂契瓶之固守。"丰原奉重在"契"字的右边已做"异本作挈"的校勘,"挈瓶"为正,金泽本之底本当误。此赋另有发语"至乎哉",金泽本误作"至于哉","凿枘难施"金泽本误作"凿柄难施"。

(2) 出隐难定。

这一类多属于两意均通,对于确定文本文字而言意义较弱,某种程度上被视为"无关紧要",是"出校"还是"隐去",难以定夺。但若秉承"底本和参校本两通者均出校"之原则的话,这一类还是出校为妥。金泽本出现的异文,有"谢校本"出校而《全唐赋》未出校者,亦有《全唐赋》出校而"谢校本"未出校者,下面就两者均未出校的情况来举几个例子。

金泽本《宣州试射中正鹄赋》中有句作:"广场辟而堵墙开,射夫固而钟鼓诚。"其中"固"字其他本子均作"同"。又金泽本《省试性习相近远赋》中有句作:"故非所习而习则性伤,得所习而习则性顺。"其他本子均无"故"字。

---

① "返点"是训点的一类,用来表示训读时的语序。

又金泽本《求玄珠赋》中有句作："其难得也,剧乎割巨蚌之胎。"其中"割"字其他本子均作"剖"。又金泽本《鸡距笔赋》中有句作："映赤笔,状绌距乍举。"其中"距"字其他本子均作"趾"。又金泽本《黑龙饮渭赋》中有句作："晴眸炫耀,文彩陆离。"其中"晴"字其他本子均作"睛"。

（3）不出则损。

前面（2）所举的例子,其异文都是只有金泽本才有的异文,由是产生了研究者看法上的分歧。有的可能认为异文只有金泽本出现,孤证不立,为此出校属于"小题大做",所以将这些看起来"无关紧要"的地方隐去。但笔者认为正是因为异文是金泽本所独有,更应该出校以体现校勘的全面性。该"出"还是该"隐"主要取决于校订者的认识与针对具体问题所做的判断,不过有些异文并非金泽本所独有,值得引起校订者的重视。如果说前面（1）类（2）类仅仅体现出出校的全面性,那么这一类则关乎出校的必要性。

金泽本《汉高帝斩白蛇赋》中有句作："鳞甲皑以雪色,晴眸赪其电光。""晴眸"一词在其他本子中多作"睛眸",只有马元调本作"晴眸"。不过日本存有另一重要钞本,其中收录的《汉高帝斩白蛇赋》也作"晴眸",这就说明在古钞本中金泽本也非孤例,"晴眸"必须出校。这个旁证的本子是"金刚寺藏《文集抄》"（以下简称"金刚寺本"）。《文集抄》是《白氏文集》的抄出本,早在日本宽弘三年（1006）,就曾被一代权臣藤原道长（966—1027）献给一条天皇,可见其在日本贵族之间有相当程度的流行。① 金刚寺本是《文集抄》的钞本之一,共一册,粘页装,现已处剥离状态,其中第五页阙失,有关此本的详细情况可参后藤昭雄先生的论述②。这里需要强调的是,金刚寺本是日本建治二年（1276）九月在京都白川转抄的本子,其底本是桑门愿海于建治元年（1275）五月九日在镰仓书写的本子,该本编次形态与文字内容都较好地保留了唐代钞本的原貌,文献价值极高。十分可贵的是金刚寺本恰好抄录了《汉高帝斩白蛇赋》与《鸡距笔赋》,成为研究白居易辞赋不可缺少的古钞本之一。

再来看《鸡距笔赋》,金泽本中有句作："合为乎笔,正得其要。"其中"乎"字在他本中有作"手"字者,马元调本和《全唐文》则作"乎",而金刚寺本也作"乎",应该出校。金泽本中另有句作："双美是合,两隙而同。"其中"隙"字在其他本子中多作"揆"字,而金刚寺本则作"膝"字,虽不同于"隙",却与之极其近似,均应出校。

① 事见藤原道长的日记《御堂関白記》宽弘三年八月六日条。
② 〔日〕後藤昭雄:《金剛寺蔵〈文集抄〉》,白居易研究會编《白居易研究年報》创刊號,東京:勉誠出版,2000年。

最后来看《赋赋》，该赋的题下限韵因传本不同而有较大差异，我们将几个有代表性的本子列入表中。

表 1 《赋赋》题下限韵一览表

题下限韵	诸本
以"赋者古诗之流也"为韵	金泽本
以"赋者古诗之流"为韵	绍兴本、马元调本、《全唐文》
以"赋有古诗之风"为韵	《文苑英华》《历代赋汇》
以"赋者古诗之类流也"为韵	日本宫内厅那波本的批注
无注	四部丛刊本

一般而言，律赋的限韵文字较容易确认，只需核对其赋文的押韵，多半可以核准。《赋赋》是一篇标准的律赋，全文转韵五次，共押六个韵部，分别是上声"马"韵，上平声"之·脂"韵，去声"暮·遇"韵，上平声"之·脂"韵，上声"麌·姥"韵，下平声"尤"韵。而"赋有古诗之风"中的"有"字为上声"有"韵，"风"字为上平声"东"韵，"赋者古诗之类流也"中的"类"字为去声"至"韵，均不在文中所押韵部。因此《赋赋》题下限韵的韵字只可能是"赋者古诗之流也"或"赋者古诗之流"，两者只差一"也"字。巧合的是"也"字与"者"字同属上声"马"韵，而且《赋赋》开篇第一句就有"也"字韵脚①，这样一来，便无法通过文中押韵来判断"也"字到底是不是原本的官韵字。管见所及，中日所有的校订本都将此赋的官韵定作："赋者古诗之流"。但如果将"赋者古诗之流"作为官韵的唯一可能则有失严谨，因为律赋在实际写作中存在如下情况：

> 唐律赋限韵中两字同韵者，或押作一段，或仍押两段。如王起《白玉管赋》，"神"、"人"二字并押。白居易《赋赋》，"诗"、"之"二字分押。李濯《广达楼赋》，以"珠帘无隔露"为韵，"珠"、"无"同韵，押作两段。蒋防《登天坛山望海日初出赋》，"日"、"出"二字同押。②

这是清代浦铣《复小斋赋话》上卷中的一段话，以几篇唐代律赋来说明"并押""分押"两种情形。在此我们仅以王起《白玉管赋》和白居易《赋赋》为例来进行解释，其余两篇不再赘言。

---

① 第一句为"赋者，古诗之流也。"
② ［清］浦铣著；何新文、路成文校证：《历代赋话校证：附复小斋赋话》，上海：上海古籍出版社，2007 年，第 383、384 页。

先来看白居易《赋赋》的例子,该赋官韵中"诗""之"二字同属上平声"之"韵。如前所述,白居易在文中第二韵部押了上平声"之·脂"韵,其中有"诗"字韵脚;他又在文中第四韵部押了上平声"之·脂"韵,其中有"之"字韵脚。此即浦铣所谓的"'诗''之'二字分押"。再来看王起《白玉管赋》的例子,该赋官韵为:"神人来献、以和八音",其中"神""人"二字同属上平声"真"韵。王起在文中第一韵部就押了上平声"真"韵,其中既有"神"字韵脚,也有"人"字韵脚,而该赋其余文字再无押上平声"真"韵之处。① 此即浦铣所谓的"'神''人'二字并押"。再回到白居易的《赋赋》,其第一韵部为上声"马"韵,其中既有"者"字韵脚,也有"也"字韵脚,所以白居易是有可能将"者""也"二字"并押"的。若果真如此,则《赋赋》的官韵应是"赋者古诗之流也"。

另外需要指出的是,后世出现了许多与《赋赋》同题甚至是拟仿白居易《赋赋》的作品,以清代为盛②。骈赋如吴锡麒《赋赋》、潘继李《赋赋》;律赋如:① 李宗瀚《赋赋》(以"赋非一体、古诗之流"为韵);② 陶澍《拟白居易赋赋》(以"草创荀宋、恢张贾马"为韵);③ 金长福《赋赋》(以"赋者古诗之流也"为韵);④ 章采《赋赋》(以"赋者古诗之流也"为韵);⑤ 杨际春《赋赋》(以"赋者古诗之流"为韵);⑥ 施补华《拟白香山赋赋》(以"童子雕虫篆刻"为韵);⑦ 钱采《拟白居易赋赋》(以"赋者古诗之流也"为韵);⑧ 杨曾华《赋赋》(以"登高能赋、可为大夫"为韵)等。我们发现其中③④⑤⑦四篇连题下限韵都是仿照白居易《赋赋》而设的,除⑤ 以"赋者古诗之流"为韵外,其余③④⑦全部是以"赋者古诗之流也"为韵③。显然,这三人所见的白居易《赋赋》有可能是官韵作"赋者古诗之流也"的版本。虽然至明末起流行的白集版本要属马元调本,但也不能排除其他版本或选本存在的可能,比如"绛云一炬,荡为灰烬"的"钱太史宋本"④就尚存于清初。

综上,如果《赋赋》官韵本为"赋者古诗之流也",那金泽本则是正确反映

---

① 王起《白玉管赋》的押韵据《文苑英华》卷八六所收赋文分析。

② 可参詹杭伦:《清代赋家"以赋论赋"作品探论》,收入复旦大学中国古代文学研究中心编《中国文学研究》第 4 辑,南昌:江西教育出版社,2001 年;许结:《历代论文赋的创生与发展》,《文史哲》2005 年第 3 期;陈才智:《在似与不似之间——白居易赋的后世拟仿》,《中国文学研究》2015 年第 3 期等。

③ 押韵据[清]鸿宝斋主人编:《赋海大观》第 4 册,北京:北京图书馆出版社,2007 年,第 226—229 页分析。

④ 即钱谦益所藏宋本白集。胡震亨《唐音统签》正是利用此本增补了白诗,已有学者通过追查现存白集刊本的阙诗指出,钱谦益所藏宋本白集属于与绍兴本、那波本、马元调本均有不同的另一个刊本系统。如查屏球撰、[日]稻森雅子译:《〈白氏文集〉刊本佚诗的遡源について—舊鈔本〈白氏文集〉卷六十五を中心に—》,九州大學中國文學會《中國文學論集》第 45 號,2016 年。

了白居易原作的现存唯一传本。笔者之所以追究到区区一个"也"字,是因为律赋之体式有别于其他赋体,官韵之限可谓其"命门",在文字校勘时理应"锱铢必较"。虽然目前没有更多古钞本可以作为旁证,但只要有一丝可能存在,还是建议出校以飨读者。

四 余论

任何文献整理都难免失校、误校,尤其是在出土文献等新材料问世却未广传的情况下,更不宜苛求整理者。"谢校本"与《全唐赋》虽然存在"个别出校不甚准确""整体出校不够全面"这两个遗憾,但整体而言考订科学、审校精良,可以说是质量很高的文献整理力作,为我国唐代辞赋的研究工作提供了值得信赖的文本基础。毋庸置疑,"谢校本"与《全唐赋》取得了巨大成就,但若要"精益求精"的话,还有一些细致的工作留待后来学人。

就白居易的辞赋而言,仍有必要继续加强对域外汉籍的利用。前辈学者所留下的一些遗憾,并非没有利用域外汉籍所致,而多是利用不够充分所致。未来一段时期的整理,会对域外汉籍,尤其是钞本的利用程度提出更高的要求。钞本所传达出的诸种信息,是纸张手抄时代留传给我们的宝贵财富。这些钞本最为突出的作用是为文字校勘提供丰富可信的材料,但其作用又不仅仅止于文字校勘,有时会帮助我们准确理解原作,有时会促使我们思考历来看法的可靠性,甚至会为我们追索版本系统提供重要的线索。

以上虽是以唐代辞赋的文献整理为例,但亦可以推及其他汉籍的整理工作。在具体的实践操作上,为弥补前面所说的遗憾,至少需要做到两点:一是不宜据他者校勘进行转引,最好做到核对钞本的影印件;二是检阅影印件时要充分留意其中的每一个细节,不放过任何"蛛丝马迹"。

第二节 唐代律赋中的"以题为韵"补议

"以题为韵"是诗赋的一种限韵方式,指按照题字进行押韵,并把题字用于韵脚之中。它首现于唐太宗第七子蒋王李恽的《五色卿云赋》,后成为唐代律赋中十分常见的一种限韵方式。及至清代律赋,赋家仍在使用"以题为韵"。不仅是在我国,受我国影响的东亚文化圈中也可见其身影,如日本平安朝文人纪长谷雄的《柳化为松赋》下注"以题为韵"①,越南阮朝曾在科场

————————

① 藤原明衡《本朝文粹》卷一,日本建治三年(1277)写,神奈川县称名寺藏金泽文库保管本。

上以"以题为韵"的方式课赋①。尽管"以题为韵"已经远播于域外，但或许因其仅仅是限韵的一种方式而很少引起关注。随着唐代律赋研究的日益深入，开始有学者讨论"以题为韵"，但依然留有进一步研究的余地。

本节试在修正前辈学者研究成果的基础上再次探讨唐代律赋中的"以题为韵"，并试从另一视角来展开唐代律赋限韵方式的研究。

一　"以题为韵"历来的研究及问题

历史上关于"以题为韵"的论述首推各种清人的赋话。浦铣《复小斋赋话》上卷云：

> 唐赋限韵，有以题为韵者，"赋"字或押或不押，姑举一二，如元稹《郊天日五色祥云赋》、郭适《人不易知赋》、刘珣《渭水象天河赋》，俱押"赋"字；王起《元日观上公献寿赋》、王棨《圣人不贵难得之货赋》、吕令问《掌上莲峰赋》，俱不押"赋"字。②

浦铣的说法是确切的，我们后面的材料可以证明，但他终究只是引例，没有详论"以题为韵"。另，李调元《赋话》卷四云：

> 唐人限韵，有云以题为韵者，则字字叶之。以题中字为韵者，则就中任用八字，不必字字尽叶也。③

其中，"以题为韵"被李调元断为"字字叶之"因不合实情而常为研究者所指摘④。王芑孙则在《读赋卮言·官韵例》中表述如下：

> 有以题为韵者，此例甚多不必举。有以题为韵而减其字者，如王棨《诏遣轩辕先生归罗浮旧山赋》，以题中八字为韵；路季登《皇帝冬狩一箭射中双兔赋》，以题上六字为韵。有以题为韵而增其字者，如唐人《花萼楼赋》，下注"以'花萼楼赋一首并序'为韵"；唐人《秦客相剑赋》，下注"以'决浮云清绝域通题'为韵"。有以题为韵而不限其何字及几韵者，如周存《太常新复乐悬冬至日荐之圜丘赋》，下但注

---

① 佚名《皇越历科诗赋》，越南嗣德三十二年（1879）刻，兴安省关圣祠藏板，梓文堂印本。
② ［清］浦铣《复小斋赋话》上卷，《樗李遗书》孙福清校刊本。
③ ［清］李调元《赋话》卷四，《丛书集成初编》本。
④ 如后文所引赵成林等均以为不妥。

"以题中字为韵"。(中略)有以题为韵而限作依次用者,如陆宣公《圣人苑中射落飞雁赋》,注明"以题为韵次用"之类。①

尽管王芑孙就"以题为韵"进行了详细的分类并举出了例子,但其中很多分类其实是他利用了"以题为韵"的表述方法而已。若加以补充的话,王氏注以"此例甚多不必举"的"以题为韵"是指文献中标记成"以题为韵"的一类;所谓"以题为韵而减增云云"实质是指那些标记成"以题中字为韵"等类型的。王氏的论述显然也不利于我们厘清唐代律赋真实的限韵方式。

今人对"以题为韵"的论述要以李曰刚、邝健行、赵成林、彭红卫、王士祥等先生为代表②,其中又以王士祥先生最为详尽。王先生依《文苑英华》和《全唐文》首次彻查了现存唐代律赋中明确标注"以题为韵"的赋作,并且就"以题中字为韵"的赋作也进行了梳理分析。下面以表格的形式来再现他的整理成果,表中的加点赋作是后文要予以讨论的。

表 2 "以题为韵"一览表

以整题为韵	纯用题目为韵:叔孙玄观、萧昕、张钦敬《仲冬时令赋》,乔琮《日中有王字赋》,杨谏《月映清淮流赋》,元稹《郊天日五色祥云赋》,王諲《南至云物赋》,李恽、阙名《五色卿云赋》,韦充《余霞散成绮赋》,阙名《圣人以四时为柄赋》,刘珣《渭水象天河赋》,独孤绶《泾渭合流赋》,李程《华清宫望幸赋》,马逢《西郊迎秋赋》,王起《北郊迎冬赋》,张仲素《千金市骏骨赋》,欧阳詹《王者宜日中赋》,郭遹《人不易知赋》。
	题外别用他韵:郑锡《日中有王字赋》,侯喜《涟漪濯明月赋》。
以题中数字为韵	以某些字为韵:王起《汉武帝游昆明池见鱼衔珠赋》、阙名、蒋防《登天坛山望海日初出赋》、萧颖士、贾餗《至日圆丘祀昊天上帝赋》、阙名《蔺相如秦庭返璧赋》、薄芬《直如朱丝绳赋》、王棨《圣人不贵难得之货赋》。
	不以"赋"字为韵:崔立之《南至郊坛有司书云物赋》,郭遵《南至郊祭司天奏云物赋》,阙名《清露点荷珠赋》,王起、阙名《元日观上公献寿赋》,张贾、潘孟阳《天道运行成岁赋》,吕令问《掌上莲峰赋》,黎逢《贡士谒文宣王赋》,李铣《孙武试教妇人战赋》,阙名《齐人归女乐赋》,周存《瑞龟游宫沼赋》,张随《庄周梦蝴蝶赋》,陆贽《圣人苑中射落飞雁赋》,王起《朔方献千里马赋》,崔琪《桂林一枝赋》,王棨《樵夫笑士不谈王道赋》。

---

① [清]王芑孙《读赋卮言》,《渊雅堂全集》清嘉庆二十五年王嘉祥续刻本。"此例甚多不必举"为双行小字;周存赋题刻作《太常新复乐歌冬至日荐之圆邱赋》,据《文苑英华》卷七三改。
② 李曰刚:《辞赋流变史》,台北:文津出版社,1987年;邝健行:《诗赋合论稿》,南京:江苏古籍出版社,2002年;赵成林:《唐赋分体叙论》,长沙:湖南大学出版社,2009年;彭红卫:《唐代律赋考》,北京:社会科学文献出版社,2009年;王士祥:《唐代试赋之"以题为韵"与"以题中字为韵"考述》,《广东海洋大学学报》2009年第2期,收入王士祥著:《唐代应试诗赋论稿》,北京:商务印书馆,2016年。

表 3 "以题中字为韵"一览表

以题中字为韵	限定题中文字:谢观《清明日恩赐百官新火赋》,路季登《皇帝冬狩一箭射双兔赋》,黄滔《曲直不相入赋》。
	限定题中字数:王棨《诏遣轩辕先生归罗浮旧山赋》。
	不限定任使题中字:乔潭《秋晴曲江望太一纳归云赋》,阙名《贡举人见于含元殿赋》,周存《太常新复乐悬冬至日荐之圜丘赋》。

就"以题为韵"的分类标准而言,王先生针对前人所论的"字字叶之"分作"以整题为韵"和"以题中数字为韵"两大类。此分法抓住了问题的关键,即"以题为韵"看似李调元所说的"字字叶之",实际上存在很多"非字字叶之"。再加之对"以题中数字为韵"的考察,先生有了如下的认识:

> "以题为韵"和"以题中字为韵"是相通的,"以题为韵"中既有以整题为韵者又有"以题中字为韵"者,而"以题中字为韵"者也有除题目中"赋"字外余字尽押的情形,二者合则为一,分则为二,是一个问题的两种表现形态。
>
> "以题为韵"和"以题中字为韵"名为试赋限韵中的两类,实则为一个问题的两种表现形式,二者具有相通性。①

并指出:"由于题和韵的特殊关系,'以题为韵'和'以题中字为韵'之韵在注解题目方面的功能不复存在"②。

"官韵之设,所以注题目之解,示程序之意,杜剿袭之门"(王芑孙语),诚如王士祥先生所言,"由于'以题为韵'和'以题中字为韵'之韵皆以题目为本,其注解题目的功能自然也就无从谈起了"③。那么作为"官韵之设"的"以题为韵"和"以题中字为韵",主要是起到"示程序之意"和"杜剿袭之门"的作用,其中"杜剿袭之门"又主要是针对场屋之上而言,因此"以题为韵"和"以题中字为韵"最首要的功能可以说是"示程序之意"。"程序"即为"规范",是对律赋写作的严格要求,从这个角度来讲,"以题为韵"应该有其自身的程序要求,在押韵上应该较之于"以题中字为韵"更为严格,若不然,实在是没有必要从字面上将"以题为韵"和"以题中字为韵"区别开来。

基于上述考虑,笔者以为文献中既然存在"以题为韵"和"以题中字为韵"的设定区别,就不宜简单地把两者看成一个问题,而是应该依据文献本

---

① 王士祥:《唐代应试诗赋论稿》,第 205—206、207 页。
② 王士祥:《唐代应试诗赋论稿》,第 207 页。
③ 王士祥:《唐代应试诗赋论稿》,第 206 页。

身、从"示程序之意"的角度来再次追究这两者的本真。

二 "以题为韵"之再考察："示程序之意"的"官韵之设"

（一）以整题为韵

首先来看王士祥先生所分的"以整题为韵"这一类。对所有赋作的押韵进行分析后，先生进一步分作"纯用题目为韵""题外别用他韵"两种情形。其中存在两个问题需要补充说明。

第一是李恽的《五色卿云赋》。该赋收录于《文苑英华》卷一二、《全唐文》卷九九、《历代赋汇》卷六，经检韵脚后可知分别押了"五"字韵（上声麌·姥韵）、"云"字韵（上平声文韵）、"色"字韵（入声职韵）和"卿"字韵（下平声清·庚韵），并未押"赋"字韵，因此当入王先生所说的"以题中数字为韵"这类。

第二是先生认为"以整题为韵时，首先作者要将题目中的每一个字及所属韵部用来押韵，同时还允许押用限定之外的其他韵部。"①具体来说就是以郑锡《日中有王字赋》和侯喜《涟漪濯明月赋》为证，来说明"以整题为韵"中存在"题外别用他韵"的情况。笔者认为这种讲法似有不妥，从"官韵之设"的设定层面来说，"以题为韵"与"押用题外之韵"是矛盾的。"允许押用题外之韵"显然违反了"程序之意"，若出现"题外别用他韵"恐怕只能以作者落韵进行解释。下面就来看郑锡和侯喜的押韵情况。

郑锡《日中有王字赋》依王先生所说存在三个问题：

> 一、篇首二句"至阳之精，内含文明"之"精"、"明"分别为平声"清"韵和"庚"韵，二韵通用但均不属于题字所在韵部；二、"禋六宗"之"宗"字为平声"冬"韵，杂于"东"韵之中，对照宋本《广韵》，平声"东"韵为"独用"，故不当与"冬"韵通押；三、"皇上以为命不于常，惟德是据，灾逐祥启，福随祸着"之"据"、"着"为去声"御"韵，宋本《广韵》注"御"韵为"独用"，故不当与去声"暮"韵、"遇"韵交叉使用。②

概括来说其实是两个问题，一是"精""明"两字出韵，二是"冬"韵与"东"韵通押、"御"韵与"暮""遇"两韵通押。关于"精""明"出韵的问题，若观篇首四句"至阳之精，内含文明。成命宥密，神化阴骘"，则不排除郑锡起初欲将此

---

① 王士祥：《唐代应试诗赋论稿》，第199页。
② 王士祥：《唐代应试诗赋论稿》，第199页。

四句作成隔句对的可能性。尽管这四句作为隔句对并不工整，但假设郑锡确有此意就可知他是没有"题外别用他韵"之意图的。关于邻韵通押的问题，需要注意的是：以宋《广韵》之独用、同用来检证唐代律赋的押韵并无不当，但唐诗之中亦存不合《广韵》之处。因此笔者以为《广韵》虽是重要参照，但每字必依《广韵》则过于严苛。有研究者以《全唐文》为范围考察过唐代律赋的用韵，"东钟部东冬钟三韵系"中"东冬同用"有六例，"鱼模部鱼虞模三韵系"中"鱼虞模同用"有八例[①]，故郑锡并非有意"题外别用他韵"。

侯喜《涟漪濯明月赋》则为王先生指出结尾"别用他韵"。该赋结尾作：

　　嗟夫！月霁乃明，水烦则浊。（中略）则安得，轻飙暂拂，水镜动于秦台；纤埃不飞，玉璧吐于荆璞。含辉发彩，似忠臣之沃明君；××××，如后进之资先觉。岂徒比其光丽而已。[②]

问题出在，"尾句不管是以'丽'字结尾还是以'已'字收束，所属韵部均异于题中字所属韵部"[③]，即"濯"字韵（入声觉韵）。"丽"是去声"霁"韵，"已"是上声"止"韵，均不可能与入声"觉"韵通押。不过，王先生也已经指出"似忠臣之沃明君"与"如后进之资先觉"相对，那么"含辉发彩，似忠臣之沃明君；××××，如后进之资先觉。"则显然为隔句对，与"含辉发彩"相对的四字句当为脱简。遗憾的是查阅收录此赋的现存诸文献——《文苑英华》卷六、《全唐文》卷七三二、《历代赋汇》卷四莫不如是，因此我们有理由怀疑最末句"岂徒比其光丽而已"的真实性，无法排除其为错简或存在文字讹变的可能性。侯喜恐非"题外别用他韵"。

鉴于上，以郑锡《日中有王字赋》和侯喜《涟漪濯明月赋》去证"题外别用他韵"值得商榷，笔者认为王先生所分之"以整题为韵"是不允许旁涉题外韵部的。

（二）以题中数字为韵

依王先生所论，"以题为韵"中的"以题中数字为韵"这一类实质上就是"以题中字为韵"，但如前文所及，若果真实质相同，文献上为何要把这一类注以"以题为韵"而不是"以题中字为韵"呢？

先来看"不以'赋'字为韵"的这一细目类别。如照王先生的整理统计，

---

① 姚颖：《〈全唐文〉用韵研究》，华中科技大学硕士学位论文，2006 年。
② ［宋］李昉等：《文苑英华》卷六，北京：中华书局，1966 年，第 35 页。
③ 王士祥：《唐代应试诗赋论稿》，第 199 页。

其数量达到了十七篇之多,再加上前文修正的李恽《五色卿云赋》,目前共计十八篇。这一细类的特点是除题中"赋"字以外余字尽押。作为赋题,没有"赋"字并不会影响作者对赋题的理解,"以题为韵"之"题"包不包括"赋"字是无关紧要的,因此把"以题为韵"作成除"赋"字以外余字尽押的形式也无可非议。这种形式的赋作至少存在十八篇,与"以整题为韵"的二十篇①几成对半,也说明了很多唐人是接受并切实实践了这种押韵方法的。在唐人心中,"以题为韵"意味着"赋"字可押可不押,这点是没有疑问的。所以"不以'赋'字为韵"这一细类的实质与"以题中字为韵"还是不同的,这十八篇律赋的作者在写作"以题为韵"时不存在要押"题中数字"的想法,而是自认为恪守了"程序之意"。

问题主要出在"以某些字为韵"这一细类上。依王先生之言,此类中的八篇律赋出现了不管"赋"字有无、题中别有他字未押的情况,具体是:

> 王起《汉武帝游昆明池见鱼衔珠赋》:"见鱼衔珠赋"五字漏而未押;阙名、蒋防《登天坛山望海日初出赋》:未见"初"字;萧颖士、贾𫗧《至日圆丘祀昊天上帝赋》:未见"祀"、"赋"二字;阙名《蔺相如秦庭返璧赋》:未见"相"、"赋"二字;薄芬《直如朱丝绳赋》:未见"朱"、"赋"二字;王棨《圣人不贵难得之货赋》:未见"贵"、"赋"二字。②

然而这些分析有不确之处,首先需要更正的是,"萧颖士、贾𫗧《至日圆丘祀昊天上帝赋》中未见'祀'、'赋'二字"③恐是王先生之误植,经检两人赋作后可知,先生原意应为:萧颖士《至日圆丘祀昊天上帝赋》中未见"祀"、"赋"二字;贾𫗧《至日圆丘祀昊天上帝赋》中未见"丘"、"赋"二字。但产生不确的最主要原因是没有考虑律赋押韵中的"解镫"现象。唐人撰《赋谱》中就"解镫"有解说如下:

> 又有连数句为一对,即押官韵两个尽者,若《驷不及舌》云:"嗟夫,以骎骎之足,追言言之辱,岂能之而不欲;盖喋喋之喧,喻骏骏之奔,在戒之而不言。"是则"言"与"欲"并官韵,而"欲"字故以

---

① 排除了李恽的《五色卿云赋》,加上了郑锡的《日中有王字赋》和侯喜的《涟漪濯明月赋》。
② 据王士祥《唐代应试诗赋论稿》第201页整理。
③ 王士祥:《唐代应试诗赋论稿》,第201页。

"足"、"辱"协,即与"言"为一对。如此之辈,赋之解镫。时复有之,必巧乃可。①

《驷不及舌赋》乃唐人陈仲师之赋,收于《文苑英华》卷九二、《全唐文》卷七一六、《历代赋汇》卷六七,题下限韵"是故先圣、予欲无言"。陈氏以"以骎骎之足,追言言之辱,岂能之而不欲;盖喋喋之喧,喻骏骏之奔,在戒之而不言。"此一联隔句对,押了"欲""言"两个官韵,分别是用"足""辱""欲"字来叶"欲"字韵(人声浊韵),用"喧""奔""言"字来叶"言"字韵(上平声元·魂韵)。这种叫作"解镫"的手法常见于唐代律赋之中,只是运用上存在一定的技术难度。

回到王先生所举的八例律赋中,萧颖士《至日圆丘祀昊天上帝赋》有"政教之始,莫重乎郊祀;郊祀之先,莫尊乎昊天。"一联隔句对②,其中"始""祀"两字押了"祀"字官韵(上声止韵);贾餗《至日圆丘祀昊天上帝赋》有"于是采遗范于周,故封土以成丘;取法于干,故象形以应圆。"一联隔句对③,其中"周""丘"两字押了"丘"字官韵(下平声尤韵);王棨《圣人不贵难得之货赋》有"只如照车于魏,徒称径寸之贵;易地于秦,虚重连城之珍。"一联隔句对④,其中"魏""贵"两字押了"贵"字官韵(去声未韵)。因此这三例律赋实则是除题中"赋"字以外余字尽押。

其余五例律赋确如王先生所言,均存在漏押的问题。但考察至此,我们发现若抛开"赋"字不论,"以题为韵"的主流还是"题字尽押"的。更新数据可知,押了"赋"字的"以题为韵"有二十篇,不押"赋"字的"以题为韵"有二十一篇,两者合计四十一篇。相较于四十一篇的"大数据"而言,漏押的五例并不影响我们得出如下结论:唐代律赋的"以题为韵"作为"官韵之设"有明确的"程序之意",即除题中"赋"字以外的题字须"字字叶之","赋"字则可叶可不叶。反倒是这漏押的五例有进一步追究的价值,下面就以白居易律赋中的"以题为韵"为例来切换研究视角,去具体探讨这五例律赋。

三 视角转换下的唐代律赋限韵方式研究

(一)白居易律赋中的"以题为韵"

今人研究白居易的诗文主要依靠《白氏文集》,再辅以被历代诗文总集

① 詹杭伦:《唐宋赋学研究》第三章"《赋谱》校注",北京:中国社会科学出版社、华龄出版社,2004年,第73页。
② [宋]李昉等:《文苑英华》卷五五,第248页。
③ [宋]李昉等:《文苑英华》卷五五,第248页。
④ [清]董诰等:《全唐文》卷七六九,北京:中华书局,1983年,第8011页。

所收录的白氏诗文。就版本而言,仅《白氏文集》就有诸多钞本和刊本传世,加上总集就形成了更为丰富的校勘资料。其中一篇律赋的赋题与题下注在诸本之间存有异同,甚至出现了某些版本把本非"以题为韵"的官韵误作"以题为韵"的情况,下面就以表格的形式来一探究竟。

表4　白居易《汉高帝/祖斩白蛇赋》的诸本异同一览表

文献名	正文赋题	题下注
《白氏文集》日本金泽文库本	汉高帝斩白蛇赋	以"汉高皇帝、亲斩长蛇"依次为韵。
《文集抄》日本金刚寺本	汉高帝斩白蛇赋	以"汉高皇帝、亲斩长蛇"依次为韵。
《白氏文集》宋绍兴本	汉高皇帝亲斩白蛇赋	以题为韵,依次用。
《白氏文集》明马元调本	汉高皇帝亲斩白蛇赋	以题为韵,依次用。
《白氏文集》四部丛刊本	汉高皇帝亲斩白蛇赋	无注
《文苑英华》明刊本	汉高祖斩白蛇赋	以"汉高皇帝、亲斩长蛇"为韵。
《历代赋汇》文渊阁四库全书本	汉高祖斩白蛇赋	以"汉高皇帝、亲斩长蛇"为韵。
《全唐文》清嘉庆内府刻本	汉高祖斩白蛇赋	以"汉高皇帝、亲斩长蛇"为韵。

　　首先来看赋题,出现了:① 汉高帝斩白蛇赋;② 汉高皇帝亲斩白蛇赋;③ 汉高祖斩白蛇赋这三种文本。其中①或③为原题,②属衍误。

　　日本金泽文库旧藏的《白氏文集》是最接近白居易原作面貌的古钞本之一,其祖本可追溯到开成四年(839)白居易敬献给苏州南禅院的六十七卷本,由丰原奉重进行校合批点。在金泽文库《白氏文集》卷二一中,目录录作"汉高帝斩白蛇赋";正文题作"汉高帝斩白蛇赋",其中"帝"与"斩"之间书有插入符,旁有丰原奉重的校合注"亲折本"。可知抄写的底本作"汉高帝斩白蛇赋",而丰原奉重对校的"折本"作"汉高帝亲斩白蛇赋"。"折本"是我国的宋刊本,其与抄写底本相较多一"亲"字,可见宋时此赋在传写中就出现了改变。能够反映白集原貌的古钞本还有日本金刚寺藏《文集抄》。《文集抄》是《白氏文集》的抄出本,其中收录了《汉高帝斩白蛇赋》《鸡距笔赋》两篇律赋。其古钞本之一的金刚寺本是日本建治二年(1276)九月在京都白川转抄的本子,底本是桑门愿海于建治元年(1275)五月九日在镰仓书写的本子,该本编次形态与文字内容都较好地保留了唐代钞本的原貌,详情可参后藤昭雄先生的论述①。《文集

---

① 〔日〕後藤昭雄:《金剛寺藏〈文集抄〉》,白居易研究會編《白居易研究年報》創刊號,東京:勉誠出版,2000年。

抄》金刚寺本同《白氏文集》金泽文库本一样，赋题也作"汉高帝斩白蛇赋"。由上可以推定，该赋赋题在唐钞本中多作"汉高帝斩白蛇赋"，而宋代刊刻却已出现衍一"亲"字的错误。

北宋总集《文苑英华》作"汉高祖斩白蛇赋"，与"汉高帝斩白蛇赋"有一字不同，也是接近此赋原题的。到底是《文苑英华》把原题中"帝"字误作"祖"字，还是原题就为"祖"字，不好妄下判断，毕竟距白居易时代不远的五代人王定保所撰《唐摭言》中也有"汉高祖斩白蛇赋"的记载①，所以原题还是暂作"汉高帝/祖斩白蛇赋"。后来的《历代赋汇》与《全唐文》均作"汉高祖斩白蛇赋"，与原题接近，而《白氏文集》的几个重要刊本则有了较大改变。南宋绍兴本的《白氏文集》多出了"皇"和"亲"两个字，其后的明马元调本和四部丛刊本（日本那波本）也都是如此。显然，《白氏文集》于宋刊刻时就有衍误出现，并影响了后世。

接着来看题下注，出现了：① 以"汉高皇帝、亲斩长蛇"依次为韵；② 以题为韵，依次用；③ 无注；④ 以"汉高皇帝、亲斩长蛇"为韵这四种文本。在诸多文献中，最值得信赖的金泽文库本和金刚寺本均以双行小字的形式在赋题下注"以汉高皇帝亲斩长蛇依次为韵"，而绍兴本与马元调本却误作"以题为韵"。讹变的产生源自赋题与官韵的近似。此赋官韵为"汉高皇帝亲斩长蛇"，与衍误的赋题"汉高皇帝亲斩白蛇赋"仅仅是"长""白"之差，有人或许因此而擅改官韵为"以题为韵"。当然反过来说也有可能是"以题为韵"之误在先，有人据此而将原赋题增改为"汉高皇帝亲斩白蛇赋"。讹变到底发生在刊刻之时，还是刊刻所据的传写之本已误，恐不可查，不过文献传播中出现文字讹变并不为奇。不止如此，文字脱漏也是常有的。如四部丛刊本的《白氏文集》尽管属于保留了白居易编撰原态的"先后续集本"，但它删除了很多白居易的自注，这里的题下注明显也是刊刻时被删掉了。再如《文苑英华》《历代赋汇》《全唐文》这三部总集，虽然保留了八字官韵，然而"依次"这一重要信息却未能见到。类似的情况也发生在白居易《宣州试射中正鹄赋》上，题下注"以'诸侯立戒、众士知训'为韵，任不依次用，限三百五十字已上成之"到了三部总集中仅剩了八字官韵。

由上可见，赋题以及题下注在后世传抄、刊刻、编选等过程中均有可能发生讹脱。讹脱无非是错误与脱漏。错误可能为改易或增删所致，改易如

① 卷十"载应不捷声价益振"条云："贞元中，乐天应宏辞，试《汉高祖斩白蛇赋》，考落。盖赋有'知我者谓我斩白帝，不知我者谓我斩白蛇'也。然登科之人，赋并无闻，白公之赋，传于天下也。"［五代］王定保：《唐摭言》，北京：中华书局，1959年，第105页。

前举《白氏文集》宋绍兴本等出现的"以题为韵",再如薛亚军、王士祥曾考证《文苑英华》等文献误录大历十二年(777)进士科试《通天台赋》之官韵"洪台独出、浮景在下"为"洪台独存、浮景在下"①;增删如前举《白氏文集》宋绍兴本等出现的《汉高皇帝亲斩白蛇赋》。脱漏形式上又可为完全脱漏或部分脱漏,完全如前举《白氏文集》四部丛刊本中整条题下注未见;部分如前举《文苑英华》等漏载题下注中的信息。依此类推,在探讨唐代律赋赋题以及题下注的原本形态时有必要考虑现存形态已经发生改变的可能性,要十分审慎地看待现存文本。

(二)漏押的另一面:讹脱

下面就回到前面尚未讨论的五篇律赋上。首先来看王起的《汉武帝游昆明池见鱼衔珠赋》,王先生已经指出:"题目中的'汉武帝游昆明池'七字俱可见于赋中,而'见鱼衔珠赋'五字则被作者漏而未押。"②五个字漏而未押数量不可谓不多,那么王起真的是把"以题为韵"的"程序之意"理解成可以"以题中数字为韵"吗?经查验王起律赋中所有的"以题为韵"可知,其《北郊迎冬赋》是"字字叶之",其《元日观上公献寿赋》与《朔方献千里马赋》是除"赋"字余字尽押。由此看来,王起十分清楚"以题为韵"的"程序之意",漏押五字恐非实情,此赋的赋题或者题下注很有可能存在讹脱。参照前举白居易的例子可以推想,一种可能是赋题本为"汉武帝游昆明池赋","见鱼衔珠"属于后世的衍误。当然也有另一种可能,参表2中路季登《皇帝冬狩一箭射双兔赋》的题下注"以题上六字为韵"③可知,"以题上几字为韵"是"以题中字为韵"的一种表述方式,王起此赋抑或题下本注"以题上七字为韵",后世讹为"以题为韵"。

再来看阙名、蒋防的《登天坛山望海日初出赋》,这两篇均未押题中"初"字。虽然不能排除两人漏押或者说是偷韵的可能,但两人"不约而同"地漏掉或者偷掉"初"字,不得不令人深思。表2中的谢观《清明日恩赐百官新火赋》下注"以题为韵除清字"④,这提示我们《登天坛山望海日初出赋》有可能本为"以题为韵除初字",后世脱漏为"以题为韵"。

阙名《蔺相如秦庭返璧赋》据《文苑英华》卷一一六、《全唐文》卷七九三、

---

① 薛亚军:《唐省试赋题限韵正误》,《古籍研究》2002年第2期;王士祥:《〈登科记考〉补正六则》,《兰台世界》2011年第13期,收入王士祥著:《唐代应试诗赋论稿》,北京:商务印书馆,2016年。
② 王士祥:《唐代应试诗赋论稿》,第201页。
③ [宋]李昉等:《文苑英华》卷一二四,第565页。
④ [宋]李昉等:《文苑英华》卷一二三,第563页。

《历代赋汇》卷九六可知作者为李为,《文苑英华》于此赋文末明确注以"未见相字官韵"①。这一赋题唯李为之作仅存,不知是否存在同题赋作,无法拿来比较。然李为现存赋作三篇,其中律赋两篇,除此《蔺相如秦庭返璧赋》外还有《握中有玄璧赋》(以"希代之珍、耀乎掌握"为韵)②。《握中有玄璧赋》全文354字,依次押"希"字韵(平声韵)、"耀"字韵(仄声韵)、"乎"字韵(平声韵)、"掌"字韵(仄声韵)、"珍"字韵(平声韵)、"握"字韵(仄声韵)、"之"字韵(平声韵)、"代"字韵(仄声韵),可见是一篇平仄相间的八韵律赋。李为两《唐书》无传,据《全唐文》可知为"大中时进士"③,唐代后期课赋以八韵、四平四仄为例程,曾经应举的李为应该是擅长这种八韵律赋的写作。再观其《蔺相如秦庭返璧赋》,全文338字,依次押"秦"字韵(平声韵)、"璧"字韵(仄声韵)、"庭"字韵(平声韵)、"蔺"字韵(仄声韵)、"如"字韵(平声韵)、"返"字韵(仄声韵),独不见"相"字韵(平声韵)和"赋"字韵(仄声韵)。尽管现存文本仅止六韵,但平仄相间的押韵次序显然说明了李为写作此赋时受到其自身写作习惯的影响,是本欲写出一篇"标准"的八韵律赋的。唐代八韵律赋多在350至400字之间,此赋338字的篇幅稍显不足,且全篇有前重后轻之嫌,不排除在后世流传过程中有赋尾脱简的可能。但唐人作赋作诗"意尽"之事亦不鲜见,如蒋凝应宏辞④,祖咏应进士⑤,李为也有可能写完六韵便"曳白"而止,如若属实,李为《蔺相如秦庭返璧赋》应该是一篇没有完成的"以题为韵"。

最后来看薄芬的《直如朱丝绳赋》,《文苑英华》于此赋文中"猗欤猗欤"⑥之后夹注"未见朱字官韵"。"欤"字为押"如"字韵一段的最后一字,其前一段押"直"字韵,其后两段分押"丝"字韵、"绳"字韵,在"欤"字后作注,可见编校者已经注意到了此赋押韵为"次用",而在该押"朱字官韵"的地方"未见朱字官韵"。到底是有一段文字脱简,还是薄芬漏押偷韵,不得而知。

---

①　[宋]李昉等:《文苑英华》卷一一六,第531页。

②　[宋]李昉等:《文苑英华》卷一一六,第530页。

③　[清]董诰等:《全唐文》卷七九三,第8312页。

④　《唐摭言》卷十"载应不捷声价益振"条云:"乾符中,蒋凝应宏辞,为赋止及四韵,遂曳白而去。试官不之信,逼请所试,凝以实告。既而比之诸公,凝有得色,试官叹息久之。顷刻之间,播于人口。或称之曰:'白头花钿满面,不若徐妃半妆。'"[五代]王定保:《唐摭言》,第105页。

⑤　《唐诗纪事》卷二〇"祖咏"条云:"有司试《终南山望余雪诗》,咏赋云:'终南阴岭秀,积雪浮云端。林表明霁色,城中增暮寒。'四句即纳于有司。或诘之,咏曰:'意尽。'"[宋]计有功:《唐诗纪事》,上海:上海古籍出版社,1987年,第284页。

⑥　[宋]李昉等:《文苑英华》卷一二〇,第548页。"猗欤"之"猗"字,明刊本作"犄",从文渊阁四库全书本。

四　余论

以上是对唐代律赋中现存"以题为韵"的补充讨论。从"注题目之解"的角度说,"以题为韵"与"以题中字为韵"可以合为一个问题,但从"示程序之意"的角度说,两者还是应该"锱铢必较",不宜混同。通过对 46 例"以题为韵"的再考察,我们明确了"以题为韵"的"程序之意"是除题中"赋"字以外的题字须"字字叶之",它既不允许旁涉题外之韵,也不允许以题中数字为韵。

上述结论是立足于"官韵之设"的角度,也就是从限韵的设定层面来讲,但要全面地解释现存的"以题为韵",还需要另两个层面的补充。一个是文本的传播层面,在传播过程中,不管是传抄还是刊刻,任何一方面出了问题,都会致使目前所见文献"名实不符",如王起的《汉武帝游昆明池见鱼衔珠赋》便极可能是文字脱漏所致。另一个是作者的写作层面,虽然作者本人非常清楚官韵意味着什么,但是在实际写作上有时是难以做到的,如李为的《蔺相如秦庭返璧赋》若真为"意尽而止"便可能是这种情形。

就今后的唐代律赋限韵方式研究而言,至少需要上面三个层面的考虑。设定层面除了文献解读之外还需要"大数据"的支撑;传播层面很大程度上依赖于文献学的基础作业;写作层面更多的是具体问题具体分析。其中传播这一层面除了传统的文献学方法之外,也要注意域外汉籍的利用,以及合理地提出一些假设。

参考文献

一、基本古籍文献

1. 中国古籍

［汉］郑玄注，［唐］礼颖达等正义：《礼记正义》，阮元校刻：《十三经注疏》下册，北京：中华书局，1980 年。

［汉］司马迁：《史记》，北京：中华书局，2013 年。

［汉］扬雄撰，汪荣宝注疏，陈仲夫点校：《法言义疏》，北京：中华书局，1987 年。

［晋］陈寿撰，裴松之注：《三国志》，北京：中华书局，1971 年。

［晋］郭璞注，王贻樑、陈建敏校释：《穆天子传汇校集释》，北京：中华书局，2019 年。

［南朝·宋］范晔：《后汉书》，北京：中华书局，1965 年。

［南朝·梁］沈约等撰：《宋书》，北京：中华书局，1974 年。

［南朝·梁］萧子显撰：《南齐书》，北京：中华书局，1972 年。

［南朝·梁］萧统：《文选》，上海：上海古籍出版社，1986 年。

［北魏］崔鸿撰，［清］汤球辑补，王鲁一、王立华点校：《二十五别史：十六国春秋辑补》，济南：齐鲁书社，2000 年。

［唐］房玄龄等撰：《晋书》，北京：中华书局，1974 年。

［唐］魏征等撰：《隋书》，北京：中华书局，1973 年。

［唐］李林甫等撰，陈仲夫点校：《唐六典》，北京：中华书局，1992 年。

［唐］杜佑撰，王文锦等点校：《通典》，北京：中华书局，1988 年。

［唐］封演撰，赵贞信校注：《封氏闻见记校注》，北京：中华书局，2005 年。

［唐］佚名撰，罗宁点校：《大唐传载》，北京：中华书局，2019 年。

［唐］赵璘：《因话录》，上海：上海古籍出版社，1979 年。

〔唐〕李肇:《唐国史补》,上海:上海古籍出版社,1979 年。

〔唐〕范摅撰,唐雯校笺:《云溪友议校笺》,北京:中华书局,2017 年。

〔唐〕李匡义:《资暇集》,北京:中华书局,1985 年。

〔唐〕张固撰,罗宁点校:《幽闲鼓吹》,北京:中华书局,2019 年。

〔日〕仁井田陞著,栗劲等编译:《唐令拾遗》,长春:长春出版社,1989 年。

〔唐〕欧阳询等:《艺文类聚》,上海:上海古籍出版社,1965 年。

〔唐〕徐坚等:《初学记》,北京:中华书局,1962 年。

〔唐〕王维撰,陈铁民校注:《王维集校注》,北京:中华书局,1997 年。

〔唐〕戴叔伦著,蒋寅校注:《戴叔伦诗集校注》,上海:上海古籍出版社,2010 年。

〔唐〕元稹著,冀勤点校:《元稹集》,北京:中华书局,2010 年修订本。

〔唐〕王梵志著,项楚校注:《王梵志诗校注》(增订本),上海:上海古籍出版社,2010 年。

〔唐〕白居易著,顾学颉校点:《白居易集》,北京:中华书局,1979 年。

〔唐〕白居易著,朱金城笺校:《白居易集笺校》,上海:上海古籍出版社,1988 年。

〔唐〕白居易著,丁如明、聂世美校点:《白居易全集》,上海:上海古籍出版社,1999 年。

〔唐〕白居易著,谢思炜校注:《白居易诗集校注》,北京:中华书局,2006 年。

〔唐〕白居易著,谢思炜校注:《白居易文集校注》,北京:中华书局,2011 年。

〔日〕冈村繁主编:《白氏文集》(新釈漢文大系),東京:明治書院,1988—2018 年。

〔日〕平岡武夫、今井清校訂:《白氏文集》,京都:京都大學人文科學研究所,1971—1973 年。

〔日〕川瀬一馬監修:《金澤文庫本・白氏文集》影印本,東京:勉誠社,1984 年。

〔五代〕刘昫等:《旧唐书》,北京:中华书局,1975 年。

〔五代〕王定保:《唐摭言》,北京:中华书局,1959 年。

〔五代〕孙光宪撰,贾二强点校:《北梦琐言》,北京:中华书局,2002 年。

〔宋〕欧阳修、宋祁等:《新唐书》,北京:中华书局,1975 年。

〔宋〕王溥:《唐会要》,北京:中华书局,1955 年。

［宋］宋敏求编：《唐大诏令集》，北京：商务印书馆，1959年。

［宋］王钦若等编，周勋初等校订：《册府元龟》，南京：凤凰出版社，2006年。

［宋］洪遵：《翰苑群书》，北京：中华书局，1991年。

［宋］李焘：《续资治通鉴长编》，北京：中华书局，2004年。

［宋］陈振孙撰，徐小蛮、顾美华点校：《直斋书录解题》，上海：上海古籍出版社，2015年。

［宋］王谠撰，周勋初校证：《唐语林校证》，北京：中华书局，1987年。

［宋］钱易撰，黄寿成点校：《南部新书》，北京：中华书局，2002年。

［宋］曾慥编：《类说》（四库笔记小说丛书），上海：上海古籍出版社，1993年。

［宋］洪迈：《容斋随笔》，上海：上海古籍出版社，1978年。

［宋］杨亿口述，黄鉴笔录，宋庠整理，李裕民辑校：《杨文公谈苑》，《宋元笔记小说大观》第一册，上海：上海古籍出版社，2001年。

［宋］王栐：《燕翼诒谋录》，《宋元笔记小说大观》第五册，上海：上海古籍出版社，2001年。

［宋］李昉等：《太平广记》，北京：中华书局，1961年。

［宋］范仲淹著，李勇先、王蓉贵校点：《范仲淹全集》，成都：四川大学出版社，2007年。

［宋］张耒撰，李逸安、孙通海、傅信点校：《张耒集》，北京：中华书局，1990年。

［宋］黄庭坚著，［宋］任渊、史容、史季温注，黄宝华点校：《山谷诗集注》，上海：上海古籍出版社，2003年。

［宋］李昉等：《文苑英华》，北京：中华书局，1966年。

［宋］李昉等：《文苑英华》（《景印文渊阁四库全书》第1333册），台北：台湾商务印书馆，1983年。

［宋］姚铉编，［清］许增校：《唐文粹》，杭州：浙江人民出版社，1986年。

［宋］计有功：《唐诗纪事》，上海：上海古籍出版社，1987年。

［宋］计有功撰，王仲镛校笺：《唐诗纪事校笺》，成都：巴蜀书社，1989年。

［宋］阮阅编，周本淳校点：《诗话总龟》，北京：人民文学出版社，1987年。

［宋］王铚：《王公四六话》，百川学海本第十七册己集上。

［宋］严羽著，郭绍虞校释：《沧浪诗话校释》，北京：人民文学出版社，

1983 年。

[元]脱脱等:《宋史》,北京:中华书局,1977 年。

[元]辛文房撰,傅璇琮主编:《唐才子传校笺》,北京:中华书局,1987—1995 年。

[明]胡震亨:《唐音癸签》,上海:上海古籍出版社,1981 年。

[明]吴讷著,于北山校点:《文章辨体序说》,北京:人民文学出版社,1998 年。

[明]徐师曾著,罗根泽校点:《文体明辨序说》,北京:人民文学出版社,1998 年。

[清]徐松:《宋会要辑稿》,北京:中华书局,1957 年。

[清]徐松撰,赵守俨点校:《登科记考》,北京:中华书局,1984 年。

[清]朱景英《畲经堂诗集》,梁颂成辑校:《朱景英集》,北京:中国社会科学出版社,2017 年。

[清]彭定求等:《全唐诗》,北京:中华书局,1960 年。

[清]董诰等:《全唐文》,北京:中华书局,1983 年。

[清]鸿宝斋主人编:《赋海大观》,北京:北京图书馆出版社,2007 年。

[清]浦铣著;何新文、路成文校证:《历代赋话校证:附复小斋赋话》,上海:上海古籍出版社,2007 年。

[清]王芑孙:《读赋卮言》,《渊雅堂全集》清嘉庆二十五年王嘉祥续刻本。

[清]李调元:《赋话》,丛书集成初编(二六二二),北京:中华书局,1985 年。

[清]孙梅:《四六丛话》,北京:人民文学出版社,2010 年。

简宗梧、李时铭主编:《全唐赋》,台北:里仁书局,2011 年。

周绍良主编:《唐代墓志汇编》,上海:上海古籍出版社,1992 年。

马积高主编:《历代辞赋总汇》,长沙:湖南文艺出版社,2014 年。

詹杭伦、沈时蓉等:《历代律赋校注》,武汉:武汉大学出版社,2009 年。

王冠辑:《赋话广聚》,北京:北京图书馆出版社,2006 年。

陈尚君:《全唐文补编》,北京:中华书局,2005 年。

徐俊纂辑:《敦煌诗集残卷辑考》,北京:中华书局,2000 年。

2. 日本古籍

倉野憲司、武田佑吉校注:《古事記》(日本古典文學大系第 1 卷),東京:岩波書店,1958 年。

坂本太郎、家永三郎等校注:《日本書紀》(日本古典文學大系第 67 卷)，東京:岩波書店,1967 年。

青木和夫、稻岡耕二等校注:《續日本紀》(新日本古典文學大系第 14 卷)，東京:岩波書店,1992 年。

《日本文德天皇實録》(佐伯有義編《六國史》卷 7)，東京:朝日新聞社,1930 年。

《日本三代實録》(《國史大系》第 4 卷)，東京:経済雜誌社,1897 年。

佐成謙太郎:《增鏡通釈》，京都:星野書店,1938 年。

清原夏野等:《令義解》(《國史大系》第 12 卷)，東京:経済雜誌社,1900 年。

惟宗直本:《令集解》，東京:国書刊行会,1913 年。

《公卿補任》(《國史大系》第 9 卷)，東京:経済雜誌社,1899 年。

《類聚三代格》(《國史大系》第 12 卷)，東京:経済雜誌社,1900 年。

真人元开著，汪向荣校注:《唐大和上东征传》，北京:中华书局,1979 年。

《入唐五家傳》(《続群書類従》第 8 輯)，東京:経済雜誌社,1904 年。

藤原宗忠:《中右記》四(笹川種郎編《史料通覽》)，東京:日本史籍保存会,1915 年。

瑞溪周鳳:《善隣國寶記》(《史籍集覽》第 21 册)，東京:近藤活版所,1901 年。

藤原通憲:《通憲入道書目録》，東京:日本國立國会図書館藏白井文庫本,特 1—467。

圓仁撰，顾承甫、何泉达点校:《入唐求法巡礼行记》，上海:上海古籍出版社,1986 年。

後藤昭雄校注:《江談抄》(新日本古典文學大系 32)，東京:岩波書店,1997 年。

高楠順次郎等編《大正新脩大蔵経》，東京:大蔵出版株式会社,1988 年。

空海撰，渡辺照宏、宮坂宥勝校注:《性靈集》(日本古典文學大系第 71 卷)，東京:岩波書店,1965 年。

遍照金剛撰，卢盛江校考:《文镜秘府论汇校汇考》，北京:中华书局,2006 年。

都良香撰:《都氏文集》(塙保己一編《新校群書類従》第 6 卷)，東京:内外書籍株式会社,1931 年。

都良香撰，中村璋八、大塚雅司校注:《都氏文集全釈》，東京:汲古書院,

1988 年。

柳澤良一編:《菅家文草》影印本(石川県立図書館蔵、川口文庫善本影印叢書 1),東京:勉誠出版,2008 年。

川口久雄校注:《菅家文草・菅家後集》(日本古典文學大系 72),東京:岩波書店,1966 年。

文草の会:《菅家文草注釈・文章篇》,東京:勉誠出版,2014 年。

大江維时編纂,宋红校订:《千载佳句》,北京:上海古籍出版社,2003 年。

川口久雄校注:《和漢朗詠集》(日本古典文學大系 73),東京:岩波書店,1965 年。

堀部正二編、片桐洋一補:《校異和漢朗詠集》,京都:大学堂書店,1981 年。

大曽根章介、堀内秀晃校注:《和漢朗詠集》(新潮日本古典集成第 61 回),東京:新潮社,1983 年。

伊藤正義、黑田彰等:《和漢朗詠集古注釈集成》,京都:大学堂書店,1989 年。

佐藤道生校注:《和漢朗詠集》(和歌文學大系第 47 卷),東京:明治書院,2011 年。

池田龜鑑、岸上愼二校注:《枕草子》(日本古典文學大系 19),東京:岩波書店,1958 年。

渡辺実校注:《枕草子》(新日本古典文學大系 25),東京:岩波書店,1991 年。

清少纳言著:《枕草子》,周作人译,北京:中国对外翻译出版公司,2001 年。

身延山久远寺藏重要文化財:《本朝文粋》,東京:汲古書院,1980 年影印本。

柿村重松:《本朝文粋註釈》,京都:内外出版,1922 年。

柿村重松:《本朝文粋註釈》,東京:冨山房,1968 年修訂版。

小島憲之校注:《懐風藻・文華秀麗集・本朝文粋》(日本古典文學大系 69),東京:岩波書店,1964 年。

大曽根章介等校注:《本朝文粋》(新日本古典文學大系 27),東京:岩波書店,1992 年。

後藤昭雄选注:《本朝文粋抄》第一册,東京:勉誠出版,2006 年。

藤原仲实撰:《古今和歌集目録》(塙保己一編《新校群書類従》第 13

卷),東京:内外書籍株式会社,1929 年。

柳澤良一校注:《新撰朗詠集》(和歌文學大系第 47 卷),東京:明治書院,2011 年。

江村北海:《日本詩史》(新日本古典文學大系 65),東京:岩波書店,1991 年。

二、近人研究著作

1. 中文

陈飞:《唐代试策考述》,北京:中华书局,2002 年。

陈寅恪著,陈美延编:《金明馆丛稿二编》,上海:生活·读书·新知三联书店,2001 年。

伏俊琏:《俗赋研究》,北京:中华书局,2008 年。

傅璇琮:《唐代科举与文学》,西安:陕西人民出版社,1986 年。

〔荷〕高罗佩著:《秘戏图考:附论汉代至清代的中国性生活(公元前二〇六年—公元一六四四年)》,杨权译,广州:广东人民出版社,1992 年。

高明士:《日本古代学制与唐制的比较研究》,台北:学海出版社,1986 年增订版。

高明士:《隋唐贡举制度》,台北:文津出版社,1999 年。

高文汉、韩梅:《东亚汉文学关系研究》,北京:中国社会科学出版社,2010 年。

郭维森、许结:《中国辞赋发展史》,南京:江苏教育出版社,1996 年。

韩晖:《隋及初盛唐赋风研究》,桂林:广西师范大学出版社,2002 年。

〔日〕加藤周一著:《日本文学史序说》,叶渭渠、唐月梅译,北京:开明出版社,1995 年。

邝健行:《诗赋合论稿》,南京:江苏古籍出版社,2002 年。

李曰刚:《辞赋流变史》,台北:文津出版社,1987 年。

〔日〕铃木修次著:《中国文学与日本文学》,吉林大学日本研究所文学研究室译,福州:海峡文艺出版社,1989 年。

鲁迅:《中国小说史略》,上海:上海古籍出版社,1998 年。

马歌东:《日本汉诗溯源比较研究》,北京:商务印书馆,2011 年。

马积高:《赋史》,上海:上海古籍出版社,1987 年。

〔日〕木宫泰彦著:《日中文化交流史》,胡锡年译,北京:商务印书馆,1980 年。

彭红卫:《唐代律赋考》,北京:社会科学文献出版社,2009 年。

孙猛:《日本国见在书目录详考》,上海:上海古籍出版社,2015 年。

王国维:《古史新证》,长沙:湖南人民出版社,2010 年。

王国维:《宋元戏曲史》,北京:中华书局,2016 年。

王国维著,赵利栋辑校:《王国维学术随笔》(《东山杂记》卷一),北京:社会科学文献出版社,2000 年。

王力:《汉语诗律学》,北京:中华书局,2015 年。

王士祥:《唐代试赋研究》,上海:上海古籍出版社,2012 年。

王士祥:《唐代应试诗赋论稿》,北京:商务印书馆,2016 年。

王晓平:《亚洲汉文学》,天津:天津人民出版社,2009 年。

王勇等:《中日书籍之路研究》,北京:北京图书馆出版社,2003 年。

王勇主编:《东亚坐标中的书籍之路研究》,北京:中国书籍出版社,2012 年。

王勇主编:《书籍之路与文化交流》,上海:上海辞书出版社,2009 年。

王兆鹏:《唐代科举考试诗赋用韵研究》,济南:齐鲁书社,2004 年。

〔美〕乌尔利希·韦斯坦因著:《比较文学与文学理论》,刘象愚译,沈阳:辽宁人民出版社,1987 年。

谢思炜:《白居易集综论》,北京:中国社会科学出版社,1997 年。

严绍璗、王晓平:《中国文学在日本》,广州:花城出版社,1990 年。

〔美〕姚平:《唐代的社会与性别文化》,北京:北京大学出版社,2018 年。

〔德〕H. R. 姚斯、〔美〕R. C. 霍拉勃著:《接受美学与接受理论》,周宁、金元浦译,沈阳:辽宁人民出版社,1987 年。

尹占华:《律赋论稿》,成都:巴蜀书社,2001 年。

余恕诚、吴怀东:《唐诗与其他文体之关系》,北京:中华书局,2012 年。

袁行霈:《中国文学概论》,北京:北京大学出版社,2010 年增订本。

詹杭伦:《唐代科举与试赋》,武汉:武汉大学出版社,2015 年。

詹杭伦:《唐宋赋学研究》,北京:中国社会科学出版社、华龄出版社,2004 年。

张伯伟:《东亚汉文学研究的方法与实践》,北京:中华书局,2017 年。

张伯伟:《全唐五代诗格汇考》,南京:凤凰出版社,2002 年。

张伯伟:《域外汉籍研究入门》,上海:复旦大学出版社,2012 年。

张伯伟:《中国古代文学批评方法研究》,北京:中华书局,2002 年。

张伯伟:《作为方法的汉文化圈》,北京:中华书局,2011 年。

张哲俊:《东亚比较文学导论》,北京:北京大学出版社,2004 年。

赵成林:《唐赋分体叙论》,长沙:湖南大学出版社,2009 年。

赵俊波:《中晚唐赋分体研究》,北京:中国社会科学出版社、华龄出版社,2004 年。

郑振铎:《插图本中国文学史》,北京:中华书局,2016 年。

朱金城:《白居易年谱》,上海:上海古籍出版社,1982 年。

2. 日文

濱田寬:《平安朝日本漢文學の基底》,東京:武藏野書院,2006 年。

長澤規矩也:《漢籍整理法》,東京:汲古書院,1974 年。

川口久雄:《平安朝日本漢文學史の研究》,東京:明治書院,1975—1988 年三訂版。

大曽根章介:《日本漢文學論集》,東京:汲古書院,1998 年。

東野治之:《遣唐使》,東京:岩波書店,2007 年。

芳賀矢一:《日本漢文學史》(《芳賀矢一選集》第五卷),東京:國學院大學,1987 年。

岡田正之:《日本漢文學史》,東京:吉川弘文館,1954 年增訂版。

古瀬奈津子:《遣唐使の見た中國》,東京:吉川弘文館,2003 年。

谷口孝介:《菅原道真の詩と學問》,東京:塙書房,2006 年。

河内春人:《東アジア交流史のなかの遣唐使》,東京:汲古書院,2013 年。

後藤昭雄:《平安朝漢文學史論考》,東京:勉誠出版,2012 年。

花房英樹:《白氏文集の批判的研究》,京都:朋友書店,1974 年。

榎本渉:《僧侶と海商たちの東シナ海》,東京:講談社,2010 年。

金原理:《平安朝漢詩文の研究》,福岡:九州大學出版会,1981 年。

久木幸男:《日本古代學校の研究》,東京:玉川大學出版部,1997 年。

李宇玲:《古代宮廷文學論—中日文化交流史の視点から—》,東京:勉誠出版,2011 年。

栃尾武編:《國会図書館藏和漢朗詠集・内閣文庫藏和漢朗詠集私注漢字総索引》,東京:新典社,1985 年。

鈴木虎雄:《賦史大要》,東京:冨山房,1936 年。

三木雅博:《和漢朗詠集とその享受》,東京:勉誠社,1995 年。

三木雅博:《紀長谷雄漢詩文集並びに漢字索引》,大阪:和泉書院,1992 年。

森克己:《遣唐使》,東京:至文堂,1966 年。

山岸德平:《日本漢文學研究》(山岸德平著作集Ⅰ),東京:有精堂,1972 年。

滝川幸司:《菅原道真:學者政治家の榮光と没落》,東京:中央公論新社,2019 年。

滝川幸司:《菅原道真論》,東京:塙書房,2014 年。

太田次男:《舊鈔本を中心とする白氏文集本文の研究》,東京:勉誠社,1997 年。

桃裕行:《上代學制の研究》(桃裕行著作集第一卷),京都:思文閣出版,1994 年修訂版。

藤原克己:《菅原道真と平安朝漢文學》,東京:東京大學出版会,2001 年。

田中史生:《入唐僧恵蕚と東アジア 附 恵蕚関連史料集》,東京:勉誠出版,2014 年。

小島憲之:《國風暗黑時代の文學》,東京:塙書房,1968—2002 年。

小西甚一:《文鏡秘府論考》,東京:大日本雄辯會講談社,1951 年。

小野勝年:《入唐求法巡礼行記の研究》,京都:法藏館,1989 年。

新間一美:《平安朝文學と漢詩文》,大阪:和泉書院,2003 年。

佐藤道生:《三河鳳來寺舊藏暦応二年書写〈和漢朗詠集〉影印と研究》,東京:勉誠社,2014 年。

三、近人研究论文

1. 中文

〔美〕柏夷撰:《〈赋谱〉略述》,严寿澂译,钱伯城编《中华文史论丛》第 49 辑,上海:上海古籍出版社,1992 年。

曹辛华:《论律赋在唐宋词体演进中的作用》,《文史哲》2012 年第 4 期。

曹中屏:《张保皋与山东半岛》,收入陈尚胜主编《登州港与中韩交流》,济南:山东大学出版社,2005 年。

查屏球:《缮写、模勒、板印——由〈白氏文集〉流传看抄印转换与文学发展的关系》,《北京大学学报(哲学社会科学版)》2021 年第 3 期。

陈才智:《在似与不似之间——白居易赋的后世拟仿》,《中国文学研究》2015 年第 3 期。

陈翀:《慧蕚东传〈白氏文集〉及普陀洛迦开山考》,《浙江大学学报(人文社会科学版)》2010 年第 5 期。

陈飞:《唐代宏崇生考试制度辨识》,《历史研究》2016 年第 1 期。

陈冠明:《〈登科记考〉补名摭遗》,《文献》1997 年第 4 期。

陈尚君:《〈登科记考〉正补》,收入《陈尚君自选集》,广西师范大学出版社,2000 年。

陈尚君:《〈宣室志〉作者张读墓志考释》,《岭南学报》复刊第七辑,2017 年。

陈铁民:《梁玙墓志与唐进士科试杂文》,《北京大学学报(哲学社会科学版)》2006 年第 6 期。

陈万成:《〈赋谱〉与唐赋的演变》,收入南京大学中文系编《辞赋文学论集》,南京:江苏教育出版社,1999 年。

程维:《从律赋格到文章学》,《中国韵文学刊》2017 年第 1 期。

伏俊琏:《〈天地阴阳交欢大乐赋〉初探》,《贵州大学学报(社会科学版)》2003 年第 4 期。

伏俊琏:《试谈敦煌俗赋的体制和审美价值——兼谈俗赋的起源》,《敦煌研究》1997 年第 3 期。

郭建勋、邱燕:《日本平安初期汉文〈重阳节神泉苑赋秋可哀〉九首初探》,《国际汉学》2018 年第 4 期。

〔日〕海村惟一:《日本早期赋学研究:〈经国集〉〈本朝文萃〉Ⅰ——以平安时代菅原道真兼明亲王的赋为例》,《中国韵文学刊》2015 年第 1 期。

胡筠:《李洞蜀中诗作考论》,《宜宾学院学报》2007 年第 11 期。

黄大宏:《白行简年谱》,《文献》2002 年第 3 期。

黄大宏:《白行简行年事迹及其诗文作年考》,《文学遗产》2003 年第 4 期。

黄阳兴:《密宗流传四川的重要文献——唐侯圭〈东山观音记〉略释》,《新国学》第 9 卷,巴蜀书社,2012 年。

黄志立:《"解镫":从诗格理论到赋学批评》,《中山大学学报(社会科学版)》2022 年第 5 期。

黄志立:《唐抄本〈赋谱〉撰年及相关问题考论》,《北方论丛》2022 年第 6 期。

黄志立、林雪珍:《赋句、赋段、赋题:唐抄本〈赋谱〉的读解维度》,《学术交流》2022 年第 10 期。

霍存福:《〈龙筋凤髓判〉判目破译——张鷟判词问目源自真实案例、奏章、史事考》,《吉林大学社会科学学报》,1998 年第 2 期。

姜子龙:《初唐律赋补考》,收入《中国语言文学研究》第 24 卷,北京:社会科学文献出版社,2018年。

姜子龙、詹杭伦:《唐代律赋的"雅"与"丽"》,《中州学刊》2009年第1期。

金程宇:《〈日本刀歌〉考辨史事钩沉》,《中华文史论丛》2013年第2期。

〔日〕静永健:《汉籍初传日本与马之渊源关系考》,《中山大学学报(社会科学版)》2010年第5期。

〔日〕静永健撰:《从〈白氏文集〉看13世纪中朝日三地文化交流》,刘维治译,《南阳师范学院学报(社会科学版)》2009年第8卷第1期。

邝健行:《初唐题下限韵律赋形式的观察及引论》,收入中国唐代文学学会等主编《唐代文学研究》第8辑,桂林:广西师范大学出版社,2000年。

邝健行:《唐代律赋对科举考试的粘附与偏离》,《中国文学研究》1993年第1期。

邝健行:《唐代律赋与律》,收入中国唐代文学学会等主编《唐代文学研究》第7辑,桂林:广西师范大学出版社,1998年。

李冰:《〈赋谱〉探微》,《安徽文学》2008年第11期。

李宇玲:《平安朝文章生试与唐进士科考——试论平安朝前期的省试诗》,《日语学习与研究》2009年第2期。

吕立人:《龙筋凤髓判注析札记》,收入中国政法大学法律古籍整理研究所编《中国古代法律文献研究》第一辑,成都:巴蜀书社,1999年。

蒙显鹏:《〈和汉朗咏集〉〈新撰朗咏集〉及注释所见诗文辑佚》,《中国典籍与文化》2019年第3期。

潘伟利:《中日"海上丝路"与唐诗东传》,《海南大学学报(人文社会科学版)》2020年第1期。

彭万隆:《黄滔考》,《古籍研究》1999年第2期。

〔日〕太田次男著:《日本汉籍旧钞本的版本价值——从〈白氏文集〉说起》,隽雪艳译,《传统文化与现代化》,1993年第2期。

谭朝炎:《也谈唐传奇作家白行简的生平事迹》,《文学遗产》2005年第4期。

王京州:《杜甫以赋为诗论》,《中国韵文学刊》2006年第4期。

王士祥:《"试赋"的内涵与外延》,《河南师范大学学报(哲学社会科学版)》2013年第6期。

王士祥:《〈登科记考〉补正六则》,《兰台世界》2011年第13期。

王士祥:《论唐代科场符瑞类试赋的现实观照》,《河南师范大学学报(哲学社会科学版)》2015年第2期。

王士祥:《论唐代省试赋的重史表现》,《语文知识》2008年第3期。

王士祥:《论唐代省试赋的宗经特征》,《中州学刊》2010年第1期。

王士祥:《唐代进士科试赋题目出处考述》,《河南社会科学》2009年第5期。

王士祥:《唐代试赋之"以题为韵"与"以题中字为韵"考述》,《广东海洋大学学报》2009年第2期。

王勇:《"丝绸之路"与"书籍之路"——试论东亚文化交流的独特模式》,《浙江大学学报(人文社会科学版)》2003年第5期。

王勇:《从"汉籍"到"域外汉籍"》,《浙江大学学报(人文社会科学版)》2011年第6期。

王勇:《遣唐使时代的"书籍之路"》,《甘肃社会科学》2008年第1期。

王玉华、赵海涛:《二十年来中国菅原道真汉诗研究综述》,《安康学院学报》2017年第3期。

吴玲:《九世纪唐日贸易中的东亚商人群》,《西北工业大学学报(社会科学版)》2004年第3期。

吴淑玲:《慎用"转韵律体"概念》,《文学遗产》2017年第4期。

徐臻:《论唐诗在日本传播的历程及文化意义》,《沈阳大学学报(社会科学版)》2012年第6期。

许结:《历代论文赋的创生与发展》,《文史哲》2005年第3期。

许瑶丽:《〈后典丽赋〉的编选与传播考论》,《电子科技大学学报(社会科学版)》2010年第6期。

薛亚军:《唐省试赋题限韵正误》,《古籍研究》2002年第2期。

姚颖:《〈全唐文〉用韵研究》,华中科技大学硕士学位论文,2006年。

余恕诚:《唐代律赋与诗歌在押韵方面的相互影响》,《江淮论坛》2003年第4期。

詹杭伦:《清代赋家"以赋论赋"作品探论》,收入复旦大学中国古代文学研究中心编《中国文学研究》第4辑,南昌:江西教育出版社,2001年。

詹杭伦:《日本平安朝学者都良香律赋初探》,收入《中国文论的古与今》,上海:华东师范大学出版社,2011年。

詹杭伦:《唐抄本〈赋谱〉初探》,《四川师范大学学报》增刊第7期,1993年9月。

张伯伟:《"文化圈"视野下的文体学研究——以"三五七言体"为例》,《中国社会科学》2015年第7期。

张鸿勋:《〈天地阴阳交欢大乐赋〉与日本平安时代汉文学——以大江朝

纲〈男女婚姻赋〉为中心》,《敦煌吐鲁番研究》第 9 卷,2006 年 5 月,收入《张鸿勋跨文化视野下的敦煌俗文学》,上海:上海古籍出版社,2014 年。

张培阳:《论七言转韵律体的体制特征——兼及律体的判定标准》,《文学遗产》2016 年第 2 期。

张巍:《〈赋谱〉释要》,《南京大学学报(哲学·人文科学·社会科学)》2016 年第 1 期。

张逸农:《正续〈本朝文粹〉律赋研究——以唐佚名〈赋谱〉为视角》,收入王晓平主编《国际中国文学研究丛刊》(第七集),上海:上海古籍出版社,2019 年。

张芸:《望夫石传说古今流传考》,《民俗研究》2007 年第 4 期。

周作人:《读游仙窟》,《北新》第 2 卷 10 号,1928 年 4 月,收入《看云集》,香港:实用书局,1972 年。

周作人:《再谈徘文》,《文学杂志》第 1 卷 3 期,1937 年 7 月,收入《药味集》,香港:实用书局,1973 年。

踪凡、吴天宇:《清人对白居易、白行简赋的评点——以赋选为中心的考察》,《杜甫研究学刊》2021 年第 1 期。

2. 日文

半谷芳文:《〈懷風藻〉押韻考—六朝韻部の分類·〈切韻〉及び日本漢字音から考察する日本漢詩生成期の押韻—》,《和漢比較文學》第 49 號,2012 年 8 月。

半谷芳文:《〈経國集〉試帖詩考》,收入《松浦友久博士追悼記念中國古典文學論集》,東京:研文出版,2006 年。

半谷芳文:《勅撰三漢詩集押韻考—韻書の利用と韻律受容から考察する奈良末·平安初頭の詩賦—》,早稻田大學國文學會《國文學研究》第 158 集,2009 年 6 月。

半谷芳文:《平安朝七言排律詩の生成—"文章経國"的文藝觀に基づく文學營為の一つとして—》,《和漢比較文學》第 47 號,2011 年 8 月。

本間洋一:《〈菅家文草〉をめぐって—菅原道真没後一一〇〇年に向けて—》,《同志社女子大學日本語日本文學》第 13 號,2001 年 6 月。

本間洋一:《〈屏風土代〉を読む—大江朝綱の漢詩をめぐって—》,《同志社女子大學日本語日本文學》第 21 號,2009 年 6 月。

本間洋一:《菅原道真の漢詩解釈臆説—交遊詩をめぐって—》,《中央大學國文》第 50 號,2007 年 3 月。

濱田寛:《〈本朝文粋〉卷七"省試詩論"考—省試詩と詩病適用についての同時代的考察—》,《和漢比較文學》第 21 號,1998 年 8 月。

查屏球撰,稻森雅子译:《〈白氏文集〉刊本佚詩の遡源について—舊鈔本〈白氏文集〉卷六十五を中心に—》,九州大學中國文學會《中國文學論集》第 45 號,2016 年。

川口久雄:《本朝文粹・本朝續文粹の世界》,新訂增補《國史大系》月報 30,1965 年 9 月。

船津富彦:《文筆問答鈔覺書—特に漢詩論について—》,《密教文化》第 14 號,1951 年。

吹野安:《経國集の〈賦秋可哀〉について》,國學院大學國文學會《日本文學論究》第 27 號,1968 年 3 月。

村上哲見:《〈懷風藻〉の韻文論的考察》,中國古典學會《中國古典研究》第 45 號,2001 年 3 月。

大曽根章介:《"放島試"考—官韻について—》,東京大學國語國文學會《國語と國文學》1979 年第 12 號。

大曽根章介:《漢文學における傳記と巷説—紀長谷雄と三善清行—》,《言語と文藝》1969 年第 5 號。

大曽根章介:《本朝文粹の文章—駢儷を中心にして—》,東京大學國語國文學會《國語と國文學》1957 年第 10 號。

丹羽博之:《大江朝綱〈屏風土代〉詩の白詩受容》,《白居易研究年報》第 8 號,2007 年。

渡辺秀夫:《紀長谷雄について—神仙と隱逸—》,日本文學協會《日本文學》1976 年第 8 號。

岡村繁:《白楽天の詩賦と王朝の詩賦》,《和漢比較文學》第 8 號,1991 年 10 月。

古藤真平:《八・九世紀文章生、文章得業生、秀才・進士試受驗者一覽(稿)》,《国書逸文研究》第 24 號,1991 年 10 月。

谷口孝介:《〈菅家文草〉の詩体と脚韻》,《同志社國文學》第 33 號,1990 年 3 月。

後藤昭雄:《金剛寺藏〈文集抄〉》,《白居易研究年報》創刊號,2000 年。

黄少光:《勅撰三集における詩律研究史の再確認》,《懷風藻研究》第 5 號,1999 年 11 月。

黄少光:《勅撰三集の詩人と詩律學—平城、嵯峨、淳和、豊年、岑守を中心として—》,《和漢比較文學》第 25 號,2000 年 8 月。

黄少光:《勅撰三集の押韻》,東京外国語大學大學院総合國際學研究科《言語・地域文化研究》第 8 號,2002 年 3 月。

黄少光:《懷風藻と中國の詩律學》,收入辰巳正明編《懷風藻—漢字文化圈の中の日本古代漢詩—》,東京:笠間書院,2000 年。

吉田幸一:《懷風藻の押韻について(上)(下)》,《國學院雜誌》1937 年第 12 號、1938 年第 1 號。

津田潔:《〈懷風藻〉の平仄について》,《國學院雜誌》1981 年第 1 號。

李宇玲:《〈経國集〉の試帖詩考》,東京大學國語國文學會《國語と國文學》2011 年第 3 號。

李宇玲:《平安朝における唐代省試詩の受容—九世紀後半を中心に—》,東京大學國語國文學會《國語と國文學》2004 年第 8 號。

陆穎瑶:《〈和漢朗詠集〉〈新撰朗詠集〉所収〈曉賦〉佚句考—東アジアに流傳した晩唐律賦—》,《日本中國學會報》第 73 集,2021 年 10 月。

三木雅博:《〈和漢朗詠集〉平安古寫本の佳句本文の改変をめぐって—"朗詠"のもたらしたもの—》,京都大學文學部國語學國文學研究室《國語國文》1986 年第 4 號。

三木雅博:《〈和漢朗詠集〉所引唐人賦句雜考—出処と享受の問題を中心に—》,《梅花女子大學文學部紀要》第 21 號,1986 年。

三木雅博:《菅原道真の〈端午日賦艾人〉詩と唐人陳章の〈艾人賦〉—平安朝における唐代律賦受容の一端—》,《梅花日文論叢》第 22 號,2014 年 2 月。

山崎誠:《〈王澤不渴鈔〉解題》,收入國文學研究資料館編《真福寺善本叢刊》第 12 卷,東京:臨川書店,2000 年。

燒山廣志:《紀長谷雄の賦・出典考—〈春雪賦〉をめぐって—》,收入小久保崇明編《國語國文學論考》,東京:笠間書院,2000 年。

燒山廣志:《紀長谷雄の賦について—音韻・構造上の一考察—》,《有明工業高等專門學校紀要》第 34 號,1998 年 1 月。

燒山廣志:《紀長谷雄作品研究—〈春雪賦〉注釈—》,熊本大學文學部國語國文學會《國語國文學研究》第 34 號,1999 年 3 月。

燒山廣志:《紀長谷雄作品研究—〈柳化為松賦〉注釈—》,《九州大谷國文》第 27 號,1998 年 7 月。

燒山廣志:《菅原道真の賦について—音韻・構造上の一考察—》,熊本大學文學部國語國文學會《國語國文學研究》第 30 號,1994 年 12 月。

燒山廣志:《菅原道真作品研究—〈清風戒寒賦一首〉注釈—》,《有明工業高等專門學校紀要》第 33 號,1997 年 1 月。

　焼山廣志:《菅原道真作品研究—〈秋湖賦〉注釈—》,熊本大學文學部國語國文學會《國語國文學研究》第 33 號,1997 年 12 月。

　焼山廣志:《菅原道真作品研究—〈未旦求衣賦〉注釈—》,《有明工業高等專門學校紀要》第 32 號,1996 年 1 月。

　松浦友久:《上代日本漢文學における賦の系列—〈経國集〉〈本朝文粋〉を中心に—》,東京大學國語國文學會《國語と國文學》1963 年第 10 號。

　松浦友久:《藤原宇合〈棗賦〉と素材源としての類書の利用について》,早稻田大學國文學會《國文學研究》第 27 號,1963 年 3 月。

　太田次男:《白氏諷諭詩考—平安時代の受容をめぐって—》,慶應義塾大學藝文學會《藝文研究》第 27 號,1969 年 3 月。

　藤原尚:《和製の賦の特徴—経國集・本朝文粋の賦—》,收入古田敬一編《中國文學の比較文學的研究》,東京:汲古書院,1986 年。

　田坂順子:《平安時代における賦の変遷—制作の場を中心に—》,收入和漢比較文學會編《和漢比較文學研究の諸問題》(和漢比較文學叢書第 8 卷),東京:汲古書院,1988 年。

　小澤正夫:《作文大躰注解》,《中京大學文學部紀要》1984 年第 2 號、1985 年第 3・4 號。

　新間一美:《わが國における元白詩・劉白詩の受容》,收入“白居易研究講座”第四卷《日本における受容(散文篇)》,東京:勉誠社,1994 年。

　新間一美:《白居易の諷諭詩と菅原道真—新楽府〈牡丹芳〉詩・〈白牡丹〉詩の受容を中心に—》,《白居易研究年報》第 12 號,2011 年 12 月。

　新間一美:《白氏文集に見る白居易の交友と源氏物語》,《中古文學》第 98 號,2016 年 12 月。

　新間一美:《平安朝文学の“白”の世界》,京都女子大學國文學會《女子大國文》第 157 號,2015 年 9 月。

　新間一美:《日中長恨歌受容の一面—黃滔の馬嵬の賦と源氏物語その他—》,《甲南大學紀要(文学編)》第 60 號,1986 年 3 月。

　新間一美:《源氏物語葵卷の神事表現について—かげをのみみたらし川—》,《甲南大學紀要(文学編)》第 99 號,1996 年 3 月。

　新間一美:《源氏物語正篇の終焉—幻卷と謝観〈白賦〉—》,《東アジア比較文化研究》第 11 號,2012 年 6 月。

　興膳宏:《〈文選〉と〈本朝文粋〉—特に賦について—》,《新日本古典文學大系》月報 36,1992 年 5 月。

月野文子:《〈懐風藻〉の押韻—韻の偏りの意味するもの—》,收入《上代文學と漢文學》(和漢比較文學叢書第二卷),東京:汲古書院,1986 年。

張培華:《枕草子における"新賦"の新解》,《古代中世文學論考》第 16 集,東京:新典社,2005 年。

中澤希男:《賦譜校箋》,《群馬大學教育學部紀要(人文·社會科學編)》第 17 號,1967 年 3 月。

佐藤信一:《〈経國集〉〈賦秋可哀〉の表現について》,《中古文学》第 52 號,1993 年 11 月。

图书在版编目(CIP)数据

唐代律赋在日本的传播与影响研究/冯芒著. --南
京：南京大学出版社，2024.8
ISBN 978-7-305-27799-3

Ⅰ.①唐… Ⅱ.①冯… Ⅲ.①赋－文化传播－研究－
中国－唐代 Ⅳ.①I207.224

中国国家版本馆 CIP 数据核字(2024)第 093402 号

出版发行　南京大学出版社
社　　址　南京市汉口路 22 号　　　　邮　编　210093
书　　名　**唐代律赋在日本的传播与影响研究**
著　　者　冯　芒
责任编辑　李晨远

照　　排　南京开卷文化传媒有限公司
印　　刷　江苏凤凰数码印务有限公司
开　　本　718mm×1000 mm　1/16　印张 24　字数 450 千
版　　次　2024 年 8 月第 1 版　2024 年 8 月第 1 次印刷
ISBN　978-7-305-27799-3
定　　价　88.00 元

网　　址　http://www.njupco.com
官方微博　http://weibo.com/njupco
微信服务　njupress
销售热线　025-83594756